D0878598

Cazadora oscura

Christine Feehan

Cazadora oscura

Titania Editores

ARGENTINA - CHILE - COLOMBIA - ESPAÑA
ESTADOS UNIDOS - MÉXICO - PERÚ - URUGUAY - VENEZUELA

Título original: *Dark Slayer*
Editor original: Berkley Books, The Berkley Publishing Group, Penguin
Group (USA) Inc., New York
Traducción: Armando Puertas Solano

1ª edición Noviembre 2010

ISBN: 978-84-96711-95-2
Depósito legal: B - 39.965 - 2010

Fotocomposición: A.P.G. Estudi Gràfic, S.L. - Torrent de l'Olla, 16-18, 1º 3ª -
08012 Barcelona
Impreso por Romanyà Valls, S.A. - Verdaguer, 1 - 08786 Capellades
(Barcelona)

Impreso en España - *Printed in Spain*

Para Christopher Walker,
quien, según Domini,
no es tan zen como Razvan,
aunque no estoy de acuerdo.

Agradecimientos

Tengo que agradecer a muchas personas por la valiosa ayuda que me han prestado en este libro.

A Anita Toste, mi hermana, que escribe poesía y siempre atiende a mis llamadas cuando me quedo sin rimas o sin ideas para los hechizos.

Al doctor Christopher Tong, un hombre increíblemente inteligente capaz de hacer casi cualquier cosa. ¿He dicho «casi»? Quería decir *absolutamente*. Gracias por estar siempre disponible, sin importar lo ocupado que estés. Eres un hombre verdaderamente talentoso y un amigo maravilloso.

A Cheryl Wilson, mi querida amiga, que se recuperó justo cuando me encontraba en mi peor momento.

A Domini Stottsberry, Kathie Frizlaff y Brian Feehan, que pusieron tanto empeño para que este libro fuera el mejor en todo sentido.

Para Lisset y Jack, que para este relato me dieron algo que no tiene precio. En memoria de ellos, con amor...

A mis lectores

Os sugiero visitar el sitio *http://www.christinefeehan.com/members/* para apuntarse a mi lista PRIVADA de anuncios de nuevas publicaciones y para descargar GRATIS el e-book de *Dark Desserts*. Deseo que mis lectores sientan total libertad para escribirme a *Christine@christinefeehan.com.* Me encantaría tener noticias vuestras.

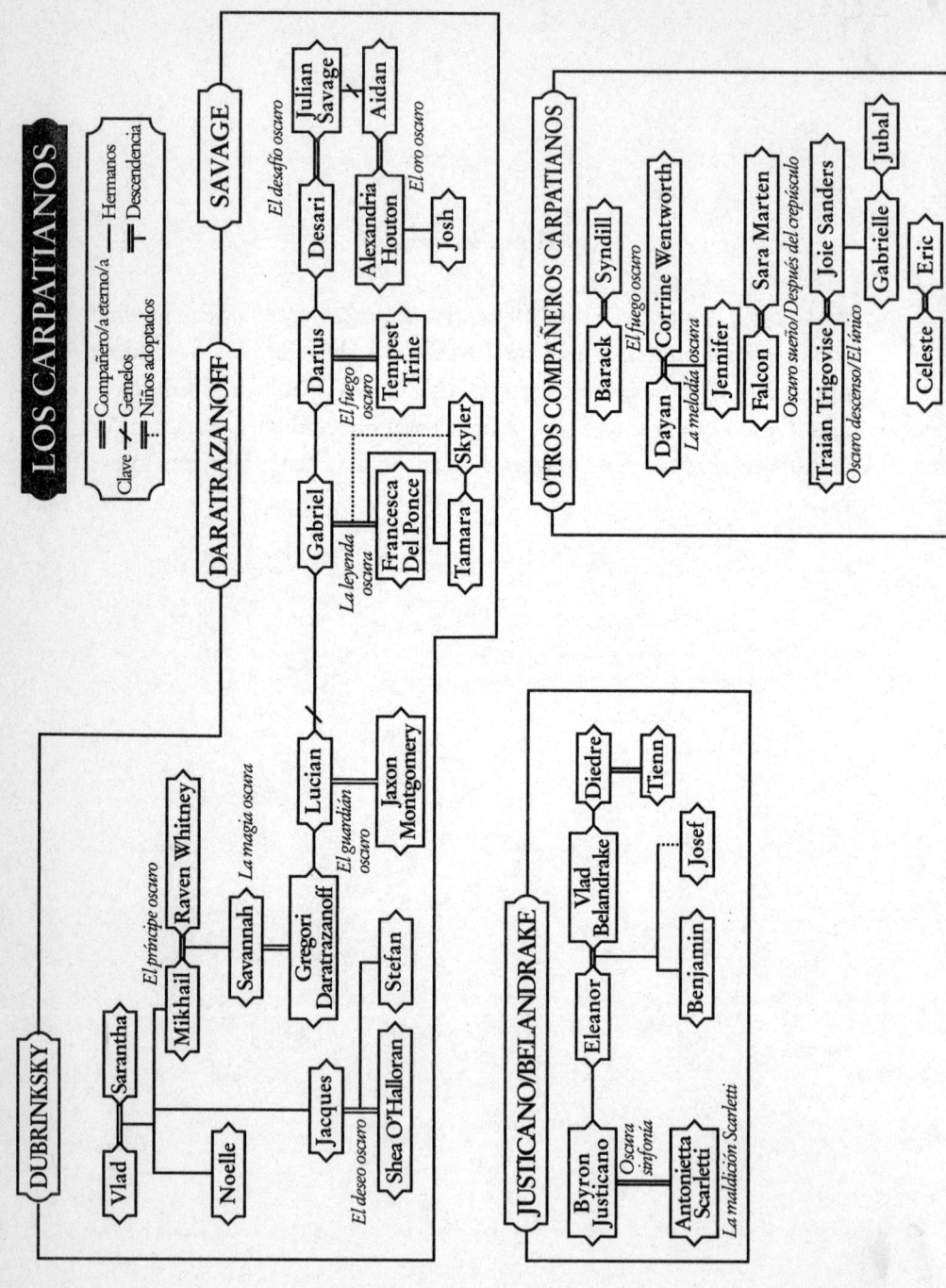

LOS CARPATIANOS

Clave:
═══ Compañero/a eterno/a — Hermanos
✗ Gemelos
┬┬┬ Niños adoptados
┬ Descendencia

DUBRINKSKY

Vlad ═══ Sarantha
Mikhail — Noelle — Jacques
El príncipe oscuro
Mikhail ═══ Raven Whitney
La magia oscura
Savannah ═══ Gregori Daratrazanoff
Jacques ═══ Shea O'Halloran
El deseo oscuro
Stefan

DARATRAZANOFF — SAVAGE

Lucian — Gabriel — Darius — Desari — Julian Savage
El guardián oscuro
El desafío oscuro

Lucian ═══ Jaxon Montgomery

Gabriel ═══ Francesca Del Ponce
La leyenda oscura
Tamara — Skyler

Darius ═══ Tempest Trine
El fuego oscuro

Julian Savage ═══ Desari
Aidan ═══ Alexandria Houton
El oro oscuro
Josh

OTROS COMPAÑEROS CARPATIANOS

Barack ═══ Syndill

Dayan ═══ Corrine Wentworth
El fuego oscuro
La melodía oscura
Jennifer

Falcon ═══ Sara Marten
Oscuro sueño/Después del crepúsculo

Traian Trigovise ═══ Joie Sanders
Oscuro descenso/El único
Gabrielle — Jubal
Eric — Celeste

JUSTICANO/BELANDRAKE

Byron Justicano ═══ Antonietta Scarletti
Oscura sinfonía
La maldición Scarletti

Eleanor ═══ Vlad Belandrake
Benjamin — Diedre
Josef
Diedre ═══ Tienn

12

LOS CARPATIANOS

Clave
- ▬ Compañero/a eterno/a
- ⚡ Gemelos
- ♋ Trillizos
- Ƴ Primos
- ▬ Hermanos
- ⋁ Padres no compañeros eternos

CAZADORES DE DRAGONES

Dominic — Rhiannon — Soren — Tatijana — Branislava

VON SHRIEDER

Vikirnoff — Natalya Shonski

Nicolae — Destiny

Destino oscuro

Razvan — Lara Calladine

El demonio oscuro

Virginia Jansen — Colby Jansen

Gary Jansen

Paul

Ginny

Secreto oscuro

Rafael — Riordan

Hambre oscura / Hot blooded

Juliette Sangria

Jasmine

Solange

Nicolas

DE LA CRUZ

Zacarias

Manolito — MaryAnn Delaney

Posesión oscura

El mago

El mago avanza, la puerta del infierno cierra
Golpea el rayo si el mago ordena con voz fiera
La energía brota de su mano en espirales
Los hechizos de sus labios a raudales.

Alto y oscuro, delgado, caballero bello
Sus ojos refulgen, plateados, con un destello,
Un poder, una presencia que nadie explica,
Una atracción que queda en la cabeza y no se quita.

Añoranza, ansia que como el fuego quema
De ser querida, poseída por un hambre extrema,
El mago avanza con las manos extendidas
Las víctimas acuden a sus encantos sometidas.

De la pasión nacen las ascuas, como nueva llama
Cuando el mago toma la sangre del corazón que clama
Todo lo consume el hechicero, todo lo devora,
Languidece su víctima por la tortura abrasadora.

Después de tomar el mago el cuerpo y poseer el alma
Deja al desvalido por el que tiene fuerza y calma.
El plan, como el final, ya esta trazado
Del corazón la sangre el mago bebe para seguir al mundo atado.

ANITA TOSTE

Capítulo 1

Torbellinos de niebla velaban las cumbres de los montes y luego reptaban hacia la espesura del bosque, dejando a su paso una capa blanca y angosta entre los árboles cargados de nieve. Unas manchas de nieve profunda ocultaban vida por debajo de los cristales de hielo y a lo largo de las orillas del arroyo. Los arbustos y los campos de hierba se alzaban como esculturas congeladas en el tiempo. La nieve proyectaba sobre el mundo un reflejo azul. El bosque, de cuyos árboles colgaban carámbanos, y el arroyo, con sus aguas congeladas en formas caprichosas, parecían parte de un mundo inquietante y extraño.

El cielo nocturno, diáfano y frío, brillaba con su manto de estrellas, y una luna reluciente en toda su plenitud derramaba su luz argéntea sobre el suelo congelado. Unas sombras silenciosas se deslizaban entre los árboles y los arbustos recubiertos de blanco, moviéndose con absoluto sigilo. Sus patas anchas iban dejando huellas en la nieve, de unos quince centímetros de diámetro. Avanzaban en fila india, dejando un rastro que serpenteaba entre los árboles y la masa tupida de arbustos.

A pesar de su aspecto saludable y de la fuerza que se adivinaba en los músculos de acero estirándose bajo el grueso pelaje, los lobos tenían hambre y necesitaban alimentarse para mantener a la manada viva durante el largo e inclemente invierno. De pronto, el macho alfa se detuvo y se quedó muy quieto. Olisqueó el sendero a su alrededor y alzó el morro como si oliera la esencia del viento. Los otros se detuvieron, sólo fantasmas, sombras silenciosas que enseguida se desplegaron. El macho alfa avanzó, con el viento a favor, mientras los demás se agazaparon y esperaron.

A un metro de distancia, había un trozo de carne cruda en medio del sendero. Era carne fresca, y su olor, un olor tentador, no tardó en llegar al lobo. Con pasos cautelosos, éste dio una vuelta en torno a la carne, oliendo para detectar algún posible peligro. Al no oler nada más que la carne, con el hocico salivando y las tripas vacías, volvió a acercarse, con el viento a favor, inclinándose hacia el suculento trozo de carne salvadora. Se acercó tres veces y volvió a retroceder, pero no captó nada que señalara peligro. Cuando volvió a olisquear una cuarta vez, algo se deslizó alrededor de su cuello.

El macho alfa dio un salto hacia atrás y el cable se tensó. Cuanto más se resistía, más se le estrechaba y le cortaba la piel, asfixiándolo y rebanándole el cuello. La manada se desplegó en un círculo, expectante, y la hembra se lanzó en su ayuda. Pero ella también empezó a revolcarse cuando un segundo cable se cerró en torno a su cuello y casi la tumbó.

Durante un momento, se produjo un silencio pesado, roto sólo por el jadeo de los dos lobos atrapados. Una rama del árbol se quebró, y la manada se apartó bruscamente y se disolvió, transformándose en sombras huidizas que volvían hacia la espesura del bosque. Los arbustos se abrieron y una mujer apareció en medio del claro. Calzaba unas botas negras de invierno y llevaba unos pantalones negros que le llegaban casi a la cintura, y una chaqueta negra de cuero sin mangas que le dejaba al descubierto una parte del vientre, abrochada en el medio por tres hileras de brillantes hebillas de acero, cuya función era sobre todo ornamental, con una cruz engastada en cada una de ellas.

La mujer tenía una espesa cabellera negra azabache que le llegaba hasta más abajo de la cintura, recogida en una gruesa trenza. El largo abrigo con capucha que llevaba, confeccionado con lo que parecía una única piel de lobo plateada, le llegaba casi hasta los tobillos. Sostenía una ballesta en una mano, una espada que le colgaba del cinto a un lado de la cadera y un cuchillo del otro. En un carcaj que asomaba por detrás del hombro llevaba el haz de flechas y en el interior del largo abrigo de piel de lobo varias presillas alojaban diversas armas de acero cortante. En una funda ajustada a media pierna y adornada con hileras de puntas de flecha muy pequeñas, planas y afiladas como navajas, llevaba una pistola.

Se quedó un momento quieta observando detenidamente la escena.

—Quedaros quietos —ordenó, con un silbido de voz y una mezcla de autoridad y contrariedad.

En cuanto oyeron la orden, los dos lobos dejaron enseguida de moverse y se quedaron expectantes, temblando y jadeando, con la cabeza apuntando hacia abajo para aliviar la horrible presión del cable que les apretaba el cuello. La mujer se movió con una especie de fluida elegancia, flotando sobre la superficie en lugar de hundirse en la nieve quebradiza. Se quedó mirando las trampas, que eran varias, con una mirada de profundo desagrado en sus ojos oscuros.

—Ya han hecho esto antes —dijo, con un gruñido—. Ya os lo había enseñado, pero vosotros habéis sido demasiado ávidos, de las ganas que teníais de haceros con un trozo de carne fácil. Debería dejar que perezcáis aquí, en medio de una lenta agonía. —Mientras reñía de esa manera a los dos animales, sacó unas gruesas cizallas del interior de su abrigo y cortó los cables para liberar a los lobos. Introdujo los dedos por debajo, tanteando la piel y las profundas heridas en el cuello y luego dejó descansar la mano sobre los cortes, al tiempo que entonaba un suave cántico. De su mano brotó una luz blanquecina que iluminó el pelaje de ambos animales.

—Con eso os deberíais sentir mejor —dijo, y en su voz se coló un dejo de cariño mientras les acariciaba las orejas a los dos.

El macho alfa soltó un gruñido de advertencia y su compañera enseñó los colmillos. Los dos miraban en dirección contraria a la mujer. Ella sonrió.

—Lo huelo. Es imposible no captar el hedor de los vampiros.

La mujer se giró y miró hacia atrás por encima del hombro. Vio al macho alto y poderoso que aparecía del interior del tronco retorcido y sin corteza de un abeto. El tronco se abrió por el medio hasta casi partirse en dos, ennegrecido y con la corteza despegada. Las agujas de las ramas se marchitaron en cuanto el árbol expulsó de sus profundidades a aquella criatura venenosa. Cayó una lluvia de carámbanos como pequeñas lanzas cuando las ramas se estremecieron y sacudieron, temblando por el contacto con la odiosa criatura.

La mujer se enderezó con un gesto elegante y se giró para enfrentarse a su enemigo, al tiempo que con una señal conminaba a los lobos a volver a camuflarse en el bosque.

—Veo que has recurrido a las trampas para atrapar a las víctimas que te dan sustento, Cristofor. ¿Acaso te has vuelto tan lento y repugnante que eres incapaz de engañar a los humanos para que te sirvan de alimento?

—¡Ejecutora! —La voz del vampiro era ronca y parecía oxidada, como si no estuviera acostumbrado a usar las cuerdas vocales—. Sabía que si atraía a tu manada, tú también vendrías.

La mujer alzó las cejas.

—Es una bonita invitación, Cristofor. Te recuerdo en los viejos tiempos, cuando eras joven y todavía tenías algún atractivo. Te he dejado en paz en aras de esos viejos tiempos, pero ahora veo que deseas probar el dulce sabor de la muerte. Si así lo quieres, viejo amigo, que así sea.

—Dicen que nadie puede acabar contigo —dijo Cristofor—. Es la leyenda que persigue a todos los vampiros. Nuestros líderes han dicho que te dejemos en paz.

—¿Vuestros líderes? ¿Eso quiere decir que te has unido a ellos, que os habéis unido contra el príncipe y su pueblo? ¿Por qué buscar la muerte si tenéis planes para gobernar todos los países? ¿El mundo entero? —preguntó, y rió por lo bajo—. A mí me parece que es una pretensión absurda, y un trabajo muy duro. En los viejos tiempos vivíamos sencillamente. Eran días felices. ¿Acaso no te acuerdas de aquellos días?

Cristofor se quedó mirando su rostro perfecto.

—Cuentan que te armaron trozo a trozo, una tira de piel tras otra y, sin embargo, conservas tu cara y tu cuerpo de antaño.

Ella se encogió de hombros. No permitiría que las imágenes de aquellos años oscuros volvieran a su mente, con todo el sufrimiento y el dolor (en realidad, la agonía), cuando se negó a perecer y tuvo que permanecer en las entrañas de la tierra, despojada de la carne, expuesta a los insectos rastreros que abundaban en la tierra. Conservó una expresión serena, sonriendo, si bien interiormente el resorte se mantenía vivo en ella, preparada para saltar a la acción.

—¿Por qué no te unes a nosotros? Tienes más motivos que cualquier otro para odiar al príncipe.

—¿Unirme a quienes me traicionaron y mutilaron? No lo creo. Estoy preparada para librar batalla ahí donde sea necesario —dijo, y flexionó los dedos bien protegidos por unos guantes delgados y ceñidos como una segunda piel—. En realidad, no deberías haber tocado a mis lobos, Cristofor. Me dejas escasas alternativas.

—Quiero tu secreto. Dámelo y te dejaré vivir.

Ella respondió con una sonrisa, una bella sonrisa por donde asomaban sus dientes pequeños y blancos como perlas. Sus labios rojos y carnosos, ligeramente curvos, brillaban con un toque provocador y sensual. Inclinó la cabeza a un lado y paseó la mirada por la cara del vampiro, como ponderándolo atentamente.

—No tenía ni idea de que te habías convertido en un ser tan ridículo, Cristo —dijo, llamándolo por el nombre que solía usar cuando eran niños y jugaban juntos. *Hace mucho tiempo*. Cuando el mundo tenía sentido—. Soy la ejecutora de vampiros. Tú me has llamado con tus trampas —continuó, agitando una mano con gesto despectivo—, ¿y tú crees que tu presencia debería intimidarme?

Él le sonrió con una mueca perversa y maliciosa.

—Te has vuelto arrogante, ejecutora. Y descuidada. No tenías ni idea de que la trampa era para ti y no para tus preciosos lobos. No te queda más alternativa que darme lo que pido, o morirás esta noche.

Ivory se encogió de hombros y su abrigo largo y plateado se agitó como si estuviera vivo. En un momento, el abrigo revoloteó holgadamente alrededor de sus tobillos y, al instante siguiente, había desaparecido, se había fundido sobre su piel y dejado a la vista los tatuajes de seis feroces lobos que adornaban su cuerpo desde el nacimiento de la espalda hasta el cuello, envolviéndose en torno a sus brazos como mangas.

—Que así sea —dijo, con voz queda, con la mirada fija en el vampiro.

Giró al tiempo que desenvainaba su espada y se lanzaba contra él. Saltó por encima de una roca cubierta de nieve para encumbrarse en el aire. Sintió el tirón de una trampa oculta que se apretaba en torno a su cuello y murmuró una imprecación por lo bajo cuando el nudo se cerró. Ya había empezado a disolverse en el aire, pero la nieve quedó salpicada por unas gotas brillantes de sangre de color carmesí.

Cristofor rió y se inclinó para recoger un puñado de nieve y lamer las gotas para saborear la rica y pura sangre carpatiana. Y no sólo pura, porque se trataba de la sangre de Ivory Malinov, que pertenecía a uno de los linajes carpatianos más poderosos. El vampiro siguió la huella roja, la vio cobrar forma a unos pocos metros, cerca de los árboles y soltó una risa aguda de satisfacción.

Ivory lo saludó enseñando dos dedos, al tiempo que se tocaba la delgada línea en el cuello. Se llevó uno a la boca y se lamió la sangre.

—Buen golpe. No lo vi venir, y ahora tendré que pedir disculpas a mis lobos por haberlos reñido. Pero te advierto, Cristo, si crees que tu socio allá en el bosque te ayudará después de atacar a mi manada de lobos, has subestimado la gravedad de tu aprieto.

Ivory volvió a lanzarse hacia adelante, al tiempo que extraía las pequeñas puntas de flecha y las disparaba a una velocidad y fuerza sorprendentes. Un reguero de puntas se clavó en el cuerpo del vampiro en una línea que iba desde el vientre hasta el cuello. El no muerto rugió e intentó mutar de forma. Desaparecieron sus piernas, que se convirtieron en vapor. La cabeza giró sobre su eje y desapareció. Del bosque emergió una bruma blanquecina y densa con la intención de ocultarlo, y un espeso velo rodeó su figura. El torso permaneció visible, y aquella línea recta y devastadora de flechas dejó expuesto su corazón.

La espada se hundió profundamente y, con el peso de Ivory,

sumado a la fuerza y al impulso de su carrera, le atravesó el pecho justo por debajo del órgano. El vampiro lanzó un chillido horripilante y de la herida brotó una sangre corrosiva como el ácido que crepitó al entrar en contacto con el metal y salpicó la nieve. El metal debería haber quedado carcomido, pero la capa protectora de la que se servía la guerrera la protegió y, a la vez, impidió que esa parte del vampiro mutara su forma. Ivory giró como en un movimiento de danza, sosteniendo la espada por encima de la cabeza y aún clavada en el pecho del vampiro, de manera que al girar cortó un trozo circular en torno al corazón.

Entonces retiró la espada y hundió la mano profundamente.

—Te he enseñado mi secreto —dijo, con un susurro de voz—. Ahora te lo puedes llevar a la tumba. —Extrajo el corazón y lo lanzó lejos, al tiempo que alzaba los brazos para descargar sobre él un rayo como una espada de luz.

El haz incineró el corazón y enseguida se descargó sobre el cuerpo hasta dejarlo totalmente consumido.

—Que encuentres la paz, Cristofor —murmuró Ivory. Inclinó la cabeza y se apoyó en su espada. En sus ojos asomaron fugazmente unas lágrimas, muestra de dolor por la pérdida de aquel amigo de la infancia.

A esas alturas, eran muchos los que habían desaparecido, y de la vida que ella había conocido antaño quedaba nada o poca cosa. Respiró hondo, inhalando el aire fresco de la noche antes de limpiar su espada y borrar los rastros de la sangre del vampiro en la nieve. Recogió las ocho pequeñas puntas de flecha y las devolvió a las presillas de su funda. Extendió los brazos y volvió a quedar cubierta por la piel plateada. Los tatuajes se movieron y cobraron vida, se deslizaron nuevamente por su cuerpo hasta cubrirlo como un abrigo. Entonces dejó que la prenda larga de color argénteo se le ajustara lentamente al cuerpo antes de recoger sus armas y volver a cubrirse con la capucha. Enseguida se desvaneció en el aire y se mezcló imperceptiblemente con las volutas de niebla blanquecina.

Ivory se movió en silencio, percibiendo la energía hostil que despedía la manada. Eran blanco de un ataque y su manto de protección empezaba a debilitarse. En cuanto olisqueó la presencia del segundo predador, alzó a toda prisa un escudo sobre los lobos para defenderlos. Si aquella criatura no se hubiera mostrado tan precipitada y hubiera mantenido una posición con el viento a su favor, quizás habría conseguido exterminar a su manada de lobos salvajes. No podía volver a usar las mismas puntas de flecha contra él porque la sangre corrosiva del vampiro había disuelto el baño de metal con su sangre ácida. Después de clavarle las letales puntas y antes de que la sangre de su enemigo corroyera el metal y le permitiera mutar de forma, disponía de escaso tiempo para matarlo.

Avanzando entre los árboles, la ejecutora se mantuvo pegada al suelo y asumió la forma de una loba. Con su pelaje plateado, resultaría difícil distinguirla de los demás lobos de los alrededores mientras se deslizaba entre los árboles buscando al segundo vampiro. Se agazapó detrás de un árbol caído y observó a la criatura que lanzaba bolas de fuego contra los lobos. Los había arrinconado justo en la orilla del curso de agua, donde la capa de hielo era delgada y peligrosa. Ivory detectó las grietas que se multiplicaban sobre el fino escudo de protección, ahí donde el vampiro no dejaba de asestar sus golpes.

Respiró hondo, espiró y buscó aquel lugar en lo más profundo de sí misma, donde había quietud. Donde había determinación. Asumiendo una forma humana, se incorporó y se abalanzó contra el vampiro, disparando con su ballesta. Una vez más, apuntó al pecho. Le disparó cuando éste se volvió. La primera flecha le dio en la parte baja de la espalda, pero la segunda erró del todo. El vampiro respondió lanzándole una bola de fuego, que ella esquivó haciendo una voltereta y dejando que la bola le pasara por encima. Enseguida se incorporó y siguió corriendo, sin dejar de avanzar, disparando una flecha tras otra.

El vampiro aulló de ira, un aullido que cesó en cuanto una flecha se le clavó en la garganta. La manada de lobos se lanzó contra el escudo protector, desesperados por ayudarla, pero ella sabía que el vampiro los destruiría a todos. Por otro lado…

La ejecutora se sacudió de hombros y esta vez su abrigo de piel de lobo salió despedido. La pesada prenda cayó abierta sobre la nieve, y la piel se estremeció como si estuviera viva. La capucha se estiró y alargó, y lo mismo ocurrió con las mangas, que se movieron y cobraron vida. Del cuerpo del abrigo brotaron tres formas diferentes, similares a las que se habían formado a partir de la capucha y las mangas. Ivory no esperó a que sus compañeros asumieran su forma habitual. Rodó por la nieve, se apoyó en una rodilla y disparó otras dos puntas aceradas al pecho del no muerto mientras éste se distraía ante la aparición de los seis lobos recién formados.

El vampiro lanzó una especie de silbido y en sus ojos apareció un fulgor rojizo de odio. Intentó mutar de forma, pero sólo sus piernas, vientre y cabeza asumieron la forma de una bestia armada hasta los dientes, dejando expuesto el corazón. Se dio cuenta de que estaba atrapado, pero consciente de que el efecto de la flecha que tenía en la espalda se debilitaba cuando el ácido de su sangre corroía el metal. Se giró bruscamente, levantando una lluvia de nieve y una corriente de viento a su alrededor que lanzó hacia adelante y desató una tormenta cuando la nieve fue atraída por la fuerza del torbellino y luego lanzada hacia todos lados.

Era imposible ver al vampiro en el centro de la tormenta, pero los lobos dieron un salto para penetrar en el torbellino de nieve helada, guiándose por el olfato para saber dónde atacar y mordiéndole los brazos y las piernas, mientras el macho alfa se lanzaba a la garganta para derribarlo. La ejecutora los siguió hacia el interior del círculo con el puñal en la mano, y se lanzó a la refriega. Uno de los lobos aulló y luego lanzó un grito desesperado cuando el vampiro le rasgó un costado con sus garras curvas y afiladas y lo lanzó contra Ivory.

Ella dejó caer su ballesta y cogió al lobo, que chocó contra su cuerpo a la altura del pecho y la hizo trastabillar hacia atrás. La tormenta de nieve le azotó la cara despiadadamente y le rasguñó las partes expuestas del cuerpo mientras caía, con el lobo encima. Dejó a un lado al desvalido macho alfa con toda la suavidad posible y se arrastró rápidamente hacia adelante, reptando sobre la nieve como una serpiente. Cogió la ballesta y la cargó mientras se deslizaba por el suelo. Disparó velozmente y le dio al vampiro con tres flechas, hasta plantarse frente a él. Con el puñal firmemente cogido por la empuñadura, se lo hundió, sintiendo cómo la hoja rasgaba huesos y tejidos, procurando llegar hasta el corazón.

El vampiro retrocedió, escupiendo baba y sangre por la boca. Intentó hundirle el puño en el pecho a Ivory y llegar hasta su corazón, pero dio contra la doble hilera de hebillas. Con un aullido horrible, retiró la mano y las marcas de las quemaduras quedaron visibles en sus nudillos. Los diminutos relieves de las cruces de plata, bañadas en agua bendita, le quemaron la carne casi hasta los huesos.

El vampiro rugió y quiso herirla en la garganta a pesar de los lobos que le mordían los brazos y no lo soltaban. Rasguñó a Ivory en el cuello y el hombro y le arrancó la piel mientras se retorcía desesperadamente. El macho alfa arremetió contra el pecho del vampiro y lo apartó de Ivory antes de que alcanzara a hundirle las garras y perforarle la yugular.

De un salto, ella estuvo sobre él y le asestó un golpe, buscando el corazón, ignorando el ácido que le chorreó los guantes y empezó a corroerlos rápidamente. El vampiro se debatió e intentó arañarla, pero los lobos lo clavaron en su sitio mientras Ivory le arrancaba el corazón negro y palpitante. Lo lanzó lejos y alzó una mano al cielo.

El rayó brotó de la nada, una luz zigzagueante que encontró el órgano y lo fulminó con una descarga que sacudió el suelo. Los lobos saltaron para apartarse y el relámpago de energía purificadora buscó el cuerpo, que quedó incinerado junto a las puntas de flecha, ahora limpias del veneno. Con gesto cansado, Ivory dejó que sus guantes se bañaran en aquella luz y luego se dejó caer sobre la nieve. Quedó un momento sentada con la cabeza inclinada, luchando por recuperar el aliento y con los pulmones ardiendo por falta de aire.

Uno de los lobos le lamió las heridas para intentar aliviarla. Ella consiguió sonreír y hundió la mano en el grueso pelaje de la hembra alfa y frotó la cara contra su piel para encontrar consuelo. Aquellos lobos, que la habían salvado de la muerte hacía muchos años, tantos que ya ni siquiera lo recordaba, eran sus únicos compañeros, su familia. Desde entonces, ella pertenecía a la manada, y no profesaba lealtad a nadie más que a ellos.

—Ven aquí, *Raja* —canturreó, mirando al enorme macho—. Déjame mirar el daño que has sufrido.

El macho alfa, que seguía atrapado detrás del escudo que ella había creado para proteger a la manada del vampiro, respondió con un rugido. *Raja* lo ignoró como lo había hecho tantas veces a lo largo de los años. La manada natural vivía y moría según el ciclo de la naturaleza, y él había aprendido que esas pequeñas rivalidades no lo tocaban. Miró al macho alfa con un desprecio no disimulado y se arrastró hasta Ivory y se tendió de lado para que ella examinara sus heridas. Lo había sanado innumerables veces a lo largo de los años, así como sus hermanos y hermanas habían sanado las heridas de la ejecutora con su saliva, que contenía agentes curativos.

Ivory hundió las manos en el suelo congelado y escarbó hasta encontrar la tierra fértil, le cubrió las heridas y luego lo abrazó.

—Gracias, hermano. Como tantas otras veces, me has salvado la vida.

El lobo frotó el morro contra su mano y esperó pacientemente mientras ella examinaba a cada uno de los miembros de la manada. La hembra más fuerte, *Ayame*, así llamada en honor a la demoníaca loba princesa, se acurrucó junto a él, inspeccionó sus heridas y le lamió los demás rasguños recibidos. Los compañeros de la camada componían el resto del grupo: *Blaez*, su lugarteniente; *Farkas*, el último macho, y *Rikki* y *Gynger*, las dos hembras más jóvenes. Se reunieron todos en torno a Ivory y se tendieron a su lado, apretándose contra ella, herida y magullada, para intentar ayudarla.

Los compañeros de la camada, nacidos de diferentes padres, tenían todos un sello distintivo, con su pelaje plateado y exuberante, y todos eran más grandes de lo normal, incluyendo las dos hembras más pequeñas. Habían conservado los ojos azules de sus tiempos de cachorro cuando, muchos años antes, Ivory había seguido la huella de sangre y muerte hasta su madriguera y había encontrado los cuerpos mutilados de la manada de lobos. Ya por aquel entonces, se había convertido en el azote de los vampiros, apenas un murmullo, el comienzo de una leyenda, y ellos habían intentado destruirla. En su lugar, habían matado y mutilado a los lobos de la manada cuya amistad ella se había ganado.

Encontró los cachorros al borde de la muerte, debatiéndose, sus cuerpos malheridos, arrastrándose sobre el suelo cubierto de sangre, intentando buscar a sus madres. No soportaba la idea de perderlos, su única familia, su único contacto con la calidez y el afecto, y en un gesto de absoluta desesperación, les había dado de su propia sangre para mantenerlos vivos. Era la sangre de los carpatianos, caliente y curativa. Entonces se quedó en la madriguera con ellos, lejos de la luz del día, a riesgo de perecer ella misma de hambre. Después, se vio obligada, por pura desesperación, a tomar pequeñas cantidades de sangre de ellos para mantenerse con vida. No se había percatado de que llevaba a cabo un intercambio de sangre hasta que el cachorro más grande y dominante de la camada empezó a sufrir los cambios.

Los cachorros habían conservado sus ojos azules a medida que crecían, y habían adquirido la capacidad de mutar de forma gracias a la sangre carpatiana. Su capacidad de comunicarse con Ivory los había salvado y les dio la función cerebral necesaria para vivir a través de la conversión. Al igual que ella, habían sido heridos mil veces en la batalla, pero en el último siglo habían aprendido con éxito a abatir a los vampiros, y los siete habían adquirido la costumbre de trabajar en equipo.

Ivory permaneció tendida en la nieve dejando que su cuerpo absorbiera el dolor de las heridas. La que tenía en el cuello le latía y quemaba, y supo que debía limpiarla enseguida. Ella era inmune al frío, como todos los carpatianos. Su raza era antigua como el tiempo, casi inmortal, según había descubierto, horrorizada, cuando el hijo del príncipe la había traicionado y sacrificado a los vampiros en aras de su propio interés. Nunca había vivido una agonía tan horrible, una lucha interminable en las entrañas de la tierra a medida que pasaban los años y su cuerpo se negaba a morir.

Tal vez profiriera algún gemido, aunque no se oyó a sí misma. Creía que su grito había sido silencioso, pero los lobos se le acercaron, procurando darle alivio, y la manada al otro lado del escudo protector lanzó su aullido como una llamada. Mientras miraba el cielo nocturno, dejó que sus lobos aplacaran su dolor, pues su amor y devoción eran como un bálsamo cada vez que pensaba en su vida en el pasado. Las horas transcurrían inexorablemente. Y aquella hora del día era un enemigo tan temible como el vampiro. Tenía que darse prisa en volver a la guarida, y aún quedaba mucho por hacer antes de que llegara el alba.

Ivory se llevó los dedos a los ojos dolientes y se obligó a moverse. Antes que nada, se deshizo del veneno que le había quedado en las lesiones que le habían dejado las garras venenosas del vampiro al infligirle las heridas. Los vampiros que se habían unido se servían de diminutos gusanos parásitos para identificarse unos a otros, y esos parásitos infectaban cualquier herida abierta. Tuvo que eliminarlos rápidamente a través de los poros antes de que la infectaran y requirieran una curación en profundidad. Volvió a invocar al rayo para acabar con ellos antes de mezclar la tierra con la saliva para sanar sus propias heridas.

—¿Preparados? —preguntó a su familia, al tiempo que recogía sus armas y devolvía las flechas usadas a sus presillas. Nunca dejaba una flecha ni ningún arma, y se cuidaba de que su fórmula no cayera en manos de los vampiros, o incluso peor, que cayera en manos de Xavier, su enemigo mortal.

Ivory extendió los brazos y la manada se alzó al unísono, formando el abrigo largo al mutar de forma, cubriéndole el cuerpo, dejando que la capucha se acomodara sobre su cabeza y el pelaje la rodeara con calidez y afecto. Ella nunca estaba sola cuando viajaba con su manada. Fuera donde fuera, sin importar los días o semanas que viajara, ellos la acompañaban e impedían que cediera a los embates de la demencia. Había aprendido a estar sola y poseía la cautela típica de los lobos frente a los extraños. No tenía amigos, sólo enemigos, y se sentía cómoda de esa manera.

Mientras avanzaba a través de la nieve, hizo que el escudo protector se disolviera con un gesto de la mano. La manada de lobos se reunió en torno a ella, acercándose a sus piernas y alejándose, olisqueando su abrigo y sus botas, saludándola como un miembro de la manada. El macho alfa marcaba territorio en cada arbusto y cada árbol de los alrededores para cubrir las marcas dejadas por *Raja*. Ivory puso los ojos en blanco al ver ese despliegue de afán de dominación.

—Los machos son iguales en todo el mundo, sin importar la especie a la que pertenezcan —dijo, en voz alta, mientras examinaba a los lobos uno por uno para cerciorarse de que el vampiro no les había hecho daño.

—Veamos —continuó—. Hay que alimentaros antes de que llegue el alba. Tengo mucho que andar y la noche ya se va —advirtió a los lobos. Cogió al macho alfa por el morro y lo miró a los ojos. *Encontrad una presa y traédmela y yo la abatiré para vosotros. Pero daos prisa, porque no me queda demasiado tiempo.*

A pesar de que siempre le hablaba a su manada y ellos la entendían, le resultaba más fácil transmitir la orden a sus animales salvajes por medio de imágenes en lugar de palabras. Al mismo tiempo, añadió un matiz de urgencia. Debía pensar en volver a su guarida. Normalmente, lo haría volando, y como cada una de sus armas estaba hecha de algo natural que podía mutar con ella, eso le permitía transportar su arsenal a lo largo de grandes distancias. Sin embargo, antes que nada tenía que encontrar alimento para la manada. No quería perderlos en medio del invierno y otra tormenta se acercaba velozmente.

La manada de lobos se dispersó y volvió a internarse en el bosque en busca de una presa. Ivory se puso la ballesta al hombro y empezó a caminar a través de la espesura en dirección a su hogar. Sólo tendría que andar unos cuantos kilómetros antes de que los animales le trajeran algo, pero estaría más cerca de casa y de la seguridad.

Ella entendía poca cosa acerca de los modos de vida modernos. Había permanecido tanto tiempo enterrada en las entrañas de la tierra que el mundo le pareció un lugar desconocido al despertar. Con el pasar del tiempo, se había enterado de que Mikhail, el hijo del príncipe, lo había reemplazado como gobernante de los carpatianos, y de que su lugarteniente era, como siempre, un Daratrazanoff. Sabía poca cosa más acerca de ellos, pero incluso el mundo carpatiano había cambiado radicalmente.

Eran muy pocos los que quedaban de su especie, y la raza se encontraba al borde de la extinción. ¿Quién sabía qué ocurriría? Quizá fuera todo para lo mejor. Quizá su tiempo ya hubiera pasado. Habían nacido tan pocas mujeres y niños en los últimos tiempos que la raza casi había sido borrada de la faz de la Tierra. Ya no formaba parte de ese mundo, como tampoco pertenecía a aquel mundo moderno y nuevo. Sabía poca cosa acerca de la tecnología, con excepción de los libros que había leído, y no tenía idea de cómo sería vivir en una casa o en una aldea, en un pueblo o, Dios no lo quisiera, en una ciudad.

Empezó a caminar más de prisa y volvió a mirar el cielo. Daría a la manada otros veinte minutos para encontrar una presa antes de emprender el vuelo. Tal como se encontraban las cosas, estaba jugando con su suerte. No quería que la sorprendiera la luz del alba. Había pasado tanto tiempo en las entrañas de la tierra que no había desarrollado la resistencia ante la luz del sol como lo hacían muchos de los suyos, que eran capaces de permanecer en el exterior en las primeras horas de la mañana. En cuanto el sol empezaba a asomar, sentía el dolor de la quemazón.

Desde luego, quizá tuviera algo que ver con lo mucho que había tardado su piel en renovarse, arrancada de su cuerpo hasta que no quedaron más que huesos y una masa de tejidos desgarrados. A veces, cuando acababa de despertarse, seguía sintiendo las hojas de las espadas que cortaban huesos y órganos, cortándola en pequeños trozos que quedaron esparcidos por el campo para que fueran devorados por los lobos. Recordaba el ruido de sus risas ásperas mientras ejecutaban las órdenes que les había dado su peor enemigo, Xavier.

El viento empezó a soplar con fuerza y unas nubes oscuras pasaron por encima de su cabeza, anunciando la tormenta. Ivory buscó el refugio de los árboles y cerró los ojos para encontrar a la manada de lobos. Habían descubierto un ciervo hembra, delgada y agotada por el invierno, cojeando levemente debido a una herida. La manada la había perseguido turnándose unos con otros hasta conducirla hacia ella.

Así que susurró suavemente, pidiendo el perdón del animal, explicando la necesidad de alimentar a la manada mientras preparaba su arma y esperaba. Pasaron los minutos. El hielo se quebró con un sonoro crujido, perturbando el silencio. Cuando la cierva apareció entre los árboles y empezó a correr por el terreno helado, Ivory vio que expulsaba nubes de vaho cada vez que respiraba agitadamente.

Detrás de la cierva corría un lobo de grandes patas, silencioso, letal y hambriento, recortando terreno a lo largo del claro helado. El resto de la manada se acercaba desde diversos ángulos, obligando al animal a ir directamente hacia ella. Habían cazado con ese método en más de una ocasión, en tiempos difíciles, lo cual implicaba acorralar al animal y conducirlo hasta su posición.

Ivory esperó hasta tener al animal a tiro. No quería que la cierva sufriera antes de disparar la flecha y derribarla. Por eso, antes de que el macho alfa se abalanzara sobre el cadáver y gruñera a los demás para que esperaran a que él estuviera saciado, se dio prisa y retiró la flecha. Se alejó rápidamente porque no quería gastar sus energías en controlar una manada hambrienta cuando estaban a punto de devorar su banquete.

Aumentó la velocidad hasta que empezó a correr. De pronto, se lanzó al aire y mutó de forma. Los lobos se deslizaron hasta quedar pegados a su piel y convertirse en feroces tatuajes mientras surcaban el cielo con ella. Ivory siempre experimentaba una gran alegría al viajar de esa manera, como si le quitaran un peso de encima cada vez que emprendía el vuelo. Las nubes negras contribuyeron a aliviar el impacto de la luz en su piel. Quizás el hecho de emprender rumbo a casa era lo que la hacía sentir que su lastre disminuía. Una vez allí, se sentía segura y a salvo del peligro.

Nunca había aprendido a sentirse relajada y tranquila en el suelo, donde sus enemigos podían atacarla desde cualquier dirección. Mantenía en secreto su guarida y jamás dejaba huellas cerca de la entrada, de modo que nadie tuviera la posibilidad de seguirla. Su singular sistema de protección y alarma nunca sería detectado, de eso estaba segura. La entrada no estaba protegida con los hechizos habituales, de modo que si un carpatiano o un vampiro encontraba su refugio, no sabrían que estaba ocupado, ni siquiera que existía. Hacía muchos años había aprendido a distinguir en qué niveles del subsuelo sus enemigos se encontraban más cómodos, y los evitaba.

A quince kilómetros de su guarida, bajó a tierra y continuó su carrera, tocando apenas el suelo, estirando los brazos para que sus lobos pudieran cazar. Todos necesitaban sangre y, al desplegarse los siete, encontrarían un cazador o una cabaña. Si no lo encontraban, ella se dirigiría a la aldea más cercana y traería la suficiente para alimentar a toda la manada. Siempre que no fuera absolutamente necesario, se cuidaba de no cazar demasiado cerca de su guarida.

Mientras se deslizaba entre los árboles, con la majestuosa montaña alzándose a lo lejos, divisó unas huellas. Quizá se tratara de alguien que había salido a primera hora del alba a buscar leña, o a cazar. Se agachó y palpó las huellas en la nieve. Era un hombre grande. Eso siempre era una buena señal. Y estaba solo. Aquello era todavía mejor. Sintió que el hambre la acuciaba, ahora que se había permitido tomar conciencia de ello. Siguió las huellas de las pisadas y al macho que se había internado entre los árboles.

El bosque se abría sobre un claro, donde vio una cabaña y una pequeña caseta. Un arroyo cortaba en dos el terreno que la rodeaba. Normalmente, la cabaña estaba vacía, pero ahora las huellas llegaban hasta la puerta y se perdían en el interior. Una leve columna de humo empezó a salir de la chimenea, lo cual le advirtió que el hombre acababa de entrar en ella y había encendido el fuego.

Ivory lanzó la cabeza hacia atrás y aulló para llamar a sus lobos. Esperó en el límite del claro y vio que el hombre salía de la cabaña empuñando un rifle y miraba a su alrededor. Aquella llamada solitaria lo había asustado, y ahora esperó, vigilando el bosque en torno a su hogar.

Ivory volvió a elevarse, moviéndose con el viento, hasta convertirse en parte de la niebla que rodeaba la casa. Se quedó esperando por encima de su presa, sobre el techo, mientras el hombre escudriñaba el bosque y luego, murmurando una imprecación, volvía al interior. Ivory vio las sombras que se movían sutilmente entre los árboles y les hizo una señal. La manada se agazapó y se quedó esperando.

La ranura debajo de la puerta era lo bastante ancha para que la voluta de niebla pudiera penetrar, e Ivory entró en la habitación, ahora templada por el fuego chisporroteante del hogar. Había un solo espacio, con una chimenea pequeña y un fogón y escasas comodidades. En los tiempos que corrían, ni siquiera los aldeanos más pobres tenían esas pocas comodidades. Observó al hombre desde un rincón oscuro de la habitación mientras vertía agua en una tetera y la ponía a hervir al fuego.

Cruzó la sala y se materializó casi frente a él, deslizándose entre la chimenea y su persona. Con su poder mental intentó penetrar en su pensamiento para calmarlo y volverlo más dócil. Él abrió desmesuradamente los ojos y luego su mirada se nubló. Ivory lo llevó hasta una silla donde pudo sentarlo. Ella era alta, más que muchas mujeres de las aldeas de los alrededores, un rasgo heredado de su linaje carpatiano. Sin embargo, aquel hombre era alto y corpulento. Encontró el pulso que latía en su cuello y le hundió profundamente los dientes.

El sabor de aquella rica sangre caliente era exquisito, y sintió que sus células se llenaban y rebosaban de vida. A veces se olvidaba de lo agradable que era darse ese festín con la auténtica sustancia. La sangre animal podía sustentarla, pero la verdadera fuerza y energía provenía de los seres humanos. Ivory saboreó hasta la última gota, disfrutando de aquella fuente de vida, y agradecida con el hombre, aunque él no recordaría haber sido su donante. Decidió crear un sueño en su mente, levemente erótico y muy placentero, porque no quería que la experiencia fuera desagradable para él.

Pasó la lengua por las heridas que le había dejado en el cuello para borrar los dos orificios, y luego deshizo cualquier rastro que delatara su paso por allí. Buscó agua, se la acercó a la boca y le ordenó beber, y luego dejó un segundo vaso a su alcance. Antes de partir, lo abrigó con una manta para que conservara su temperatura corporal.

La manada la esperaba en la espesura del bosque y todos la rodearon en cuanto ella los llamó. El primero en acercarse fue el macho alfa. Se apoyó en su rodilla cuando ella se agachó y ofreció el brazo, de donde fluía la sangre. El lobo lamió su muñeca izquierda, mientras la hembra hacía lo mismo con su muñeca derecha. Alimentó a los seis lobos y quedó sentada sobre la nieve mientras se recuperaba. Había tomado una buena cantidad de sangre del leñador, aunque cerciorándose de que el hombre pudiera reponerse, porque no quería arriesgarse a que se congelara y muriera antes de que pudiera recuperarse. Ivory había quedado algo cansada después de su combate con los vampiros y de haber alimentado a la jauría.

Se incorporó lentamente y estiró los brazos, esperando que los lobos volvieran a convertirse en tatuajes y le cubrieran la piel. Cuando los animales se integraron en ella, se sintió algo más viva porque ellos le transmitían su propia energía. Una vez más, corrió y alzó el vuelo, al tiempo que mutaba de forma y le daba alas a su cuerpo para luego elevarse por encima del bosque y emprender el rumbo a casa.

Las nubes estaban cargadas y en el aire soplaban ligeras rachas de viento que tapaban el sol naciente. Frente a ella se alzaban las montañas, enormes y coronadas por la nieve, por debajo de cuyas cumbres y capas de roca se ocultaba la calidez del hogar. Se dio cuenta de que sonreía. *Hemos llegado a casa*, pensó, y lo transmitió a los lobos. *Ya casi estamos.* Tenía que examinar el terreno en busca de posibles merodeadores.

Sintió que, al igual que ella, los lobos también se valían de sus sentidos porque nunca daban por sentado que el terreno estuviera despejado. Durante años, había sido su manera de mantenerse con vida, sin jamás confiar en nadie, ni cruzar palabra con nadie, a menos que se encontrara lejos de su morada. Tampoco dejaba huella ni rastro alguno. La ejecutora aparecía y luego se esfumaba.

Volando en círculos cada vez más cerrados, Ivory se acercó a su guarida, atenta como siempre a los puntos vacíos que pudieran señalar la presencia de un vampiro, y alerta ante la perturbación del campo de energía, que significaba que un mago podría encontrarse en los alrededores.

Cuando inició su descenso en espiral, percibió algo extraño, y lo mismo sucedió con los lobos. Allí abajo, a través de las capas de niebla, tuvo un atisbo de alguna cosa oscura que yacía inmóvil en la nieve. Comenzó a nevar, lo cual le dificultó la visión, y supo por aquella sensación de extrañeza que le recorrió todo el cuerpo, que el sol ya había comenzado a asomar en el horizonte. Todos sus instintos le dijeron que se diera prisa y llegara a su guarida antes de que el sol apareciera por encima de las cumbres, si bien algo más antiguo y profundo la disuadía.

No podía hacer caso omiso del cuerpo tendido sobre la nieve que ya empezaba a quedar cubierto por los copos que caían. *O köd belsó — que la oscuridad se lo lleve.* Con ésa y otras antiguas imprecaciones carpatianas que habrían espantado a sus cinco hermanos en los viejos tiempos, cuando ella era su protegida, su pequeña y adorable hermana pequeña, bajó hasta posar los pies en la nieve y extendió los brazos para permitir que su jauría también tocara tierra.

Los lobos se acercaron al cuerpo con cautela y dibujando un círculo en silencio. El hombre no se movió. Tenía la ropa hecha jirones, y asomaba parte de su torso y su vientre pálidos ante los ojos brillantes y hambrientos. *Raja* se acercó, sólo un par de pasos, mientras el resto de la jauría seguía desplazándose en un círculo alrededor del cuerpo. La hembra alfa, *Ayame*, se acercó por detrás del macho y *Raja* se giró y le lanzó un gruñido de advertencia. *Ayame* dio un salto hacia atrás y se giró de golpe para enseñarle los colmillos a su compañero.

Ivory se acercó con pasos cautelosos mientras *Raja* seguía olisqueando al hombre caído. No cabía duda de que había sido un macho poderoso. Era varios centímetros más alto que los seres humanos normales. Tenía una cabellera larga y espesa de color entrecano, hirsuta y sucia. En las gruesas mechas se veían pegados restos de sangre y polvo que le habían dejado el pelo apelmazado. Ivory se inclinó junto a *Raja* para tener una visión más detenida. Algo en ella se removió.

Respirando con dificultad, se apartó bruscamente, dispuesta a huir. El hombre tenía los huesos gruesos de los machos carpatianos, una nariz recta, aristocrática, y en su rostro, antaño bello, se adivinaban arrugas profundas de sufrimiento. Sin embargo, lo que más le llamó la atención y la aterró fue la marca de nacimiento que se veía por debajo de su camisa delgada y desgarrada. Vio el dragón en la cadera. No era un tatuaje. Aquel hombre había nacido con aquella marca.

Un cazador de dragones. Ivory se quedó un buen rato sin aliento. A su alrededor, la nieve siguió cayendo y el mundo se volvió blanco y todos los ruidos quedaron apagados. Ella oía los latidos de su propio corazón, demasiado rápido, sintiendo que la adrenalina se derramaba en su organismo y la sangre le rugía en los oídos.

Raja la tocó en la pierna con el morro, como insinuando que deberían dejar el cuerpo donde estaba. Ivory respiró, aunque apenas logró que el aire llegara a sus pulmones. Empezó a temblar. Se giró hacia los lobos y con un gesto los hizo apartarse, aunque sus pies se negaban a moverse. No podía dar ni un solo paso. Aquel hombre de rostro desgarrado, demasiado delgado y con el pulso apenas vivo, la estrechó en sus brazos.

Ivory alzó la cabeza hacia el cielo y dejó que la nieve la cubriera como una máscara blanca.

—¿Por qué ahora? —preguntó, con voz queda. Una plegaria. Una oración—. ¿Por qué me pides esto ahora? ¿Acaso no crees que ya me has pedido suficiente? —Se quedó esperando una respuesta. Quizás un rayo que se descargara del cielo. Algo. Cualquier cosa. Su súplica, apenas susurrada, sólo obtuvo un silencio implacable como respuesta.

Raja gimió varias veces. *Ven, hermanita, déjalo. No cuesta mucho ver que él te perturba. Vamos, antes de que el sol acabe de salir.*

Por primera vez en cientos de años, había olvidado el sol. Se había olvidado de tomar sus precauciones. Todo lo que sabía, todo lo que había aprendido… todo había desaparecido a causa de ese hombre. Ella deseaba irse. *Tenía* que irse, pero todo la atraía hacia ese hombre. *Päläfertiilam, el compañero eterno, su* compañero eterno. La maldición de toda mujer carpatiana.

Capítulo 2

Ivory se arrodilló junto al hombre caído y deslizó los dedos por su cara, llegó hasta el cuello para sentir el pulso. No era necesario. Su propio corazón había disminuido el ritmo para acompasarse con los débiles latidos de él. Le apartó la nieve de la cara y empezó a examinar concienzudamente sus heridas. Tenía el cuerpo lleno de cicatrices, casi tan feas como las suyas, si algún día dejara que alguien las mirara. La piel estaba fría como el hielo. Todos los carpatianos aprendían desde la más tierna infancia a regular su temperatura corporal, pero él estaba casi congelado.

¡Hermanita! El gemido de *Raja* esta vez acabó en un gruñido de advertencia. *El sol ha empezado a salir.*

Si no se llevaba al hombre, moriría a la luz del día. Sintió que su corazón vacilaba cuando miró las huellas que había dejado. Ésa era su intención. Por las cicatrices recientes y otras más antiguas en los tobillos y las muñecas, vio que había estado encadenado, y que los eslabones estaban bañados en sangre de vampiro. Cada vez que se movía, éstos le quemaban la piel. Sólo conocía a un hombre capaz de usar esas artes para mantener a alguien cautivo, y ese hombre era Xavier, el gran mago. Aquel cazador de dragones había escapado de su prisión y, en lugar de dirigirse a una aldea próxima en busca de ayuda, se había internado en el bosque y había llegado al lado más remoto de la montaña, donde el sol lo reclamaría.

La jauría de lobos empezaba a ir de un lado a otro, impaciente, y miraban al cielo. Comenzó a nevar con más fuerza, y el polvillo blanco cubrió el pelaje plateado de los animales. Ivory dejó escapar una imprecación y se inclinó sobre el hombre. Lo levantó hasta dejarlo sentado para que pudiera cargar con él.

De pronto, él abrió los ojos, e Ivory vio en ellos un pozo oscuro donde se acumulaba un torbellino de sufrimientos, de determinación sin flaquezas. Aquel hombre se había forjado en los fuegos del infierno, había sufrido agonías insoportables, pero con una voluntad de hierro. Nadie lo manipularía. Ivory sintió que su energía la rodeaba.

—Abandóname —dijo él, y su voz sonó como una orden seca.

Ella percibió que en esa orden había un mandato disimulado, y se cerró en banda para que no surtiera efecto en ella. Sin embargo, la orden transmitida por telepatía afectó a sus lobos. Ivory observó que retrocedían y con un gesto de la mano les ordenó quedarse donde estaban. Sólo gracias a ese sólido vínculo con sus animales los mantuvo cerca, a pesar de aquel mandato, y entonces intuyó muchas cosas acerca de ese hombre. A pesar de estar tan debilitado, medio muerto de hambre y demacrado, era increíblemente fuerte. Y peligroso.

No tenía intención alguna de abrir la boca. Sacudió la cabeza en silencio y se acercó para levantarlo. El cazador de dragones se resistió y le puso una mano en el hombro con una suavidad que la sorprendió. Ella sintió una descarga eléctrica y se estremeció de pies a cabeza, hasta que reaccionó bruscamente y respiró con una especie de silbido.

—No entiendes —dijo él—. Corres un grave peligro por el sólo hecho de estar cerca de mí. Tengo enemigos muy poderosos y pueden llegar a ti a través de mí.

Ella volvió a percibir ese mandato oculto en su advertencia. Aquel hombre irradiaba pureza. Y verdad. Quería que ella lo abandonara sabiendo que aquello equivalía a una sentencia de muerte. No sólo una sentencia de muerte, sino también la certeza de que moriría en medio de una agonía indescriptible, una muerte larga y lenta. Ivory volvió a maldecir. No tenía otra alternativa que hablar, y él sabría la verdad. Los de su especie sólo tenían una compañera, una sola. Podían vagar por el mundo a lo largo de siglos, pero a menos que conectaran con esa única persona, que compartía la otra mitad de su alma, no eran verdaderos compañeros eternos.

Si ella hablaba, él lo sabría. Vería el mundo en color y sentiría emociones, no se limitaría sólo a recordarlas. Sabría (y quizá ya lo sabía) que ella era su otra mitad. Ivory sabía que no tenía alternativa. Él se resistiría, intentaría que ella lo dejara, aunque seguramente sabía que no podía hacer eso, que era prácticamente imposible hacer algo así, por mucho que lo deseara. Entonces sacudió ligeramente la cabeza.

El cazador de dragones levantó una mano y ella supo que se disponía a hablar. Pero ella se le adelantó.

—No puedo hacer eso, y creo que sabes por qué. Si no quieres que mi manada, y yo también, suframos las quemaduras del sol, tienes que colaborar.

Ivory vio la expresión de asombro en su cara. El hombre se sacudió como bajo el efecto de un golpe, y cerró los ojos con fuerza durante un momento que pareció interminable, como si la gama de colores y las emociones que volvían a vivir en él fueran demasiado abrumadoras, demasiado deslumbrantes como para permitirle pensar con claridad. En realidad, el hombre no pareció acoger la noticia con mejor talante que ella, pero Ivory era perfectamente consciente de que él sentía por ella la misma atracción que ella por él. Cuando abrió los ojos, asomó un color oscuro y torbellinesco, casi negro, y luego se fue convirtiendo en un verde esmeralda profundo, antes de volver a ser azul oscuro. El hombre parpadeó y el efecto desapareció. Respiró y soltó el aire.

—Mi enemigo mortal es Xavier, el mago oscuro. Es capaz de poseer mi cuerpo y adueñarse de mi voluntad, y lo hace a menudo, entrando y saliendo de mí y llevando a cabo crímenes horribles y repugnantes contra todos, ya sean magos, humanos o carpatianos. No puedes quedarte conmigo. En este momento está débil, y por eso no se ha apoderado de mi cuerpo ni me ha obligado a volver. Ha sido mi única oportunidad para escapar.

Ivory se apoyó en los talones y miró en aquellos ojos oscuros y debilitados. El hombre decía la verdad. Se trataba de Xavier, el mago que había puesto en movimiento cosas que ya no se podían deshacer. Xavier había ordenando a los vampiros destrozar su cuerpo. Era un monstruo sin parangón, más vil de lo que el mundo jamás había conocido, y no podían permitir que volviera a recuperar sus poderes.

—Tu enemigo también es mi peor enemigo —confesó. Y eso que aquella tenía muchos enemigos.

—Déjame. Escóndete. Si yo muero aquí, no podrá usarme para hacer daño a otros.

¡Hermanita! Aléjate de este lugar. Llévanos a casa. Esta vez *Raja* enseñó los colmillos, exigiendo, más que pidiendo.

Hermana. Los demás lobos imitaron su grito desesperado.

Ivory sintió la quemazón que empezaba a subirle por los brazos y el cuello. A pesar de la nieve que ahora caía en tupidas rachas, era así de sensible, o quizá fuera un miedo que había cultivado a lo largo de los años. Poco importaba.

—¿Cómo te posee?

—Le permití una manera de entrar. —El hombre la miró fijamente, como manteniendo su mirada cautiva mientras pronunciaba su confesión—. Había una maga joven que era muy amable conmigo. En ese momento, sin que yo lo supiera, Xavier experimentaba para encontrar una manera de poseer los cuerpos. Me utilizaba a mí para fecundar a las mujeres. Deseaba tener una fuente para obtener sangre, y creía que tener hijos solucionaría su problema. Yo soy su nieto.

Ivory alzó los brazos para que los lobos se fundieran en su piel. Éstos, aliviados al ver que por fin se preparaba para irse, ocuparon su lugar una tras otro, cubriendo su espalda y sus brazos como si sólo fueran dibujos de tinta sobre su piel, no criaturas inmortales. Ella no le quitó los ojos de encima a su compañero eterno, ni cambió su expresión, a pesar de que interiormente se oía a sí misma gritar.

—Aquella mujer joven tuvo a mi hija, una niñita, muy bella. Era una criatura asombrosa y llena de talento. Todos éramos prisioneros de Xavier. Mis tías, yo mismo, la madre de mi hija y mi pequeña Lara. No quería que Xavier matara a Lara, como acabó matando a su madre, y le dije que haría lo que me pidiera.

Ivory se quedó boquiabierta, incapaz de creer lo que escuchaba.

—¿Entregaste tu alma al mago oscuro? ¿Al mago oscuro? —Se sintió un poco rara al repetir la pregunta, pero ¿quién podía hacer algo así? ¿Quién sería tan…?

—En aquel entonces, había sufrido horribles torturas. Xavier había dejado que el cuerpo de la madre de Lara se pudriera ante nuestros ojos, y yo no soportaba la idea de que Lara fuera torturada. En realidad, no pensaba con claridad —dijo, y negó con la cabeza—. Ya no puedo recordar los hechos con precisión. El tiempo los ha vuelto borrosos. Pero no puedes confiar en mí. Él puede poseer mi cuerpo en cualquier momento y obligarme a hacer cosas horribles a mis seres queridos. He traicionado a todos los que algún día significaron algo para mí.

—Y, sin embargo, te has rebelado contra él. Siempre has luchado.

—Soy el hijo de mi padre. Xavier también lo mató e intentó poseer a mi hermana. Yo no permití que eso ocurriera. Ofrecí mi vida a cambio de la suya y luego ofrecí mi alma por la vida de mi hija. No me queda nada que ofrecer a cambio de tu salvación.

Aquellos ojos de mirada penetrante no se despegaban de su cara, y si había arrepentimiento o remordimiento en su confesión, ella no lo percibió. Él había entregado su vida y estaba dispuesto a morir ese día, cuando saliera el sol, para proteger a todos los demás, incluyéndola a ella.

—Él no puede apoderarse de ti —le dijo—. Lo lamento, pero si lo que dices es verdad, no me queda más remedio que dejarte inconsciente para que no sepas dónde está mi refugio.

Por primera vez, la expresión de él cambió.

—No puedes llevarme allí, mujer, te lo prohíbo. —Levantó las dos manos y ella alcanzó a percibir el comienzo del hechizo que él pretendía urdir para obligarla a obedecer.

Ella fue más rápida. Con las manos extendidas, neutralizó su hechizo e hizo saltar chispas entre los dos. Ivory murmuró algo suavemente y él parpadeó y se resistió un momento, pero hambriento y débil como estaba, dejó caer la cabeza a un lado y cerró los ojos.

Una vez que Ivory tomaba una decisión, ya no vacilaba. Se echó al cazador de dragones sobre los hombros y alzó el vuelo, intentando ir más rápido que el sol, que ya empezaba a asomar por encima de las cumbres más altas. Surcó los cielos mientras la nieve caía, haciendo un barrido visual de los senderos que conducían a la montaña, buscando a posibles cazadores humanos de vampiros, que en esos tiempos eran más bien raros, pero que sin duda constituían una amenaza para los de su especie. Se dejó guiar por sus sentidos, buscando señales de la presencia de criaturas inertes que pudieran merodear cerca de su refugio, o de algún cazador perdido, uno de esos machos carpatianos de los que recelaba y a quienes procuraba ocultar su existencia.

En pleno vuelo, entornó los ojos. De poco le habían servido sus precauciones al topar con su compañero eterno, tendido ahí en la nieve, delgado y apagado, tan demacrado por la falta de alimento y tan sufriente que no había tenido el valor de abandonarlo.

—*O jelä peje terád*. Que el sol te consuma, *päläfertiilam*, compañero eterno —dijo, con un silbido de voz.

Jamás se le había ocurrido que se encontraría en una situación tan difícil. Un macho. Estaba llevando a un macho empapado y moribundo a su guarida. A su refugio. Tendría que haberle dicho *terád keje*, que se chamuscara, y ahí habría acabado todo. Pero no, claro está, tenía que actuar como una tonta y llevarse al condenado macho a casa.

Se dirigió a la abertura entre dos enormes columnas rocosas que se alzaban como dos cuernos por encima de la montaña. La roca parecía sólida y, en todos los años que llevaba habitando en ese lugar, nadie había encontrado jamás esa grieta delgada en la roca de la izquierda que iba desde el interior hasta la base, donde la columna se alzaba hasta la cumbre de la montaña. Tardó un momento en desactivar su intrincado sistema de alarma y protección para pasar con el macho. Sopló ligeramente contra el viento, y la nieve se levantó como en una pequeña tormenta que la cubrió cuando entró convertida en una voluta de niebla. Penetró por la grieta y siguió hacia el interior de la montaña.

Dejó atrás capas de rocas, cuevas de cristal y hielo, sin dejar de servirse de la pequeña grieta, que iba desde lo alto hasta lo más profundo de la tierra. Siguió descendiendo hasta que comenzó a sentir el calor y la presión que aumentaba. Siempre tardaba un momento en ajustarse a la presión en las profundidades de la tierra, pero a lo largo de los años, su cuerpo se había adaptado. Si el cazador de dragones había sido prisionero de Xavier, habría estado en las profundidades de las cavernas de hielo donde se encontraban los dominios del mago oscuro. Era probable que estuviera acostumbrado a las profundidades.

Siguió descendiendo, más allá de las cavernas donde pululaban los murciélagos, y continuó bajando hacia las profundidades de las cavernas de hielo, de cuya existencia ningún carpatiano estaba enterado. Había encontrado una tierra fértil y una cueva. A lo largo de los siglos, había ampliado sus dependencias, que ahora comprendían varias habitaciones. También había traído libros, que guardaba en estanterías que iban del suelo al techo. Ivory se había dado el duro trabajo de recrear todos los libros de magia que había estudiado cuando asistía a la escuela de Xavier, en aquellos tiempos lejanos en que el pueblo carpatiano veía en el mago a un amigo.

Sus muebles se adecuaban a sus necesidades y las velas estaban fabricadas con los mejores aromas curativos y minerales que podía encontrar. Mientras ampliaba su guarida, había topado con un pequeño curso de agua y, aunque había tardado casi setenta y cinco años, había fabricado una piscina natural en la roca sólida. Ivory amaba aquella piscina, el agua fresca y cristalina que no paraba de fluir y caía en una cascada a través del suelo hacia la siguiente capa rocosa por debajo de ellos.

Tras penetrar en el interior de su guarida, programó su singular sistema de alarma, con unas gemas que no sólo sujetaban la masa rocosa abierta por la grieta, sino que también proporcionaban luz en aquella profundidad lejos de la superficie. Se sacudió de encima los lobos con un movimiento de los hombros en cuanto llegó al interior de su morada y les permitió recuperar su forma natural, mientras ella recorría las dependencias exteriores, su sala de estar, donde a los lobos les agradaba acurrucarse mientras ella leía o pintaba o tocaba su instrumento, y luego pasó a las dependencias donde trabajaba el metal y fabricaba sus armas. Finalmente, bajó por unas escaleras que conducían a la última habitación, donde todos dormían.

Había un violín dentro de su estuche apoyado contra una pared en la habitación. Y a unos metros, una enorme cavidad de piedra que rebosaba con la tierra fértil con que Ivory la había llenado. Dejó al cazador de dragones sobre la tierra rejuvenecedora y se lo quedó mirando un momento. El hombre luchaba, se empeñaba en neutralizar el hechizo del sopor. Ivory tuvo la impresión de que no estaba tan profundamente adormecido como ella habría querido, pero lo único que de verdad importaba era que no había reparado en la ubicación de su guarida.

Respiró hondo y dejó sus armas a un lado. Acto seguido, anuló el hechizo. A pesar de su condición famélica y debilitada, el cazador de dragones se incorporó en la tierra con una mirada de hambre desatada. Ella dio un salto atrás y cayó sobre el trasero. Tuvo que alzar la cabeza para mirarlo.

—¿Qué has hecho, mujer? —rugió él.

Antes de que ella pudiera responder, *Raja* irrumpió de un salto en la habitación y se lanzó al cuello del intruso. Brincó en el aire enseñando los enormes colmillos.

—¡No! —ordenó Ivory.

El cazador de dragones alcanzó a coger al enorme lobo por el cuello, aunque la fuerza del impacto lo lanzó hacia atrás y lo devolvió al lecho de tierra. Ivory vio que las manos del hombre se cerraban alrededor del cuello como una prensa. El lobo luchaba instintivamente para respirar.

Hermanito, no es mi enemigo, sino mi compañero. Le enseñó los dientes al lobo y éste se quedó quieto y se mostró sumiso, aún atrapado entre las manos del cazador de dragones.

—Suéltalo —ordenó Ivory—, o tendré que responder con mis propias armas.

El cazador de dragones alzó una ceja, sin dejar de apretar con firmeza el cuello del animal.

—Al parecer, me amenazas con hacerme daño. Dudo que puedas infligirme algún dolor que no haya sufrido antes. Y si tu deseo es matarme, también es mi deseo, de modo que no creo que esa amenaza vaya a intimidarme.

Ella respondió con otra maldición, que salió de su boca como un escupitajo.

—*Veridet peje.* ¡Que tu sangre se queme!

Él aflojó cautelosamente su asidero en el lobo, manteniendo la vista fija en el gran macho alfa en lugar de mirarla a ella, lo cual no hizo más que aumentar su irritación, pues pensó que el hombre creía que el lobo era peor amenaza que ella.

—Mi sangre ya se ha quemado en no pocas ocasiones, *avio päläfertiilam*, mi compañera eterna —advirtió él.

Ivory respondió con un silbido de voz.

—Nunca vuelvas a llamarme «mi compañera eterna». No soy tuya. No pertenezco a nadie. No confío en nadie, y menos aún en el nieto de Xavier y, además, cazador de dragones. —Pronunció aquellas palabras con todo el desprecio y el asco que pudo imprimir a su voz.

Antes de que él atinara a responder, ella miró a *Raja* porque el animal, al reparar en su talante agresivo, volvió a enseñar los colmillos y a gruñir con tono ronco y amenazante.

Hermanito, en este momento no tengo paciencia para tratar con el ego de dos machos a la vez. Ve a reunirte con tu compañera y déjame a mí lidiar con este... este.... No había palabras lo bastante perversas para describirlo.

El lobo lanzó al cazador de dragones una última mirada turbia de advertencia y de un salto se plantó fuera de la habitación. Los dos se quedaron a solas.

Ivory retrocedió hasta dejar un espacio prudente entre ella y el cazador de dragones. Se apoyó contra una pared, procurando mantener un talante sereno.

—Han pasado siglos desde la última vez que compartí un espacio con alguien —confesó—. Ya no sé cómo debo comportarme.

—Podrías empezar por decirme cómo te llamas.

El hombre no sonrió. No la miró como si ella fuera para él la luna que salía cada día, como se suponía hacían los compañeros eternos. Ni siquiera se molestó en insistir en que ella le pertenecía, que era lo que en efecto gritaba cada célula de su organismo, porque ésa era la verdad.

Ivory se humedeció los labios.

—Soy Ivory Malinov, hermana de aquellos cinco que se han alzado en armas y urden la rebelión de los vampiros. Hermana de aquellos que se han aliado con Xavier. Y éste no es mi verdadero aspecto.

—Yo soy Razvan, nieto de Rhiannon y Xavier. Soy un mercader de la muerte y la tortura para con cualquiera que se atreva a acercárseme, sobre todo para los seres que más amo. Nunca te reclamaré, Ivory, así que puedes estar tranquila. Te dejaré en cuanto me recupere. —Razvan inclinó levemente la cabeza y se quedó mirando su cuerpo perfecto—. ¿Sientes temor de mostrarte a mí bajo tu verdadero aspecto?

Ella alzó el mentón.

—No siento temor ante nada, cazador de dragones, y menos ante ti.

—De eso ya me he percatado —replicó él, con un leve dejo irónico—. Aunque, en realidad, deberías temerme. No a mí, sino a Xavier, que puede encontrarme donde sea que esté. Debes creer lo que te digo.

—Te creo. Yo misma fui discípula de Xavier hace mucho tiempo. Mucho más de lo que quisiera recordar. Lo conozco bien... demasiado bien.

—Entonces has hecho algo que lo ha contrariado —dijo él, y no era una pregunta sino una afirmación.

Ivory se dio cuenta de que a duras penas podía respirar en la estrechez de aquella habitación mientras percibía el hambre del cazador de dragones como un violento latido. Quizá no fuera sólo el hambre. Quizá fuera su manera de pasear su mirada por su cuerpo con cierto dejo posesivo, la mirada de un macho teñida de interés. Nadie la había vuelto a mirar de esa manera desde los tiempos del hijo mayor del príncipe, y aquello no había acabado demasiado bien.

Sintió que la piel le escocía y le dolieron los huesos. Había olvidado ese dolor, o lo había ocultado en un pliegue tan recóndito de su memoria que ahora era borroso y ligero. En ese momento, mientras él la miraba y le hacía preguntas, recordó en su propio cuerpo la sensación de un objeto cortante que hería tejidos y huesos.

—Ivory —insistió él, con voz queda—. ¿Qué hiciste para contrariarlo?

Ella se dejó caer contra la pared, plegó las rodillas y cruzó los dos brazos sobre ellas, con lo cual se hizo mucho más pequeña.

—Yo quise ir a la academia de Xavier para aprender de él. Mis hermanos y cinco amigos suyos me criaron. Eran diez fornidos guerreros que satisfacían hasta mi último capricho. Aprendí a luchar, pero nunca me dejaron llevar mis conocimientos a la práctica. Era capaz de hacer cosas que ninguna otra mujer podía hacer y, sin embargo, se suponía que debía esperar sentada en casa a que algún compañero eterno viniera a ofrecerme seguridad. —Sacudió la cabeza y recordó la frustración de poseer una mente hambrienta de conocimientos, de cualquier tipo, y haberse dado de bruces contra el muro de piedra que era la negativa de sus hermanos a permitirle cualquier libertad.

Se frotó el mentón en las rodillas.

—En aquel entonces, Vlad Dubrinsky era el príncipe. —Su explicación se volvía cada vez más enrevesada, y seguía divagando en lugar de dar una versión breve y sucinta. Se frotó los ojos—. Creo que ha pasado tanto tiempo desde que no hablo con nadie más que con mi jauría que he olvidado cómo hacerlo —dijo, frotándose la pierna arriba y abajo.

Razvan dejó vagar la mirada sobre su mano y no la apartó, puesto que había reconocido su ademán nervioso. Ivory era salvaje, como la manada que la acompañaba, y se sentía incómoda ante su presencia, no porque representara algún peligro ni porque fuera su compañero eterno sino, sencillamente, porque se mostraba cauta con todos por naturaleza.

—Conserva la calma, Ivory —le dijo, con voz suave, casi cantarina, como si le hablara a un animal acorralado—. No pretendo obtener nada de ti. No creo que Xavier empiece a buscarme tan pronto. Se ha vuelto débil y viejo, ahora que no tiene sangre carpatiana de que alimentarse. Tendrá que recuperar fuerzas si quiere atacarme. Lara escapó de su prisión, y después hicieron lo mismo mis tías. De manera que por ahora estás a salvo, pero nunca me des la espalda. Hazte a la idea de que deberás acabar conmigo.

Ella ignoró aquella última frase.

—¿Cómo has conseguido escapar? —inquirió.

—Xavier sacó mi cuerpo de la caverna de hielo cuando su fortaleza fue destruida. Ahora necesita sangre para sobrevivir y ser fuerte. —Se miró el cuerpo desgarrado y débil con una sonrisa sin humor—. Se había servido hasta de la poca sangre que me quedaba. Creo que tenía la intención de matarme pero, cuando mis tías escaparon, me necesitaba para mantenerlo vivo. Está decidido a alcanzar la inmortalidad. Cómo puedes ver, queda poca cosa de mí, y él se ha debilitado mientras intentaba construir su nueva fortaleza.

Ivory respiró profundo y soltó un ligero resoplido. Él se percató de que luchaba consigo misma antes de hacer su ofrecimiento.

—Necesitas alimentarte.

Habló con voz ronca y temblorosa, y él sintió que el corazón le daba un vuelco en el pecho. Había pasado mucho tiempo desde la última vez que alguien había tenido un gesto amable con él.

—Te lo agradezco, pero debo decir que no, muy a mi pesar. He tomado suficiente sangre de aquellos a quienes debía proteger, y ahora no tomaré la tuya.

Ella frunció el ceño.

—Percibo el latido de tu hambre.

—Lo sé. No puedo controlar las necesidades que se manifiestan en el espacio estrecho de esta habitación. Lamento de verdad causarte esta aflicción.

Razvan no quería que ella siguiera pensando en el hambre que lo corroía, en cada una de sus células que pedían a gritos algo de sustento. Olía la sangre, rica y caliente, fluyendo por sus venas, llamándolo. A duras penas conseguía pensar mientras los dientes se le alargaban y la saliva se le anticipaba en la boca. Los latidos de Ivory se habían acompasado con los suyos, y eso lo inquietaba.

Sabía poco acerca de las compañeras eternas, y lo último que jamás había deseado era sentir verdaderas emociones. Ya era bastante grave recordar cómo era amar y sentir remordimiento por las vilezas que había perpetrado, aunque fuera bajo las órdenes de otro, pero ella lo había introducido todo en su mente y en su corazón y lo había vuelto todo real una vez más. Ahí donde antes había permanecido insensible cientos de años, ahora todos los actos más brutales (las violaciones de mujeres, haberse alimentado de sus propios hijos, el apuñalamiento de su propia tía y la traición contra todos los seres por los que sentía afecto y amor) volvían, los tenía ante sí y le producían un profundo desprecio y asco de sí mismo.

Su alma era muy oscura. Las emociones lo embargaron con sus recuerdos. El recuerdo de su hermana tan querida, por cuya salvación había luchado, y a la que había acabado traicionando. Había intentado en vano salvar a sus tías y, aún así, controlado por Xavier, le había hundido a una de ellas un puñal en el pecho. No podía respirar ni podía encontrar aire suficiente para llenar sus pulmones.

Sintió la garganta reseca y creyó asfixiarse. Cerró los ojos, intentando reprimir la culpa y el horror que le inspiraban sus actos. Poco importaba que no fuera él quien controlaba la situación (aquello era, en sí mismo, una horrible culpa), o que no hubiera sido lo bastante fuerte para detener a Xavier. Luchar contra él en cada momento no había bastado, y ahora aquella desconocida, aquella mujer, había despertado en sus recuerdos hasta el último horroroso, vívido y repugnante detalle y le había marcado el alma como irredimible.

—Razvan. —Le habló con voz suave y amable—. Mírame.

Él no podía moverse. Ni mirarla a la cara. No, no era a ella, era a sí mismo. Maldijo su propio cuerpo por su capacidad de resistencia ante la muerte. ¿Cómo podía mirar a nadie a la cara después de haber cometido crímenes tan atroces? Sintió que la bilis le subía y se ahogó en ella, un regusto amargo y metálico. Se pasó la mano por la cara y vio que tenía la palma teñida de sangre.

Olió a Ivory, aunque ésta no hizo ruido alguno al acercársele, silenciosa como aquellos mortíferos lobos. Él negó con un movimiento de la cabeza.

—No te me acerques demasiado. Mantente apartada. —El hambre lo volvía salvaje, mientras que la culpa lo volvía un poco loco. No era Xavier a quien temía ahora, sino a sí mismo. Sabía lo que hacían incluso los mejores hombres de su estirpe cuando se veían acuciados por el hambre, y él ni siquiera podía considerarse a sí mismo uno de ellos. Llevaba encima una maldición, y... estaba muy hambriento. A punto de desfallecer.

Ivory se arrastró hasta él.

—Tienes que alimentarte. A menudo alimento a mis lobos, no tiene mayor importancia. Sólo tienes que tomar la sangre de mi muñeca.

Razvan la vio en ese momento, frente a él, con expresión afligida, aunque seguía siendo lo bastante lista como para conservar su cautela. No confiaba en él, se veía en sus ojos. Una de sus uñas se alargó, afilada como una navaja, y entonces hizo un gesto hacia su muñeca.

Razvan le cogió la mano. El miedo lo envolvió y, combinado con la adrenalina le dio fuerzas, aunque ya le iban quedando pocas.

—¡No! No lo haré. —La sola idea le daba náuseas. Aquel brazo que ella le ofrecía conjuró una visión de una boca ávida que desgarraba la muñeca de una pequeña. Volvió a ahogarse y se apartó de ella.

¿Cómo decirle a alguien que uno está condenado? Sacudió la cabeza.

—Tienes que devolverme a la superficie y dejarme ir.

—¿Por qué no te alimentas? Quizá si me lo cuentas...

Él no dijo palabra. Se lo enseñó, más bien. Ella tenía que ver, y saber, qué tipo de monstruo había traído a su guarida. Se apoderó de su mente y penetró en ella, inundó su cabeza con sus recuerdos, obligándola a ser testigo de cómo le abría la muñeca a una pobre criatura indefensa que le rogaba que desistiera, dejando que la madre de su hija se pudriera mientras chillaba y se resistía y lloraba sangre, maldiciendo al monstruo que lo mantenía cautivo. La obligó a ver cómo traicionaba a su propia hermana gemela, Natalya, y cómo hundía un puñal en el pecho de un dragón mientras intentaba desesperadamente ayudar a su hija a escapar.

Ella palideció, pero no se apartó de su mente. Él la sintió moverse en su interior, con los sentidos alerta, como era naturalmente, pero empapándose de sus recuerdos, recogiendo su vida como una esponja, leyendo toda su existencia. Y siguió enseñándole los cientos de años que había vivido preso de Xavier, viéndolo torturar y matar. Xavier se había servido de su cuerpo una y otra vez para que cometiera actos horripilantes, para que se apareara con mujeres con poderes psíquicos previamente escogidas. Xavier se iba apoderando lentamente de él y, después, usándolo como su marioneta para llevar a cabo sus vilezas. Ella tendría que haberse echado atrás, pero no se movió, lo vio todo, sin miedo y en silencio, sin que sus pensamientos fueran perceptibles.

Al cabo de un rato, Razvan se dio cuenta de que sollozaba en lo más profundo de su ser, por todos esos años de tormentos y culpas, por la arrogancia de un joven que creía poder derrotar solo a un enemigo que había escapado de guerreros y mentes mucho más ancianas y sabias que él. Cayó en la cuenta de que se había tendido y apoyado la cabeza en el regazo de ella, que le acariciaba el pelo, mientras la sangre de sus lágrimas le manchaba las piernas.

—¿Has visto quién soy? —le preguntó. Era como una imploración. Había vivido los últimos años planeando cómo escapar, pensando en dejar que el sol le purificara el alma hasta calcinarlo, decidido a probar suerte en la vida del más allá. Y, sin embargo, ahí estaba, la única mujer que podía detenerlo y, aún así, se negaba a dejarlo ir. Si hubiera tenido fuerzas habría luchado para abandonar aquel lugar, pero no podía arriesgarse a hacerle daño y, con la mente tan destrozada y el cuerpo tan débil, dudaba que pudiera llegar a la superficie sin antes tener que librar una cruenta batalla.

—Veo más de lo que crees. Has olvidado, Razvan, que tuve mis propias experiencias con Xavier —aseveró ella, y volvió a acariciarle el pelo y a dibujar pequeños círculos sobre sus pómulos—. Y has revelado mucho más acerca de Xavier y sus hechizos de lo que sospechas.

A él no le agradó ese tono especulativo de su voz, pero sus manos obraban maravillas y mantenían a raya la angustia y el dolor físico.

—No puedes vencerlo, créeme. Yo lo he intentado a lo largo de los siglos y siempre he fallado. —Él debería haberse apartado bruscamente, pero constató que era incapaz de moverse. Con sus manos, ella estaba urdiendo su propia magia. ¿Cuánto tiempo había pasado sin que alguien lo tocara con tanta dulzura?

—Como yo —replicó Ivory—. Yo conocí a Rhiannon y a su compañero eterno. Y cuando Xavier me hizo presa de su hechizo y me arrastró hasta lo profundo del bosque, me contó sus planes para matar a su compañero eterno y aparearse con ella. Ya lo tenía todo planeado. Desde luego, yo sabía que los carpatianos lo vencerían. Éramos muy fuertes.

Entonces guardó silencio. Su voz se había vuelto cantarina, más grave, casi aterciopelada. Él percibió aquellas notas que se deslizaban en su interior, como acariciando los recuerdos dolorosos, alejándolos con extrema suavidad. Todo en Ivory parecía dulce y suave y muy apacible.

—Nadie puede vencer a Xavier.

Ella se inclinó hacia él y le susurró al oído.

—Porque cuenta con ayuda. Siempre cuenta con ayuda. En cada uno de los recuerdos que me has enseñado, había un mago menor que descubría los fundamentos del hechizo que él lanzaba. Cuando me tomó a mí, y luego secuestró al compañero eterno de Rhiannon y lo asesinó, no fue él quien cometió el asesinato, aunque he oído que se jactó de haberlo hecho. Fue Draven, el hijo mayor del príncipe Vlad. Traicionó a nuestro pueblo según los designios de Xavier. Le entregó a éste en sus propias manos el cadáver del compañero eterno de Rhiannon.

Razvan quiso despabilarse, pero le pesaba todo el cuerpo. Sintió que su mente divagaba mientras ella alzaba puertas y luego las cerraba lenta y suavemente para aislar los dolores y la culpa ahí donde no pudieran afectarle. Uno tras otro fueron bloqueándose los recuerdos de su derrota y sus crímenes, hasta que su mente fue capaz de aceptar, desde cierta distancia, los siglos de fracasos, de tortura y de desprecio de sí mismo. La voz de Ivory era lo más bello que jamás había oído y se concentró en ella, en aquella melodía dulce y amable que parecía trasladarlo a algún lugar muy lejos de la cruda brutalidad de su existencia.

—Recuerdo a Draven, aunque es un recuerdo distante. Un asesino, un hombre traicionero que pedía a Xavier jóvenes magas a cambio de su información. Un día desapareció y Xavier se puso furioso, y no paró de vomitar hechizos contra Gregori Daratrazanoff durante semanas. Supuse que Gregori por fin había descubierto su traición y había hecho justicia. —Razvan intentó abrir los ojos para mirarla, pero los párpados le pesaban demasiado y no quería que ella pusiera fin a sus caricias—. ¿Por qué habría de matar Draven al compañero eterno de Rhiannon? —Al pronunciar el nombre de su abuela, Razvan se emocionó. Conservaba los recuerdos que su padre tenía de ella, de aquella mujer de habla pausada de la que Xavier se había alimentado hasta que sus hijos fueron lo bastante mayores para reemplazarla.

—Draven estaba obsesionado conmigo. Yo no era su verdadera compañera eterna, pero él me deseaba. Sufría aquella enfermedad que tienen algunos de nuestros machos, y creía, puesto que era el primero en la línea de descendencia, que podía poseer cualquier mujer que deseara. Mis hermanos renegaron de él cuando yo les dije que sabía que no era su compañera eterna. Cuando ellos partieron al campo de batalla, el príncipe Vlad me envió a la escuela de Xavier, y creo que fue para mantenerme alejada de Draven.

—Así que Draven te rescató de manos de Xavier a cambio de la vida del compañero eterno de Rhiannon —dijo Razvan, como si acabara de descubrirlo.

Ahora su mente parecía haberse apaciguado, como si flotara debido a sus caricias y a la melodía suave de su voz. Poco importaba que el tema que trataban fuera aborrecible, porque su mente podía pensar la verdad sin miedo ni culpa, sin las emociones abrumadoras que lo habían barrido al oír la voz de Ivory. Ahora su mente sencillamente lo aceptaba y, por el momento, estaba en paz. Deseaba que aquello no acabara jamás, y se imaginaba que un momento como ése debía parecerse al cielo, un refugio donde nada podía hacerle daño, aunque no fuera más que por un breve interludio.

—Sí, pero Draven no contó con el hecho de que yo me había pasado la vida aprendiendo las artes del combate con diez grandes guerreros. Mis cinco hermanos y los hermanos De la Cruz. —Ivory le frotó los mechones de pelo entre los dedos y luego lo apartó, apenas un leve giro, para que él quedara mirando hacia arriba y hacia ella.

Razvan parpadeó. Abrió apenas los ojos y alzó la mirada hacia ella. Sintió que no tenía aire en los pulmones y se quedó mirando a aquella mujer por encima de él. Seguía teniendo el rostro de un ángel, con una piel perfecta y pura. Sin embargo, ahora podía ver las cicatrices, unas marcas horribles que empezaban en el cuello y bajaban por su cuerpo como si la hubieran ensamblado con alambre de espino.

—¿Él te hizo esto? —preguntó, las palabras ahogadas por la emoción, sabiendo que en los carpatianos las cicatrices no solían perdurar. Sin embargo, Ivory tenía todo el cuerpo marcado por aquellas líneas, como retazos desfigurados unidos unos con otros y recosidos casi al azar.

—A Draven, futuro príncipe, no le parecía nada bien acabar derrotado por una mujer si sus planes con Xavier llegaban a buen puerto. No podía evitar jactarse abiertamente, y me contó que iba a matar a su propio padre. Jamás se le pasó por la cabeza que yo podría luchar y vencerlo en la lid. Estaba muy furioso.

Su voz sonaba muy distante, una canción lejana de paz y calidez a pesar de su escalofriante relato. Razvan se dio cuenta de que, por mucho que lo intentara, no cabía en su entendimiento el horror que transmitían sus palabras, ni tampoco el alcance de la traición de Draven Dubrinsky, no sólo contra su pueblo sino contra su propio padre. Xavier era el demonio en persona, un monstruo sin rival y, aún así, Draven había buscado establecer una alianza con él.

—Mientras regresaba donde los míos, fui atacada por cuatro vampiros —siguió Ivory, y volvió a girarle la cabeza en su regazo.

Su cuerpo era cálido y suave y Razvan se sentía muy acogido. Ivory olía a bosque, a naturaleza profunda, verde y secreta. Había un resabio de nieve, distante, evocador, de una princesa del hielo que no cedía ante nadie y, sin embargo, entregada a él. Era toda una fantasía. Él había olvidado hacía tiempo lo fantástico, y ahora sus pensamientos aleatorios no pertenecían al ambiente que ella pintaba al contar aquel episodio traumático de su vida. Todo parecía parte de un sueño, aunque él había dejado de soñar al enterarse de que Xavier extraía información de su hermana cuando él soñaba. No había sido capaz ni siquiera de poner fin a eso y de ahorrarle a Natalya todo ese dolor. Sabía que la había atacado Xavier, pero ¿cuatro vampiros? ¿*Cuatro?*

Intentó incorporarse para acudir en ayuda de su hermana.

—No atacaron a Natalya, cazador de dragones, sino a mí. Xavier deseaba la muerte más horrenda que pudiera concebir para alguien como yo. Los obligó a decapitarme, a cortar mi cuerpo en trozos pequeños y luego a esparcirme por el campo para que los lobos me devoraran. Tendrían que haberme incinerado el corazón. No era mi voluntad morir, porque lo que deseaba era ver a Draven y a Xavier desaparecer de la faz de la Tierra.

Por un instante, todo el horror y la agonía que Ivory había padecido ocuparon su pensamiento, y el de Razvan también. Y enseguida, antes de que él pudiera asimilar y procesar mentalmente lo que ella le había contado, ya había desaparecido, había vuelto a ser reemplazado por el suave roce de sus dedos acariciándole las sienes y por su susurro seductor.

Tienes mucha hambre, cazador de dragones. Has sufrido hambre durante mucho tiempo y careces de la verdadera fuerza. Te ofrezco la vida. Y la fuerza. Una oportunidad de vencer a la encar-

nación del demonio. Sólo tienes que aceptar lo que se te da en toda libertad. Si, una vez que hayas recuperado el vigor, decides marcharte, te sacaré de aquí y podrás seguir tu propio camino.

La sola idea de separarse de ella le dolió en alguna parte de su alma maltratada. Ella era su compañera eterna. Una vez encontrada, no podía abandonarla sin más y, aún así, él sabía (pensó, frunciendo el ceño) que por algún motivo no debía pronunciar las palabras que los unirían.

Ivory le frotó las arrugas del ceño.

Puedes estar en paz. Aquí estás a salvo.

Él sacudió la cabeza, aunque incluso ese leve movimiento le costó. Más que cualquier cosa, añoraba el contacto de esos dedos mágicos y el calor de su cuerpo, después del frío que había padecido durante siglos. En las cavernas de hielo había subsistido con la cantidad mínima de sangre, ya que Xavier estaba decidido a no dejarlo recuperar las fuerzas, y había llegado casi a olvidar lo que era el calor, o la generosidad. No quería destruir la ilusión de que alguien lo estimaba lo bastante como para prestarle ayuda sin pedir nada a cambio.

Desde luego, no era verdad, había aprendido esa dolorosa lección a lo largo del tiempo. No se podía confiar en nadie, y menos en él, pero aquella ilusión podía sostenerlo ahora que su cuerpo hambriento y su mente fragmentada ya no podían funcionar adecuadamente.

Ivory se inclinó más cerca. Uno de sus pechos le rozó la cara a Razvan y él reaccionó tensándose. *Escucha el ritmo de mi corazón. Acompasa el tuyo con el mío.*

Oía su corazón, regular, como un faro bien sincronizado, una señal para devolverlo a casa.

Ivory le miró el rostro demacrado y sintió una punzada que le llegó al corazón. Ella misma no había experimentado el sentimiento de la compasión en siglos. Se había cuidado de evitar las trampas y las ilusiones de las emociones. Sus hermanos bienamados la habían traicionado. *Su propia familia.* Nunca olvidaría cómo los había buscado, arrastrándose desde las entrañas de la tierra con el cuerpo descoyuntado, luchando cada centímetro del terreno para volver a casa, sólo para descubrir que habían transcurrido siglos y que sus hermanos se habían unido precisamente a quienes la habían despedazado y abandonado como alimento para los lobos hambrientos.

Al oír a Razvan contar cómo había traicionado a su hermana, a sus tías y a su propia hija, pensó por un momento en ayudarle a ir al encuentro del alba, aunque aquello significara condenarse a sí misma. Pero una vez que estuvo dentro de su mente, entendió mejor que él los siglos de lucha, su intento desesperado de proteger del monstruo a todos los que lo rodeaban. Y había aguantado, a pesar de la tortura y del hambre y de cualquier otra cosa que pudiera imaginar.

De alguna manera se asustaba al pensar en cómo sería su voluntad y determinación una vez que hubiera recuperado todas sus fuerzas. En ningún momento de su largo cautiverio en manos de Xavier, Razvan había estado en plena posesión de sus fuerzas. Era un niño cuando Xavier lo había raptado, e incluso entonces, siendo sólo un niño, había protegido a su hermana. No se consideraba apto en materia de hechizos (su hermana era mucho mejor), pero sí era un macho carpatiano de pies a cabeza, fuerte y protector, y no cedía ni un palmo en la lucha, por muy débil que estuviera.

Escucha la sangre que fluye por mis venas. Fluye como la marea misma, como la savia de los árboles, fluye para ti. ¿La hueles? ¿Sientes cómo tu cuerpo pide la vida a gritos?

Ivory trazó una línea sobre su pecho, una de tantas. Pero de ésta brotó la sangre roja y brillante. Volvió a moverlo y le acercó la boca. Se oyó un latido. Dos. Todo en ella quedó quieto. *Veri olen elid, la sangre es vida. Saasz hän ku andam szabadon, toma lo que te ofrezco libremente.* Ivory puso toda su energía en la transmisión de esa orden disimulada y suave.

Sintió que algo en él se agitaba. Razvan pasó la lengua por la herida abierta y ella sintió que se le apretaban las entrañas. Los dientes se hundieron profundamente, un dolor punzante y quemante que enseguida se convirtió en caliente placer.

Ella le acarició el pelo y empezó a entonar el cántico de curación menor de los carpatianos. Su voz se hizo más audible, suave y melodiosa, hasta llenar la caverna con el precioso don que era el canto.

Kuńasz, nélkül sivdobbanás, nélkül fesztelen löyly. Estás como dormido, sin latidos en tu corazón, sin aire en tus pulmones.

Ot élidamet andam szabadon élidadér. Ofrezco libremente mi vida por la tuya.

O jelä sielam jŏrem ot ainamet és soŋe ot élidadet. Mi espíritu luminoso olvida mi cuerpo y entra en el tuyo.

O jelä sielam pukta kinn minden szelemeket belsö. Mi espíritu luminoso ahuyentará a todos los espíritus oscuros.

Pajńak o susu hanyet és o nyelv nyálamet sielametsívadabat. Que esta tierra de mi patria y la saliva de mi lengua lleguen a tu corazón.

Viï, o verim soŋe o verid andam. Finalmente, te doy mi sangre por la tuya.

Cansada, Ivory cerró los ojos. No se atrevía a darle más sangre de lo que podía. Una sola sesión de curación y permitirle beber de su sangre una sola vez no sería suficiente, ni mucho menos. Una semana, un mes... el tiempo no importaba, ella lo curaría. Por ahora, había hecho todo lo que podía.

Que encuentres la paz, cazador de dragones.

Le tapó la boca con la mano y le susurró que parara. Acto seguido, lo devolvió al rico lecho de tierra. Llamó a su manada y les indicó que ocuparan sus lugares alrededor de su compañero eterno —aunque Razvan no la hubiera reclamado— y se acurrucó junto a él, permitiendo que la tierra oscura los envolviera. Sus protecciones alrededor de la habitación eran las más sólidas que conocía.

Capítulo 3

La búsqueda de Razvan había sido intensa a lo largo de las últimas tres semanas. Ivory se agazapó por debajo de la colina nevada, y luego se alzó justo lo suficiente para otear el bosque de más abajo. No logró ver nada, pero la dirección del viento había cambiado y le había traído el olor de la sangre y la muerte. Además de los olores, se percató de los suaves sollozos de un niño.

Ivory había tenido la cautela de alimentarse lejos de su guarida, pero luego sus desplazamientos la habían acercado al territorio donde Mikhail Dubrinsky, príncipe del pueblo carpatiano, y su legendario lugarteniente, Gregori, habían construido sus hogares. Al parecer, había muchos más carpatianos que la última vez que había llegado tan cerca. Cuando cazaba buscando con que alimentar a su manada, tenía que evitar no sólo a los vampiros, a Xavier y sus lacayos, sino también a los cazadores.

Sabía que los vampiros y Xavier buscaban a Razvan. Habían estado en la cabaña del bosque donde ella se había alimentado del humano, pero, por suerte, éste ya se había marchado. Todavía quedaban huellas del hedor del vampiro en la cabaña y, afortunadamente, los vampiros no habían sido capaces de seguirle la pista. Encontraron el lugar donde Razvan había caído. Había huellas por todas partes y el olor putrefacto del vampiro manaba de aquel punto central, hasta que reanudaron la búsqueda.

Se había asegurado de que, después de eso, ni ella ni su manada pisaran tierra cerca de su guarida. Incluso se había atrevido a acercarse al pueblo y traer de vuelta sangre fresca para alimentar a Razvan. Apenas lo había despertado, y lo había sanado todas las noches, conservando lejos de su mente las imágenes y los recuerdos dañinos que lo perseguían y atormentaban. Si después de recuperar todas sus fuerzas y haber sanado del todo, Razvan decidía ir al encuentro del alba, ella se juró que no se lo impediría por segunda vez. Sin embargo, noche tras noche, mientras lo sostenía en sus brazos y entonaba el cántico de curación, dándole sangre, sabía que le costaría dejarlo ir. Pero lo dejaría. Lo dejaría libre, sin culpa, porque salvarlo había sido una decisión suya. Quedarse para ayudarla a vencer a Xavier era una decisión que debía tomar él.

El llanto del niño volvió a atraer su atención en el bosque más abajo. ¿Por qué no respondía algún adulto a aquella llamada de aflicción? ¿Qué tipo de padres eran aquellos capaces de abandonar a un pequeño a los peligros del bosque nevado por la noche? Hasta los propios aldeanos se santiguaban y colgaban ristras de ajo en ventanas y puertas, convencidos de que los persistentes rumores sobre criaturas inertes que rondaban por la noche eran verdad.

Se sentó sobre los talones. Ella no se acercaba a los niños. Ni siquiera había sostenido a una criatura en los brazos, ni una sola vez en toda su larga vida. No recordaba haber tenido relaciones con otros niños de pequeña, antes, en el reino del pasado. Si un niño la viera bajo su verdadero aspecto, sobre todo un niño carpatiano acostumbrado a las formas perfectas, posiblemente huiría despavorido.

Se palpó el cuello. Bajo aquella forma, nunca le daba a los vampiros la satisfacción de ver sus cicatrices. Los vampiros y Xavier le habían hecho sufrir lo peor, pero ella seguía siendo perfecta, y aún no había sido mancillada por su barbarie. Si algo sucedía, era que se sentía psicológicamente más fuerte al saber que ellos quedaban sorprendidos por su bella apariencia.

El llanto del niño seguía, cada vez más fuerte, hasta que ella hizo una mueca. Tendría al menos que cerciorarse de que la pequeña criatura no estuviera herida, pero eso significaba exponerse cuando sabía que había vampiros y cazadores en los alrededores. Respiró hondo y se encogió de hombros, y luego dejó que su manada se fundiera en ella como si fueran simples tatuajes. Ellos le protegerían la espalda, y podrían obtener más información que ella oliendo el viento. Con seis pares de ojos inteligentes y seis olfatos que captaban hasta el último detalle a su alrededor, se sentía más segura.

Acabemos con esto de una vez. Y cuando encontremos al crío, nada de asustarlo. Lo llevaremos a donde está su madre y se acabó.

La manada no parecía más entusiasta que ella. Ivory llevaba tiempo sin dejarlos correr a sus anchas, sabiendo que los vampiros a menudo salían a buscar a los lobos para encontrar pistas que les permitieran descubrir su guarida.

Será pronto, les aseguró.

Se disolvió en una voluta de vapor y se deslizó por encima de la nieve, cerca del suelo, permitiendo a los lobos asimilar todos los olores.

Gente maligna. Humanos. Carpatianos. Sangre. Los muertos que caminan.

Ivory procesaba la información y las direcciones con la misma rapidez con que los lobos se la transmitían. *Gente maligna* era el nombre con que los lobos se referían a los vampiros. Pero los *muertos que caminan* eran marionetas, humanos sin capacidades psíquicas que recibían sangre de vampiro y a los que se prometía inmortalidad. Los vampiros solían usarlos para atacar durante el día. Eran casi tan aborrecibles como los propios vampiros.

Se movió más de prisa, como si temiera por el crío. Por un instante, tuvo un atisbo de un hombre que corría por la nieve y luego desaparecía entre los árboles. ¿Acaso sería el padre de la criatura? Si lo era, había llegado un poco tarde.

Vio a un niño pequeño, delgado, con una mata de pelo negro que le llegaba a los hombros, luchando contra el mismo tipo de trampa en que habían quedado atrapados los lobos salvajes. Aquello la desanimó. Era otro engaño. No era tan ilusa como para creer que el niño se había metido solo en aquella trampa. Era evidente que lo habían llevado a la fuerza (lo intuyó por el olor de la muerte y la sangre) y dejado ahí como un chivo expiatorio, con aquellos cables finos que le cortaban las manos y los tobillos. Tenía otro en torno al cuello. El niño lloraba, pero aguantaba con estoicismo, negándose a resistirse y a empeorar los cortes ya bastante profundos.

Ivory no creyó que lo hubieran dejado allí como un cebo para ella sino, más bien, para Razvan. Él tenía una hija y había entregado su alma, o al menos parte de ella, para salvarla. Xavier sabía que haría cualquier cosa para salvar a un niño. Aunque le esperara un combate, no podía abandonar al pequeño. Los vampiros esperaban a un Razvan famélico, enfermo y torturado, no a la ejecutora, el azote de todas las criaturas inertes.

Recobró su aspecto cerca del niño, y observó que éste no hizo ademán alguno de asustarse, ni chilló de miedo, lo cual significaba que ya había visto a algún carpatiano y que le habían permitido conservar esos recuerdos.

—Es una trampa —dijo él, con sólo el movimiento de sus labios. Se quedó mirando los tatuajes de los lobos enseñando sus colmillos y sus ojos vacíos de vida que le cubrían los hombros y los brazos, cuando ella se arrodilló para armar su ballesta y sacar unas cizallas.

Ivory lo miró y asintió con la cabeza.

—Sigue llorando —dijo, con un silbido de voz, mientras le cortaba un cable de la muñeca izquierda. El niño había sido muy valiente al advertirle a ella de la trampa, aterrado como debía estar.

El pequeño, interpretando perfectamente su papel, siguió llorando con muchas ganas mientras ella le cortaba el cable del cuello y se lo quitaba con cuidado. Con la yema de los dedos, rozó el delgado collar de sangre. Se llevó la mano a su propio cuello y por un instante la mantuvo así, temblorosa, recordando el corte de la afilada hoja.

El niño no tendría más de ocho o nueve años, con su cara delgada y sus ojos grandes e inteligentes. La miraba atentamente y la escudriñó de cerca cuando ella se inclinó para cortarle el cable de la otra mano.

A tus espaldas.

Fue el macho alfa quien la alertó y ella sintió cómo el lobo se transformaba para saltar al ataque. La cabeza de *Raja* se estiró sobre su cuello mirando hacia atrás. Giró la cabeza muy ligeramente y, al advertir ese movimiento, el niño quedó boquiabierto. Ivory le dejó las cizallas en las manos y estiró los brazos, plegó las rodillas y se inclinó a la vez que deslizaba lentamente un brazo para coger su ballesta.

El niño abrió desmesuradamente los ojos, alarmado y asustado al mirar por encima del hombro de Ivory y ver al enorme hombre que se le abalanzaba con un hacha en las manos. Éste tenía una expresión neutra, arrastraba los pies, y en sus ojos había un extraño brillo rojo. Levantó el hacha por encima de la cabeza de ella cuando todavía faltaban unos metros. El niño abrió la boca para lanzar un grito de advertencia, pero sin emitir ruido alguno.

Ivory sintió ese leve dolor que siempre experimentaba cuando su manada se separaba de ella, y ahora los lobos salvajes saltaron en completo silencio y se lanzaron coordinadamente al ataque, comunicándose en silencio. Ella cerró los dedos alrededor de la ballesta al cogerla y le hizo un guiño al pequeño al saltar y apartarse de él. Dio una voltereta y aterrizó apoyándose sobre una rodilla con la ballesta apuntando al agresor. El niño miró boquiabierto al ver aparecer a los seis lobos de melena plateada, más impresionado que el desalmado atacante.

Los lobos hicieron retroceder al monstruoso ser cogiéndolo por los brazos mientras el macho alfa le saltaba al cuello y los demás lo agarraban por las piernas y lo clavaban. Las marionetas de los vampiros, verdaderos monstruos, eran criaturas sumamente fuertes y habían sido concebidos por su amo para una sola tarea. Muy pocas cosas podían detenerlos una vez que se lanzaban al ataque. Los lobos que se aferraban a éste lograron poca cosa más que mantenerlo en el suelo, retorciéndose bajo la masa de pelajes plateados.

Ivory sintió la irrupción de la energía chisporroteando en el aire y se acercó al niño.

—Date prisa, estamos a punto de recibir una compañía muy desagradable. —Se interpuso entre el chico y el monstruo, que no paraba de gruñir y retorcerse, y lo que fuera que venía detrás.

Un hombre salió del bosque corriendo a todo dar.

—¡Travis! ¡Trav! ¿Te encuentras bien? —El hombre se detuvo de golpe al ver a la monstruosa marioneta, los lobos y la mujer que apuntaba la ballesta de aspecto letal directamente a su corazón.

—¡Gary! ¡Es Gary! —exclamó el niño, y su voz traducía su alivio.

—Aléjate de los lobos —advirtió Ivory, toda ella tensa. Ahora tenía que proteger a dos humanos. Ninguno de los dos manifestó ningún tipo de sorpresa ante el monstruo, ni ante ella, como si encontrarse con una cazadora, una manada de lobos y un asesino descerebrado fuera algo que pasara todos los días. Ivory no sabía gran cosa de la política entre los carpatianos, y tampoco quería enterarse. Ella era una ejecutora. Y había vampiros en las cercanías.

Uno de los lobos lanzó un aullido y, por el rabillo del ojo, Ivory percibió un movimiento cuando el monstruo lanzó lejos a una de las hembras más pequeñas. La loba aterrizó casi a los pies del hombre llamado Gary. Éste dio un salto atrás, mirándola con cautela.

—Tienes un vampiro que se te acerca por detrás —le advirtió Ivory—. Muévete o morirás.

Por encima de su cabeza, en el torbellino de polvo de nieve y niebla, Ivory distinguió el perfil siniestro de un vampiro. Y no era un vampiro menor. Había combatido lo suficiente contra ellos como para saberlo.

Gary se lanzó hacia el niño, cayó boca abajo y se arrastró hasta llegar a él. Travis se hundió en la nieve intentando cortar el cable de los tobillos.

El vampiro asestó varios golpes a los lobos y alzó la mano para llamar al rayo. Lanzó la bola candente contra la manada, sin importarle que el monstruo que había creado se encontrara en el medio. Ella repelió la descarga con la suya propia y alejó la bola de energía chisporroteante lejos de los cuerpos en lucha. Un árbol explotó más allá de los lobos y los fragmentos y restos de tronco llovieron sobre la jauría y el monstruo. Su manada se apartó de un salto y rodeó a la marioneta, sin prestar atención al vampiro, del que se ocuparía ella.

Gary rodó hasta el niño para acabar de quitarle el cable, y lo protegió con su propio cuerpo cuando Ivory disparó una de sus pequeñas flechas al corazón del vampiro. Le dio justo por debajo del órgano, y la bestial criatura se giró, dignándose a reconocer su presencia por primera vez.

Ivory se quedó sin aliento, y luego emitió un ligero sonido gutural. Era tan grande su asombro que apenas podía balbucear, y fue incapaz de decir nada coherente.

Gary la miró con ojo agudo, y luego miró al vampiro cuando éste se dejó caer lentamente al suelo. Aquella caricatura de hombre quizás hubiera sido atractivo en algún momento de su vida. Tenía un cuerpo bien formado, hombros anchos y una melena salvaje que antaño había sido espesa y rica, aunque ahora no se cuidara de ocultar su aspecto diabólico. Tenía la piel del cráneo muy tirante y dientes agudos y afilados. No sólo parecía fuerte sino también irradiaba una fuerza que quedaba como suspendida en el aire. Sus ojos teñidos de un fulgor rojizo se clavaron en la cazadora, pero ahora parecía casi tan espantado como ella.

—Sergey —murmuró Ivory.

El vampiro hizo una mueca patética al oír su voz dulce y pura. Guardó silencio un buen rato y su mirada cambió sutilmente. En un abrir y cerrar de ojos, sus colmillos manchados, largos y agudos se volvieron blancos y regulares. Su rostro era ahora más relleno y los ojos se habían vuelto negros. El monstruo se movió y el vampiro se limitó a mover una mano para clavarlo en su lugar. Ni siquiera los lobos se movieron, convertidos en estatuas, mirando a la mujer y al vampiro, uno frente al otro.

—¿Ivory? —preguntó, con voz áspera. Se aclaró la garganta—. ¿Ivory? —repitió, y esta vez su voz era bella. Amable. Afectuosa. Se llevó las manos a la flecha que le había dado en el pecho que ahora sangraba—. Estás viva.

A ella le temblaron las manos y respiró. Una vez. Conservó el aire y luego lo dejó ir lentamente, como si luchara para seguir respirando. Su mirada vagó hasta detenerse en la flecha que le había clavado, y observó que la sangre le goteaba sobre la camisa y se esparcía alrededor de la herida de entrada.

—Sí —murmuró ella—. Estoy viva y mi alma está intacta. ¿Cómo es posible que tú, bienamado hermano, te hayas sumado a las filas de los malignos que destruirían a tu hermana? Contéstame esa pregunta. —Cada una de aquellas palabras salía dolorosamente de su corazón, le apretaba la garganta y amenazaba con asfixiarla con un dolor brutal, al que se sumaba el horrible sentimiento de la traición.

La garganta se le cerró con un nudo de lágrimas. Dudaba que pudiera pronunciar una palabra más sin romper a sollozar. Se negaba a apartar la vista del vampiro, ni siquiera por un momento, aunque le costaba mucho más pensar en él como un enemigo viendo ese rostro tan querido y familiar. Añoraba lanzarse al abrigo de sus brazos, descansar la cabeza contra su hombro y llorar por su pasado perdido.

Buscó la vía que mejor podía utilizar para prevenir al humano. *Coge al niño y huye. Aléjate de este lugar todo lo que puedas. No estoy segura de poder derrotar a éste.*

Sergey había sido un combatiente genial. Pocos podían comparársele. Había luchado durante siglos junto a los carpatianos, y había derrotado a no pocos vampiros, lo cual era un punto más a favor en su experiencia. Ivory procuró no mirar en lo profundo de aquellos ojos, donde brillaba una inteligencia aguda y llena de astucia. No quería dejarse llevar por esa primera visión de él. Desde que había podido comprobar los rumores, siempre había evitado a sus hermanos.

Gary cogió a Travis por el brazo y empezó a retroceder lentamente hacia el bosque. El vampiro giró pausadamente la cabeza hacia ellos y, por un instante, aquel color suave y negro de sus ojos refulgió dentro de un círculo rojizo y brilló al verlos como si se tratara de un animal salvaje.

—No los mires a ellos, Sergey —dijo ella, cortante—. O quizá debiera llamarte *hän ku vie elidet*, vampiro, ladrón de vidas.

Él volvió a mirarla e Ivory vio que tenía un aspecto triste.

—Eres mi hermana bienamada...

—No me llames bienamada después de haberme traicionado. Te has aliado con quienes me habrían quitado la vida.

—Han sido llevados ante la justicia.

—¿Ah, sí? —Ivory se irguió, recta y alta, y la luna brilló sobre su cabello negro azabache—. No puedes mentirme, Sergey. Quizás otros te crean, pero llevo muchos siglos cazando vampiros, y conozco a los que me llevaron al campo de nuestro padre, me cortaron en pedazos y me dejaron como pasto para los lobos. Sé que viven, así que no me cuentes mentiras.

—¿De verdad le hicieron eso, Gary? —El temor del niño asomó en su pregunta, hecha con un sonoro murmullo.

Ella miró de reojo al hombre que tenía al niño e intentaba calmarlo. Con cada paso que daban, el monstruo hacía lo mismo en una macabra danza de la muerte. Cada vez que el monstruo se movía, los lobos lo rodeaban y se lanzaban contra él enseñando los colmillos.

—Déjanos, Sergey, y llévate a tu *kuly*.

—¿Qué es un *kuly*? —inquirió el niño.

Ella se giró hacia el pequeño, pero sin dejar de mirar al vampiro.

—Es un gusano que vive en el intestino, un demonio que posee las almas y las devora. En realidad, eso es Sergey, porque posee el alma de ese gusano —dijo, y señaló al monstruo con el mentón.

—Necesito un arma —le pidió Gary, con un silbido de voz.

Ivory dejó escapar un suspiro. ¿Qué tipo de hombre era aquel que se internaba en el bosque persiguiendo sin un arma a un monstruo que había raptado a un niño? Al menos, ninguno de los dos se había puesto histérico, lo cual era una ventaja ahora que necesitaba toda su concentración. En cualquier caso, no tenía sentido hablar en susurros. Todos los vampiros, sobre todo los maestros vampiros, tenían un oído excelente.

—Has olvidado tus buenos modales, Ivory —dijo Sergey, con tono de reproche, con una mirada más triste que nunca. Se arrancó la flecha del pecho y la miró mientras se desintegraba en sus manos, y dejó que los trozos de metal cayeran al suelo—. Tu flecha casi me ha traspasado el corazón.

Ivory se fijó dónde habían caído los trozos de la flecha.

—Si todavía tuvieras un corazón, aquellos que profanaron mi

cuerpo habrían sido llevados ante la justicia. Al contrario, torturas a un niño con tu patética marioneta. Vete con tu sirviente, Sergey. No te conviene enfrentarte a mí.

El vampiro rió, una carcajada siniestra que resonó en el cielo por encima de ellos. Los árboles se sacudieron, y la nieve cayó de sus ramas y liberó cristales de hielo en el aire. Entonces alzó la cabeza y tosió con fuerza. A medida que los copos helados se endurecieron y cambiaron de forma mientras llovían sobre sus cabezas, Ivory extendió la mano y la nieve se convirtió en vapor, que ella lanzó hacia la cara de Sergey con una fuerte ráfaga.

Éste volvió a toser y se atragantó. Se llevó una mano a la boca. Detrás de su mano, Ivory vio brotar un hilillo de sangre, hasta que unas gotas de color carmesí salpicaron el suelo. Sergey volvió a toser y salpicó más sangre. Por encima de su mano, un tono rojizo refulgió en sus ojos y el niño dejó escapar un grito ahogado de terror.

Mantenle la cara contra tu pecho, ordenó a Gary. *Ha puesto sus parásitos en la nieve, y pueden ser mortales. No dejes que el niño los aspire.*

Sergey escupió y el polvo prístino de la nieve se tiñó con unos diminutos gusanos que se retorcían.

—Empiezo a perder la paciencia, Ivory. Debes unirte a mí, ahora.

Ella se percató de la respuesta de su cuerpo a esa discreta orden disimulada en sus palabras. Cerró con fuerza la mano con que sostenía la ballesta.

—¿Acaso crees que sigo siendo la misma niña inocente que viste la última vez? No respondo a esas órdenes ocultas.

Él respondió abriendo los brazos.

—Ven a mí, hermana. Perteneces aquí, con nosotros. Luchamos contra el príncipe... por ti. Si no fuera por la cobardía de su padre, o por la degeneración de su linaje, nada de lo que te ocurrió habría sucedido. Él te envió lejos, sabiendo que corrías peligro, contra los deseos de tus hermanos. ¿Acaso lucharías por su hijo? ¿Te unirías al hermano del hombre que desató una guerra?

¿Se estaba acercando? Ivory no estaba segura. Todo su cuerpo oscilaba cuando hablaba, y ella, en medio de la tormenta de nieve, no podía ver si se servía de ese movimiento para avanzar. Cada vez que el monstruo se movía, los lobos reaccionaban, y era lo único que centraba su atención porque habían dejado el amo a su compañera. La visión de Ivory se volvió borrosa. O quizá fuera su mente. Cuando él hablaba, sus palabras conjuraban imágenes que ella había sepultado hacía tiempo para conservar la cordura. Podía tomar distancia y recordar el momento en que todo se perdía porque Draven la había entregado a los vampiros con una sonrisa burlona. Le había cogido la cara con las dos manos y la había besado. Ella se dio la satisfacción de morderlo con fuerza y casi arrancarle el labio. Él respondió golpeándola con tanta fuerza que su visión se desenfocó, tal como le estaba sucediendo en ese momento.

¡Hermana! Era *Raja* el que la sacaba de su sopor.

¡Hermana! ¡Hermana!, ladró el resto de la jauría.

Ayame alzó el morro hacia el cielo y aulló, emitiendo un ruido que llegó hasta la mente de Ivory, que entonces parpadeó. Las manchas de sangre en la nieve ya no estaban, o si estaban ella no podía verlas porque la criatura inerte había avanzado los centímetros necesarios para taparlas. Pero sentía la ballesta en su mano, todavía apuntando a Sergey. Le temblaron las manos. Había luchado contra un maestro vampiro en un par de ocasiones en aquellos años, y a duras penas había conseguido escapar con vida.

Sabía que a Sergey se le consideraba uno de los más aventajados cazadores carpatianos mucho antes de haberse convertido.

—Retrocede —le advirtió—. No te conviene hacer esto.

—La paciencia se me acaba —dijo Sergey, haciendo chasquear los dedos—. Este niño es el primero. Pronto tendremos a los demás, y se unirán a nosotros o morirán. Una vez que hayamos dado al traste con sus esperanzas, no tendremos grandes problemas para acabar con los carpatianos. Y tú debes estar junto a nosotros en esta lucha. Ven aquí, a tu hermano, y aliméntate. Te lo ofrezco *todo*.

Ivory se percató de que a Sergey le costaba conservar ese tomo amigable, un indicio más de lo lejos que había ido. Demasiados años como vampiro habían destrozado sus recuerdos de días mejores. La lenta pudrición había reclamado incluso la memoria de lo que había sido el amor, hasta el sentido de la familia. A ella se le había acabado el tiempo, pero mientras lo distraía, esperaba que los cazadores carpatianos percibieran el poder oscuro tan cerca de su territorio. Y si el niño realmente pertenecía al mundo carpatiano, ¿dónde estaban sus padres?

—Mi corazón y mi cuerpo perecieron hace ya mucho tiempo, Sergey, y ahora tú me ofreces amablemente la muerte de mi alma. Prefiero permanecer fiel a las enseñanzas de mis hermanos.

—Nos equivocamos al seguir al príncipe. No era digno de ello. Permitió que su hijo destruyera lo que más amábamos. —Volvió a tenderle la mano, llamándola con los dedos—. Maxim vive en el mundo de las tinieblas. Y lo mismo sucede con Kirja, asesinados los dos por unos viles cazadores carpatianos, traidores de su propia gente. Ruslan y Vadim tienen que ver a su querida *sisar*, su hermana.

Ivory sintió una punzada en el corazón ante esa llamada tan intensa del pasado. Luchó contra aquellos recuerdos y contra la orden implícita en la voz de Sergey, al tiempo que sacudía la cabeza para no hacer caso de aquel cebo. No se movió mientras escrutaba con mirada cándida a su bienamado hermano. Tensó el dedo sobre el gatillo de su ballesta y la flecha salió disparada. Lanzó la ballesta a Gary, el humano, y arremetió contra Sergey después de haberle clavado profundamente una hilera de puntas en el pecho.

Atacar a un maestro vampiro era un acto de desesperación, pero no podía esperar a que él tomara la iniciativa. *¡Huye! ¡Coge al niño y huye! Mi manada mantendrá a raya al monstruo para darte una oportunidad.* Esperaba que Gary supiera que sus posibilidades eran escasas y que debía aprovecharlas. Su principal prioridad tenía que ser la vida del niño, sobre todo después de que Sergey le confesara que lo convertirían en vampiro o lo matarían.

No se giró para ver si Gary le obedecía, concentrada como estaba en Sergey. Las puntas de flecha impedirían que mutara de aspecto, pero tampoco había indicios de que ésa fuera su intención. Sergey la esperó con aquella mueca algo burlona.

El monstruo dio un respingo y se lanzó torpemente hacia delante. Los lobos saltaron y la bestia intentó aplastarlos a todos juntos mientras éstos le mordían las carnes putrefactas.

Gary cogió a Travis como si fuera un balón de rugby, protegiéndolo bajo un brazo mientras agarraba la ballesta con la mano libre y volvía corriendo a la espesura del bosque, avanzando en zigzag para ofrecer un blanco menos vulnerable.

El rayo se descargó desde el cielo, una y otra vez, mientras el vampiro intentaba detenerlo, lo cual ralentizó su huida y lo hizo caer varias veces. Entre tanto, Sergey mantuvo su posición, con su mirada refulgente y sus ojos de cuencas vacías y grotescas, pero enfurecido ante la carga de Ivory, que se había lanzado hacia él con la espada en alto.

En el último momento, antes de que la espada se clavara en sus carnes, Sergey se movió con tal rapidez que se convirtió en una mancha borrosa. Le lanzó un zarpazo a su hermana con sus garras envenenadas, dejándole surcos en la cara. Con una prodigiosa voltereta, ella saltó por encima de él y aterrizó con una rodilla sobre la nieve blanda. Desde esa posición, le lanzó una estrella letal a la nuca. La estrella le dio cuando él se giró para encararla, con tan poca fortuna que las puntas girando a gran velocidad le rasgaron un lado del cuello y le abrieron la yugular.

Sobre la nieve cayó una sangre negruzca, y toda apariencia de buenas maneras y de afecto fraternal se desvaneció de su rostro. Sergey lanzó la cabeza hacia atrás y aulló, un chillido escalofriante, una onda de energía que destrozó todo a su paso, lanzándola a ella de espaldas y haciendo gemir a la jauría de lobos.

Ivory cayó de espaldas y sin aire en los pulmones, incapaz de recuperar el aliento. Con un gesto reflejo, rodó varias veces por el suelo, con lo cual salvó la vida. El rayo se descargó en cada uno de los sitios donde había estado, siguiéndola a lo largo de la nieve y dejando enormes socavones en la tierra ahí donde asestaba cada descarga incandescente.

Se incorporó varios metros más allá, se volvió borrosa y proyectó réplicas de sí misma desde todas las direcciones. Se fue hacia él y le hundió la espada en el pecho. Antes de que pudiera girar la empuñadura o recuperar la espada, él le hundió los colmillos en el hombro, cogiéndola por el hueso más delgado y cerrando las fauces. Ivory gritó cuando el dolor la recorrió de arriba abajo, sintiendo la sangre ácida que se derramaba y le quemaba la piel.

—Hmm, *sisar*, hermanita, sabes de maravilla —murmuró Sergey, con un dejo de desprecio—. Hacía mucho tiempo que no probaba sangre carpatiana. Puede que te guarde toda para mí en lugar de compartir tu exquisito sabor con mis hermanos.

Ivory le arañó la cara, procurando tener un asidero para quitárselo de encima. No se atrevía a pedir la ayuda de los lobos por miedo a que éstos dejaran al monstruo, que iría a la caza del niño. Le asestó un rodillazo en la entrepierna y arrastró el afilado tacón de la bota pierna abajo hasta cortarle la rodilla. Sergey la mordió con más fuerza, y le arrancó la carne como si quisiera devorarla.

Ella tuvo que hacer acopio de fuerzas para no desmayarse a pesar del dolor y, dibujando un arco con ambas manos le asestó sendos golpes que le rompieron los huesos de la mandíbula. Sergey abrió la boca desencajada en un grito ahogado y alzó la mirada.

Gary disparó una flecha que fue a darle en el ojo derecho.

¿Y el niño? Ivory se quedó boquiabierta y sin aliento al derrumbarse, viendo cómo la sangre le brotaba a chorros de la herida del hombro. Se disolvió en el aire cuando Sergey quiso cogerla, y sus garras sólo asieron el vapor. Las gotas de sangre marcaron su paso por la nieve al alejarse de Sergey.

Gary retrocedió cuando el vampiro rugió y se giró para mirarlo con su ojo refulgente.

—Le he dicho que vuelva a la aldea. No podía dejarte sola.

—Implorarás no haber nacido —le prometió Sergey y se arrancó la flecha del ojo. La sangre oscura se derramó por su cara, pero el vampiro no se molestó en enjugarla. Al contrario, le enseñó sus mortíferos colmillos al humano.

Ivory se materializó por encima del monstruo abominable y le cercenó el cuello de un limpio mandoble que hizo rodar su repugnante cabeza cerro abajo. Los lobos redujeron el cuerpo descabezado y enloquecido y lo clavaron al suelo hasta que ella reunió la energía del cielo.

¡Moveros! Y el rayo ya se había descargado contra la desalmada criatura, justo cuando los lobos saltaban hacia atrás en un movimiento sincronizado que habían perfeccionado en múltiples ocasiones a lo largo del tiempo.

Unas flamas anaranjadas y rojizas brotaron de la carcasa, que en seguida ennegreció y llenó el aire de un hedor corrupto. Ivory lanzó la cabeza a las llamas de una patada y miró al vampiro desde el otro lado del humo fétido que se alzaba. A duras penas podía respirar, tenía el cuerpo empapado de su propia sangre, y de la de él. En su hombro habían aparecido surcos oscuros de carne carcomida que le bajaban por el brazo. Sin embargo, con la misma actitud estoica, frunció el ceño y miró a su adversario.

—Se te ve un poco maltrecho, hermano —dijo—. Quizá te estés volviendo viejo y débil, porque dejas que un humano te sorprenda de esa manera.

Mientras hablaba, Ivory empezó a desplazarse dibujando un semicírculo para interponerse entre el vampiro y el humano. Aquel hombre había arriesgado la vida por ella y seguía ahí, esperando disparar nuevamente, a sabiendas de que no conseguiría tumbar a un maestro vampiro con una ballesta. Ella rara vez había tenido tratos con humanos, pero tenía que reconocer esa rara valentía, aunque temía por la vida de aquel hombre.

—Uno de los míos por uno de los tuyos, hermanita —dijo Sergey, con voz sibilante, y de pronto se movió a tal velocidad que se convirtió en una mancha borrosa.

A pesar de haberle clavado sus puntas recubiertas de un baño especial, no consiguió seguir su trayectoria a la velocidad con que éste se movía. Lo vio coger al pequeño *Farkas* y partirlo en dos contra su rodilla. Se oyó un crujido sonoro y el animal lanzó un breve gemido. Con una risotada, Sergey lanzó su cuerpo con tal fuerza que el animal fue a estrellarse contra una roca cubierta de nieve, donde quedó descoyuntado y respirando a duras penas.

Las puntas metálicas cayeron al suelo hechas añicos. El cuerpo del vampiro ya empezaba a regenerarse, mientras que ella comenzaba a debilitarse por la pérdida de sangre. No se atrevía a cerrar la herida por temor a atrapar los parásitos en su interior, donde se harían fuertes. Por un instane, sólo atinó a quedar frente a su hermano, intentando decidir cuál era la mejor manera de volver la suerte a su favor. Era la única posibilidad que tenía de derrotar al vampiro.

El aire a su alrededor estaba cargado de electricidad, hasta que se le erizó el pelo de la nuca. Ivory sintió la opresión de los pulmones, y creyó que sería atacada por criaturas inertes, pero Sergey había retrocedido y ahora miraba cautamente a diestra y siniestra y luego alzaba la mirada al cielo.

—Será en otra ocasión, Ivory. —Sergey alzó los brazos y el suelo se sacudió violentamente. Gary e Ivory volaron por los aires. Aquél aterrizó de cabeza y ésta dio un salto para intentar protegerlo del golpe que Sergey iba a asestar. La nieve se alzó del suelo en un remolino que nubló la escena de blanco. Ivory sintió el impacto del golpe en el costado izquierdo que la derribó violentamente, con el humano por debajo. Aquel golpe podría haber matado a un humano y, con el impacto, ella misma sintió crujir los huesos.

Ivory rodó y se agazapó y, con el impulso, quedó semiagachada, sin hacer caso de las ondas de dolor que la recorrían de pies a cabeza. Se giró en redondo. Sergey había desaparecido. Siguió un silencio roto sólo por su dificultosa respiración. Entonces dejó caer los hombros, como si de pronto la abandonaran las fuerzas.

Se arrastró hasta *Farkas* a gatas, mientras los demás lobos los rodeaban. Ivory abrazó al lobo para calcular cuánto tardaría en sanarlo. Estaba decididamente débil y necesitaba sangre.

Gary consiguió incorporarse y preguntar:

—¿Te encuentras bien?

—Sí, gracias. —Pronunció aquellas palabras con demasiada rigidez—. ¿Cómo se apoderó esa bestia del niño? ¿Por qué no estaba a salvo? —le dijo, lanzándole una rápida mirada de reproche, mientras acariciaba suavemente el lomo del lobo y le palpaba los huesos rotos de la columna.

—Es el hijo adoptivo de Sara y Falcon y, aunque es humano,

posee facultades psíquicas. Durante el día, los niños van a la escuela y participan regularmente en las actividades del resto de los críos de la aldea. Falcon y Sara tienen a alguien que lo vigila. Yo estaba en la escuela con unos cuantos, pero Travis se ha marchado para asistir a una función con una de las mujeres que nos ayudan. No teníamos ni idea de que hubiera alguna amenaza en los alrededores.

Ivory respondió con un suspiro.

—Los vampiros maestros han aprendido a ocultar su presencia ante los carpatianos. Algunos vampiros menores también han empezado a aprender las técnicas. Vuestros cazadores deberían saberlo y adoptar precauciones.

Por encima de sus cabezas, el cielo tronó y se oyó una segunda descarga, como si dos fuerzas descomunales hubiesen chocado en el aire.

Sergey había descargado otro rayo contra ellos, esperando darles desde la distancia, pero una mano invisible los había protegido. La energía ahora estaba mucho más cerca, e Ivory supo que no le quedaba demasiado tiempo. Tenía que partir antes de que llegaran los cazadores carpatianos.

Una segunda onda de energía barrió el área, sacudiendo el suelo y haciendo temblar los árboles. Varias rocas se desprendieron y rodaron cuesta abajo, lo cual atrajo su atención a los trozos de metal desperdigados por el suelo. Alzó la mano, llamándolos de vuelta a ella, cuidándose de devolver cada uno de ellos a una pequeña bolsa que llevaba al cinto.

Gary arqueó las cejas.

—¿Qué son esas cosas?

—Armas —dijo ella, encogiéndose de hombros, reacia a hablar de sus secretos—. Tengo que ocuparme de mi lobo. Puedes dejar la ballesta aquí y marcharte. Te lo agradezco.

—Creo que esperaré hasta cerciorarme de que te encuentras bien.

Ivory respondió con un gruñido poco amistoso, cerró los ojos y puso las manos sobre los huesos rotos del lomo del lobo, atrayendo toda la energía que en ese momento osaba reunir para sanar a *Farkas* y permitirle viajar con la manada. De sus manos brotó una luz suave que irradió calor sobre el lomo del animal.

—¿Serías capaz de darle sangre? —preguntó Ivory al hombre arrodillado junto a ella.

—¿Qué dices?

—No te la pido para mí. Es para él; que necesita sangre para recuperarse. No te hará daño, te lo aseguro —dijo, mirándolo fijamente a los ojos—. No te obligaré a hacerlo. Es tu decisión.

Gary se agachó junto a la mujer, consciente de que lo rodeaban los otros cinco lobos. Ninguno de ellos tenía una actitud amenazadora, pero eran bestias enormes y de aspecto feroz. Algunos tenían parte de la piel y del hocico quemadas por la sangre ácida que había manado del monstruo al morderlo. Al acercarse, Gary reparó en otras heridas más antiguas, legados de otras batallas. Dejó la ballesta en el suelo y asintió con un gesto de la cabeza mientras se arremangaba la camisa.

Ivory le pasó un cuchillo. Gary lo cogió y, sin vacilar, se hizo un corte y apretó la muñeca contra el hocico del animal. El lobo lamió la sangre mientras ella entonaba un cántico curativo.

—Ya, basta —dijo, al cabo de sólo unos minutos—. Eso nos permitirá viajar. Gracias, estoy en deuda contigo.

—Déjame darte sangre a ti —ofreció Gary—. Si esperas, los demás no tardarán en llegar y podrán sanar tus heridas.

—Estamos aquí —dijo una voz a sus espaldas.

Ivory se quedó sin aliento y se giró, cogió su ballesta y apuntó al corazón del recién llegado. Ni ella ni los lobos lo habían oído acercarse. Un momento antes, no había nadie allí y, al instante siguiente, él ya estaba, alto, poderoso y de mirada brillante y plateada. No le quitaba los ojos de encima, y ella tuvo la sensación de que ya se había armado un cuadro del conjunto, de sus lobos, de Gary, del escenario de la batalla y de cada una de las heridas.

—¿Te encuentras bien, Gary?

—Nos ha salvado la vida, Gregori —dijo el humano.

Ivory supo perfectamente quién era aquel hombre desde el momento en que lo vio. Había conocido a sus hermanos mayores, Lucian y Gabriel, pero Gregori era una leyenda por derecho propio, y ella no quería tener nada que ver con él. Se incorporó lentamente, cuidándose de no hacer movimientos precipitados, pero manteniéndolo a tiro. Hizo una señal a los lobos y éstos se reagruparon a sus espaldas.

—Estamos en deuda contigo, dama nuestra —dijo Gregori, e inclinó la cabeza—. Soy curandero. Quizá pueda ayudarte a mi vez por los grandes servicios que has prestado.

Ella sabía que su habla era deliberadamente formal, con lo cual la reconocía a ella como una antigua, pero se negaba a dejarse engañar por su falsa sensación de seguridad. No confiaba en él más de lo que había confiado en Sergey. A espaldas de Gregori, se materializó un segundo hombre, y entonces Ivory se quedó atónita. Por un instante horrible, creyó que Draven estaba vivo y había vuelto a por ella. Tardó un momento en darse cuenta de que debía tratarse de Mikhail Dubrinsky, el hermano menor de éste, el príncipe regente del pueblo carpatiano.

Retrocedió un paso y, sin dudarlo, apuntó con su ballesta al corazón del segundo recién llegado. Gregori se plantó deliberadamente delante del príncipe y extendió la mano con la palma abierta hacia ella.

—Nadie pretende hacerte daño. Estamos en deuda contigo.

—Sé quiénes sois —dijo, ella, sin poder evitar el tono amargo de sus palabras—. He prestado mi ayuda al niño por propia voluntad, y este hombre me ha pagado la deuda con creces. Farkas, *levántate*.

El lobo obedeció y se incorporó, tambaleándose hasta que estuvo a punto de volver a desplomarse. Ella lanzó una imprecación, sabiendo que estaba demasiado débil como para recorrer distancia alguna. No podía volver a la guarida, herida y sangrando. Dejaría la huella de su sangre en el cielo. No serían visibles, pero las gotas se podían oler y cualquiera que quisiera podría encontrarlo.

Gregori dio un paso adelante y ella se llevó inmediatamente la mano al cinto. Sacudió la cabeza.

—No quiero luchar contra vosotros, pero si insistís, no me quedará alternativa.

—Sólo deseo ayudarte.

—Entonces os pido que me dejéis el camino libre para pasar por vuestras tierras. Cogeré a mi manada y me marcharé.

—Eres una carpatiana sin compañero eterno y tienes necesidad de nuestra protección —alegó Gregori, con voz suave y cautivadora.

—Soy una antigua guerrera, tengo un compañero eterno y no poseo nada en común con vuestro pueblo ni me inclino ante vuestro príncipe. Que sepas esto, hombre oscuro... y es que lucharé hasta la muerte para conservar mi libertad. Sólo deseo que me dejéis en paz —dijo, y retrocedió un paso.

—Si te marchas sin que te ayudemos, serás vulnerable ante cualquier ataque —respondió Gregori, y su voz se volvió aún más suave y convincente—. En mi condición de guerrero carpatiano, macho y curandero de nuestro pueblo, no puedo dejarte ir sin antes cuidar de ti.

Ella alzó la espada con gesto seguro, y en sus ojos negros asomó una flama, a pesar de su desazón.

—Entonces debes saber que será una lucha a muerte. No deseo ayuda alguna de vuestra parte ni de vuestro pueblo.

Sus lobos se desplegaron a su alrededor, incluso *Farkas*, para enfrentarse a los dos carpatianos, ahora convertidos en enemigos, y los rodearon enseñando los colmillos.

Capítulo 4

Razvan despertó lentamente a la realidad. Al comienzo, creyó que soñaba, pero los sueños como descansar en las entrañas de la tierra habían desaparecido de su imaginación hacía siglos. Sin embargo, estaba seguro, del todo seguro, de estar enterrado en la arcilla, rica en minerales, que lo rodeaba como una cómoda manta, y acunado por la tierra. Su cuerpo había recobrado el calor y el hambre era un recuerdo distante. Aquello no tenía ni pies ni cabeza.

Abrió los ojos de golpe, sacudido por un golpe de energía, más intenso de lo que jamás había imaginado, más de lo que jamás había concebido o soñado. Fue como un tsunami que le bañó todo el cuerpo y le rugió en las venas con poderosos latidos del corazón, difuminándose explosivamente por órganos y tejidos hasta que se sintió colmado de fuerzas. Su cuerpo irradiaba una luz intensa cuando irrumpió de las entrañas de la tierra al exterior. Brotó un chorro de tierra que llegó a dar en el techo rocoso y luego se derramó por la habitación.

Aterrizó agazapado, con todos los sentidos alerta, barriendo visualmente el entorno. Por fin había conseguido escapar. Se sentía casi incapaz de captar mentalmente la dimensión del acontecimiento. Recordó haber escapado por las laderas nevadas, temblando de frío, tan falto de fuerzas que ni siquiera podía controlar su temperatura corporal. Sin embargo, se había obligado a seguir hasta que no le quedó ni un gramo de energía. Tenía que alejarse lo suficiente para que Xavier y sus esbirros no lo encontraran antes del amanecer. El sol. El último recurso de todos los carpatianos era limpiar su alma con su poderosa luz blanca. Pero incluso aquello le había sido negado.

Xavier había cometido imprudencias. El miedo había precipitado su caída. Miedo de que si lo alimentaba demasiado, perdería su dominio sobre él. Por eso, el mago había obligado a su nieto a prescindir de sangre para alimentarse durante semanas. Sin embargo, el viejo mago tomaba de su sangre a diario, hasta que, finalmente, Razvan estuvo demasiado débil y enfermo para tenerse de pie, o para darle al ávido anciano el fluido de los carpatianos que da la vida.

Recordó aquella sensación de vacío y debilidad, el hambre que casi lo había hecho enloquecer, su cuerpo dolido, clamando, sus colmillos alargados y hambrientos durante sus vigilias. Encadenado como estaba, no podía cazar para su propio sustento. Ni siquiera había animales a su alrededor. Todas las células de su organismo, todos sus órganos desfallecieron hasta que su cerebro no fue más que una nebulosa rojiza y famélica. Ahora sólo sentía un hambre leve, no aquel hambre desesperado que había sido la constante de su existencia durante los últimos siglos.

Paseó la mirada a su alrededor y supo que todavía se encontraba en las profundidades de la tierra, si bien el ambiente era templado. De alguna manera, la luz radiante de la luna penetraba hasta el interior, por profunda que fuera aquella caverna. Oyó el ruido del agua, pero nada más. Con un movimiento de la mano, las velas de los candelabros cobraron vida en toda la habitación, convirtiéndola de súbito en un santuario femenino. Las capas de roca por encima estaban talladas con bellos e intrincados dibujos, paisajes amplios y árboles y arbustos verdes, como si el mundo del exterior hubiera sido recreado en el interior trozo a trozo hasta convertir las paredes en un paisaje exuberante.

Y el motivo por el que veía los vívidos colores también era femenino. Una mujer. La luz y el color lo deslumbraron, le quemaron los ojos después de haber pasado un tiempo tan largo viendo en matices de gris, blanco y negro. Recordó el suave contacto de sus manos, y su voz, amable y cautivadora. El sabor de su sangre, adictiva y caliente, como fabricada especialmente para él. Ella lo había salvado a pesar de sus advertencias. Le había dado órdenes subrepticiamente, a pesar de todos sus argumentos, y ahora...

Era capaz de *sentir*. Todo lo que lo rodeaba. También sintió culpa y rabia y lo barrió una sensación de horrible soledad. No tenía ni idea de cómo comportarse en una sociedad civilizada. Conocía poca cosa, aparte del engaño y la tortura. Y ahora, ahí estaba, nada preparado para estar vivo y en plena posesión de sus fuerzas por primera vez, según recordó, en muchos siglos.

Razvan se estiró y sintió que sus músculos se flexionaban bajo la piel. Su cuerpo era muy diferente, cálido, vivo, hecho de acero, y el poder que experimentaba lo hizo temblar, sin saber como alguien podía poseer tanta fuerza sin hacer daño a todo lo que lo rodeaba. Temblando, aspiró una bocanada de aire y volvió a mirar a su alrededor.

La mujer, su compañera eterna, debía de haber tardado siglos en tallar su guarida. Era un espacio curioso, pero le agradó porque había algo seguro y reconfortante en el ambiente. Se sintió disgustado por haber sido salvado. Desde luego, no podía quedarse para reprochárselo ni exponerse a sus tentaciones, pero ahora al menos tenía una posibilidad de luchar cuando fuera en busca de Xavier, y estaba seguro de que eso es lo que haría. No podía permitir que el anciano mago siguiera difundiendo el mal por el mundo. Tenía que detenerlo, y quizás a partir de ahora estuviera preparado para hacerlo.

Se arrodilló para estudiar el gran lecho de tierra que había sido tallado en la piedra misma, una piedra impenetrable. El espacio vacío que constituía su lecho había sido tallado en amplias y profundas dimensiones y luego llenado con la tierra mineral más rica y pura que jamás hubiera visto. Sin poder resistir la tentación, hundió las manos en la marga oscura, y enseguida sintió sus propiedades rejuvenecedoras.

¿De dónde venía? Se inclinó hacia atrás, de rodillas y miró detenidamente aquel agujero ancho y profundo. Alguien había traído aquella tierra, cuenco a cuenco, y ahora era tan profunda que ni siquiera había caído en la cuenta de que más abajo estaba la roca.

¿Quién podía armarse de la paciencia necesaria para tallar una habitación en una caverna rocosa y luego rellenar el espacio con aquella tierra? Tenía que haber tardado cientos de años y, sin embargo, después de haber concebido la idea había asumido el duro trabajo de llevarla a cabo. Se incorporó con un movimiento fluido, asombrado al ver que su cuerpo respondía a la fuerza contenida en él, si bien sentía más interés por la mujer y lo que había construido que por su propio estado en ese momento.

Había algo extraordinario en aquella habitación, y no era sólo la cantidad de trabajo que se constataba. Era el ambiente lo que lo intrigaba. Extendió las manos hacia las paredes con las palmas hacia fuera. La energía chisporroteó, y Razvan se sintió reconfortado por una sensación de paz y calidez. Frunció el ceño y bajó las manos y se giró para mirar de cerca las ricas tallas. En cada pared, de forma ovalada y de casi diez metros de alto, había un rico e intrincado dibujo. Un bosque con cada rama y cada nudo perfectamente delineado en una pared con abundancia de detalles. Se acercó aún más. En una segunda pared una cascada se derramaba en un estanque, y una manada de lobos de pelaje plateado había sido esbozada en diferentes posiciones en torno al estanque y en el bosque. Se estuvo un buen rato observando los arbustos y las flores y la luna llena y las estrellas. En la parte inferior de la pared, cerca de la cavidad donde descansaba, había tallado una única frase.

Kúcak és kuŋe jeläam es andsz éntölam sielerauhot, andsz éntölam pesädet es andsz éntölam kontsíverauhoet. Que la luna y las estrellas sean la luz que orienta y da serenidad al alma, protejan de todo daño y lleven la paz al corazón del guerrero.

Era más que una obra de arte. En cada letra se observaba el bucle y las cenefas de la redondilla, como si las ramas de la vid atravesaran cada palabra, lo cual producía una sensación de tranquilidad. Cuando pasó la mano por encima de la frase, a unos centímetros de la pared, sintió las vibraciones y supo que inscritas en esas palabras, grabadas en la roca, había unas poderosas defensas.

Apoyó ambas manos en la pared rocosa y ésta volvió a zumbar de vida. Eran paredes de roca sólida, impenetrables como la cavidad de su lecho de tierra. Pero, más que eso, en cada pared había inscritas unas poderosas defensas. Como mago, reconoció el comienzo, pero lo que seguía era tan diferente que habría costado mucho descifrarlas. Nada podía penetrar por esas paredes. Nadie la encontraría jamás, y estaría para siempre segura.

Dejó escapar un sonoro gruñido. *Aquella mujer lo había traído a su santuario.* Era probable que fuera la primera persona que conocía aquellos espacios. Y, con él, había traído a un enemigo peor que todos los demás. Xavier era capaz de poseer su cuerpo y, ahora que volvía a estar fuerte y en plena posesión de sus poderes, el mago oscuro desearía tenerlo con más vehemencia que nunca.

Razvan rozó el violín y sintió la alegría y el arte de su música. Sus emociones estaban por todas partes, ocultas en el arte que ella creaba en la calidez de aquel santuario que era su hogar. Entonces subió por unos peldaños de roca pulida y, a través de la estrecha apertura, penetró en la sala más grande. Era evidente que era el espacio donde pasaba la mayor parte del tiempo. Las paredes de la caverna habían sido talladas centímetro a centímetro hasta construir una torre redonda de más de diez metros de alto. A pesar de ser relativamente pequeña, la sala parecía espaciosa dentro de su sencillez.

Había un par de sillas y una gruesa alfombra de lana, con pelos de lobo aquí y allá, un indicio de que la manada solía pasar tiempo allí dentro. Encontró un libro de poemas y otro sobre el arte de la batalla, la estrategia y el código del honor de los samurai, escrito en lengua antigua. Lo hojeó y reparó en las breves anotaciones en los márgenes y las frases subrayadas en todas las páginas. El libro estaba raído y era evidente que su dueña lo leía con frecuencia.

Al igual que en la habitación, las paredes estaban recubiertas de tallas, y cada trazo estaba minuciosamente acabado, una tarea que seguramente había requerido años. Aquella obra de artesanía le dio a entender algunos de sus rasgos, entre ellos la paciencia, la meticulosidad y el afán de perfección. Era una verdadera artesana, lo supiera o no. Los rostros de diez jóvenes lo miraban. En cada una de las caras asomaba una expresión de amor. Al alzar la mano y recorrer los suaves relieves, sintió el amor que latía en la piedra. El amor de ella. Y de ellos. Experimentó la angustia y el dolor de haberlos perdido. Era el monumento a su familia perdida.

Razvan había conocido el amor con su padre y su madre. Con su hermana, Natalya. Guardaba consigo aquellos recuerdos tiempo después de que sus emociones se hubieran desvanecido, y duró bastante tiempo, incluso cuando él se entregó a su propia oscuridad, la buscó, desesperado por alcanzar un estado de insensibilidad para no sentir la pérdida ni la culpa, así como un sentimiento abrumador de fracaso y desesperanza. La sangre corría con fuerza por sus venas, lo quisiera o no. Al tocar aquellas caras y el amor que había en ellas, el dolor casi lo hizo caer de rodillas. Cada uno de los cortes de la herramienta usada para tallar de memoria esos perfiles adorados había sido hecho con lágrimas en los ojos y un amor absoluto en su corazón.

Al reseguir con la yema de los dedos el pelo y la frente de las figuras, siguiendo por los ojos, la nariz y la boca, Razvan sintió las diferencias en ella. Al principio, aquellas manos habían sido inocentes en su conocimiento del destino de los hermanos. Poco a poco, había conocido la verdad a lo largo de los años, hasta el momento en que se enteró de la traición de sus cinco hermanos mayores. Razvan dejó las manos quietas y tragó aire bruscamente. *Vampiros*. Traidores. Vampiros maestros que se unían y tramaban la aniquilación del pueblo carpatiano junto a... Sintió que el corazón se le hundía. Su enemigo. Su peor enemigo. Xavier.

Todo había quedado grabado en la piedra. Hasta el último detalle, la postrera emoción, la sangre y las lágrimas y también el último brote de amor y de perdón que había en ella. Se había propuesto no volver a verlos más tal y como eran ahora; sólo quería recordarlos con amor, poder tocar sus caras en aquel memorial y recordar sólo eso, el amor.

Tuvo ganas de llorar por ella, por la familia que había perdido. No podía ni imaginar cuánto le habría costado seguir, sola, perdida, y con el dolor de su pérdida, un dolor casi intolerable pero soportado gracias a la tenacidad de su amor. Las otras cinco caras eran de familiares, pero no de sangre. Razvan experimentó el amor y el afecto que ella les profesaba, pero había una dosis de miedo implícita. Ivory temía conocer su destino, así que él dejó de mirar, temiendo que éstos hubieran seguido el camino de sus hermanos. Se adivinaba que el amor se mezclaba con el temor a conocer la verdad.

Por debajo de las caras de los diez hombres había seis lobos, tallados con detalles exquisitos, y de aspecto tan real que se sintió obligado a tocar la roca para comprobar si el pelaje era real o tallado. Cada uno de los morros era diferente, como si hubiera estudiado a los lobos y transformado aquellas criaturas vivas en una parte de la tierra para siempre jamás. La sala era bella, muy sencilla, pero acogedora como un hogar que se desea amar.

Estudió cada rostro a conciencia, hombres y lobos, sabiendo que éstos eran importantes en la vida de Ivory. Se preguntó, si las cosas hubieran sido diferentes, si acaso su rostro habría quedado grabado en la pared, inmortalizado con su familia.

En la parte inferior de la pared, Ivory había tallado frases en lengua carpatiana, con letras intrincadas como las ramas y hojas de una vid que entraban y salían de la pared, llenas de flores dibujadas con elegancia y urdidas en cada frase.

Sív pide köd. Pitäam mustaakad sielpesäambam. El amor trasciende al mal. Guardo vuestros recuerdos a salvo en el corazón.

Una vez más, al pasar los dedos sobre la escritura, Razvan *sintió* la emoción que brotaba de la roca, hasta que los ojos le quemaron. Su amor por sus hermanos, por su familia y su manada, era un sentimiento intenso y perdurable. Aún a sabiendas de que sus hermanos habían muerto por ella, después de haber traicionado su memoria de la peor manera posible, Ivory no sólo estaba determinada sino que había logrado recordarlos como la familia que habían sido y que ella había amado y adorado.

Decidió que había valentía en aquellas palabras. Valentía y fuerzas y determinación. Si había una manera de recuperar las almas perdidas de sus hermanos mediante el amor y el perdón en su más pura expresión, ella la encontraría. Siguió con los dedos las líneas de las cruces talladas por debajo de cada cara, y de las caras de los hermanos De La Cruz. Una chispa de sentimiento de protección respondió a su incursión, como si aquella pared guardara las defensas que protegían sus recuerdos más amorosos, en caso de que ella se topara con el mal que su familia había abrazado.

Había un túnel corto a la derecha y un arco abierto que conducía a una tercera sala. Razvan echó una mirada en el interior, que era prácticamente una extensión de la sala familiar y encontró una apacible piscina alimentada por el agua que brotaba de una cascada de verdad entre las rocas. En aquella sala también había tallas, pero sólo los esbozos iniciales. Distinguió un enorme árbol que tendía sus ramas largas y horizontales sobre la roca, como si quisiera dar sombra a la piscina. Era una obra ya comenzada y él deseó poder estar presente para verla trabajar.

Se agachó y entró en el túnel, raspándose los hombros a ambos lados. Por encima del arco que conducía a otra sala, había una cruz profundamente tallada en la roca. Incluso antes de entrar, sintió una diferencia. Así como las otras habitaciones tenían un aire femenino y hogareño y te bañaban en una atmósfera apacible de amor y comodidades, allí dentro se respiraba un afán laborioso aplicado a diversos trabajos. Era su taller, un taller de guerra, y Razvan observó que la meticulosidad que observaba en la ejecución de su arte también estaba presente allí dentro en la fabricación de sus armas.

Ella misma forjaba sus propias espadas y puñales. Incluso fabricaba las balas de su pistola. Al parecer, era una artesana consumada, y forjaba sus armas con el mismo cuidado y la misma paciencia con que tallaba las paredes de la roca. Quedó impresionado por la variedad de las armas. Algunas ya las conocía, pero ignoraba cómo se manipulaban otras. Había libros desperdigados entre los estantes de herramientas, y también tenían el lomo bruñido y habían sido consultados muchas veces.

En una pared había una estantería con libros escritos con caligrafía femenina y, al abrirlos, Razvan reconoció algunos hechizos que Xavier solía pronunciar. Al lado de cada hechizo había una segunda anotación que lo contradecía o lo neutralizaba. Revisó libro por libro y vio que el propósito de todos ellos era, aparentemente, neutralizar los hechizos del mago oscuro. Razvan los encontró muy interesantes y, por un rato, se perdió en la lectura de aquellas notas, en sus conclusiones y en el giro que daba a las palabras para contrarrestar todo lo que Xavier le había enseñado. Era evidente que había dedicado cientos de años a poner por escrito los hechos del mago, estudiando los libros de hechizos que había utilizado cuando era su discípula, muchos siglos antes. En cada resquicio posible, su intención era derrotar al hechicero. Y todo tenía sentido.

Lo embargó una repentina excitación. Después de siglos de cautiverio, había llegado a creer que Xavier era invencible. Los carpatianos habían fracasado en sus intentos de vencerlo. Los hombres lobo también habían fracasado. Y los hombres jaguar. Los humanos habían sido secuestrados y torturados y convertidos en marionetas sin alma. Y el peor azote de todos, las criaturas inertes, habían firmado con él una alianza maldita. Él había sido testigo de todo. Y, a pesar de eso, una persona, una mujer, había dedicado su vida a truncar los planes de Xavier.

Razvan recorrió las paredes rocosas, sabiendo que encontraría una inscripción. En cada pared había una sola palabra, excepto en la última, donde había tres líneas. *Feldolgaztak. Kumalatak. Kutnitak.* Prepararse. Sacrificarse. Persistir. Esta vez, no eran letras orladas, nada de cenefas ni flores entretejidas en esas palabras austeras. Su mantra.

Cruzó la sala y se agachó junto a la pared donde ella había grabado su código, esta vez en lengua carpatiana, y la talla era profunda. En este caso se trataba de cuatro líneas.

Köd elävä és köd nime kutni nimet. Sieljelä isäntä. El mal existe, y tiene un nombre. La pureza del alma triunfa.

Türelam agba kontsalamaval —Tuhanos löylyak türelamak saye diutalet. La verdadera arma del guerrero es la paciencia. Mil alientos de paciencia darán la victoria.

Tödhän lö kuraset agbapäämoroam. El conocimiento conduce la espada al corazón de su blanco.

Pitäzs bazsú, piwtäzs igazáget. Nada de venganza. Sólo justicia. Todo aquello, todo lo que ella hacía, era en aras de la preparación para su batalla definitiva con Xavier. Aquel lugar era un refugio seguro, protegido por defensas extraordinarias que no permitirían penetrar en los kilómetros de roca. Ivory había reunido todas las armas posibles contra el mago, esperando pacientemente el momento de asestar su golpe, mientras recopilaba información para usarla en su contra. Aquella sala de guerra era un tributo a su amplio conocimiento sobre su enemigo, su paciencia, su determinación y disciplina. Empezaba a forjarse una imagen de su compañera eterna, y experimentaba cierto orgullo y respeto por ella.

Alzó la cabeza y paseó la mirada por la sala. Una mesa angosta y larga cubierta de tubos y de vidrios soplados artesanalmente, de todos los tamaños y formas, atrajo su atención. Reconoció aquí y allá las hierbas y plantas, las raíces secas. Predominaba la salvia y otras varias plantas para combatir el mal. ¿Qué estaba preparando?

Hojeó el libro abierto junto a un tubo enroscado que contenía un líquido espeso y oscuro. Lo olió con cautela mientras leía la letra femenina y regular de la fórmula. Ésta había sido borrada y reescrita una y otra vez hasta que Ivory se habría dado por satisfecha y subrayado con líneas gruesas y firmes la solución final. No detectó olor alguno. Cogió un poco de la mezcla con una cuchara tallada y pulida y vio que era clara, no oscura. Frunció el ceño y volvió a mirar el tubo de vidrio, cuyo interior seguía siendo oscuro, de eso no cabía duda.

Al parecer, además de todo lo observado, Ivory conocía las fórmulas de la química. Razvan examinó varias bandejas y cestos que contenían una gran variedad de hierbas secas. El trabajo puesto en cada recipiente era asombroso, con dibujos únicos. Al tocarlos, supo que ella misma los había fabricado.

Salió de la sala y se dirigió al salón, intentando reflexionar y hacerse una idea de cómo debía proceder. Aquella mujer, su compañera eterna, se había dedicado a reunir pacientemente los instrumentos para derrotar al peor enemigo del mundo. Los recuerdos que conservaba del momento en que lo había rescatado eran muy borrosos, pero recordaba sus ojos, y el roce de sus manos, su pelo sedoso y su tez suave. Sobre todo, recordaba su amabilidad.

Deseaba más que nada permanecer allí para ayudarle a conseguir su objetivo, si bien sabía que era más peligroso para ella que cualquier otro ser vivo en la faz de la Tierra. A través de él, Xavier podía encontrarla y destruirla. Y la muerte no era el peor castigo que el mago podía infligir a sus enemigos; él lo sabía por su propia amarga experiencia. Había sido incapaz de proteger a su hermana y a su hija, tampoco a sus tías, pero podía proteger a su compañera eterna alejándose de ella.

Paseó una vez la mirada por aquel cómodo refugio, una obra maestra de belleza y de valor. Se alegraba de haber tenido la posibilidad de conocerla antes de morir y ver la luz verdadera en su alma. Él sólo había conocido la oscuridad y la crueldad, pero ahora estaba rodeado por algo del todo diferente, perfectamente opuesto, y sólo deseaba quedarse y bañar en la luz de su alma todo el tiempo que osara antes de verse obligado a partir.

Jamás había entendido verdaderamente qué significaba ser un compañero eterno. Dos mitades de la misma alma que se unían. La luz que disipaba la oscuridad. Los dos se necesitaban mutuamente. Con sólo estar ahí, en su morada, entre aquellas paredes que se alzaban con sus memoriales, sentía el consuelo y la calidez. Pero no del cuerpo, porque ya había recuperado el calor y, por primera vez en siglos, no temblaba de frío. Era una calidez interior, en lo más profundo, donde de verdad importaba. Ella le había dado algo que él desconocía, a pesar de que aún no la había reclamado, todavía no había unido las dos almas gemelas. ¿Cuán intensos se volverían aquellos sentimientos una vez que eso ocurriera?

Lo sacudió la tentación, y él la rechazó con diligencia. No había tenido control alguno de sus actos durante siglos. En ese momento, cuando se presentara una alternativa, tomaría las decisiones correctas para proteger a su mujer. Xavier nunca llegaría a ella a través de él. Sin embargo, complicaba las cosas. Su primer impulso había sido intentar matar a Xavier, pero no quería exponerse a la posibilidad de volver a caer en sus manos, sobre todo si éste se enteraba de dónde se refugiaba Ivory.

Algo en él se agitó. Una búsqueda, una mirada hacia alguna parte. Algo extraño que le rozaba la mente con garras afiladas, como si rascara una pared. Se puso rígido y, sin pensarlo dos veces, cerró una defensa con tal fuerza y tal celeridad que se quedó asombrado consigo mismo. No sabía que era capaz de hacer algo así. Reconoció aquel roce perverso y vil. Xavier. El mago lo buscaba, extendía sus manos para encontrarlo y poseerlo.

El corazón le latía con tal fuerza que creyó que estallaría. El temor que sentía por su compañera eterna vivía y respiraba en él, reforzando su decisión de luchar contra la posesión de Xavier. Corrió por las salas buscando una salida, temiendo que Xavier pudiera ver a través de sus ojos. Mantuvo la mente en blanco todo lo posible, sabiendo que, una vez que se conectaba con él, el mago podía leer sus pensamientos. No conseguía recordar cómo lo había conseguido ella. Todo lo relacionado con la huída era sumamente borroso.

No podía proponerse traspasar kilómetros de rocas sin saber dónde emergería y si estaría a salvo. Se sentía atrapado y presa del pánico, y maldijo su suerte, temiendo que estuviera destinado una vez más a provocar la caída de alguien que necesitaba y se merecía su protección.

Cuando se detuvo en la habitación, apoyó la mano en la pared, con la cabeza inclinada y los ojos cerrados, intentado orientarse. Que otro ser poseyera su cuerpo era una experiencia desgarradora y pesadillesca, porque ahora tenía presente a Xavier, con su vileza, su avidez y su extrema depravación, en todos sus detalles. Tenía que mantenerlo fuera, y lo haría.

Sin previo aviso, sintió una punzada de dolor, un dolor desesperante. Abrió los ojos bruscamente y miró a su alrededor, deseando entender qué le estaba ocurriendo. La tierra seguía ahí, en la profunda excavación, un tesoro fértil y rico que lo llamaba, y él no podía resistirse. Se introdujo en la cavidad de rodillas, pero aquello no alivió su dolor.

Su cuerpo se había visto trasladado a menudo en viajes a través del suelo, pero nunca había descansado en la marga fértil y rejuvenecedora. Xavier jamás había osado brindarle ese lujo. La tierra podría haberlo sanado y restablecido sus fuerzas, algo que el mago difícilmente podía tolerar. Lo habían dejado en las cavernas de hielo, languideciendo en una especie de vida a medias. Él ni siquiera estaba seguro de poder sobrevivir bajo tierra, o incluso en la superficie, después de tantos siglos en el frío. Sin embargo, la tierra le devolvía la fuerza. Pero no ponía fin al dolor.

Incapaz de penetrar en su mente, Xavier tenía que haberlo atacado desde cierta distancia. Razvan sintió unos dientes que le mordían el hombro, le perforaban los huesos, los tejidos y la piel, como una sierra que lo hería cada vez más profundamente, y le inyectaban en la herida unos parásitos que lo quemaban. Estaba siendo devorado, y para alguien como él aquello no era sino pura justicia. De hecho, él había hundido sus propios dientes en el brazo diminuto de su hija y había sido testigo, horrorizado e incapaz de protegerla, mientras Xavier hacía exactamente lo mismo, mordiéndola como si fuera un hueso, sólo un trozo de carne que podía ser consumida, desgarrándole la piel delicada con los dientes para llegar a la sangre y al hueso.

Ahora sintió el chorro de ácido que le quemaba a través de la piel, cada vez más profundo, la sangre del vampiro que le bañaba la piel, derramándose sobre sus manos y sus antebrazos, hasta llegar al hombro y caer por los brazos y el pecho. Reconoció la sensación, ya que sus muñecas y tobillos habían sufrido a menudo el efecto de los grilletes bañados en sangre de vampiro. Se lo tenía bien merecido por no haber sabido proteger de Xavier a los suyos. Una y otra vez, había combatido la magia de aquel ser diabólico, pero nunca había sido lo bastante fuerte ni sabio para derrotarlo.

Lo sacudió una explosión de dolor en las costillas que se difundió por el resto del cuerpo. El dolor era una manera de vivir para él. Ahora podía apartarlo, absorberlo en su cuerpo y dejar que lo consumiera. Había aprendido a vivir con la agonía hacía mucho tiempo.

Pero el dolor no era su dolor. Estaba demasiado lejos. Demasiado distante. La reacción era estoica, pero decididamente femenina.

Ivory estaba en aprietos. Y todo lo demás dejó de tener importancia. Había sólo un motivo para seguir viviendo, y era protegerla a ella de cualquier enemigo al precio que fuera.

Quiso despejarse la cabeza y luchó contra las abrumadoras emociones con que todavía le costaba lidiar. Recreó la imagen de ella en su mente, tal como la había visto. Suave y femenina, la mujer amable que pertenecía a ese lugar, a ese hogar de pura belleza.

Ivory. Necesitas ayuda. Dime como llegar a ti.

Siguió una leve vacilación. *Te están buscando.*

Él no discutió con ella. Estaba herida y rodeada de enemigos. Él sentía la quemazón de la sangre del vampiro, el dolor que le carcomía los hombros y las costillas, y el temor de que estuviera débil y quizá no pudiera combatir y salir airosa, a pesar de que estaba completamente decidida a intentarlo.

Razvan le transmitió mentalmente su fuerza y su poder, la alimentó mientras buscaba en sus recuerdos y encontraba la información que necesitaba.

Intenta ganar tiempo. No tardaré en llegar. No luches. No te atacarán mientras hables con ellos.

No me queda más tiempo. Le costaba reconocerlo. *Mis fuerzas se desvanecen.*

Espérame. Llegaré, Ivory, no pierdas la esperanza. Le transmitió toda la determinación posible, sabiendo que ella desconfiaba de todos, y por buenos motivos. Además, tenía todos los motivos para temerlo y odiarlo a él, que portaba el código genético de Xavier en su propio cuerpo.

Siguió otra leve vacilación, y entonces Razvan vio con toda claridad la grieta oculta en su habitación, una abertura en la estrecha chimenea por donde ella podía entrar y salir. Aún así, Ivory seguía mostrándose cautelosa.

Razvan se apresuró en darle la seguridad que necesitaba.

Llevaré a cabo un barrido visual antes de salir, de modo que no dejaré ninguna huella que pueda conducir a tu refugio.

Ahora tenía la información en su cabeza y pensaba redoblar las precauciones para que Xavier no penetrara en su mente. Antes de seguir, aprovechó ese momento para construir todas las defensas posibles, reforzó las barreras y se hizo más fuerte que nunca. Más fuerte que antes de penetrar en la estrecha grieta que nadie jamás vería. Flotó hasta la superficie, convertido en una voluta de vapor que ascendía, entrando y saliendo de las capas rocosas durante lo que pareció un tiempo interminable. Al final, divisó una franja de cielo por encima de su cabeza.

Vendré. Llegaré, Ivory. No pierdas la esperanza.

Durante cientos de años, ella no había confiado en nadie más que en sí misma y en su manada de lobos. Ella era Ivory Malinov, ejecutora de las criaturas de las tinieblas, y no confiaba en nadie ni creía en nadie. Era una manera de asegurarse de que nadie le arrancaría el corazón, física ni figuradamente. Respiró y el dolor casi la cegó. Trastabilló y la criatura oscura se lanzó contra ella.

Sacó un puñal del cinto y se dispuso a enfrentarse a él. Ella conocía su reputación pero, afortunadamente, él no conocía la suya. Por pequeña que fuese, aquello era una ventaja. Él no sabía que los lobos eran carpatianos y, por lo tanto, aún más letales. Intentaría controlarlos, aquello sería una medida elemental de defensa, pero no funcionaría, y eso también le daría una pequeña ventaja. En condiciones normales, ya se habría lanzado al ataque y no habría esperado a que él hiciera el primer movimiento, pero una parte de ella no quería empezar una guerra con los carpatianos.

Mikhail alzó una mano.

—Gregori, no es necesario. —Era una advertencia, pronunciada con una voz suave, casi afectuosa.

Ivory recordó ese mismo tono, el de su padre, el antiguo príncipe, tan amable y acogedor, la mirada generosa, la sabiduría compasiva, la voz de la razón. Sólo quería ayudarla. Era un hombre amable y desprendido que vivía para servir a su pueblo, buscando lo que fuera mejor para ellos. Recordaba aquella voz con perfecta claridad. Aquellos ojos que la miraban y veían más allá de ella, que llegaban hasta su alma y veían su sed de conocimientos, su necesidad de aprender cuando sus hermanos ya no querían, o no podían. Era una voz que la apaciguaba y le decía que él lo solucionaría todo, que hablaría con sus hermanos cuando volvieran y les explicaría por qué era necesario que acudiera a la academia y aprendiera.

El príncipe entendía. ¿Cómo no iba a entender cuando su propósito en todas las circunstancias era servir a su pueblo? Él había sabido que ella ansiaba hacer algo más que quedarse sentada en casa y esperar a que apareciera su compañero eterno. Ella quería ser alguien, *hacer* algo. El príncipe la entendía y la ayudaba como ella sabía que la ayudaría.

Algo se le retorció en las entrañas. Durante un momento, no sintió el dolor acuciante en las costillas ni el dolor agónico en el hombro, ni siquiera la quemazón de la sangre ácida o las punzadas agudas de los parásitos que penetraban en sus células. Jamás había pensado, en su inocencia, que el príncipe tenía otros asuntos, que quería desembarazarse de ella porque sabía que su hijo enfermo y retorcido jamás la dejaría en paz, y que sus hermanos o los hermanos De La Cruz matarían a Draven. Al contrario, se había marchado alegremente creyendo que, gracias a su sabiduría, el príncipe, sabía mucho más que su propia familia. Se había sentido tan dueña de sí misma, tan aceptada. En aquella época se había creído para siempre joven y confiada.

Tienes que darte prisa. No podré aguantar mucho más.

Ivory ignoraba si su debilidad era tanto física como mental. El encuentro con su hermano la había sacudido más de lo que creía. Se había jurado evitarlos a todos y no se había preparado mentalmente para ver a Sergey convertido en un ser maligno. Éste había cambiado su aspecto al reconocerla, y le había dado un atisbo de su pasado, de un hombre que ella había querido y que la había tenido en sus brazos y mecido, aparte de dedicar horas a enseñarle a luchar.

Se sentía físicamente enferma por haberse visto obligada a dispararle una flecha. Ivory creía haber separado el pasado del presente, pero haberlo visto en persona era una experiencia muy diferente a pensar en él en abstracto.

Vengo en tu rescate. Intenta ganar tiempo. Usa a los lobos, si te ves obligada.

—Permite que nuestro curandero te ayude —dijo Mikhail, y su voz se volvió más ronca, casi hipnótica.

Ivory no pudo evitar entregarse a esa voz tan pura, a pesar de que a lo largo de los siglos se había entrenado para no sucumbir. Temblando, *Farkas* se apretó contra sus piernas. Se encontraba en el mismo estado que ella.

—No tengo necesidad de tu ayuda, Dubrinsky —dijo, con tono altivo—. Ni pido ni quiero nada de ti ni de quienes tengan relación contigo.

Gregori respiró ruidosamente, casi un silbido.

Ella lo miró enseguida, vio la tormenta que se gestaba en sus ojos. Si se producía un ataque, él sería quien lo desatara. Ella estaba debilitada por la pérdida de sangre y el dolor, y empezaba a acabársele el tiempo.

—Es evidente que, a lo largo de tu dilatada existencia, nunca has aprendido que una voz puede sonar dulce y pura a tus oídos y, sin embargo, ocultar la verdad detrás de una máscara. Mis hermanos escogieron el camino del mal, pero no se equivocaron en su juicio sobre el linaje de los Dubrinsky. El príncipe al que tú obedeces no es lo que tú crees.

Miró a Mikhail con un dejo de desprecio no disimulado.

—No puedes engañarme, *karpatii ku köd,* embustero. Sólo me engañan una vez, y tu padre era un campeón de los embustes. Deseo irme. ¿Acaso soy tu prisionera?

Siguió un breve silencio, y Gregori sacudió lentamente la cabeza.

—¿Crees que puedes combatir contra todos nosotros y salir vencedora? Eres una mujer carpatiana, y no tienes quien te proteja. Yo me veo obligado por juramento a llevar a cabo mi deber, lo desees o no.

Ivory respiró profundo y espiró. *Prepárate,* Raja.

Los lobos enseñaron los colmillos y se aprestaron a enfrentarse a los carpatianos machos sin inmutarse.

En ese momento, intervino Gary y se situó deliberadamente entre ella y el lugarteniente del príncipe, sin hacer caso de la amenaza de la manada.

—Por favor —dijo—, nadie quiere hacerte prisionera. Te ofrezco libremente mi sangre. Mi vida por la tuya. No conozco bien las palabras rituales, pero si aceptas lo que te ofrezco, sabemos que al menos tendrás una posibilidad de luchar en caso de que te enfrentes a otro vampiro. Nadie quiere hacerte prisionera.

—Está infectada con la sangre del vampiro —le explicó Gregori —Hay que quitarle los parásitos.

—Soy muy consciente de la infección —respondió Ivory—. Y perfectamente capaz de curarme a mí misma.

Detrás del príncipe se materializó otra mujer y otro hombre, y Ivory suspiró, deseando sólo poder derrumbarse sobre la nieve y descansar. Reconoció al macho, con sus rasgos marcados y atractivos, y casi sonrió. Falcon. Un amigo de la familia y de los hermanos De La Cruz. Era un solitario, pero un buen hombre. Ella se sintió agradecida con él, y se alegró de ver que al menos unos cuantos machos de antaño habían sobrevivido con sus almas intactas.

—¡Ivory! —Fue como el reconocimiento del propio asombro—. ¿Tú eres la mujer misteriosa que ha salvado a nuestro hijo? —Falcon avanzó hacia ella pero se detuvo bruscamente al verla retroceder y agitar una mano para mantenerlo a raya.

—*Pesäsz jeläbam ainaak* —saludó—. Que puedas vivir en la luz muchos años, Falcon. Han pasado siglos.

—Estás herida —exclamó la mujer, y quiso acercársele.

Falcon la detuvo cogiéndola por el brazo.

—¿Qué ocurre?

Ivory se dio cuenta de que Falcon no pretendía juzgarla, era sólo cautela.

—Deseo dejaros, a vosotros y a vuestro príncipe, y su criado ha decidido lo contrario.

—Sólo para ocuparme de tus heridas —dijo Gregori, inclinándose ligeramente e ignorando su provocación.

La mujer frunció el ceño.

—Soy Sara, la compañera eterna de Falcon. Has salvado a nuestro hijo, y estamos en deuda contigo. Nadie aquí desea hacerte daño —dijo, y miró a Gregori con ira no disimulada—. No me imagino a nadie que quisiera hacer otra cosa que recompensarte por tu ayuda. Ofrezco libremente mi sangre para ayudarte a sanar. Falcon y yo haremos todo lo posible para sanar tus heridas, aunque Gregori es el mejor curandero de todos. Puede que su aspecto te intimide, pero es un hombre bueno y compasivo.

—No me intimida el hombre oscuro —dijo ella—. Sólo quiero seguir mi camino. —La oferta de la mujer era tentadora. Era evidente que si la curaban le ayudarían a recuperar sus fuerzas, pero si tomaba la sangre del oscuro, éste podría seguirle la pista con más facilidad. La sangre llamaba a la sangre. Y ella sería muy vulnerable. Él podría fácilmente tomar su sangre, y ella siempre tendría que preocuparse de que algún día encontrara su guarida. Tal como estaban las cosas, Sergey sabía que estaba viva, y quizá se le metería entre ceja y ceja la idea de encontrarla. Suspiró al tiempo que sacudía la cabeza.

—Lamento no poder aceptar vuestra generosa oferta, pero gracias —dijo a Sara.

Raja gruñó su advertencia e Ivory se percató de que Gregori había dado un paso adelante. El hombre oscuro se detuvo al verla girarse y apuntar con su puñal hacia él.

—Cometerías un gran error, hombre oscuro, si lo intentas.

—Estás a punto de derrumbarte de cansancio —le advirtió Gregori—. Si he dicho algo que pueda hacerte pensar que deseo hacerte daño, te ruego me perdones. Es evidente que mi primera preocupación es tu bienestar. Mientras seguimos aquí discutiendo, los parásitos han tenido la oportunidad de diseminar el veneno por tu organismo.

—Sé muy bien lo que pueden hacer y no hacer los parásitos.

Buscó a Razvan, desesperada. El curandero se le había acercado más de lo que ella juzgaba prudente, quizás a una distancia apropiada para descargar un golpe. Ivory no era tan ilusa como para no hacer caso de la reputación de aquel hombre, conocido en toda la comunidad como un defensor implacable y peligroso del príncipe y del pueblo carpatiano.

Si no permito que me dé sangre, no me queda otra alternativa que luchar.

No tendrás que luchar. Daré mi vida por ti. Obedece mi sugerencia. Habla con la mujer, distráelos unos minutos.

Había algo en su voz que le daba seguridad. Lo había dejado hecho un guerrero malherido y caído, pero se había despertado convertido en otro. En su voz se adivinaba la seguridad. Razvan era un cazador de dragones, uno de los linajes carpatianos más antiguos y poderosos, y había sufrido tormentos durante cientos de años sin sucumbir a la oscuridad. Ella había visitado su mente, y sus recuerdos databan de hacía tiempo. Había aprendido la destreza en la lucha, sus técnicas y estrategias. Sabía más acerca de Xavier que cualquier otro ser vivo, y tenía más motivos que cualquiera para destruirlo. Ella quería creer en él. Sacudida y debilitada como estaba, *necesitaba* creer en él.

El curandero está esperando a que me desmaye. Sabe que no aguantaré.

Aguantarás.

Sintió que la fuerza le volvía.

—Sara —dijo, con voz suave—. Apelo a ti. Pídele al hombre oscuro que se aparte. No he hecho daño a ninguno de los aquí presentes, y sólo deseo marcharme en paz. Me has hablado de tu necesidad de recompensarme por haber salvado la vida de tu hijo. Es lo que pido, que tu curandero se aparte de mi camino.

Sara miró a Falcon y luego a Mikhail.

—Creo que lo que pide es razonable. Te lo ruego, Gregori, apártate.

Todos miraron a Sara, que se acercó a Ivory con gesto protector.

Por debajo de los pies del príncipe la tierra estalló como un chorro y un cuerpo se materializó a sus espaldas. Con un brazo, cogió a Mikhail por el cuello y apoyó el puñal en el corazón del príncipe. Unos ojos tormentosos e implacables se clavaron en el hombre oscuro con una determinación a prueba de fuego.

Capítulo 5

Nadie se movió. Nadie respiró, y todos quedaron convertidos en estatuas, congelados en el tiempo, como si un solo error pudiera desatar un baño de sangre y, a juzgar por la mirada de Razvan y Gregori, no había duda de que eso ocurriría.

Gregori respiró con un ruido sibilante.

—Amenazar al príncipe equivale a firmar tu sentencia de muerte.

Razvan se encogió de hombros con un gesto de indiferencia.

—Desde que cumplí catorce años que me amenazan con lo mismo, y no es nada nuevo para mí. No hay nada que puedas concebir como castigo que no haya sufrido antes. Acepto que moriré esta noche —dijo. Inclinó la cabeza hacia Gregori pero su expresión no cambió, como si le diera licencia al carpatiano para matarlo.

Un hombre que nada tiene que perder, Gregori, suele ser el vencedor, señaló Mikhail, con una pizca de humor en su voz.

Los ojos de Gregori refulgeron, y no había ni pizca de diversión en su mirada. *Nadie puede ponerte un puñal en el corazón y no recibir su merecido.*

—Aléjate de mi compañera eterna. Una vez que se haya ido, puedes hacer lo que quieras —dijo Razvan.

—No —protestó Ivory—. Me quedaré contigo. Lucharemos hasta recuperar la libertad.

Sara intentó acercarse a Ivory.

—Esto es una locura, Mikhail —dijo, apelando al príncipe—. Detenlo. Déjalos ir.

—¿Sabéis quién es este hombre? —preguntó Falcon, con voz queda—. Ivory, ¿tienes alguna idea de los crímenes que Razvan ha cometido contra nuestro pueblo?

Razvan no se inmutó, y tampoco soltó el puñal.

—No sabéis nada acerca de él —dijo Ivory—. No tenéis derecho a juzgarlo si no conocéis los hechos.

No tienes por qué defenderme.

A Razvan le sorprendió que Ivory lo defendiera. Ahí estaba, apenas teniéndose de pie, con un aspecto demasiado frágil para una guerrera como ella. Se sostenía de pie, bien erguida y cuan alta era, y tenía la piel carcomida sólo por las huellas de la sangre del vampiro y las mordeduras en el hombro. Había algo muy íntimo en saber que, más allá de ese exterior perfecto, él conocía a la verdadera mujer, con sus cicatrices de muerte y lucha. Pensó en la valentía que habría sido necesaria para recomponer su cuerpo y permanecer cientos de años, rota en las entrañas de la tierra, mientras la naturaleza intentaba recomponerla.

Sólo él conocía las profundidades y los puntos fuertes de Ivory, y era el único en la faz de la Tierra. Lo sacudió un sentimiento de orgullo. Su valentía y su ferocidad lo hacían sentirse más humilde.

—Es verdad —dijo Falcon, que conservaba la calma en medio de la tensión—. No conoces a este príncipe. Yo he declarado mi fidelidad a Mikhail, que es merecedor de mi respeto y mi protección. Tú me conoces. Más importante aún, conoces a los hermanos De La Cruz. Ellos también han jurado fidelidad a Mikhail. Manolito entregó su vida por Mikhail y Gregori lo trajo de vuelta a esta vida —aseveró, y miró a Razvan—. Creo que fue tu compañero eterno quien le inyectó a Manolito el veneno.

Razvan no se inmutó, y la mano con que sostenía el puñal permaneció serena.

—Ivory, quiero que te acerques a mí y tomes mi sangre. Toma la suficiente para recuperar todas tus fuerzas.

Ella lo miró con asombro pero negó con un gesto de la cabeza. *Es la única manera. Tu objetivo y tu preparación habrán sido en vano si no consigues marcharte. No podemos detenerlos a todos. Supe cuando vine que daría mi vida por la tuya. Es un honor.*

—Tiene la sangre infectada de parásitos —dijo Mikhail—. Mantén el puñal apoyado en mi corazón mientras dejas que mi curandero la libre de los viles gusanos de Xavier.

Ivory hizo una mueca al oír el nombre del mago.

Gregori lanzó una rápida mirada al príncipe, y en sus ojos brilló un fulgor plateado.

No tiene nada de gracioso, Mikhail. Sabemos muy poco de este hombre. Es muy posible que, obedeciendo a las órdenes de Xavier, te clave el puñal en el corazón. En ese caso, no tendrías esa mirada tan burlona.

No me cabe la menor duda de que encontrarías una manera de salvarme.

—Razvan —dijo Mikhail—. No tenemos intención de hacerle daño a tu compañera eterna, sólo queremos asegurarnos de que podrá sobrevivir a un ataque en su camino de regreso a casa. Os ofrecemos a ambos nuestra amistad. Tu hermana, Natalya, está aquí con su compañero eterno, Vikirnoff. Lara, tu hija, y su compañero eterno, Nicolás de La Cruz, viven con nosotros, y trabajan para salvar a nuestros hijos aún no nacidos. Ella ha sido una gran ayuda para nuestro pueblo. Tus tías, Tatijana y Branislava, están vivas y a salvo, y en este momento se están curando en las entrañas de la tierra. Os ofrezco a los dos el derecho a pasar sin sufrir percances.

Razvan lanzó a Ivory una mirada fugaz. *Depende de ti.*

Ivory respiró hondo. Vida o muerte para su compañero eterno. Él depositaba su vida en sus manos con extrema facilidad. Poco sospechaba lo aborrecible que era para ella aceptar favores de la familia Dubrinsky. Le costaba aceptarlo y, sin embargo, dio un paso adelante, rígida, hasta quedar junto al curandero, apretando con fuerza la empuñadura del cuchillo. Con un gesto de cabeza hacia éste, dio a entender que aceptaba.

Es probable que me ataque cuando haya acabado. Los ojos plateados volvieron a brillar al mirar al príncipe. *Ya no te reirás tanto cuando nuestras mujeres me reprochen que haya permitido que alguien te apuñalara.*

No lo sé. Puede ser divertido. Ninguna de las dos se enfadará conmigo.

Gregori respiró con un silbido agudo a través de los dientes, al tiempo que lanzaba al príncipe una mirada enfurecida y le ponía las manos en el hombro a Ivory. Ella tembló, un gesto muy similar al de un animal a manos de su rescatador que intenta liberarlo de una trampa. Sin ser plenamente consciente de ello, Gregori murmuró sus palabras curanderas en la lengua antigua, procurando darle seguridad, con la voz y con las manos, de que no quería hacerle daño alguno.

Entonces cerró los ojos y dejó de ser un guerrero feroz, un implacable defensor del príncipe y del pueblo carpatiano. Su ego, todo lo que él era, depuso las armas, dejó su propio cuerpo y entró en el cuerpo herido de la mujer. Se convirtió en energía, en una entidad capaz de sanar, y se desplazó por su torrente sanguíneo para encontrar y reparar todo el daño desde adentro hacia fuera.

Casi se olvidó de sí mismo, una de las pocas veces a lo largo de siglos de curaciones, al descubrir la materia apretada de la que estaban hechos sus huesos y tejidos. Por todas partes había accidentes, cicatrices internas y externas, incluso en sus órganos, algo que nunca se había visto entre los carpatianos. Por un momento, emergió a la superficie, sacudido, incapaz de mirarla mientras procuraba entender cómo alguien había podido sobrevivir después de ser víctima de heridas como ésas.

Mikhail. Estaba impactado, a pesar de que Gregori rara vez se mostraba de esa manera. En su voz había asombro, a pesar de que pocas veces se asombraba. Sobre todo, había respeto. *Es como si la hubieran cortado en pequeños trozos. No hay ninguna parte del cuerpo que no haya sido tocada, excepto la cara, e incluso en el cuello lleva las señales. Creo que la cortaron, pero ¿cómo ha sido capaz de sobrevivir?*

Le transmitió aquella impresión a Mikhail. *Su verdadera piel es como una labor de retazos. Siento cómo las hojas le cortan la piel y los huesos, cómo le cercenan la cabeza. Esta mujer ha sufrido más allá de lo imaginable.* Paró para recuperar el aliento, con el corazón latiéndole ruidosamente. De pronto, Gregori interrumpió el contacto con Mikhail.

Cuéntame. Era una orden, ni más ni menos.

Tu hermano mayor la asaltó. Siento su mancha, las huellas de un sufrimiento que nunca había sentido. Él le hizo esto. O quizá tomó parte en ello.

Mikhail cerró los ojos un momento. *Tiene motivos para odiar a mi familia.*

Sin duda.

¿Percibes animosidad hacia los carpatianos? ¿Acaso intentaría destruirnos?

Hay una feroz determinación. Pero no para acabar con tu vida ni destruirnos. La determinación la lleva en los huesos. Me gustaría saber algo más acerca de esta mujer.

Gregori volvió a desprenderse de su ente físico y a entrar en el cuerpo de Ivory. Prestó especial atención a los huesos y a los órganos, bañándolos con una luz pura al pasar, examinando su sangre y sus células en busca de parásitos. Obligó a los intrusos a abandonarlas a través de los poros, y los incineró en cuanto se arrastraron en la nieve buscando una víctima. Fue un procedimiento desagradable y agotador, e Ivory cayó al suelo cuando sus fuerzas finalmente la abandonaron.

Sus lobos se acercaron y formaron un círculo protector, en cuyo interior estaban ella y el cuerpo de Gregori. Éste dependía de Falcon para conservar su energía mientras trabajaba, y el antiguo carpatiano se quedó muy quieto, observando atentamente a los lobos.

Mientras Gregori trabajó, el cuchillo en mano de Razvan no tembló. Razvan tampoco preguntó nada acerca de su familia, porque tenía toda la concentración puesta en la seguridad de Ivory. Observó a los demás y dejó que sus lobos le advirtieran si Gregori intentaba lo que fuese para hacerle daño. Aquello exigía disciplina y autocontención. En ningún momento la hoja del cuchillo penetró en las carnes del príncipe.

Mikhail respiraba con naturalidad.

—Gregori es un gran curandero. Se asegurará de que no queden parásitos.

—Agradezco el servicio que nos presta.

—Ya no hay necesidad de que me sigas teniendo como rehén —dijo Mikhail—. Gregori gruñe y se deja ir, pero no tiene intención de hacerle daño a tu compañera eterna. Lo rige su juramento. No se mostrará tan comprensivo si sigues amenazándome. He dado mi palabra de que os dejaré pasar en toda libertad. Sería un error agravar la situación si tu mujer se encuentra tan débil y necesita cuidados.

Razvan sostuvo el puñal un momento, como si en las palabras de Mikhail pesara la verdad, y enseguida lo hizo desaparecer y dio un paso atrás, desde donde veía con claridad a los tres carpatianos machos.

Mikhail no se apartó para quedar fuera de su alcance, con lo cual dio testimonio de su confianza. Falcon se acercó un poco, lo suficiente para poder deslizarse entre el príncipe y cualquier potencial amenaza.

—Dime, Razvan —dijo Mikhail—, ¿de verdad Xavier vive todavía? —Le miró la cabellera entrecana. Pocos carpatianos llegaban a tener canas. Sólo las heridas más graves podían provocar ese tipo de cambio en uno de ellos. Mirando más detenidamente, el príncipe vio las señales de un sufrimiento prolongado en el rostro marcado de Razvan. Era un hombre atractivo, pero parecía más viejo y desgastado.

—Todavía vive —confirmó él.

—¿Es capaz de poseer tu cuerpo cuando se lo propone?

—Así es —respondió él, sin inmutarse—. Sin embargo, por primera vez, he conseguido mantenerme a salvo. Nunca he estado tan fuerte en mi vida, así que quizá con el tiempo aprenda a mantenerlo a raya.

Falcon se movió y sus ojos oscuros miraron hacia la sombra, como si esperara ver a su enemigo más antiguo y peligroso.

—¿Pones en peligro a tu compañera eterna?

—Pongo en peligro a cualquiera que se me acerque.

Mikhail lanzó una mirada rápida y furiosa a Falcon.

—¿Cómo has conseguido escapar? —inquirió.

—El último ataque que Xavier sufrió en las cavernas de hielo lo obligó a sacarme de la cámara donde solía tenerme encadenado. No tuvo demasiado tiempo para prepararlo y no era un lugar tan seguro. Llevaba muchos días sin alimentarme, y Xavier debió creer que estaba demasiado débil para intentar escapar —dijo, y se encogió de hombros.

Mikhail miró su cara desgarrada por el sufrimiento. Aquel leve gesto le decía muchas cosas acerca de Razvan. No pedía simpatía, pero tampoco se disculpaba por la vida que había sido obligado a llevar. Esas pocas frases decían muchas cosas.

Mikhail se inclinó.

—Eres un verdadero cazador de dragones. —Ningún cazador de dragones había sucumbido jamás a la oscuridad que acechaba a los machos de su especie. Si alguien tenía motivos para entregarse a la amargura, el odio y la rabia, era Razvan, si todo lo que se sospechaba de él era verdad—. Nos encontramos en medio de una batalla para asegurar nuestra existencia. Quizá puedas darnos información que nos ayude a luchar para salvar a nuestros hijos. Lara nos ha aportado una ayuda incalculable.

Razvan no dejaba de mirar a Ivory, y no respondió. El solo hecho de oír el nombre de su hija le resultaba duro, y se sintió barrido por las emociones, pero se negó a dejar que se notara. Había aprendido a hacer de su expresión una máscara a lo largo de los siglos, y no permitió que el príncipe tuviera un atisbo de lo que provocaba en él la sola mención del nombre de Lara. Ivory alzó la mirada y la clavó en él. Él la miró a su vez y tuvo un sobresalto.

Ella lo sabía. Tenía que estar sufriendo un dolor horrible, y quizá temiera por el resultado de su amenaza contra el príncipe del pueblo carpatiano. Sin embargo, en su boca asomó una sonrisa. Él sabía que esa sonrisa le estaba destinada. Fue una sonrisa que los unió, los hizo encajar como dos piezas de un rompecabezas, un gesto privado y sumamente íntimo. Entonces lo miró con ojos dulces y le transmitió su calidez.

Algo en lo más profundo de él se hizo un nudo, varios nudos. Sintió un aleteo en el corazón y alguna cosa le ocluyó la garganta. Ivory. ¿Por qué la habría encontrado en ese momento? Era un tesoro de lo más inesperado. Nadie, y él menos que nadie, la merecía, a ella, su valentía tenaz y su generosidad.

Una nota de humor femenino se coló en su pensamiento. *No te engañes a ti mismo. Nadie excepto tú me llamaría generosa. Soy la ejecutora, y nada más.*

Era mucho más. Ella lo era *todo*. Conservó la mirada fija en ella mientras Ivory volvió a sacudirse cuando los parásitos siguieron abandonando su cuerpo y cayeron al suelo salpicado de sangre. Le transmitió mentalmente su energía y se sirvió de los aromas que había descubierto en su guarida, los olores que sabía la confortarían, para sostenerla en lo que quedaba de curación.

La extracción de los parásitos era un proceso difícil. El curandero tenía que tener especial cuidado para detectarlos a todos. Cuando Gregori volvió a su propio cuerpo, se tambaleó de cansancio.

—Necesita sangre —advirtió, y se hundió en la nieve a su lado.

—Tú también —dijo Mikhail, y se acercó al curandero. Le tendió la muñeca con un gesto sereno que revelaba una antigua familiaridad con la práctica de dar sangre.

Razvan vaciló. Ignoraba hasta dónde llegaba el dominio que Xavier tenía de él. Si era celular o molecular y, si daba su sangre a Ivory, ¿acaso Xavier sería también capaz de poseerla a ella? No lo sabía y no quería exponerse a ello.

El curandero lo miró con sus raros ojos plateados, unos ojos que le inspiraron un tenebroso recuerdo de Xavier. Brillaban, amenazantes, con una reprimenda visible y, por primera vez en su encuentro con aquellos hombres, sintió vergüenza.

—Me has protegido —dijo Ivory—, y os estoy agradecida. Nadie aquí comprende ni entiende lo que está en juego para ti, para nosotros.

—Ofrezco mi sangre libremente —repitió Sara, y se acercó a Ivory, tendiéndole el brazo.

—Te lo agradezco —dijo Ivory, inclinando la cabeza.

Era la rica sangre carpatiana, y fluyó por todo su organismo como una bola de energía, bañando sus células y ayudando a la minuciosa curación que Gregori había hecho de las heridas en su hombro y sus costillas.

Gregori miró atentamente a Razvan.

—Temes darle tu sangre a tu compañera eterna. —Era una declaración, más que una pregunta, y esta vez se advertía un dejo respetuoso. En todos los machos carpatianos existía el instinto de alimentar a sus compañeras eternas—. No la has reclamado.

Razvan se encogió de hombros.

—No puedo. Y no lo haré.

Ivory alzó la cabeza y deslizó la lengua sobre los diminutos agujeros en la piel de Sara. Sus ojos oscuros brillaron hasta casi teñirse de color ámbar, muy parecidos a los ojos de un lobo.

—No es necesario explicárselo a ninguno de estos hombres.

—Ivory —dijo Mikhail, con voz suave—, nadie acusa a Razvan de haberte fallado. Todo lo contrario. Y el hombre que se ha prestado a ayudarte es el mismo hombre que llevó a mi hermano mayor ante la justicia que merecía. Gregori tuvo que pasar tres meses en las entrañas de la tierra para recuperarse de las heridas que sufrió.

Ivory alzó el mentón.

—Yo pasé tres siglos. —En cuanto pronunció aquellas palabras, la única señal de amargura, pareció avergonzada—. Perdóname, curandero. He pasado mucho tiempo alejada de la compañía de otros, y he olvidado mis buenas maneras.

—No hay necesidad de pedir perdón —dijo Gregori, que seguía escrutando el rostro cansado de Razvan—. Me gustaría examinarte para ver qué huellas de Xavier quedan en ti.

Siguió un silencio que traducía el asombro general. Mikhail frunció el ceño. Falcon se interpuso parcialmente entre Gregori y Razvan, y éste incluso dio un paso atrás hacia la sombra.

—No tienes ni idea de lo peligroso que puede ser.

—Si nadie lo intenta —señaló Gregori—, puede que estés perdido.

—He estado perdido cientos de años.

—Y también se ha perdido toda la información que posees y que podría ayudarnos en nuestra lucha contra nuestro peor enemigo —siguió Gregori—. Y tu compañera eterna también estaría perdida.

—Yo no entro en esta ecuación —protestó Ivory—. No me uséis a mí para presionarlo a él a tomar una decisión que considera equivocada.

Gregori le lanzó una mirada con que pretendía aplacarla.

—Tienes muchas cosas con las que contribuir al mundo en general, cazador de dragones. Sólo quiero echar una mirada.

Puede que tenga razón. Ivory apartó deliberadamente la mirada de Razvan. *La decisión es sólo tuya, y yo te apoyaré en todo, pero quizás encontremos una manera de acabar con el dominio al que te somete Xavier. Sospecho que hay una.*

Razvan le dio vueltas a esa idea en la cabeza. No había pensado en vivir, sólo en morir. Morir representaba liberarse de la posesión de Xavier, dejar atrás todo tormento mental y físico, incluso liberarlo de los recuerdos y las emociones que despertaban en él. Ivory había dicho *nosotros*. Él tampoco había pensado jamás en esos términos. Miró uno a uno a todos los presentes.

Jamás había pensado que se encontraría entre los carpatianos sin tener que luchar para escapar. Había algo en él que no confiaba en la indulgencia que ellos manifestaban.

Como si le leyera el pensamiento, Gregori sacudió la cabeza.

—No confío del todo en la idea de que no seas una amenaza para los carpatianos, pero estoy dispuesto a averiguarlo.

Razvan percibió el desafío implícito en aquellas palabras. Gregori estaba dispuesto a exponerse al peligro con el fin de proteger a los carpatianos y, quizás, ayudarlo a él. ¿Acaso tenía el valor de dejarlo penetrar en su cuerpo y ver con sus propios ojos lo que Xavier le había hecho? Sintió el peso de una gran culpa.

Sus recuerdos de tiempos antiguos se habían desvanecido tras las barreras que había erigido en aras de la cordura, y ya no estaba tan seguro de lo que había hecho o lo que no había hecho. Había semanas, meses, quizás incluso años, que se habían borrado de su mente, y él temía ir a averiguar qué había ocurrido. Xavier lo había vencido lentamente hasta volverlo incapaz de luchar contra él.

Si permitía a Gregori penetrar en su cuerpo y examinarlo, éste conocería hasta los momentos más humillantes y degradantes de su vida.

Yo penetraré con el curandero. Puedo proteger tus recuerdos, si hay algo que te incrimine. De otra manera, cualquier cosa que encuentre pesará sobre Xavier, no sobre ti.

Razvan sintió que el corazón le daba un vuelco. Así que Ivory se había puesto decididamente de su lado. ¿Por qué? Si bien se suponía que estaban destinados a ser compañeros eternos, no se conocían, y él era el criminal más abyecto en la historia del pueblo carpatiano.

He estado dentro de tu cabeza muchas veces durante estas últimas tres semanas. Yo también soy una solitaria. Y estoy absolutamente convencida de que eres la clave para destruir a Xavier.

Era un motivo que podía entender. No estaba seguro de que fuera verdad que él fuera la clave para destruir a Xavier, pero sabía que su propósito era firme. ¿Qué podía perder? ¿El respeto de los demás? No le importaba en lo más mínimo, eso ya había ocurrido hacía siglos. Estaba más que dispuesto a ir al encuentro del alba. Pero no quería que ella lo viera, que viviera y conociera los episodios que él había visto y protagonizado, sin importar que él hubiera formado parte de ello o no.

Conocía las caras de todas las mujeres que Xavier había violado sirviéndose de su cuerpo. Las mentiras, las dulces y engañosas promesas, y luego el momento de inseminar a una mujer inocente con el fin de arrancarle el hijo nacido de esa unión para que Xavier tomara su sangre. Siempre la sangre. No recordaba sus nombres, pero recordaba sus lágrimas cuando se enteraban de la verdad. Recordaba el sentimiento de traición y la risa burlona del mago.

Había habido muchos muertos a lo largo de los siglos. Magos, humanos, uno o dos carpatianos que habían sido engañados y luego perecido a sus manos. Él recordaba cada cara y cada expresión, lo perseguían en cada momento de su vigilia.

Aquel era su momento, podía asumir el fardo de ayudar a su compañera eterna a darle caza y destruir al peor enemigo del mundo, o renunciar e ir al encuentro del alba y decirse que lo que pretendía era ayudarlos a todos. Al prestar esa ayuda, enseñaría los pecados de su pasado a Ivory y al curandero. No habría manera de esconderse ni de ocultar los crímenes que había cometido su cuerpo, manipulado por Xavier. Tendría que enfrentarse a ellos cada día de su existencia. Y corría el peligro de volver a caer en manos de Xavier. Miró a su alrededor y vio el círculo de caras que lo observaban. No había muestras de impaciencia ni movimientos inquietos. Sencillamente esperaban a que tomara una decisión.

Estoy manchado más allá de la posibilidad de ser salvado de Xavier; prométeme que me ejecutarás, compañera eterna. Quiero que sólo tú puedas ver esas pruebas que me condenan.

Ivory quedó sorprendida por la enormidad que él pedía de ella, y aquello llamó la atención del hombre oscuro. Mantuvo la mirada clavada en Razvan. Matar al propio compañero eterno ...

Te pido que talles mi figura en tus paredes para que pueda permanecer en tu alma. Hazme ese favor, aunque no parezca digno de él. Si tú me mantienes a salvo, quizá tenga una oportunidad en mi próxima vida.

Ivory hundió la mano en el rico pelaje de *Raja* y la mantuvo ahí, apretada. Por un instante, sintió un nudo en la garganta y los ojos le quemaron. No apartó la mirada, y se negó a dejar de contemplar el valor que brillaba en sus ojos. *Será un honor.*

Razvan seguía mirándola, empapándose de su mente, asimilándola en sus pulmones, sintiendo su valentía y su fuerza, orgulloso de que hubiera llegado a ser lo que era, hasta que estuvo a punto de estallar. Adoptó su valor como si fuera el suyo propio y, sin dejar de mirarla, asintió con un gesto de la cabeza hacia el curandero.

—Os pido que hagáis lo que dice mi compañera eterna —dijo Razvan—. Si ella quiere que os vayáis, dadnos vuestra palabra de que la obedeceréis y que todos os marcharéis enseguida.

Gregori intercambió una larga mirada con el príncipe. *Tiene la intención de suicidarse o de pedirle a su compañera eterna que lo ejecute.*

No puedes salvar al mundo, Gregori. Mikhail respondió con voz cansina. *Sólo puedes intentar hacerlo lo mejor posible. Si puedes ayudarlo, hazlo. De otra manera, los dejaremos a su suerte. Es su deseo, y cualquier carpatiano, macho o hembra, tiene el derecho de elegir la muerte a la deshonra.*

—Que así sea —dijo Gregori a Razvan, alzando la voz—. Mikhail y Falcon custodiarán nuestros cuerpos mientras lo intentamos —dijo, y miró a Ivory—. ¿Eres lo bastante fuerte? Si Xavier lo ataca mientras estáis en el interior de su mente, ¿serás capaz de enfrentarte al mago?

Ella alzó los párpados y clavó una mirada de acero en los ojos del hombre oscuro. Era la mirada de una guerrera. Serena. Fría y distante.

—Preocúpate de ti mismo, curandero.

Gregori inclinó la cabeza. Una ligera sonrisa asomó en su boca, un gesto entre el humor y el respeto. Le indicó a Razvan que se sentara en la nieve entre ellos. Cuando éste así lo hizo, algo tenso por adoptar una posición tan vulnerable, cinco de los seis lobos se desplegaron a su alrededor, y *Farkas* se tendió junto a Ivory con la cabeza en su regazo. Ésta le tocó el pelaje con una mano y con la otra empuñó su daga.

Mikhail, Falcon, Sara y Gary se desplegaron a su alrededor para proteger aún más el círculo.

Ivory cerró los ojos para buscar en el exterior de sí misma. Razvan la detuvo tocándole ligeramente el brazo. Ella abrió los ojos y lo miró fijo.

Sólo quería ver cómo me miras una última vez. Así. Sin condenarme. Sin rechazo, ni temor. Me miras como si me consideraras una persona.

Ella alzó el mentón.

Eres más que una persona para mí, Razvan. Pronunció deliberadamente su nombre. *Eres mi compañero eterno. En este mundo, en el siguiente, o en ambos.*

Era una manera de hablar como una caricia, y lo llenó de una sensación de calidez. Una sonrisa lenta asomó en sus labios. El gesto le parecía antiguo, mohoso, como si los labios fueran a partírsele o a romperse la mandíbula, pero en su interior, ahí donde nadie veía, atesoró esa sonrisa y la guardó para sí.

—¿Preparado? —preguntó ella.

—Tened cuidado. Los dos —advirtió Razvan.

Ivory abandonó su cuerpo y penetró en su compañero eterno. La luz de Gregori brillaba, caliente y brillante, casi luminiscente, y ella sabía que era la marca de un poderoso curandero. Gregori la dejó ir primero, aunque ella sentía sus reparos. Había muchas cicatrices en el interior de aquel cuerpo, y signos de tortura que desafiaban la imaginación. Sin embargo, aun así había sobrevivido.

Ivory se desplazó hacia el cerebro. Antes de permitir a Gregori penetrar en profundidad, tenía la intención de cumplir la promesa dada a Razvan. Sólo ella sabría si tenía motivos para sentir esa culpa que pesaba tan gravemente sobre él. Sólo ella sabría si era de verdad el hombre que había sido acusado de criminal hacía ya mucho tiempo.

No había sido fácil conservar la objetividad cuando encontró aquellas cicatrices que le recordaban las suyas propias, pero en el caso de Razvan, los recuerdos eran como un campo minado. Las torturas y experimentos de Xavier eran algo impensable, las cosas que había obligado a Razvan a sufrir y a ver, y en las que le había obligado a participar, hacían pensar que era un auténtico milagro que conservara la cordura. Se desplazó por aquellos recuerdos, empapándose de ellos hasta que se sintió saturada y tuvo náuseas. Era verdad que Xavier se había servido de su cuerpo para cometer crímenes, si bien su espíritu, la esencia misma de Razvan, no había participado de ello.

Se apartó y dejó penetrar al curandero. Se movieron por los intersticios del cerebro y buscaron minuciosamente cualquier rastro de Xavier. Mientras se aplicaban a ello, tuvieron que sufrir los recuerdos de Razvan, su vida de dolor y sufrimiento, su angustia. Sin embargo, él había luchado para conservar la cordura, a veces pendiendo de un delgado hilo, gracias a la tenacidad y el sentido del honor inherente en un cazador de dragones. Su corazón lloró por aquel guerrero solitario y luego se percató de que Gregori, un guerrero fuerte y disciplinado, lloraba con ella mientras se internaba en los recuerdos de Razvan, buscando cualquier rastro que sirviera como huella digital de Xavier, su clave para penetrar en su mente cuando quisiera.

No había manera de recorrer tantos siglos de tormento sin acusar los estregos. Ivory tuvo que salir a respirar. Gregori la siguió.

—Sacrificó su cuerpo cuando tenía menos de veinte años para salvar a su hermana. Y, sin saberlo, entregó una parte de su alma para que su hija viviera. —Ivory alzó hacia Gregori las cejas humedecidas por las lágrimas y se giró hacia su compañero eterno—. Ése ha sido tu peor crimen.

—Un gesto de deber y de amor —acotó Gregori—. No eres un criminal, Razvan, sino un auténtico cazador de dragones —aseveró, y miró al príncipe—. Sin duda me recordarán a menudo que otros reconocieron antes que yo cuánto valías.

—Sin duda —murmuró Mikhail.

—¿Podéis eliminar el dominio que Xavier ejerce en mi alma? —inquirió Razvan—. Si en este momento poseyera mi cuerpo, os vería a todos, y podría utilizarme para atacar al príncipe, o a mi propia compañera eterna. No puedo correr ese tipo de riesgos.

—Si Xavier ha encontrado una manera de penetrar en ti, nosotros podremos encontrar una manera de liberarte de él —dijo Ivory—. Yo he estudiado sus hechos con sumo cuidado, y cada vez que he encontrado una nueva obra suya, he hallado la manera de descifrarla. Sé que podemos conseguirlo.

Gregori respiró hondo.

¿Has oído lo que ha dicho, Mikhail?

No estoy tan viejo como para haberme quedado sordo.

Gregori se guardó la sonrisa.

Estos dos han reunido más información sobre nuestro enemigo de lo que nosotros hemos conseguido durante todo este tiempo.

No hemos tenido la certeza de que Xavier estuviera vivo hasta hace muy poco.

—Ivory —dijo Sara—. ¿Conoces alguna manera de poner fin al ciclo eterno de estos microbios? Xavier los ha hecho mutar de alguna manera y los ha criado para que penetren en la tierra y nos encuentren. Provocan abortos. Lara nos ha prestado una gran ayuda intentando liberar a las mujeres del parásito, pero es la única, y no puede convertirse plenamente en carpatiana hasta que encontremos una solución permanente.

—Si Xavier ha empleado sus artes en algo maléfico, estoy segura de que puedo neutralizar su efecto. He estudiado sus métodos durante siglos y he conseguido formular un hechizo para contrarrestar cada uno de los suyos. —Ivory hablaba con seguridad, sin ánimo de jactarse ni presumir. Todo era fruto de la experiencia—. Tendría que estudiar los microbios. ¿Tenéis muestras?

—Podemos conseguirlas —afirmó Sara.

—Puedo llevarlas a mi laboratorio —dijo Ivory, mirando el cielo nocturno—. Nos quedan unas cuantas horas, pero no son suficientes, así que volveré aquí mañana y tú puedes traérmelas. He pasado la mayor parte de mi vida en las entrañas de la tierra y soy muy sensible a la luz del sol.

Tenemos unas cuantas cosas en común. La rápida mirada de Razvan fue una señal de camaradería. Él también había vivido los últimos siglos en las entrañas de la tierra, en las cavernas de hielo, y era igualmente sensible a la luz.

Una vez más, sintió el flujo de calidez que asociaba con ella. Lo consolaba y lo aliviaba de esa dolorosa soledad enquistada en él.

—Serás bienvenida en mi hogar. Mi compañera eterna está embarazada y se encuentra cerca de aquí. Le gustaría mucho conocerte —ofreció Mikhail—. Y Shea, la compañera eterna de mi hermano, y Gary han trabajado sin parar para encontrar una solución. Quizá si hablaras con ellos, podrían ahorrarte una buena parte del trabajo.

Ivory se encogió de hombros.

—Te agradezco la invitación, pero hasta que no sepamos si podemos impedir que Xavier se entere de nuestros movimientos, sería preferible que nos mantuviéramos lo más alejados posible de vosotros.

—Estoy de acuerdo —dijo Gregori, antes de que Mikhail pudiera responder. Miró al príncipe con un aire furioso—. Tú y Raven debéis estar protegidos en todo momento.

Mikhail le devolvió una breve sonrisa.

—Ya ves cómo es vivir con él. Regañinas y más regañinas. Y, además, es el compañero eterno de mi hija.

—En ese punto, tengo que estar de acuerdo con él —dijo Razvan—. Si Xavier tuviera acceso a mi voluntad para que yo te atacara, no podría resistirse a ello. La idea de torturarme mentalmente le agrada y, sobre todo, le agrada usarme para hacer daño a mi hermana. Si pudiera usarme para herir al príncipe de los carpatianos, y asegurarse de que yo lo supiera, estaría fascinado.

Ivory sintió el dolor que desgarraba a Razvan, a pesar de que conservaba una voz serena, aunque fuera imposible interpretar su expresión. Razvan cargaba con el peso de un dolor enorme. Frente a aquellas emociones tan recientes y crudas, difíciles de controlar, su amor por Natalya y su determinación de mantenerla a salvo a cualquier precio había enfurecido a Xavier, y ahora Razvan recordaba y volvía a sentir en carne propia cada traición como si fuera el corte de un cuchillo.

—Si logramos encontrar esa puerta, cazador de dragones —dijo Gregori—, tal vez podamos cerrarla. —Volvió a mirar a Ivory—. Acabemos con ello.

Ivory le acarició a Razvan el mentón con la yema de los dedos y permaneció así un rato. De pronto, abandonó su cuerpo y siguió a Gregori, convertido en luz pura y energía, lanzado a la búsqueda de la oscuridad que debía ocultarse en algún rincón de su compañero eterno. No quería dejarse ir a la admiración del curandero, pero tampoco podía evitarlo. Éste revisó rápidamente los recuerdos, procesó con rapidez cada uno de los horribles hechos y luego los desechó, mientras buscaba aquel momento en que Razvan había intercambiado su cuerpo por la vida de su hermana.

Al final, llegaron al recuerdo, un hecho ocurrido hacía siglos, un joven que se ofrecía a un loco, un asesino, para ahorrarle el sufrimiento a su hermana. Ivory tuvo que luchar para conservar su esencia energética. Era muy difícil explorar aquellos recuerdos antiguos, aquel chico maltratado pero valiente, intentando proteger a sus seres amados, siendo testigo día a día de un mal horripilante. Lo examinó todo, desde todos los ángulos del recuerdo, buscando aquello que había permitido a Xavier tomar posesión de él.

No es aquí. Gregori avanzó de prisa en el tiempo, descartando la información a toda velocidad, atento a algo que Xavier había hecho, alguna palabra clave, algo que señalara que podía poseer a Razvan según su voluntad.

¡Espera! Ivory había prestado más atención a los recuerdos que Razvan tenía de sí mismo. A su manera de observar lo que ocurría a su alrededor. Él era un cazador de dragones, convertido por sus tías, que procuraban darle la fuerza necesaria para escapar. Poseía el espíritu de un verdadero cazador de dragones. Había decidido viajar por el mundo a través del espíritu antes que permitir que Xavier siguiera «utilizándolo». Él no lo sabía, pero en aquel entonces Xavier sólo creaba la ilusión de que lo utilizaba para hacerle creer que era todopoderoso.

Sabiendo que tenía escasas posibilidades de escapar, hambriento y débil, Razvan se sirvió de las fuerzas que le quedaban para abandonar su cuerpo, dejándolo vulnerable y a merced de Xavier. Ivory vio el momento exacto en que Xavier entraba en ese carapazón y cómo dejaba fragmentos de sí mismo a su paso. Ahora conocían el momento y el procedimiento, pero todavía tenían que encontrar esos pequeños fragmentos de Xavier y saber cómo extraerlos.

Ivory entonó un suave cántico en lengua carpatiana, y las palabras vibraron en Razvan y Gregori.

Invoco todo aquello que me ayude en mi aflicción desesperada,
Cielos, dadme vuestra luz, la más depurada.
Ruego por el canto que entono para revelar el mal oculto
Luz del cielo, que todo lo iluminas, en luz convierte lo oscuro,
Ser maligno, acabaré con el pesar que dejaste insepulto.

La luz inundó a Ivory y, desde ella, se reflejó hacia el cuerpo de Razvan, permitiéndole llegar hasta la oscuridad sepultada en lo profundo. La luz penetró en su torrente sanguíneo, regó su mente y su corazón, y luego avanzó hacia lo más profundo, hasta la propia esencia de su alma, hasta que Razvan quedó del todo iluminado. En su mente había una cicatriz oscura, un accidente pequeño que ella reconoció. Había otra en su corazón, que penetraba en su flujo sanguíneo, y una más en su alma. Eran cuatro. Corazón, mente, cuerpo y alma. No era de extrañar que Xavier pudiera poseerlo según sus caprichos. Aún así, Razvan había luchado durante siglos.

Razvan parecía desgarrado, como si lo hubieran roto en trozos y vuelto a montar equivocadamente. Ivory respiró dejando escapar una especie de silbido lento y largo. Ella misma había sido sólo fragmentos, su cuerpo se había filtrado a través de la tierra mientras luchaba por recomponerse a sí mismo, tan fracturado que a duras penas conseguía tejer su piel y juntar sus huesos adecuadamente. Aquello era peor que la sola carne, era la esencia misma de Razvan. A medida que se revelaba cada punto oscuro, Ivory le ataba una hebra de luz blanca, y la dejaba sujeta para que todas las piezas pudieran mantenerse conectadas.

Antes que Gregori se lo dijese, Ivory sabía que ella tenía que proporcionar la luz para reparar las heridas en el alma de Razvan y extraer ese fragmento del mal. Las palabras eran poderosas, la verdad y la justicia que había en ellas podían recomponer su mente malograda. Podían dar con el sonido que se acompasaría con el verdadero ritmo del cuerpo de Razvan para restablecer el equilibrio y exspulsar el fragmento del mal de su flujo sanguíneo. Pero ¿y el corazón?...

Yo no sé amar, curandero. Había un dejo de desesperanza en sus palabras. *Perdí esa emoción hace mucho tiempo. Estará perdido por mi culpa.*

Hay muchos tipos de amor, Ivory, y tú eres capaz de sentirlos todos. Antes que nada, Razvan es un guerrero. Ámalo por esa condición. Es un solitario que luchó por todos los que lo rodeaban y no sucumbió a la oscuridad cuando otros se entregaron a ella empujados por mucho menos. Ámalo por eso también. Encuentra lo que puedes darle y será suficiente para él, que nunca ha tenido nada.

Ivory respiró profundo y se serenó. La fe del curandero era convincente. Se sintió más centrada. Aquello era una lucha por la cordura de un hombre, por su alma, y vencerían porque tenían que vencer.

Cuando le extirpemos los fragmentos a Xavier, éstos tendrán que alojarse en alguien. Gregori hablaba a Razvan y a Ivory a la vez.

Algo en la voz de Gregori la hizo quedarse totalmente quieta.

Hace mucho tiempo, llevé a cabo experimentos con lo prohibido y violé nuestras leyes. Siento esa necesidad de entender cómo funcionan las cosas y he violado nuestras leyes sagradas para descubrirlo.

Era una confesión que pronunciaba por voluntad propia, si bien Ivory sabía que era algo más que eso. Gregori no sólo quería advertirles de lo que podría ocurrir, sino también ofrecía a Razvan y a Ivory una parte de sí mismo, porque ahora conocía tantas cosas horribles en la vida de Razvan. Era un gran riesgo para él reconocer aquello, e Ivory sintió que crecía su respeto hacia el curandero.

Aquello que te han inoculado, Razvan, se puede quitar. Yo misma lo he hecho.

Razvan guardó silencio un buen rato, mientras Gregori esperaba su condena. Entonces suspiró antes de hablar.

A veces, aquello que empezó como un mal puede ser convertido en algo bueno. Ruego que en este caso sea así. Estoy preparado, pero no os expongáis abiertamente a él.

Ivory comenzó a cantar, sincronizando sus palabras con el ritmo natural de Razvan. Gregori y ella acompasaron sus latidos con el corazón de Razvan, con la respiración en sus pulmones, hasta que las notas fluyeron por los tres a la vez, vibrando en cada célula y cada órgano. La sangre entraba y salía de su corazón, como una marea que iba y venía por las venas.

Invoco la sangre, que como la marea palpita,
Busca lo oscuro, consérvalo en el interior.
Calor que late, difúndete y calcina,
Lava y purifica lo que sigue siendo oscuro.

Como el ruido de las olas al romper, el cántico llenó las venas de Razvan y el calor se difundió como la lava, candente y purificadora. Cada célula de su cuerpo se entregó al furioso infierno, como si músculos y órganos lo buscaran. El calor acumuló vapor, aumentó y aceleró su ritmo cuando la canción cambió su tempo. Las notas purificaban, cada una de ellas afinada al mismo ritmo, de manera que sólo el fragmento oscuro alojado en sus venas, desplazándose por delante del calor purificador, fue la nota discordante.

Gregori se movió con rapidez, ahora que el fragmento se desplazaba, murmurando las palabras con que expulsar a Xavier del cuerpo de Razvan. Logró asir el pequeño fragmento, y éste no pudo ni hundirse ni ocultarse, aprisionado por las palabras mágicas del curandero.

Ivory empezó nuevamente a cantar, y las notas adquirieron un poder enorme y resonaron en la mente de Razvan. Gregori se unió a ella con su propio cántico, en perfecta armonía, y luego entonando un contrapunto, invocando, ordenando.

Buscamos el objeto oscuro, lo que cae sin germinar.
Te ordenamos salir de la oscuridad, de las sombras escapar,
Te ordenamos, Xavier, avanza hacia la luz.
Te eliminamos del todo, Xavier, de Razvan y su cruz.

Razvan lo oía todo como si se encontrara muy lejos, y las voces de Gregori y de Ivory subían de tono, notas que se acompasaban perfectamente con el ritmo de su cuerpo, palabras poderosas e imperativas. Él sabía que las palabras eran poderosas. Y los nombres también. Los oyó llamar al mago, y el nombre reverberó en su mente, exigiéndole una retirada, pidiendo que su enemigo más cruel se marchara y no volviera. Oyó la antigua lengua carpatiana, el latido de su corazón y su pulso, y supo que no estaba solo.

Gregori e Ivory caminaban con él, avanzando hacia el fragmento parasitario con absoluta seguridad y maestría. Razvan alcanzó a sentir el momento en que el fragmento se convirtió en una bola, desesperada por huir de la verdad y la pureza alojadas en las palabras purificadoras. Una vez más, Gregori lo arrinconó en la prisión con el primer fragmento.

El cántico de Ivory cambió. Su voz se volvió suave y amable mientras evocaba recuerdos de su infancia perdida y de sus fornidos hermanos que la estrechaban. Recordó el amor que sentía por su familia, un amor intenso que la consumía. Volcó aquel amor en su canción, y su voz se volvió poderosa y persuasiva, hasta que hizo brotar lágrimas en los ojos de quienes la escuchaban.

Corazón purificado con el cuerpo desgastado,
Te veo, bello, solitario y cansado.
Te doy mi corazón. Tus lágrimas lloraré,
Dame la mano, de tus temores te libraré.
Te doy mi palabra, y no pido nada a cambio,
Te doy mi amor libremente, que ningún daño te toque.
He librado una larga batalla, he sufrido el dolor en carne propia,
Debes saber, aunque estés cansado, que yo soy tu mañana.
A mis palabras aférrate, el cántico que entono, escucha,
Que se hunda en ti y de la paz vuelvas a sentir la dicha.

La canción siguió, entonando su tributo a un guerrero, fuerte y puro y abandonado en un mundo lleno de locura. El honor lo impulsaba, y el amor por su hermana, por su pueblo, un código que se negaba a romper por mucho daño que le infligieran. Ivory cantaba su tributo del guerrero y el amor fluía en cada nota. Cuanto más se internaba por los recuerdos de Razvan y conocía su vida, viendo cómo había conservado el sentido del honor a pesar de la perversión que lo rodeaba, su manera de resistirse a la locura cuando debía enfrentarse a la utilización de Xavier, las matanzas, las violaciones de las mujeres, alimentándose de sus propios hijos, apuñalando a su tía. Las lágrimas la ahogaron, y el amor fluyó de su corazón al de Razvan, llenándolo hasta que no había allí otra emoción que ésa. El fragmento huyó, incapaz de resistir la emoción inmaculada y auténtica que Xavier jamás experimentaría. Gregori rodeó el fragmento con su fuerza y lo lanzó hacia la oscuridad junto a los demás.

Ivory sabía que salvar el alma de Razvan era únicamente tarea suya. Ella era su otra mitad. Su alma también era la suya. Un invasor había penetrado en ella y había osado permanecer y tomar lo que le pertenecía a ella por derecho propio. Razvan no la había reclamado ni unido sus almas gemelas, pero cada vez estaban más cerca; podía sentir la fuerza de la atracción, poderosa y convincente. Volvió a modificar su canción, esta vez cantándole desde su alma a la suya, pidiéndole a su verdadero compañero eterno que la aceptara, que se uniera a ella y permitiera el contacto que buscaba. Su luz sería demasiado intensa para alguien tan perverso como Xavier.

La luz atravesó el cuerpo de Razvan, brillante y pura, la luz de un alma inocente, la de su compañera eterna. Aunque él no la había convocado, sus almas, sendas mitades de un mismo todo, refulgieron una al lado de la otra, separadas sólo por una delgada rendija. La mitad de su compañera iluminaba la suya y luego se fundía con él para que su luz penetrara en su oscuridad.

Razvan se sintió completo. Entero. La sensación de sus almas fundidas le impactó. Percibió finos filamentos entretejiéndose cuando las dos almas se reconocieron mutuamente. Conocía a su compañera en su intimidad, cada detalle de su determinación y coraje. Todo lo que era. Él velaba por su seguridad ella y ella por la suya. Por primera vez desde su adolescencia podía respirar sin agobio.

Gregori empezó a cantar. La letra del canto pertenecía al antiguo idioma y su finalidad era expulsar la oscuridad del mal que se había apoderado de Razvan. Su voz era poderosa y vibraba a través de Razvan e Ivory como una herramienta de inmenso poder.

Kuuluam hän ku köd és hän ku Karpatiiak altenak. Escojo lo oscuro y lo prohibido.
Saam te Szavéar. Te nombro, Xavier.
It éntölam kuulua ainadet. Tu cuerpo ahora reclamo y ordeno
Ottiam sa éset veriet és luwet. Veo los tejidos, la sangre y los huesos
Muonìam ainadet belső és kinn. Desde su núcleo, lo sostengo y lo horado.

Muonìam ködaltepoårak, it poårak juttam. Ordeno a esas abo-
minaciones, los fragmentos restantes reúno.
Totellosz sarnaakam, kaδasz kontalik, kaik kaδasz. Harás como
te ordene, abandona a este guerrero, no dejes en él ni una sola
huella.

Los fragmentos hicieron todo lo posible para resistirse a sus órdenes, pero se mostraban demasiado temerosos de la luz. Cada vez
que su energía los tocaba, se convertían en humo y quedaban más
resecos.

Vuelve a tu cuerpo, Ivory. Los dos corrían peligro cuando los
fragmentos del alma oscura y maléfica de Xavier huyeron del cuerpo de Razvan para buscar otra víctima donde alojarse.

Ivory y Gregori volvieron a sus cuerpos y Razvan se alzó por
encima de ellos para protegerlos en ese primer momento de deso-
rientación. El suelo tembló con un murmullo agorero y un chorro
de tierra brotó con la violencia de un géiser. El cielo se oscureció.
Por un instante, oyeron el roce de las hojas de los árboles y, después,
un ruido que crecía, como un muro de agua que se acercaba.

Al cabo de un instante, las nubes y el trozo de luna que asomaba
quedaron oscurecidos por la masiva aparición de enormes murciélagos. Los murciélagos se acercaron enseñando unos colmillos ba-
beantes, y algunos aterrizaron en el suelo y rodearon al grupo en un
círculo, sirviéndose de sus alas para caminar. Otros se lanzaron contra ellos entrechocando los dientes.

El suelo se abrió justo por debajo de Razvan y un gusano gigantesco surgió de las entrañas de la tierra, con las fauces abiertas y
unos dientes serrados se cerraron en torno a su tobillo. Durante una
fracción de segundo, el gusano de diez metros osciló en el aire, con
Razvan sujeto entre sus colmillos, y luego desapareció en las profundidades. Sólo quedó un montón de tierra como única huella de
su paso.

Capítulo 6

Ivory sacó un arma de aspecto siniestro, circular, con un centro de cristal, y extendió los brazos.

—Ahora —dijo a los lobos.

Éstos dieron un salto en el aire hacia su espalda. Ella ya se había lanzado hacia abajo con las manos por delante como una saltadora olímpica, cambiando de forma a medida que caía, abriéndose camino en el suelo para seguir el rastro del enorme gusano que arrastraba a Razvan a las profundidades.

Mírame. Mírame. Estoy contigo.

¡No! Vuelve. No puede poseerte.

Tampoco puede poseerte a ti. Ivory bloqueó todo lo que ocurría en la superficie. Gregori conseguiría liberarse de las mutaciones de Xavier y liberaría al príncipe. Debía hacerlo. Ella tenía un deber, y era con su compañero eterno: liberarlo del dominio del mago oscuro.

No puedo mutar para liberarme.

Has visto a ese gusano, criado para viajar por las entrañas de la tierra. Cuando sus dientes se unen en el medio, te impide cambiar de forma. Ella lo sabía. Había extraído ese mismo veneno para utilizarlo con sus propias combinaciones de productos químicos para fabricar el baño de sus armas, lo cual impedía mutar de forma a los vampiros. *No puede poseerte. No te resistas. Quédate muy quieto para que te inyecte menos veneno. Conserva tu mente en la mía. Tienes que confiar en mí.*

Sintió que Razvan se quedaba absolutamente inmóvil. Debía hacer acopio de un gran valor para no luchar contra el gusano que lo llevaba hacia las profundidades más grandes. Para el gusano era más fácil avanzar por el túnel ya cavado en las capas de tierra mientras viajaba hacia su amo para entregar la presa. Razvan quería saber adónde y a quién lo conducía y, sin embargo, había dejado de resistirse.

Jamás había confiado en nadie después de la muerte de su padre y de haber perdido a su hermana. Haberle concedido aquello, la decisión de poner su vida, no, su alma, en sus manos, debía parecerse mucho a renacer en medio del fuego, porque jamás en su vida había confiado su propia alma a otro ser.

Confío en ti.

La confianza era necesaria. Luchar contra un gusano era sumamente peligroso. Prácticamente todo en ese bicho era veneno. Las puntas que cubrían su cuerpo para cavar y avanzar o retroceder por el túnel, y la púa en el extremo de la cola, que sacudía sin cesar, contenían el mismo veneno que los colmillos y la doble hilera de dientes serrados. Con un coletazo, podía hacer añicos el cuerpo de un guerrero. La piel era dura y podía cortar una mano o un brazo sólo con rozarse contra ella.

Tápate los oídos, Razvan. No puedes oír, el ruido te estorbará. Era la única manera que se le ocurría de describirlo, pero tenía que detener el avance del gusano, desorientarlo. Con el túnel ya cavado, avanzaba a una velocidad alarmante. *Cuando te suelte, tendrás sólo unos segundos para expulsar el veneno de tu cuerpo y poder mutar. Tienes que estar preparado. Sólo es cuestión de segundos.* Ivory confiaba en que Razvan comprendería la urgencia de sus palabras y le obedecería.

Con el puñal en una mano y los brazos apuntando hacia Razvan, con la mirada clavada en él, Ivory empezó a cantar.

Invoco al elemento del aire que lleva el ruido,
Toca el latido del monstruo que horada el suelo mullido.

Timbre, armonías, combinaros y alinearos,
Luchad, atacad al mal y confundidlo.

El timbre de las notas que utilizaba vibraba y desorientaba, le daba a la monstruosa criatura la sensación de vértigo y extravío. La tierra respondió a las notas discordantes ocultas en su orden. La cadencia de su cántico siguió, pero Ivory alteró los tonos y cambió las vibraciones de la tierra hasta que éstas sintonizaron con el terreno circundante, atrayéndolo hacia dentro esperando que empezara a colapsarse y a llenar el túnel. La onda sonora se desplazó a través del suelo, que se sacudió y tembló. Por todos lados les llovió la tierra.

Sigue mirándome. Ivory siguió avanzando hacia Razvan, impulsándose `por el enorme y extenso agujero. *Recuerda, debes expulsar el veneno en cuanto la bestia te suelte.*

Había cambiado de aspecto, y ahora no era más que un grupo de moléculas que viajaban a alta velocidad, pero todavía no lo suficiente para alcanzarlos.

Mantén los brazos estirados por encima de la cabeza, hacia mí, hacia la superficie.

Siguió cayendo la tierra en el interior del túnel. Una explosión similar a un trueno sacudió la galería por detrás del gusano, y la criatura vaciló. Fue suficiente para que Ivory cerrara la brecha entre ellos, y aparecieran sus manos. Le entregó un arma a Razvan y lo cogió por la otra mano. Enseguida, empezó a cantar nuevamente, y esta vez las notas resonaron en todo el suelo. Era un sonido doloroso que se abatía sobre sus cuerpos y sus mentes y les dejaba el interior hecho gelatina.

El gusano dejó de moverse del todo y abrió la boca para lanzar un chillido que reverberó en el suelo y, al mismo tiempo, soltó a Razvan.

¡Ahora! ¡Ahora! Cambia de aspecto ahora que puedes, y no sueltes el arma. Sígueme hacia el interior. Con un gesto temerario, Ivory se convirtió en una voluta de vapor, y penetró en la enorme cavidad de la boca del gusano.

Razvan expulsó el veneno de su cuerpo, ignorando el dolor que lo hacía retorcerse, cerrando su mente a todo lo que no fuera seguir a Ivory. Sintió el disco vibrando en su mano al mutar de aspecto, y supo que aún lo conservaba, lo cual significaba que no se trataba de una mera ilusión, porque era un disco real, fabricado con arcilla natural y gemas. Siguió a Ivory sin vacilar, más allá de la doble hilera de dientes serrados, más allá de los colmillos embadurnados de saliva y las bolsas de veneno espeso de color ámbar, hasta la garganta misma de la bestia.

No toques nada en el interior, ni las paredes, ni nada. Estos gusanos tienen dos puntos vulnerables, y los dos se encuentran en lo más profundo. Sacarle los ojos tampoco sirve de gran cosa. Tienes que buscar el tejido cicatrizado en el interior de la garganta, lo reconocerás cuando lo veas. Todo lo demás está protegido. Es el punto donde Xavier se sitúa para dar órdenes. El segundo punto está mucho más abajo y encontrarlo es muy peligroso.

Razvan no quería saber de dónde sacaba esa información, pero no le cabía duda de que la había conseguido a costa de grandes esfuerzos y de una experiencia de primera mano. Ivory sonaba demasiado segura de su valoración de la situación, y su voz vibraba con la tensión.

Razvan hizo un barrido visual de la garganta del gusano. Unas estribaciones de color púrpura oscuro y de negro cubrían las membranas por encima y a su alrededor. El gusano se agitaba y daba brincos, intentando salir del túnel que se venía abajo, lo cual hacía mucho más difícil evitar golpearse accidentalmente contra la pared. El veneno chorreaba desde arriba y llovía a su alrededor. Convertido en vapor, era más fácil evitar las gotas.

¡Allí! Por arriba, a la derecha, en la parte superior de la garganta. Razvan divisó el pequeño círculo al que aludía Ivory, y reconoció la huella de Xavier. Las abrasiones y manchas formaban pequeños círculos y espirales; estaban dañados para siempre después de haber entrado en contacto con el mago.

Sólo dispondremos de unos segundos para volver a salir. El disco es de iolita, una piedra violeta que aumenta la visión en el campo astral. Imita lo que yo haga y luego date prisa en salir.

Razvan se percató de que el disco irradiaba un delgado haz de luz de color azul violeta. Ivory asumió su forma normal, y giró en el centro de la garganta del gusano, evitando los hilos de saliva venenosa. Aparecieron unas fibras pilosas que se extendieron como tentáculos hacia la fuente de calor. Ella las eludió y, con puntería certera, asestó un golpe duro y rápido con la luz, usándola como lanza o como láser, y penetró en la recia pared del gusano, anclándose profundamente. Soltó el disco y éste siguió su curso hasta dar con fuerza en el centro de las cicatrices.

Razvan imitó a Ivory, y soltó primero la luz y luego el disco, una fracción de segundo después que ella. La luz brotó de los dos discos, encendió las paredes de la garganta y los bañó a los dos con su intenso fulgor violeta. Luego vino el ruido, agudo, hasta que las notas amenazaron con borrarlo todo. Razvan tuvo que apagar el ruido.

Ivory ya volvía a la boca del gusano. El enorme cuerpo cavernoso se agitó hacia uno y otro lado, rodó y se zarandeó con más fuerza que nunca. *Date prisa.* La urgencia en su voz lo convenció para que redoblara la velocidad. A sus espaldas, la luz violeta se difuminó como un cáncer y tiñó la garganta de un venenoso color azul púrpura. Brotó un chorro de vapor.

Ivory giró justo detrás de la doble hilera de dientes. *Prepárate.*

Razvan no tenía ni idea de cómo debía prepararse, pero el gusano parecía más inestable que nunca, a medida que el interior se llenaba de un humo azul violeta que brotaba de los dos discos. Oyó a Ivory contando mentalmente, concentrándose con atención. En lo profundo de su mente, sintió el momento exacto en que se lanzaba hacia delante.

El gusano abrió la boca para toser. La garganta se contrajo, los músculos por detrás de ellos se tensaron y el orificio de la boca se cerró cuando ellos salieron disparados.

Muévete. Rápido. Ivory no ralentizó su avance y siguió horadando a través de la tierra, de vuelta a la superficie.

Razvan la siguió, asombrado ante su destreza y su conocimiento del enemigo, así como de su manera rápida, eficaz y sumamente serena de abocarse a la destrucción del monstruo.

Cuando lleguemos a la superficie, los murciélagos atacarán. Acércate al príncipe para sumarte a su protección. Todas las retorcidas abominaciones de Xavier harán lo posible por llegar a él.

Razvan sintió que el suelo a su alrededor se sacudía y rodaba mientras el gusano se descoyuntaba y resistía, al tiempo que enviaba unas ondas sonoras cuyas ondulaciones subían desde el fondo de la tierra. El suelo se desplomó sobre sí mismo y se hundió

Más rápido. Ivory pronunció la orden con un silbido de voz. *Ve tu primero.*

Quizá fuera una de las guerreras más prodigiosas que jamás había conocido, y de lejos la que mejor conocía las huestes de Xavier, pero él seguía siendo un macho carpatiano con su compañera eterna. No dejaría que ella le guardara las espaldas si él podía guardárselas a ella.

Sigue tú. Estamos cerca de la superficie, le informó. *Lo que sea que haya allí arriba no puede ser tan malo como lo que Xavier tenía dentro de mí. Ten cuidado.*

Se lanzará contra el príncipe, volvió a avisar Ivory. *La única manera segura de destruir al pueblo carpatiano es destruyendo a su príncipe.*

Razvan irrumpió violentamente en la superficie y encontró la noche sumida en el fragor de la batalla. Los truenos estallaban y los relámpagos surcaban los cielos y se descargaban sobre la tierra, mientras los rayos golpeaban a las bandadas de murciélagos que reptaban por el suelo. Era como un mar vivo, con los murciélagos arrastrándose sobre las alas, mordiendo todo lo que encontraban a su paso. Eran devoradores de carne; Razvan había visto las mutaciones en las cavernas donde habitaba Xavier, en lugares que debían custodiar y, en caso necesario, dar la alarma, y donde chupaban la sangre de los animales que mataban y arrastraban a su madriguera.

Ivory emergió del suelo con los hombros encogidos y los brazos hacia arriba. Los lobos se desprendieron de su espalda y se lanzaron en medio del mar de murciélagos, rompiendo cuellos y sacudiendo a sus presas, abriéndose camino entre la masa hasta el círculo que defendía al príncipe. Ella los siguió, al tiempo que sacaba una de las armas que había fabricado con sus propias manos para lanzársela a Razvan y una segunda para ella.

Éste vio que aquella arma extraña disparaba haces de luz, no proyectiles. Jamás había participado de ese modo en una batalla, con la sangre salpicando la nieve. Pero no vaciló, y se mantuvo conectado mentalmente con Ivory. Su compañera eterna era una guerrera consumada, se abría paso entre los murciélagos, dándoles de patadas, rociándolos con la intensa luz que brotaba de un diamante y se proyectaba sobre un amplio terreno cortando las cabezas que encontraba a su paso.

—Apunta el haz a los cuellos —sugirió, y luego exclamó—: ¡Gregori, vamos a entrar!

Uno de los murciélagos cogió a Razvan por la pantorrilla e intentó abrirle la pierna de un mordisco. *Blaez*, el segundo lobo en tamaño, cogió a la maligna criatura en sus feroces mandíbulas y lo arrancó de su asidero en Razvan. Lanzó el cuerpo sangrante hacia un enjambre de bichos que lo despedazaron con una ferocidad que a él le recordó a Xavier.

Gregori descargó una batería de rayos en el centro de los murciélagos para abrirles el camino. Razvan siguió a Ivory por un mar de bichos alados, manteniéndose cerca de ella para protegerla por la espalda, disparando el rayo de luz por detrás y cubriendo un ancho espectro. Cuando los lobos vacilaron porque preferían mantenerse en el exterior del círculo, Ivory lanzó una orden con un silbido de voz.

Os comerán vivos. ¡Venid aquí! Extendió los brazos y los lobos saltaron por encima de la masa de criaturas peludas y se fundieron en su espalda.

Ella siguió esquivando a los murciélagos mientras avanzaba a toda prisa hacia el grupo, sin parar de luchar para no ser reducida. El grupo se negaba a disolverse y abandonar a Gary, su amigo humano. Sería prácticamente imposible protegerlo desde el aire.

—¡Sacad al príncipe de aquí! —gritó Ivory a Gregori—. El ataque vendrá desde abajo. Esto es una maniobra de distracción.

Falcon cogió a Gary sin hacer preguntas y se elevó con él, y

Mikhail lo imitó. El enjambre de bichos enloqueció y se lanzó contra ellos con renovadas fuerzas.

—He perdido de vista los fragmentos de Xavier —advirtió Gregori—. Es probable que estén en los murciélagos.

Ivory le pasó a Sara una de sus armas.

—Tienes que cortarlos justo a la altura del cuello, o se volverán locos al atacarte. —Le entregó un objeto de aspecto raro, muy parecido a una granada, que descolgó de una presilla del cinturón.

—¿Habías visto estos mutantes alguna vez? —le preguntó Gregori, que no paraba de servirse del látigo de luz para achicharrar a los murciélagos.

—Estudio todo lo que hace el mago —contestó Ivory—. Hay un portal; debo encontrarlo y cerrarlo o se seguirán replicando. Se encuentra en el suelo, no en una caverna.

—¿Habías visto a estas criaturas antes? —le preguntó Mikhail.

Ivory asintió con un gesto de la cabeza, pero sin dejar de observar el suelo. Empezaba a sacudirse por debajo de ellos, ondulando como una ola en el mar.

—A veces escapan de la vigilancia de Xavier y, a una distancia tan cercana, serían una enorme amenaza contra la aldea. Son carnívoros feroces y atacan en grupo. —Empuñó con fuerza el disco al ver que la tierra empezaba a moverse como si hirviera.

Gregori y Falcon no paraban, asestando golpes de su energía incandescente contra la masa de criaturas. Mikhail derribó de un manotazo un murciélago que se lanzaba contra la cara de Gary. Todos los carpatianos y el humano tenían numerosas mordeduras y rasguños como resultado de los incesantes ataques.

—Dame una de esas armas —dijo Razvan—. No irás sola.

Ivory frunció el ceño, sin dejar de mirar el suelo.

—Entrar en su madriguera es peor que lo del gusano. Quédate aquí y ayuda a proteger al príncipe.

La tierra hirvió con un estruendo agorero, y en varios lugares empezó a hundirse.

—Ivory. —Razvan esperó hasta que ella levantara la mirada y

viera la determinación en su rostro. Él no se amilanaba ante el peligro—. Dame un arma.

Ella se puso más tensa al ver que la tierra se movía allí donde se había hundido. Se llevó una mano al cinto y le lanzó a Razvan una granada igual que la suya, justo en el momento de saltar hacia el centro del sitio donde el suelo estaba más inestable. Razvan la siguió al hundirse en la tierra y se convirtió en vapor para avanzar entre las capas. La granada también cambió de aspecto, convertida en sólo un montón de moléculas, y él entendió que se trataba de una más de las armas que ella misma fabricaba. Tenía forma oval y era rugosa al tacto, nada suave.

Le llegó un fuerte hedor, una combinación de carne podrida, carcasas muertas y sulfuro. Sintió un retortijón en el estómago, pero no vaciló y siguió a Ivory hacia las profundidades del tubo. De las paredes aparecieron murciélagos y tuvo que resistirse a la tentación de atacarlos a medida que descendían hacia las estribaciones rocosas donde la colonia vivía y se reproducía. Se mantuvo conectado mentalmente con Ivory y la imitó en todos sus movimientos. Ella era una guerrera, y conocía bien las estratagemas de Xavier. Estaba decidida a vencerlo y a acabar con las mutaciones que había dejado sueltas por el mundo. Él se había unido resueltamente a esa batalla suya, y no había mejor manera de aprender que junto a la más experta.

No podía sino admirar su absoluta capacidad de concentración para fijar su objetivo con claridad y acabar con él sin contemplaciones. No sobraban ni palabras ni movimientos. Ivory se volcaba concentradamente en su objetivo y, en cuanto aterrizó en el suelo de la guarida de los murciélagos, le transmitió un gran caudal de información. Las rocas que los rodeaban estaban plagadas de agujeros negros, el suelo cubierto de huesos y pelos. Sangre fresca y antigua manchaba las rocas y empapaba el suelo y quedaba encharcada en gruesas capas u oculta entre las grietas.

Esto es un matadero.

Cuando dejan de obedecer las órdenes de Xavier, comienza este comportamiento de reunirse y reproducirse, mientras matan todo lo que hay a su alrededor. Pueden dejar a un caballo convertido en un atado de huesos en cuestión de minutos.

Fui testigo de los primeros experimentos de Xavier. Los alimentaba con seres humanos y con magos. Razvan no quiso recordar los gritos de los que agonizaban y perecían, pero aquel olor putrefacto despertó sus recuerdos y sintió un nudo en el estómago. *En una ocasión, soltó uno de esos bichos en la cámara donde yo estaba. Yo me encontraba encadenado, y empezó a devorarme desde los pies. Sentía cada una de sus dentelladas que me rasgaba la carne. Creí que si me comía, dejaría de existir, pero al cabo de un rato fui incapaz de soportar la agonía.*

No sabía por qué se sentía obligado a dar esas explicaciones, y se arrepintió en cuanto acabó de hablar. Aquello había ocurrido hacía mucho tiempo, y él había ocultado esos recuerdos en algún remoto lugar de la mente, hasta que el hedor y la descomposición los había despertado.

Hace mucho tiempo, unos lobos me comieron la pierna hasta el hueso. Afortunadamente, ayudaron a enterrarme.

Ivory hablaba como si diera las cosas por sentadas, y Razvan ni siquiera había entendido lo que acababa de decir. Ella siguió hablando como si sus revelaciones no tuvieran ninguna importancia.

Lo que haremos es cambiar la composición del aire con nuestras granadas caseras. El fuego que se desatará será el más intenso que jamás hayas vivido, así que, recuerda, no inhales este producto químico y protégete del fuerte calor, aunque sea bajo este aspecto. Te entrará el pánico y querrás ascender a la superficie, pero el fuego seguirá un curso ascendente, por lo que debemos esperar a que el producto químico se disperse. Cuando te materialices para activar la granada, se lanzarán sobre nosotros. Es una sensación horrorosa. Tú ya has experimentado en tus propias carnes el ataque de uno. Éstos serán cientos.

Hagámoslo. El hedor se había apoderado de él y, si pensaba en ello, la idea de verse expuesto a cientos de aquellas criaturas demoníacas era aterradora.

Cuando cuente hasta tres. Te materializas, quitas la espoleta y cuentas, y luego la lanzas al centro de la guarida. Tienes que esperar unos cinco segundos. Será una eternidad, créeme. Vuelve a asumir enseguida esta forma y manténte alejado de las rocas, pero lejos del centro. Sobre todo, no respires, y no intentes llegar a la superficie, por mucho calor que tengas.

Razvan se posicionó frente a ella, esperando defender su rostro y la parte frontal del cuerpo ante el ataque que estaba a punto de producirse.

Uno, dos, tres.

Entonces asumió su forma sólida. Enseguida se hundió en el suelo lleno de cuerpos podridos y, en cuanto quitó la anilla de la granada química y empezó a contar, con el brazo a punto de lanzarla, los murciélagos se abalanzaron sobre ellos. Eran cientos, y el mero peso casi los hizo caer, mientras les hundían los dientes profundamente en las carnes y se las desgarraban.

Oyó rugir a los lobos, que devolvían los mordiscos y protegían a Ivory por la espalda. Los cinco segundos duraron una eternidad, mientras el gas ascendía en el aire. Los murciélagos no paraban de emitir un chillido agudo que reverberaba en su cráneo, una llamada que incitaba a participar a las demás criaturas en el desaforado festín. Entonces sintió los trozos de carne que se desprendían de su espalda y sus piernas. Se acercó a Ivory, protegiéndola con su propio cuerpo mientras los lobos le cubrían la espalda.

Los dos lanzaron la granada y mutaron al mismo tiempo. El estallido dentro del pequeño recinto de la caverna rocosa fue ensordecedor y sacudió la tierra. La luz era tan brillante que, aún desprovisto de su cuerpo, la intensidad le quemó los ojos. La explosión lo lanzó hacia atrás y tuvo que recuperar el control a toda prisa para mantenerse lejos de las paredes.

Al purgar la caverna de todos sus ocupantes, cambió la composición del aire, que se convirtió en gas. La deflagración que siguió hizo temblar las paredes. Las rocas brillaron de un color rojo anaranjado y las llamas penetraron en todos los resquicios, en cada agujero y cada túnel. Aquella presión extrema le hirió hasta en la última molécula de su organismo. Era un ruido aterrador que partió las rocas, lanzando al aire enormes trozos de roca candente, en medio de los chillidos de muerte de los murciélagos, cuyos cuerpos peludos se quemaban desde dentro hacia fuera, y explotaban y reventaban, algunos envueltos en llamas.

Durante unos minutos, fue peor que cualquier infierno que Razvan pudiera haber imaginado. Todos sus instintos le decían que cogiera a Ivory y subiera a la superficie, pero el fuego ahora ascendía por encima de sus cabezas, purgando hasta la última grieta, el último agujero o túnel construido por aquellas criaturas. Parecía interminable, como si estuvieran atrapados en el centro de un volcán. Tuvo que luchar contra el impulso de respirar mientras su cuerpo aún estaba compuesto de moléculas.

Intentó envolver a Ivory para protegerla de la peor parte del calor, aunque la temperatura era tan elevada que dudó que sirviera de algo. La roca seguía incandescente, pero las llamas se apagaron antes de que ella iniciara el ascenso a la superficie.

Emerge lo más cerca posible de los demás. Los prevendré y atacaremos a las criaturas en la superficie. No habría servido de nada matarlas sin antes destruir su guarida.

Razvan jamás había admirado tanto a nadie en su vida. Ivory hacía lo que tenía que hacer sin pensar ni un segundo en su propia seguridad. Le daba igual irrumpir en medio de otra andanada de murciélagos carnívoros después de que esas mismas criaturas la hubieran desgarrado con sus mordeduras. De hecho, no percibió en ella ninguna duda, y algo en él se abrió y se entregó a su verdadero destino. Él había sido creado para esa mujer. Él era su otra mitad, lo que le faltaba. Había nacido cazador de dragones, un guerrero, y no era más el monstruo maligno que Xavier había intentado crear.

Se sintió lleno de vigor al irrumpir a través del círculo de tierra ennegrecido por el fuego, en medio de peligrosas dentelladas y del fuego que llovía del cielo. Jamás se había sentido tan vivo ni tan libre. Cogió a dos murciélagos y estrelló ambas cabezas una contra otra, y enseguida los lanzó a un lado. Fue atacado desde todos los costados, y estuvo a punto de caer derribado por el mero peso de los murciélagos que hacían lo posible por comerlo vivo.

—Cubre a Gary. Conviértete en una burbuja estanca y resistente al calor —le dijo Ivory, y le lanzó una granada.

Había algo de sumamente grato en ser su compañero. Ivory no había incluido a los otros cazadores ni al príncipe en su lucha. Ella era su compañera eterna y, a pesar de que él no tenía tanta experiencia como los demás, confiaba en él más que en nadie. Era la primera vez que alguien depositaba su confianza en su persona desde que lo habían separado de su hermana.

—Adviértele a cualquiera que quiera ayudarte que se mantenga apartado. Es la única manera que conozco de exterminar una colonia. —Ivory sabía que los demás habían visto la columna de fuego que surgía del suelo, y que probablemente habían sentido el calor—. Será diferente a todo lo que hayas vivido. —En medio de la lucha, observó a Gary, que se defendía enconadamente. Era evidente que había convivido con los carpatianos, y ni siquiera aquellas criaturas odiosas podían minar su confianza en sus amigos.

—La están devorando viva —dijo Razvan—. Haz lo que te diga, ahora.

Ver a Ivory con los murciélagos que colgaban de sus brazos y piernas le resultó más doloroso de lo que esperaba. Luchó hasta llegar a su lado y la miró.

—Quita la anilla y cuenta.

—Cúbrelos, Gregori —insistió Ivory—. Que nadie respire. Tendrás que hacerlo por Gary. Si podéis, espantad a cualquier animal salvaje de las cercanías.

—Adelante —ordenó Mikhail.

Quitaron las anillas y el gas se diseminó por el aire. Razvan no miró a los demás, sólo a Ivory con su rostro valiente y sereno y a los lobos que le cubrían la espalda. Ni siquiera sintió los dientes que se hincaban profundamente en sus carnes ni vio la carnicería sangrienta de los murciélagos en la nieve. Sólo la vio y la sintió a ella, que lo miró sonriendo apenas; en sus ojos él notó una gran serenidad mientras los dos contaban y dejaban caer las granadas en el centro de la masa que se agitaba violentamente, tras lo cual los dos se disolvieron en el aire.

Al mutar de aspecto había una sensación de poder, y un fuerte impulso hacia la lucha cuando uno estaba en posesión del propio cuerpo. Nada atenuaba ese impulso, ni siquiera los árboles que ardían, ni la masa de murciélagos incinerados que caían del cielo, ni el hedor de la carne putrefacta quemándose. Por primera vez en su vida, Razvan sintió que había hecho algo que marcaba una diferencia. Y la causa era ella... Ivory. Esperó un momento mientras el calor flotaba alrededor de ellos, quemándolo todo a su paso, mientras él tenía la mente puesta en aquella mujer que conocía tantas cosas acerca de Xavier.

¿Acaso era posible que Ivory fuera la clave para librar al mundo de aquel monstruo? ¿Existía de verdad una posibilidad? El mundo a su alrededor ardía por los cuatro costados y, sin embargo, por primera vez en cientos de años, él había visto la luz de una esperanza. El rugido de las llamas y el chisporroteo y los crujidos del infierno se mezclaron con los últimos chillidos agónicos de esas aborrecibles criaturas, pero él sólo escuchaba su dulce susurro.

La vida puede tener momentos inesperadamente sublimes.

Un pensamiento para compartir. Razvan había reconocido su voluntad de compartir con él una pequeña parte de quién era ella. A Ivory le *fascinaba* la lucha, el estudio minucioso del enemigo, la planificación y la preparación, el golpe de adrenalina cuando su cuerpo y su mente bien entrenados respondían como una bailarina de ballet que interpreta una coreografía precisa y complicada y sale victoriosa. Era un sentimiento que fluía de ella a él, llenándolo, con su sentido del objetivo, sabiendo que nadie más conocía a aquella mujer complicada y talentosa como ella lo dejaba conocerla a él.

Darse cuenta de aquello lo hizo sentirse humilde pero, al mismo tiempo, le dio alas. Jamás se había sentido a la altura de las circunstancias. No había sido lo bastante fuerte para derrotar a Xavier, ni siquiera para escapar ni salvar a su hija ni a sus tías. Esta mujer, su compañera eterna, fuerte y resistente, al menos le ofrecía su amistad.

Tienes razón acerca de esos momentos inesperados. Sin duda se trataba de un momento inesperadamente sublime. Mientras el viento agitaba las llamas que rugían a su alrededor, traspasándole el cuerpo, mientras el mundo se quemaba, purgando los últimos murciélagos mutantes, se sintió en paz. Se sintió entero. Y feliz.

Razvan percibió esa sonrisa que ella compartía con él y la guardó como un secreto en su corazón, el corazón que ella misma le había devuelto.

Cuando recuperes a tu forma natural, cantaré el hechizo de la revelación. Los cuatro fragmentos de los que fuiste liberado necesitarán un anfitrión, y los murciélagos han sido aniquilados. Habrá huido de sus cuerpos, advirtió Ivory. *Ahora buscará otro anfitrión. Advierte a Gregori para que vele sobre los demás.*

Desde luego. En ese momento, la cautela lo era todo. Tenían la oportunidad de destruir una pequeña parte de Xavier. Aunque tuvieran que hacerlo fragmento a fragmento para librar al mundo de su presencia, habría valido la pena.

Razvan asumió su forma normal e indicó a los demás que hicieran lo mismo.

—Utilizará el hechizo de la revelación. Permaneced atentos a la oscura presencia de Xavier —advirtió.

Ivory vibró al asumir su forma física, atenta, entonando el cántico de la revelación. Las notas se desplegaron sobre los campos calcinados y hacia el cielo. Seguían lloviendo restos de la batalla. El humo y la ceniza se unieron en un remolino que se alejó con la leve brisa. Empezó a caer la nieve liberada por las densas nubes, como si la naturaleza ya deseara cubrir las señales de la batalla.

Invoco todo aquello que me ayude en mi aflicción desesperada,
Ruego por el canto que entono para revelar el mal oculto en la noche
Luz del cielo, que todo lo iluminas, en luz convierte lo oscuro,
Ser maligno, acabaré con el pesar que dejaste insepulto.

Una luz se derramó sobre el paisaje de la batalla e iluminó a cuatro figuras oscuras que se deslizaban entre los muertos hacia el pequeño grupo de carpatianos que protegían a Gary. Gregori extendió la mano con los dedos abiertos, y un rayo se descargó, dejando una estela chisporroteante, sobre los cuatro fragmentos. Tres se hundieron en el suelo, y la punta del látigo luminiscente tocó al cuarto y lo incineró.

El suelo se remeció y brincó. Se oyó un chillido. Una sangre oscura y burbujeante brotó de la tierra y un hedor venenoso se difundió a partir del centro de aquella mezcla. El chillido meció los árboles e hizo temblar su follaje. Gary se tapó las orejas para ahogar el horrendo aullido.

Gregori intentó perseguir a los fragmentos restantes con la punta del látigo de luz, hundiéndose una y otra vez en el suelo, pero sin obtener resultados. No había manera de perseguirlos en las profundidades. Sería imposible seguirles la huella a tres pequeños fragmentos, y todos sabían que volverían con Xavier.

Ivory se tambaleó por el cansancio.

—Está a punto de amanecer, Razvan. Necesito descansar. ¿Volverás conmigo o te quedarás?

Era casi un desafío, entendió él, escrutando su rostro. Ignoraba si ella deseaba que se quedara con ella o con los otros. Trabó contacto con su mente y se dio cuenta de que hacía tanto tiempo que no frecuentaba a otros que para ella el contacto con él, y con muchos de los demás, era... abrumador.

—Nos honraría procurarte un techo —le ofreció Mikhail—. Tenemos varias habitaciones seguras para descansar.

Razvan intuyó que Ivory había desistido de la idea sin vacilar. No confiaba en nadie tanto como para eso. Ella jamás osaría descansar en un lugar cuya existencia fuera conocida por otros. Razvan era su compañero eterno. Ella lo reconocía como tal pero, aún así, se mostraba cauta.

—Creo que será mejor que volvamos a nuestros propios lugares de descanso.

Ivory le respondió con una breve sonrisa de agradecimiento y asintió con un gesto de la cabeza.

—Xavier no cejará en su búsqueda de Razvan. Es evidente que tiene esbirros en los alrededores. Yo me aseguraría de que los niños estén protegidos de día y de noche.

Sara le cogió la mano a Falcon.

—Doblaremos su protección.

Falcon le dio un golpecito en el hombro a Gary.

—Tienes un aspecto horrible. Gracias por haber ido en busca de Travis.

Ivory inclinó la cabeza, y un leve rubor le tiñó la piel clara.

—No he querido insinuar que vuestro amigo no sea valiente. Estoy segura de que cuida muy bien de vuestros hijos durante el día, pero Xavier está desesperado por encontrar a Razvan y recuperarlo. Necesitará sangre carpatiana. Dudo que pueda durar mucho sin una reserva de esa sangre. Nadie está a salvo, sobre todo los más vulnerables.

Mikhail paseó su aguda mirada sobre Ivory y Razvan.

—Quizá nuestro curandero debería echar una mirada a vuestras heridas antes de que nos dejéis.

Razvan miró detenidamente a su compañera eterna. Ivory tenía rasguños y huellas de mordeduras en los dos brazos, y unas cuantas heridas en la cara y las piernas que todavía sangraban. Seguro que él mismo no tenía mejor aspecto. No quería quedarse. Temía que su hermana o su hija acudieran en ayuda del príncipe, y él ya había vivido suficientes emociones como para desear un encuentro. No sabía cómo se sentiría ni qué podría decirles, pero cuando vio el rostro cansado de Ivory, se negó a portarse como un egoísta. Necesitaba cuidados, y sus necesidades eran primordiales.

Ivory retrocedió varios pasos.

—No son más que rasguños. Mi compañero eterno los curará. Sólo un pequeño inconveniente. —Inclinó la cabeza, en un gesto de reconocimiento, hacia Mikhail.

—Estoy segura de que volveremos a encontrarnos.

—Por favor, ven a conocer a Raven, mi compañera eterna —invitó Mikhail—. En este momento no puede desplazarse y lamentará no haber venido. Eres de verdad una fuente de inspiración para nuestras mujeres.

Gregori le lanzó una mirada fulminante antes de volverse hacia Ivory. La miró con el fulgor de sus extraños ojos plateados mientras ella retrocedía entre las sombras. Ella supo que él había reconocido la repentina y peligrosa quietud que habitaba en su alma de guerrera.

—Si me necesitas, señora, llámame, y vendré. No suelo hacer promesas a la ligera.

Quizá te convenga revisar tus ideas a propósito de las mujeres en el campo de batalla. Era Mikhail quien le transmitía la idea telepáticamente.

Bastarán sólo cinco minutos de nuestras mujeres en contacto con ésta, viejo amigo, para que se declare la anarquía.

Mikhail adoptó un semblante serio.

¿Y qué piensas de Razvan?

El chico tiene más sentido del honor que sentido común.

Ese chico es más viejo que tú, se vio obligado a aclarar Mikhail.

Ha sufrido enormemente y no es un traidor. Incluso menos traidor que yo. Siguió un breve silencio y Gregori alzó sus ojos plateados hacia su príncipe y mejor amigo. *Cuando la mujer, Ivory, se mostró aterrada ante mis ojos, supe que había visto a Xavier. Compartimos el último testimonio vivo, siempre marcados por entrometernos en cosas que es preferible no tocar.*

Era una disculpa, y los dos lo sabían.

Mikhail le dio un golpecito afectuoso en el hombro. *Sucedió hace mucho tiempo, como muchas otras cosas, y al final todo fue por lo mejor de los mundos.*

Es lo que dijo Razvan.

Gregori se acercó a Ivory. Ella no retrocedió, pero su mirada se mantuvo tan alerta y serena como su cuerpo, como si sospechara que Gregori la atacaría. Él la apretó por los brazos, en un saludo de mucho respeto, de un guerrero a otro.

—*Kulkesz arwaval, joŋesz arwa arvoval.* Que vayas con gloria y vuelvas con honores.

Sin esperar su vacilante respuesta, cogió a Razvan por los antebrazos de la misma manera.

—*Kulkesz arwa-arvoval, ekäm.* Que el honor te acompañe, hermano. Hemos sabido de la existencia de Xavier hace muy poco, y es probable que sepamos de sus procedimientos mucho menos que cualquiera de vosotros dos, pero si queréis compartir información con nosotros, os estaremos agradecidos.

La incomodidad de Ivory se hizo más visible para Razvan. Se apartó imperceptiblemente de Gregori y miró hacia el cielo varias veces. Éste la cogió de la mano y empezó a alejarse de los demás con ella.

—Volveremos a vernos —dijo, sabiendo que era verdad. En ese momento, Ivory no quería pensar en el hecho de que se habían convertido sin quererlo en parte del mundo carpatiano desde el momento en que ella había salvado al niño. Gregori y los demás la mirarían como una guerrera de las suyas, como un enorme dispensario de conocimientos valiosos acerca de su peor enemigo.

Sintió que Ivory se retraía en sí misma. Su expresión no cambió, y siguió mostrándose serena y distantemente amistosa. Interiormente, temblaba. Razvan siguió abriéndose paso en la nieve, alejándola del grupo, asumiendo la responsabilidad de la decisión de partir. No le importaba lo que pensaran los demás, hacía tiempo que había aprendido a aceptar las acusaciones de todos lados. Era el carpatiano vivo más despreciado, más que los vampiros y, aunque Mikhail y Gregori habían decidido acogerlo, veía desconfianza en la mirada de los demás. No necesitaba ni deseaba ser aceptado por ellos, sólo por Ivory.

Sigue caminando en la dirección opuesta a la de nuestro hogar. La nieve borrará nuestras huellas, pero cualquiera podría seguir el olor de la sangre. Más arriba, nos ocuparemos de sanar todas nuestras heridas.

Razvan no prestó atención a casi nada más después de oírla decir *nuestro hogar*. Sintió un nudo en el estómago. El hogar. Nuestro hogar. La idea era reconfortante y lo espantaba a la vez. Le lanzó una mirada a través de la nieve, cada vez más espesa. Ivory había girado la cara. Parecía un ser etéreo flotando, avanzando en la nieve, como una princesa de los hielos, no como la guerrera que él reconocía en ella.

Se detuvieron al abrigo de varios árboles grandes. El alto techo del follaje impedía que la nieve llegara al suelo mientras se examinaban a sí mismos buscando parásitos venenosos. Tardaron sólo unos minutos en cerrar hasta la última herida y el último rasguño. Los de las piernas eran los más profundos.

—Los murciélagos son más eficaces cuando atacan desde el suelo —explicó Ivory.

Razvan la miró. Ella evitó deliberadamente su mirada. Razvan sintió una leve punzada en el corazón. Ivory estaba nerviosa. La ejecutora, una guerrera de habilidades insuperables, se sentía nerviosa en su presencia. No había pensado que quizás ella estuviera más nerviosa que él.

—Xavier quería que volvieran con sangre —le explicó—. Era su objetivo principal, pero eran criaturas tan viciosas que empezó a ampliar sus ideas.

Cuando los dos acabaron, Ivory insistió en que se volvieran a examinar mutuamente.

—Eres muy minuciosa —comentó él.

—Es mi manera de mantenerme con vida. De mantenernos a los dos. Tendrás que aprender a ser así si vas a permanecer conmigo. Y eres libre de marcharte, si quieres.

Levantó los párpados y lo miró por un instante. Razvan no sabía por su expresión si deseaba verlo partir. Sacudió la cabeza.

—Me quedaré. Y, Ivory, no temas, aprendo rápido. Puedo hacerme el tonto, si es necesario, pero no lo soy.

—He mantenido mi guarida a salvo durante cientos de años, incluso cuando cavé pacientemente el pasaje en la roca. No hay huellas de nadie en los alrededores o cerca de mi lugar de descanso. No cazo nunca en las cercanías. Nunca dejo huellas, y me cuido de no dejar rastros de mi olor. No salgo todas las noches. Vivo apartada y evito a la gente todo lo posible —dijo, y por primera vez lo miró a los ojos—. Cuando salgo, es con un objetivo: recopilar información sobre Xavier. Aunque tarde cien vidas, encontraré una manera de destruirlo.

—Entiendo —dijo él, asintiendo con la cabeza.

—No estoy segura de que lo entiendas. Es mi única razón de vivir. La sociedad me importa un rábano. No quiero amigos. No sé como comportarme civilizadamente excepto cuando se trata de recopilar información. ¿Estás preparado para todo eso?

Una sonrisa lenta le nació en la boca del estómago y asomó a sus labios. Vio que Ivory recuperaba el aliento y luego desviaba la mirada.

—Yo no tengo amigos, y la sociedad no me acogerá de buena gana. Tengo más motivos que cualquiera para desear la destrucción de Xavier.

—Si de verdad quieres aprender de mí, escucha lo siguiente. No puedes dejar que se convierta en un asunto personal. Se trata de un deber, un deber sagrado. Debes rezar y meditar hasta estar absolutamente seguro de que has tomado el camino correcto. ¿Me darás tu palabra de honor de que lo harás?

Razvan esperó a que ella lo mirara.

—Te doy mi palabra. Volvamos a casa —dijo, y se disolvió antes de que ella encontrara otro motivo para oponerse.

Ella fue por delante y escogió una ruta lo bastante alta como para confundirse con los nubarrones oscuros, y surcaron el cielo en silencio.

Razvan se fijó en ciertos puntos de referencia, en los montes que se encumbraban, los lagos y los ríos y el paisaje circundante de la campiña. La nieve era de un blanco deslumbrante, el aire fresco y limpio, refrescante después de siglos oliendo sólo sangre y muerte. Y, sin embargo, los grandes espacios abiertos lo desorientaban. Él se había pasado la vida bajo tierra, recluido en una pequeña cárcel, excepto cuando Xavier se servía de su cuerpo.

La voz de Ivory interrumpió sus pensamientos.

Nos acercamos al refugio. Siempre acércate desde diferentes direcciones, nunca la misma. Examina atentamente el terreno. Es preferible dormir en otro sitio una noche que perder nuestra fortaleza en manos del enemigo. Hay un sistema de alarma activado. Tengo que volver a programarlo para que te permita entrar. Es un sistema que funciona con piedras preciosas —le explicó Ivory—. *Llamé a las piedras preciosas y pedí ayuda. Después de engastarlas en la pared de la roca, a un metro de distancia una de otra, en una línea zigzagueante que seguía la grieta, de uno y otro lado, las piedras no sólo proporcionan luz al refugio sino también me sirven de sistema de alarma.* Vaciló, y en seguida se corrigió. *Nos sirven.*

Él las entendió como las palabras apropiadas, que se unían unas con otras, pero también sintió sus reparos, como si no pudiera acostumbrarse a la idea de que fueran compañeros eternos.

La piedra preciosa proporciona la seguridad. Mide el peso de mis moléculas, cuando llevo los lobos, desde luego, mientras bajo por la grieta. Si el peso es excesivo, o demasiado liviano, la grieta se cierra más abajo y detiene al intruso. Si yo estoy dentro, oigo las rocas al cerrarse y puedo prepararme para un ataque. Nada puede penetrar la roca desde abajo ni desde los lados. Es demasiado gruesa. Ni siquiera los gusanos pueden horadarla. Para llevarte adentro, tuve que cambiarla una vez, y fue difícil, porque el sol estaba a punto de salir.

Entonces, ¿cómo pude salir?

Sólo funciona en una dirección. Un sistema de alarma no sería necesario en los dos sentidos. No quisiera tener a nadie prisionero. Una vez más, vaciló. *La verdad es que jamás había pensado en traer a nadie aquí abajo.*

Razvan decidió que era preferible ignorar su nerviosismo y, además, no tenía por qué fingir ningún interés en su sistema. Era un sistema único y brillante, como su inventora. Esperó mientras ella desaparecía por la grieta y añadía unas cuantas piedras que llevaba consigo. La luz funcionaba como en un antiguo sistema de espejos, y un prisma alimentaba al siguiente. También observó que Ivory usaba las piedras preciosas como armas, y que sus experimentos eran sofisticados.

Puedes ir y venir con toda seguridad.

Ivory flotó hacia abajo, evitando la luz que se extendía por el cielo, tamizada por un espeso manto de nieve. Cuando llegó a la sala habitada, los lobos brincaron fuera de su espalda y la siguieron hacia el lecho de tierra.

—No me siento bien, ni siquiera en las entrañas de la tierra, cuando sale el sol. —Una vez más, Ivory parecía incomodada—. Pasé demasiados años en la tierra sanándome.

—Yo me he pasado toda una vida en las cavernas de hielo —le aseguró Razvan, observando cómo ella se acurrucaba con los lobos a su alrededor. Esperó a que lo invitara.

Ivory hizo un gesto hacia un lado de la enorme cavidad.

—Aquí hay mucho sitio —dijo.

Él envidió a los lobos por su cercanía con ella, pero no dijo palabra, sabiendo que ella era más que generosa. Cerró los ojos y dejó que el aliento abandonara su cuerpo, que su corazón se ralentizara y luego se detuviera mientras la tierra caía sobre ellos como una manta viva. Era la primera vez que podía recordar con claridad que nunca había estado tan relajado ni había sido tan inmensamente feliz.

Capítulo 7

Ivory se despertó sabiendo que habían pasado tres días y que el sol ya había desaparecido del horizonte. Estaba acostumbrada al paso del tiempo en las profundidades de la tierra, y los ritmos le hablaban, como si se hubiera acostumbrado a ellos. Al principio se había desorientado, al levantarse en su santuario apenas iluminado por la luz de una gema del prisma. Le sorprendió que Razvan se despertara con ella. Los lobos sí se despertarían, después de tantos años, pero había pensado en salir a cazar sola y darse tiempo para prepararse para la presencia de una segunda persona en su refugio.

Se quedó mirando su cara, con las arrugas marcadas, sus ojos compasivos y comprensivos. La vida de Razvan no había sido más que luchas y dolores y, sin embargo, cuando ella trababa contacto mental con él, parecía un ser auténticamente bondadoso. ¿Por qué, entonces, le temblaban las manos? ¿Por qué se sentía como si miles de mariposas alzaran el vuelo en su interior cuando lo miraba? Ivory estaba plenamente segura de sus habilidades como guerrera, pero no tenía ni idea de cómo relacionarse fuera del campo de batalla.

La expresión de Razvan se suavizó cuando la miró a los ojos, y sonrió. A ella le dio un brinco el corazón. Era una sonrisa acogedora y lo hacía parecer muchos años más joven.

—Buenas noches. Vaya, me despierto y lo primero que veo es tu belleza.

Ivory no era una belleza, y lo sabía. Ahora se presentaba a él en su verdadera forma de retazos, su cuerpo ensamblado, con un error u otro aquí o allá. Se frotó una de las cicatrices más feas, la del corte de la clavícula, y se asombró al ver que la marca disminuía. El curandero había hecho algo más que sanarle las heridas. Las cicatrices nunca desaparecerían del todo pero él había contribuido a hacerlas más leves y delgadas y sin relieve.

—No soy una belleza, y tú lo sabes —dijo, sintiendo que se ruborizaba.

Se avergonzaba de no recordar nada del comportamiento civilizado. Antes, hacía mucho tiempo, había sido la dueña de una casa acogedora y feliz. De alguna manera, al ver esa sonrisa amable en boca de Razvan brotó a la vida de pronto una galería de recuerdos de sabor agridulce. En su casa había reinado la risa y el amor. ¿Cómo era posible que sus hermanos hubieran vuelto la espalda a todo lo que era honorable y hubieran decidido renunciar a su alma? Ellos no habían sufrido como Razvan, y él había resistido siglos de tormentos, aparte de ser tratado como un criminal, despreciado por quienes lo rodeaban, su cuerpo robado para viles propósitos. Sin embargo, aún conservaba el sentido del honor.

Ella se había dicho a sí misma que sus hermanos habrían quedado abatidos con las noticias de su desaparición, pero ahora sabía la verdad. Todo el mundo sufría pérdidas. Los cinco hermanos se habían convertido juntos, algo jamás visto ni oído en la historia de los carpatianos. Ella los conocía mejor que nadie, y sabía que eso significaba que había sido una decisión consciente, no una decisión tomada después de vivir años sin sentir emociones o de acabar con antiguos camaradas que se hubieran convertido en vampiros. No era una decisión tomada porque no soportaran el dolor ni porque llevaran demasiado tiempo esperando a sus compañeras eternas. Ivory sabía que lo habían decidido sobre la base de un razonamiento. Querían el poder. Se creían más inteligentes, más fuertes y con más méritos que nadie. Y la desaparición de ella había sido el pretexto que necesitaban para llevar a cabo algo que habían urdido en la privacidad de su hogar.

—Pareces muy triste, Ivory.

Ella nunca se había cuidado de ocultar sus sentimientos dentro de su guarida. No ocultaba su verdadero aspecto y ahora no sabía qué hacer ni cómo comportarse. Se encogió ligeramente de hombros.

—Esto es un poco incómodo.

—Sólo si tú quieres que sea así. No seré un intruso ahí donde no me quieren.

Ivory sacudió la cabeza.

—No, no pienses eso, como si yo no te quisiera aquí. Yo misma te invité. Sólo que después de tantos siglos no estoy segura de cómo debo comportarme ante otra persona.

La sonrisa de Razvan se hizo más ancha, llegó a sus ojos y los templó con la textura del terciopelo.

—Sin embargo, soy tu compañero eterno, no sólo otra persona. Actúa como siempre lo has hecho. Yo estoy aquí para aprender de ti.

Aquello le dolió, lo sintió como un puñetazo en el vientre. Él no estaba en su refugio como compañero eterno, como un hombre que fuera a reclamar a su mujer. Eso Ivory lo sabía. No quería nada con aquello y, aún así, se sentía marginada. Era la perversa reacción de una mujer, no de una guerrera, y se sintió decepcionada de sí misma. Ella había establecido las condiciones. Él sólo las obedecía. Se echó hacia atrás el pelo que le caía sobre la cara, más como un pretexto para ocultar la mirada que porque le molestara.

—Con el tiempo, aprenderé a estar más relajada. —Fue lo único que se le ocurrió decir.

Ivory observó a los lobos, que en ese momento rodeaban a Razvan. A pesar del aspecto que le daban los años, era un hombre atractivo. Ahora que la tierra lo había hecho revivir y rejuvenecer, se veía su contextura física, musculosa y fuerte. El pelo le caía hasta casi media espalda, un pelo espeso y oscuro. Ella sabía, después de tres semanas cuidándolo y alimentándolo, mientras le acariciaba la espesa y suave melena, que había otros colores, entre los cuales el blanco de no pocas canas.

En lugar de alzarse por encima de la manada de lobos para imponer su liderazgo, Razvan se agazapó entre los seis lobos y les dio el tiempo necesario para que ellos lo olisquearan y se frotaran contra sus piernas y su espalda.

Os presento a Razvan, mi compañero eterno.

Incluyó a Razvan en el círculo de la comunicación, sabiendo que a la hora de las batallas, el liderazgo era esencial. *Raja* tuvo que aceptarlo como su compañero y, por lo tanto, como un segundo líder de los lobos. Sólo lo respetaría si ella lo nombraba su compañero.

Razvan la miró, y ella intentó reprimir el rubor de su rostro, pretendiendo parecer lo más relajada posible. Él parecía muy grande en aquel espacio de la habitación, lo llenaba todo con su enorme presencia. Cada vez que ella respiraba, tenía la sensación de aspirar su aroma. Y cada vez que él respiraba concentraba toda su atención, e Ivory se fijaba enel movimiento de los voluminosos músculos de su pecho bajo su camiseta delgada y ceñida.

Raja se giró y la miró, como guardando distancias, y luego enseñó los colmillos a Razvan. El cazador de dragones se encogió de hombros.

—Ya sé cómo se siente uno cuando se ve desplazado, amigo mío —dijo, con voz suave—. Tú y yo nos entenderemos.

—Ofrécele tu sangre.

Razvan se incorporó lentamente, sin dejar de mirarla.

—¿Los alimentas con sangre carpatiana?

—Al parecer, no recuerdas lo que ocurrió en nuestro primer encuentro.

—Algunas cosas.

Ella respiró hondo, espiró lentamente y decidió contárselo.

—Hace muchos años, y hace ya tanto tiempo que no puedo recordar cuándo sucedió, una manada de lobos me prestó ayuda. Encontraron mis trozos desperdigados, y me habrían devorado si yo no hubiera sido capaz de contactar mentalmente con ellos. Al contrario, enterraron todos mis trozos juntos. Como contrapartida, encontré a sus descendientes y me aseguré de que prosperaran. En aquel tiempo, no pasaba demasiadas horas en la superficie. Mi cuerpo no lo soportaba. Pero cuando salía, los lobos eran los únicos que me mantenían anclada a la realidad. Eran mis únicos compañeros, y los únicos en quienes podía confiar.

Ivory desgranaba su historia con una voz suave y clara, como si relatara una historia que hubiera oído de boca de otro, como si no hubiera sido ella quien viviera el horror de esos años interminables. Razvan mantenía ocultos sus propios horrores pero, de alguna manera, el sufrimiento de ella parecía mucho peor.

Algo aterrador en lo más profundo de Razvan alzó la cabeza y lanzó un rugido de ira. Hacía tiempo que había sepultado sus sentimientos agresivos. Demasiados años de cautiverio, de no poder hacer nada para remediarlo. La ira y la cólera habían sido sepultadas hasta que, al final, todas sus emociones habían caído en el olvido. Y hasta se había olvidado de la intensidad, de la fuerza pura de los sentimientos.

—Fueron tiempos horribles para mí. No podía dejar las entrañas de la tierra, pero busqué a mis hermanos. Los necesitaba. Apenas podía valerme por mí misma. Ni mental ni físicamente. —Inclinó la cabeza y el pelo le cayó alrededor de la cara, ocultando su expresión. Pero la voz permaneció clara—. Tardé veintidós años en encontrar al primero de ellos. Tuve unos cuantos encuentros con vampiros en el camino y, sin proponérmelo, comencé a adquirir reputación de ejecutora de las criaturas inertes. Empezaron a buscarme para darme caza. Todavía tenía que pasar la mayor parte del tiempo en la tierra para que mi cuerpo se mantuviera entero.

—No tienes que contármelo si te angustia —dijo Razvan.

Ivory se encogió de hombros y se echó el pelo hacia atrás, con la mirada fija en él.

—Ahora ya no tiene demasiada importancia. Fue hace muchos años. A lo largo de los siguientes cincuenta años, busqué a mi familia, sólo para descubrir que todos se habían convertido. En ese momento lo sentí como una traición.

Ivory percibió el nudo en la garganta, a punto de ahogarla, y de humillarla. Volvió a encogerse de hombros.

—Yo tenía a los lobos. ¿Me entiendes? Ellos lo eran todo para mí.

No tienen un ciclo de vida demasiado largo, así que cada camada de cachorros, cada renovación, era mi única familia. Los necesitaba.

Razvan tuvo ganas de estrecharla en sus brazos, de ofrecerle consuelo. Pero cuando dio un paso hacia ella, Ivory retrocedió, hacia la otra cámara, como si no hubiera reparado en su movimiento. Él la siguió, abriéndose paso entre la manada de lobos, ignorando los gruñidos de *Raja*, como si el lobo no existiera. Aquella historia no dejaba de intrigarlo. No tenía idea de que los lobos pudieran ser portadores de la sangre carpatiana, y dudaba de que alguien más lo supiera.

—De modo que estos lobos no son la jauría original —dijo él, mirando cómo ella cogía un peine y empezaba a peinarse. Era una manera de relajarse, no lo hacía por necesidad.

Ivory se acercó con pasos nerviosos a la pared de su memorial. La pared de su familia. Le tocó la cara a Sergey, siguió las líneas talladas con infinito amor.

—No, nacieron y murieron muchas generaciones, pero siempre me acompañaban. Con el tiempo, los vampiros intentaron encontrarlos para matarlos. Llegaron a creer que los lobos eran mi protección. Lo creas o no, las criaturas inertes pueden ser muy supersticiosas, sobre todo desde que han forjado su alianza con Xavier. Él les cuenta historias para hacerles creer que es más poderoso que ellos.

Razvan la vio seguir el rostro de su hermano con la yema de los dedos, trazo por trazo, y su movimiento era casi hipnótico. Él sólo podía imaginar que alguien lo amara así, que lo añorara de esa manera y quisiera salvar su alma, como ella quería salvar las almas de sus hermanos. Para su hermana, él también había muerto, de la misma manera que Ivory se había separado de sus hermanos para conservar la cordura, para que el dolor no la abrumara.

Razvan, que seguía sintiendo esa imperiosa necesidad de estrecharla en sus brazos y consolarla, hizo lo único que pensó no provocaría una reacción violenta en ella. Se acercó por detrás y le tendió la mano para que le pasara el peine.

Siguió un silencio. Ella se quedó muy quieta, sin dejar de mirar la pared, sin mover la mano ni respirar. Él percibió el levísimo temblor que la sacudía. Una criatura salvaje en cautividad, que no sabía si aceptar o no un gesto de generosidad. Con un gesto lento, le pasó el peine por encima del hombro, sin mirarlo ni dejar que él viera su expresión.

Razvan cogió el peine con gesto tranquilo y empezó a deslizarlo lentamente por su pelo.

—¿Cómo has llegado a tener la jauría que tienes ahora?

Una vez más, siguió un silencio breve, mientras ella se acostumbraba a la sensación de que Razvan le peinara la larga cabellera. Se aclaró la garganta.

—Todavía no podía pasar demasiado tiempo en la superficie. Cuando lo hacía, era con los lobos o para cazar. Los lobos habían parido una nueva camada. Eran seis, tres machos y tres hembras. Toda la manada estaba muy excitada, y yo más que todos. Los buenos tiempos de la manada fueron los míos. —Esta vez, siguió con el dedo la inscripción en lengua carpatiana. *Sív pide köd. Pitäam mustaakad sielpesäambam.* El amor trasciende al mal. Conservo vuestros recuerdos a salvo en mi alma.

Él entendió la importancia de esa sencilla frase. Ivory no tenía contacto con nadie, ni humano ni de otra naturaleza, que no viera como un enemigo. La manada se había convertido en su familia, eran sus amigos, la única comunidad de pares y confidentes. Había visto la carcasa vacía de su hermano y necesitaba volver a la seguridad de esa pared, su hogar, las palabras en las que había llegado a creer. Razvan sintió la agitación primera del sentimiento amoroso, el comienzo, y se dio cuenta de que se adentraba por un camino que no quería ni podía dejar.

—A lo largo de los años, viviendo con los lobos, me di cuenta de que unos cuantos tenían la capacidad de comunicarse conmigo telepáticamente. Cuando nació la nueva camada, el macho alfa y la hembra eran capaces de hablar conmigo, y ya no me sentí tan sola. Volví a sentir que tenía una familia.

Dejó caer la mano, como para recuperar el aplomo.

—Una noche salí en busca de la manada. Los vampiros habían llegado antes que yo. Había sangre por todas partes, trozos de piel y huesos y esqueletos desperdigados por el mismo campo donde me habían dejado a mí.

Ivory se apartó de él y fue hacia el otro lado de la cámara. Razvan vio que las manos le temblaban, pero ella las cruzó detrás de la espalda al volverse hacia él, con una mezcla de culpa y desafío en la mirada.

—Encontré a los cachorros en la guarida. Todos se estaban muriendo. Los vampiros los habían herido muy gravemente, pero no los habían matado, y los habían abandonado para que sufrieran horribles dolores antes de morir, o para que otros animales salvajes acabaran con ellos.

Ivory inclinó la cabeza.

—Yo los salvé. Me metí en su cubil y los alimenté con mi sangre. No pensé más allá de ese momento, pero no soportaba la idea de volver a perder a mi familia. Había prometido a sus ancestros que velaría por ellos pero, como que ellos me habían ayudado, los vampiros exterminaron a toda la manada.

—No fue culpa tuya.

—Quizá no, pero lo sentía como si lo fuera. Me quedé con ellos en la madriguera, enterrada durante las horas del día y acompañándolos durante la noche. Tuve que darles sangre y, a veces, tomar la de ellos porque no podía salir a cazar. *Raja* fue el primero que se convirtió. Yo no tenía ni idea de que eso fuera posible, pero entendía las consecuencias. No había ninguna manada de lobos que pudiera ser carpatiana y dejada en libertad ante la presencia de humanos que nada sabían. Serían inmortales, o casi, como nosotros. La primera vez fue un accidente, pero el resto, aunque violara una regla moral, fue hecho en aras de un objetivo noble.

Ivory lo miró como si esperara una condena de su parte. Razvan sacudió la cabeza.

—Al parecer, todos hemos escogido un camino que quizá no ha sido siempre el más sabio. Tú. Yo. El curandero. Sin embargo, nuestros caminos han confluido y ahora son el mismo.

—Eres un tipo de hombre muy diferente —dijo Ivory, sacudiendo la cabeza.

—¿Eso crees? Quizás he estado tanto tiempo ausente que nunca aprendí cómo tiene que ser un hombre. —Razvan la miró de reojo y Ivory creyó quedar sin aliento. Jamás había sentido aquel extraño cosquilleo infantil que una sola sonrisa de él podía despertar en ella, si bien la sensación que experimentaba a su lado era de paz y delicadeza.

—No pretendía insultarte. Me agrada que seas diferente. —Quizá demasiado. Ella tenía un objetivo (los dos lo tenían) que requería toda su atención y concentración. Ninguno de los dos quería perder de vista ese objetivo final, ni ella podía alterar el rumbo que se había fijado.

La sonrisa de Razvan daba un toque de calidez a sus ojos, una calidez de ámbar. Si Ivory se dejaba ir, podía perderse en esos ojos. Al final, se cuadró de hombros.

—Tomé la decisión de convertir a la manada pensando en mi necesidad de sobrevivir. Eran lo único que tenía y, desde entonces, he procurado actuar responsablemente. Ellos me acompañan en todo momento, cazan conmigo y sólo reciben mi sangre. No tienen cachorros, pero *Raja* me ha dado a entender que si yo tuviera descendientes, ellos me procurarían una camada para mi bebé. —Volvió a ruborizarse y apartó la mirada—. Como creía que eso jamás sería posible, nunca he prestado demasiada atención a esa idea.

—Así que los seis han vivido contigo...

—Durante siglos. Viven aquí, es su cubil, cazan conmigo y combaten a mi lado.

Razvan asintió con un gesto de la cabeza.

—Y yo he venido y he alterado la paz de la manada.

—Siempre es difícil integrar a un nuevo miembro, pero no es imposible. *Raja* debe aceptarte. —Volvió a mirarlo, esta vez sin vacilar—. Eres mi compañero eterno, aunque no nos hayamos reclamado el uno al otro.

Él no le señaló que sólo los machos de su especie llevaban las palabras rituales inscritas en la memoria desde el nacimiento. Él había nacido carpatiano y humano, pero las palabras estaban ahí en caso de que decidiera unirlos, con o sin su consentimiento. Razvan creía que las palabras le eran dadas al macho porque, sin su compañera eterna, la mitad de su alma permanecía sumida en la oscuridad. Una vez que sus tías lograron convertirlo del todo, él supo que debía encontrar a su compañera eterna para luchar contra la oscuridad que se apoderaba de él con el paso de los años. En él estaban vivos los instintos del macho carpatiano, urgiéndolo para que pronunciara su reclamación. Pero el hombre que pretendía proteger a sus seres queridos se negaba a correr ese riesgo con la vida de ella.

—Dime qué puedo hacer para que *Raja* me acepte. —Si el macho alfa lo aceptaba, los demás lo imitarían.

—He compartido varias veces mi sangre contigo y te he llamado compañero. Alimentaremos juntos a la manada. Tú, ofrécele primero tu sangre a *Raja*. Si él no la quiere, nadie será alimentado hoy.

—Quizá podría razonar con él en lugar de castigarlo. —A él lo habían torturado y luego privado de alimentos hasta el borde de la inanición. No podía hacerle lo mismo a otro ser vivo.

Ivory se acercó al círculo de lobos, rascó unas cuantas orejas y les acarició el pelaje, les masajeó el cuello con una familiaridad llena de afecto.

—El líder de la manada respeta la fuerza —aseveró.

—Disputarse o castigar no siempre es señal de fuerza —dijo Razvan—. Xavier es el hombre más cruel que jamás he conocido. Los guerreros a los que se enfrentó pertenecían a todas las especies, y él los derrotó a todos. A todos y cada uno. Sin embargo, jamás lo respetaré ni me portaré como él.

En su voz había una silenciosa determinación, e Ivory suspiró. Razvan no había sobrevivido al cautiverio y a las torturas gracias a una voluntad débil. Al contrario, era un hombre testarudo, inquebrantable y resuelto. Ella había visitado su mente de cazador de dragones, y sabía lo resuelto que era.

—*Raja* sabe que yo te respeto —dijo, y mantuvo quieto al lobo con una mirada de acero—. Estoy segura de que te aceptará. —Porque si el lobo decidía lo contrario, ella le diría unas cuantas cosas en privado.

Raja emitió una especie de bufido y la miró con una mueca lupina, con la lengua fuera, como si riera. Razvan sonrió. Con un tranquilo movimiento, acercó el brazo a la boca y se abrió un corte en la muñeca, que ofreció al macho sin vacilar.

Ivory se puso tensa. *Raja* acercó el morro a la herida sangrante y olisqueó antes de dar un primer lengüetazo. Luego cerró las fauces sobre el brazo y le hundió profundamente los colmillos.

Ella murmuró las palabras de unión con voz suave, en la lengua antigua.

Nó me elidaban, nó me kalmaban. Como estamos en vida, estaremos en la muerte,
Elid elided. De la vida a la vida.
Siel sieled. De alma a alma.
Me juttaak, me kureak. La vida da vida.
Me juttaak, me kureak. Estamos unidos como uno solo.

Un sentimiento de triunfo se apoderó de Razvan. Ahora formaba parte de algo. Ahora pertenecía. En la aceptación de Ivory había muchos más reparos que en la del lobo alfa. Éste respetaba a su compañero. Había luchado a su lado, y visto que no vacilaba para proteger a Ivory. Quizás ella lo aceptara como guerrero —aunque tuviera que enseñarle cosas—, pero como compañero eterno era muy diferente.

Razvan disimuló una sonrisa cuando Ivory se giró y apartó la mirada de ellos, frunciendo el ceño mientras alimentaba a las hembras. Estaba de espaldas a él, dejándolo al márgen mientras hablaba a las lobas, dejando que él también buscara ese contacto mental. Razvan vio que *Raja* poseía una gran inteligencia, que era un habilidoso estratega y un líder muy capaz. Su lugarteniente, *Blaez*, era un lobo muy serio, y a Razvan le agradó su personalidad. Y luego estaba *Farkas*, el macho que el vampiro había atacado y herido tan gravemente. Ahora se había recuperado en las entrañas de la tierra, pero esperaba una dosis de rica sangre carpatiana para acabar su curación.

Razvan se tambaleó cuando *Farkas* acabó de lamer las heridas para sellarlas. Se tendió junto al lobo.

—¿Haces esto todas las noches?

Ella sacudió la cabeza.

—Nos cuidamos mucho de no despertarnos todas las noches. Probablemente no sea necesario, después de tantos años, pero sin estas tres noches seguidas en la tierra no me habría restablecido adecuadamente, así que todavía soy cauta. La verdad es que no tengo más problemas desde hace tiempo, pero no quiero arriesgarme.

Razvan alzó las cejas.

—¿Qué tipo de problemas? —preguntó.

Ivory se sentó a su lado después de que la hembra más pequeña le cerró los orificios en la muñeca.

—Nada especial. Al caminar. Al correr. Sobre todo, la coordinación. Mis músculos fueron troceados, y tienen que fortalecerse.

—Tendrías que habérselo contado al curandero.

En la mirada de Ivory asomó un brillo altivo.

—Jamás he necesitado a ningún curandero, ni a nadie, para sobrevivir. Si necesito la tierra, ahí la tengo —dijo, y se encogió de hombros—. Además, es preferible que no salgamos demasiado. Cuantas menos veces lo hagamos, menos probabilidades hay de que un vampiro o cazador den con nuestra guarida. Aquí dentro tengo mucho trabajo. A veces salimos a correr y a cazar, y luego nos quedamos aquí encerrados unos días. Siempre nos ha funcionado bien. Ahora tendré que salir a alimentarme para los dos. Tardaré unas cuantas horas, porque debo alejarme del refugio.

—No lo harás sin mí.

—No hay necesidad de que salgamos los dos. De hecho, Xavier te busca, y utilizará todos los recursos de que disponga. No puedes arriesgarte a dejar huellas que lo conduzcan hasta ti.

—No lo harás sin mí —repitió él, con voz neutra.

Ella entrecerró los ojos.

—Eso es absurdo.

—También lo era negarse a recibir la ayuda del curandero, pero tenías tus motivos. Yo tengo los míos.

—No te agrada que nadie te dé sangre. Eres carpatiano —sugirió, porque había entendido—. Necesitas sangre para sobrevivir.

—De eso soy muy consciente.

Su tono de voz no cambiaba. Un tono de voz razonable y agradable. Incluso placentero. Ivory apretó la mandíbula. Al parecer, nada lo alteraba, a pesar de que ella lo había provocado conscientemente, deseando que abandonara su actitud testaruda.

—Será más prudente que salga sola.

—Quizá. Pero saldremos juntos.

Ella apretó los dientes ante su tono impasible.

—¿Siempre eres así?

—No lo sé. No he estado con nadie más que con Xavier. No importuné a la mujer que dio a luz a Lara como te incomodo a ti. Pero, al igual que yo, ella estaba prisionera, y ninguno de los dos podía tomar sus propias decisiones. Esta decisión la tomo ahora, para bien o para mal. Iré contigo.

Ella adelantó el mentón.

—Soy tu compañera eterna. Es mi derecho, además de mi deber, proveer para ti y cuidarte.

—¿También estás dispuesta a procurarme solaz con tu cuerpo?

El corazón le dio un vuelco. Alzó el vuelo como acompañado de miles de aves en la boca del estómago. Fue una reacción que le llegó a las entrañas. Lo cual era absurdo, porque él no había cambiado su expresión, ni en su cara ni en su modo de hablar. Era como si hablaran del tiempo.

—No. —Lo dijo con un susurro de voz. Quizás hasta se pareciera a una pregunta, a pesar de que ella quería sonar categórica y distante. Había algo en él que la remecía, la llamaba, una necesidad que no tenía nombre, una especie de hambre en la mirada, una mirada solitaria que la atraía como la luz a las mariposas nocturnas.

—Entonces no hay más que hablar. Trabajamos juntos en aras de un objetivo común. Los dos deseamos unir nuestros vastos conocimientos con el fin de destruir a Xavier.

Razvan tenía razón. Ella sabía que tenía razón. Era *exactamente* lo que ella deseaba. Sin embargo, al escucharlo mientras lo decía con esa voz tan calmada y segura, le dieron ganas de romper en sollozos.

—Me has traído aquí para conocer lo que sé acerca de Xavier y para enseñarme las artes de un guerrero. Acepto esas limitaciones.

—De acuerdo —dijo ella, y se incorporó—. Excelente. Tenemos que irnos. —Se movió sutilmente y se plantó ante él, perfecta como era, y su atavío dejó ver su piel, suave como el pétalo de una flor.

—¿Por qué haces eso? ¿Por qué no mostrarte tal cual eres? Eres una mujer bella, y lo sabes. Esas cicatrices son tu enseña del valor. El auténtico premio de una guerrera. Jamás he conocido a nadie tan bella como tú.

Ella se giró porque no quería que él viera cómo le afectaban sus palabras. No le habían dicho que era bella desde que era muy joven, siglos atrás. ¿Por qué ese tono cálido de su voz la hacía sentir calor en todo el cuerpo, mientras él parecía tan inmune a ella?

—No quiero que los vampiros sepan que me han marcado. Es un juego psicológico. Cuando descubrí que eran supersticiosos, tuve la idea de hacerles creer que nada de lo que me hicieran podía hacerme daño.

Él tardó en sonreír, pero cuando sonrió, ella experimentó un curioso aleteo en la boca del estómago. Dio un paso atrás y se giró.

—Si insistes en venir conmigo, espero que al menos harás caso de mis advertencias y no dejarás huellas que puedan revelar la ubicación de nuestra guarida. Xavier enviará a todo un ejército a buscarte, todo lo que tiene en su arsenal.

—Un ejército considerable —convino él—. Y ahora, además, ya tiene tu impronta.

Ella se quedó quieta, y luego se giró lentamente, con la mirada clavada en él.

—¿Qué quieres decir? —La boca se le había secado.

—Tú lo has expulsado de mi corazón y de mi mente, de mi cuerpo y hasta de mi alma. Para hacer eso, compartiste tu luz. No podrá no reconocerte, ya que has sido pupila suya. No parará ni de día ni de noche hasta consumar su venganza. Él es así, pero yo esta vez no lo dejaré vencer. Hasta el día en que lo hayamos destruido, seré tu guardaespaldas. —Razvan seguía hablando con el mismo tono suave y aterciopelado, pero resuelto.

Ivory sintió un aleteo en el corazón, como el del vientre, una reacción femenina que detestaba, y que probablemente la hacía más mordaz que de costumbre.

—Soy una guerrera, y es probable que sepas poca cosa sobre el arte de la batalla. Creo que no serás una gran ayuda cuando se trate de luchar. O, en cualquier caso, serás un estorbo.

Él se inclinó ligeramente.

—Puede que eso sea verdad. Pero seré una dura baza de negociación.

Ella palideció, más blanca de lo que era su color natural, y preguntó, con un silbido de voz:

—¿Crees que ofrecería mi vida a cambio de la tuya?

—No. —Razvan no se sentía para nada contrariado—. Pero yo sí —añadió, y señaló con un gesto hacia la grieta que se elevaba hacia las gruesas paredes rocosas—. El hambre me está desquiciando. Salgamos a cazar.

Ella extendió los brazos para que los lobos saltaran hacia ella y se convirtieran en tatuajes.

—¿Por qué has querido que se alimenten antes de que salgamos a cazar? —preguntó, llevado por la curiosidad.

—Nunca lleves contigo a un lobo hambriento si no deseas dejar rastros. Sólo les permito cazar cada dos o tres días para mantenerlos alerta, pero no me arriesgo a que dejen huellas de lobo ni los tiento con sangre humana. De esta manera, no dejamos huellas, aunque ellos pueden ayudarme en caso de que los necesite.

—No me importaría tener un tatuaje de lobo —dijo Razvan—. Es una bella obra de arte, además de que tienes ojos que te cuidan las espaldas.

Ese tono de admiración en su voz la desconcertó y se mordió los labios para no perder la concentración. No quería que Razvan le fuera simpático como persona, sólo lo consideraba una herramienta más en su lucha contra Xavier. Sin embargo, se hacía encantador de una manera inesperada para ella.

Volvió a respirar aceleradamente.

—Eres un individuo frustrante, cazador de dragones.

—Supongo que sí. —No había remordimiento en su voz, sólo humor.

Ivory le dio la espalda para no sentirse contagiada por ese humor. Lo más característico de Razvan, pensó, mientras ascendía a través de la estrecha grieta que se abría paso en una trayectoria zigzagueante a lo largo de cientos de metros de formación rocosa, era que gozaba de una paz interior y que era capaz de irradiarla. Nada parecía perturbarlo. ¿Cómo podía ser de otra manera?

Le había preguntado a Gregori qué otro daño podían hacerle que no le hubieran hecho ya. No le temía a la muerte. No había nada en materia de torturas, física, emocional o mental, a lo que Xavier no lo hubiera sometido. Hacía tiempo había aprendido que no podía controlar a los demás, ni los acontecimientos, sólo su propia reacción ante lo que ocurría. Había en él una fortaleza oculta que ella sentía y veía cada vez que se acercaba a él. Pero también había una dulzura que no esperaba de un hombre que se había forjado en medio de la violencia y de la sangre.

Ivory siempre había creído que necesitaría un guerrero feroz para sentirse físicamente atraída por un macho, y ahora descubría que esa fuerza interior la subyugaba más que las dotes guerreras. Su fuerza y templanza la tentaban como nunca nadie la había tentado. Deseaba mirarse en esos ojos, siempre cambiantes, unos ojos suaves y profundos donde se perdería si no se cuidaba de ello.

La noche era clara y el aire fresco, la nieve brillaba en el suelo, iluminándolo todo con un fulgor intenso. De los árboles colgaban carámbanos y la encandilaron cuando miró hacia abajo.

Ten cuidado de no alterar la nieve cuando salgas de la grieta. El más mínimo movimiento desplazará los copos, y podría despertar la curiosidad de algún enemigo y llevarlo a investigar.

Ivory trabó contacto con él para saber si le irritaban sus instrucciones. Pero daba la impresión de todo lo contrario, porque Razvan estaba atento a cada uno de sus comentarios y los seguía al pie de la letra. No tomó la iniciativa de ir por delante y la siguió por los cielos hacia el interior, hacia el valle, lejos de donde moraban los carpatianos, en dirección a una pequeña comunidad campesina en la falda de los montes helados.

Estás en su territorio. Razvan no tenía por qué mentar el nombre del mago. No había desconfianza en su voz, sólo una pregunta.

Enviará sus huestes por ti, creyendo que huirás lejos. Se enorgullece del alcance de su dominio y supondrá que lo temes demasiado como para permanecer en las cercanías. Esto nos protegerá, por el momento.

Veo que lo has estudiado bien.

Fui su pupila durante un breve periodo, le informó Ivory. *Me fascinaban los trabajos y era buena alumna. Desafortunadamente, también me fijé en él y me di cuenta de que no era lo que aparentaba. En aquella época, yo era más bien joven e ilusa, y no había aprendido a ocultar mis pensamientos y mis sospechas.*

Razvan le comunicó un sentimiento de calidez, dándole a entender que el frío de la noche la había afectado, o quizá fuera el hecho de pensar en el pasado.

Has aprendido mucho a lo largo de los años. Yo lo he observado trabajar a diario. Vi cómo la locura se iba adueñando de él, hasta que su mente ya no funcionaba adecuadamente. No hay nada que lo explique. Se ha convertido en un megalómano, y se cree superior a todo ser vivo que habita en la Tierra. Siente una especial amargura al pensar en la inmortalidad de los carpatianos y no cesa de investigar para encontrar una manera de destruirlos.

Por el valle cruzaba un arroyo de aguas heladas y se abría paso por los campos de pastoreo, entrando y saliendo de las manchas de árboles y vegetación. Ivory siguió su curso, desde lo alto, sin avanzar demasiado de prisa, dejándose llevar, fijándose en cualquier movimiento, ya fueran los animales, el humo que salía de las chimeneas, o cualquier ser humano, y todo lo compartía con Razvan.

Siempre hay un dibujo en un movimiento, dijo. *Es importante observar a los animales, incluso a los más pequeños. Los ratones se esconden en el sotobosque a la primera señal de peligro. Ven las sombras en lo alto. Todos los animales de presa los ven, y sus sentidos son muy agudos. No tienes que estar conectados con ellos para utilizarlos como sistemas de alarma.*

Razvan dejó de admirar la belleza de los parajes que los rodeaban y empezó a prestar atención a lo que Ivory le señalaba. Aquella mujer era una guerrera consumada. Cuando salía de su guarida, se concentraba sólo en su tarea. Todo versaba sobre la supervivencia. Él tenía que aprender, y ella todavía estaba dispuesta a enseñarle.

Razvan estudió el terreno irregular, y todo lo veía con nuevos ojos.

La naturaleza es tu amiga, tu aliada. Los árboles hablan. Mira hacia el sur. Justo por debajo de la montaña, cerca de la pequeña granja al abrigo de las sombras.

La gravedad de su voz alertó a Razvan de la presencia de algún peligro, si bien no veía más que la nieve que brillaba y el hielo refulgente, y las ramas de un árbol cargado de nieve que sobresalían. Unas cuantas pisadas en la nieve iban desde una casa pequeña hasta un establo, y luego hasta la parte posterior, donde, en diversas construcciones pequeñas, se guardaban los animales. Sin embargo, no veía nada que pudiera haberla alarmado.

¿Qué se supone que debo buscar?

Había algo en ese árbol observando la casa. Y no era una lechuza. Si miras detenidamente las huellas, alguien salió de la casa en dirección al establo y luego dio la vuelta alrededor. El intervalo entre las pisadas aumentaba y éstas eran más profundas, lo cual significa que empezó a correr. Sea lo que sea, sigue ahí. Percibo la energía.

Razvan miró detenidamente las ramas del árbol y luego abrió su mente a los campos de energía que lo rodeaban. La información fluyó a raudales. A medida que se acercaban a la pequeña granja, el aire fue perdiendo su frescura y su aroma limpio y se contaminó de un olor y un ambiente de podredumbre.

Vampiros, dijo él, con un silbido de voz.

Dime cómo lo sientes. Acércate, muy despacio. Deja que tu mente se expanda para abarcar la suya, pero no penetres en ella.

Razvan sabía que si su contacto era demasiado torpe, el vampiro sentiría su presencia y estaría alerta. Si su víctima aún vivía, no habría esperanza. Las criaturas inertes lo matarían y consumirían toda la sangre posible con el fin de prepararse para un ataque.

A los vampiros les agrada la sangre cargada de adrenalina, explicó Ivory. *Aterrorizan a las víctimas deliberadamente y las mantienen vivas el maximo tiempo posible. La sangre es como una droga para ellos, y están siempre necesitados de ese subidón. ¿Percibes su caos mental?*

Razvan lo percibía. La mente de aquel vampiro iba tan acelerada que era como intentar atrapar un tren sin frenos. Incluso el ruido era caótico, como si el volumen aumentara y disminuyera. Los ruidos se desataban con rugidos y chillidos y luego disminuían, para luego volver a empezar.

No puede mantener el control del corazón de su víctima. Está demasiado excitado. Es un vampiro que se ha convertido recientemente. Dudo que haya habido tiempo para que lo reclutaran para las filas de los vampiros o de Xavier. Normalmente, en esta etapa se les suele dejar solos porque son demasiado peligrosos. No pueden controlar el efecto de la adrenalina.

Ivory dio una vuelta alrededor de la casa. *Hay dos niños en el interior. El vampiro lo sabe, aunque el hombre intenta ocultar la información. Su mujer está en el establo. Tiene la intención de luchar para salvar a su marido. Está armada con ajos, cruces y agua bendita, pero no tiene más armas que las herramientas de la granja.*

En la voz de Ivory se percibía la admiración. A Razvan le agradaba aquello, y observó que su visión del mundo era bastante simplista. Un hombre y una mujer luchaban juntos por su familia, aunque fuera contra la criatura más maligna. Los dos sabían que probablemente morirían, pero esperaban llevarse con ellos a su agresor y darles a sus hijos la posibilidad de sobrevivir.

Su primer impulso fue decirle a Ivory que pusiera a la mujer y a los hijos en un lugar seguro, mientras él se encargaba del vampiro. No dudaba de que pudiera matarlo. Poseía conocimientos rudimentarios sobre cómo acabar con esos seres, pero ella también tendría más posibilidades de salvar al campesino. Él necesitaba tiempo para perfeccionar sus destrezas en el combate, así que decidió guardar silencio y dejar a Ivory la decisión de cómo proceder.

En cualquier caso, no haría lo que me dijeras. Había un tono claramente provocador en las palabras de ella, aunque los dos sabían que hablaba muy en serio.

En lo más profundo de sí mismo, a pesar de la gravedad de la situación, Razvan se dio cuenta de que estaba feliz. Pequeños momentos como ése, compartiendo algo divertido, cosas normales entre las personas cuya existencia él había olvidado, todo aquello despertaba la alegría de vivir. Él lo había olvidado, y estaba seguro de que Ivory también.

Eres una criatura muy mandona. Pero me gusta. Yo debo ser un poco extraño.

¿Un poco? Ivory emitió una especie de bufido y se introdujo en el interior del establo a través de una grieta en el marco de la ventana.

Una mujer buscaba desesperadamente entre las herramientas, separando en un montón todo lo que tenía alguna hoja afilada. Las lágrimas le bañaban el rostro, pero trabajaba de prisa y respiraba con breves sollozos.

—Shh —le advirtió Ivory, materializada a su lado—. Soy una guerrera carpatiana y vengo a ayudarte. Te ruego que dejes las armas y hagas exactamente lo que te diga. Tendrás que confiar en mí.

Razvan conservó su aspecto de voluta de vapor, sabiendo que con su presencia sólo conseguiría asustar aún más a la mujer.

—Con tu ayuda, creo que podremos ayudar a tu marido.

Ivory hablaba con ademán sereno y en voz baja. Su aspecto era el de una princesa de las nieves salida del mundo natural, con su largo abrigo de piel de lobo plateado, grueso y exuberante, cubriéndola hasta los tobillos. El pelo suelto le caía por los hombros, largo y azuloso, y su semblante tenía un aspecto tranquilo e inocente. Su voz era como la miel derritiéndose. Como contrapartida, llevaba una ballesta de aspecto letal, y en el cinturón portaba diversas armas. Sin embargo, era la doble hilera de pequeñas cruces engastadas en las hebillas lo que calmó a la mujer.

La campesina dibujó la señal de la cruz en el aire. Ivory le respondió con el mismo gesto y la mujer se calmó y dejó caer la guadaña sobre el montón de herramientas.

Capítulo *8*

Ivory caminó desde la granja hasta el establo, con la cabeza en alto, con un extraño brillo en los ojos, un color dorado como el whisky, al llegar junto a la construcción. Desde su posición en el interior del establo, donde la esperaba, Razvan la vio avanzar, dar un paso tras otro, segura de sí misma. La visión de Ivory, moviéndose con agilidad y elegancia, le robó el aliento. Decididamente había en ella una cualidad sobrenatural, como si la leyenda de la ejecutora oscura hubiera renacido.

El vampiro que jugaba con su víctima miró a los caballos, nerviosos dentro de sus casillas, aunque de pronto se apaciguaron. Los cerdos dejaron de chillar y el establo quedó sumido en un inquietante silencio.

Ivory miró al vampiro con una ligera sonrisa torcida.

—No te reconozco, pero veo que no tienes muy buenos modales en la mesa. Quizá quieras probar algo mucho más rico. —Sin quitarle la vista de encima al vampiro, se abrió la muñeca con los dientes.

Razvan percibió que el vampiro perdió enseguida el interés por el humano. Lo dejó caer al suelo y, mientras el campesino se arrastraba lejos de allí, el no muerto miró los pequeños dientes blancos de Ivory hundiéndose en su fina muñeca. Asomaron dos gotas de sangre, color rubí, manchándole la piel suave como un pétalo. Su fragancia flotó hasta el vampiro mezclándose con el olor tentador de la sangre carpatiana.

Razvan vio al campesino arrastrarse hasta una tabla rota en la pared. En lugar de introducirse en el agujero, intentó arrancarla para usarla como arma. Entonces se materializó al otro lado de la pared, se inclinó hacia él y se llevó un dedo a los labios. Respondiendo a lo que le transmitía Ivory, dibujó la señal de la cruz en el aire, sabiendo que ni un esbirro de Xavier ni un vampiro harían algo así. Cuando el hombre vio con claridad y asintió ligeramente con la cabeza, Razvan le hizo una señal para que pasara a través de la abertura. Mientras el hombre se arrastraba sobre la nieve, él ocupó su lugar, vestido con la misma ropa y adoptando la fisonomía del campesino.

El vampiro se acercó a Ivory arrastrando los pies. Se inclinó ante ella. Como prueba adicional de que se había convertido recientemente, sus dientes no estaban afilados ni manchados de negro. Todavía conservaba cierto aspecto atractivo, aunque basto.

—¿Qué haces aventurándote por ahí sin nadie que te proteja?

Ivory sonrío con gesto amable.

—¿Qué te hace pensar que estoy sola? ¿O desprotegida? —Sin quitarle la mirada de encima, se lamió las gotas de sangre y cerró la herida, lo cual privaba a la bestia del premio que tanto añoraba.

El vampiro sacudió la cabeza.

—Estás desprotegida, señora, o si no ya los habría percibido.

Ivory emitió un ruido elegante pero burlón que le borró al vampiro la sonrisa de la cara.

—A mí no me has oído. ¿Qué te hace pensar que podrías oír a mi compañero eterno? Estabas tan ocupado jugando con la comida que has olvidado la lección más elemental. No te extrañe que no vivas más allá de esta noche.

Ivory imprimió a sus palabras un tono de absoluto desprecio, sin por eso dejar de hablar como una dama. En voz baja, no amenazante, como una princesa que le da su reprimenda al campesino. La admiración de Razvan no paraba de crecer. Ivory había hipnotizado al vampiro con sólo hablarle. La criatura inerte había casi olvidado al campesino, y no veía al humano como una amenaza. Al contrario, concentró toda su atención en ella, deseando su rica sangre carpatiana, todo un premio para un vampiro recién convertido.

La bestia le lanzó una mirada enfurecida.

—¿Te atreves a retarme, a pesar de que andas sola por la noche? ¿Qué haces aquí? —Su voz se volvió jactanciosa—. Y siendo tan bella, además. Yo también necesito una compañera eterna.

—Se ve que aún eres joven. Tan impetuoso y tan equivocado. Sólo los vampiros recién convertidos creen que pueden someter a una mujer para convertirla en su compañera eterna. Es una lástima, pues no gozarás del tiempo para adquirir más experiencia. —Ivory inclinó la cabeza a un lado y lo escrutó, barriéndolo con la mirada de arriba abajo—. Todavía eres joven y tienes cierto encanto. El encanto en los jóvenes es un desperdicio.

Antes de que él alcanzara a responder, Ivory se llevó la mano a las presillas del cinto y le disparó seis puntas de ballesta al pecho, en una línea recta que le cruzó el corazón. Razvan se incorporó y lanzó un puñetazo a través de la pared torácica, y sintió la sangre del vampiro quemándole el brazo y el puño. Ya tenía tantas cicatrices que apenas sintió el ácido corrosivo cuando cogió el corazón y empezó a arrancárselo.

El vampiro rugió y le propinó un formidable golpe de cabeza. Intentó disolverse, pero las puntas de flecha impidieron que el pecho se convirtiera en vapor. Se giró contra Razvan y le hundió las garras en el pecho, abriéndole los músculos que le protegían el corazón, intentando arrancarle su órgano vital. Éste retiró el brazo de golpe, con más fuerza de la que creía necesaria. Era un corazón negro, pero de tamaño normal.

—No lo mires, incinéralo —dijo Ivory.

Razvan invocó el rayo, cuidando de que no se descargara más que sobre el vampiro y su corazón. Dejó que sus brazos y sus manos bañaran en el campo de energía incandescente.

—Es difícil controlar el rayo. Casi he fallado y te he dado a ti.

—Estaba preparada. —Ivory suspiró y lo miró con un dejo de inquietud—. Vacilar puede significar la muerte. Te has movido con suficiente rapidez, pero no puedes darlo por muerto hasta que hayas incinerado el corazón. Tendrías que haberlo quemado primero. Un vampiro más experimentado se habría reconstituido mientras tú todavía contemplabas tu obra, maravillado.

Razvan soltó una risa sonora. Matar vampiros era un trabajo sucio. La experiencia de aquellas garras fétidas que le desgarraban el pecho y el vientre había sido a la vez aterradora y excitante. Y él lo había hecho. Había matado su primer vampiro. No había sido una puesta a muerte perfecta, pero había destruido a la criatura inerte y salvado al campesino. Se sentía bien después de haber hecho algo positivo en lugar de despertarse para descubrir que había violado a una mujer o que había asestado un golpe venenoso a su hermana o a su compañero eterno. No sabía cómo contarle a Ivory aquello que experimentaba, así que no lo intentó. La miró sonriendo e hizo una reverencia.

—Lo recordaré.

Ivory estaba segura de que lo recordaría. Razvan parecía feliz, allí en medio del establo, con la ropa hecha jirones y sangrando por sus heridas en el pecho y con el vientre y los brazos manchados de sangre. Lo miró, preocupada. Razvan sangraba copiosamente, pero en sus ojos y en su mente brillaba una luz. La hacía sentirse humilde al demostrar su sencillo placer haciendo algo que ella consideraba un trabajo. Él lo veía como algo positivo.

—Te agradezco que me hayas dejado vivir esta experiencia. Es la única manera de convertirme en un arma eficaz durante nuestras cacerías.

Ivory se encogió de hombros y fingió indiferencia, a pesar de que, ante ese brillo en sus ojos, lo que respondía en ella era su naturaleza femenina, no su ímpetu guerrero.

—El plan fue obra tuya —señaló.

Él la miró con un asomo de sonrisa.

—En los viejos tiempos, antes de que supiera que Xavier poseía mi mente, era bueno en la planificación de las batallas. Me mantenía sano y exploraba sus debilidades, las debilidades de todos. De los vampiros. De los carpatianos. Incluso de los hombres lobo. Pero un día supe que cada vez que descubría una debilidad de Xavier, él lo detectaba y lo remediaba. Lo que hacía era ayudar a mi enemigo sin saberlo.

Ella quiso consolarlo, tuvo el impulso de abrazarlo y estrecharlo. Pero optó por agacharse y recoger las flechas y guardárselas en su carcaj. Razvan no buscaba compasión sino que enunciaba un hecho. Sin embargo, aquel recuerdo había sido como un golpe, un recuerdo de la temprana juventud que debía dolerle mucho.

—Has conseguido deshacerte del vampiro con relativa facilidad. Y eso es lo que cuenta.

—Te agradezco que me hayas dejado practicar con él. Pensarlo no es lo mismo que vivirlo, y arrancarle el corazón me ha costado más de lo que me esperaba. Yo soy fuerte y, sin embargo, tú haces que parezca fácil aquello que no lo es. Tiene que haber un truco que todavía no domino. Pero lo dominaré. Creo que tengo una ventaja, eso sí, la de casi no sentir la quemazón de la sangre del vampiro.

A Ivory le pareció triste que él pensara que la abundancia de tejidos cicatrizados, producto de las cadenas bañadas en sangre de vampiro, fuera una ventaja, y le entraron ganas de llorar por él. Al contrario, se obligó a responder como si no le prestara importancia.

—No valía ni siquiera la pena estropearse las uñas —dijo. Con un gesto de la mano, las cenizas volaron fuera del destartalado establo—. Ven aquí, déjame asegurarme de que no te quedan restos de veneno en las heridas.

Razvan fue hacia ella sin vacilar. Le cogió la mano para mirarle las uñas.

—Tienes razón. No valía ni la pena estropearte las uñas. Son muy bellas.

Para sorpresa de Ivory, Razvan se llevó la mano a los labios y le besó la punta de los dedos.

—Te olvidas de mantenerte caliente —dijo. Sopló sobre los dedos y luego los introdujo en la calidez de su boca.

Ivory sintió que el corazón casi dejaba de latirle y luego empezaba a galopar desenfrenadamente. Razvan era letal a esa distancia.

Aquella gentileza tan característica de él la envolvía, la hipnotizaba de la misma manera que ella hipnotizaba con la voz a quienes se encontraban a su alcance. Respiró y asimiló su esencia hasta lo más hondo de sus pulmones. Ivory era una mujer alta, y podía mirarlo directamente a los ojos, pero él era mucho más ancho que ella, a pesar de su grueso abrigo de piel.

Se sentía segura a su lado. Aquello era absurdo y algo inquietante. Ella había aprendido a nunca confiar en nadie y, aún así, había consentido que aquel hombre entrara en su vida. No lo necesitaba. No lo quería. Pero en ese momento, su cercanía la confundía. A los cazadores los rodeaba un halo de energía. Eso ocurría con todos. La de Razvan era diferente, una energía completamente apacible, casi serena. Respirar esa esencia suya le transmitía fuerza de una manera que nunca había experimentado. Razvan aceptaba su destino con una muda resignación, y no tenía necesidad de controlar todo lo que lo rodeaba. A su manera, era un hombre cautivador, y la fascinaba sin siquiera proponérselo.

Ivory tragó con dificultad y mantuvo la mirada fija en las profundas heridas en el pecho de su compañero. Un corte particularmente largo le bajaba por el vientre y desaparecía en la línea de los pantalones. Ella apoyó la palma de la mano sobre una de las heridas más graves y cerró los ojos, atenta a la mezcla venenosa que señalaría la presencia de parásitos. A pesar de que después de la primera vez supo que las heridas estaban limpias y sólo sangraban, siguió examinando hasta el último rasguño.

Le agradaba estar tan cerca de él. La sensación de serenidad era un afrodisíaco en sí misma. Había oído hablar de las prácticas del lejano Oriente, divulgadas en el mundo entero y, para ella, aquel hombre encarnaba el espíritu mismo del zen. Razvan era la calma. Hasta el más mínimo placer que experimentaba aprendiendo estaba desprovisto de prisa.

Ivory se inclinó hacia delante sin siquiera pensarlo conscientemente, con los ojos semicerrados, y pasó la lengua sobre las heridas. El agente curativo de su saliva disipó enseguida el escozor y cerró la herida.

Razvan se quedó quieto.

—¿Qué haces? —le preguntó, con voz ronca.

Ivory se percató del cambio en su respiración. No estaba tan calmado ahora como lo había estado hacía unos instantes, y había algo de muy halagüeño en ello. Entonces deslizó la mano hasta la herida siguiente, y luego siguió con la boca. Cada músculo estaba perfectamente definido, y se estremecía al contacto de sus dedos. Todo Razvan irradiaba calor y olía a naturaleza salvaje en una noche primaveral.

De pronto, él soltó una bocanada de aire. Ivory sintió el leve temblor del vientre liso y duro mientras le recorría el pecho con la boca, bajando, siguiendo la huella de la herida.

—¿Qué haces? —repitió Razvan.

—Te estoy curando. —La voz de Ivory también había enronquecido, se había vuelto casi líquida, y se sintió delatada.

Él dejó escapar una bocanada lenta.

—Escúchame, Ivory. —La cogió por las muñecas y la apartó de él. Fue un movimiento sutil y suave, pero era imposible librarse sin usar la fuerza—. Mi cuerpo me ha traicionado una y otra vez. Ni siquiera sé cuántas veces Xavier se sirvió de mí para darse placer no sólo con otras mujeres, sino para concebir deliberadamente un hijo con ellas con el fin de alimentarse de su sangre.

—No entiendo lo que me dices. —Ivory se lo había quedado mirando fijo.

—Digo que esto es peligroso. Eres mi compañera eterna y todo en mí me pide reclamarte. Una vez que nos haya unido, será para toda la eternidad. No te haría eso, pensando en lo peligroso que es. Al parecer, me has purgado de la presencia de Xavier, pero en una ocasión estuve tan débil que él consiguió introducir no uno sino cuatro fragmentos de sí mismo en mí. Me utilizó para cometer crímenes viles, aborrecibles. Hay niños en el mundo que han sufrido horriblemente por culpa de mi cuerpo. No los conozco. Ni los reconocería si los viera.

—Los reconocerías —lo contradijo ella—. Seguro que los reconocerías.

—El curandero y el príncipe me aceptaron, en principio, pero sólo porque estaba contigo. Vivirías la vida de una marginada si te unes a mí.

Ivory respondió sacudiendo la cabeza.

—Eres tan noble, Razvan, siempre pensando en los demás antes que en ti mismo. Sin embargo, no has acabado de pensar hasta las últimas consecuencias. *¿Qué estaba diciendo?* —Ivory se quedó sorprendida consigo misma, porque se dio cuenta de que discutía con él como si quisiera que la reclamara. ¿En qué momento se había vuelto tan perversa su naturaleza femenina que deseaba que Razvan la reclamara, aún sabiendo que ella nunca aceptaría esa reclamación? ¿Qué bicho se le había metido en la cabeza? Quizá se sentía mucho más sola de lo que creía. Disfrutaba de su vida, la había escogido ella misma. Se lamió los labios y lo saboreó. Lo deseó.

—Lo siento. No sé qué me ha ocurrido. —Ivory se giró pero él no la soltó y la obligó a volver a mirarlo.

—No hagas eso. Jamás rechazaría a la única persona que quiero en mi vida. Aunque hayas estudiado a Xavier, no sabes lo maléfico que puede llegar a ser. Si llegara a enterarse de que para mí lo eres todo, que eres mi razón de existir, dejaría de buscarme a mí y concentraría todos sus recursos para darte caza a ti. No puedo permitir que eso ocurra. Eres la única persona por la cual entregaría mi alma. Él no puede enterarse de eso.

Ella intentó zafarse por segunda vez, y él a tirar de ella, obligándola a mirarlo a los ojos, firme pero sutil como siempre, con un talante que la desarmaba.

—Lo entregaría todo por ti, hasta el honor. Es lo único que he mantenido intacto durante todos estos años. He sufrido mucho defendiendo mi honor.

—Hasta que yo misma he sentido el impulso, no tenía ni idea de la fuerza de la atracción entre compañeros eternos —dijo ella, asintiendo con la cabeza.

Él sacudió la suya, lentamente, sin dejar de mirarla.

—Es algo más que la atracción entre compañeros eternos, mucho más. He estado en el interior de tus pensamientos, he visitado tu refugio y he visto las tallas que has trabajado pacientemente en la roca. Todo lo que hay en ti me atrae. Cada momento en tu compañía no hace más que fortalecer ese sentimiento. Quizá la atracción física entre los dos es intensa porque somos compañeros eternos, pero la atracción de mi corazón y mi alma es igualmente intensa.

Ella respiró hondo.

—Te agradezco que lo digas. —Atesoraría esas palabras dichas por Razvan. Eran las palabras de la verdad. Ella sabía reconocer la pureza allí donde la veía—. Debemos alimentarnos antes de volver al refugio, y debería borrar los recuerdos del campesino y su mujer para que no hablen de este episodio y llamen la atención de Xavier.

—He trabado contacto con él. —Razvan levantó las dos manos de Ivory y besó la piel sensible de las muñecas por donde la había sujetado—. El campesino habría luchado para defenderte, sabiendo que iba a morir. Es un buen hombre.

—También me ha gustado su esposa, y me alegro de haberlos encontrado antes de que fuera demasiado tarde. Son muy pocos los vampiros que se atreven a internarse en los territorios protegidos por los cazadores. Este sitio queda justo fuera de los límites. A menudo vengo aquí para inspeccionar, e incluso aquí, probablemente porque los vampiros desaparecen cuando llegan hasta este sitio, la región es relativamente segura, al menos hasta hace poco, ya que Xavier ha ampliado sus dominios.

Ivory dio un paso atrás y se apartó de él. Tendría que haberse sentido sacudida por el rechazo de Razvan a sus abiertas insinuaciones, pero, al contrario, se sentía reconfortada y... cuidada. No se había sentido así en más de un siglo, y se dio cuenta de que lo miraba sonriendo. Él tardó en responder con su propia y cálida sonrisa, pero aquello le transmitió un gran bienestar.

Se quedó quieta y permitió que sus sentidos se expandieran para buscar otros peligros ocultos en la oscuridad. Un zorro merodeaba por ahí, buscando algún pollo perdido que no se había recogido por la noche. Unos cuantos ratones se escondieron al advertir la presencia de una lechuza en el cielo. Ivory trabó contacto con el ave para cerciorarse de que no era otro ser disimulado bajo ese aspecto. Pero la lechuza buscaba de verdad su sustento y no tenía interés alguno por lo que ocurría en el mundo de los humanos.

Sintió el ligero contacto de Razvan cuando éste la siguió. Lo que más destacaba en él era la ausencia de un fuerte ego, lo cual lo hacía sumamente ligero, casi imposible de detectar. Sería un elemento excelente en cualquier situación de caza, pero si sabía planificar batallas como aseguraba, los dos juntos tendrían más posibilidades de acabar con Xavier.

Al final, también examinó detenidamente las nubes y confirmó que eran reales. Cuando fue a abandonar el establo, Razvan la detuvo tocándola en el hombro.

—No has sondeado el interior de la tierra. Son los dominios de Xavier, y manda a todos sus espías por los túneles que cavan sus gusanos. En una batalla reciente, se presentó en persona, utilizándome a mí, para intentar matar a mi hermana y al príncipe. En otra ocasión, intentó matar a Shea, la cuñada del príncipe, y su hijo aún no nacido. Yo estaría más pendiente del suelo que de cualquier otra manera de desplazarse.

—Siento el paso de los gusanos.

—Ahora envía a espías diminutos. Los escorpiones y los insectos se han convertido en sus aliados. También utiliza a otros, que vienen de otra dimensión, como los guerreros de las sombras, hombres que ha sacado de entre las filas de los muertos contra su voluntad, pero también hay otras criaturas más demoníacas.

—Jamás ha utilizado insectos para espiar.

—Siempre los ha usado, pero haciéndolos mutar. Tienes que estar atenta a sus mutaciones.

Ivory respiró hondo mientras procesaba esa información.

—Eso explica muchas cosas. Es verdad que sabes bastante acerca de él.

—He vivido con él desde los catorce años. He estado presente en la mayoría de sus experimentos, sino en todos.

Ivory abrió desmesuradamente los ojos y sintió que el corazón le daba un vuelco.

—¿Te permitía mirar mientras urdía y pronunciaba sus hechizos?

Él asintió con la cabeza.

—Mi hermana siempre fue muy buena con los hechizos. Yo, en cambio, no. Cuando él se dio cuenta, dejó de recelar de mi presencia.

—Pero tienes buena memoria.

—Lo recuerdo todo hasta el último detalle. Por eso soy tan hábil cuando se trata de planificar batallas. —No era jactancia la suya sino, sencillamente, la verdad.

Ivory sintió una repentina emoción.

—Quisiera aclarar bien este detalle. ¿Tú estabas presente cuando él llevaba a cabo sus experimentos y pronunciaba sus hechizos? ¿Para sus mutaciones? ¿Para que los guerreros de las sombras se pusieran a sus órdenes? ¿Todo eso lo presenciaste?

—A Xavier le fascina jactarse. Necesita que lo admiren. Necesita a alguien que sepa que es más inteligente que todos los demás. Tiene pocos pupilos. Conozco a los magos que lo ayudan. La mayoría lo temen demasiado como para permanecer cerca de él, y tienen razón. Xavier no tiene vínculos de lealtad con nadie. Si necesita sangre o un cuerpo para un experimento y no puede conseguir a nadie, llamará con engaños a uno de sus ayudantes y lo llevará a la muerte. Yo le era muy útil. Yo tenía la sangre carpatiana, de la que me despojaba para después jactarse.

En su boca asomó una sonrisa sin humor.

—Durante años supe disimular mi sangre y mis habilidades, hasta que él me poseyó por completo. Pagué caro por haber cometido la indiscreción de ser mejor que él, así como por haber intentado prevenir a mi hija y a mi hermana. Pero merecía la pena saber que no era del todo invencible.

—No puedo imaginar cómo era tu vida, ni cómo pudiste conservar la cordura.

La sonrisa de Razvan se volvió más genuina.

—Ni más ni menos que la tuya, cortada en trozos y dejada a los lobos. Sólo tú podrías encontrar una manera de persuadir a los lobos para que te ayudaran. Tienes una voz que es toda una maravilla, pero lo que de verdad me intriga es tu fuerza de voluntad.

—Algunos dirían que soy demasiado mandona y obstinada.

—Son los que no te conocen.

Ella volvió a sentir ese aleteo en el vientre, que había aprendido a asociar a una respuesta muy femenina. Ahora no le molestaba tanto, después de que él reconociera que ella lo afectaba más de lo que creía.

Concentró su atención en el suelo, y esta vez se fijó hasta en el más pequeño insecto. Bajo la nieve había vida, oculta en la tierra fértil y por debajo de las rocas y raíces. No detectó ni la más mínima huella del mal, pero guardó silencio, mientras Razvan examinaba el suelo. Él había vivido toda una vida con Xavier, y conocía cada uno de sus experimentos secretos y sus costumbres. Sentía crecer la excitación ante la perspectiva de trabajar con él y explorar esas fuentes de conocimiento.

Ivory creía en sus propias capacidades. Había estudiado los métodos de Xavier y se creía capaz de descifrar sus hechizos y de crear hechizos contrarios para invertir el resultado de sus viles experimentos, siempre y cuando conociera el hechizo en cuestión. Si Razvan había estado presente y podía recordar las frases exactas, tendrían una ventaja real.

—Creo que estamos a salvo —dijo Razvan—, aunque ese zorro tiene hambre y puede que vea en ti a una presa fina y sabrosa.

—¿Acaso insinúas que tengo aspecto de gallina?

—Da la impresión de que tus plumas están un poco erizadas.

Ivory se dio cuenta de que reía, algo que no hacía nunca. Razvan era francamente divertido. Quizá tener a alguien con quien compartirlo todo le haría la vida algo más divertida. Fuera lo que fuera, deseaba no perderlo, aunque el futuro no fuera demasiado halagüeño, porque ella nunca había tenido nada que perder.

Avanzó por delante de él, abriéndose paso en la nieve. Razvan seguía unos pasos más atrás, por la izquierda. Ella se dio cuenta de que él permitía que los lobos le cubrieran la espalda mientras él le cubría el lado más débil. No era fácil advertir que tenía un flanco débil. Ivory practicaba con asiduidad, y usaba las dos manos para lanzar sus armas y disparar la ballesta y, normalmente, se ejercitaba con ambos lados, aunque no era tan rápida por la izquierda. Razvan tenía buen ojo para medir al enemigo.

O a la compañera.

Estaban empezando a acostumbrarse a trabar contacto mental. Desde la perspectiva del guerrero, era una gran ventaja. Desde la de la mujer, quizá no tanto.

—¿Por qué? —Razvan parecía picado por una auténtica curiosidad.

Ella lo miró por debajo de sus largas pestañas y se fijó en su expresión. Como de costumbre, él conservaba esa mirada serena.

—Esto no es fácil para mí. Tengo unos sentimientos inesperados y no sé cómo lidiar con ellos. —Era la pura verdad porque a Ivory no le quedaba otra que ser sincera con él. Razvan era un hombre honrado y ella debía responder con su propia actitud honrosa.

Él no sólo la envolvió con su sonrisa y la llenó con su calidez, sino que también la hizo sentirse parte de algo más grande que ella misma.

—Entonces, ya somos dos.

El campesino salió de la casa y dio unos pasos en la nieve. Tenía los brazos manchados de sangre, de las heridas recibidas al defenderse, remarcó Ivory. Su mujer también salió y se detuvo detrás de él. El campesino parecía muy nervioso.

Ivory les sonrió para disipar sus temores.

—Ya no está más en este mundo, y borraremos todo rastro de que ha estado aquí.

—Sois cazadores —los saludó el campesino con tono neutro, ni acogedor ni agresivo—. Se han oído rumores persistentes. Nunca habíamos visto una criatura tan diabólica —dijo, mirando a un lado y a otro con un nerviosismo que lo delataba.

A sus espaldas, casi oculta tras él, su mujer se estremeció. Ivory miró la pequeña casa. Unas ristras de ajo colgaban de la ventana y alguien había tallado una cruz en la puerta. El campesino no paraba de tamborilear sobre su muslo.

Razvan se adelantó con un movimiento disimulado y se situó ligeramente por delante de Ivory. Se inclinó hacia el campesino, e

Ivory sintió la quietud en él. Entonces paseó la mirada por la casa, sin dejar de barrerlos a ellos con la mirada. Hasta hacía un momento, había estado relajado, pero ahora parecía tenso y preparado para golpear.

Algo malo ocurre. Ivory conservó una expresión serena, pero alerta.

No sé qué es, musitó Razvan. *Hay algo. Algo que no está bien.* Se detuvo.

Ivory expandió su mente para abarcar al campesino y a su mujer. Por regla general, podía trabar fácilmente contacto con ellos y leerlos rápidamente, pero había ciertas personas con barreras resistentes. Un contacto rápido y ligero no arrojó nada. La mujer permaneció unos pasos por detrás del marido, con el rostro en la sombra. Sería raro y poco probable no poder leer en su pensamiento, pero las dos mentes estaban en blanco como una pizarra limpia.

¿Los dos? Inquirió Razvan. *Los insectos. No hay insectos cerca de la casa. Sí, todos se ocupan de sus asuntos, pero no se ve ni una hormiga cerca de la casa.* Dicho esto, miró hacia la ventana de la casita. *En el interior, Ivory.*

Ella siguió sonriendo, pero expandió aún más el alcance de su mente y sondeó la casa para encontrar a los niños. Una niña y un niño. Los dos estaban aterrados. ¿De dónde venía la amenaza? ¿Por qué no lo había sentido ninguno de los dos? *Sólo un maestro...* Ivory se interrumpió, con el corazón desbocado. Siguió mirando fijo al campesino. Si estaba en lo cierto y ahí dentro había un maestro vampiro con los niños, y el campesino se daba cuenta de que lo sabía, el vampiro también lo sabría.

Sólo un maestro vampiro podría mantener oculta su presencia, explicó. *Los controlaría a ellos dos y a los niños también, para impedir que delaten su presencia. Quizás estaba a cargo del nuevo recluta. Los maestros vampiros suelen servirse de los vampiros menores como criados.*

Ivory se preparaba. Tenía que ser Sergey. No habría más de un maestro en los alrededores, ni siquiera relacionados. Quizás hubieran formado una alianza, pero el ego de un maestro vampiro no le permitiría estar demasiado tiempo en presencia de otro sin que se produjera una lucha enconada. Tendría que volver a enfrentarse a él, a menos que tuviera la suerte de que el vampiro huyera al ver que eran dos cazadores, no una sola.

Echó mano de su ballesta, preparándose. *Es absurdo lo que tenemos que hacer por una comida.*

Los dedos que tamborileaban en el muslo del campesino se cerraron en un puño. El hombre se estremeció y buscó algo que se encontraba fuera del ángulo de visión, detrás de una columna del porche.

El vampiro los tiene bajo su control. O köd belsó̈ —que la oscuridad se lo lleve. No quiero tener que matar a un hombre bueno.

Razvan le sonrió al campesino, pero dio un paso atrás, obligando a Ivory a hacer lo mismo. *¿Eres lo bastante diestra como para recuperarlos?*

¿De manos de un maestro vampiro? Ivory vaciló. *No lo sé. Es probable que no. Aunque seamos dos, Razvan, puede que no podamos vencerlo. Para oír la voz de un maestro vampiro, debes escuchar con algo más que los oídos, o pueden hipnotizarte. Pon tu brazo a mi alrededor. Quédate a mi izquierda y que no te estorbe el abrigo.*

Razvan hizo lo que ella le dijo sin vacilar, y le rodeó la cintura con un brazo mientras sonreía con cara de amigos a la pareja en el porche.

Ivory hizo una ligera reverencia.

—Espero que los dos tengáis una vida larga y próspera.

Esperará que intentemos borrarle los recuerdos. Mientras Ivory se lo explicaba, dio un paso atrás, como si ya se fueran. *Cuando vaya a hacerlo, lo más probable es que intente atacarme, mentalmente. Si te unes a mí, seremos mucho más fuertes y tendremos una oportunidad, pero puede que no vivamos para contarlo. Ahora es el momento de alejarse si quieres volver a luchar otro día.*

Pero tú lucharás por estos desconocidos. Razvan lo dijo como una afirmación.

Ella no permitiría que Sergey le arrebatara más de lo que ya le había arrebatado. *Tengo que hacerlo.* Era así de sencillo. Ivory ya no sabía si lo hacía por un sentido del honor, pero no podía abandonar a esas personas y dejar a Sergey asesinar a sus hijos y convertirlos en muertos vivientes. *Yo tengo que hacerlo, pero tú no.*

Razvan le lanzó una rápida mirada de reproche. *Dime qué quieres que haga yo.*

Ella se permitió una leve sonrisa para responderle con su única ofrenda de agradecimiento, justo cuando los dos podían perder la vida. *Contacta conmigo. Golpeará rápido y duro, y me golpeará a mí para penetrar, sobre todo si consigo quitarle a la pareja. Tú tendrás que aguantar.*

Ivory se giró hacia la pareja, alzó los brazos al cielo y cantó.

Invoco el aire, la tierra, el fuego y el agua,
Os pido que me enviéis la voz del poder.
En lo profundo de estas almas oscuras
Transmitid mi voz, que lo oscuro se haga visible y claro,
Permitid que lo oculto salga a la luz,
Y podré eliminar lo maléfico y lo podrido.

Mientras Ivory cantaba, Razvan sintió la fuerza del intento de penetración del vampiro, golpeando contra sus mentes convertidas en una sola. El golpe casi lo hizo caer de rodillas, y destrozó todas sus antiguas nociones acerca de la fuerza. El cielo se oscureció y el suelo tembló. Unos trozos del techo de la casa se desprendieron y, convertidos en lanzas, volaron hacia ellos. El suelo onduló hacia arriba y de las grietas salieron escorpiones que ennegrecieron la nieve y se convirtieron en una alfombra viva de insectos letales.

Razvan empujó instintivamente a Ivory para alejarla de él y alzó el vuelo en una trayectoria por encima del techo que se desintegraba. Las nubes que se habían acumulado sobre sus cabezas dejaron caer una lluvia ácida, y todo lo que tocaban las gotas hervía y quemaba. Los árboles chillaban, las ramas temblaban, y las hojas y agujas se marchitaban bajo el mortífero asalto.

Ivory se giró para apartarse de la ola de insectos y fue hacia el porche, al tiempo que cogía al hombre y a la mujer en sus brazos. El campesino soltó el tridente que había cogido, sorprendido de que el vampiro lo hubiera controlado. Al menos Ivory había conseguido librarlos a ambos del dominio del vampiro, pero creía que se debía más al hecho de que él preparaba su ataque que a su fuerza.

—Mis hijos —sollozó la mujer.

Ivory intentó protegerles la piel mientras los llevaba hasta el magro abrigo de unos árboles. La lluvia ácida arreció y quemó la piel de los lobos, lo cual los hizo mutar y chillar de dolor. La mujer gritó al sentir las gotas que le quemaban los brazos, pero Ivory, con una velocidad sobrenatural, los llevó hasta un árbol con un follaje más tupido.

—Quedaros aquí. Liberaremos a los niños. Mis lobos os protegerán.

Se volvió a ayudar a Razvan en el rescate de los niños, volando en medio de la lluvia ácida que la quemaba hasta los huesos.

Razvan bajó por la chimenea y penetró en la pequeña sala. Había un niño de unos diez años tirado en el suelo, con la boca manchada de sangre. La niñita, pálida y con unos ojos demasiado grandes para su carita, no tendría más de cinco años. El vampiro rió al rasgarle el cuello y hundir los colmillos en la carne tierna.

Aquella visión le dio náuseas, porque conjuraba demasiados recuerdos. Sintió un retortijón en el estómago. No tenía experiencia luchando, pero sí poderes y fuerza y una determinación que iba más allá de lo que pudiera concebir una criatura inerte. Poco le importaba si vivía o moría, ni cuánto sufrimiento le costaría recuperar a la niña. En cuanto al vampiro, quería vivir.

Razvan salió disparado hacia el otro extremo de la sala como un proyectil, y asumió su forma humana en el último instante. Hundió el puño con fuerza en el pecho de Sergey, al tiempo que le arrancaba la niña de los brazos y la lanzaba hacia su hermano. La niña aterrizó como una muñeca de trapo, descoyuntada, y quedó tendida sobre la alfombra.

—Ponle la mano en la herida del cuello —dijo al niño, con un gruñido—. Y aprieta con fuerza.

Razvan miró al vampiro a su horrenda cara, vio la piel estirada sobre el cráneo, los ojos inmisericordes, los dientes rotos y manchados de la sangre de la niña. Sergey torció los labios en una mezcla de gruñido y burla. Inclinó la cabeza y le hincó a Razvan los colmillos en el hombro, hasta que los dientes se encontraron rasgando el mismo músculo, el tejido y el hueso, desgarrando la carne y bebiendo la sangre a enormes sorbos. Le hundió una garra en el pecho, horadando los músculos en busca del corazón.

Razvan se giró con absoluta calma para mirar a los niños, como si no lo estuviera consumiendo vivo un monstruo que lo devoraba a trozos.

—Lleva a tu hermana a donde están los lobos. Ellos te conducirán al pueblo más cercano. Pregunta por un hombre llamado Mikhail. Él sanará a tu hermana y os protegerá a los dos. Corre, no mires atrás.

Su voz no flaqueó, ni tembló ni acusó el dolor. En el interior del pecho de Sergey, su mano que buscaba el corazón chocó con los intestinos, cortantes como una navaja, que se enrollaron y forcejearon con su puño, mordiéndole la piel y quemándosela con la sangre ácida que se derramaba sobre él como lava líquida. Pero aun así se mantenía tan entero como Sergey, y se negaba a dar un paso atrás.

—No me importa morir, *hän ku vie elidet*, ladrón de vidas. ¿Y tú?

¿Estás preparado para presentarte a que se haga justicia contigo?

La criatura inerte no respondió y siguió arrancando grandes trozos de carne del hombro y el cuello de Razvan. De pronto, Ivory irrumpió en la sala disparando con su ballesta. La primera flecha le dio a Sergey en el ojo. Ivory siguió disparando mientras corría, y le dio en el cuello cuando él lanzó la cabeza hacia atrás. La tercera flecha penetró en la boca abierta y quedó alojada en la garganta. Sergey gritó, y el chillido fue tan agudo que hizo trizas los vidrios de las ventanas. Se lanzó hacia atrás, sin soltar a Razvan, y uno de sus brazos mutó de aspecto y se convirtió en el pico de una enorme ave prehistórica.

De un picotazo, la bestia le rasgó el brazo a Razvan hasta llegar al hueso, dejándolo cercenado en dos trozos. El vampiro habló con un hilo de voz.

—Te cortaré en pequeños trozos y alimentaré a los lobos contigo, y luego devoraré a esos niños.

Razvan se tambaleó hacia atrás. Había sangre por todas partes. Sergey cogió el muñón del brazo de Razvan y tiró de él. Extrajo el puño de su pecho y lo dejó caer al suelo y lo pateó, asqueado. El vampiro luego se arrancó la flecha de la boca y la lanzó contra Razvan con una fuerza descomunal.

Éste se movió a la velocidad de la luz, y con una mano agarró la flecha en el aire, la giró y la incrustó en el pie del vampiro, traspasándolo hasta clavarse en el suelo.

Tenemos que detenerlo. Irá por los niños por puro despecho.

—¡Aléjate de él! —advirtió Ivory.

—Demasiado tarde —gruñó Sergey.

Mientras Ivory cruzaba la distancia que la separaba de ellos, Sergey se giró, espada en mano. Le propinó un corte a Razvan en el hombro y bajó por el pecho, troceándolo aún más. Éste trastabilló y se derrumbó. Sergey le dio con la espada en el tobillo. Ivory paró el golpe con su propia espada, y la fuerza se comunicó a su brazo y a su cuerpo, y volaron chispas. Razvan guardó un silencio agorero, pero él también cogió un puñal y esperó la oportunidad de ayudarla.

Sergey rió, un ruido cruel y maléfico.

—Lo cortaré, trozo a trozo, como hicieron contigo, y daré de comer a tu propia manada. Puede que te deje vivir, querida hermana, sólo para verte llorar la pérdida de tu compañero eterno. Debes aprender a saber quién es el fuerte y quién el débil. Perteneces al bando equivocado. Únete a mí. Ayúdame a cortarlo y quizá te deje vivir.

A Ivory el corazón le latía a un ritmo endemoniado. Toda ella se sacudió ante la visión de su compañero eterno desfigurado y cortado en trozos. Razvan tenía un agujero en el pecho y el brazo cortado en dos trozos, cortes en el hombro, el pecho y una pierna, y de él brotaba sangre como de una fuente y se derramaba sobre el suelo.

Ivory sabía que el vampiro era la más vil de las criaturas. El que tenía ante sí ni siquiera se parecía a su hermano, a pesar de que él procuraba mantener la ilusión con la esperanza de que ella vacilara y errara su golpe. El maestro vampiro había escogido deliberadamente esa manera de desgarrar a la niña y de cortar a Razvan en trozos para despertar en ella los recuerdos más pesadillescos y hacerle la lucha tanto más dura. Entonces apretó con fuerza la espada y se situó entre su compañero eterno y la criatura inerte que antaño había sido su hermano.

—Mátame, entonces. Pero vendrás conmigo.

Capítulo 9

El vampiro se arrancó las flechas que aún tenía clavadas y las lanzó al suelo con un gesto de desprecio.

—Que así sea —dijo Sergey, y esgrimió la espada para herirla en el vientre.

Ivory esquivó el golpe saltando a un lado. Fue demasiado tarde cuando se dio cuenta de que el vampiro la había separado de Razvan. Entonces se lanzó hacia atrás, pero Sergey volvió a asestar un golpe, esta vez a Razvan. El corte le abrió un profundo tajo en la pierna, lo bastante para llegar al hueso. Ivory le lanzó un mandoble a la cabeza, pero Sergey ya se había disuelto y se materializó al otro lado de la sala.

Deja de pensar en mí y lucha contra él como siempre has luchado.

En cuanto Razvan habló, recordó cada uno de los agónicos cortes que ella misma había sufrido cuando los vampiros la cortaron en trozos, como Sergey estaba haciendo ahora con Razvan. Métodicamente, implacablemente. Sin misericordia.

No intentes salvarme. Concéntrate sólo en acabar con él.

No puedo vencerlo. Era un gran guerrero. Él me enseñó a luchar, y ahora es un maestro vampiro. Ni siquiera nuestros cazadores más fuertes pueden vencerlos solos.

¿Quién mejor que tú para combatirlo? Conoces cada uno de sus

movimientos, antes de que los ejecute. Tú has cambiado a lo largo de los siglos. Él cree que se enfrenta a la joven a quien enseñó, no a la guerrera consumada que eres ahora. Se aprovecha de tus emociones. No te dejes engañar. Eres una gran guerrera y nadie mejor que tú para derrotarlo.

La casa empezó a temblar, las paredes se combaron y se resquebrajaron, y los escombros cayeron sobre el vampiro. Ivory sabía que Razvan no podía moverse debido a las heridas mortales que había recibido, pero intentaba ganar tiempo para que se reagruparan y utilizar la energía que le quedaba, no para enterrarse en el suelo sino para prestarle ayuda.

Así que respiró hondo y espiró. Quizás a Razvan le faltara experiencia, pero tenía el corazón y el alma de un guerrero, como ella. Jamás había conocido a uno tan valiente, a un espíritu tan estoico. Volvió a respirar hondo y se dio el tiempo para serenarse y envolverse en un manto de calma. Razvan tenía razón. No podía permitir que sus sentimientos interfirieran en su principal tarea. Antes que nada, ella era una guerrera, y después, una mujer.

Se obligó a mirar sólo al vampiro, a verlo sólo a él. Mientras pudiera mantener a Sergey concentrado en ella y lejos de Razvan, tenía una probabilidad de salvar a su compañero eterno y acabar con el vampiro. ¿Qué armas usar contra aquel maestro? La vanidad era un rasgo que no sólo poseían en común todas las criaturas inertes sino que, además, era especialmente notorio entre todos sus hermanos.

Modificó sutilmente su aspecto, muy lentamente, y suavizó sus rasgos hasta adoptar una apariencia más joven, como en los viejos tiempos, siglos atrás, cuando sus hermanos la habían amado y venerado más que a sus propios egos.

Sergey alzó su espada y se la llevó a la frente en un saludo burlón. Ivory vio que la sangre de Razvan se deslizaba por la hoja hasta la empuñadura. Las gotas de color rubí le mancharon la mano y, mientras mantenía la mirada clavada en ella, Sergey lamió la sangre.

Ella sintió un nudo en el estómago, pero inclinó la cabeza a un lado y rió, una risa burlona y cantarina, como la de una joven superficial.

—Has envejecido, Sergey. Creía que con toda tu inteligencia y experiencia te convertirías por lo menos en un maestro vampiro, tan poderoso que no se rendiría sino ante una alianza de nuestros mejores cazadores. Y, sin embargo, aquí estás, con dificultades para vencer a una mujer, a tu hermana pequeña.

Los ojos de Sergey ardieron, e Ivory alcanzó a ver unas diminutas flamas en sus oscuras profundidades. Había acertado al pensar que sólo podía sacudirlo a través de su enorme ego. Sergey le lanzó un golpe al cuello, y el mandoble rasgó el aire con tal violencia que cuando ella se agachó y le hundió su propia espada en un costado, el impulso apartó a Sergey de su lado, al tiempo que éste lanzaba un grito, mezcla de dolor y furia.

El suelo se abrió a sus pies y la madera se rasgó. Ivory estuvo a punto de caer a través de ella. Sin embargo, gracias a las numerosas lecciones de sus hermanos, con un paso elegante se apartó de la madera que caía al vacío, y olió la tierra fértil que la llamaba desde los agujeros en el suelo.

—Ay, veo que te has vuelto muy lento. No eres más que la sombra, débil y marchita, de lo que solías ser. En aquellos días de antaño, bastaba una sola mirada tuya para fulminarme, para no hablar de la fuerza de tu espada. Pero ahora te dedicas a jugar, como el cobarde enclenque que eres, como un anciano agotado que juega al ajedrez con mano temblorosa y una mente que no recuerda las jugadas.

¿Puedes hacer caer el resto del techo sobre su cabeza?, preguntó a Razvan. Detestaba pedirle que usara las fuerzas que le quedaban, pero necesitaba distraer a Sergey.

Desde luego. No había ni asomo de vacilación en su voz, aunque Ivory ya empezaba a conocer a Razvan y su voluntad de hierro. No vacilaría, sin importar lo que le costara.

El techo se desplomó con un rugido atronador, y la madera y la tierra volvieron a desplomarse sobre la cabeza y los hombros de

Sergey. No consiguió el mismo resultado que la primera vez, pero le dio los segundos que necesitaba. Lanzó la espada al suelo, junto a la mano de Razvan, y sacó el arma láser que ella misma había fabricado, alimentada por un diamante que también había tallado.

Sergey se disolvió para evitar las maderas y la tierra que le llovían encima cuando la casa se sacudió. Se materializó justo a espaldas de Ivory, pero no vio las tres estacas de punta aguda que volaron hacia él a una velocidad devastadora, y que lo obligaron a volver a disolverse. Cada vez que pasaba junto a Razvan, le asestaba un golpe que le dejaba una profunda herida. Esta vez, Ivory lo esperó, y descargó una andanada de energía incandescente que también cortaba como el acero. Aquel haz de luz no le cercenó todo el cráneo, pero se veía con claridad un corte con la forma de una te.

La sangre oscura salpicó las paredes, y un hedor penetrante llenó el espacio de la sala, como el de un cadáver pudriéndose por dentro.

—El sello de un traidor. Que lo lleves con orgullo, porque no se borrará.

Ivory inclinó la cabeza, como si la princesa se fijara en algo que reptaba bajo sus pies. Corrió hacia él, disparando su ballesta a toda velocidad, y las flechas que le clavó en una línea recta en el pecho, hasta el corazón marchito, le impidieron mutar.

Sergey torció los labios con un gruñido y se incorporó para enfrentarse a ella. Se arrancó una de las flechas y se la lanzó con fuerza hasta penetrarle por encima del corazón, justo cuando ella le hundió la mano en el pecho. Pero al hacer esto, los intestinos se le envolvieron en torno al puño, cortándole la piel y abriéndole unas heridas profundas sobre las que se derramó la sangre venenosa.

Sergey estaba frente a ella, y la miraba con las cuencas de los ojos vacías, con expresión implacable. Torció la flecha que le había clavado, la extrajo y se la clavó por segunda vez.

—¿Sientes eso? —preguntó, con voz sibilante—. Querida hermana, hermana bienamada. Ésta es una muestra de mi amor. Te unirás a nosotros. Pronto reinaremos en este mundo y tú serás parte de nosotros, una con nosotros. Esto lo hago por tu bien.

El tono de voz se parecía mucho a la del hermano que había perdido, pero su rostro era una máscara maligna, sus ojos dos brasas al rojo vivo. El aliento que le llegaba era nauseabundo, le quemaba la piel y le chamuscaba las pestañas. Intentó hundir el puño más adentro, buscando el corazón marchito, pero los cortes eran demasiado profundos, y se arriesgaba a perder la mano. Apretó los dientes y empujó con más fuerza, tratando de abrirse paso entre los sólidos músculos hasta el corazón.

Sergey le hundió el puño en el pecho, intentando no sólo llegar con la flecha hasta su corazón sino con la mano, valiéndose de su fuerza y velocidad para ser el primero en arrancar el corazón. Por un momento, las cruces bañadas en agua bendita le quemaron la mano hasta llegar al hueso, y aulló y rugió, enfurecido, soltando baba por las fauces. Lanzó la cabeza hacia atrás, soportando el dolor e intentando atravesar esa sagrada línea de defensa.

Una llama apareció en el cielo por encima de sus cabezas, una descarga de fuego que le dio a Sergey en toda la espalda, impulsándolo hacia el brazo de Ivory. Ella alcanzó a palpar los bordes del órgano reseco e ignoró el dolor de su agonía cuando los tendones afilados se cerraron alrededor de su mano y su puño. Pero aquello no la detuvo, porque la hundió más profundamente.

Sergey lanzó un grito que destruyó lo que quedaba de la casa, destrozando las tablas hasta convertirlas en lanzas, cientos de lanzas que volaron hacia Razvan e Ivory desde todas las direcciones. Con sus últimas fuerzas, Razvan le protegió la espalda y la cabeza a su compañera con una barrera que cortó la trayectoria de las lanzas. Otra media docena le dio a él de lleno y lo clavó contra el suelo.

Sergey golpeó a Ivory en las piernas para hacerla caer, y lo consiguió. Ella cayó como un peso muerto sobre los charcos de sangre que cubrían el suelo. Sergey dio unos pasos tambaleantes hacia atrás con el rostro contorsionado por el odio. Antes de que pudiera hundirle el puño en el pecho a Ivory, ésta se incorporó de un salto, tal como él le había enseñado de pequeña.

Ivory le sonrió, y clavó los ojos en él, como Sergey había hecho al lamer la sangre de Razvan de la espada. Sabía que tenía una profunda herida en el pecho, ahí donde él le había hundido la mano buscando su corazón. Sangraba copiosamente, pero lo miró con una sonrisa burlona. Dio un paso y se arrodilló, sin dejar de mirarlo, viendo cómo él entrecerraba los ojos, espectadora de los viles pensamientos que asomaban en la mente de su hermano. Con la mirada todavía fija en él, hundió el puño en la tierra acogedora. Ella conocía íntimamente la tierra y sus propiedades curativas. Había yacido entre los minerales y los elementos durante siglos.

Le susurró en la antigua lengua, la lengua que mejor conocía y que guardaba fuertes vínculos con la tierra.

> *Emä Maye, én, lańad, omasak Teteh. Jälleen jamaak. Madre Tierra, tu hija se postra nuevamente ante ti, herida.*
> *Maye mayed. De la tierra a la tierra.*
> *Sív síved. Del corazón al corazón.*
> *Me juttaak elibadan és kalmaban. Estamos unidos en la vida y en la muerte.*
> *Pusmasz ainam, juttad lihad. Sana este cuerpo, recomponed estas carnes.*
> *Te magköszunam, sívam sívadet. Desde mi corazón al tuyo, te doy las gracias.*

Y luego siguió, su voz subiendo y bajando con el flujo y reflujo de la sangre de la tierra.

> *Tuerce esta raíz, québrate y dóblate,*
> *Pon la madera en mi mano,*
> *Afila las puntas, hazlas agudas,*
> *Y penetra profundo en lo viejo y oscuro*
> *Te nombro, necesidad, haz según mi voluntad,*
> *De ti depende detener al mal exterminador.*

Sergey se lanzó contra ella, tal como Ivory esperaba, creyéndola distraída por sus heridas, hablando consigo misma, sin aliento. Pero cuando se inclinó sobre ella, Ivory sacó la mano recién sanada de la tierra, sin huella alguna de cortes o laceraciones. En el puño sostenía una raíz, retorcida y afilada como la más fina hoja, moldeada como un punzón. Con un movimiento seco y bien dibujado, lo impulsó hacia arriba y se lo clavó en un ojo.

Él la cogió por el cuello y la lanzó hacia atrás y al suelo, al tiempo que se apartaba de ella con un movimiento rápido. Al bajar, le asestó una patada en la cabeza a Razvan. Éste ya había empuñado la espada y, con un movimiento seco le propinó un corte brutal en la pierna. Sergey apenas alcanzó a moverla para evitar el golpe. Pero la punta alcanzó a cercenarle el tendón. El vampiro alzó el vuelo para esquivar el segundo golpe.

Ivory esperaba agazapada y con la espada al rojo vivo. De un certero golpe, añadió otra letra a la palabra *traidor* en la frente de su hermano. El láser la imprimió tan profundamente que llegó al cráneo.

—Antes de que acabemos aquí, llevarás la marca de los traidores para que nuestros hermanos sepan que tus enseñanzas en la lucha me han servido. Se reirán cuando sepan que no has podido con una mujer, tu hermana pequeña, tan fácilmente —dijo, provocadora.

Los vampiros eran criaturas vanidosas, sobre todo los maestros vampiros. Sus hermanos siempre habían tenido un ego demasiado grande, y creían que gobernarían mejor al pueblo carpatiano que el príncipe reinante, y que sabrían proteger mejor al príncipe que los de la familia Daratrazanoff. Sabía que cuando las noticias de su derrota y del daño que había sufrido llegaran a sus hermanos, sería el hazmerreír del mundo de los vampiros.

Como sabiendo que todo era verdad, Razvan rió con un tono ronco y burlón, y su risa reverberó en los campos cercanos y en el cielo.

Sergey aulló, enfurecido, echando sangre y baba por la boca.

—Ya estás muerto, hombre débil. ¿Crees que no te he visto arrastrarte por el suelo como un perro, siguiendo a Xavier para comer los restos que dejaba? Eres menos que un gusano, y mereces morir retorciéndote de dolor. Eres patético. Ella sufrirá una muerte horrible antes de ir a reunirse contigo en el otro mundo.

Ivory imprimió a sus palabras todo el desprecio que pudo.

—Yo me reuniré con mi compañero eterno y viviremos en la dicha, mientras tú te pasearás por los confines del infierno, gruñendo y escupiendo y llorando como un niño pidiendo sangre. No eres nada, criatura inerte, alimento para nuestros hermanos que se ríen de tu debilidad y te señalan por tu ineptitud.

Babeando de ira, Sergey apretó ambas manos y su voz resonó como un trueno, como si viniera desde una gran distancia, una voz que envolvió a Ivory, repitiéndose como un eco desde el cielo y desde las profundidades de la tierra.

Que todos los sonidos de su garganta enmudezcan.
Que las palabras a su lengua no obedezcan.

Ivory sintió enseguida los efectos. La garganta se le cerró, y aunque abriera la boca, no salía ruido alguno.

Utiliza un hechizo que Xavier ponía en práctica con sus subordinados cuando se cansaba de sus preguntas. Incluso utiliza la voz de Xavier, dijo Razvan. Sirve para asustarlos y conseguir que le obedezcan, porque sus aprendices creen que tiene poderes suficientes para despojarlos para siempre de la voz.

Ivory alzó las manos y se golpeó las palmas dos veces.

Que el sonido vuelva. Los pensamientos vuelan.
El aire a los pulmones, que mi voz se sienta.

Enseguida respiró más aliviada, y el aire salió de su boca con un sonido que le pareció milagroso.

Reemplazó el hechizo de Sergey por uno propio y volvió contra él sus palabras, aunque sabía que el efecto era pasajero y que no duraría demasiado.

Invoco el poder en lo más profundo
Quitad el ruido, silencio fecundo.
Eliminad lo dañino, que quede oculto,
Que el hiriente orificio quede sepulto.

Cuando Sergey intentó abrir la boca, ésta ya no estaba. Había sido reemplazada por una gruesa capa de tejido cicatrizado que le impedía hablar. Su cara era una superficie lisa a partir de la nariz. Tenía los ojos muy abiertos, alarmado como estaba, y su mirada escupía veneno. Las flechas que tenía alojadas en el pecho cayeron al suelo, carcomidas por el ácido de la sangre. Alzó las manos y un arco eléctrico nació entre los dedos, y saltó hacia ella.

Ivory la esquivó y soltó otra andanada de flechas. Siguiendo el mismo método de antes, las clavó en línea recta sobre el corazón. El cabello se le erizó cuando la electricidad chisporroteó y estalló en el aire, pero cuando el vampiro la utilizó a la manera de un látigo, lanzándola contra ella desde el otro lado de la sala, el latigazo se estrelló contra una barrera invisible y se convirtió en un hilo de vapor que volvió hacia Sergey.

Entonces ella volvió a buscarle el corazón y hundió el puño con fuerza, pero Sergey se giró, la cogió por la muñeca, le rompió el hueso y la arrojó lejos de sí. Al seguirla, Razvan se arrancó una lanza de la pierna y alcanzó a clavársela a Sergey, que se le vino encima con toda la fuerza de su impulso y quedó empalado.

Faltaron sólo centímetros para darle en el corazón, pero le desgarró las entrañas. Sergey se arrancó la lanza y la lanzó contra Razvan con una fuerza asombrosa. El guerrero la desvió con un golpe de la mano y respondió esgrimiendo débilmente la espada.

—Te conocerán entre los vampiros como el que no tiene voz. Se reirán de ti para toda la eternidad, por muchos siglos que vivas, porque te vencieron una mujer y su patético perro, su compañero eterno.

Sergey abrió los ojos desmesuradamente, con las fosas nasales dilatadas y la sangre brotando de sus heridas, al tiempo que lanzaba un rugido furioso. Separó los brazos y surgió un arco de energía que derribó lo que quedaba de las paredes. Las nubes oscuras por encima de sus cabezas giraron sobre sí mismas, hirviendo, torciéndose hasta formar una larga y letal lanza de hielo.

Acto seguido, se arrancó las flechas del pecho, se disolvió y se alejó de ellos dejando un rastro de sangre ácida. Ahí donde la sangre caía, quemaba y perforaba la madera y el suelo de la casa del campesino.

Ivory alzó el vuelo en su persecución. En el cielo se fueron sumando nubes cargadas, con los bordes iluminados por relámpagos y convirtiendo el cielo, antes despejado, en un manto gris y agorero. Las nubes hervían de actividad eléctrica y estallaban, lanzadas hacia arriba como gigantescos hongos. La lanza de hielo se movió en dirección contraria a ella, con la punta cargada por un rayo mientras se desplazaba por el cielo.

Sergey se había curado las heridas, porque desapareció el rastro de sangre casi enseguida. Podía darle caza siguiendo la lanza. Era cierto que estaba herido, pero no tan maltrecho. Y, sin la ayuda de Razvan, no podría con él fácilmente. El hechizo se desvanecería pronto y Sergey recuperaría sus colmillos y una necesidad ardiente de vengarse. Entre tanto, perdería a Razvan, si es que no lo había perdido ya.

—Escoge quién vive y quién muere —tronó Sergey, desde el otro extremo del cielo.

Las ondas sonoras chocaron contra ella y casi la derribaron. Se sintió barrida por la ira, una ira que llenó el cielo y le apretó el pecho. Desde luego, el hechizo se había desvanecido antes de lo que esperaba.

—Dame caza, sígueme, hermanita, y puede que tengas una posibilidad de salvar a los pobres humanos y sus despreciables cachorros. Si no, los mataré y me alimentaré de ellos y de tu querida manada de lobos. Sígueme y tu pobre perro de compañero eterno morirá, si es que ya no ha dejado este mundo. Elige. Y vivirás con tu decisión.

Ivory buscó mentalmente a sus lobos. Cargaban con los niños y con los padres mientras cruzaban kilómetros de escarpado terreno, avanzando de prisa hacia la morada de Mikhail en lo profundo de las montañas. El paso seguía abierto, pero con la tormenta que se avecinaba, Ivory dudaba que durara demasiado. Si se veían obligados a seguir una ruta escalando por las montañas, tendrían la desventaja de que Sergey podía surcar el cielo para cortarles el camino.

El vampiro os sigue. Llamad al príncipe, a los cazadores. No puedo ayudaros. Envió aquel mensaje a sus queridos hermanos y hermanas. Era lo único que podía hacer, por mucho que le pesara. No podía dejar morir a Razvan.

Sintió algo que buscaba en su mente. Una señal débil, titubeante. *Salva a los niños.*

Se negó a discutir con él, y no contestó. No lo dejaría morir. Ivory dio media vuelta y volvió a sobrevolar la granja para cerciorarse de que no había peligro antes de descender a lo que había sido una morada acogedora. Había sangre y trozos de carne y huesos por todas partes, paredes arrancadas de cuajo y lodo y escombros. Y ahí estaba Razvan, en un charco de sangre, con el brazo y la mano cercenados.

Ivory volvió a unirlos al cuerpo. Razvan tenía cinco lanzas más clavadas, y un enorme agujero allí donde había estado la sexta. Se estremeció y respiró hondo. Razvan hacía lo posible por tragar un poco de aire. Tenía los ojos cerrados y las heridas estaban selladas, aunque en el suelo había tanta sangre que ella pensó que ya era demasiado tarde para cerrar las heridas.

Necesito saber que vives. Oyó la voz de Razvan como si viniera de muy lejos. *Cura tus heridas rápidamente para que pueda dejarte en paz.*

—No puedes irte. No lo permitiré. Lo digo en serio, Razvan, debes vivir. —Ivory se inclinó cerca de él, y su aliento era cálido contra su piel fría—. Te necesito, ¿me escuchas? Te necesito. Debes vivir por mí.

Quítame las lanzas.

—Sé que te hacen daño, Razvan, pero si te las arranco, morirás. Dame un minuto.

Ya estoy muerto.

—No, no puedes pensar eso. —Ivory se arrodilló a su lado y le apoyó la cabeza en su regazo. Volvió a inclinarse hacia él—. Escúchame. No puedes dejar esta vida. No hemos hecho juntos lo que sabemos que es posible.

Pides lo imposible.

Ella cambió su modo de comunicación, como si fuera más fácil para él. *Primero me lo he pedido a mí misma. Ya sé lo difícil que es cuando nadie más lo hace. Yo sé lo que pido, se lo que te exijo, a ti, mi compañero eterno. Si tú te vas, nos vamos juntos. Únenos. Ahora. La unión me dará lo que necesito para salvarte.*

Razvan no abrió los ojos. Su mano se movió entre las de ella. Tenía los dedos resbaladizos debido a la sangre.

¿Deseas que viva todo esto?

Podemos derrotar a Xavier. Debemos derrotarlo. Yo te conduciré en esta ocasión y te seguiré en los años venideros. Únenos ahora, antes de dejarme.

Ivory reprimió las lágrimas que le ardían en los ojos. El peso terrible en el pecho y el dolor de sus heridas era tan poco, en comparación. Razvan tenía que desearla lo suficiente *para vivir*. Tenía que desear la derrota de Xavier. Su voluntad, tan fuerte, tenía que aunarse con la suya. Los guerreros, después de tantos años de soledad, solían elegir la muerte porque, por fin, podrían descansar, pero ella no renunciaría a él sin luchar.

Razvan se movió en su mente, buscando. Fuera lo que fuera que encontró, tomó una decisión, aún sabiendo la agonía que sufriría. *No puedo pensar en nadie más que haya conocido en mi vida que quisiera tener más que a ti. Si me aceptas...*

Claro que sí. El tiempo se les acababa. Él había perdido demasiada sangre. Había cauterizado las heridas a medida que Sergey las cortaba, convirtiendo su cuerpo en una imitación de los retazos de ella. Pero la pérdida de sangre era muy grave.

¿Estás segura de que quieres unir tu vida a la mía con todo lo que eso implica?

Ella respondió sin vacilar.

Estoy segura.

Qué así sea. La voz de Razvan se hizo más clara. *Eres mi compañera eterna. Te reclamo como mi compañera eterna. Te pertenezco. Te ofrezco mi vida. Te ofrezco mi protección, mi alianza, mi corazón, mi alma y mi cuerpo. Seré el guardián de todo aquello que atesores. Tu vida será venerada por mí hasta la eternidad. Tu vida estará por encima de la mía en todo momento. Eres mi compañera. Permanecerás unida a mí para toda la eternidad y estarás siempre bajo mi protección.* Razvan abrió los ojos y la miró. *Te avio päläfertiilam.*

Ivory sintió los hilos que se tejían entre ellos. Las dos mitades de sus almas que se fundían en una. Lo besó en la frente y le habló con un susurro de voz.

—Acepto lo que me ofreces con el corazón y con mi alma. Acepto tu alma. Acepto tu cuerpo. Acepto tu corazón. Eres uno conmigo. Cuidaré de ti y me uno a ti para toda la eternidad con mi fuerza y mi voluntad y con nuestra mutua determinación. *Te avio päläfertiilam.* Eres mi compañero eterno y me niego a permitir que dejes este mundo. Que tu alma viva dentro de la mía.

Razvan cerró los ojos y las pestañas asombrosamente largas. Una leve sonrisa de satisfacción asomó en sus labios. *Me he entregado a ti, compañera eterna. Haz lo que tengas que hacer.*

Hacía mucho tiempo, cuando Xavier y Draven la habían sentenciado a una muerte horrenda, no fue sólo su sangre y su cuerpo de carpatiana, que le permitió restablecerse y curarse en las entrañas de la tierra, lo que la había salvado. Fue una combinación de aquellas cosas, además de su voluntad y las enseñanzas de Xavier. Xavier se habría arrancado los pelos si hubiera sabido que ella se había llevado tantos embrujos suyos y se los había apropiado, siempre poniendo su fe en un poder superior en el entramado de su hechizo, convirtiendo la maldición en algo beneficioso.

Esto te hará tanto o más daño que la peor tortura que Xavier te haya hecho sufrir jamás. Déjate ir, yo velaré por tu alma y tu espíritu. Intentó advertirle, y reprimió un sollozo. Sabía por experiencia a qué lo iba a someter.

Ivory sollozó al sentir el fulgor de una calidez que recorrió su mente, ahora que su espíritu vital era apenas una luz débil y balbuciante que ella guardaba en su alma. Comenzó el trabajo de eliminar todos los parásitos de su organismo, antes de cerrar cada herida y cauterizarla. Mientras trabajaba, iba del cántico de curación carpatiano y el hechizo curandero que había usado consigo misma a la plegaria a la madre Tierra para que la ayudara.

Invoco el poder de la tierra, que a todos nos ha creado. Escucha mi llamado, Madre.

Pido la luz clara, y la capacidad de ver lo que no quiere ser visto.

Guíame, Madre. Toma mis manos, que sean las tuyas.

Utilízalas para corregir lo que ha sido roto y desgarrado.

Guíame, Madre. Bríndale el descanso y cura a un alma atormentada.

Acógelo en tus brazos, Madre. Sánalo de todas sus heridas. Guíalo, Madre.

Invoco al altísimo poder. Utilízame como tu nave. Mira a través de mis ojos.

Mira en mi alma. Utilízame como instrumento. Cuida de nosotros, aliméntanos como harías con un niño. Guíanos con tu sabiduría.

Para que podamos volver a levantarnos y luchar.

Su voz subía y bajaba mientras clamaba a los poderes que la habían ayudado siglos antes en medio de sus necesidades, meciéndose, sin prestar atención a sus propias heridas, sólo pendiente de que Razvan, su compañero eterno, viviera.

Mikhail Dubrinsky, príncipe de los carpatianos, oyó la llamada de los lobos mucho antes de que llegaran a su morada en lo profundo del bosque. *Gregori.* Llamó a su lugarteniente y mejor amigo. *Te necesito urgentemente. Cazadores, prestad atención a mi llamado. Os necesito urgentemente.* Envió aquella orden por la vía telepática habitual de los carpatianos para que acudieran todos los que se encontraban en las cercanías.

Después de dejar su morada bien custodiada, Mikhail se lanzó por los aires al encuentro de la manada de lobos. Todavía estaban a varios kilómetros, pero la aflicción de sus llamados era perceptible. Mikhail voló por encima del frondoso follaje de los árboles, al tiempo que se adelantaba con sus sentidos para tener una idea del peligro que corrían los lobos.

El viento trajo el olor de la sangre, y un hedor que sólo podía ser el de las criaturas inertes. Carne en descomposición y veneno. Y seres humanos.

Espérame, pidió Gregori. *Sólo estoy a unos minutos de distancia. Podría ser una trampa.*

Siento la presencia de niños. Sangre. Terror. Los lobos nos llaman. Todo aquello significaba que Mikhail no esperaría.

Mientras seguía volando, una lechuza se le acercó por la derecha, y otra por la izquierda. Identificó a los dos. Eran Natalya, la hermana de Razvan, y su compañero eterno, Vikirnoff. Ninguno de los dos hizo preguntas mientras surcaban el cielo junto a él en dirección a los lobos. Por encima de sus cabezas, las nubes se oscurecieron y se agitaron, como hirviendo de furia. Unos flecos de energía incandescente encendían los bordes de las formaciones de nubes. Del cielo cayó hielo, unas lanzas agudas destinadas a ralentizar la huida.

Un vampiro, apuntó Mikhail, que lo había identificado. *Persigue a la manada de lobos y a lo que sea que protegen.* Ya se movía a una velocidad sobrenatural, adelantándose a los otros dos antiguos guerreros.

Mikhail, dijo Gregori, a manera de advertencia. *No sabemos a qué nos enfrentamos.*

Creo que es bastante claro. Mikhail ignoró las advertencias de su lugarteniente y bajó hacia los árboles cuando el hielo comenzó a penetrar por el tupido follaje.

Se oyó el aullido de un lobo, seguido del grito de un niño. Y luego, el de una mujer. Mikhail los oyó con toda claridad.

—Ve, llévate a los niños. Déjanos. Irás más rápido. —Era la voz de un hombre—. Intentaremos detenerlo.

La manada volvió a aullar, quizá protestando, o quizá mostrando su acuerdo, Mikhail no lo sabía. El viento ululó y azotó los árboles con la fuerza de un huracán, arrancando de cuajo varios de ellos. Al golpear contra otros árboles, cayeron como por efecto dominó, señalando como una flecha la dirección por donde huía la manada de lobos.

La fuerza del frío penetrante lanzó a los tres carpatianos hacia atrás en el aire y bajo la lluvia de hielo que caía. Mikhail sintió que una punta aguda se le clavaba en el brazo, y se disolvió enseguida, a pesar de que el viento lo alejó todavía más de la manada. La fuerza de la tormenta aumentó y descargó enormes cantidades de nieve desde el cielo, hasta que el hielo se volvió tan grueso y peligroso que no pudieron seguir por el aire.

Bajad, tendremos que correr para encontrarlos a ras de suelo.

Gregori esta vez le gruñó, mucho más cerca. Vikirnoff no dijo palabra al ver a su príncipe aterrizar y empezar a correr, pero se desplazó hacia una posición desde donde podía defenderlo. Natalya lo seguía y cerraba la retaguardia.

Esta manada de lobos tiene algo extraño, aventuró Vikirnoff. *Utilizan la vía antigua de comunicación telepática para pedir ayuda. Y nos llaman a nosotros, no a otros lobos.*

Tienen que ser los lobos que acompañan a Ivory Malinov, explicó Mikhail.

Desde luego, le había transmitido a Natalya la noticia de que su hermano estaba vivo y que por fin había logrado escapar de la prisión de Xavier. Él y Gregori le habían contado todo lo ocurrido, y lo de su firme creencia de que Razvan había cometido crímenes cuando Xavier poseía su cuerpo o su mente. La noticia de la aparición de Ivory y Razvan, y de que eran compañeros eternos, se había difundido por toda la comunidad carpatiana.

Él sabía que todos sospechaban de Razvan, sobre todo Vikirnoff, que había defendido a Natalya de su hermano muchas veces en el pasado. Ella había sufrido emocionalmente, y había acabado por aceptar la pérdida de su hermano, y ahora los dos estaban afligidos. Mikhail sólo podía dar su opinión, según la cual Xavier había utilizado a Razvan durante todos esos años, y que éste no era el criminal y traidor que los carpatianos creían. Sin embargo, sabía que cada cual tendría que formarse su propia opinión a propósito de su persona.

No percibo a ningún carpatiano, ni hombre ni mujer, con ellos. Vikirnoff seguía el ritmo del príncipe, protegiéndolo a su paso por los árboles cargados de nieve. *¿Cómo pueden los lobos entendernos* *y comunicarse con nosotros? ¿Cómo es que llevan un peso tan grande sobre el lomo y corren a tal velocidad?*

Al parecer, son carpatianos. Mikhail no sabía cómo explicar aquel fenómeno, pero sabía que Ivory tenía la explicación. Si ella había convertido a los lobos, aquello había sido un experimento peligroso. Lobos inteligentes que desearan la sangre humana podían ser la peor de las pesadillas, sobre todo si se reproducían. Tendría que cavilar sobre el destino de esa manada.

Seguía cayendo hielo, pero el grupo al menos gozaba de cierta protección del viento desatado y de las puntas de hielo gracias a las tupidas ramas por encima de sus cabezas. Vikirnoff añadió una protección y unió las ramas para que conformaran un túnel.

Llevan a seres humanos en el lomo, avisó Natalya.

El corazón le latía desbocado. Una parte de ella deseaba desesperadamente ver a su hermano, queriendo creer que Razvan no era el monstruo que ella había llegado a imaginar, si bien la otra mitad, más cuerda, le decía que ninguno de esos rumores podía ser verdad. Mientras corría con su compañero eterno y el príncipe, se dio cuenta de que rezaba.

Por debajo de sus pies, el suelo se sacudió. El peso de la nieve hizo derrumbarse un árbol y, al arrancarlo de sus raíces, éstas formaron una maraña que les dificultó el paso.

El vampiro nos quiere estorbar, dijo Mikhail. *Gregori, ve por el norte, y entra por el otro costado, con Falcon. Al parecer, pretende llegar a la manada de lobos antes que nosotros. Su intención será matar a los humanos, pero no tengo ni idea de a qué se debe.*

Yo estoy en este mundo para proteger a mi príncipe, no para salvar la vida de unos mortales que no conozco.

Mikhail suspiró.

Con cada año que pasa, te vuelves más testarudo, viejo amigo. Vikirnoff cuidará de tu mujer indefensa. Entra por el norte y dirige a los otros para que vengan por el otro lado. Y deja de contrariarme.

Gregori respondió con una especie de bufido telepático.

No creo que eso suceda demasiado pronto. El vampiro se apresu-

ra a cerrar el camino. *No debe sorprenderte en el suelo si eso llegara a ocurrir.*

Eso no ocurrirá porque tú lo detendrás. Mikhail hablaba con absoluta confianza.

No pides gran cosa.

No, una posibilidad para que practiques y perfecciones tus habilidades de camuflaje.

Gregori transmitió su diversión a Mikhail justo cuando éste aumentaba la velocidad. Era agradable sentirse guerrero en lugar de príncipe, avanzando a toda velocidad por el bosque para responder a la llamada de un alma afligida. Sus músculos se estiraban y contraían, y su cuerpo se alegraba de aquel ejercicio, corriendo sin parar, esquivando los árboles en su carrera.

Más arriba, una gruesa lanza cayó del cielo, rompiendo las nubes de hielo y nieve, dejando caer sobre los árboles unas chispas doradas y plateadas deslumbrantes al cruzar por encima de ellos y luego caer hacia la tierra y perderse de vista. Allí donde las chispas caían, los árboles quedaban congelados, convertidos en una masa blanca, un blanco que se extendía como una enfermedad por ramas, hojas y troncos, hasta llegar al suelo, que se remeció bajo la presión del hielo.

El suelo se agrietó y aparecieron enormes fisuras. Los carpatianos se vieron obligados a saltar por encima de las grietas mientras corrían. Unas enormes torres de hielo asomaron de sus entrañas. Los árboles crujieron y saltaron hechos astillas, a la vez que el hielo rompía las ramas quebradizas.

¿De dónde viene? inquirió Mikhail. *Tenemos que encontrar la fuente.*

Intenta ralentizar el avance de los lobos, avisó Gregori, con un silbido de voz. *He oído hablar, aunque nunca la he visto, de una lanza capaz de congelarlo todo en su inmediata vecindad. Tú debes encontrarte cerca de ella. Apártate y encuéntrala, y yo encontraré a los lobos.*

Estamos demasiado cerca de la manada, Gregori. Más cerca que tú. Tú estás mejor dotado para usar tu magia contra una lanza de hielo capaz de congelar un bosque. Apártate y destrúyela.

Ni te lo pienses. Envía a Falcon. Nada me impedirá luchar a tu lado.

Para empezar, soy yo quien da las órdenes. Y tú no me obedeces.

¿Acaso era una orden? Yo no he oído ninguna orden. He enviado a Falcon a ocuparse de la lanza de hielo.

Mikhail se dio cuenta de que volvía a reír. Era imposible enfadarse con Gregori, lo conocía desde hacía demasiado tiempo, y su tarea sería siempre ocuparse de la seguridad del príncipe. Gregori todavía estaba resentido consigo mismo por haber permitido que Razvan lo amenazara con un puñal en el cuello. Aquello no había sido ni de lejos tan peligroso como parecía, pero a Gregori seguía sin gustarle la idea de que Razvan se hubiera acercado al príncipe.

La manada de lobos volvió a llamar y él alzó la cabeza y contestó mientras volaba hacia el río helado. Con cada paso que daban, asomaban más torres de hielo, de manera que se veían obligados a esquivarlas en su carrera, aunque Mikhail notaba que la fuerza del ataque empezaba a menguar. El vampiro se acercaba a los lobos y pretendía dirigir toda su energía contra ellos. Sin saber de qué eran capaces los animales, Mikhail redobló sus esfuerzos para alcanzarlos, y alzó el vuelo, evitando las alturas donde los hielos podían herirlos.

Vio a la manada que se abría camino corriendo cuando llegaron a un recodo del río, unas rayas plateadas que cargaban con seres humanos, corriendo hacia ellos sobre el hielo sin cejar. Uno de los niños iba inclinado sobre el cuerpo del macho alfa, y la sangre le manchaba el grueso pelaje. Por el rabillo del ojo, Mikhail percibió una nube negra y espesa que avanzaba velozmente por el cielo en dirección a los lobos.

Id hacia los árboles. Salid del curso del río y alejaos del cielo abierto, advirtió.

Vikirnoff lo interceptó en pleno vuelo antes de que pudiera virar hacia la orilla del río, donde la nieve se acumulaba. Mikhail le lanzó una mirada furiosa cuando voló entre los árboles hacia la manada que huía. Los dos lobos alfa con los niños alcanzaron a llegar a los árboles. Mikhail cogió a la pequeña cuando *Raja* se detuvo resbalando a su lado, con la lengua afuera y jadeando sin parar. El vampiro había mordido a la pequeña en el cuello y no había cerrado la herida.

Natalya cayó de rodillas junto a la niña.

—¿Puedes salvarla?

En cuanto los dos alfas se desembarazaron de su carga, dieron media vuelta y se lanzaron a toda prisa a defender al resto de la manada. El primer golpe dio peligrosamente junto al lobo que cargaba con el campesino. *Blaez* ni siquiera intentó evitarlo y fue directo hacia los carpatianos.

Vikirnoff salió de los árboles y se enfrentó al vampiro convertido en una fiera. Mientras Natalya y el príncipe intentaban salvar la vida de la pequeña, se lanzó hacia la nube negra convertida en remolino. Por el costado derecho del vampiro, apareció Gregori, que descargó un rayo tras otro sobre la criatura inerte. Al verse cogido por el fuego cruzado de dos experimentados cazadores, y todavía herido, Sergey retrocedió, no sin antes lanzar un último rayo de energía hacia su lanza de hielo, con la intención de destruir la tierra que pisaba el príncipe, la manada de lobos y a todos los humanos que encontrara a su paso.

Falcon golpeó en el momento preciso y dio en la lanza de hielo con una potente descarga de calor que neutralizó del todo la potencia del arma helada.

¡Gregori! Mikhail llamó de vuelta al cazador. *No lo persigas. Los lobos dicen que nos necesitan en la casa del campesino. Ivory y Razvan han luchado contra el vampiro, y el hecho de que éste haya escapado no augura nada bueno. Natalya, tú y Falcon escoltaréis a la familia a un lugar seguro, y te asegurarás de que la pequeña sea bien atendida. Pídele a Slavica, la dueña de la posada, que cuide de ellos por mí. Ella sabrá ocuparse.*

Deseo ir contigo para ver a mi hermano.

Necesito que me hagas ese favor. Si el vampiro vuelve, ellos necesitarán vuestra protección.

Natalya vaciló, y enseguida trabó contacto mental con su compañero eterno. *Dime la verdad, Vikirnoff. ¿De verdad me necesita en esta tarea o intenta protegerme de lo que podáis encontrar?*

Vikirnoff, Mikhail y Gregori ya surcaban el cielo en dirección a la granja, mientras la manada de lobos daba media vuelta y se lanzaba a toda carrera por el terreno nevado.

A Mikhail le inquieta. La criatura inerte es un maestro vampiro. Mira el desastre que ha provocado. La manada de lobos está inquieta por la suerte de Ivory. Percibo su miedo y Mikhail, como príncipe de nuestro pueblo, lo percibe por partida doble.

Natalya suspiró. *Entonces, está todo dicho.* Esperó a que Falcon cogiera en brazos a los dos adultos y ella hizo lo mismo con los niños. Les susurró una orden al oído para calmar sus temores mientras volaban hacia la aldea.

A Mikhail le pareció un viaje interminable. Sentía el desgarro que había sufrido el tejido de su pueblo. Las heridas eran muchas y graves. Sabía que Gregori, un curandero con experiencia y grandes virtudes curativas, sentiría la agonía que sufrían los dos guerreros caídos. El hecho de que la energía no estuviera disimulada les transmitió a los carpatianos una idea del estado en que encontrarían a Ivory y Razvan.

Aún así, ninguno estaba preparado para el horror que los esperaba. La casa de la granja era un montón de escombros. El paisaje era el de una masacre. Había sangre por todas partes y, en el medio del desastre, vieron a Ivory, que a pesar de sus múltiples heridas, procuraba sanar al hombre que apoyaba la cabeza en su regazo. Todavía tenía dos lanzas clavadas, y otras cuatro habían quedado rotas y ensangrentadas a unos metros de él. Tenía casi todo el cuerpo cortado en trozos, y el brazo roto en varios segmentos.

Cuando se acercaron, parecía que Razvan todavía respiraba, mientras Ivory entonaba en voz baja su cántico curativo, mezclándolo con otra canción que nadie había oído.

No puede ser, murmuró Gregori, anonadado. *No puede ser que siga vivo. Nadie podría sobrevivir a algo así.* Se quedó escuchando el flujo y reflujo de la voz de Ivory, melódica y acompasada con el latido mismo de la tierra.

Madre, querida madre, ahora vengo a ti.
De hija a madre, sana a los míos, y sáname a mí.
Yo soy su luz, él es mi guerrero poderoso.
Maltratado y herido, sufrió largos años el claustro horroroso.
Madre, te ruego mires en lo profundo de mí, y verás
Que mi alma ilumina su oscuridad y de ella lo liberará.
Somos compañeros eternos, dos mitades de un todo.
Unidos, combatimos el mal, acusando del tiempo el recodo.
Madre querida, Madre, estréchanos en tus brazos.
Danos refugio, sánanos, aleja de nosotros el maléfico trazo.
Madre, te pido danos equilibrio, que la oscuridad se haga luz,
Permítenos vivir, y al combatir llevaremos la cruz.

Ivory cantó sus versos en la lengua antigua, y las notas penetraban y salían de la tierra sacudida, hermanándose con el flujo y reflujo de la savia de los árboles y con los latidos de la tierra. Mientras cantaba, la tierra se movía en torno a sus cuerpos, como si un manto vivo, o la marea misma, siempre en movimiento, los envolviera, y fluyera en sus heridas y las restañara con la marga negra y fértil.

Capítulo 10

Razvan deambulaba en un mar de dolores. Había estado allí muchas veces, pero ninguna semejante a ésta. Sentía el cuerpo como si sus partes estuvieran desconectadas unas de otras. No podía moverse. Quizá tuviera miedo de moverse, de empeorar la agonía que lo desgarraba de pies a cabeza. Percibía movimientos a su alrededor, como si los insectos y otros bichos se arrastraran sobre él. O a través de él. Ni siquiera eso era suficiente para que intentara moverse.

Oyó susurros, al principio tan débiles que creyó que tenía alucinaciones. Sin embargo, la voz se hizo más clara en su mente. Suave, femenina y decidida.

Estoy contigo. No estás solo. Yo velo por ti y te protejo. No te dejaré solo en las profundidades de la madre Tierra. ¿Sientes cómo te rodea? ¿Cómo te sostiene en sus brazos? ¿Cómo te acoge? Siéntela, compañero eterno. Siéntela cuando todo parece perdido.

Estaba seguro de que eran alucinaciones. Xavier jamás permitiría que se entregara al abrazo rejuvenecedor de la madre Tierra. Sólo había dolor y sufrimiento. Una vida interminable de dolor. No podía perder asidero. Se obligó, a fuerza de voluntad, a obedecer. No importaba que su corazón titubeara o que sus pulmones apenas pudieran aspirar el aire, no importaba el dolor. No podía perder su asidero. Se lo había prometido... a ella.

En ese momento la recordó, aunque también podría haber sido

un sueño, otra alucinación. Pensó en eso cuando su mente pudo funcionar, más allá de las olas de dolor que lo barrían. Dudaba que hubiera podido conjurarla, ni en sus más osados sueños. Intentó formarse una imagen de ella, pero se dio cuenta de que no podía pensar. Así que se quedó tendido y escuchó, deseando volver a oír su voz.

En la distancia oyó un cántico en lengua carpatiana y, luego, voces destempladas, de hombres y mujeres. Era imposible aislarlas para reconocer una de esas voces, y estaba seguro de que ella no cantaba. La sintió, no arropándolo sino fundida con él, compartiendo su cuerpo. No le gustó la idea. Si él sentía tanto dolor, ¿acaso también lo compartía ella? No sabía la respuesta a esa pregunta.

Su mente volvía a divagar, como si, al no poder evitar que ella sintiera el terrible dolor, no quisiera saber si estaba junto a él. Había pasado demasiados años causando daño a sus seres amados y ahora se negaba a pensar que hacía lo mismo con ella.

No, amor mío. Estoy contigo por decisión propia. Pedí que me unieras a ti. Comparto voluntariamente tu cuerpo. Escúchame, cazador de dragones, debes aferrarte a mí. No dejarme ir.

Si hubiera podido sonreír, lo habría hecho. ¿Adónde podía ir? No podía moverse, sólo permanecer ahí tendido, creyendo que estaba loco. El único consuelo era su voz. Intentó recordar si lo había soñado de joven.

Al cabo de un rato (podrían haber sido noches, o semanas, o incluso meses), tuvo conciencia de un corazón que latía. Era un ruido poco habitual, profundo, cuyo eco reverberaba a su alrededor, de modo que vibraba en su cuerpo, en cada músculo y órgano, en los tejidos desgarrados y en los huesos. Cada latido lo sacudía y, al mismo tiempo, lo calmaba. Con cada latido sentía un dolor intenso pero, curiosamente, también se sentía más aliviado.

Después de un periodo largo e indefinido, se dio cuenta de que estaba atento a ese ruido, y que disfrutaba de su eco en el interior de su cuerpo maltrecho. En ese momento sintió el despertar de su curiosidad en ese mundo oscuro.

¿Qué eres?

Soy la Madre Tierra, hijo mío. Te has convertido en parte de mí. Mi hija me ha rogado que te acepte y te sane. Lo que ahora sientes es el latido de la tierra en tu cuerpo, convirtiéndote en una unidad conmigo, con toda la naturaleza.

Ahora sabía que se había vuelto loco. Había entablado conversación con la tierra. Era curioso, pero no le molestaba haber perdido la cordura. El dolor era el mismo, pero él se había acostumbrado, y encontró que la oscuridad y la calidez conformaban un lugar apacible para descansar. Se dejó llevar hacia el mar de dolor, dejándolo que lo meciera como lo había hecho tantas veces.

Su mente se volvió hacia su mujer. Ivory. Su compañera eterna. Era tan bella que le robaba el aliento. Sabía que si la hubiera conocido cientos de años antes, todo habría sido muy diferente. Jamás había osado soñar con ella, no quería que Xavier supiera que en algún tiempo del pasado o el futuro había una mujer que poseía la otra mitad de su alma. Compartir las almas era un regalo muy íntimo, y él jamás mancharía aquel vínculo con el mal que irradiaba Xavier.

Si no hubiera muerto y no hubiera sido enterrado para sufrir en ese lugar, la habría llevado a su jardín secreto, el único lugar que recordaba de su infancia donde la vida había valido la pena y donde reinaba la alegría de vivir. Entonces, él jugaba con su hermana, Natalya. Habían reído juntos a menudo, y habían corrido, libres, por los campos floridos, saltando entre las piedras en las plácidas aguas del lago. Habría querido llevar a Ivory a ese lugar para compartir con ella esos buenos recuerdos.

Sintió el roce de unos dedos en la palma de la mano. Un aliento cálido en su cara. *Llévame allá, amado mío. Enséñame ese lugar con el que sueñas.*

Él no había esperado que el deseo de Ivory fuera tan intenso que pudiera conjurar su presencia. Le pasó la mano por la cara, siguiendo los rasgos angulosos, acariciándole la piel suave con la punta del pulgar.

Te llevaría a ese lugar en el momento del primer cortejo. Es una parte de mí, la mejor parte. Mucho antes de que Xavier se apoderara de mi alma.

Él ya no posee tu alma. Me la has dado a mí, ¿lo recuerdas?

Razvan buscó en su memoria. Recordaba su cara. Era tan bella que cuando cerró los ojos ella seguía ahí. Su cuerpo, cubierto por aquellas delgadas líneas blancas, enseñas del valor, una viva encarnación de su fuerza de voluntad. Tuvo ganas de besar cada una de esas líneas, seguir el mapa que conformaban en su cuerpo hasta que conociera cada irregularidad íntimamente. Su piel, más suave que cualquier cosa imaginable, lo llamaba para que, sencillamente, la tocara, para que sintiera lo extraordinaria que era. Adoraba cómo se movía. El solo mirarla, con su movimiento de caderas y su andar resuelto, le transmitió una alegría sencilla que nunca había experimentado. Su rostro, que se apaciguaba cuando se arrodillaba para saludar a sus lobos le hizo preguntarse qué aspecto tendría cuando tuviera que darle el pecho a su recién nacido.

Cazador de dragones. Era ella que lo llamaba de vuelta. *¿Recuerdas haberme dado tu alma?*

Sí, para salvarme, Ivory. He pecado toda una vida y no puedo salvarme a mí mismo. Pero he tocado en tu interior, donde nadie más ha estado, y tú puedes hacerlo. Ponme en la pared con tus hermanos y acompaña a mi alma a la siguiente vida.

Ya estás a salvo, fél ku kuuluaak sívam belsó... Amado mío.

Su voz se derramó sobre él como la miel tibia, y Razvan se quedó quieto, escuchando el latido del corazón de la tierra, sintiendo como las heridas pulsaban y le quemaban, al compás de la monótona sinfonía. Pensó en sus palabras, *fél ku kuuluaak sívam belsó... Amado mío.* Deseaba de verdad ser su amado.

Habría caminado por el jardín contigo. Siempre he querido cultivar mis propias flores. Sé exactamente cómo serían y las habría nombrado en memoria tuya. Ivory. Hän ku vigyáz sielamet, guardián de mi alma.

Enséñamelas, insistió Ivory.

Él habría jurado que volvía a sentir los dedos en la palma de su mano, entrelazados con sus propios dedos. Cerró la mano con fuerza para capturar esa sensación de cercanía. Podía dejarse llevar por el sueño, o la alucinación. Quizá ya estuviera en el otro lado, en un lugar mejor, y podía desprenderse de la agonía que lo barría con sucesivas olas. Dejó el dolor y se acomodó en los brazos de la Madre Tierra, imaginando las cosas que le enseñaría a Ivory.

Ella parecía serena, con su largo pelo que le caía hasta más abajo de las caderas, una cascada sedosa que le rozaba el brazo mientras caminaban uno al lado del otro. Le agradaba que fuera alta. Veía sus largas pestañas, curvas al final, dos densos crecientes que velaban sus enormes ojos. Pensó en inclinarse y besar aquella línea irregular y blanca que le unía dos partes del hombro. Sintió la tentación de explorar su piel, aquel mapa de cuadrantes que la cubría entera.

Yo no tengo ese aspecto. Sus palabras estaban teñidas por cierta incomodidad.

¿Qué aspecto? Le extrañó que la mujer de sus sueños pudiera sentirse incómoda ante su inspección. Podría contemplarla para siempre, y deseaba saborear hasta su último pliegue. Sentía la necesidad de memorizarla con la yema de los dedos, con la boca y con la lengua, y así recordar para siempre su textura y su sabor.

Como si estas cicatrices fueran sensuales.

Ivory escondió la cabeza mientras caminaba a su lado siguiendo el estrecho sendero empedrado y serpenteante de su jardín. El pelo que le caía sobre la cara ocultó su expresión.

Él se detuvo un paso por delante y la hizo detenerse también a ella. Le cogió el mentón y la obligó a levantar la cara y mirarlo a los ojos.

Todo lo que hay en ti es increíblemente sensual, sobre todo tu manera de luchar. La emoción de verte me deja sin aliento. Le pasó la yema del pulgar por el carnoso labio inferior. *A veces paso demasiado tiempo pensando en cada una de las líneas de tu cuerpo y preguntándome adónde conducen. A qué placeres pueden conducirme, a los dos juntos.*

Ella pestañeó, y su mirada se volvió cálida, luego vidriosa.

Entonces piensas en mí como mujer, no sólo como guerrera.

¿Cómo podría separar una de otra? Estás hecha de todos los rasgos que te conforman. La emoción lo hizo enronquecer. Buscó en su mente palabras para describirla, tal como la veía, pero no podía dar

con las palabras adecuadas para expresar sus sentimientos, la belleza y la luz que ella aportaba a su alma, tan vacía y yerma y despojada por los maleficios de Xavier.

Dímelo. Tengo que saberlo.

Las palabras no bastan para explicar un milagro, pero haré lo que pueda. Eres una mujer dura, fuerte y hábil. Amable y generosa. Compasiva. Feroz y formidable, con una voluntad de hierro. Sensual. Suave, bella, misteriosa. Delicada y magnífica. Eres todo eso. Eres un milagro para mí. Un regalo tan valioso que no tiene precio.

Ella volvió a pestañear y a ocultar su expresión. La tentación de su boca, sus curvas y su suave textura, era imposible resistirse. Era un sueño, nada más, y era su sueño, el primero que había osado tener en mucho tiempo, desde que había traicionado a su hermana. De pronto vaciló, temeroso. ¿Era posible que todo fuera un engaño de Xavier? ¿Acaso había traicionado a la única mujer en que había depositado su corazón y su alma?

¡No!

La miel tibia volvió a derramarse sobre él y a despertar su cuerpo dormido. El corazón latió, y por un momento, a un ritmo diferente de la tierra. Sintió el dolor que lo traspasaba por todos lados, dejándolo sin aliento, sin capacidad de pensar, hasta que creyó enloquecer. Creyó haber gritado cuando se mostraba tan estoico, pero se había concentrado más de lo que creía en el ritmo natural de la tierra, permitiendo que el latido del corazón mantuviera el dolor a raya y él fuera capaz de tolerarlo. Por un momento, no pudo respirar ni pensar. Era imposible vivir con un dolor como ése.

¡No me dejes! En su voz se advertía el pánico.

Jamás había oído a Ivory hablar de una manera que no fuera tranquila y comedida. Aquel tono de alarma con que le hablaba ahora lo hizo volver en sí. Se dio cuenta de que se alejaba del olor y del contacto con ella, que se distanciaba para impedir que Xavier la descubriera, pero también había una necesidad en ella en la que nunca había reparado. Ivory había sido herida, eso, al menos, lo recordaba. Gravemente herida. Sentía que ya no le quedaban fuerzas, pero a ella le daría feliz todo lo que le quedaba.

¿Ivory?

Estoy aquí, Razvan, contigo. Estoy en ti. Te tengo conmigo. Estrechamente, mi corazón junto al tuyo. No me dejes. Dame tu palabra. Por muy horrible que sea, dame tu palabra de honor de que te quedarás conmigo.

Si me necesitas.

Siempre te necesitaré.

Apenas podía imaginar que fuera posible aquella clara honestidad que se adivinaba en su voz. ¿De verdad lo necesitaba? Jamás, por muy duras que fueran las circunstancias, la abandonaría si ella lo necesitaba. *Estaré siempre contigo, Ivory, si está en mi poder.*

Volvió a oír su voz, cercana, delicada, con aquella calidez que le llegaba a la médula de los huesos y lo reconfortaba.

Descansa, entonces, fél ku kuuluaak sívam belsó. Amado mío. Recupera tus fuerzas, pero mantente firme y persevera.

No era nada fácil lo que le pedía. Dejó que el dolor lo consumiera, que lo barriera de arriba abajo, que se convirtiera en parte de él. Era la única manera de sobrevivir. Su voluntad y su aceptación. Sobreviviría por ella.

Volvió a despertarse después de un tiempo indeterminado. Al igual que todos los carpatianos, conocía la diferencia entre el día y la noche, e incluso en las entrañas de la tierra sabía que era de noche y que había luna llena. Lo había despertado un ruido. Que lo llamaba. Eran voces que hablaban en la lengua antigua, un cántico curativo que subía y bajaba, con voces masculinas y femeninas alzadas hacia el cielo nocturno, penetrando profundamente en la tierra fértil hasta encontrar su cuerpo descoyuntado, para envolverlo y darle fuerza y poder curativo.

Sintió la presencia de una energía masculina incandescente que se desplazaba en él, uniendo partes que habían sido desgarradas. Un dolor insoportable lo recorrió y se oyó a sí mismo gritar, un ruido apagado y angustiado. Ivory se hizo eco de su grito, y su voz resonó más fuerte con el sufrimiento. Intentó moverse, llegar a ella, y en seguida lo detuvieron unas manos amables.

No puedes moverte. Quédate muy quieto o no servirán de nada las curaciones hechas.

¿Ivory? Razvan reconoció la voz del curandero. *Sálvala a ella primero. He oído sus aflicciones.*

Está unida a ti, y te mantiene en este mundo, por lo tanto, siente lo mismo que tú. No te muevas. Déjate ir y sumérgete en ella, no la sueltes.

Gregori volvió a su propio cuerpo tambaleándose de cansancio. En su frente aparecieron pequeñas gotas de sangre, y tuvo que apoyarse en Mikhail, incapaz de tenerse en pie después de aquella sesión de curación.

—¿Cómo es posible que vivan? —preguntó al príncipe—. Es imposible y, sin embargo, han sobrevivido. Cada noche que vengo a verlos creo que los encontraré muertos, y siguen vivos. ¿Cómo es posible que aguanten tanto? Nadie puede vivir con ese dolor y, sin embargo, no es la primera vez que sufren tormentos como éste. —Abrió los ojos y miró a su amigo—. Me resulta difícil sentir y ver el horrible sufrimiento que los dos padecen.

Mikhail apoyó la mano en el hombro del curandero. Ningún curandero podía tener las virtudes de Gregori sin conocer la empatía. Cada vez que abandonaba su cuerpo y se unía a la pareja para acelerar la curación de aquellas heridas mortales, sentía lo mismo que ellos.

—Les estás salvando la vida a los dos.

Gregori sacudió la cabeza.

—Ayudo a que la recuperación sea más rápida, Mikhail. Hay una diferencia. Tienen una voluntad que nunca he visto en ningún carpatiano, ni hombre ni mujer, en todos los años que llevo sanando. Créeme, es su pura fuerza de voluntad lo que los mantiene vivos, no soy yo.

La voz de Mikhail era reconfortante.

—Toma y bebe de mi sangre para recuperarte, y luego vuelve a casa con Savannah para que ella te cuide. Someterte cada noche a su agonía te ha desgastado. No puedes seguir si antes no descansas un poco.

—Mientras ellos continúen, yo también continuaré. —Gregori alzó la mirada hacia el padre de su compañera eterna. Su rostro acusaba los estragos del cansancio—. De hecho, Razvan empieza a recomponerse. Tres de las seis heridas de lanza deberían haberlo matado, además de la gran cantidad de sangre perdida, pero de alguna manera la tierra ha podido recomponerlo.

—Además de tu sangre y tus cuidados.

Gregori sacudió la cabeza.

—No entiendo lo que veo cuando intento curarlos. Es como si la mayor parte de sus cuerpos estuvieran protegidos por una sustancia mineral, endurecida e impenetrable, y sólo tengo acceso a una parte del cuerpo cada noche. Hay noches en que es la misma parte. Puedo penetrar en un brazo o una pierna y concentrarme en ello, pero el resto de su organismo permanece bloqueado ante mis intentos.

—No lo entiendo.

Gregori frunció el ceño y se frotó el mentón.

—Normalmente, cuando llevo a cabo una curación, puedo penetrar en cualquier parte del organismo y moverme con facilidad por el resto. Pero cuando penetro en Razvan o en Ivory, sólo puedo hacerlo en una parte limitada del cuerpo. Y eso cambia cada noche.

—¿Cuál podría ser la causa? —se preguntó Mikhail.

—No lo sé, pero me gustaría averiguarlo. La tierra siempre ha contribuido a la curación. Y cuando estamos heridos y cansados, nos rejuvenece, aunque siempre nos hemos servido de un espíritu que pueda penetrar en un cuerpo y curar las heridas desde dentro hacia fuera. Hay algo que repara sus cuerpos, y no soy yo. Al parecer, es un proceso lento, pero los mantiene a los dos vivos. Creo que Ivory podría haberse salvado, pero decidió unir su suerte a la de Razvan. Ahora está completamente unida a él, y cuando su cuerpo queda aislado, el de ella responde de la misma manera.

—¿Una especie de magia? ¿Es posible que se trate de algo ideado por Xavier? —aventuró Mikhail.

Gregori sacudió la cabeza.

—No hay ni rastro del mal. A mí me parece que se trata de algo más antiguo, como si hubieran despertado algo que está latente desde hace tiempo, antes de nuestra era, y funciona. Y tú ya me conoces, no confío en cosas que nunca he visto. Y nuestro pueblo ha visto muchas cosas a lo largo del tiempo.

—Es verdad —asintió Mikhail—, pero no las hemos visto todas.

—Tengo que entender cómo funciona esto. Me gustaría conversar con Syndil. Ella ha limpiado los suelos de las toxinas y está muy conectada con la tierra. Jamás he visto algo así, y no entiendo cómo sobreviven, además de sanar. Tampoco puedo explicar por qué sus cuerpos están segmentados de esa manera. Quizás ella pueda explicármelo.

Mikhail frunció el ceño.

—No quiero que ella sufra la agonía que padecen ellos. Ya es bastante difícil para nosotros dos.

—Puede que ella consiga hablar con la tierra y descubra la respuesta. Quizá si yo lo entendiera podría ayudarlos, o disminuir de alguna manera el dolor.

—Hablaré con ella —dijo Mikhail, a pesar de sus reparos—. Tanto Natalya como Lara desean ayudar, pero les he pedido que se mantengan al margen hasta que sepamos si Ivory y Razvan sobrevivirán.

—No tengo ninguna duda de que así será, Mikhail —dijo Gregori—. Sólo que no sé cómo ocurrirá.

—Ya sabes que, en una ocasión, Ivory lo consiguió, hace siglos. No había nadie que pudiera retener su espíritu, mantenerla a salvo como ella hace ahora con Razvan.

—Tiene que haber permanecido en las entrañas de la tierra durante siglos —observó Gregori—. Su cuerpo no se recuperó a la perfección. He intentado eliminar las cicatrices interna y externamente. —Se mesó el pelo con las dos manos con gesto de cansancio—. Ivory se cuidó mucho, o quizá fuera la Madre Tierra, para asegurarse de que podría tener hijos. Es la única parte que se ha mantenido intacta y, sin embargo, he visto que incluso le cortaron el útero por la mitad.

Por un momento, el aire a su alrededor chisporroteó con un latigazo de energía, y luego Mikhail respiró hondo para recuperar el aplomo.

—No logro entender por qué sus hermanos decidieron renunciar a su alma sabiendo que los vampiros y Xavier conspiraron para matarla.

—Ellos culpan a Draven.

—Eso no es más que un pretexto, y tú lo sabes. Todos hemos sido víctimas de traiciones y pérdidas, y hemos sufrido. Ellos no estaban al borde de un desenlace fatal, y tomaron deliberadamente esa decisión. Han trabajado sin descanso para unir a los vampiros y forjar una alianza contra nosotros, y sabes que se han pasado siglos planificándolo, y aún más tiempo obteniendo los recursos. También se han aliado con nuestro peor enemigo, el mago que entregó a Ivory a los vampiros.

—Sabremos qué ocurrió realmente si ella decide contárnoslo. —Gregori se estiró e intentó incorporarse. Mareado por la falta de sangre, volvió a derrumbarse—. Por el momento, sólo podemos seguir el camino que hemos elegido y trabajar para que los dos sobrevivan.

—Puede que sean la clave que necesitamos para destruir a Xavier.

—Creo que quizá tengas razón, Mikhail.

El príncipe le tendió un brazo a su yerno.

—Toma lo que te doy con entera libertad. Y, Gregori, esta vez harás caso de lo que te diga. Vuelve a casa con Savannah y descansa. Ya le he mandado un mensaje diciéndole que estás en camino. Le he pedido a Syndil que te espere allá.

—¿Le has mandado un mensaje a Savannah? —preguntó Gregori, mirando al príncipe con un ceño furioso—. Tendrá que ocuparse de mí, y está embarazada de los gemelos, y necesita descansar.

—Necesita sentir que ayuda a su compañero eterno. Vuelve a casa y descansa. Tú mismo lo has dicho, Razvan y Ivory sobrevivirán. Quizás hablando con Syndil, a ella se le ocurra una manera de enriquecer la tierra para disminuir su sufrimiento.

Gregori emprendió el regreso a casa y, una vez allí, evitó a las dos mujeres y a sus compañeros eternos, que esperaban hablar con Mikhail. No quería darles ninguna seguridad de que Ivory y Razvan sobrevivirían. Él creía que así ocurriría, pero no entendía cómo, y apenas podía desenvolverse en su tarea debido al horrible dolor que lo barría cada vez que trababa contacto con ellos. No hablarían con ninguno de los dos, ni obtendrían respuestas. Tal vez Razvan ni siquiera las reconocería, debido a su estado agónico. Además del dolor de la pareja, Gregori no quería sentir el dolor de la hermana y la hija por el sufrimiento que padecía Razvan.

Savannah lo esperaba en la puerta, y su bello rostro fue iluminado por una sonrisa acogedora y tan compasiva que Gregori tuvo ganas de llorar de alegría ante ese milagro que le había sido dado. La estrechó en sus brazos sin decir palabra y la sostuvo así un buen rato.

—Pareces cansado —dijo Savannah mientras le acompañaba hacia el interior.

—Lo estoy.

Ella intentó disimular su alarma. Gregori nunca reconocía que estaba cansado, pero aquella pareja, desgarrada y desmembrada, que luchaba valientemente cuando cualquier otro habría renunciado y pasado a mejor vida, había requerido toda su atención como curandero. Savannah conocía bien a su compañero eterno. Gregori respetaba a aquella pareja, y quería, incluso necesitaba, encontrar una manera de poner fin a su sufrimiento.

Savannah lo abrazó y apoyó la cabeza en su pecho. Gregori le acarició el pelo.

—¿Cómo se han portado las gemelas esta noche?

—Muchas patadas. Se acerca la fecha. No creo que vayan a esperar mucho más.

—Tal vez debiera hablarles —sugirió él—. Todavía no ha llegado el momento. Están demasiado ansiosas, pero deben quedarse ahí donde estén a salvo.

Savannah rió, una risa contenta y luminosa, lo cual mitigó la tensión de Gregori.

—No creo que debas volver a hablar con ellas. Siempre suenas demasiado serio y estricto, y la más pequeña es una rebelde. Hace justo lo contrario de lo que tú dices —dijo, lanzándole una mirada pícara—. Tengo el presentimiento de que se parecerá mucho a ti.

—No digas eso. Fui un niño muy malo.

Savannah volvió a reír, y Gregori no pudo sino sonreír. La besó varias veces en la nariz.

—¿Te he dicho alguna vez que estoy locamente enamorado de ti?

—No lo has hecho recientemente.

—Pues, lo estoy. Todavía no acabo de perdonarte por lo de tener gemelos, sobre todo gemelas, pero estoy tan enamorado de ti que no puedo pensar con claridad.

A Savannah se le borró la sonrisa de la cara.

—Cada vez que volvemos a las entrañas de la tierra, temo que los microbios vuelvan a atacar a las gemelas. Y Lara está exhausta.

Xavier había logrado utilizar los extremófilos para atacar a las mujeres y los bebés carpatianos, con lo cual había disminuido sensiblemente la población a lo largo de cientos de años, hasta llevarlos al borde de la extinción como pueblo. A las mujeres embarazadas les aterraba la idea de perder a sus bebés, y Lara, la hija de Razvan, no podía ser convertida plenamente al mundo carpatiano porque, si bien los extremófilos podían detectar a los carpatianos que querían eliminarlos, no podían detectar a Lara en su condición de maga.

—Todas las noches lleva a cabo una inspección de las mujeres embarazadas y, sin embargo, siempre hay una recaída. Aunque se asegure de que los hombres estén libres de microbios, no tardamos casi nada en volver a estar infectados. Lara tiene que ser convertida pronto. Ninguno de los dos se queja, pero es muy duro para Nicolas.

Gregori le acarició la nuca a Savannah.

—Pasarán años antes de que tenga problemas pero, sí, es difícil de sobrellevar para su compañero eterno. Y si se queda embarazada... —dijo, y suspiró— espero que Ivory y Razvan sean la respuesta.

—¿En qué sentido podrían ser la respuesta?

—No lo sé, pero creo que tu padre sí lo sabe. Estaba demasiado tranquilo, demasiado seguro de que Razvan no le clavaría el puñal en el cuello.

—Es un hombre seguro de sus habilidades, Gregori.

—Eso es verdad, pero aún así, debería ser más cauteloso a la hora de arriesgar la vida. Pero era algo más que eso. Confiaba en Razvan cuando no había ningún motivo para ello.

—No puedes saberlo todo en todo momento, Gregori —señaló ella, con voz queda.

Él paseó la mirada plateada por su rostro.

—Cuando se trata de tu padre, tendría que saberlo todo. Es mi mayor responsabilidad. Sin él, nuestra especie quedaría borrada del mapa, se perdería como tantas otras. —Extendió la mano sobre el vientre de Savannah, como si sostuviera a sus hijas—. Tenemos que asegurar su legado, Savannah.

—Lo aseguraremos —convino ella, y se dejó ir en sus brazos.

Gregori le levantó la cabeza.

—Estamos a punto de tener visita. Les han ahorrado a nuestras hijas otro sermón del padre.

La risa de Savannah lo reconfortó. Ella lo abrazó.

—Están muy agradecidas con nuestros visitantes, sobre todo la más pequeña. Ha respondido con un gesto que equivale a poner los ojos en blanco.

Él volvió rápidamente su mirada argéntea hacia ella.

—Espero que no seas tú quien las aliente, ¿no? Creía que no tendría que vérmelas con esas conductas hasta dentro de veinte años.

—Ella piensa que eres muy mandón.

—Soy mandón porque sé lo que le conviene.

Savannah volvió a reír.

—Discutes con ella a pesar de que ni siquiera ha nacido.

Gregori lanzó una especie de resoplido, el gesto de un hombre exasperado por la testarudez de una hija aún no nacida, pero sus caricias eran delicadas. Savannah puso la mano sobre la suya y se quedó quieta un momento, sintiendo la presencia de sus hijas, envolviéndolas con su sentimiento de amor profundo.

Cuándo llamaron a la puerta, ya se lo esperaban, y Gregori la abrió a Syndil y a Barack, su compañero eterno. Nunca estaban demasiado lejos el uno de la otra, según había observado. Los saludó a ambos a la manera tradicional de los carpatianos.

Pesäsz jeläbam ainaak. Que permanezcas mucho tiempo iluminado.

Syndil y Barack respondieron con la misma fórmula y entraron en la casa.

—¿Cómo te sientes, Savannah? —le preguntó Syndil.

—Muy embarazada —respondió ella, con una leve sonrisa—. Si sigo engordando, creo que reventaré.

—Es bueno ganar peso, sobre todo si son gemelas —dijo Gregori—. Estás tal como tienes que estar.

—Me sigue de cerca para asegurarse de que las niñas crecen normalmente —explicó Savannah. Se inclinó para besar a Barack en la mejilla, a pesar de la reprimenda de Gregori.

No hay necesidad de besar a nadie.

Savannah volvió a reír, y frotó la mejilla contra el hombro de Gregori con gesto cariñoso.

—Mikhail me ha dicho que querías hablar conmigo.

Con un gesto, Gregori invitó a Syndil a sentarse. Barack se sentó junto a ella y le cogió la mano.

—Supongo que habréis escuchado la noticia de que Razvan ha escapado de las manos de Xavier y que Ivory Malinov está viva. Vosotros no os criasteis en los montes Cárpatos, y no habíais oído los rumores acerca de su existencia, pero baste decir que ha sido muy impactante para nosotros descubrir que todo lo que creíamos acerca de ellos era falso.

Syndil entrelazó los dedos con Barack. A Gregori siempre le sorprendía ver que aquella mujer tan poderosa era también tan tímida y humilde. La vida brotaba a su paso por el suelo. Cuando cantaba y bailaba, la tierra envenenada recuperaba su vigor. Se habían enterado de sus conocimientos cuando el príncipe la había visto sanar todo un campo de batalla contaminado por el veneno de los vampiros. Syndil había sido tan discreta con sus talentos, tan modesta, que nadie se habría enterado si el príncipe no lo hubiera visto con sus propios ojos.

Entonces ella se limitó a mover la cabeza, girándose levemente hacia Barack. Él se acercó y le rodeó el hombro con un brazo.

Gregori suspiró.

—No tengo ningún derecho a pediros esto. En realidad, puede que comporte cierto riesgo.

Barack frunció el ceño.

—Esta pareja ha encontrado un maestro vampiro y los dos lucharon contra él para salvar a una familia. Si bien Razvan no tiene gran experiencia en el combate, Ivory es una guerrera extraordinaria. Juntos, lograron herirlo y ahuyentarlo, pero pagaron un enorme precio por ello.

—Ya sabes que quisiera ayudarte —dijo Syndil, con su voz llena de musicalidad—, pero no soy curandera.

—Yo no estaría de acuerdo con eso, Syndil —dijo Gregori, y se inclinó hacia delante—. Entiendes a la tierra mejor que la mayoría. La escuchas cuando te habla, la oyes llorar cuando está herida, y eres capaz de sanar sus heridas.

—Eso es otra cosa —dijo Syndil, como descartando la idea con un gesto de la mano—. No se parece en nada a sanar a un carpatiano herido.

—Yo no puedo hacer lo que haces tú —observó Gregori—. No siempre escucho a nuestra madre cuando nos habla. Esta pareja, y lo que les ocurre... no lo entiendo, y vaya si lo he intentado. Escucho a la Madre Tierra, pero habla en susurros, y no entiendo lo que dice. Ellos sufren. Es una agonía. Los dos. —Dejó caer la cabeza y se mesó los cabellos, agitado—. Los ayudo, sí, pero muy lentamente, y cada noche que pasa y voy a verlos, sufren un dolor indescriptible.

—¿Qué quieres que haga Syndil? —inquirió Barack.

Gregori sacudió la cabeza. Savannah se sentó en el brazo del sillón, le puso una mano en el hombro y le acarició el pelo para calmarlo.

—Cuéntaselo, Gregori. Que sean ellos quienes decidan.

—Nunca he visto algo como lo que está ocurriendo. A Razvan

lo cortaron, literalmente, en pedazos. Le han cortado el brazo en varios trozos. Tenía seis heridas de lanza, tres de ellas mortales. Las heridas eran horribles, unos cortes que llegaban al hueso y, a veces, cortaban a través del hueso. Perdió una cantidad increíble de sangre. Y, en lugar de ocuparse de sus heridas, ayudó a Ivory a luchar.

Barack se enderezó en su asiento.

—¿Y ha sobrevivido?

—Hasta ahora, sí. No sé cómo. Ella también ha sufrido numerosas heridas y, sin embargo, ha conseguido unirse a él de alguna manera, aunque no sé cómo. Sus cuerpos están separados, pero su corazón late como uno solo, y sus mentes son una sola. Tampoco es eso lo que importa. El caso es que cuando tengo acceso a su brazo, el resto de su cuerpo está como revestido de una sustancia mineral, como si fuera parte de la tierra. Cuando penetro en sus cuerpos, oigo los susurros de la tierra. Oigo el latido de su corazón, pero no entiendo lo que les dice. ¿Es posible que sea la Madre Tierra quien los cura? ¿Además de rejuvenecerlos?

Syndil guardó silencio, y reflexionó sobre lo que Gregori había dicho. Barack también guardó silencio, y esperó a que su compañera eterna dijera la primera palabra. Para Syndil era el dominio de sus conocimientos, y él estaba sumamente orgulloso de ello. Nunca dejaba de asombrarle que todos los carpatianos acudieran a consultar a su menuda Syndil, y que el propio príncipe y Gregori a menudo le pidieran consejos.

—Creo que sí. Tenemos una conexión con la Tierra, con el mismo universo. Por eso podemos mutar y manejar el rayo, y por eso rejuvenecemos en las entrañas de la tierra. Si esta pareja tiene una conexión más profunda, si la Madre Tierra los reclama, a uno o a los dos, como hijos suyos, puede que sus cuerpos sean ligeramente diferentes a los nuestros.

Gregori frunció el ceño.

—Todos somos hijos de la tierra.

Syndil negó con un movimiento de la cabeza.

—No de la misma manera. La tierra está viva, tiene un latido, un ritmo, un pulso. Puede susurrar, gritar y chillar. Cada anochecer, nos da la bienvenida como hijos suyos que somos, pero si acepta a uno de nosotros como suyo, como su hijo biológico, no lo puedo explicar de otra manera, quizá les dé todo lo que tiene, la tierra más rica, con todos sus elementos curativos. ¿Quién sabe lo que es capaz de hacer para ayudar a los que considera parte de sí misma?

Las arrugas siguieron marcando el rostro de Gregori cuando se reclinó en el asiento.

—¿Por qué escogería a un solo carpatiano?

Syndil le sonrió con su habitual serenidad, le transmitió su calidez y lo sedujo con su absoluta falta de vanidad.

—Supongo que las circunstancias tendrían que ser extraordinarias.

Savannah se inclinó hacia ella.

—¿Podrás ayudarla? ¿Puedes enriquecer la tierra donde se recuperan, contribuir a que conserve su vigor y acelerar la recuperación?

Gregori se llevó la mano de Savannah a la boca y le besó la punta de los dedos. No había querido pedírselo a Syndil. Cualquiera que se acercara a ese trozo de tierra sentiría la agonía que transmitía la pareja. Pedirle a una mujer que compartiera esa experiencia era más de lo que él era capaz de exigir. Pero sin su ayuda era probable que ambos tardaran años en sanar de heridas tan graves.

—Antes de que contestes, Syndil —le advirtió Gregori, mirando a su compañero eterno—. De marido a marido —dijo, para que él lo entendiera—, hay cosas que deberías saber. El dolor que sufren no se parece en nada a todo lo que he visto a lo largo de siglos de batallas y de heridas. Si tienes lo que llamamos empatía, no puedes ser testigo de ello sin que te afecte. Aunque no trabes contacto con ellos, el sólo hecho de acercarse al lugar es una experiencia que provoca un gran malestar. No tengo palabras para describir el sufrimiento que padecen.

—Y, sin embargo, siguen vivos —dijo Barack.

—Una hazaña prácticamente imposible —dijo Gregori—. Siguen vivos. —Paseó una mirada reflexiva sobre Syndil—. No te lo pido a la ligera. No quisiera que conectes con ellos ni me ayudes a sanarlos porque penetrar en sus cuerpos es una experiencia agónica.

Aunque durmiera el sueño de los carpatianos, el primer momento del despertar era una tortura, porque el dolor lo barría de arriba abajo, ensañándose con cada uno de sus órganos y abriendo grandes heridas en su organismo, como si compartiera una parte de Ivory y de Razvan en las entrañas de la tierra. Sabía que era una pesadilla vivida durante la vigilia pero, aún así, aquel horrible sueño lo acompañaba al despertar cada noche.

—No puedo sanar a otro ser humano como tú, Gregori, pero si la tierra necesita ayuda para renovar sus minerales o cualquier otro elemento, puedo hacerlo y lo haré. Quisiera ayudar en algo más, pero sólo tengo ese único talento.

—Y un talento muy necesario, debo decir. ¿Necesitarás ayuda de los demás? Sé que Natalya y Lara, e incluso la joven Skyler, te ayudan a rejuvenecer la tierra donde yacen nuestras mujeres. —Volvió a aparecer en su rostro un ceño que Gregori no podía evitar.

No le parecía una buena idea recurrir a Skyler, demasiado joven, ni a Lara, que ya daba más de lo que debería, y que sufría aquellos dolores. Y Natalya... pensó, y dejó escapar un suspiro. Si se acercaba a su hermano, trabaría contacto con él, aunque le advirtieran del peligro. Era una mujer testaruda, y siempre había adorado a Razvan. Si Syndil necesitaba a otras mujeres, tendría que encontrar una manera alternativa de acelerar la recuperación.

—Puedo intentarlo, Gregori —sugirió Syndil—. Quisiera ver qué hace la Tierra para ayudarles. Puede que no vuelva a tener una oportunidad como ésta.

—Se trata de una oportunidad única —asintió éste—. Te lo agradezco.

Syndil le sonrió y volvió su atención hacia Savannah. En las últimas semanas se habían convertido en grandes amigas, mientras ésta luchaba por mantener a sus hijas con vida.

—¿Cómo te sientes, de verdad?

—Agotada, pero muy feliz —dijo Savannah—. No falta mucho, a pesar de que Gregori les habla cada noche para que permanezcan en este refugio seguro todo el tiempo que puedan. Queremos que estén totalmente desarrolladas, y que tengan un buen peso. Aunque hayan salido del útero, pueden atacarlas los microbios.

—Espero que podamos conseguir que Razvan e Ivory vuelvan a la vida antes de que nazcan los bebés —añadió Gregori—. Creo que pueden prestarnos una gran ayuda y darles a nuestros hijos la posibilidad de luchar.

Syndil se reclinó en su asiento.

—Es evidente que todos tenemos que ayudarles. ¿No os parece curioso que, al final, nunca son los individuos sino la suma de los que somos, de los que trabajamos juntos, lo que consigue que las cosas salgan bien?

—Tengo la impresión, Syndil —dijo Gregori—, de que tienes toda la razón.

Capítulo 11

Razvan se despertó al oír el llanto de una mujer. No abrió los ojos. Había oído ese mismo llanto muchas veces. La misma voz.

Natalya. Hermana bienamada. Susurró su nombre antes de que el vientre se le tensara y anudara. La habría traicionado una vez más. Afortunadamente, no recordaba nada más. Era el peor tormento que Xavier podía infligirle, utilizarlo para atacar a su hermana o a su hija. O a sus tías.

Percibió la conciencia de Ivory, como si ella también se hubiera despertado con ese sollozo desesperanzado. Nada era demasiado difícil de sobrellevar cuando ella estaba cerca, ni el dolor ni la dolorosa conciencia de haber traicionado en cuerpo y mente. Natalya era la única que lo había amado a lo largo de toda su vida. Había creído en él a pesar de todas las veces que Xavier la había engañado y utilizado a través de él. Xavier había incluso intentado servirse de él para matarla. Ella casi había acabado con su cuerpo físico, y él, sin duda, se habría entregado a la muerte.

Tú no la traicionaste, cazador de dragones. Nunca. Ni siquiera en tu pensamiento. Ni en los hechos. Xavier se sirvió de tu cuerpo porque tú la protegías.

Ivory estaba serena, y en paz consigo misma. Ahora se había convertido en su mundo.

¿Por qué solloza? Razvan ya no se atrevía a dar crédito a lo que

le ocurría, y en sus recuerdos se mezclaba el pasado y el presente, hasta que su mundo se volvió borroso y vago. Ivory era su asidero a la cordura.

Por ti. Por el tormento que sufriste en su lugar. Ahora entiende que nunca la traicionaste, que la salvaste de Xavier. La voz de Ivory era una dulce caricia, y Razvan se sintió arropado por un sentimiento de orgullo y respeto.

Ivory tenía una manera de hacer que el mundo pareciera tolerable cuando, en realidad, nada tenía sentido. Él no se resistió al dolor que lo barría. Sencillamente lo aceptaba, pero no quería que Natalya llorara.

No llores por mí, hermana. Incluso tratar de comunicarse telepáticamente le dolía, aunque ya empezaba a acostumbrarse, o quizás había sanado lo suficiente para mitigar lo peor de su sufrimiento.

¿Razvan? ¿De verdad eres tú? Me han dicho que vives, pero cuando te busco, eres diferente.

Soy tu hermano.

Siguió un silencio largo. Un sollozo. Natalya se obligó a controlarse.

Él me engañó, ¿no es así? Xavier me engañó. Tú intentaste advertírmelo, pero no te escuché. Durante todos esos años, le creí. No eras tú. Era la personalidad que él me presentaba para que yo siguiera creando hechizos para él.

Xavier es un enemigo muy astuto.

Debería haberlo sabido. Y debería haber luchado por ti, como tú lo hiciste por mí. ¿Cómo es posible que no lo haya sabido? Eres mi hermano gemelo. ¿Cómo puede haberme engañado?

Yo no quería que lo supieras. Habrías intentado rescatarme, y habrías fracasado, Natalya. Xavier es un monstruo. Mientras tú estuvieras viva en el mundo y lejos de él, todo aquello que sacrifiqué por ti merecía la pena.

¿Mi amor? ¿Mi respeto? ¿Mi fe en ti? El mundo te tildó de criminal, y yo les creí. ¿Merecía la pena?

Habría pagado el precio que fuera por tu seguridad. No me arrepiento en ningún momento de haberme puesto en sus manos para mantenerlo lejos de ti. Fue mi decisión. Y me he ceñido a ella duran-te años. No me quites eso con tu arrepentimiento.

Jamás había flaqueado en esa decisión, ni siquiera en las horas más aciagas de su vida. Sabía lo que su abuelo le habría hecho a Natalya, y mantenerla a salvo de las manos de Xavier era lo único que había conseguido. Y, sin importar que ella o cualquier otra persona se sintiera orgullosa de él, él sí lo estaba.

Sintió el espíritu de Ivory buscándolo, envolviéndolo casi protectoramente, si bien guardó silencio, y se abstuvo de intervenir en el intercambio entre hermana y hermano.

Todos esos años, Razvan, cuando me necesitabas.

Él se esforzó en hablar como si sonriera, y se aseguró de que ella supiera que era una sonrisa genuina. Le costaba disimular el dolor en su voz, pero lo hacía para protegerla.

Necesitaba que escaparas de las manos de Xavier, y lo conseguí. En aquel tiempo en que era mitad mago y mitad carpatiano, me sostenía la sola idea de ti, mi amor por ti. Después, cuando las tías me convirtieron del todo esperando que tuviera la oportunidad de escapar, la sangre del cazador de dragones me ayudó en mi propósito de protegerte. Estabas presente para mí, lo supieras o no, hermana. No llores. No te arrepientas. Vive libre, como estabas destinada a vivir.

Tengo un compañero eterno.

Xavier había intentado matar a su compañero eterno.

Cuéntame algo acerca de él.

Se llama Vikirnoff y es un gran guerrero. Te agradaría.

¿Y qué hay de mi hija, Lara? Estuvo a punto de ahogarse al pronunciar su nombre.

Una pequeña de ojos enormes, viendo cómo se descomponía el cadáver de su madre, encadenada a un padre loco que le desgarraba la muñeca para beber su sangre. Razvan no estaba del todo seguro de poder presentarse ante ella.

La protegiste todo lo que pudiste. Sufriste torturas y entregaste una parte de tu alma a Xavier para salvarla, le recordó Ivory. *O lo entenderá o no lo entenderá. Si no lo entiende, será muy triste que decida no conocer a un hombre tan bueno.*

Si hubiera podido estrechar a Ivory en sus brazos, lo habría hecho.

Danzaremos para curar la tierra y así podrá darte sus ricos minerales en abundancia. Lara vendrá a ayudarnos. Lara, Syndil, Skyler y yo danzaremos y cantaremos el canto curativo para ti y tu compañera eterna. Es el único regalo que podemos hacerte.

No conozco a Syndil ni a Skyler.

Son mujeres maravillosas. Syndil está muy cerca de la Tierra. Cuando camina descalza, brotan plantas ahí donde haya pisado. Es capaz de abarcar una gran extensión de un terreno envenenado por un vampiro y devolverle la salud. Skyler todavía es joven, acaba de cumplir los diecisiete.

Había algo, una vacilación, en la voz de su hermana. Algo que no le había contado. Que no le quería contar.

Natalya, es mejor prepararme que causarme un gran impacto.

Muy pocas cosas le causaban ya un gran impacto, pero tenía la sensación de que su hermana se aprestaba a decir algo que él no quería oír.

Ivory volvió a rozarlo. Corazón con corazón. Alma con alma.

Estoy contigo, Razvan. Nunca volverás a estar solo.

Con sólo oír la voz de Ivory, sintió que su corazón tenía ganas de cantar. Hacía tiempo que el amor se había perdido para él. No creía que pudiera sentir una emoción tan intensa por alguien y, sin embargo, existía. En lo más profundo de él. ¿Cómo no amarla si ella le había devuelto la cordura? ¿La vida misma? Cuando ella encarnaba el honor y la integridad en las que él creía.

Natalya respiró hondo.

Creemos que también engendraste a Skyler. Y hay otra mujer, compañera eterna de uno de los hermanos De La Cruz. Se llama Colby. Vivía en un rancho en California antes de conocer a Rafael.

Había cerrado su mente a Natalya, pero no había cómo sustraerse a Ivory. De pronto, surgió el recuerdo de una niña en una mina. Él había intentado desesperadamente llegar a ella antes de que la raptaran y se la llevaran de vuelta a Xavier. Había provocado el derrumbe de la mina sobre el vampiro antes de que Xavier hubiera recuperado su cuerpo. Se alegró al saber que la niña vivía y prosperaba. ¿Y luego, otra? ¿Skyler? ¿Cuántas más? Y por el tono vacilante de Natalya, a la joven Skyler no le había ido bien.

¿Estás segura de que yo engendré a esas niñas?

Sí.

Su corazón volvió a latir desacompasadamente con la tierra, y el dolor volvió a barrerlo.

Razvan se despertó con los cantos y supo que había pasado el tiempo. Eran unas voces bellas, suaves y melodiosas, sintonizadas con la tierra. Mientras cantaban, el dolor disminuyó notablemente, como si la tierra fuera más capaz de absorber las horribles heridas de su cuerpo y de recomponerlo.

¿No encuentras bella su canción?, preguntó Ivory. Hablaba casi en susurros, como si temiera interrumpir aquel tributo a la Madre Tierra.

Estas cuatro mujeres tienen grandes dotes. ¿Y todas están de alguna manera relacionadas contigo? ¿Una hermana? ¿Unas hijas? Siento una parte de ti en ellas, aunque una, la hija más fuerte de la Tierra, es diferente a ti y, sin embargo, de alguna manera es parecida.

Razvan sentía la melodía en la médula de los huesos. La paz había vuelto a adueñarse de él, junto a la certeza de que no podría cambiar lo que el destino había decretado. La aceptación era su único recurso cuando el mundo que lo rodeaba no tenía sentido.

Natalya dice que la joven es hija mía, pero no conozco a la que se llama Syndil. Es mucho mayor, quizás incluso mayor que yo.

Ella siente lo mismo que tú. Tiene esa misma calma, en paz consigo misma a pesar de la agitación a su alrededor. Es... Se percibió un ceño fruncido en la voz de Ivory mientras intentaba reunir las piezas del rompecabezas. *La tierra la acoge a ella como me acoge a mí. Como a una hija. Una verdadera hija. Somos muy pocas.*

¿Tiene alguna relación contigo, Ivory? Razvan percibía la fuerza en la mujer de la que hablaba Ivory. La tierra se regocijaba y la aco-

gía. En las capas de tierra por debajo de él latía un sentimiento de alegría que penetraba hasta las rocas. *¿Cómo se explica que sienta eso? ¿Cómo estoy tan conectado a la tierra? ¿A través de ti?*

La Madre Tierra te ha aceptado como hijo. Acudirá a ayudarte si lo necesitas. Te ha encontrado digno. En la voz de Ivory vibraba una nota de satisfacción.

Razvan experimentó un sentimiento de humildad ante la aceptación de la tierra, que acogía su cuerpo desgarrado y su alma herida. No se sentía ni mucho menos digno de ello, pero aun así lo agradecía con todo su ser.

Mi cuerpo se está curando. La danza rejuvenece la tierra y la Madre Tierra provee de minerales para nuestros cuerpos y así acelera la curación. Es eso, ¿no? Ahora sentía la intensidad de esa conexión. Oía el pulso de la música y los pasos de la danza, intuía su ritmo, mientras las mujeres transmitían su amor y sus cualidades curativas a la tierra.

Entendió que estaban todas conectadas, no aisladas, y por primera vez comprendió la idea del príncipe y por qué era tan importante para el pueblo carpatiano. Él los conectaba como lo hacía la tierra. Mikhail era la sangre misma del pueblo.

Por eso Xavier lo quiere ver muerto. Matar al príncipe podría significar literalmente matar a la especie. Tenemos que detenerlo, Ivory. Hagamos lo que hagamos, tenemos que detener a Xavier. No podemos distraernos en luchar contra vampiros ni ninguna otra criatura. Tenemos que acabar con Xavier.

Ivory se acercó mentalmente a él, haciéndose eco de esas ideas, coincidiendo con lo que decía. Sólo importaba que se curaran lo más pronto posible y luego encontraran una manera de eliminar la amenaza que Xavier representaba para el mundo.

El tiempo pasó. La curación ceremonial de la tierra se celebró en varias ocasiones, y cada vez que ésta se renovaba, se reparaban sus heridas mortales. Y Gregori venía a verlos todas las noches. Ellos protestaban a menudo, sabiendo que estaban consumiendo su fuerza y su sangre, incluso su energía curativa, pero él no tenía más que un propósito en mente, y nada de lo que ellos pudieran decir lo disuadiría.

Razvan empezó a apreciar y respetar a aquel hombre. Gregori era testarudo y tenaz, y estaba decidido a sanarlos lo más rápido posible. Al principio, Ivory había tenido sus reparos en beber su sangre, una reacción natural cuando durante siglos se había bastado a sí misma, pero la necesidad la había obligado a aceptar lo que le ofrecían. Gregori y Nicolas De La Cruz eran los dos carpatianos que venían a diario a cuidar de ellos. A menudo el príncipe los acompañaba y les daba sangre, una sangre rica y con más cualidades curativas que ninguna otra.

Nicolas había llorado al saber que Ivory estaba viva, y Razvan sintió que a ella la había embargado una mezcla de alegría y pena. Jamás había imaginado que volvería a ver a los hermanos De La Cruz, que eran como su familia y que habían sido sus hermanos adorados, tan cerca de ella como sus verdaderos hermanos. Sin embargo, ni siquiera ellos habían podido impedir que los Malinov se convirtieran.

Razvan estrechaba a Ivory, la arropaba con su calor, uniéndose con ella en mente y corazón para impedir que sollozara de forma descontrolada, para apoyarla mientras reanudaba su relación con Nicolas, compañero eterno de su hija, Lara. Nicolas alimentaba a los lobos y se encargaba de que estuvieran bien cuidados. La mayor parte del tiempo, éstos permanecían acurrucados junto a ellos, en la tierra, durmiendo semanas enteras. Se despertaban sólo cuando él venía a alimentarlos, y luego se volvían a dormir.

Razvan reconoció el rostro de Nicolas por las figuras talladas meticulosamente por Ivory en la pared de su refugio. Cada trazo había sido tallado con un amor devoto, y sentía ese mismo amor en ella siempre que Nicolas le hablaba. Aquella voz masculina era suave y delicada, casi como si ella todavía fuera la jovencita de siglos atrás. Al parecer, no reconocía en ella a la feroz guerrera, y sólo veía su lado amable, como si lo cegara su amor de esa niña perdida hacía siglos, un tiempo que no lo dejaba verla tal cual era.

En cierto sentido entendió, que al no saber Nicolas quién era Ivory, él no sentía aquella terrible posesividad que sentían los compañeros eternos cuando otros machos se acercaban a su hembra.

Ivory amaba a Nicolas con el amor de una hermana, pero era Razvan quien la conocía íntimamente, con su mente prodigiosa y su cerebro maravilloso, dotado de una inteligencia capaz de abordar con precisión cualquier problema. Él era quien pasaba largos ratos unido mentalmente a ella, revisando todo lo que sabía de los vampiros y aprendiendo a combatirlos. Ivory era una rica fuente de información, y por mucho que Nicolas la amara, nunca vería sus verdaderos valores.

Él me ve a mí cómo tú ves a Natalya. Ella es toda una guerrera y, sin embargo, tú sólo quieres protegerla y mantenerla a salvo. Había un toque de humor en la voz de Ivory, una voz que parecía terciopelo rozándole la piel.

Quizá las hermanas pequeñas nunca deberían crecer, y seguir siendo jóvenes para sus hermanos. En él también había un dejo de humor.

Soy una mujer. Una mujer madura. El humor en su voz se desvaneció y dio lugar a algo muy diferente. *Cuando salgamos de este lugar tan reconfortante y curativo, lo cual ocurrirá pronto, porque volveremos al mundo real con sus dificultades y crueldades, echaré de menos esta cercanía nuestra.* Era una voz de auténtico pesar. La idea de volver a su existencia solitaria después de haber intimado tanto mentalmente con él le inquietaba.

Hän ku vigyáz sielamet, guardián de mi alma, también eres hän ku kuulua sívamet, la guardiana de mi corazón. Estamos unidos como compañeros eternos para toda la eternidad. Cuando volvamos a levantarnos, preparados para luchar contra nuestro enemigo, lo haremos como compañeros eternos. Te pregunté si era eso lo que querías, y tu respuesta fue clara. No nos separaremos. Enfrentaremos juntos el futuro, sea lo que sea que nos depare.

Ivory suspiró suavemente.

Estoy preparada para eso. Sólo quería decir que... Ivory no acabó la frase, y Razvan sintió que buscaba las palabras correctas para expresar aquello que la inquietaba.

Cuando llevaba un buen rato en silencio, él la buscó mentalmente, y su gesto fue delicado como la caricia de un amante. Una vez más, volvió a transportarla a otra dimensión, con su mente en la de ella, alejándola del dolor y de lo que ambos tendrían que afrontar cuando por fin se levantaran.

Razvan la cogió de la mano mientras caminaban, uno al lado del otro, y los dos cuerpos se rozaban, adentrándose en la noche, en busca del jardín de Razvan, el único lugar que le era familiar, que tanto amaba y que podía compartir.

Las flores se derramaban por las terrazas rocosas y cubrían de blanco las pérgolas. Las fragancias se mezclaban, alzándose por encima de los laberintos de los setos y arbustos recortados. Los árboles formaban pequeños huertos de naranjos y limoneros, y en las esquinas del jardín rodeado por un cerco de piedra se alzaban unas encinas más altas. Al borde del estanque de aguas verdiazules crecían unos sauces llorones. Mientras, unos cuantos patos nadaban perezosamente y hundían la cabeza bajo la superficie ondulante y luego la asomaban para sacudirse el agua del plumaje.

Ivory miró alrededor.

—¿Tú creciste aquí?

Él le cogió la mano y se la llevó al corazón.

—Era la casa de la familia de nuestra madre. Vivimos aquí un tiempo después de que ella murió. Y luego mi padre desapareció y Xavier nos llevó con él. Pero aquí estábamos juntos y éramos felices.

—Es muy bello.

—Solía creer que era el lugar más bello del mundo, pero ahora creo que eso lo has conseguido tú en tu casa. —Razvan miró a su alrededor e inhaló para respirar el olor de la lavanda.

—Nuestro hogar —corrigió Ivory—. Ahora es nuestro hogar.

Él sintió la inmediata reacción a sus palabras. El *hogar*. ¿Cómo sería eso, sentirse como si tuviera un hogar, y una mujer con quien compartir su vida? Tenían un motivo para vivir, para sufrir el fuego del infierno, a saber, librar al mundo del peor de los males, Xavier. Durante un tiempo breve, él podría estar junto a Ivory y disfrutar con ella mientras caminaban por el hermoso jardín.

Ella lo miró de reojo y enseguida apartó la mirada. Sus ojos quedaron velados por sus largas pestañas.

Razvan se detuvo y le apartó de la cara el largo mechón sedoso y se lo dejó sobre los hombros.

—Te ocultas de mí —dijo.

Ella se ruborizó y su piel adquirió un suave tono rosa.

—Quizás. Un poco.

—No tenía ni idea de que eras un poco tímida. Eres una guerrera tan feroz y segura de sí misma que creí que serías igual en todos los aspectos.

—Tengo poca experiencia con hombres —dijo ella, encogiéndose de hombros—. La mayor parte la tuve hace mucho tiempo y no fue buena.

Él le sonrió, una sonrisa lenta y muy seductora que reveló sus dientes blancos y regulares y, de pronto, también pareció algo tímido.

—Mi cuerpo tiene mucha experiencia, pero mi corazón no. Y yo tampoco. La verdad es que me siento como un jovenzuelo en su primera cita.

Ella alzó el mentón.

—En mi caso, es mi primera cita.

Él la miró fijo, y dejó vagar sus ojos oscuros por su rostro delicado, hasta que se detuvo en sus labios.

—Entonces debemos hacer de ello una fecha memorable. —No podía imaginar que pudiera olvidar ese momento, junto a Ivory, rodeado de los recuerdos de su jardín y tan cerca de ella que respiraban el mismo aire.

Ivory alzó una mano hacia la cara de él, cansada y marcada por las arrugas, como si todavía no pudiera cambiar ese aspecto, ni siquiera en sus sueños, ni en sus recuerdos. Había olvidado qué aspecto tenía de joven; se había olvidado de lo que era ser un joven despreocupado. Sólo podía darle lo que era ahora, y esperaba que fuera suficiente para ella.

—Siempre serás suficiente para mí —murmuró ella, con semblante serio—. Dejé de soñar con mi príncipe hace mucho tiempo.

—¿Y cómo era?

Ella sonrió y su mirada se encendió.

—Alto, desde luego, con pelo largo y negro y hombros anchos. Era un gran guerrero y me liberaba de mi prisión en la torre donde mis hermanos me habían encerrado. Quería que cabalgara con él en su corcel, un animal robusto que echaba humo por el morro y golpeaba en la tierra con una pata, impaciente por lanzarse a la batalla.

—Rió suavemente pensando en esos sueños de jovencita.

Razvan la miró con expresión contrariada.

—Yo soy alto, pero mi pelo es entrecano y no puedo decir que sea un guerrero consumado. Pero seguro que te rescataría y te llevaría a cabalgar conmigo ahí donde fuera, y hasta en la batalla.

Ella acercó los dedos a un mechón de pelo estriado muy ancho. Frotó su cabello sedoso entre el índice y el pulgar.

—Un guerrero no es sólo alguien que lucha, Razvan. Tú tienes el corazón de un guerrero y el alma de un poeta. Te encuentro fascinante —dijo, y bajó la mirada—. Y tentador.

Él sintió que el aire se le atascaba en los pulmones. ¿Tentador? ¿Él la tentaba a ella? No había ni sombra del mal en él. ¿Nada se interponía entre ellos y ella le confesaba que se sentía tentada por él? Aquella honestidad desenfadada de Ivory lo emocionó más que cualquier otra cosa.

Le acarició el nacimiento de la nuca y la atrajo hacia sí. Sentía la calidez de su aliento en la cara, y veía (no sólo sentía) la suavidad de su piel. Razvan era un hombre sujeto a una disciplina más férrea que la de cualquiera que habitara en el mundo y, aún así, no pudo evitar inclinar la cabeza esos pocos centímetros y zanjar la distancia que los separaba.

Le rozó los labios con los suyos. Apenas un roce, con la ligereza de una pluma. Reaccionó enseguida, apretando, tensando cada músculo, como si todas las células de su cuerpo revivieran, prestando atención a esa leve sensación.

Ivory no se separó de él. Permanecieron en medio del jardín, rodeados de flores de todos los colores que se derramaban como una cascada, por aves y mariposas, abejas que iban de una flor a otra, en un lugar de serenidad absoluta, y el tiempo pareció detenerse para los dos.

Razvan le cogió la cara con las dos manos y le hizo inclinar la cabeza para volver a besarla. Ella dejó escapar un suspiro en su beso y se le acercó. Él no supo si fue él o ella quien se movió, o quizá fuera la tierra bajo sus pies, pero la boca de Ivory pasó de tibia a caliente y de caliente a ardiente en sólo segundos.

Aquella sensación abrió un mundo totalmente nuevo, un mundo de placeres y de sensaciones intensas. Ahí donde su vida había sido dolor y sufrimiento, su boca, suave y caliente e incitante, lo despertó a un placer sin límites. No era sólo una sensación física, sus mentes estaban unidas, él alimentando su placer, encumbrándola, como ella lo encumbraba a él. Su corazón estaba plenamente presente, casi abrumado por los sentimientos que se volvían más y más intensos, desde la primera vez que abrió los ojos y había visto su cara, desde el primer contacto de sus dedos finos cuando le apartó el mechón de pelo.

Razvan pasó la lengua por la juntura de sus labios, sin timidez, pero sin empujarla más allá de lo que ella quería dar. Sus manos eran suaves, al contrario del duro acercamiento de su cuerpo. Ella abrió la boca para él y él ya había entrado en aquella caverna suave y ardiente. Sintió que unas llamas le lamían el vientre. Su entrepierna se tensó aún más, creció y se endureció, y en el fondo de sus entrañas se desató un infierno.

Se tomó su tiempo, con la misma delicadeza de siempre, saboreando la reacción de su cuerpo mientras exploraba su boca tierna, saboreando la reacción de ella, con sus gemidos entrecortados que casi lo hicieron enloquecer, el leve movimiento que la hacían frotar sus pechos contra él y que acoplaba las caderas. Por todas partes saltaron chispas y daba la sensación de que el mundo había empezado a girar más de prisa.

Deslizó las manos en la sedosa cabellera que le caía a Ivory por la espalda como una cascada. Con cada nueva exploración de su piel y de su cuerpo, aumentaba su placer y lo volvía más intenso.

Eres la mujer más increíble que jamás haya pisado esta tierra. Lo decía en serio. Dejó que Ivory viera la verdad de su frase en su mente y en su corazón. Jamás había imaginado sentimientos como ése, ni la fuerza de la emoción ni la intensidad de su reacción física ante ella.

Xavier había utilizado su cuerpo, sí, pero él no había estado presente, sólo había sido testigo de la degradación a cierta distancia. Jamás había experimentado placer en una cópula, sólo pesar y arrepentimiento cuando recordaba las emociones. Y ahora que tenía emociones en abundancia, se sentía disgustado y avergonzado de los recuerdos. No se había imaginado esto... la maravilla y la belleza del amor que florecía allí mismo, en su jardín y entre sus flores. Si hubiera estado en el mundo real, quizá se habría burlado de la poesía que cantaba en su alma, pero ahora, en su sueño y sus recuerdos, las palabras eran perfectas y reflejaban lo que él sentía.

Ivory se estremeció a su lado, y alzó las manos para cogerle los brazos. Razvan sintió la repentina vacilación en ella, la necesidad de acercarlo y empujarlo. Estaba tan poco acostumbrada a confiar como él, ni a compartirse con nadie, quizá menos que él. La necesidad los golpeaba de pronto como un puñetazo vicioso, y eso la abrumaba. Poco importaba lo delicado que fuera su contacto porque el deseo la quemaba, inesperadamente, como una tormenta de fuego descontrolada.

Entonces dio un paso atrás y sacudió la cabeza. Se llevó los dedos a la boca temblorosa y él la miró con sus ojos oscuros encendidos de deseo. Ivory parecía confundida y un poco sorprendida, como si no hubiera esperado sentir más que placer físico o, desde luego, nada tan intenso como lo que había ocurrido entre los dos. A Razvan siempre le sorprendía que ella, tan segura de sí misma como guerrera, no lo fuera tanto como mujer.

Le cogió un lado de la cara y le pasó la yema del dedo sobre la piel suave y exquisita. De pronto, se quedó muy quieto.

—Ivory, mírate la piel.

Las líneas que surcaban su cuerpo, gruesas e irregulares, ahora eran blancas y suaves. Todavía las tenía, seguían ahí como costuras, pero sin el grosor que habían tenido antes. Las líneas blancas le recorrían el cuerpo a la manera de un rompecabezas, y siempre sería así, pero ahora eran suaves y leves, más una parte de la piel que del tejido de cicatrices.

Ella se tocó una de las líneas justo por encima de un pecho.

—Esto es una combinación del curandero, la sangre carpatiana y la tierra. Es asombroso. Pensé que esas cicatrices horribles se quedarían ahí para siempre.

—No eran horribles. —Razvan inclinó la cabeza y frotó los labios contra una de las suaves líneas blancas.

Ivory sintió que su entrepierna se tensaba y se humedecía. El roce de su pelo en su piel era como el pecado. ¿Cómo la despertaba de esa manera tan intensa? Se deslizaba en su corazón y ella se sentía débil cuando él se acercaba. Se había convencido a sí misma de que nadie importaba demasiado. Nada importaba salvo la destrucción de Xavier. Era su gran objetivo. Su único objetivo.

Hundió los dedos en su cabellera entrecana, exuberante y gruesa. Era tan oscura que daba a sus ojos un penetrante color azul cobalto, y tan blanca que se reflejaba en su rostro, le daba un aire más viejo y mucho más distinguido que la mayoría de hombres carpatianos. Le apretó el pelo en un puño mientras paseaba la mirada por su cara con gesto malhumorado.

Razvan permanecía muy sereno. En lo más profundo de él, donde debería haber hervido la rabia por las atrocidades cometidas en su contra, Ivory sólo encontró paz y aceptación. Era la voluntad más poderosa que había conocido en siglos y siglos de lucha y, sin embargo, Razvan no sentía necesidad alguna de imponérsela a los demás. Ahora la miraba como si ella fuera la encarnación de la luna, una diosa de una belleza sin parangón. La de Razvan era una mirada hambrienta, como si su cuerpo exigiera urgentemente el suyo. Pero no la empujaba más allá de donde ella estaba dispuesta a llegar. No había en él ni asomo de un ego insaciable. No había en él exigencia alguna, sólo una fuerza tranquila, una roca sin fisuras que a ella le parecía asombrosamente serena y sensual.

Ahora no había más que un par de centímetros entre los dos. Ivory ignoraba si era ella o él quien se había acercado, pero le parecía necesario tener que volver a saborearlo. Ansiaba sentir ese calor, la lengua de él deslizándose en su boca, el fuego que ardía en cuanto se tocaban. El corazón sencillamente se le había fundido y el estómago se le había tensado. Sabía que estaba flirteando con fuego, pero en ese preciso momento, con el pelo de Razvan rozándole seductoramente la piel, y sintiendo su cuerpo duro y caliente, aunque sereno, era una combinación que la hizo ir más allá del miedo y entregarse al frenesí del deseo.

Así que alzó la cabeza hacia su boca. Por un momento deslumbrante, fue como si el mundo se hubiera incendiado y, al deslizarse bajo sus pies, los hubiera dejado girando descontroladamente, ardiendo juntos, calientes y salvajes, las bocas unidas en una sola, fundidas estrechamente, como las mentes, con los corazones latiendo al mismo ritmo. Ivory no había sabido lo sola que estaba hasta que él la besó, hasta que Razvan penetró en ella mentalmente. No había sabido que su cuerpo estaba tan vivo hasta que sintió sus dedos rozándola, explorándola como si fuera imperativo memorizar hasta el último centímetro de su cuerpo.

Ignoraba, además, que pudiera asustarse tanto con la idea de perder nuevamente a alguien. De pronto, se separó, pero él no la soltó y no la dejó ir lejos. Incapaz de mirarlo, apoyó la frente en su pecho.

—No tenía ni idea de que era tan cobarde —dijo.

Él rió suavemente.

—Distas mucho de ser una cobarde, *hän ku vigyáz sielamet*, guardiana de mi alma. Eres una mujer extraordinaria. —Razvan le rozó el pelo con los labios, se quedó ahí un momento y luego le frotó la cabeza con el mentón.

—Me cuesta imaginar que los hombres carpatianos sean tan atentos con sus compañeras eternas como tú lo eres conmigo.

Él le cogió el mentón y le hizo levantar la cabeza.

—No somos como los demás. Nunca lo seremos. Tenemos nuestras propias reglas y vivimos solos. Nuestro mundo es diferente, Ivory. Nunca pienses que eres menos porque cuidas de tus emociones. Eres una guerrera y tienes una misión trascendental, una tarea que muy pocos asumirían. Nunca te eches atrás en ningún sentido. Me siento orgulloso de ti y de haber sido escogido como tu compañero eterno. Es un honor que no tiene comparación con nada que haya vivido.

Razvan hablaba con toda sinceridad, y ella lo sabía. Estaba mentalmente unida a él y cada una de sus palabras era verdad. La hacía sentirse especial. Era un sentimiento curioso, después de haber sido descartada por el pueblo carpatiano, después de la traición de sus hermanos, que habían tomado la decisión de unirse a las filas de las criaturas inertes y aliarse con Xavier con el sólo propósito de acceder al poder. Era curioso percibir la intensidad de las emociones de Razvan, su orgullo, el honor que sentía y la devoción inquebrantable que le profesaba. Razvan era un hombre desprendido, no le importaba lo que los demás pensaran de él, pero estaba ferozmente orgulloso de ella.

Ivory sentía un cosquilleo en el corazón que no paraba, una especie de giro que no tenía vuelta atrás, y supo que estaba perdida.

—Tengo más miedo de lo que está ocurriendo entre nosotros que cuando estaba frente al maestro vampiro.

Un maestro vampiro que, tiempo ha, había sido su hermano bienamado. Razvan la cogió por la nuca y la estrechó, le ofreció consuelo aunque ella no lo hubiera pedido. Ivory nunca lo pediría.

—Los enterré hace mucho tiempo —murmuró, y apoyó la cabeza en su pecho, dejando que sus brazos fuertes la sujetaran. Allí, en ese jardín de ensueño donde no había nadie, ella se podía mostrar débil, aunque no fuera más que un momento, porque sabía que Razvan la aceptaba tal cual era—. Llevo sus almas en la mía, esperando que cuando pase a otra vida, lo que yo haya hecho contará a su favor, y se les dará una segunda oportunidad. Que la acepten o no, depende de ellos. Me había reconciliado del todo con la idea de la pérdida, pero... —dijo, y no acabó la frase.

No había palabras para expresar el dolor desgarrador y el sentimiento atroz de la traición cuando su hermano había proyectado la imagen de sí mismo de joven como estratagema para matarla. Ivory sabía que la habría destruido con la misma facilidad con que habría asesinado al campesino y a su familia, a Travis y a Razvan.

Ella no estaba preparada para ese horrible dolor, el dolor de volver a verlo.

—Creo que sería normal sentirse de esa manera. Estaba preparado para encontrarme con el desprecio de mi hermana y, desde luego, creo estar preparado ante el posible desprecio de mis hijas biológicas, pero eso no significa que no me dolerá. —La estrechó nuevamente y la envolvió con su calidez—. Tienes un corazón muy grande para amar, Ivory. Sabes velar por él, pero aquellos que dejas entrar en tu vida están ahí permanentemente, sin que importe lo que ocurre. He oído el amor en tu voz y lo he sentido en tu mente cada noche que Nicolas viene a darnos sangre. Es el amor de una hermana, a pesar de que hayas vivido siglos sin verlo y de que él haya vivido situaciones muy difíciles a lo largo de su vida.

—Pero es un hombre maravilloso. Está muy enamorado de Lara, tu hija —señaló Ivory—. Podría amarlo por ese solo hecho. Aún no ha acabado de traerla a su mundo, a pesar de que los dos sufren por ello. Los dos han dado mucho de sí para ayudar al pueblo carpatiano e intentar salvar a los bebés.

—Se ha vuelto sensible a la luz —asintió Razvan—. Y no puede descender a las entrañas de la tierra, aunque podrá vivir años sin demasiados problemas.

—A él le preocupa que se quede embarazada en ese estado intermedio. ¿Has captado en su mente exactamente lo que ella puede hacer a diferencia de los demás?

—Lara es en parte maga, y como maga la necesitan para eliminar los microbios en el cuerpo de las mujeres. Esos microbios que matan a la mayoría de los niños.

Ivory frunció el ceño y se apartó de él. Paseó la mirada por el exuberante jardín con su abundancia de setos y flores. El agua corría perezosamente por el lecho de un pequeño arroyo que teñía las rocas de tintes plateados y dorados. Una cascada caía por la pared de una roca que delimitaba aquel espacio. El agua brillaba como una larga gota. Las mariposas revoloteaban y las aves cantaban a la luz de la luna. Era un mundo de ensueño.

Podían quedarse así, el uno cerca del otro, sintiendo ella el primer brote del sentimiento amoroso, con aquella feroz atracción física. Sin embargo, incluso allí el mundo real estaba presente. Incluso allí podía penetrar la serpiente que era Xavier.

—Él no puede entrar aquí —dijo Razvan—. Ya no posee mi mente.

—Pero puede tenerla. Xavier pinta el mundo con su mal, cazador de dragones. Mal es una palabra rara vez usada, pero él es la encarnación misma de ese mal. No hay monstruo en la Tierra que lo iguale. Tú salvaste a Lara de sus manos...

—Mis tías salvaron a Lara. Aún cuando tenían la posibilidad de escapar, Xavier me utilizó para que clavara un puñal en el pecho de Branislava. Ya estaban muy débiles, y Xavier las mantenía con la cantidad mínima de sangre para saciar su nececesidad sin límites.

—Tú también estabas débil.

Razvan no respondió. Siguió caminando a su lado cuando Ivory se dirigió a la entrada del laberinto. Ella volvió a cogerle la mano y lo llevó al interior de aquel espacio lleno de enormes arbustos.

—Xavier todavía tiene influencia sobre Lara. A ella no la pueden convertir del todo hasta que él sea destruido —dijo Ivory, con un suspiro—. Tenemos que encontrar una manera de librar al mundo de ese mal.

—Es Lara quien ha decidido permanecer en el mundo intermedio entre maga y carpatiana. Su compañero eterno la protegerá, así como yo te protegería a ti. Ésa es la libertad, Ivory, la verdadera libertad y, afortunadamente, su compañero eterno entiende que es lo que Lara más necesita. Debe confiar, pues sabe que cuando le diga que el tiempo se les ha acabado por una cuestión de seguridad o de salud, ella lo escuchará y le permitirá convertirla y traerla de lleno al mundo carpatiano. Él no la dejará darse a los demás hasta el agotamiento, así como no la dejaría ningún carpatiano —señaló Razvan—. Ivory —dijo, y volvió a detenerse. Le cogió la mano y se la llevó a los labios.

Le frotó los nudillos suavemente con el pulgar. Eran nudillos que habían luchado no pocas veces y que volverían a luchar.

—Hemos aceptado el hecho de que daremos caza a Xavier. Y que no pararemos hasta que lo destruyamos. Sin embargo, mientras emprendemos esta aventura, viviremos. Cada noche, al despertarnos, viviremos. Cada minuto, cada instante. Celebraremos nuestras vidas y disfrutaremos de nuestra aventura, buena o mala. Él no puede poseernos. Tampoco puede poseer a nuestros seres queridos. —Volvió a llevarse la mano a los labios y pasó la lengua por las cicatrices—. ¿Entiendes lo que te digo?

Ivory respiró hondo. Sintió que caía hacia delante, hacia la profundidad de sus ojos, algo que no le habría ocurrido a una guerrera. Pero en ese momento no le importaba. Una sonrisa cálida le iluminó los ojos hasta convertirlos en oro líquido. Razvan acababa de darle una clave a propósito de cómo había sobrevivido. Jamás dejaría que Xavier lo poseyera de verdad. Cualquiera que fuera el camino que había elegido, aceptaba las consecuencias y estaba en paz con sus decisiones, por muy difíciles que éstas resultaran ser.

Le echó hacia atrás el pelo espeso y veteado de plata y se pemitió seguir las arrugas de su rostro con la punta de los dedos. Sintió un repentino nudo en la garganta.

—¿Tú quieres la paz, Razvan? ¿Debería haberte permitido penetrar en el otro mundo? —El nudo en la garganta amenazaba con asfixiarla. Había momentos en que parecía tan cansado, su mirada envejecida, su mente llena de demasiados recuerdos, ninguno de ellos buenos.

—Por nada del mundo habría querido tener que añorarte. Quizá pasé todos esos años sometido a Xavier para llegar a esto, Ivory. ¿Cómo saber lo que tenemos que hacer? Tuve años para aprender sus métodos, y ahora cada prueba importa. Yo no olvidaré. Jamás. Todo lo que necesitas está en mi cabeza. Y puedo absorber toda tu experiencia de guerrera en un instante. Formaremos una pareja como nadie ha visto jamás en este mundo.

Se inclinó y volvió a besarla, un beso largo que le hizo aletear el corazón y le hizo perder toda su fuerza. Tuvo que apoyarse en él, sacudida por la intensidad de sus emociones. Cuando le alzó la cabeza, sus ojos tenían la calidez del amor. Ella lo vio, desnudo, sin temor, una emoción primaria que él no se molestó en ocultarle y que hizo que Ivory sintiera vergüenza de su propio miedo.

—Sí, formaremos una pareja como nadie ha visto jamás en este mundo.

Capítulo 12

Razvan e Ivory irrumpieron juntos a través del suelo y dejaron la tierra que los había cobijado durante semanas. La sensación de volver a respirar el aire era rara, después de haber permanecido tanto tiempo en la tierra, disfrutando de sus propiedades curativas. La luna se mostraba como una gran bola plateada en el cielo despejado, y proyectaba su suave luz sobre los campos cubiertos de nieve. Cautelosa como siempre, Ivory barrió visualmente el terreno, atenta a cualquier peligro.

Razvan la siguió, ahora disfrutando de sus conocimientos como carpatiano. Se estiró y dibujó un círculo, utilizando todos sus sentidos para recopilar información. Se dio cuenta de que veía y sentía diferente, y que incluso procesaba la información de otra manera. Antaño, como carpatiano en pleno uso de sus fuerzas, se había asombrado ante la ingente cantidad de información que captaba, pero ahora ese flujo parecía aún más intenso. Era como si la tierra le hablara y le susurrara sus secretos y le revelara hasta el más ínfimo detalle. De alguna manera, allá en las entrañas de la tierra, había cambiado. Ahora la tierra compartía con él algo que no tenía nombre, y eso le permitía adquirir un tesoro de conocimientos de los árboles y las plantas, de la tierra misma.

Se giró para mirar a su compañera eterna. Ivory vestía su habitual atuendo guerrero, la chaqueta con doble pechera y los pantalones que se ajustaban a sus largas piernas. Llevaba el pelo recogido en una gruesa trenza, lo cual daba a entender que estaba preparada para todo. A Razvan le fascinaba ver cómo se movía, su musculatura y sus suaves curvas.

—¿Qué? —Ivory le sonrió con una calidez genuina. En sus ojos brillaba la felicidad y él, con un dejo de satisfacción en la mirada, supo que había traído esa dicha a su vida.

—Eres muy bella —dijo. Inclinó la cabeza y se lamió el brazo recién sanado, donde las líneas que habían quedado eran la copia fiel de las de ella—. Estoy seguro que, de probarte en este momento, tendrías gusto a sal y a pecado. —Razvan llevaba en la piel una alta concentración de minerales, y sabía cuál era la composición de la compleja receta mineral que había sido usada para sanarlos a los dos. Él había sido revitalizado con los ricos minerales que ahora fluían por su torrente sanguíneo y con todos los elementos incorporados en su organismo para permitirle volver renovado.

—Quiero ver tus heridas.

—No te entiendo —dijo ella, mirándolo fijo.

—Sé que el vampiro te hirió, Ivory, y que tú cuidaste de mí en lugar de atender a tus propias heridas. Quiero ver lo que ha quedado de esas heridas.

—No son más que rasguños.

Él frunció el ceño.

—Recuerdo que te clavó una flecha en el pecho, justo por encima del corazón. —Al decirlo, una fugaz expresión de dolor asomó en su rostro—. Cuando sacaste la mano de su pecho, estabas gravemente herida. —Razvan tragó con dificultad y volvió a fruncir el entrecejo—. Él te arrancó la flecha y la hundió cinco centímetros más abajo, y luego la retorció para hacerte más daño, y la hundió otros cinco centímetros más. Era enormemente fuerte, y te golpeó en el pecho, a la altura del corazón, con una fuerza brutal. Oí como crujía tu esternón.

¿Lo había oído? Ella no lo recordaba. Recordaba que Razvan había acudido en su ayuda a pesar de sus heridas, y que había lanzado una descarga de fuego contra Sergey por la espalda, empujándolo contra su puño para que ella llegara a su corazón ennegrecido. En el momento en que Sergey había atacado destruyendo la casa y usando las lanzas que le lanzó desde todas las direcciones, Razvan se había servido de su fuerza para formar un escudo a su alrededor, con lo cual había sido él quien encajó el impacto de las lanzas de madera.

—Te rompió el hueso de la muñeca.

¿Cómo podía haberse dado cuenta cuando él mismo estaba tan horriblemente mutilado? Ivory sacudió la cabeza, incapaz de responder, sobre todo porque Razvan la miraba con un gesto que la intimidaba, la tocaba en lugares profundos, secretos y femeninos.

Tuvo que renunciar a seguir con el inventario de sus heridas, tan pálidas comparadas con las suyas. La voz de su compañero era tan delicada que no podía pensar en otra cosa. Su manera de mirarla de arriba abajo cuando le hablaba, como si sus heridas fueran lo único que de verdad le importara, que las heridas sanaran, o que el vampiro le hubiera hecho mucho daño. Cuando ella trabó contacto mental con él, no sintió nada más que su necesidad de cerciorarse, con sus propios ojos, de que estaba totalmente curada.

—La Madre Tierra y el curandero me han ayudado, y varios carpatianos, incluido el príncipe, nos dieron sangre para acelerar el proceso de curación. Estoy bien.

—Sin embargo,...

Había una nota en su voz que la fascinaba, la cautivaba y le provocaba rechazo al mismo tiempo. No estaba segura de cómo debía responder a su demanda, y eso la confundía.

—¿Qué quieres que haga?

Él le tendió la mano.

—Déjame ver.

Ella se humedeció los labios, sintiendo que temblaba ligeramente, sabiendo que se encontraba en terreno desconocido. Pero le tendió la mano para que él viera las líneas desdibujadas ahí donde la tierra había curado las laceraciones y recompuesto los huesos. Ivory no estaba preparada para la sensación que le provocaron sus dedos acariciándole la piel. Sintió su contacto hasta lo más profundo, y luego su corazón dejó de latir cuando él recorrió con los labios cada una de las líneas blancas, haciendo bailar la lengua sobre su piel, como una caricia aterciopelada.

—La verdad es que tienes sabor a sal y a pecado —dijo él, con la voz enronquecida por el hambre.

Ella retiró el brazo.

—¿Estás satisfecho?

Él negó con un movimiento de la cabeza, con la mirada clavada en ella.

—Ábrete la chaqueta.

Ivory se quedó del todo sin aliento, sintiendo que un aire crudo y caliente le quemaba los pulmones. Se le tensó la entrepierna, y fue como un espasmo, y enseguida sintió el urgente deseo que se apoderaba de ella. Su requerimiento no era sexual, no necesitaba serlo. Ella no tenía por qué sentir que se humedecía, caliente, ni aquellas flamas que bailaban sobre su piel y que convertían su sangre en un torrente de lava fundida que se le espesaba en las venas. Podía comportarse con sangre fría, como una guerrera que se muestra ante otros. Se llevó las manos a las hebillas de plata.

—Déjame —dijo Razvan, con voz ronca, incluso algo temblorosa, y ella se sintió débil. Tan débil que obedeció a su orden cuando él puso las manos sobre las suyas, que temblaban, y las apartó con gesto suave. Con la yema de los dedos le rozó el nacimiento de un pecho, despertando en ella una sensación de ondas que la bañaban. Razvan mantuvo la mirada fija en ella mientras desabrochaba lentamente las hebillas y dejaba que sus pechos asomaran, desnudos.

Ivory lo oyó quedarse sin aliento. Fue un ruido repentino y sensual que le enroscó los dedos de los pies. Sintió su aliento que le templaba los pechos, y sus pezones respondieron convirtiéndose en dos puntas duras y apretadas. Se sintió expuesta, vulnerable, pero incapaz de moverse, hipnotizada por aquella mirada, con su deseo descarnado y crudo, con el hambre implacable y la admiración en su mirada. Cuando rozó con los dedos, con la ligereza de una pluma, las líneas desdibujadas sobre sus pechos, y después, más abajo, el pezón con el pulgar, una descarga eléctrica le recorrió los pechos y el vientre, y luego bajó, hasta que le temblaron los muslos y su entrepierna se volvió más caliente y húmeda.

Razvan inclinó la cabeza hacia ella. Ivory quería detenerlo. Pensó en dar un paso atrás, aterrada ante las sensaciones que experimentaba y esa necesidad acuciante que de pronto brotaba de la nada, amenazando su paz interior tan duramente conseguida. Ella lo había elegido a él, pero sin imaginar jamás que esa atracción física y emocional sería tan intensa. Apenas podía respirar cuando él la tocó y no tenía ningún control sobre su reacción física. Aguantó la respiración, esperando. Deseando.

Primero la rozó el pelo de Razvan, suaves mechones de seda blanquinegra que le tocaron la piel seductoramente. Hasta la última célula de su cuerpo se despertó. El aire le quemaba en los pulmones. Cerró las manos, ahora convertidas en puños apretados, mientras se resistía a hundirlas en su cabellera y acariciarle la cabeza. Estaba dentro de su mente, y sabía que esa inspección era tan necesaria para él como respirar. Y ahora lo era también para ella.

Al primer suave contacto de su boca, Ivory dio un respingo y, a pesar de sus intenciones, se dio cuenta de que había hundido las manos en su pelo sedoso. Él se acercó y le lamió cada línea y cada círculo, le acarició un pezón, y ella sintió dardos de fuego que se desplegaban sobre su vientre y más abajo. Lo acercó más a ella y dejó escapar un gemido por lo bajo. Él siguió lamiendo cada línea, y su saliva curativa fue un bálsamo para el profundo dolor que ella seguía sintiendo.

Cuando él alzó la cabeza, sus ojos estaban tan oscuros que eran casi negros, tan azules como el cielo de medianoche y tan ardientes de deseo que ella creyó que se derretiría. Le temblaron las manos y tuvo que obligarse a soltarle el pelo sedoso para que él se pudiera erguir cuan alto era. Se quedó ahí, quieta, mientras él le abrochaba las hebillas de la chaqueta y sus pechos quedaban escondidos tras el cuero ceñido.

Ivory respiró hondo, todavía algo sacudida, pero orgullosa de sí misma por tenerse de pie.

—¿Te das por satisfecho?

Los ojos de Razvan se iluminaron con una sonrisa de humor masculino, y se movió disimuladamente para acomodar el bulto en la entrepierna.

—Ni de lejos, pero me he asegurado de que estás sanando bien, y eso bastará por ahora.

Ivory sintió que el rubor le subía por el cuello, y sacudió la cabeza.

—Estás loco, pero en el buen sentido de la palabra. —Volvió a mirar la tierra negra y fértil, desesperada por encontrar algo en que distraer la atención, algo que lo distrajera a él. Señaló el suelo, donde se podía ver los rastros de exceso de sales que asomaban como profundas vetas de oro, a través de la marga más oscura donde la manada de lobos todavía dormía.

—¿Estás preparado para esto? A ellos los han curado otros, Vikirnoff y Nicolas, a veces Natalya, pero tendrán un hambre desatado de nosotros. Alimentarlos es parte del ritual de aunar a la manada. Son como mis hijos.

Razvan sabía que Ivory necesitaba la distracción para volver a sentir que lo controlaba todo. A ella le costaba dominar las emociones. Sintió un aleteo en el pecho y le sonrió. Estaba feliz. De estar vivo. De estar con ella aquella noche fría y despejada, con la luz de la luna derramándose sobre su pelo negro casi azul, enmarcándole el rostro y dándole un aire tan angelical como sensual.

—Estoy seguro de que se alegrarán de dejar el suelo después de tantas semanas —asintió—. Pongámonos a ello y reunamos a nuestra familia.

Se dio cuenta de que estaba tan ansioso como ella por ver a los lobos, que se habían convertido en su familia. Había pasado tantas horas compenetrado con Ivory que ésta le había transmitido también su profundo afecto por la manada.

—Como ocurre con los niños, son una pandilla salvaje.

Ivory rió con él y compartió su sentido del humor a propósito de los lobos.

—Despertaros, hermanas y hermanos. Esta noche rondaremos libres. Venid, reuníos conmigo.

Volvió a mirar a Razvan con una sonrisa fugaz que lo hizo sentir más calor y le volvió a acelerar el corazón. De la tierra brotó un chorro y los lobos aparecieron, uno tras otro, sacudiendo sus exuberantes pelajes plateados. Se lanzaron con tanto entusiasmo hacia Ivory que casi la derribaron. Ésta se derrumbó, riendo, abrazándolos a todos cuando ellos se abalanzaron sobre ella con más entusiasmo que decoro.

Raja y su compañera, *Ayame*, se giraron hacia Razvan cuando él se dejó caer junto a Ivory, y él se sorprendió al ver al enorme macho dar un salto y frotarse contra su cuerpo a la manera de un saludo. Se dio cuenta de que, tal como él había aceptado a la manada como su familia, ellos lo habían aceptado a él como el compañero de Ivory. Lo embargó una enorme alegría. Una familia. Era otro de los regalos que ella le había hecho. Hundió los dedos en el espeso pelaje y jugó un rato con el lobo, ignorando los colmillos que éste mostraba, sabiendo que *Raja* sólo pretendía sonreír.

Cada animal esperó su turno para venir a él y saludarlo y, a su vez, ser saludado por él y reafirmar su posición en la manada. Razvan se dio cuenta de que sentía una especial simpatía por *Blaez*, el lugarteniente de *Raja*. Era un animal bastante seguro de sí mismo y muy alerta al peligro, pendiente de las señales de *Raja* y, sin embargo, custodiando a la manada con tanta fiereza que pensó que probablemente tendría su propia manada si las circunstancias hubieran sido diferentes. Él experimentaba ese mismo impulso protector con Ivory y los animales y, mientras acariciaba la rica piel del lobo y le rascaba las orejas, sentía que nacía en él un sentimiento de pertenencia.

La manada tenía hambre y estaba ansiosa por saciarla, como necesitada del vínculo con Ivory, y esperó a que ésta decidiera cómo quería alimentarlos.

Tú alimenta a Raja *y* Ayame *y luego lo haré yo. Después,* Blaez *y su compañera* Gynger. *Al final,* Farkas *y su compañera,* Rikki. *Si empezamos así, aceptarán más rápido tu liderazgo.*

La oferta de liderazgo en la manada era otro magnífico regalo. Él sabía que, después de un siglo de ser liderados por Ivory, siempre la respetarían y seguirían, y que ahora ella se apartaba para que la manada también le obedeciera a él.

No es necesario. No me importa el orden imperante ahora. Puede que yo acabe planeando las batallas, pero tú serás quien las lidere. Te protegeré con todo lo que hay en mí.

Ella lo miró con sus ojos dulces.

—A mí sí me importa. Quiero que ellos te acepten como lo he hecho yo.

A él se le tensó el vientre y sintió que el bulto en su entrepierna crecía. Sin embargo, lo que más peligraba en ese momento era su corazón. La miró, mientras le ofrecía la muñeca a *Raja*, para emparaparse de su espléndida belleza, no tanto su belleza física sino de la luz en su alma que lo iluminaba a él.

El lobo alfa plateado miró a Ivory y luego trotó obedientemente hasta Razvan y aceptó que lo alimentara primero a él. Razvan alimentó al gran macho pero sin dejar de mirar a Ivory.

Durante siglos, no había tenido a nadie en su mundo, nadie a quien transmitir su calidez, nadie que lo hiciera sonreír o a quien le importara si vivía o moría. Y, sin embargo, ahí estaba ella, sentada como una princesa del bosque en medio de su curiosa manada, dispuesta a compartir su vida con él, aunque no fuera más que para destruir a Xavier. Se conformaría con eso, se conformaría con el motivo que fuese, siempre y cuando ella lo incluyera a él en su familia.

—Eres tan esencial para mí como el aire que respiro o la tierra en que descanso. —Razvan quería que Ivory supiera que él la habría elegido a ella sin importar el destino que les estuviera deparado. Quería que supiera que el sólo hecho de que existiera hacía que los sacrificios de su vida merecieran la pena.

Ella lo miró desde debajo de sus gruesas pestañas.

—Eres mi compañero eterno, mi otra mitad.

Él le sonrió, y decidió ignorar la punzada que ese recordatorio le hizo sentir. Ella no tenía por qué sentirse de la misma manera.

—No es eso lo que te digo. No te pido nada a cambio, Ivory. Sólo pensé que era importante que supieras cómo me siento.

La pareja alfa había acabado de alimentarse de Ivory y ahora ocupó su lugar la segunda pareja, mientras los dos lobos más pequeños se alimentaban de Razvan. Éste empezaba a marearse. Ivory no bromeaba al decirle que se despertarían hambrientos y que querrían restablecer el vínculo con la sangre ritual.

Ivory escondió la cabeza y Razvan vio que hundía los dedos en el rico pelaje de *Gynger*. Se humedeció el labio inferior con la punta de la lengua, lo cual atrajo enseguida su atención. La había vuelto a poner nerviosa, por lo cual le cobró aún más simpatía a su feroz guerrera. Ivory no se sentía nada cómoda hablando de emociones. Al parecer, los lobos que se apretaban contra ella y daban vueltas alrededor de sus compañeras le dieron el coraje necesario para contestarle.

Alzó el mentón y, venciendo sus reparos, lo miró fijo a los ojos antes de que las pestañas volvieran a cerrarse y velarle los ojos.

—No has entendido lo que te quería decir.

Era lo único que le sonsacaría, pero era suficiente. Aquella quemazón lenta que empezó en su estómago se mezcló con el fuego amoroso de su corazón, convirtiéndolo en una potente combinación. Saboreó aquello que sentía al desearla. Jamás se había imaginado que sentiría eso por una mujer. Aborrecía los crímenes que había cometido, y nunca pensó que sentiría esa poderosa atracción entre compañeros eternos y, aún así, cada momento que pasaba en su compañía sentía con más intensidad sus emociones hacia ella, así como las urgentes necesidades de su cuerpo.

Sabía que en lo profundo de sí mismo aquella mujer había despertado a una bestia. Sólo ella podía liberar una parte de él. Y, a la vez, era la única que podía domar esa parte salvaje de su naturaleza. Observó cómo se movían sus dedos por el pelaje de los lobos y se dio cuenta de que quería que esos mismos dedos lo acariciaran a él. En el sueño que habían compartido, él la había besado y recordaba el sabor de ella en su boca, en su lengua, colmando sus sentidos de su sabor a lluvia salvaje, la fragancia y el sabor de una nueva tormenta que dejaría el bosque renovado y limpio.

Riendo, asombrado de que estuviera vivo y con ella, buscó el cambio, se dejó ir, experimentando la maravillosa torción de músculos y huesos, el estiramiento de los tendones y tejidos cuando su cuerpo se dobló y empezó a cambiar, cuando la piel le escoció y luego brotó su propio pelaje exuberante negro y plateado, con sus marcas distintivas. Se le alargó el morro y sintió los dientes en la boca junto a una deliciosa sensación de libertad. Sus patas eran anchas y se abrían paso en la nieve y el hielo con facilidad cuando dio una vuelta alrededor de su compañera, empujándola juguetonamente con el hocico.

La manada se congregó a su alrededor enseguida, deseosa de correr, con las colas en alto, frotándose y empujando a Ivory con el hocico, deseando que se diera prisa.

—Vale, vale, atado de monstruos —asintió ella, riendo.

A través de sus ojos de lobo, Razvan la vio entregarse al cambio, agazapándose con un movimiento grácil y rápido. De pronto estaba de pie, alta, elegante y bella y, al instante siguiente, a cuatro patas, una loba estilizada y perfecta con un pelaje plateado. No había manera de equivocarse con sus ojos, que brillaban con un suave color ámbar cuando lo miró sonriendo.

Los lobos se lanzaron enseguida hacia ella como habían hecho con él, e inclinaron el cuerpo en señal de sumisión. Ella se frotó contra ellos, aceptando su homenaje. La manada se excitó y empezó a saltar juguetonamente, meneando la cola que apuntaba hacia arriba, inclinándose y abalanzándose unos sobre otros y luego, rodando en la nieve y volviendo a levantarse, con una expresión parecida a la risa.

Razvan oyó la risa de Ivory y enseguida ella alzó el morro apuntando a la luna y aulló por la pura emoción de hacerlo. Riendo, se unió a ella y añadió su voz, reclamando el territorio, dejando que la manada diera rienda suelta al coro de voces. Las notas de aquellos animales salvajes resonaban entre los árboles, se alzaban hacia la luna y las estrellas. Después, cuando Ivory alzó el hocico para olisquear el aire, volvió el silencio.

Entonces se lanzó a correr, y abrió el camino entre los árboles, con la manada pisándole los talones, Razvan descubrió en ese momento el placer de correr con la manada. El cuerpo del lobo estaba hecho para correr, y el fino tejido entre los dedos de las patas le permitía desplazarse ligera y fácilmente sobre la nieve. Dado que los lobos se apoyaban sobre los dedos, descubrió que el peso del cuerpo quedaba perfectamente distribuido, lo cual lo hacía más eficaz en la carrera. Así que se abandonó feliz a esa nueva forma, disfrutando al ver cómo sus músculos se flexionaban y contraían mientras corría, cubriendo grandes extensiones y saltando con facilidad por encima de los troncos caídos.

Mientras corría, la manada dejaba constancia de su paso mediante las glándulas en sus patas, marcando así el camino para los que les seguían y advirtiendo de su presencia a otros. Al comienzo, Ivory se lanzó a correr con fuerza, sin detenerse, dejando que los lobos volvieran a sentir sus cuerpos, el movimiento de los músculos, la abundante información que traía el aire, escuchando los ruidos del bosque. Oía el agua corriendo bajo el hielo y el ruido de las agujas de pino frotándose entre las ramas cargadas de nieve cuando el viento soplaba con fuerza suficiente para mecerlas.

El aire estaba impregnado de un fuerte olor a conejo y zorro, así como de muchas otras criaturas del bosque, todas temblando en silencio mientras la manada cruzaba sus territorios. Ivory giró hacia la izquierda, alejándose de la aldea carpatiana y hacia las cavernas y los lugares sagrados que los carpatianos frecuentaban para llevar a cabo sus rituales. No quería que su manada se encontrara con otros lobos. Como regla, mantenía una tregua inestable entre su manada y otros lobos pero, en ese momento, sólo disfrutaban de su libertad y se merecían merodear por cualquier territorio virgen que quisieran.

Estaba orgullosa de ellos por su intervención en la batalla para salvar al campesino y su familia. Esperaba al menos que la pequeña siguiera viva. Nadie le había contado ni una cosa ni la otra, aunque ella entendía por qué. Todos habían quedado asombrados ante el volumen de minerales y elementos en que la tierra los había envuelto, una mezcla primordial de todo lo necesario para revitalizarlos y curarlos. La tierra ya había hecho eso para ella hacía siglos, sin la ayuda curativa ni la sangre de los carpatianos. Había sido una tarea difícil encontrar sangre suficiente para conservar la vida.

Durante aquellos largos años, ella había estado a punto de perder la cordura, y había sobrevivido sin pensar en otra cosa que el sustento. En el transcurso de esos años, había aprendido a aceptar su vida solitaria. Ahora Razvan corría a su lado, y los hombros de pronto se frotaban, los dos corazones acompasados uno con otro. Cada paso que daban en la nieve era más emocionante, serpenteando entre los árboles o vadeando un río pequeño aún no congelado y esquivando el borde del hielo.

Me había olvidado de la diversión.

Y, además, había eso otro. La conexión mental. Ivory ya no estaba sola, y nunca volvería a estarlo. Una vez que Razvan los había unido, también había unido las almas, los cuerpos, las mentes y los corazones, hasta que espiritualmente se convirtieron en una unidad. Razvan había vivido la vida de ella y Ivory la de él. Nada podían ocultarse el uno al otro. Ella no sabía qué era peor, si el daño psicológico que Xavier le había infligido a Razvan o las torturas. Después de que sus tías lo convirtieran en carpatiano, ella estaba segura de que, como macho carpatiano, lo peor había sido verse utilizado para engendrar niños que, más tarde, Xavier consumiría. Y traicionar a su hermana, desesperado por dejarle mensajes, sólo para que Xavier los adulterara de tal manera que casi había conseguido atraparla.

Mientras corría a grandes saltos por un campo nevado, Ivory se le acercó, deseando sentir su presencia como lobo por primera vez, deseando ser la que le transmitía recuerdos felices para aliviarlo en los peores recuerdos de su experiencia. Razvan estiró el cuello y lo frotó contra el suyo mientras corrían, e Ivory lo sintió moverse dentro de su mente, arropándola con su calidez.

Me lo estoy pasando en grande. Jamás en mi vida me he divertido tanto. No estoy seguro de que hubiera sabido divertirme si tú no hubieras estado aquí para enseñarme. Supongo que uno necesita te-

ner una compañera con quien compartir este tipo de aventura para disfrutarla de verdad.

A ella le agradaba su manera de pensar. Y, sobre todo, le agradaba su compañía. Jugaron al escondite entre los árboles y se cubrieron mutuamente de nieve. Al cabo de un rato, *Raja* inició un curioso juego de saltar unos sobre otros y Razvan parecía ser el elegido por los lobos para saltarle encima, todos rodando por la nieve y cayendo por un terraplén, mientras Ivory no paraba de reír.

Razvan se incorporó, maravillado por la fuerza que le daba su condición de lobo y sacudiéndose para librarse de la nieve que se le adhería al pelaje plateado. De pronto, Ivory dio un salto y aterrizó sobre él y los dos volvieron a caer juntos por la pendiente y, mientras rodaban, los cristales de hielo se les adherían al cuerpo. Al volver a incorporarse, parecían dos lobos tallados en la nieve.

Razvan se frotó contra ella para ayudarle a desprenderse de la nieve antes de girarse y dirigir a la manada hacia las casas de los carpatianos desperdigadas por el bosque. Era una experiencia asombrosa ver cómo toda la manada lo seguía. Ivory iba sólo unos metros más atrás, y los demás avanzaban trotando en silencio y de prisa. El viento le daba en la cara y el aire nocturno cantaba a su alrededor. Los animales pequeños buscaban la seguridad de sus madrigueras al paso de la manada, que él encabezaba a buen paso, dándoles a entender quién mandaba en ese momento.

Ivory y Razvan tenían que alimentarse antes de volver a su refugio, y él ansiaba abandonar pronto el territorio carpatiano. Una cosa era «ver» a su hermana y su hija desde la distancia, o que le contaran que quizá tenía una segunda o tercera hija de las que nada sabía. Sin embargo, enfrentarse a ellas y ver cómo lo juzgaban le resultaba bastante más difícil.

A nosotros eso nos importa poco, Razvan. Yo sé quién eres. Y sé qué hay en tu corazón y en tu alma. Si ellos deciden mostrarse desconfiados contigo...

Como debieran, le recordó él, que había percibido ese tono protector en sus palabras. Sin embargo, le procuraba una especie de calidez saber que ella conocía su corazón y su alma. Ivory lo conocía mejor que nadie, y si fuera de verdad sincero, tenía que reconocer que era importante para él tener una persona en el mundo que supiera cómo había sido su vida y qué sacrificios había hecho.

Era como un milagro, Ivory. Es reconfortante saber que hay una persona que guarda en sus recuerdos mi vida tal como ha sido. ¿Por qué le importaba tanto ahora, cuando ya había aceptado durante tanto tiempo que lo hubieran marcado como traidor y como criminal, como el carpatiano más despreciado y despreciable en la faz de la Tierra? Sólo con pensar que Ivory pudiera creer que él había engendrado niños con el único propósito de chuparles la sangre, y así aumentar su longevidad, lo ponía enfermo.

No pienses en eso, Razvan. He compartido contigo toda tu vida, incluso tus recuerdos más borrosos. Sea cual sea el propósito con que Xavier te utilizaba, ni tu espíritu ni la esencia de lo que eres lo habría permitido.

Tuvo que reconocer que tenía razón.

Sin embargo, mis decisiones permitieron que él utilizara mi cuerpo.

He llegado a creer que la suerte es lo que decide nuestro destino. Quizá tenía que sufrir todas esas atrocidades para ser digna de estar a tu lado. Quizá tú tuvieras que sufrir lo que sufriste para que pudieras asumir la gran tarea que te esperaba. Lo que hemos hecho nos ha formado y fogueado como lo que somos ahora.

Y ella lo era todo. Razvan apartó la mirada mientras seguía subiendo por el sendero que conducía a la casa del príncipe. Había tal cúmulo de emociones en él que no se atrevía a que ella lo viera por temor a asustarla. Ivory era muy frágil cuando se trataba de aceptar el amor tal como era. Así que saboreó la palabra y se dio cuenta de que tenía un lugar en su corazón. Sí, estaba enamorado de su compañera eterna, y aquella emoción se hacía más intensa con cada minuto que pasaba en su compañía.

Entonces alzó la cabeza y transmitió un llamado de reconocimiento al príncipe para advertirle de la presencia de la manada. Sabía que Raven, la compañera eterna del príncipe, estaba embarazada y a punto de dar a luz. Todo el pueblo carpatiano esperaba, expectante, el acontecimiento y, sin duda, también Xavier. Ese sólo hecho haría que algunos desconfiaran de su aparición. Lo mejor sería presentarles sus respetos y dejarlos lo más rápido y silenciosamente posible.

¿Crees que Xavier intentará algo contra el hijo del príncipe?

No tengo ninguna duda, sobre todo si se trata de un varón. Razvan pensó en ello detenidamente. *Tendrá que hacer algo. Xavier odia a la familia Dubrinsky más que a nadie. Para él representan el poder de una raza inmortal.*

Pueden matarnos, señaló Ivory. *En ese sentido, no somos verdaderamente inmortales.*

Cuando Xavier se mira en el espejo, ve las carnes que se pudren y se desprenden de los huesos. Cuando te ve a ti, ¿qué crees que quiere? Ahora sólo sobrevive gracias a la sangre de otros y, aún así, cada día que pasa envejece un poco más. La sangre no puede revitalizar su mente podrida. Ha luchado toda su vida para derrotar a esa familia. Debe hacerlo ahora.

Entonces tenemos que estar preparados. Puede que sea nuestra ocasión, Razvan, pero debemos prepararnos para la batalla. Más que entusiasmo, en la voz de Ivory se notaba la determinación.

Aquello explicaría por qué el maestro vampiro rondaba por los alrededores. Está buscando a Xavier.

Ivory aspiró y se detuvo bruscamente en medio del bosque. Razvan lo hizo enseguida y se giró para mirarla al tiempo que adoptaba su aspecto habitual. Ella lo imitó, sin darse cuenta de que su rostro estaba tan pálido como la nieve a sus pies.

—¿Qué ocurre? —preguntó Razvan, con voz dulce. En sus ojos también asomó una mirada dulce. Todo en él era dulzura, excepto su fuerza, una fuerza profunda, permanente e implacable que daba a entender que nunca se detendría. Razvan no la estrechó para consolarla. Ella se habría apartado. Le puso una mano en el hombro y la miró a los ojos con un dejo inquisitivo. No la presionó en ningún momento para que respondiera. Sencillamente se la quedó mirando a los ojos, esperando a que ella confiara en él. Ella lo miró y lo encontró irresistible.

—Como sabes, Sergey era mi hermano. Hace mucho tiempo, en otra vida, fue mi hermano y, sin embargo, se unió a las filas de nuestro peor enemigo, el hombre que me había despedazado. Se convirtió en el instrumento con que Xavier me desmembró y me repartió por la tierra para dar de comer a los lobos. Mientras se reían, Razvan. A veces todavía los oigo cuando me despierto en las entrañas de la tierra. Me digo a mí misma que no es mi hermano, pero fue mi hermano el que tomó esa decisión. *Quería* convertirse en vampiro, y decidió aliarse con Xavier. Hizo todo eso no con el ánimo de vengarme, sino por el poder. Porque mis hermanos creían que el pueblo carpatiano los seguiría. Quieren el poder.

Ivory no quería que aquella certeza siguiera haciéndole daño. Ya no era aquella jovencita ilusa que adoraba a sus hermanos y pensaba lo mejor de la gente. Sabía que el príncipe Vlad sólo la había enviado a la escuela de Xavier para alejarla de su hijo. Miró a Razvan sin darse cuenta de las lágrimas que asomaban a sus ojos.

—Todavía me duele.

Esta vez el sí la estrechó con un gesto afectuoso y lento. La envolvió en sus brazos y la hizo apoyar la cabeza en su hombro y se quedó ahí, en silencio, ofreciéndole su consuelo. Ella pensaba que su compasión quizá la empequeñecería pero, al contrario, la llenaba y le daba más serenidad que ninguna otra cosa. Ya no era aquella joven Ivory, pero tampoco estaba sola. Tenía a Razvan que, de alguna manera, se ajustaba a ella como una segunda piel.

—Estoy bien —murmuró, y lo besó en el cuello. La sangre le latía en las venas, llamándola. Se removió, inquieta, y sintió enseguida el calor de él que respondía—. Ha sido una debilidad pasajera, y ya ha pasado.

—No era una debilidad, *fél ku kuuluuak sívam belső*, amada mía. Se supone que sentirás aquello que puedes sentir. Pesar, pena, dolor, incluso la traición. Hay motivos para que la pérdida de un ser querido te entristezca. No sueles hablar mucho de estas cosas, pero debes sentirlas. Es parte de la vida.

Ella le respondió con una ligera sonrisa, le dio un último beso en el cuello para sentir su calidez y oler su fragancia masculina, y se quedó ahí, apoyada en él, con la cara tocándole el cuello, y supo que sería capaz de enfrentarse a lo que fuera a su lado.

—Desde luego que podemos decir que esas cosas forman parte de nuestra vida —asintió, intentando hablar con un tono más duro que ocultara la emoción que amenazaba con desbordarse cuando se apartó de él.

Razvan la cogió por el brazo, deslizó la mano hacia la muñeca y permaneció allí como un brazalete. Ella no podía mirarlo, no cuando su corazón estaba tan lleno. Se sentía ridícula y tímida y fuera de su zona de comodidad. Nadie la había tocado con esa ternura tan intensa que la desarmaba. Nadie la miraba con tanto deseo o amor. Después de haber vivido sola durante siglos, ella sólo podía asimilar una cantidad limitada de afecto.

Él le cogió el mentón en una mano y la obligó a levantar la cabeza, esperando a que ella alzara sus largas pestañas y las miradas se encontraran. Ivory sintió la onda de calor, como una droga que fluía por sus venas.

—Eres un hombre muy peligroso, cazador de dragones —murmuró.

La lenta sonrisa de Razvan despertó en ella un fuego, bajo y pecaminoso.

—Me parece sólo justo, mujer guerrera, ya que tú eres la mujer más peligrosa que conozco. —Había en su voz un leve toque de humor. Y un calor aterciopelado.

Él inclinó la cabeza hacia ella, tomándose su tiempo de esa manera lenta y comedida suya. Ella sabía que la acariciaría de la misma manera. Su forma de tocarla con la yema de los dedos, tan ligera, pero íntima, como una quemazón lenta que se extendía hasta convertirse en fuego descontrolado, un fuego que se negaba a ser extinguido.

Ivory sintió que se había puesto muy tensa. Le dolían los pechos, y en su útero latían breves espasmos. El aliento de Razvan era cálido y masculino. Ella no podía cerrar los ojos. Vio cómo cambiaba su rostro a medida que se acercaba a ella. Su manera de mirarla, las arrugas que se suavizaban, con sus ojos maravillados y cada vez más llenos de deseo. Ivory veía sus largas pestañas, gruesas y pobladas, él único rasgo verdaderamente femenino que había en él. El resto de su cuerpo eran sólidos músculos y huesos fuertes y gruesos.

Él aspiró su aliento. Lo intercambió con el suyo y respiró por ella. En ella. La envolvió, con aquella misma mirada lenta y serena de su mente. Y luego la besó y ella se sintió barrida por una ola de calor. En sus venas brilló un relámpago blanco, la electricidad chisporroteó y brincó sobre su piel, hasta que se sintió perdida, sumergiéndose en el fuego puro de su beso.

Ivory no supo cómo ocurrió, pero se vio a sí misma poniéndole los brazos alrededor del cuello y su boca fundida con la suya, toda ella apretándose contra él. Sintió que él también se estremecía y que ella respondía de la misma manera. Tenía ganas de quedarse ahí, sin moverse, prolongando ese momento perfecto, con la alegría y el hambre pulsándole en las venas. Intentó apagar el deseo que la arrollaba como una ola gigante, pero no había manera de ignorar esa necesidad que iba en aumento.

Razvan dejó de besarla en los labios y siguió seductoramente hacia el mentón y el cuello. Un fuego le quemó a Ivory en el nacimiento de los pechos. Sintió el roce de los dientes y gimió, con la respiración entrecortada y un poco desesperada. Él hizo bailar la lengua sobre uno de sus pechos suaves. A Ivory se le cortó la respiración y dejó escapar otro ruido. Ella hundió el puño en su cabellera cuando él le hincó los dientes y el dolor erótico se convirtió en un placer sin fin que le recorrió todo el cuerpo más rápido que un rayo, y luego quedó como palpitando en su entrepierna.

Ivory enroscó una pierna en torno a Razvan y le cogió la cabeza con las dos manos, intentando no llorar del placer que la barría. Él la saboreó como quien saborea un buen vino, ni tragando ni rasgando sino bebiendo la esencia de su vida y todo su exótico sabor, lentamente. Le deslizó las manos por la espalda y la apretó contra él a la altura de las caderas para que ella lo sintiera, duro y caliente como estaba. Justo cuando Ivory pensaba que quizá se ahogaría, o que lloraría y le rogaría que completara su unión, él hizo bailar la lengua sobre los diminutos orificios.

La respiración de Razvan era entrecortada, sus ojos calientes y un tanto salvajes. De pronto, se abrió la camisa, le cogió la cabeza por la nuca y la apretó contra él. Cerró la mano y le cogió la trenza sedosa, sin dejar de apretarla, manteniéndole la boca sobre su pecho y sobre el sonido tentador de su corazón. Su sangre latía, llamándola, una tentación avasalladora a la que ella no se podía resistir.

Ivory frotó el rostro contra los músculos de su pecho, subyugada por su fuerza y por la intensidad de su respuesta a sus incursiones. Con un gesto decidido, le pasó la lengua por el pulso tronante, deseando que esa calma de pronto estallara en llamas. Tenía que saber, a cualquier precio, que él no sólo la deseaba, sino que también la necesitaba con la misma intensidad con que ella lo deseaba a él. No podía sentirse sola en aquella desesperada necesidad.

Él le atrajo la cabeza con más fuerza, como una orden muda para que ella aceptara su oferta. Ella volvió a pasarle la lengua, deseando oír una vez más ese profundo gruñido masculino, sentir su pulso acelerado y el martilleo de su corazón. Dejó que el fuego la poseyera, llegara a su hendidura femenina, a su vientre y sus pechos, mientras sus dientes se alargaban y ella aspiraba toda su esencia.

Él murmuró algo en voz ronca y gutural, y para ella sus gemidos fueron más importantes que las palabras. Los dedos en su pelo y en su cuero cabelludo y en su nuca eran mágicos, y luego Razvan le cogió las nalgas y la apretó hasta casi levantarla. La fuerza de su cuerpo podía medirse con la de su voluntad e Ivory no pudo evitar aquella emoción femenina que despertaba el contraste de la dureza de él y la suavidad de ella.

Aspiró hondo, saboreando el momento de exquisita lujuria envuelta en un amor poderoso y agudo que le punzó el corazón. Y entonces le hundió los dientes y quedaron conectados a la manera de los compañeros eternos. Sintió la materia rica que se derramaba en ella. Cada una de sus células se llenó y se embebió de él. Su sabor irrumpió en su lengua como burbujas que iban estallando.

Razvan dejó escapar otro gemido gutural, incluso más sensual que el primero, y el sonido quedó reverberando en su cuerpo, sumándose al remolino de emociones que surgían con la reacción física que él le provocaba. Razvan la emocionaba como nadie podía, se le metía bajo la piel y los huesos y ahora ese sabor adictivo suyo casi le hacía perder todo asomo de perspectiva. Lo necesitaba ahí, en medio de ninguna parte y con la tierra nevada.

No la primera vez. Quiero que nuestra primera vez juntos tengamos horas, no sólo unos minutos, con la manada a nuestro alrededor y peligros por todas partes.

Incluso su negación era sensual. La voz aterciopelada, el calor lento, el crudo deseo que él no intentaba ocultarle. Se dejó saborear una última vez y luego pasó la lengua por los orificios y se quedó ahí, dejando que él la sostuviera porque había empezado a temblar de pies a cabeza.

—Tienes razón —dijo, muy a su pesar.

—Tenemos que irnos a casa, pronto —le susurró él al oído.

A ella le gustó oír eso. Más aún, le fascinó aquella voz ronca que le decía que él estaba tan sacudido como ella. Por toda respuesta, le rodeó el cuello con los dos brazos y lo sostuvo así, como si quisiera absorberlo.

La manada se volvió cada vez más inquieta, y empezó a girar a su alrededor y a rozarles las piernas, como si preguntaran. Ivory sonrió.

—Los niños se están impacientando, que es lo que hacen los niños.

Para su sorpresa, él bajó la mano por su abdomen y se quedó ahí, con los dedos totalmente abiertos.

—Te verás muy bella con nuestro hijo dentro de ti, si algún día llegamos a destruir a nuestro enemigo.

Ivory nunca había pensado en la posibilidad de un hijo. Había dedicado toda su vida a una sola cosa: a librar al mundo de un monstruo perverso. La idea de que pudiera tener un compañero eterno y un hijo, que algún día pudiera vivir con una semblanza de normalidad, la asustaba. No estaba del todo segura de que pudiera lidiar con ello.

Razvan rió por lo bajo y se inclinó para rozarla con los labios.

—No te preocupes, mi pequeña guerrera. Jamás habrá normalidad para ninguno de los dos, pero nos regiremos por nuestras propias reglas y tendremos una vida perfecta.

—Entonces, hagamos lo que tenemos que hacer —dijo Ivory.

Capítulo 13

Mikhail Dubrinsky saludó a Razvan y a Ivory desde el balcón que rodeaba la casa. Era una casa grande, construida entre los árboles y tan bien camuflada en el bosque que Ivory estaba segura de que la mayoría de la gente nunca la vería a menos que el príncipe levantara las defensas a su alrededor. Ella vestía su atuendo de guerrera y en su cuerpo destacaba el tatuaje de los lobos. Prefería ir así, que verlo a él demasiado pendiente de su manada. Razvan se mantenía cerca de ella, sólo un paso más atrás, como si fuera su guardaespaldas en lugar de su compañero. Ivory había ralentizado el paso en dos ocasiones para que él caminara a su lado, pero una vez que a Razvan se le metía una idea en la cabeza, nada lo detenía.

—Buenas noches —dijo Mikhail—. *Sívad olen wäkeva hän ku piwtä.* Que vuestro corazón sea siempre fuerte, cazadores —agregó, a la manera tradicional.

Ivory murmuró un saludo y miró por encima del hombro hacia Razvan. No lo sintió nervioso ni percibió ningún malestar en él por el hecho de visitar al príncipe del pueblo carpatiano, aunque mantenía cierta distancia, los dos pasos de rigor a un costado y detrás de ella. Razvan paseó una mirada inquieta por la casa y los alrededores, miró hacia los árboles y escudriñó cada centímetro en torno a ellos como si buscara una trampa. Conservaba una expresión grave, y su boca era una línea recta. Estaba empezando a poner nerviosa a Ivory con su manera de actuar, a pesar de que deberían haberse sentido seguros en medio del territorio carpatiano.

¿Qué ocurre? Miró al príncipe y le sonrió para disimular el hecho de que Razvan todavía debía decir algo.

No lo sé, pero no está solo. Estamos rodeados.

Desde luego, ella sabía que habría más carpatianos. Para empezar, Gregori nunca permitiría una reunión con el príncipe y su compañera eterna sin que él estuviera presente. Por eso se sintió más que inquieta.

—Nos das la bienvenida y, sin embargo, los tuyos parecen habernos rodeado —dijo Razvan.

Habló con una voz dura, más dura de lo que Ivory le había oído hasta ese momento. Entendió por qué se mantenía a sus espaldas. Esperaba un ataque, no de frente sino desde atrás o desde los lados. Su mirada le decía que se esperaba lo peor y, de pronto, aquella visita amigable ya no se lo pareció tanto. En ese momento supo que era perfectamente capaz de matar al príncipe si el carpatiano hacía un movimiento falso hacia ella.

Dio un pequeño paso atrás y se apartó de Razvan, y su naturaleza femenina dio paso a su condición de guerrera. Levantó ligeramente la ballesta, con la flecha inclinada lo suficiente para apuntar al corazón del príncipe.

—Sólo pretendíamos darte las gracias por tu ayuda —dijo—. Nada más. Nos iremos si no somos bienvenidos.

El príncipe avanzó hasta quedar en el claro, apartándose de la barandilla larga y bruñida y situándose en un punto donde ella podría dispararle sin dificultades. Mikhail tenía las manos separadas a los costados.

—Sois muy bienvenidos. Mi compañera eterna está dentro y desea conoceros. No puede levantarse para saludaros como es debido y deseaba que tuvierais un momento para visitarla.

Miró a su alrededor por el bosque y lanzó una llamada a los cazadores que rodeaban la casa. *Son mis invitados y son bienvenidos.* No había manera de no oír el toque de irritación en su voz.

—Os ruego que aceptéis mis disculpas y entréis.

Ivory miró a Razvan.

—Depende de ti. Si no te sientes bien acogido, no tengo intención de quedarme. —Sin embargo, quería tener noticias. Necesitaba saber cosas. Si de verdad iban a dar caza a Xavier, necesitaban hasta el último detalle que pudieran proporcionarle los carpatianos.

Gregori salió al porche de brazos cruzados.

—Cada vez que me descuido de ti, te conviertes a ti mismo en un blanco —dijo a Mikhail, con un amago de sonrisa. Después, miró al cazador de dragones.

—Cuando el príncipe desea que lo visitéis y garantiza vuestra seguridad, es un gran honor.

Ivory le respondió con una mirada que quemaba.

—Sólo si uno confía en el príncipe.

—¿Confías? —preguntó Mikhail, con la mirada fija en ella—. ¿Confías en mí?

Ivory guardó silencio un momento y escrutó su rostro. No se parecía en nada a su hermano. Y sólo un poco a su padre. Respiró hondo y dejó que Razvan viera sus pensamientos. Éste la apoyaba. Le daba serenidad en momentos en que el pasado parecía demasiado cerca. Ella sintió el roce de su mente, poderoso y pendiente totalmente de ella. De nadie más. La lealtad de Razvan era toda suya y no le pertenecía a nadie más.

—Sí.

Mikhail dio un paso al lado y se inclinó ligeramente para señalarles la puerta.

—Os ruego que entréis a mi casa como mis invitados de honor —dijo, y miró a Razvan—. Los dos.

Éste dio un paso adelante, pasó junto a Ivory y se concentró en pasar revista mentalmente a los ocupantes de la casa. En el interior había dos mujeres y varios hombres. Se detuvo en la puerta y le lanzó una mirada a Gregori.

—¿Crees que prepararíamos una trampa en el interior de la casa del príncipe, con su compañera eterna presente? —le preguntó Gregori, con un silbido de voz y mirando despectivamente a Razvan con sus ojos plateados.

Éste no se inmutó con aquella reprimenda.

—No me digas que no desconfiarías de tantos desconocidos. No me digas que no protegerías a tu compañera eterna. —Hablaba con voz serena, pero su mirada ardía—. Percibo sus sospechas como un peso que se cierne sobre los dos. Sólo queríamos daros las gracias y partir. A ninguno de vosotros os pedimos nada.

Una mujer de pelo rojo y dorado salió del interior de la casa y se detuvo bruscamente al llegar a la puerta, sin hacer caso de su compañero eterno, que pretendía retenerla. Era un guerrero alto e imponente, con ojos acerados y expresión grave.

—Razvan, por favor.

Razvan parpadeó. Interiormente, se derrumbó, quedó hecho añicos. Su corazón. Su alma. Por un momento, en el mundo sólo existió esa mujer. La persona por la que él lo había sacrificado todo. Su propia vida. Su alma y su cordura. Todo.

—Natalya —dijo, con la voz quebrada.

Su visión se volvió borrosa y Razvan se sintió desnudo y vulnerable ante ella. Una cosa era hablar de su hermana en la distancia, en un mundo de sueños en las entrañas de la tierra, lejos de las recriminaciones que Natalya seguramente guardaba en el corazón. Pero verla allí, parada frente a él, su hermana gemela, a quien Xavier había dado sistemáticamente informaciones falsas y a quien había engañado para que le enseñara hechizos que luego usaría con Razvan...

De pronto, Ivory se metió en su pensamiento. En su corazón. *Estoy contigo.*

Fueron sólo dos palabras, pero esa demostración de unidad lo era todo para él. Ivory lo decía muy en serio. Estaba a su lado, alta y erguida, una guerrera sin igual, rabiosamente orgullosa de él. Ivory era su ángel caído, su compañera eterna.

A Natalya se le llenaron los ojos de lágrimas.

—Razvan, por favor, no te vayas.

Él abrió la boca para hablar, pero no dijo palabra. Tragó para deshacerse el nudo de la garganta que amenazaba con asfixiarlo. Levantó una mano sin darse cuenta y tocó aquel cabello brillante. Natalya se lanzó a sus brazos, en medio de sollozos. Él cerró los suyos y la estrechó, sorprendido de que, después de tantos años y tanto sufrimiento, el vínculo entre ellos no estuviera del todo roto.

Ivory permaneció en su pensamiento, como si también lo abrazara, aliviando el peso de la responsabilidad que pesaba sobre su corazón. Razvan había aceptado sus decisiones y vivido con ellas, pero ver a su hermana viva, saludable y feliz, era una experiencia abrumadora.

La sostuvo con los brazos extendidos y la miró atentamente.

—Tienes buen aspecto, Natalya. Joven. Muy joven. —Él era su hermano gemelo y, sin embargo, parecía mucho más viejo.

Tú te has ganado cada una de tus bellas arrugas. Ivory le cogió la mano cuando él soltó a su hermana, y entrelazó los dedos con él.

—Te presento a Vikirnoff, mi compañero eterno —dijo Natalya, frotando el brazo del imponente guerrero, con un movimiento hipnotizador, como si frotara un talismán que la mantenía entera.

Razvan pensó que quizás eso hacía aquel hombre. Sin duda, Ivory lo mantenía a él entero.

—Me alegro de que te tenga a ti —dijo, con expresión sincera. No sabía que pensaría Vikirnoff de él, pero se veía que era un feroz protector de Natalya. Y si aquel hombre sentía ni aunque fuera una fracción de lo que él sentía por Ivory, Natalya estaba en buenas manos.

Razvan se llevó las manos de Ivory al pecho. Ella no se sentía cómoda con ciertas manifestaciones de afecto, pero no las retiró. Permaneció a su lado, envolviéndolo con su calidez, dándole seguridad, mientras apretaba la palma de la mano contra su pecho, ahí donde el corazón se había desbocado.

—Te presento a Ivory, *sívam és sielam*, mi corazón y mi alma —dijo, y le besó los dedos, que había llevado a sus labios—. Ivory, mi hermana, Natalya, y su compañero eterno, Vikirnoff.

Le parecía asombroso estar ahí, en presencia de Natalya, sin temer que su única función fuera servir de cebo en una trampa preparada por Xavier. Sin embargo, más que nada, se sentía orgulloso de tener esa mujer a su lado. Sentía que gracias a ella lo tenía todo. De alguna manera, Ivory había convertido una vida triste y sin esperanzas en una experiencia de alegría sublime.

—Me alegro de conocerte, por fin —dijo Ivory—. Tu hermano habla a menudo de ti. Y te agradezco que hayas ayudado a nuestra manada de lobos y nos hayas dado sangre cuando más lo necesitábamos.

Ivory siguió a Natalya y Vikirnoff hacia el interior de la casa. Sintió la poderosa presencia de algo en cuanto entró. Lanzó una mirada a Razvan para comprobar si también había sentido esa onda de energía. Él asintió silenciosamente con la cabeza, sin duda sintiéndose algo inquieto por tener a Gregori a sus espaldas.

Raja *nos guarda las espaldas,* le aseguró ella.

—Ha sido una hazaña memorable la de esos lobos que cargaron con cuatro seres humanos teniendo al vampiro pisándoles los talones —observó Mikhail.

Ivory lo miró con cautela.

—Son especiales, y son mi familia. Te agradezco que los hayas ayudado. ¿La pequeña sobrevivió? No tuvimos tiempo para prepararla para ese viaje. Tuvimos que sacarlos rápidamente de la casa.

—He visto los restos de la casa destruida. —Mikhail fue directamente hacia la mujer sentada en una silla de amplio respaldo, que descansaba con los pies sobre un taburete—. Os presento a mi compañera eterna, Raven —dijo, y se advertía una nota de amor profundo en su voz—. Raven, te presento a Ivory y a Razvan.

—Gracias por venir —dijo Raven—. Lamento no poder levantarme pero, por favor, sentaros. —Lanzó una mirada furiosa y subrepticia a su compañero eterno y a Gregori—. Al parecer, tanto el curandero como Mikhail me dicen lo que tengo que hacer.

—Y yo disfruto de la oportunidad para hacerlo —dijo Mikhail, sin asomo de arrepentimiento.

Ivory y Razvan se sentaron en dos de las sillas de amplio respaldo distribuidas en círculo. Mikhail lo hizo en el brazo de la silla de Raven, y Gregori se sentó frente a Razvan, paseando una mirada inquieta y mirando por las ventanas para escrutar el bosque de los alrededores.

—Creo que tenéis suficientes guardias allá afuera —dijo Ivory—. Yo he contado siete. ¿He pasado por alto alguno?

—¿Guardias? —preguntó Raven como un eco, mirando al príncipe y luego al curandero—. ¿Qué guardias?

—A mi hermano lo han considerado enemigo durante tanto tiempo —respondió Natalya—, que éramos muchos, incluyéndome a mí, los que lo veíamos como un traidor, y ahora a algunos les cuesta creer que eso no sea verdad.

—Tú estás embarazada con un hijo del príncipe —señaló Gregori con voz suave—. Hay muchos que consideran una extraña coincidencia que haya aparecido justo cuando estás a punto de dar a luz.

—Sin embargo, Mikhail jamás invitaría a nadie a nuestra casa si no estuviera seguro —dijo Raven—. Eso es absolutamente ridículo.

—También sospechan de mí —terció Ivory, que no quería que el príncipe se saliera con la suya—. Porque pertenezco al linaje de los Malinov.

—Creíamos que habías muerto hace siglos —dijo Gregori—. Sí, hay quienes sospechan, pero yo he estado en tu mente, mientras te curaba, a ti y a Razvan. Sé lo que habéis sufrido para proteger a ese campesino y su familia.

—Decidme cómo está la niña —insistió Ivory.

—Está viva y se pondrá bien —aseguró Gregori—. Falcon y Sara acogieron a la familia hasta que la niña estuvo sana. Ahora viven en la posada, y les ayudaremos a volver a empezar, porque casi todo lo que tenían fue destruido. Afortunadamente, el vampiro no mató a todos los animales, como suele suceder. Vosotros seguramente llegasteis y lo interrumpisteis antes de que pudiera provocar demasiados daños en la granja.

—¿Habéis borrado sus recuerdos? —preguntó Ivory.

Mikhail se inclinó hacia delante. Tenía el ceño fruncido.

—Con los padres fue fácil, pero los niños todavía tienen pesadillas. Gregori procura ayudarles. Hay quienes son más resistentes que otros. Quisiera que me contarais lo de vuestros lobos.

Ivory permaneció muy quieta. Razvan estaba interiormente tan quieto como ella, intuyendo que aquella no era una pregunta cualquiera.

—Hice una promesa a la manada de lobos que me ayudó y siempre he sido fiel a ella. El verano que nacieron los cachorros había abundantes presas y el invierno había sido benigno. La manada tuvo dos camadas de cachorros, lo cual a veces sucede cuando es un buen año. Yo ayudaba en la caza, así que todos estaban bien alimentados, y la pareja alfa y los que le seguían en la jerarquía se cruzaron. Los vampiros encontraron a mi manada y los mataron, esperando encontrarme a mí en su compañía.

A Ivory le tembló la mano, y Razvan la cubrió con la suya y la acarició con el dedo pulgar para serenarla. Ivory no lo miró, pero le abrió su pensamiento y lo dejó consolarla ahí donde nadie podía ver. Recordaba que encontrar a los lobos de la manada agonizantes o muertos había sido uno de los peores momentos de su vida.

—Los cachorros es lo único que queda de la manada original. Quedaron gravemente heridos, pero yo no estaba del todo... —dijo, buscando la palabra exacta—, sana... por aquel entonces. A duras penas soportaba la luz de la luna y pasaba la mayor parte del día en las entrañas de la tierra. Necesitaba a la manada para sobrevivir. No podía dejarlos ir, y me metí en la madriguera con ellos y les di mi sangre en muchas ocasiones. A veces no me quedaba más remedio que tomar también la de ellos. Pasó mucho tiempo, quizá semanas, no lo recuerdo, antes de que se convirtiera el primero.

Aún recordaba ese momento, el animal chillando de dolor, y ella sacudida por lo que había hecho.

—Me aseguré de que aprendieran a cazar sólo conmigo. Los alimenté y los cuidé. No se reproducen. —Ivory alzó la cabeza y miró al príncipe a los ojos—. Ellos son mi familia. Hemos cazado al vampiro durante siglos y me han salvado la vida en innumerables ocasiones. —Con una sola mirada amenazadora transmitió precisamente lo que quería, a saber, que estaba dispuesta a luchar a muerte por su manada.

—Entiendes que podrían crear problemas si empezaran a buscar a los humanos como presas —dijo Gregori.

Ella lo miró sin perder la serenidad.

—Ni más ni menos que cuando lo hace uno de nosotros. No tendríamos otra alternativa que darle caza al lobo y matarlo.

Mikhail levantó una mano.

—Sólo necesitamos saber, Ivory. Es una manada del todo inusual pero, al parecer, tú lo tienes todo controlado.

Razvan se removió en su sitio.

—Empieza a hacerse tarde y no nos hemos alimentado. La manada está bien, pero debemos cazar antes de regresar a casa.

Razvan saboreó la palabra *casa*. La dejó rodar desde los labios. El espacio en aquella casa era demasiado estrecho. En realidad, no recordaba cuándo había vivido en una casa, desde luego no con tanta gente que tuviera los ojos puestos en él. Ivory sabía disimularlo, pero ella también se sentía incómoda. Ninguno de los dos sabía cómo conducirse ante los demás, después de haber vivido tanto tiempo en soledad.

—Podemos alimentaros a los dos —dijo Mikhail—. La verdad es que os he traído aquí con un fin.

Ivory se reclinó en su asiento, pero Razvan se dio cuenta de que no había soltado la ballesta. También percibió una ligera alarma entre los lobos.

—Desde luego que sí.

Mikhail sonrió.

—Nuestros hijos mueren antes de nacer, Ivory. No tengo tiempo para dedicarlo a fruslerías. Nuestras mentes más brillantes han intentado encontrar una solución al problema y, finalmente, hace poco, hemos descubierto que la causa de los abortos es Xavier. Ha hecho mutar a unos extremófilos, unos microbios que atacan a nuestros fetos en la matriz. Los microbios están en el suelo. Aunque cambiáramos de lugar, y hemos sopesado esa posibilidad, él puede contaminar el suelo, donde sea que vayamos. Tenemos que detenerlo de alguna manera.

—Ése también es nuestro objetivo —dijo Ivory.

—Gregori me ha dicho que vosotros dos estáis empeñados en destruir a Xavier. Cree que si hay alguien que puede hacerlo, sois vosotros los que tenéis las mejores probabilidades. Tengo una gran confianza en Gregori, así como en mis propias intuiciones. Quisiéramos ayudaros en todo lo posible.

—No —interrumpió Natalya—. Razvan, no. —Se sacudió de Vikirnoff y se plantó con las manos en las caderas—. Acabo de recuperarte. No puedes acercarte a ese hombre. Por nada del mundo. Sabes que te está buscando. Lo sabes.

Razvan dejó escapar un suspiro. De pequeño, nunca le había gustado que Natalya se pusiera nerviosa, y ahora que era una mujer adulta la contrariedad en él era aún mayor.

—Lo conozco mejor que nadie, Natalya —dijo, con voz serena—. Ivory lo ha investigado a fondo, e incluso fue pupila suya en su academia. Es muy eficaz cuando se trata de invertir el sentido de sus hechizos. Mikhail tiene razón cuando dice que Ivory y yo tenemos más probabilidades que nadie de detenerlo.

—Pero no es justo. Tú ya has sufrido bastante. —Lo que de verdad quería decir era que lo había dado por perdido hacía años, y no era justo para ninguno de los dos. Quería que volviera.

Vikirnoff le tendió la mano y, después de un instante de vacilación, ella la cogió y se dejó ir contra él, a todas luces intentando no llorar.

—Puede que el enorme sacrificio de Razvan e Ivory sea precisamente lo que salve a nuestro pueblo —dijo Mikhail—. Los dos conocían a nuestro enemigo durante un tiempo en que nosotros lo creíamos muerto. Sólo contamos con Lara para mantener vivas a las criaturas, pero ella no puede seguir haciéndolo eternamente. Tenemos cuatro mujeres, Syndil, a ti, Natalya, Lara y Skyler, que pueden limpiar la tierra. En estos momentos, nuestra especie se ha vuelto muy frágil. Aunque consiguiéramos acabar con Xavier, todavía tendríamos que luchar contra los peores pronósticos. Necesitamos a Razvan y a Ivory. Necesitamos a todos los guerreros que tenemos para luchar de cualquier modo que podamos.

—No entiendo a qué te refieres cuando hablas de extremófilos —dijo Ivory, frunciendo el ceño—. Antes, cuando estábamos en las entrañas de la tierra, capté imágenes de estas cosas en vuestras mentes, pero no acabo de entender para qué las utiliza Xavier. También ha criado unos parásitos que mejoran la comunicación entre los vampiros y para identificar a sus aliados. ¿Qué hacen esos microbios?

—Están en el suelo, y penetran en el cuerpo de los hombres cuando descansan —dijo Gregori—. Durante el acto sexual, éste transmite los microbios mutados a su mujer, que a su vez se los pasan al hijo en su vientre. Es un círculo vicioso que no somos capaces de detener.

—¿Y estáis seguros de que la fuente es Xavier? —preguntó Ivory.

—Yo fui testigo de sus experimentos —intervino Razvan—. De todos los experimentos. Siempre estuve presente cuando pronunciaba sus hechizos malignos, torciendo y corrompiendo la naturaleza para sus propios y oscuros intereses. Tenía tinajas de sangre y veneno líquido.

Ivory alzó la cabeza como si olisqueara algo.

—¿De verdad oíste sus hechizos? ¿Él te dejó? ¿Tú estabas allí? —Ivory intentaba dominar la excitación que la embargaba.

—Ya te he dicho que no soy muy bueno cuando se trata de hechizos. Por eso siempre prefirió a Natalya. Ella sí es buena.

Natalya iba a interrumpir y a decir algo, pero Mikhail la hizo callar. *Déjalos que hablen.* Había visto, e incluso sentido que de pronto Ivory estaba muy emocionada.

—Pero posees una memoria extraordinaria —señaló Ivory—. Yo lo he visto, no te olvidas ni del más mínimo detalle. —Miró a Gregori para obtener su confirmación, sabiendo que el curandero había pasado largas horas en la mente de Razvan—. Ya hemos hablado de esto, Razvan. Si puedes recordar las palabras exactas y precisas de sus hechizos, estoy segura de que seré capaz de desentrañarlos. Xavier utilizaba a los aprendices como punto de partida de la mayoría de sus hechizos y luego, cuando ellos se volvían demasiado hábiles, se deshacía de ellos, porque los temía.

Razvan le acariciaba la mano y le frotaba la muñeca, justo en una delgada línea donde antes había un corte.

He dicho que puedo recordar y sí, incluso recuerdo ése, pero recordarlo no será fácil. No quería volver a vivir los días de tortura, los chillidos, las víctimas indefensas, las mujeres a las que no podía ayudar. Recordaba su propio papel, consciente de ello o no. *Si eso es lo que deseas, lo haré*, dijo.

Ivory trabó contacto mental con él y descubrió la serenidad de siempre, la calma que venía con la aceptación sin ambages. Si ella le pedía que retrocediera en el tiempo para recordar, él lo haría sin vacilar, lo cual hacía revivir el amor que sentía por él. Se sentía cada vez más orgullosa de su compañero. No le importaba lo que vieran los demás en su rostro marcado por el tiempo porque ella siempre veía a un héroe.

—¿Si tuvieras el hechizo que él usó, podrías darles a esos extremófilos una orden? —preguntó Mikhail a Ivory.

—Quizá pueda, si tengo tiempo suficiente. Tendría que estudiar el hechizo. A Xavier le gustan los hechizos complejos. Y habrá necesitado uno muy complejo para destruir a toda una especie o para conseguir que otra especie mute. —Ivory se encogió de hombros—. No tengo ni idea de cuánto tardaría pero, hasta ahora, cuando he estudiado cada uno de sus hechizos, he sido capaz de invertirlos —dijo, alzando el mentón—. Era muy buena alumna.

Razvan le apretó el pulgar en el tejido sensible de la muñeca y acarició el pulso que se disparaba.

—Si tenemos que abandonar las montañas, lo haremos —dijo Mikhail—. Pero dudo que eso vaya a solucionar el problema. Con el tiempo, se extenderá por nuestro país y llegará a otras tierras. Sería mucho mejor erradicarlo del todo.

Ivory asintió con un gesto de la cabeza.

—Xavier emprenderá algo contra ti muy pronto —le dijo, y miró a Raven—. Tú ya tienes una hija y ahora, con un hijo, no se puede permitir que viváis. Vendrá por ti.

Mikhail le puso un brazo a Raven alrededor de los hombros con ánimo de consolarla.

—Estamos preparados —dijo.

—¿Por eso que tus guerreros rodean la casa? —preguntó Razvan.

Mikhail asintió con un gesto de la cabeza.

—Todos estamos inquietos. Los ataques se vuelven cada vez más frecuentes, nos cogen solos, uno tras otro, se ceban con los niños durante el día, sirviéndose de sus marionetas. Nos van agotando. Fue una sorpresa veros aparecer a los dos. Y, desde luego, como ya se ha mencionado, el momento es sumamente sospechoso.

—Pero ¿para ti no? —preguntó Ivory, mirándolo fijo una vez más. Sin vacilar.

Él le respondió con una sonrisa.

—Llevo sobre mis hombros el peso de los míos desde hace mucho tiempo, Ivory. No tengo los dones de mi padre, pero sí una buena intuición. Tengo que confiar en ellos. Pocas cosas son una verdadera certidumbre en este mundo. Yo he decidido hacer caso de mi intuición con respecto a vosotros dos y con la opinión favorable de Gregori. Esa combinación pocas veces ha fallado.

Gregori intervino con un bufido poco elegante.

—Querrás decir *nunca*. No cometo errores cuando se trata de tu seguridad.

—Si mal no recuerdo, Razvan consiguió ponerme un puñal en el cuello cuando tú no estabas a más de seis metros —señaló Mikhail, con un ligero tono humorístico.

Ivory entendió que la relación entre los dos hombres estaba fundada en una amistad y camaradería muy estrechas.

—Le he pagado una buena cantidad de dinero para que lo hiciera —dijo Gregori—. Quería que entendieras que, en tu condición de príncipe nuestro, no deberías ir por ahí cazando vampiros, y Razvan se mostró de acuerdo para darte una lección.

—Sois imposibles —soltó Raven, riendo—. Pero intuyo que nuestros invitados tienen hambre. Quizá deberíais hacer algo —sugirió.

—Somos capaces de cazar —dijo Ivory, procurando no sonar demasiado rígida. Una cosa era aceptar sangre cuando estaba indefensa, pero hacerlo una vez que había sanado era algo muy diferente. Ella era una guerrera, no una niña.

—No hay necesidad de ello —dijo Mikhail—. Te ofrezco mi

sangre libremente. —El príncipe le sonrió. Una sonrisa franca y amistosa. Ivory sintió un nudo en el estómago. Ella no tenía amigos, no sabía cómo tenerlos. ¿Qué quería él de ella? ¿Qué esperaba? La habitación le pareció demasiado estrecha y a duras penas podía respirar.

Poco importa lo que quieran de nosotros, le aseguró Razvan. *No necesitamos nada de ellos, ellos nos necesitan a nosotros. Cualquier cosa que decidamos hacer es decisión nuestra. No hemos jurado lealtad a este hombre. Nos hemos fijado un camino y seguiremos adelante. No hay peligro en escucharlo. Su sangre es pura y es más rica que cualquier otra. Si tú no quieres alimentarte de él, lo haré yo y tú te alimentarás más tarde.*

Ella percibió la fría determinación en su voz y se tranquilizó. Se había mantenido con vida observando todo lo que se movía a su alrededor, evitando a los demás y procurando situarse en la posición más ventajosa si tenía que combatir. Razvan hacía lo mismo.

Ivory había escogido la silla donde estaban sentados de modo que nadie pudiera acercársele por detrás ni por los lados. Raven y el príncipe eran bastante vulnerables, ahí donde estaban, frente a ellos. Sabía que el príncipe se había sentado deliberadamente en una posición de desventaja para mitigar su cautela instintiva en esas situaciones y, a pesar de que lo agradecía, tenía ganas de irse.

Le costaba mantener la compostura cuando latían tantos corazones, cuando la sangre rugía en las venas y las emociones a su alrededor parecían demasiado descarnadas. Después de vivir tanto tiempo sola, al encontrarse con tantas personas en una habitación, aunque fuera espaciosa, seguía sintiéndose incómoda. Se obligó a sonreírle al príncipe e inclinó la cabeza a la manera de una princesa.

—Te agradecemos tu generoso ofrecimiento —dijo.

Más que ella, era Razvan quien se sentía incómodo con lo de alimentarse. No le gustaba tomar la sangre de una herida en una muñeca, y ella sintió su inmediata repulsión cuando el príncipe le ofreció la suya. Ella tomó la sangre sin vacilar, deseando distraer la atención centrada en Razvan.

—Te ofrezco mi sangre, Razvan —dijo Natalya, en medio del

silencio—. No me importaría volver a sentir el proceso del vínculo contigo una vez más.

Razvan se quedó absolutamente inmóvil. Ivory percibió enseguida su rechazo, sus ganas de desentenderse. Se puso muy pálido, un blanco casi transparente, y las arrugas del rostro se volvieron más profundas.

—No soy el príncipe pero, como hermana tuya, te la ofrezco libremente.

A Razvan se le tensaron todos los músculos, a pesar de que conservó el aspecto tranquilo y sereno de siempre. Se limitó a ponerse de pie y se apartó de Natalya, guardando cierta distancia entre los dos, aunque con una leve sonrisa que le suavizó la expresión. En su mirada asomó la tristeza. Inclinó la cabeza hacia ella como gesto de respeto.

—Me honras, hermanita, pero no puedo aceptar ese regalo.

Sintió un retortijón en el estómago y un regusto a bilis. Ivory deslizó la lengua por la muñeca de Mikhail para cerrar la herida, y se incorporó lentamente. Razvan aparentaba calma, pero ella sentía la tensión que aumentaba.

Gregori frunció el ceño. Le había dado una enorme cantidad de sangre a Razvan a lo largo de las últimas semanas y había penetrado en su mente y en sus recuerdos. En ese momento entendió que a aquel hombre normalmente sereno lo embargaba una verdadera aflicción. Se levantó y se acercó a él, bloqueando la visión de los demás.

—Será mejor para él, Natalya, tomar de la sangre de un curandero. Se encuentra restablecido, pero no del todo. Sus huesos tienen que terminar de soldarse.

Razvan no dijo palabra. No confiaba en sí mismo para hablar. Sencillamente aceptó el ofrecimiento del curandero, agradecido de que los demás no vieran cómo le temblaban las manos.

Estoy contigo. No eres un monstruo que le desgarra la piel a su víctima para tomar su sangre. Ivory hablaba con voz queda y segura, procurando arroparlo con su presencia.

Razvan no respondió, pero dejó que ella se colara subrepticiamente en su pensamiento y viera el caos que reinaba en aquellas imágenes. Por un momento, el horror la paralizó, como a Gregori, cuando compartieron la visión de una pequeña a la que unos dientes afilados le desgarraban la muñeca.

—Xavier tendrá que responder por muchas cosas —dijo Gregori, con voz queda.

Una vez más, Razvan guardó silencio, pero ese entendimiento contribuyó a que se le aflojaran aquellos nudos cada vez más tensos en el estómago. Cerró los orificios en la muñeca del curandero y lo saludó con una leve inclinación para mostrar su agradecimiento. Gregori ignoró aquella formalidad y le dio unos golpecitos en la espalda.

—No es como si no nos conociéramos —dijo Gregori.

—Mikhail —dijo Raven, pensativa—, ¿te has dado cuenta del parecido entre Syndil e Ivory? Podrían ser hermanas.

—No tengo hermanas —dijo Ivory—. Tenía cinco hermanos.

—Sin embargo, os parecéis —confirmó Mikhail—. Y tú tienes una afinidad especial con la tierra, como Syndil. Es una mujer extraordinaria. Tienes que conocerla.

A ella no la iban a integrar en la comunidad carpatiana. A duras penas sabía cómo comportarse allí, insegura de sí misma, como si todo estuviera fuera de lugar.

Yo siento lo mismo. La voz de Razvan era un bálsamo en su mente.

¿Qué nos ocurre, a pesar de lo generosos y acogedores que se muestran con nosotros?

Hemos vivido demasiado tiempo apartados de los demás, le aseguró él. *Y demasiado tiempo en que sólo teníamos nuestra propia compañía. Necesitamos los espacios abiertos y la calma de nuestro propio refugio.*

Ivory deseaba fervientemente que acabara aquella reunión y pudieran volver a casa, pero algo le rondaba el pensamiento a Mikhail y no la dejaría ir hasta que no se lo dijera.

Razvan le cogió la mano. Ahora los dos se habían puesto de pie, el primer paso para una salida digna. Antes de que Ivory pidiera disculpas por tener que marcharse, Mikhail volvió a hablar.

—Hace algún tiempo, Natalya vino a nosotros, a estas montañas, en busca de respuestas. Su padre robó un libro.

Razvan aspiró bruscamente y apretó con fuerza la mano de Ivory.

—Nuestro padre murió por ese libro, el libro maestro de los hechizos de Xavier. Xavier lo selló con la sangre de todas las especies. Magos, carpatianos, hombres lobo, jaguares y humanos.

—No había sangre de los hombres lobo —aseveró Natalya—. Tuve la visión durante mi búsqueda del libro. Fue sellado con la sangre de los tres y debe ser abierto con la sangre de los tres —dijo, y miró a su compañero. *Vikirnoff, ¿por qué mentiría a propósito de algo así? Tú viste la visión, como yo. Xavier vertió la sangre de los tres. ¿Por qué insistiría Razvan en que había otros?*

No lo sé. Sin embargo, Natalya captó la sospecha en la voz de Vikirnoff.

—Mató a una mujer de cada especie y selló el libro —aseveró Razvan—. Yo lo vi. Que me quieras creer o no, es asunto tuyo.

Mikhail se paseó por la sala.

—Los hombres lobo se ocultan mejor que cualquier otra especie. Su sangre es poderosa y diferente. Xavier tendría que haberlo sabido. Ha estudiado la sangre y jamás los habría dejado en paz. La sangre de los hombres lobo puede ocultarse, pero no así la de los humanos.

—Entonces, ¿qué ocurrió con la sangre de los hombres lobo? —preguntó Natalya, sin poder evitar cierto tono de suspicacia—. Yo vi a Xavier llevar a cabo el ritual.

Ivory la miró fugazmente y se encogió de hombros.

—Es probable que esté ahí, escondida. Un secreto que ayude a proteger el libro. Si Xavier conociera las propiedades de la sangre de los hombres lobo, sabría que se puede ocultar. Podría valerse de eso para impedir que el libro fuera abierto y luego utilizado. En cuanto a la sangre humana, Xavier no tendría problemas para ocultarla si lo deseara. Y en lo que respecta a tu visión, habrá conseguido que alguien tenga acceso a ellas. Xavier solía poner barreras protectoras en torno a todo lo que hacía.

Natalya sacudió la cabeza. Había tenido que vivir una experiencia horrible para recuperar el libro, y se había visto obligada a presenciar la muerte de su propio padre.

—¿De verdad llegaste a tener el libro en tus manos? —preguntó Razvan a su hermana—. ¿Lo encontraste?

Ella asintió con un gesto de la cabeza.

—Nuestro padre dejó un mensaje, una manera de dar con él. Y yo se lo entregué a Mikhail.

—Quiero que tengas el libro, Ivory —dijo Mikhail—. Nadie sabe dónde está tu refugio. Nadie ha sabido de tu existencia durante estos largos años. Sin embargo, no puedes encontrarte demasiado lejos de aquí. El libro debe permanecer oculto y lejos del alcance de Xavier. Te lo confiaré, así como te confiaré todos los conocimientos que puedas adquirir mientras lo tengas en tu poder.

Una exhalación de asombro recorrió la habitación. Incluso Natalya sacudió la cabeza. Vikirnoff dio un paso adelante con cierto talante agresivo.

—El libro te fue confiado a ti, Mikhail —objetó—. A nadie más —dijo, y señaló a Ivory—. El compañero eterno de esta mujer fue poseído por Xavier durante muchos años. Xavier lo ha utilizado para espiar, engañar, mentir y causar grandes perjuicios. ¿Cómo sabemos que en este mismo momento no nos está engañando? ¿Serías capaz de entregar un libro tan peligroso precisamente al hombre que ha pasado varias vidas con él? Acabamos de conocerlo —dijo, y miró a Gregori—. No nos queda más remedio que llevar este problema ante el consejo.

Mikhail se irguió cuan alto era. Al verlo, Ivory se quedó sin aliento. Un poder palpable llenó la habitación, tan intenso que incluso las paredes se expandieron y contrajeron y la tierra se remeció ligeramente bajo sus pies. La energía chisporroteó en el aire.

—No pido la opinión del consejo de guerreros, ni necesito hacerlo. Si no puedes comportarte como es debido con un huésped en mi casa, debes marcharte.

Ni chilló ni gritó. Su voz, de hecho, era grave, pero llevaba suficiente peso como para acallar a cualquiera.

Vikirnoff abrió la boca y enseguida la cerró, con una mirada de repentina impaciencia.

—Que quede constancia de que declaro que es una idea equivocada, y que la decisión de entregar el libro debería esperar. Hasta que no hayamos conocido bien a estos dos, no podemos confiar en ellos.

Natalya se incorporó, sin saber si creer en su hermano y recordar las incontables ocasiones en que la había engañado para que le entregara información que necesitaba Xavier. Sacudió la cabeza y abandonó la casa con Vikirnoff.

Siento que te haya herido, dijo Ivory, intentando consolar a Razvan.

Tiene sus motivos para preocuparse, replicó éste, con voz serena. *No te irrites por mí.*

—Deberían haber empezado por preguntarme si quería el libro —dijo Ivory—. Porque la verdad es que no lo quiero. Pero te agradezco la confianza que has depositado en nosotros. *Desde luego que me irrito por ti. Ella te ha herido, lo reconozcas o no, y no te lo mereces.*

—Puede que el libro te sirva para encontrar una manera de luchar contra los extremófilos —dijo Mikhail, al parecer ignorando que los dos sostenían una conversación privada, si bien Ivory estaba casi segura de que el príncipe lo sabía.

No la culpes a ella, Ivory. Natalya sufrió mucho a lo largo de estos años. Sola y asustada, con Xavier constantemente pisándole los talones. Por mi bien, no la culpes.

Ivory suspiró. Ella haría lo que fuera por Razvan en ese momento. Si perdonar a su hermana y a su compañero eterno era tan importante para él, se plegaría a su voluntad. Miró a Razvan y le sonrió levemente antes de volver toda su atención al príncipe.

—No puedo deshacer la mutación de los extremófilos, pero quizá pueda modificar su función —dijo Ivory—. Sin embargo, ese libro no me ayudará. Es un libro lleno de hechizos retorcidos y es muy peligroso, puesto que cualquiera que lo tenga e intente usarlo, incluyendo a Xavier, sólo se volverá tan corrupto y retorcido como el propio libro.

Razvan le cogió una mano, amándola todavía más por el apoyo que le había prestado.

—Tiene razón, Mikhail. El libro es obra del demonio. La sangre que lo sella es la de las mujeres que él mató. Un libro sellado con la muerte. Y, por eso, tendría que ser abierto con la muerte. Destrúyelo, aunque no será fácil. No dejes jamás que nadie lo toque, sólo tú, y destrúyelo en cuanto encuentres una manera de hacerlo. No puedes arriesgarte a que te contamine.

—Xavier lo habrá protegido con otros hechizos —añadió Ivory.

—¿Estáis seguros de que es lo mejor que se puede hacer con el libro? —preguntó Mikhail—. Si contiene información sobre el hechizo de Xavier para matar a nuestros hijos...

—Ya sé que es comprensible pensar que puedes utilizar el libro para invertir ese hechizo, pero ese libro es un enemigo casi tan poderoso como el propio Xavier —dijo Ivory—. Si acabara en manos de uno de mis hermanos, se desataría una guerra más horrible que cualquier cosa que hayas vivido. Destrúyelo —dijo, con un profundo suspiro—. No será tarea fácil, pero sospecho que no podrás llevarla a cabo solo. Busca a las tías de Razvan. Sé que todavía duermen, pero cuando despierten, háblales de este asunto.

—¿Cómo invertiremos el hechizo de Xavier si no podemos usar el libro? —preguntó Raven.

—Razvan recordará los hechizos del mago oscuro y yo lo pondré por escrito —contestó ella—. De esa manera, tendremos un registro seguro. Mientras Razvan viva y pueda recordar, es posible que podamos reconstruir todo el libro sin su marca corrupta.

—¿De verdad crees que lo puedes conseguir? —preguntó Raven, y se llevó ambas manos al vientre con gesto protector.

—Algún día quiero tener hijos —respondió Ivory, aunque, en realidad, no creía que sobreviviría a la batalla que los esperaba—. Lo haré, tarde lo que tarde en ello.

Capítulo *14*

La noche los acogió con sus grandes espacios abiertos. El cielo se había cubierto de nubes. Ivory respiró hondo el aire frío y rió de felicidad por el sólo hecho de encontrarse en el exterior, donde se sentía viva y podía respirar a sus anchas.

—Jamás volvamos a hacer eso —dijo.

Razvan le sonrió.

—Buena idea. Tú eres la de los buenos modales y la que insistió en que les diéramos las gracias. —Alzó los brazos hacia las nubes grises y aspiró el aire—. Creo que tendremos nieve.

—¿Cogemos a los niños y los llevamos a casa? —preguntó ella, sonriendo como él.

—¿Volaremos? ¿O correremos? —preguntó él, a su vez, arqueando las cejas.

Ivory miró atentamente a su alrededor.

—Creo que por ahora caminaremos.

Razvan inspeccionó el entorno con todos los sentidos, intentando recoger las impresiones de Ivory. Estaba seguro de que algunos guerreros carpatianos los seguirían para cerciorarse de que no iban a reunirse con Xavier y que luego informarían sobre todo lo que habían escuchado.

—Creen que soy un espía —dijo—. ¿Te molesta?

—En realidad —lo corrigió ella—, creen que los dos somos espías. —En su rostro asomó otra sonrisa—. Me he pasado varias vidas creyendo que los carpatianos eran unos traidores y ellos, al contrario, creen que lo soy yo.

—Porque estás conmigo —dijo él—. Si lo deseas, cuando quieras visitarlos o hablar con ellos para recoger información, no me importará que acudas sola a la aldea. Yo puedo quedarme con los lobos en las afueras, esperándote.

Ella sacudió la cabeza.

—No es sólo por ti. Recuerda que soy una Malinov. No puedo culparlos, y es verdad que el momento de nuestra aparición es muy sospechoso. Yo, al menos, sospecharía. —Sin embargo, Ivory no estaba contenta con la actitud de la hermana de Razvan. Natalya debería haber creído en él. Pero tenía miedo de creer, y ese miedo era más fuerte que su incredulidad. Ivory no dijo lo que pensaba porque Razvan sencillamente aceptaba las sospechas de su hermana como aceptaba casi todo. Pero si se presentaba la oportunidad, tenía la intención de hablar con ella.

Razvan rió y le apretó la mano.

—Todavía puedo leer tu pensamiento.

Ivory se ruborizó al caer en la cuenta de que ella también estaba en su mente.

—Parece muy natural. No quería que lo escucharas.

—No me importa que me defiendas pero, de verdad, Ivory, no es necesario. He aprendido a vivir sin la admiración de Natalya durante estos largos años. Pero me preocupa mi hija, Lara. Espero que podamos aliviarla si eliminamos a Xavier, aunque no tengo intención de perturbar su vida, ni la de Natalya, ni siquiera la de mis tías. Estoy bien como estoy, y soy feliz.

Se llevó la mano de Ivory al pecho mientras caminaban, y la acercó a él.

—Lara no ha venido a verme, y tú sabes tan bien como yo que eso significa que no estaba preparada. Me siento incómodo ante tantas personas juntas. Las emociones, a las que no estoy acostumbrado, pueden ser difíciles de manejar. Necesito tener paz en mí, y con la combinación de sus dudas y sus culpas presionándome, me he dado cuenta de que me concentro sólo en mantenerme sereno mentalmente, algo que no me ha ocurrido durante tantos años que ni me atrevo a contarlos.

—Son unos necios, Razvan, por no entender lo que has sufrido por ellos. Por todo el pueblo carpatiano.

—Mis tías se lo dirán cuando salgan de las entrañas de la tierra. Han vivido demasiado tiempo al borde de la muerte por inanición y Gregori intenta sanarlas desde hace tiempo —dijo Razvan—. Cuando nos comunicamos mentalmente, lo he visto con toda claridad. —Sonrió, esta vez con una mirada de afecto—. Las vi como mujeres, como las veía él, no como los dragones que eran cuando estaban cautivas. Fue... asombroso.

Ivory seguía caminando con él, balanceando los brazos, deseando haber prestado más atención a las diversas personas en la mente de Gregori. Si no eran imágenes de las batallas, o no le parecían importantes, había intentado ser muy discreta con su intimidad. Ahora apenas recordaba a las dos mujeres que le habían salvado la vida a Razvan al volverlo plenamente carpatiano. Por sus venas corría la misma sangre de Rhiannon, la abuela de Razvan, que pertenecía a un poderoso linaje carpatiano.

—Cazador de dragones —murmuró—. Recuerdo que ese nombre solía pronunciarse con admiración y respeto. Tú perteneces a ese linaje y le eres fiel.

Comenzaron a caer los primeros copos de nieve, pequeños cristales de una rara belleza. Razvan los miraba mientras caminaban, dejando a su paso sólo el asomo de una huella, o ninguna, si Ivory así lo quería. Seguían dejando sus olores al pasar, asegurándose de que cualquiera que deseara seguirles el rastro vería la huella que cambiaba de dirección.

Razvan caminaba a su lado y se sentía contento. Se detenía de vez en cuando a recoger un puñado de nieve para hacer una bola y lanzarla contra un árbol al pasar. Volvía a sentirse como un jovenzuelo, despreocupado y feliz, como cuando corría con los lobos.

—Te apoderas de cada momento —dijo Ivory—, y vives el presente.

—Descubrí que para sobrevivir —dijo él, encogiéndose de hombros—, tenía que vivir el presente. Todo lo que hago lo hago con todo lo que hay en mí. Disfruto cada momento, o lo aguanto, o sobrevivo a él. —Miró la nieve que caía a su alrededor y a los árboles cargados de carámbanos—. Esto es el paraíso para mí.

—¿Caminar por el bosque en la nieve, esperando despistar a cualquiera que nos siga? —preguntó ella, riendo y sacudiendo la cabeza—. De verdad que eres especial. Me gusta, pero sigues siendo algo raro.

Razvan rió, feliz, una risa profunda y pura que se deslizó en Ivory y le hizo cantar el corazón. La hizo sentirse algo ridícula, pero no le importaba. Conservó aquella sonrisa tonta de todas maneras.

—Tenemos todo lo que podamos desear en este momento. Tú. Yo. La manada. Mira a tu alrededor. La nieve es bella, los árboles son increíbles. Somos felices. Ocurra lo que ocurra, tenemos estos momentos que podemos atesorar. Aquí y ahora. Lo mejor será conservar lo principal de ellos porque nunca volveremos a vivirlos.

Le lanzó una bola de nieve que le dio en la cabeza y se deshizo, dejándole restos pegados al pelo negro azabache. Y huyó a la carrera.

Ivory se quedó boquiabierta y lo persiguió, cogiendo un puñado de nieve al pasar, la compactó en una bola y la lanzó a gran velocidad y con la misma precisión que disparaba sus flechas.

Razvan se agachó y miró hacia atrás por encima del hombro, riendo. Ella le pareció muy bella mientras la observaba correr a grandes pasos por la nieve, flexionando unos músculos perfectos. El sólo hecho de verla moverse era un pecado. Ivory estaba entusiasmada y tenía los ojos muy abiertos. Unos copos de cristal cayeron sobre sus pestañas y parpadeó para librarse de ellos. Fue un gesto muy femenino, indescriptiblemente sensual y, sin embargo, en absoluto intencionado.

Él cobró ventaja y de pronto volvió sobre sus pasos. Corrió hacia ella y le lanzó tres bolas de nieve para distraerla, sin importarle dónde dieran, y contemplando su boca, como un bello arco, curva y suave y tentadora. Se agachó y arremetió contra ella, la levantó en vilo y la tumbó suavemente.

Cayeron sobre la nieve y se hundieron en el polvo helado. Razvan la cogió por la muñeca antes de que ella consiguiera meterle una bola por la camisa entreabierta. Ella lo miró riendo, y a él le dieron ganas de devorarla. Antes de que pudiera aprovecharse y besarla, lo empujó con los pies y lo separó lo suficiente para rodar y quedar ella encima, intentando clavarlo al suelo. Lucharon rodando sobre la nieve, y se levantó un polvillo blanco que se mezcló con los copos que caían. Sus risas sonoras sacudieron las hojas de los árboles, y el viento transportó el ruido en medio del silencio de la noche.

Se quedaron tendidos uno junto al otro, con los brazos y las piernas abiertas, como dos niños pequeños, dibujando figuras en la nieve y luego incorporándose de un salto para reanudar la batalla y lanzar certeras bolas de nieve.

Al final, Ivory se lanzó a sus brazos y le rodeó el cuello con los suyos, a la vez que le rodeaba la cintura con las piernas, intentando poner fin al desquiciado juego antes de que acabara llorando de la risa.

—Eres un loco, Razvan —dijo, y lo estrechó con fuerza. Hundió la cara en su cuello, temiendo que rompería a llorar por las emociones que asomaban y que amenazaban con abrumarla.

Sabía que Razvan veía en ella a una especie de milagro pero la verdad era todo lo contrario. Ella no tenía idea de cómo divertirse, y no tenía idea de cómo lo conseguía él. En su vida no había habido diversiones, sólo crueldades y torturas. Ella al menos había jugado con su manada, pero había sido Razvan el que había devuelto la diversión a su vida.

—¿Ivory? —preguntó, con voz queda.

Ella no quiso levantar la cabeza, y lo estrechó con más fuerza, con la cabeza todavía oculta en su cuello, escuchando el latido desbocado de su corazón y sintiendo su pulso vital.

Razvan la apretó a su vez y la meció suavemente como si quisiera consolarla, pero no dijo palabra, ni pidió que le explicara por qué había puesto fin al juego. Sencillamente lo aceptó. Ella cerró los ojos y lo saboreó. No era la fuerza física, que en él era notable, lo que la atraía, sino, más bien, la fuerza pura de su carácter, la insondable fuente de fuerza espiritual en lo más profundo de él. Razvan era muy fuerte. Como una roca. Para ella.

Alzó la cabeza y le sonrió, sin darse cuenta de que su corazón le brillaba en los ojos.

—Eres mío, cazador de dragones. Mi roca.

La sonrisa lenta con que él respondió le quitó el aliento.

—Eso soy, *hän ku kuulua sívamet*, guardiana de mi corazón. Seré tu todo.

Ivory dejó que sus pies tocaran la nieve.

—Vámonos a casa. —Deseaba estar en casa con él más que cualquier otra cosa. Quería que su refugio privado lo acogiera, sentirse como si Razvan fuera una parte de la manada, de su hogar, como lo era de su corazón.

Él le tendió la mano. Ella miró hacia el cielo y barrió los árboles con una mirada, vacilando. Antes que nada, era una guerrera, jamás debía olvidarlo.

—Jamás te verás disminuida por lo que hay entre nosotros —dijo, con voz suave.

Algo en ella se serenó. No se imaginaba a sí misma disminuida por Razvan. Si algo ocurría era que se sentiría mejor, más fuerte. Le miró la palma de la mano ancha y fuerte que él le tendía. Tenía cicatrices en la muñeca y en el antebrazo. Sintió un aleteo en el corazón. Le dio la mano y vio cómo él cerraba la suya para unirlos, tal como lo habían hecho las palabras rituales.

¿Te acuerdas? No podía preguntar en voz alta, significaba demasiado. Ella era muy espiritual y creía, sin importarle lo que creyeran los demás, que habían sido creados para estar juntos, y que esas palabras que él conocía desde el nacimiento los habían unido.

Razvan se llevó su mano al pecho y se acercó para quitarle la nieve del pelo que le caía en torno a la cara y que se le había soltado de la trenza durante su forcejeo.

—Recuerdo hasta la última palabra, Ivory, y lo decía en serio. Deseaba la unión entre los dos. No era desesperación, y no fue por la necesidad de salvarme.

Razvan inclinó la cabeza con su lentitud característica. Seguía teniendo nieve en las pestañas. Cuando se movió, Ivory sintió que un calor espeso como la melaza le recorría las venas. Él la besó y la nieve a su alrededor se derritió, de eso estaba segura. Habría jurado que vio el vapor brotar del suelo y percibió el líquido caliente que se juntaba como el magma en su punto más femenino.

Ivory se apoyó en él, y sintió que se derretía como la nieve. Tenía la sensación de estar al borde de un enorme precipicio, vacilando, sabiendo que caería, y que era demasiado tarde para salvarse. En realidad, no quería salvarse. Ya ansiaba su sabor, el calor y el rayo blanco que le recorría el cuerpo y chisporroteaba en su cabeza siempre que se encontraban en el exterior.

Cuando él alzó la cabeza, ella se dio un momento para hundirse en la intensidad de su deseo. Razvan respiró hondo, estremecido, Ivory se alejó de la tentación.

—Eres el hombre más letal que conozco.

—Me lo tomaré como un cumplido —dijo él, y volvió a besarla—. Te gusta lo letal.

Razvan sabía besar, lenta y deliciosamente, como un calor lento que la abrasaba desde adentro hacia fuera. Se dio cuenta de que volvía a sonreírle cuando él levantó la cabeza.

—Sí, supongo que sí —dijo Ivory, aunque, tenía miedo de volver a experimentar esos sentimientos con nadie.

Caminaron por la nieve durante varios kilómetros, hasta que los copos empezaron a parecer un manto blanco que se desplegaba en el cielo. Quizá fuera el mundo sordo y apagado en que se encontraban, un mundo desconocido y blanco y tan silencioso que hasta su respiración parecía demasiado sonora en el vasto silencio. Sin embargo, Ivory empezó a sentirse inquieta. Al cabo de poco más de un kilómetro, los lobos se agitaron. Ella sintió el escozor en la piel cuando *Raja* alzó la cabeza desde su espalda y enseñó los colmillos con un gruñido.

Ya lo sé, dijo ella, para calmarlo. *Tenemos compañía.* Ivory miró a Razvan.

—Nos siguen —avisó, con un hilo de voz tan apagado como la nieve que caía.

Una sonrisa leve e inesperada le iluminó el rostro a Razvan.

—Vale, supongo que nos toca divertirnos un poco.

Ella lo miró y frunció el ceño.

—¿Divertirnos? Razvan, no son las criaturas inertes las que nos siguen. No podemos permitir que nadie nos siga hasta nuestro refugio, y tampoco nos conviene luchar contra ellos si, como sospecho, se trata de carpatianos.

La sonrisa de Razvan se hizo más ancha.

—Estaba seguro de que alguien intentaría seguirnos. Lo he estado pensando mientras caminábamos, elaborando un plan.

Ivory entrecerró los ojos de color ámbar al mirarlo. Razvan parecía más joven, más feliz. Ella era quien lo había conseguido, pero...

—Confía en mí, Ivory. No soy un guerrero experimentado como tú, pero soy muy eficaz planeando batallas y estrategias. Ésta es una situación hecha a mi medida.

Ella buscó información en la oscuridad agudizando todos los sentidos, buscando cualquier punto ciego que pudiera indicar la presencia de un vampiro. Los cazadores estaban bien ocultos, tanto que Ivory ni siquiera estaba segura de que los acechaban, a pesar de que *Raja* nunca se equivocaba y era él el que había lanzado la advertencia.

—¿Qué quieres hacer?

—Deberíamos llegar hasta el valle de las nieblas. Ahí desapareceremos del todo y dejaremos atrás a los que nos siguen. Sin embargo, creo que entre tanto se merecen una pequeña lección, ¿no crees?

—¿Una lección? —repitió ella, en voz baja. En la voz de Razvan había un tono de diversión demasiado marcado.

—Tienen que aprender a mostrar un poco de respeto por mi mujer. Tú eres una guerrera, igual que ellos y, sin embargo, te tratan como si fueras una aficionada. Ni siquiera nos han demostrado el debido respeto enfrentándose a nosotros. Puede que les convenga darse cuenta de que no son tan buenos como creen.

—No creo que los que nos siguen sean niños, Razvan. Son cazadores carpatianos experimentados, posiblemente antiguos, que han luchado miles de batallas.

Su sonrisa presumida lo hacía parecer infantil, a pesar de que no había nada de infantil en él.

—Puede que sí, pero entonces quizá valga la pena hacerles recordar su infancia.

—¿Qué estáis haciendo? —preguntó Gregori cuando se encontró con el pequeño grupo de cazadores carpatianos.

Vikirnoff lo encaró con cierta incomodidad.

—No somos niños a los que se les puede llamar la atención, Gregori —contestó.

Éste arqueó las cejas.

—Claro que no. Eres un cazador antiguo, Vikirnoff, y tienes mucha más experiencia que yo. Tampoco he venido a llamarte la atención. Te he preguntado lo que hacíais para saber si necesitabais algún tipo de ayuda.

Los hombres se miraron entre ellos. A Gregori no le sorprendió que Nicolae, el hermano de Vikirnoff, estuviera con él. Los dos hermanos se habían protegido el uno al otro durante cientos de años. Los otros cuatro cazadores también eran antiguos y habían vuelto a los montes Cárpatos para establecer lazos con el príncipe. Gregori pensó que todos aquellos viejos guerreros no conocían cabalmente a Mikhail y que tenían sobradas razones para estar preocupados por las decisiones del príncipe. Eran mucho más viejos y tenían más experiencia que él, y sólo se fiaban de sus propios juicios.

Tariq Asenguard había venido desde Estados Unidos. A lo largo de los siglos, había amasado una enorme fortuna personal, con que a menudo ayudaba a otros carpatianos. Era dueño de varias empresas. Alto, como la mayoría de carpatianos, llevaba el pelo largo, pero sus ojos eran de un intenso azul oscuro, como el color de las piedras preciosas. Tariq era un hombre acostumbrado a tomar sus propias decisiones, y la idea de que un libro de magia antiguo hubiera caído en manos de Razvan y de una Malinov había bastado para que emprendiera un viaje a toda prisa para ver con sus propios ojos qué tramaban aquellos dos.

Andre se desplazaba por los países como un fantasma, y sólo había pasado para rendir su homenaje y a jurar su alianza. Era hombre de pocas palabras y tenía una actitud distante, como la mayoría de los viejos cazadores. Tenía una mirada huidiza y sentía cierta urgencia por seguir su camino, impulsado por la necesidad de encontrar a su compañera eterna, ya que se acercaba el final de su ciclo. Era uno de los machos sin compañera a los que Gregori no les quitaba ojo, ya que Tariq y Andre parecían estar muy cerca del punto de convertirse en vampiros.

Mataias, Lojos y Tomas nunca estaban demasiado lejos unos de otros. Como la mayoría de hermanos que se habían criado juntos, habían establecido un vínculo para cuidarse durante las épocas más oscuras. Pertenecían a un antiguo linaje de guerreros famosos, de una familia muy respetada que siempre engendraba numerosos hijos, pero que rara vez llegaban a nacer. Después de los varones habían nacido dos hijas y ninguna de las dos había vivido más de dos años. Un maestro vampiro había reclamado a sus padres mientras la madre estaba encinta de trillizos. Los cazadores habían perseguido al vampiro por dos continentes y no se habían detenido jamás hasta destruir a la criatura inerte. Al hacer justicia por la muerte de sus padres, se habían ganado toda una reputación.

Gregori se cruzó de brazos y los miró uno por uno, asegurándose de no expresar ni alegría ni exasperación. Aquellos hombres eran guerreros antiguos muy respetados y todos tenían una larga experiencia. Sin embargo, lo que hacían era un gran desatino, además de bastante peligroso, y todos deberían haberlo sabido.

—¿Habéis recapacitado en que seguís a una pareja a la que el príncipe ha prometido seguridad? —preguntó, con una voz suave y nada acusadora.

Vikirnoff se encogió de hombros con el mismo gesto de indiferencia.

—Éste es un camino inseguro. Sería una negligencia por nuestra parte si no cuidáramos de los huéspedes del príncipe.

Gregori arqueó aún más las cejas.

—Ya entiendo. ¿No os importa si me uno a vosotros para asegurarme de que todos estáis a salvo, no?

En el rostro de Vikirnoff asomó una expresión de impaciencia.

—Dudo que necesitemos protección, pero eres bienvenido. Sólo asegúrate de ocultar tu presencia. Les he dado sangre a los dos, así que no tendré problemas para seguirles el rastro.

—Eso será interesante. Yo también les he dado sangre. Entre los dos no deberíamos tener problemas.

Andre y Tariq cruzaron una larga mirada y luego miraron a través de la nieve, que caía cada vez más tupida y con más fuerza.

—¿Hay algo acerca de esta pareja que deberíamos saber, Gregori? —preguntó Tariq. En su habla todavía se adivinaba un cierto acento europeo.

Gregori sacudió la cabeza.

—Estoy seguro de que ninguno de vosotros se habría embarcado en una misión como ésta sin tener una idea clara de a quién buscáis.

—Una mujer —dijo Andre—. Sólo una mujer y su compañero eterno. Un hombre sin demasiadas habilidades.

Gregori los siguió mientras avanzaban por la nieve.

—Para ser justos, se encontraron con un maestro vampiro y salvaron a cuatro seres humanos.

Andre hizo un gesto como abarcando el paisaje.

—Juegan como niños en el bosque a pesar de que llevan consigo un libro de suma importancia.

—¿Ah, sí? ¿Un libro de suma importancia?

Vikirnoff le lanzó una mirada furiosa.

—Ya basta, Gregori. Pretendes divertirte a costa nuestra, pero no has visto lo que he vislumbrado yo al ver a Natalya recuperar ese libro. Es muy peligroso. Demasiado peligroso para dejarlo en manos de gente que no conocemos y con enemigos que nos rodean y estrechan su cerco.

—Te aseguro, Vikirnoff, que no me parece nada divertido. —Gregori se alejó de su interlocutor antes de que éste lo maldijera por ser tan testarudo. Se quedó atrás y permitió que los demás tomaran la delantera, sabiendo que los siete cazadores subestimaban a quienes seguían. En realidad, seguir a aquella pareja en su propio territorio era la peor idea que nadie había tenido en mucho tiempo, pero se negó a gastar saliva en explicaciones.

Nicolae alzó una mano y todos se agazaparon, se separaron y enseguida se volvieron borrosos para que no repararan en ellos en medio de la fuerte tormenta. Una brisa ligera sopló entre los árboles y divisaron unas figuras más adelante, en medio de un prado. Eran varias, y grandes, altas y fornidas. Tenían los brazos extendidos y los dedos abiertos como si buscaran algo.

—¿Qué ocurre? —preguntó Vikirnoff—. No son ellos.

—¿Son demonios? ¿Un ejército de demonios? —aventuró Andre.

Gregori entornó los ojos.

—Lo dudo.

Mientras miraban, intentando discernir a través del grueso manto de nieve, las figuras se movieron, encorvándose mientras armaban una estructura no demasiado alta.

—¿Un muro? —susurró Tariq.

—Se alza muy rápido. Demasiado rápido como para no ser obra de magia —advirtió Mataias. Hizo una señal a sus hermanos y se separaron para acercarse al llano desde tres puntos de ataque diferentes.

Los cazadores se arrastraron para acercarse, valiéndose de los árboles para ocultar su presencia, con todos los sentidos alertas. Aquello que resguardaba a la pareja no despedía ningún olor, y no había huellas. Era como si ambos hubieran desaparecido y la tierra permaneciera cubierta de nieve.

—Una fortaleza —dijo Lojos, con un hilo de voz.

El ataque se produjo velozmente. Los proyectiles silbaron en el aire, como un bombardeo, y éste de pronto se llenó de unas bolas blancas que golpearon con una precisión mortífera contra los carpatianos, los árboles y todo lo que había en el campo de batalla.

—*¡Es ácido!* —advirtió Tomas con un silbido de voz.

Los hombres se disolvieron e irrumpieron en el terreno de batalla, enfrentádose cada uno a uno de los demonios atacantes. Los golpearon con fuerza en el pecho para llegar a sus corazones marchitos, y les cercenaron el cuello y descabezaron a las marionetas de los vampiros.

Gregori se cruzó de brazos y se apoyó contra un árbol mientras observaba la batalla frenética que se volvía cada vez más violenta mientras los demonios seguían lanzando proyectiles y otros construían rápidamente una estructura hasta formar un techo. Estaban rodeados por los cuatro costados y quedaron atrapados entre las cuatro paredes.

—Es una trampa —advirtió Tariq a los demás—. Por encima.

Los siete cazadores carpatianos dieron una voltereta en el aire para escapar de sus adversarios, mientras todos intentaban estudiar la estructura que empezaba a rodearlos rápidamente.

Gregori sacudió la cabeza y entornó los ojos mientras pasaban los minutos y los demonios se volvían cada vez más numerosos. La andanada de proyectiles era cada vez más nutrida.

Vikirnoff se arrastró hasta Gregori.

—¿No te importaría ayudarnos?

—Me sentiría algo ridículo luchando contra muñecos de nieve, pero no impediré que lo hagas tú.

Vikirnoff miró a su alrededor con el ceño fruncido. Todo se ralentizó mientras procuraba ver con todos los sentidos. El feroz combate continuaba, pero ahora los demonios eran blancos y los cuerpos y cabezas sospechosamente redondos. Los brazos no eran más que viejas ramas. Los proyectiles eran bolas de nieve que les daban en la cara y el pecho.

Vikirnoff respiró hondo y espiró. La escena se aclaró y todo se vio más claro, y él rubor le tiñó el cuello y la cara.

—Creo que acaban de darte una paliza —dijo Gregori—. Y ha sido una chica.

—*Terád keje*, que él sol te queme, Gregori —dijo, con voz seca—. Es sólo una ilusión —gritó a los demás—. Es muy buena con sus trucos de magia. No es más que una táctica dilatoria. Saben que los seguimos.

El combate cesó y los cazadores se dieron cuenta poco a poco de que los habían engañado. A su alrededor, había muñecos de nieve caídos, descabezados y con expresiones que parecían mofarse de ellos.

—Me cuesta creer que hayamos caído en este engaño —dijo Tariq—. Es más hábil de lo que había pensado. En ningún momento sentí la presencia de la energía.

Los cazadores se miraron unos a otros. Fue Lojos, conocido como gran guerrero, el que expresó su juicio.

—No sólo no había rastro de energía sino que era una ilusión perfecta. Se ve que no es una aficionada. Incluso la destreza de los muñecos de nieve en la lucha era superior. —Si hubiera podido sentir admiración, se habría notado en su voz, pero sus emociones se habían desvanecido hacía tiempo y lo único que podía hacer era expresar sus impresiones sobre la maestría desplegada.

—Mira las huellas, Vikirnoff —dijo Mataias—. No queda ni el más mínimo rastro. Tendremos que usar la llamada de tu sangre para seguirles la pista.

Gregori lo miró con una ligera sonrisa de satisfacción.

—Si, Vikirnoff, tú sírvete de eso. Estoy seguro de que no tendrás problemas para encontrarlos. —La nieve caía con tanta fuerza que casi no podía ver el rostro de éste, si bien valía la pena esforzarse para captar la expresión exasperada del cazador.

—Si alguien hubiera engañado varias veces a tu compañera eterna, no confiarías en él tan fácilmente, Gregori —advirtió Vikirnoff.

—Quizá no, pero confiaría en mi príncipe.

Vikirnoff se alejó y condujo al grupo de cazadores a través de un prado lleno de muñecos de nieve y volvieron al bosque. El rastro del olor era muy débil, a pesar de su sangre, como si de alguna manera hubiera sido diluido. Atento a las trampas, tenían que moverse mucho más lentamente, desplegarse en una línea de búsqueda, con todos los sentidos alertas. No había huellas ni señales visibles del paso de Ivory y Razvan. En dos ocasiones tuvo que regresar y volver al bosque donde los árboles eran más grandes y estaban más juntos.

El follaje de los árboles formaba un paraguas protector por encima de sus cabezas y bloqueaba la mayor parte de la nieve, de modo que la capa en el suelo no era tan profunda, a pesar de que las ramas eran altas y quedaban espacios abiertos.

Tariq se quitó una telaraña del rostro cuando se internaron en lo profundo del bosque. Las telarañas eran más abundantes, como solía suceder en lugares apartados.

—Al parecer, por aquí no han pasado —dijo—. Las telarañas están intactas.

Los cazadores se detuvieron, manteniendo una distancia de casi dos metros entre uno y otro. Miraron de cerca las numerosas telarañas tejidas entre los árboles. Brillando como diamantes debido a los cristales de hielo que cubrían los intrincados tejidos, éstas se extendían por muchos árboles y se estiraban hasta conformar un laberinto de vías conectadas unas con otras. Habían visto las elaboradas telarañas antes, la mayoría de las veces en cuevas subterráneas, pero de vez en cuando tenían la ocasión de ver ese curioso despliegue durante un invierno muy frío y prolongado.

—Estas telarañas no han sido tocadas en semanas —agregó Andre, y se acercó a una de las grandes para estudiar los insectos que habían quedado atrapados. Incluso unos cuantos lagartos y pájaros desafortunados habían caído en la sólida trampa—. Dudo que hayan pasado por aquí.

—Quizás han pasado en forma de niebla —sugirió Mataias—. Podrían haber pasado sin tocarlas.

—No por una telaraña de hielo —remarcó Lojos—. Cualquiera sabe que no puedes pasar a través.

—Las arañas de hielo son pequeñas pero feroces —recordó Tomas—. Si llegas a encontrarte con una colonia en una caverna, más te vale temer por tu vida. Y esto parece una colonia.

—Sin duda —asintió Nicolae—. Si entramos ahí, más nos vale estar preparados para quemarlas. Aunque todo esté mojado, podríamos destruir este bosque.

Vikirnoff lanzó una mirada inquieta a Gregori. El curandero no sugirió nada, se mantuvo apartado y los observó debatir sobre las huellas. Nada en su expresión delataba lo que estaba pensando.

—Debemos estar alertas ante una posible emboscada —advirtió Nicolae—, pero mirad por los alrededores. Tienen que haber pasado por aquí. Si ellos han encontrado un paso, también podemos nosotros.

—No toquéis las telarañas —advirtió Vikirnoff mientras los cazadores buscaban alguna señal.

El rastro era muy débil, y él estaba seguro de que la pareja había cruzado el territorio de las arañas del hielo. Al parecer, las telarañas cubrían varios kilómetros de bosque, una barrera gruesa que se alargaba como una valla entre los árboles. Si la habían bordeado en lugar de pasar a través de la colonia, habrían tardado mucho más, y el olor de la sangre no los llevaba en esa dirección. Para evitar los peligros de esas dañinas y agresivas arañas, tendrían que haber pasado por ahí sin destrozar sus telas. El olor ya era tan débil que temía que si escogían la ruta más larga, acabarían por perderles del todo la pista.

—Creo que he descubierto lo que han hecho —dijo Lojos—. Tienen que haber reparado todo el daño hecho a las telarañas a medida que pasaban. Si las han podido tejer con la suficiente rapidez y mantener todas las telarañas lo bastante intactas para no despertar su ira, puede que hayan pasado sin tener que librar batalla.

Tariq asintió con un gesto de la cabeza.

—Es la única explicación lógica. Separémonos. Nadie es tan perfecto como para reparar una telaraña de las arañas de hielo tal como estaba tejida. Tendrán que haber dejado alguna huella.

Vikirnoff miró a Gregori con un dejo de entusiasmo, y éste se limitó a encogerse de hombros, lo cual irritó aún más al cazador. Los siete se desplegaron entre los árboles, acercándose a las telarañas, casi tocándolas con la nariz mientras intentaban encontrar algún rastro de rotura ahí donde los cristales colgaban de las hebras sedosas.

Vikirnoff miró a Nicolae y frunció el ceño.

—No veo nada por aquí, pero nadie pasa por unas telarañas como éstas sin dejar rastro. Puede que se extiendan a lo largo de kilómetros y podría ser demasiado peligroso. No sólo es demasiado peligroso sino que, además, el trabajo de reconstruirlas les habría llevado demasiado tiempo.

Miró a su hermano y se desplazó desde los árboles del exterior hacia el centro del bosque. Dio un paso y el pie se le hundió unos diez centímetros a pesar de que se había vuelto más ligero. Las hebras de la telaraña se cerraron en torno a él y lo envolvieron en una red que brotó del suelo hacia arriba, una red apretada que carecía de los diminutos agujeros que permitiría pasar al vapor.

Vikirnoff luchó para soltarse, pero como sucede con todas las telarañas, ésta se apretó cuanto más intentaba zafarse, y se enrolló en torno a él como un embutido. Entonces se obligó a quedarse quieto, pero la calma fue dando paso a la furia. Se encontró en lo alto de la bóveda vegetal, colgando a unos cien metros por encima del suelo. Su hermano le lanzó una mirada furiosa desde la tela donde él también había quedado envuelto como una momia y atrapado en la red sedosa y cristalina. A su alrededor, los otros cazadores habían sufrido la misma suerte.

Vikirnoff no se atrevía a mirar a Gregori.

—Sácanos de aquí —le espetó.

Gregori suspiró.

—Si me muevo, Vikirnoff, puede que caiga en una de las numerosas trampas. Antes tengo que estudiar la situación. No servirá de nada si acabo como vosotros.

—Las arañas no podrían jamás hacer algo así —dijo Lojos—. Esto es cuestión de magia.

—¿Eso crees? —le preguntó Nicolae, con tono sarcástico—. Hemos caído como unos tontos.

—Quizá sencillamente seáis unos tontos —aventuró Gregori.

—Dí lo que quieras, Gregori, pero si no tienen nada que ocultar, no se habrían molestado en esconderse de nosotros.

Mientras hablaba, las ramas por encima de su cabeza se agitaron y los copos de nieve cayeron cuando las arañas bajaron de prisa por la intrincada tela. Una de ellas empezó a acercarse a Vikirnoff, atraída por su voz.

Moviéndose con cuidado entre los espacios que a todas luces eran trampas, Gregori se acercó por si fuera necesario prestarles ayuda.

La araña se detuvo justo frente a los ojos de Vikirnoff y los dos se quedaron mirándose un buen rato. Él vio los colmillos que chorreaban veneno. Entonces la araña empezó a tejer una segunda red, esta vez dibujando palabras, como si estuviera programada para ello. Tardó un rato en unir todas las líneas de seda.

No temáis, he dispuesto un paso seguro a través del territorio de las arañas.

Y por un momento, sintió un nudo en las entrañas. Un paso seguro. Como si fueran niños incapaces de abrirse camino por sus propios medios. Aquello era un golpe deliberado contra su orgullo, como una cachetada en toda la cara.

Vikirnoff se sintió tentado de arrasar toda la colonia con el fuego de un rayo.

—Yo no haría eso —advirtió Gregori—. Si Ivory o Razvan han usado magia y han trabado amistad con las arañas, lo más probable es que hayan dejado algún tipo de protección. Han dado algo a cambio para conseguiros un paso seguro.

—No hemos pedido su ayuda —gruño Vikirnoff, e hizo entrechocar los dientes.

Por encima de sus cabezas, los árboles cobraron vida y miles de arañas comenzaron a moverse. Vikirnoff deseó no haber emprendido aquel viaje, pero no tenía intención alguna de confesárselo a Gregori. Reprimió su ira e inclinó la cabeza para aceptar cualquier acuerdo que hubieran tramado Ivory y Razvan.

—Es de esperar que tengas razón y que no hayan negociado su derecho de pasar por estos territorios entregándonos a nosotros como alimento para que pasen el invierno.

—Yo no dejaría que eso ocurriera.

Aquello era tan difícil de tragar como la idea de que la pareja hubiera dispuesto un paso seguro. Vikirnoff soltó una silenciosa imprecación. Ahora ya no tenían alternativa. Debían seguir adelante, y sabía que el curandero los miraba con esa sonrisa particularmente burlona.

Fueron bajados de vuelta al suelo a una velocidad tan exasperantemente lenta que a Vikirnoff le entraron ganas de gritar de frustración. Aquella era otra táctica dilatoria. Y luego, uno tras otro fueron desenrollados, de modo que las telarañas pudieran recuperar su forma original. Aquello fue otra tortura humillante difícil de soportar para los aguerridos cazadores. Y si a Gregori se le ocurría volver a mencionar lo de la paliza, Vikirnoff pensó que lo mataría, y al diablo las consecuencias. Mientras los cazadores estaban siendo desenrollados como salchichas, se abrió una vía a través de las telarañas, de manera que cuando los siete volvieron a estar junto a Gregori, se encontraron ante una salida a través de la densa arboleda.

Con cierta cautela, el grupo reanudó su marcha detrás de Vikirnoff, que ya se había lanzado a seguir a Ivory y Razvan a través del oscuro interior del bosque hasta llegar al otro lado. Se encontraban en la peor situación posible, y las arañas ya trabajaban de prisa para cerrar el paso a sus espaldas.

El valle de la niebla se hallaba entre las dos cumbres montañosas, que se erguían casi verticales. Era un paso estrecho y peligroso, casi siempre cubierto de una niebla densa y helada, cuyas partículas eran lo bastante pequeñas para penetrar en los pulmones y helarlos al ser inhaladas. Nadie, ni siquiera los carpatianos, podían ver a través del grueso manto de niebla que flotaba como una nube. La nieve y el hielo a menudo caían de las paredes escarpadas, y en aquella región las avalanchas eran frecuentes.

El viento solía azotar las cumbres más altas y soplaba por el cañón a velocidades asombrosas, llevando voces ululantes, y podían causar serios problemas auditivos. Muy pocos animales eran capaces de sobrevivir en aquel valle. Reinaban los leopardos de las nieves, pero incluso ellos se mantenían lejos del pie de las montañas, donde el viento y la nieve soplaban con una fuerza atronadora.

Los cazadores oyeron la risa de una mujer y unas figuras se movieron en la bruma. Tomas miró a sus hermanos y éstos avanzaron unos cuatro pasos y luego desaparecieron.

Vikirnoff miró a Gregori.

—¿Acaso se dedican a cazar fantasmas?

—Imagino que sí —dijo éste, encogiéndose de hombros.

Vikirnoff cerró los ojos y siguió mentalmente la huella de la sangre, sólo para descubrir que ésta se había perdido en la niebla. No quedaba ni el más mínimo rastro.

—Es probable que se hayan perdido en la niebla y mezclado con el espeso manto. Podría pasar meses intentando seguirlos.

—No los encontrarás —dijo Gregori.

Tomas, Lojos y Mataias decidieron volver.

—Perseguimos fantasmas. Juegan con nosotros, pero ya no están.

Vikirnoff sacudió la cabeza.

—Espero que tu príncipe sepa lo que hace, Gregori.

—Nuestro príncipe —corrigió Gregori—. Todos vosotros le habéis jurado lealtad. —Esta vez no había ni asomo de humor. Aquellos ojos plateados miraron a cada uno de los cazadores como si los marcaran—. Ivory y Razvan se negaron a aceptar el libro. Mikhail los puso a prueba de todas las maneras posibles y ellos las superaron todas. No puedo decir lo mismo en vuestro caso.

Acto seguido, se disolvió en un abrir y cerrar de ojos y desapareció, elevándose y flotando por encima del bosque y su colonia de arañas, de vuelta hacia el territorio carpatiano, dejando atrás a los demás para que lo siguieran.

Capítulo 15

Creo que tienes una mente retorcida —dijo Ivory cuando volvió a asumir su aspecto habitual. Estaban en la sala del memorial de su refugio—. Llevar a los cazadores hasta el valle de la niebla y luego seguir por el subsuelo en lugar de hacerlo por en medio de la bruma ha sido una idea genial. Era imposible que nos siguieran, ni siquiera a través del rastro de la sangre.

—La tierra nos acoge y borra todas las huellas. Sabía que nunca podrían seguirnos el rastro, ni siquiera a través de la llamada de la sangre. —Razvan le sonrió—. Me habría gustado estar ahí cuando se dieron cuenta de que estaban atrapados en la ilusión de la lucha contra los muñecos de nieve, no con demonios —dijo, y rió.

Ivory estiró los brazos para que los lobos asumieran su aspecto normal.

—Desde luego, eso no nos ha granjeado su amistad.

—No necesitamos amigos. En cualquier caso, desprovistos como están de emociones, no creo que les haya importado demasiado —dijo, y frunció el ceño—. No envidio la posición de Mikhail ni sus responsabilidades.

—Sobre todo cuando se trata de destruir ese libro. No tiene idea de los maleficios que contiene.

Razvan guardó silencio un rato largo.

—Debería haber hablado con él a propósito del libro y su destrucción. No me agrada la idea de que mis tías tengan que lidiar con nada relacionado con Xavier, pero ellas saben mejor que nadie lo que hay que hacer para destruir ese libro.

La preocupación que Ivory percibió en su voz la emocionó. Razvan tenía más compasión y se sentía más inclinado a proteger a sus seres queridos que cualquier persona que hubiera conocido. Entonces se giró hacia él y se lo quedó mirando. Razvan ocupaba un gran espacio en su refugio. Tenía unos hombros anchos y un físico muy masculino. Había poca suavidad en él, a pesar de que su carácter era el más tranquilo y sereno que ella jamás había conocido. De pronto, él levantó la mirada y vio que ella lo observaba.

A Ivory le dio un vuelco el corazón. En sus ojos adivinó un hambre desatada, unos ojos que brillaban al mirarla y que la devoraban. Se le secó la boca. Estaban solos. Ivory se humedeció los labios. Se dio cuenta de que lo quería, incluso lo necesitaba. El miedo se apoderó de ella.

—Razvan. —Pronunció su nombre con voz ronca y temblorosa.

Él la miró con un amago de sonrisa.

—Ivory —dijo, con una voz espesa como la melaza.

Su manera de pronunciar su nombre la hizo sentirse caliente y húmeda y el corazón se le desbocó. No habría marcha atrás. Con él era todo o nada, eso al menos lo sabía. Una vez que Razvan la tocara, la reclamara y la convirtiera en parte suya, estaría perdida. Completamente perdida. ¿Qué parte de ella desaparecería? Sentía un auténtico dolor por aquello. Por él. Ardía por él. Estaba casi desesperada, a pesar de que la desesperación no era habitual en ella.

Alzó una mano temblorosa antes de que él pudiera dar un paso hacia ella.

—Si alguna vez me traicionaras, te mataría. Lo digo en serio, Razvan, tienes que saberlo. No habría perdón. Hace siglos que no he confiado en nadie. En el caso de otros, no importaría, pero tú... sería diferente.

—No esperaría menos de mi mujer.

Una sonrisa lenta y sensual asomó en sus labios y ardió en sus ojos. Había hambre en esa mirada. Deseo. Lujuria. Eran cosas con las que ella podía lidiar. Pero también había amor, un amor puro y sincero tan real que le quitó el aliento y la sacudió hasta la médula. Sintió que algo brotaba en ella o, más bien, irrumpía con fuerza. Estaba abierta a él, para él. Sólo para él. Si se rendía a él, el amor que sentía la consumiría. Tenía mucho que dar, pero había vivido tanto tiempo en soledad...

Él le tendió la mano.

—Yo también he vivido solo —dijo.

Ella quería hacerle entender la dimensión de la decisión. ¿Acaso sabía él lo que le costaría? ¿Sabía Razvan lo aterrorizada que estaba? ¿Tenía alguna idea de lo problemática que sería ella en una relación?

La sonrisa de Razvan se hizo más generosa y enseñó fugazmente sus dientes blancos y puros. Se inclinó y la rozó con un beso suave en la boca. No había manera de salvarse a sí misma de su corazón traicionero. En realidad, ya se había entregado a él, a su sonrisa y a su noble naturaleza. A su voluntad de acero. Todo lo que había en él la atraía. Incluso su lado testarudo y su sentido del humor absolutamente juvenil. *Todo.*

Corría más peligro ella en ese momento y con ese hombre que ante el maestro vampiro más poderoso ni en la más sangrienta de las batallas que pudiera imaginar. Amarlo demasiado, como seguramente lo amaría, o quizá ya lo amaba, podría destruirla. Era capaz de volver a reconstituir su cuerpo, pero no así su alma, no la esencia de quien era.

—Confía en mí, bienamada. Ya sé que pido más de lo que nadie jamás se ha atrevido a pedir, pero mira en el alma que compartimos y confía en mí.

Ivory mantuvo la mirada fija en él. En sus ojos salvajes y maravillosos, azules como el cielo de medianoche. Todo lo que había en ellos era para ella, sólo para ella. Toda esa hambre, todo el deseo y el amor. Le tembló la boca cuando dejó su mano en la de él y le permitió llevarla hasta la habitación. El corazón le latía con tal fuerza que estaba segura de que él podía escucharlo.

Razvan cerró la puerta y dejó a los lobos afuera, en la sala más amplia del memorial. Con un movimiento del brazo, encendió cientos de diminutas velas alojadas en las hendiduras de la pared rocosa. La luz de las velas bailó y proyectó sombras sobre el rostro de Ivory. El color de su piel era como la porcelana, suave como el pétalo de una rosa, incitante. Sus ojos eran enormes, del color del oro bruñido, líquidos y atemorizados como los de una criatura salvaje acorralada por un predador, y mirándolo con una mezcla de añoranza e inocencia que era a la vez embriagadora e irresistible.

Él la cogió por la espalda y buscó la trenza gruesa y sedosa para deshacerla, hasta que el pelo le cayó enmarcándole la cara y por la espalda. La textura suave de su pelo, que él rozó con la yema de los dedos hizo que las brasas ardientes lo quemaran lentamente. Ella no se inmutó ni se apartó de él. Tampoco apartó la mirada de la suya.

Había mucha valentía en la actitud de Ivory. Él sabía que esa valentía era parte indisociable de ella. Ivory no se rendía. Si se había rendido a él, se lo daría todo y no se reservaría nada. Él la amaba aún más por ese talante, por aquel rasgo indeleble de su carácter que hacía de ella una cazadora peligrosa, pero que también la convertiría en una compañera ferozmente fiel y en una amante sin igual.

Razvan quería tomarse su tiempo, explorar cada pliegue de su cuerpo, cada sombra y hendidura secreta, cada curva femenina y misteriosa. A duras penas su deseo lo dejaba respirar. Sus manos se movieron hasta encontrar las hebillas de su chaqueta. Conocía íntimamente cada una de ellas, ya las había guardado en su memoria: las tiras de cuero con los dos agujeros, las cruces diminutas engastadas en el acero de los cierres metálicos y los tres remaches metálicos en ambos lados de la hebilla y la correa, también con una cruz engastada, la cruz que representaba su fe y su alma deslumbrante.

Desde luego, cualquiera de los dos podría haberla despojado de su ropa con sólo pensarlo, pero él deseaba sentir el placer de desnudarla. Quería tomarse su tiempo y ofrecerle hasta el último momento de placer que podía darle, convertir las brasas de su deseo en una tormenta de fuego arrasadora.

Ivory no se movió, pero él sintió su respiración acelerada y sus pechos subiendo y bajando contra sus nudillos mientras desabrochaba las hebillas y le quitaba la prenda por encima de los hombros y desvelaba su cuerpo magnífico. Sus pechos asomaron, suaves e incitantes. Eran tan tentadores que no pudo evitar cogerlos en el cuenco de las manos, sin dejar de mirarla.

Vio la expresión de placer que se apoderó de su rostro, el rubor, los ojos ligeramente vidriosos, mientras él le rozaba con los pulgares los pezones endurecidos. Tener aquellos senos suaves en la palma de las manos era como un milagro, una sensación que superaba sus fantasías. Había renunciado a esos sueños hacía mucho tiempo, tanto que ni siquiera recordaba si los había tenido de verdad. Sin embargo, ahí estaba ella, sus suaves curvas femeninas como un peso delicado en sus manos, y sus enormes ojos mirándolo con esa inquietud y expectación.

Razvan le rozó apenas la frente con un beso y luego bajó hasta el ojo. Un leve estremecimiento la recorrió de arriba abajo. Le besó la punta de la nariz y la comisura de los labios. Ivory los separó ligeramente, sintiendo que el deseo se apoderaba de ella y que lo embargaba a él y, por un momento, su boca revoloteó a unos centímetros de la suya mientras procuraba mantener el control.

Él se apoderó primero de su aliento, lo inhaló profundamente, y juntó sus labios con los de ella, absorbiendo la forma y la textura, la suave firmeza, el calor que iba en aumento. Deslizó la lengua por aquel espacio ligeramente abierto como una invitación.

Ivory se quedó sin aliento. Razvan la conducía por un camino desconocido de tentaciones y ella ya había ido demasiado lejos como para resistirse. Fue un beso pecaminoso, y su boca se convirtió en una excitación cruel que le transmitió tal deseo que no pudo evitar su respuesta. Razvan susurró unas palabras sensuales, casi imperceptibles, y su lengua penetró en la boca de ella explorando todos sus ardientes rincones, frotándole seductoramente los dientes y reclamando su cuerpo como si le perteneciera.

Ella sabía que era eso, una reclamación. Apoderarse de su cuerpo y hacerlo suyo. Le rozó los pezones con los pulgares e Ivory ahogó un grito, que quedó atrapado en el nudo de su garganta. Una lengua de fuego la recorrió desde los pechos hasta el clítoris y su entrepierna palpitó. Razvan la besó una y otra vez, hasta que ella creyó delirar, aunque una parte de su mente siguió pendiente de sus manos. Esperando. Necesitando.

Ivory estaba frente a él, que seguía totalmente vestido, con el pelo negro entrecano recogido atrás. Parecía que Razvan controlaba la situación mientras ella estaba desnuda de cintura para arriba y el pelo cayéndole hacia cualquier lado, convertida en un atado lascivo de nervios, finalmente entendiendo que aquel hombre era su destino. Aquella aventura que emprendía junto a él, sin importar lo peligrosa que fuera, no la emprendía sola. Él había permitido que ella abriera el camino en el campo de la fuerza física. Ahora le pedía que se rindiera a él, tal como él había hecho con ella.

Razvan quería su confianza. La quería toda. Quería que ella le diera todo su ser, o todo lo que sería, sin orgullo ni egolatría, confiando en que él atesoraría su regalo para toda la eternidad. Su beso había sido como una cerilla que había encendido en ella algo profundo y que ahora se inflamaba, algo femenino y vivo y deseoso más allá de todo lo concebible. Ivory quería complacerlo, deseaba ser su solaz, su placer, su todo.

Él deslizó la lengua por la suya, bailando y provocándola, al tiempo que ella empujaba los pechos buscando sus manos, necesitando aquel roce fogoso. Sus besos eran adictivos, la quemaban y ardían, hasta que supo que la pasión giraba fuera de control y que el deseo le nublaba el pensamiento. Razvan le mordió el labio inferior y aquel contacto despertó una descarga de fuego desde su vientre hasta su hendidura femenina. Le temblaron hasta los muslos y sintió que el cuerpo se le derretía.

Él le raspó el mentón con los dientes, hizo bailar la lengua en la pequeña depresión, y luego bajó hasta el cuello. Entonces se tomó su tiempo, a pesar de que ella ya se derretía sin moverse. Siguió besándole el cuello, raspándole suavemente con los dientes, despertando en ella sucesivas olas de fuego que se deslizaban desde el vientre hasta los muslos.

Ivory a duras penas podía respirar, esperando, sabiendo lo que vendría. El deseo la tenía cogida con tanta fuerza que se volvía casi insoportable. Razvan siguió bajando y su boca se apoderó de un pecho, con el mismo calor lento que se había apoderado de su boca. Sintió el aliento cálido que le traspasaba el pecho y penetraba en lo profundo de su epidermis. Entonces ella dejó de respirar mientras se apretaba contra él. Él le lamió un pezón y ella gimió levemente. Y luego su boca fue más allá, chupándola, arrancándole otro gemido. Echó la cabeza hacia atrás y se la cogió con ambas manos, apretándolos contra ella. Cerró las manos hasta convertirlas en puños, que hundió en su cabellera mientras se le retorcían los dedos de los pies.

El deseo la golpeó como una descarga feroz cuando él le mordió el otro pezón y empezó a tirar y a bailar sobre él con la lengua, al ritmo de su boca. Ivory ahogó un grito cuando un relámpago blanco le desgarró el cuerpo desde los pechos hasta el abdomen, hasta llegar a su entrepierna y más abajo, derramándose por sus muslos hasta que los chispazos eléctricos brotaron a su alrededor.

Sintió que la sangre le rugía en los oídos, le retumbaba en el corazón y en las venas cuando él le chupó el pezón hasta hacerlo llegar a la bóveda del paladar, como una caricia. Se dio cuenta de que lo necesitaba como jamás había necesitado a nadie en su vida. Razvan era como la estrella más brillante, como la luna derramando su luz plateada sobre la nieve. Razvan conseguía que el mundo horrible fuera bello y decente y, además, le hacía recordar que era toda una mujer.

Su boca era como el terciopelo negro, oscuro e intoxicante, y sus manos le moldeaban los pechos mientras sus dientes y su lengua alimentaban el fuego y lo hacían más candente. Cuando él alzó la cabeza, ella vio el deseo hambriento, mientras con los mismos movimientos pausados, sus manos le acariciaban el vientre desnudo. Razvan le cogió el torso con las dos manos e inclinó la cabeza para dejarle un reguero de fuego en las costillas hasta llegar a su ombligo, donde hizo bailar la lengua obligándola a sujetarlo del pelo para no desplomarse.

Él la miró a los ojos y deslizó la mano hasta el cinturón. Tiró de la hebilla y las armas y la funda de las flechas cayeron al suelo. Ivory sintió el roce de sus dedos en el bajo vientre mientras él tiraba de los cierres de cuero y los aflojaba. Sintió la tentación de quitarse ella misma la ropa, toda ella encendida de deseo, pero reparó en la advertencia de su mirada caliente, una mirada posesiva que la excitó un poco, y luego mucho. Razvan disfrutaba desvistiéndola y ella quería darle ese placer. Se sintió inesperadamente sensual mientras él tiraba de sus pantalones y se los bajaba y, con una mano en la cadera, la urgía a que levantara los pies para quitárselos.

Ivory aguantó la respiración. Estaba totalmente desnuda, hasta la última línea y en todas sus curvas, expuesta a su mirada hambrienta. Él no se movía, permanecía ahí con las manos en las caderas, paseando la mirada por su cuerpo, totalmente concentrado en ella con esa mirada suya, como si no viera nada más ni fuera consciente de otra cosa. Sólo ella, Ivory. Le puso una mano en el pecho, justo encima del corazón, y sintió que latía con fuerza. Razvan irradiaba un deseo descarnado, un deseo de ella.

Jamás un hombre la había mirado de esa manera. Sin duda, Draven la había deseado, pero ella no había visto el amor marcado en cada uno de los rasgos de su cara. Tampoco lo había visto temblar de pies a cabeza ni con el corazón desbocado. Draven jamás la había mirado con esa fiebre de deseo, con su mente abierta a la suya ni entregándole su corazón. Nadie la había hecho sentir jamás que era la mujer más bella del mundo, tan deseada, objeto de todo su amor. Nadie, hasta ese momento.

—Ivory. —Razvan pronunció su nombre con un nudo en la garganta. Una suave sinfonía que le rozaba la piel con la misma intensidad que las caricias de sus manos.

Entonces volvió a estrecharla y se apoderó de su boca, esta vez impulsado por la fiebre de su deseo, quemándola con su propia calentura mientras la atraía hacia él, hasta que Ivory sintió su pesada erección empujando contra su vientre liso y suave a través de la tela de sus pantalones. Oyó su propio gemido ahogado cuando él la besó sin ambages, esta vez sin la lenta quemazón. Razvan la había trastornado de tal manera que en ese momento lo único que sentía era su propio deseo, y se fundió en él, casi enceguecida, hambrienta de sus caricias.

Enroscó la lengua con la suya, mientras le tiraba suavemente de los pezones hasta que ella comenzó a jadear, con la respiración entrecortada, dejando escapar leves gemidos. La piel de Razvan estaba caliente debajo de su camisa mientras ella le hincaba las uñas en los hombros. Un estremecimiento lo sacudió. Su boca era tan adictiva como sus besos, con aquel regusto oscuro y rico del pecado y el sexo que le parecía tan embriagador. Su cuerpo era duro y fuerte moviéndose al compás de ella, controlado, ora agresivo, ora inflamándola aún más. Ivory sentía cada uno de sus músculos flexionándose bajo su camisa, todo él tensado por el deseo, sus besos despertando chispazos eléctricos que chisporroteaban en sus venas hasta llegar a su entrepierna, hasta que se sintió humedecida y deseosa, sin dejar de gemir en su boca.

Ivory no podía dejar de tocarle el pelo y el cuello, de acariciarle los brazos musculosos, arrancándole unos gemidos roncos y masculinos, unos sonidos guturales y descarnadamente apasionados. Aquellos ruidos la inflamaron aún más, hasta que pensó que se consumiría en el fuego, mientras no dejaba de moverse compulsivamente, frotándose contra él.

De la boca de Razvan escapó un sonido oscuro y peligroso. Intoxicante. Él sólo había adelantado las caderas contra su entrepierna, presionando mientras la mecía. Aquel movimiento tan urgente era muy sexy, y despertó un súbito deseo, dulce y caliente, que fue más allá de su centro y la hizo hundir la cabeza en su cuello, mientras lo lamía y lo raspaba con los dientes, excitándose al ver cómo él reaccionaba con un estremecimiento.

Los dedos de Razvan encontraron el interior de su muslo y la acarició. Ivory se quedó sin aliento. Con una pierna, él la obligó a separar las suyas, y la basta tela del pantalón le rozó la piel mientras ella se frotaba, excitada, contra su cuerpo, casi sollozando de necesidad.

—¿Estás mojada para mí, *fél ku kuuluaak sívam belső*, amada mía?

Su voz era como una seducción de terciopelo oscuro en su oído, como una tentación descarada y maligna.

—¿Lo estás? —Ahora su voz era pecado puro.

Ivory tiró frenéticamente de su camisa, desesperada por tocarlo, impulsada por un deseo que la desgarraba. Su vaina femenina se apretó con la tensión que se acumulaba, deseosa hasta el frenesí por su liberación, para que él llenara aquel vacío apretado. Consiguió arrancarle la camisa, incapaz de soportar la tela entre los dos cuerpos, ni siquiera por un segundo. Lo desnudó con su magia, apresuradamente, con una prisa casi violenta.

Él le agarró el pelo con una mano, tiró de la cabeza hacia atrás para exponer su cuello y rascarla levemente con los dientes. Cuando la mordió, su útero se contrajo. Razvan le dejó un reguero de besos ardientes en el cuello y luego su boca se abatió sobre sus pechos, lamiéndola, despertando un fuego líquido que le inflamó la sangre que corría por sus venas. Deslizó la mano entre sus piernas, la acarició y le rozó la suave piel del interior, subiendo, rozando con los nudillos la húmeda hendidura.

Ivory tragó aire y se quedó quieta, con el aliento preso en los pulmones. Se quedó ahí, atrapada, ardiente y cruda. Razvan alzó la cabeza y la miró a los ojos. Ella se hundió en su mirada. Mientras mantenía su mirada cautiva, él hundió los dedos en su canal apretado y húmedo. Ella abrió desmesuradamente los ojos y oyó el gemido de sorpresa que escapaba de su garganta, mareada.

Razvan se introdujo en su mente para sentir su respuesta, dejando que su reacción guiara cada uno de sus movimientos. Ivory no sabía si soportaría sentirlos a los dos, con el hambre desatada y el fuego que ardía entre ellos.

Sin dejar de mirarla, Razvan cayó de rodillas. Bajó la mirada para escrutarla con un gesto lento y posesivo, viendo cómo la excitación la ruborizaba mientras él le hundía los dedos. Su aroma lo llamaba mientras ella cabalgaba sobre su mano, casi sollozando. Muy lentamente, él retiró los dedos y se los lamió y degustó su exótico sabor. Ella gimió y su gemido hizo vibrar su erección y todo él sintió el pulso del urgente deseo. Ignoró la reacción de su propio cuerpo, desesperado por saborearla.

Desesperado. Desesperado por saborearla. Con sólo pensarlo,

Ivory se desarmó, comprendiendo que aquel hombre arrodillado a sus pies, cual ángel caído, podía estar tan desesperado por saborearla, por la crema caliente que brotaba de ella para acogerlo.

Él le mantuvo las piernas separadas con las dos manos y la poseyó con la boca, deslizando la lengua por la carne tibia y suave como el satén. Ella se estremeció. Le cogió el pelo con ambas manos y tiró de él, hasta que el dolor le endureció todavía más el miembro. Murmuró su nombre, ahogada, como si hubiera perdido su capacidad de respirar cuando él la lamía como un lobo hambriento.

El roce de su lengua le procuraba un placer casi insoportable. Sintió que las rodillas le flaqueaban y que toda ella se enroscaba y apretaba, quemando, revolviéndose y ondulando con una intensidad pasmosa. Volvió a gritar su nombre, intentando decirle *¡para!*, pero deseando que no parara jamás. Poco importaba, porque él ya no la oía, con la sangre rugiéndole en los oídos, enloquecido por su sabor. Siguió comiéndola como un lobo famélico, subiendo y bajando con la lengua, lamiéndole y luego mordisqueándole el clítoris, hundiéndose en ella y volviendo a hacer bailar la lengua sobre el brote endurecido, mientras Ivory se sacudía y empujaba contra su boca en una explosión fogosa y desquiciada.

Entonces gritó. Jamás en su vida había gritado, ni siquiera cuando Draven la había capturado, ni cuando los vampiros la habían atacado. Ni una sola vez en toda su vida. Sin embargo, el placer la había llevado al borde del éxtasis, había asolado su vientre y desgarrado su útero, ola tras ola. Al final, se aferró a sus hombros para no desplomarse cuando la barrió aquel gigantesco tsunami.

Razvan la levantó en vilo, la cogió en sus brazos y la llevó hasta el mullido lecho de la habitación, urdiendo una sábana de seda para tenderla encima. Se tendió con ella y le volvió a separar las piernas, se apoderó de su boca y la penetró una y otra vez con la lengua para llevarla por segunda vez al abismo. Ella empezó a sollozar y le clavó las uñas en la espalda, intentando desesperadamente mantener la cordura. Se oyó a sí misma elevar una plegaria, aunque no sabía con qué objeto, hasta que él se encaramó encima de ella, su rostro convertido en una máscara dura donde se adivinaba el deseo, un deseo que contrastaba con el amor feroz y desinhibido en sus ojos.

Ivory sintió cómo él apoyaba la gruesa punta de su falo erecto en su entrada, y el tiempo se detuvo. Los ruidos cesaron. Sólo existía la sensación del cuerpo de él que pedía penetrar en el suyo. Un relámpago blanco le recorrió todo el cuerpo, bañándole el flujo sanguíneo cuando él inició su invasión, empujando con su miembro grueso y endurecido los pliegues apretados de su vagina. Entre sus piernas, su miembro era como un hierro candente, y él seguía estirándola lentamente en un exquisito arranque de placer.

La voz de Razvan sonaba ronca mientras le murmuraba frases en la lengua antigua, a medio camino entre la imprecación y la alabanza, quizás ambas. La sangre que le rugía en los oídos de hecho ahogaba sus palabras. Él intentaba penetrarla, permitiendo que ella lo alojara en toda su extensión y dureza, pero sin poder quedarse quieta, ni siquiera cuando le clavó las caderas con ambas manos y la mantuvo ahí. El placer era demasiado. Ivory se impulsó hacia arriba, utilizando los talones como palanca, justo cuando él se impulsaba hacia adelante.

Una descarga de dolor acompañó el placer que se derramó sobre ella cuando él acabó de penetrarla, cogiéndole las caderas con más fuerza, hundiendo los dedos en su carne, obligándola a quedarse quieta.

—Para, Ivory, no te muevas. —Su respiración era tan ronca como su voz, irregular y jadeante.

—Los dos nos inflamaremos. Estás muy apretada.

Ella lo vio cerrar los dientes con fuerza cuando ella apretó y cerró los músculos de su entrepierna. Aquel control sereno de Razvan había flaqueado y ella se regocijó por haber alterado su talante siempre tranquilo. Ahora sentía la necesidad que pulsaba en él, el hambre oscura, hasta que vio que los dientes se le alargaban, justo esa señal de peligro que le sacudía el corazón y la bañaba con más de esa crema líquida. Le hundió las uñas en la piel, con los pechos subiendo y bajando, desesperada por que él se moviera.

—Por favor, Razvan, te lo ruego.

La urgencia que él intuyó en su voz lo llevó al borde del abismo. La cogió por las caderas y le colocó las piernas por encima de sus brazos, elevándose por encima de su clítoris, y luego se hundió profundamente en ella, hasta que la fricción se volvió casi insoportable, despertando en Ivory un placer tan intenso que sintió que se perdía completamente en él. Él reculó y comenzó un ritmo duro, profundo, fuerte y rápido, tan profundo que llegó hasta el útero, llenándola con todo el largo de su miembro, uniéndolos como si fueran uno.

Razvan se introdujo en su mente y ella sintió el fuego que se apoderaba de él, y su apretada hendidura lo apresó como si lo exprimiera, tan caliente que quemaba, suave como el terciopelo, una mezcla exquisita de placer y dolor que lo sacudió hasta el alma. La tensión en Ivory aumentó, apretándose cada vez más, hasta que empezó a retorcerse frenéticamente bajo él, respirando en bruscos jadeos, sacudiendo la cabeza de uno y otro lado y arañándole la espalda.

—Razvan —dijo, entre sollozos, como una plegaria, una demanda. Necesitaba… ¡Lo necesitaba!

—Lo sé, Ivory —contestó él, suavemente, entre dientes—. Entrégate a mí. Totalmente, toda tú. Déjate ir, *fél ku kuuluaak sívam belsö*, amada mía. Yo te cogeré.

Ivory se sentía consumida por el fuego, temiendo que desaparecería en medio de las llamas. A pesar de la tensión, no quería dejarse ir, no conseguía dar ese último salto que le exigía tener fe. Volvió a sollozar, y lo apretó con más fuerza, deseando que aquel momento no llegara a su fin, pero temiendo que si no paraban, estaría perdida.

Él siguió embistiéndola, y su miembro parecía ahora una espada de acero, penetrando en su útero, tomando una parte de ella y haciéndola suya, así como una parte de él se hundía profundamente en ella.

—Ya es demasiado tarde —murmuró, y su voz era la voz de un ángel oscuro, un susurro aterciopelado, una descarga de fuego puro.

Era demasiado tarde para salvarse; su cuerpo ya se había perdido y necesitaría para siempre el de Razvan, que la había encumbrado tan alto que tendría que volar. Él la acercó más y se inclinó sobre ella, todavía hundiéndose en su cuerpo una y otra vez, un pistón que no paraba ni ralentizaba su ritmo, hasta que creyó que volvería a gritar, llevada por un sentimiento de maravilla. Sintió que todo su cuerpo se tensaba, más y más, apretándolo a él, exprimiéndolo. Oía el roce de los cuerpos que se unían en uno solo, el entrechocar de las carnes, sintiendo el poderoso movimiento de él dentro de ella. Razvan volvió a desplazarse una vez más y arrastró todo el largo de su miembro sobre su clítoris sensibilizado hasta el ardor.

Ivory se puso rígida y, por un momento, no pudo respirar ni pensar. Sus músculos se apretaron alrededor de su enorme falo, casi dolorosamente, cuando el ligero ir y venir empezó a convertirse en una ola gigantesca, desplazándose por su organismo como una descarga de fuego candente y poderoso, repitiéndose una y otra vez como si nunca fuera a acabar, una especie de impacto que pudo con toda ella. Entonces lloró con la fuerza de su liberación, con la belleza y la maravillosa sensación de su cuerpo poseyéndolo a él, obligándolo a acompañarla, oyendo su grito destemplado cuando su semilla hirviendo se derramó en ella.

Sintió el mordisco, el placer y el dolor que se mezclaban, y su cuerpo se apretó y volvió a sacudirse una y otra vez, mientras él tomaba su sangre en un erótico intercambio. Arqueó la espalda e impulsó las caderas hacia arriba, al tiempo que seguía apretando, exprimiendo hasta la última gota de Razvan. Él le pasó la lengua por sus generosos pechos, le cerró los orificios y la miró con sus ojos llenos de sensualidad.

Su sola mirada la hizo reaccionar nuevamente, y una segunda ola volvió a barrerlos. Ivory levantó la cabeza para capturar su boca y besarlo, estrechándolo mientras bajaba y le besaba el cuello. Sintió que su miembro volvía a endurecerse, llenándola y estirándola mientras ella le lamía el pulso. Razvan dejó escapar un gemido ronco.

Ivory le mordisqueó la piel y sintió la respuesta inmediata de su miembro. Le hincó los dientes y él respondió con una sacudida de las caderas, hundiéndose en ella, cogiéndole las nalgas con una mano y obligándola a aceptarlo. Ella sintió su sabor explotando en su interior, llenándola con su esencia. Jamás se había sentido tan entera ni tan amada. Barrió con la lengua los orificios en su cuello y se dejó ir, esta vez sin oponer resistencia.

Oyó sus propios suaves jadeos y olió la combinación de ambas fragancias cuando las olas rompieron nuevamente sobre ella, una y otra vez, hasta que él encontró su propia liberación.

Quedaron tendidos juntos, abrazados, los cuerpos todavía unidos. Ninguno de los dos quería moverse. Pasaron varios minutos antes de que Razvan recuperara algo de fuerzas para moverse. Se tendió a su lado y se quedó mirando el techo iluminado y titilante, con las manos detrás de la nuca.

—Dame unos cuantos minutos y te llevaré hasta la piscina.

Razvan giró la cabeza y la miró con una sonrisa llena de ternura, una sonrisa que le llegó al corazón. Parecía diferente, más joven. Y más feliz. Había en él esa misma serenidad, si bien esta vez también había amor en esa mirada pura de alegría y regocijo. Ivory deseó compartir con él sus emociones en voz alta, pero se contentó con arroparlo con los sentimientos más profundos que él despertaba en ella, un amor tan desbordante que no podía ponerlo en palabras, ni siquiera telepáticamente.

Sintió su mano que la acariciaba, y entrelazó sus dedos con los suyos.

—Gracias, Ivory —dijo.

—¿Por qué? —Una sonrisa asomó en sus labios—. Creo que debería ser yo quien te dé las gracias.

La sonrisa de él se hizo más generosa.

—Me has dado la experiencia más bella de mi vida. Pase lo que pase, siempre guardaré el recuerdo de que te has entregado a mí.

—Tenía miedo —confesó ella, con voz queda.

—Ya lo sé —dijo él—, y eso hace que tu regalo sea mucho más valioso.

—¿De verdad piensas llevarme a la piscina?

—No deberías mostrarte tan asustada —bromeó él—. De alguna manera, encontraré la fuerza suficiente. Te lo prometo, no te dejaré caer.

Ella apretó los dedos en torno a los suyos.

—Lo sé. Sólo que quizá me sienta un poco tonta.

—No hay nadie más aquí, salvo nosotros, Ivory —señaló él, y su voz sonó más tierna que nunca.

Ella sintió que el corazón volvía darle un vuelco. Era algo que él conseguía con mucha facilidad. La hacía derretirse. No era su cuerpo increíble ni su manera de encumbrarla a esas alturas, sino ese amor eterno que parecía profesarle. Como una roca, como la fundación de su vida. Su fuerza y su manera de aceptarla la hacían sentir que siempre podría contar con él.

—Lo sé.

—¿Crees que pensaré que eres menos por eso?

Ella guardó silencio y pensó en su pregunta, dándole vueltas en la cabeza. Se sentía ridícula sintiendo lo que sentía por él. ¿Por qué no podía dejarse ir de la misma manera que él?

—Creo que no sé cómo portarme como una mujer. —No sabía de qué otra manera decirlo.

Razvan se giró y se apoyó en un codo.

—Ivory, eres mi mujer. No tienes por que ser de otra manera. Yo no quiero otra mujer, y no hay comparación posible. Sé tu misma. Y no pidas disculpas, y menos a mí. —Una leve sonrisa le curvó los labios y se inclinó para rozarle los suyos con sus besos—. Amo tu manera de ser, y esos pequeños reparos que tienes para decirme que soy el hombre más grande del mundo.

Su sonrisa suave le acarició la piel. Razvan sonaba tan juvenil, tan despreocupado. Por primera vez en su vida se sentía menos inhibido.

Logró ponerse de pie, la levantó en vilo y la estrechó en sus brazos, como si fuera ligera como una niña.

—Me has dejado exhausto, mujer guerrera.

Ivory no pudo evitar reír.

—Si de verdad fueras el hombre más grande del mundo, no estarías exhausto. Más bien, estarías dispuesto a satisfacer todas mis necesidades.

Él arqueó las cejas.

—Creo que eso es un desafío —dijo, y su boca se apoderó de ella mientras la llevaba a la sala contigua, donde el agua brotaba de las rocas y se derramaba en la piscina—. Estoy más que preparado para satisfacer todas tus necesidades —dijo, en un susurro junto a su boca, haciendo bailar la lengua sobre sus labios y disfrutando de su sabor.

—¿De verdad? No estoy tan segura —contestó ella, con su tono más altivo.

Él la dejó caer en el agua. Ella resurgió lanzando un chorro por la boca y lo encontró con las manos en las caderas y el agua lamiéndole los muslos.

—Eso ha sido una mala pasada.

—Te lo merecías.

—Puede que tengas razón —le soltó ella, riendo.

Razvan empezaba a enseñarle a divertirse. Y a jugar. A vivir cada momento que compartían y a hacerlo con alegría. Llevada por ese afán de aprendizaje, le lanzó un chorro de agua con puntería certera. El agua le dio en la cara y le mojó el pecho.

—Pensé que quizá necesitabas refrescarte.

Él alzó las cejas y un brillo de diversión asomó en sus ojos.

—Creo que acabas de declararme la guerra.

—Creo que sí —dijo ella, alzando el mentón.

La lucha acuática fue rápida y furiosa. El agua brotó en un chorro que casi llegó al techo y se derramó sobre la pared. Él se lanzó contra ella dos veces y la tumbó como un cocodrilo tumbaría a su presa, haciéndola rodar bajo el agua antes de que pudiera desprenderse de él y salir a la superficie para volver a atacar.

Se lanzó contra él y le echó los brazos al cuello al chocar contra él y hundirse los dos nuevamente. Cuando volvieron a asomar las cabeza, se quedaron descansando en un lado de la cálida piscina y dejaron que las burbujas les bañaran la piel.

Ivory se frotó los brazos y miró hacia arriba como si pudiera ver el cielo.

—Siempre sé cuándo el sol está a punto de salir. La piel me escuece y es muy incómodo. La mayoría de los carpatianos pueden permanecer fuera en las primeras horas del día, pero yo no.

—¿Nunca?

Ivory apoyó la cadera contra la suave pared de la piscina y se estrujó el pelo.

—Mi piel es muy sensible debido a todos los años que he pasado en el subsuelo, lejos incluso de la luz de la luna, mientras sanaba, y por eso me quemo. Es como una ligera insolación, supongo, y me salen ampollas con mucha facilidad. —Le sonrió cuando un recuerdo le vino a la cabeza—. En una ocasión, encontré un frasco de crema solar que había perdido un montañista, y la probé.

Razvan le apartó un mechón de pelo detrás de la oreja.

—Supongo que no funcionó demasiado bien.

—En realidad, no.

—¿Has probado a quedarte más rato mientras estás aquí, en el subsuelo?

Ella volvió a frotarse los brazos, y se estremeció ligeramente.

—A veces, cuando estoy trabajando con nuevos productos químicos para mantener a los vampiros a raya, no tengo esa sensación durante un rato, pero normalmente me siento tan mal que me refugio en el subsuelo.

—Tu fórmula para revestir tus armas es brillante.

Ella lo miró con una sonrisa fugaz porque era algo tímida cuando se trataba de aceptar cumplidos.

—Todavía estoy trabajando en ello. Tiene que durar un poco más antes que la sangre de los vampiros la corroa. Cuanto más tiempo les impida que muten, mayor será mi ventaja.

—*Nuestra* ventaja —corrigió él.

—Nuestra —convino ella.

—¿La piel te duele ahora? —le preguntó Razvan, a todas luces preparado para llevarla de vuelta al dormitorio.

—En realidad, no. Sin embargo, está a punto de amanecer. Muy pronto.

Le agradaba estar con él. No había pensado que sería así. Había vivido sola tanto tiempo que pensaba que le resultaría incómodo compartir su espacio con él, pero le agradaba su sentido del humor. Razvan era inteligente, de ingenio chispeante y, aún así, no se portaba como unególatra, algo que habría dificultado la convivencia con ella. Era un hombre pacífico, e Ivory se daba cuenta a menudo que sólo quería estar a su lado, sentir la serenidad que irradiaba y que la envolvía. En realidad, lo encontraba sexy y algo embriagador.

Razvan le sonrió.

—Estoy leyendo tu pensamiento.

Ella se giró.

—No creas demasiado en lo que sea que pienso.

Razvan se sumergió en la piscina y de pronto emergió justo a su lado, rozándole los muslos, la curva de sus caderas; siguió por la fina cintura y hacia su torso, hasta que tuvo sus pechos en el cuenco de las manos.

—Creo que tú deberías leer la mía.

Antes de que ella pudiera responder, él se inclinó y le chupó la aureola del pezón, que introdujo profundamente en su boca. Poco importaba que hubiera hecho el amor con ella dos veces y que ella hubiera quedado saciada. Ivory había sentido enseguida la calentura del deseo que se apoderaba de su cuerpo. El pelo mojado de Razvan le rozó el abdomen y el nacimiento de los pechos mientras chupaba y tiraba dulcemente del pezón.

Ella lo acogió durante un momento, saboreando aquel placer que la llenaba. Metió la mano en el agua y encontró su miembro, que ya era una erección en toda regla. Cuando lo tocó, éste se sacudió y ella sintió su pulso. Ivory respondió con una sonrisa de satisfacción, consciente del poder de su estímulo y lo acarició en toda su extensión antes de cerrar firmemente la mano alrededor del falo endurecido.

Razvan alzó la cabeza y la miró con sus ojos oscuros y hambrientos.

—¿Qué haces?

—Una pequeña exploración.

Él se echó hacia atrás y se apoyó en la pared de la piscina para mantenerse de pie. Su mano lo debilitaba y lo dejaba temblando de deseo.

—Te puedes sentar, si quieres —sugirió ella, con voz sedosa—, ya que esto puede durar un buen rato. Soy muy lenta en mis exploraciones.

Razvan tragó con dificultad y se sentó en el borde de la roca suave, dejando las piernas flotando en el agua. Su erección palpitaba contra su vientre, dura como una piedra y sin dejar de crecer. Cuando ella le cogió los genitales y se inclinó para su primer y tímido lamido, él sintió que le faltaba el aire. Entonces, en cuanto lo acogió en su boca, se perdió en ella, pensando en todo lo que Ivory significaba para él.

Cerró la mano sobre su cabellera y aguantó, sabiendo que aquello era el comienzo de una cabalgata deliciosa junto a su amada compañera eterna.

Capítulo 16

Qué es esto? —Razvan miró por encima del hombro de Ivory, deliberadamente cerca, apoyando el mentón en su hombro mientras la observaba trabajar.

Se había despertado aquella noche con la sensación de que ella lo acariciaba. La maravilla de tener a Ivory en su vida, en su lecho, su alma fundida en una sola con ella, era más de lo que jamás había imaginado. Habían hecho el amor con ternura, y luego el acoplamiento se había vuelto feroz y salvaje.

Cazar juntos había sido una experiencia divertida. Habían observado la luna que salía por encima de las cumbres nevadas, derramando su luz plateada en el cielo de la noche, iluminando la nieve que brillaba en los prados y que combaba las ramas de los árboles. Volaron juntos por el cielo, muy por encima de los árboles, las alas tocándose, dejando que el viento jugara con su plumaje, los dos disfrutando de la libertad de las lechuzas que surcaban los aires a toda velocidad, girando y cayendo en picado, realizando acrobacias con el solo propósito de divertirse.

Mientras daban volteretas en el aire, unidos por las garras, Razvan supo que todo lo que necesitaba estaba allí, en esa única mujer. Ella lo había salvado con su sonrisa, con su belleza interior y su alma. Ivory se había convertido en su propio y personal milagro. No estaba del todo seguro de que la tierra lo hubiera sanado, pero ella sí había tenido en él efectos beneficiosos. Con los colores que le había dado, lo había traído de vuelta a la vida. Con la alegría que le había restituido, cada momento había recobrado importancia. Ivory había reemplazado con amor la oscuridad de sus ojos y de su corazón. Y había reemplazado la oscuridad de su alma con la pureza de la luz.

Tragó con dificultad, con el mentón apoyado en su hombro, mientras miraba el libro que ella había abierto para estudiarlo en su sala de trabajo. Vio que había escrito algo en el texto antiguo de un libro y leyó para sí mismo, frunciendo el ceño a medida que leía.

Aparece el mago cuando la puerta del infierno cierra
Golpea el rayo si el mago ordena con voz fiera
La energía brota de su mano en espirales
Los hechizos de sus labios a raudales.

Alto y oscuro, delgado, caballero bello
Sus ojos refulgen, plateados, con un destello,
Un poder, una presencia que nadie explica,
Una atracción que queda en la cabeza y no se quita.

Añoranza, ansia que como el fuego quema
De ser querida, poseída por un hambre extrema,
El mago avanza con las manos extendidas
Las víctimas acuden a sus encantos sometidas.

De la pasión nacen las ascuas, como nueva llama
Cuando el mago toma la sangre del corazón que clama
Todo lo consume el hechicero, todo lo devora,
Languidece su víctima por la tortura abrasadora.

Después de tomar el mago el cuerpo y poseer el alma
Deja al desvalido por el que tiene fuerza y calma.
El plan, como el final, ya esta trazado
Del corazón la sangre el mago bebe para seguir al mundo atado.

Razvan sintió un retortijón en el estómago, y el mundo que conocía se desmoronó y se colapsó en imágenes de sangre, desesperación y muerte. Dejó caer los brazos y dio un paso atrás, apartándose de Ivory.

—¿Por qué escribir algo tan vil? ¿Por qué le otorgas el honor de escribir sus fechorías y legarlo a la historia?

Ivory se giró al escucharlo, lo cogió por el brazo y se plantó delante de él. En los ojos de Razvan se adivinaba el horror y los recuerdos de sus pesadillas. Sus pesadillas no eran de ésas que desaparecen con el tiempo porque estaban forjadas con recuerdos verdaderos que durarían una eternidad. Sin proponérselo, Ivory había conjurado aquellas imágenes de su pasado.

—No se trata de conservar su memoria. Tengo que tener su imagen en mente cuando trabajo. La imagen que vi, de manera que pueda conocerlo para que nunca me equivoque al trabajar en sus hechizos. Xavier es maligno y siempre lo será. Así lo decidió él. Y yo tengo que mantener mi mente despejada en todo momento. Siento haberte herido con mi imagen de él, Razvan, pero para mí es una protección imprescindible.

Él enrolló sus trenzas alrededor de su puño pero guardó silencio. Aspiró, acompasando el ritmo de su corazón con el de ella.

—Cuando trabajo con sus hechizos, es peligroso; no te puedes ni imaginar lo peligroso que es. Tú dijiste que no eras hábil cuando se trata de los hechizos. Yo sí lo soy, pero para serlo, tengo que formar las palabras en mi mente, conjurar las imágenes que van asociadas a ellas, y no puedo cometer errores en nada que tenga que ver con sus hechizos.

Razvan volvió a respirar hondo, intentado a todas luces recuperar la calma.

—Sigo sin entender.

Ella hizo un gesto que abarcó todo el espacio de la sala.

—Ésta es mi fortaleza. La roca más sólida. Él no puede entrar aquí. No puede encontrarme a través de estas sólidas paredes, pero si cometo un error, si olvido por un momento quién soy y con quién trato, me volveré vulnerable.

—¿Incluso aquí dentro? —preguntó él, frunciendo el ceño.

—Xavier es un ser enteramente maligno. El primer verso lo dice todo. «*Aparece el mago cuando la puerta del infierno cierra*». Xavier no es del todo de este mundo. Ha estado en el infierno y ha vuelto, y necesita la sangre de otros para sobrevivir.

Razvan volvió a fruncir el ceño, esta vez más marcado.

—Yo viví con él cientos de años. Es un ser maligno, es verdad, pero no es un demonio. Es un mago.

Ella asintió con un gesto de la cabeza.

—Sí, es un mago. Siempre hay un equilibrio en el universo. Ahí donde existe el bien, también existe el mal. Se pueden usar los elementos naturales de la tierra para urdir el bien. Es algo que ocurre siempre para sanar y otras cosas que nuestro pueblo necesita. También se pueden urdir hechizos malignos, conjurando a los demonios y negociando con ellos.

—Sé que él hace eso. He visto criaturas horribles en sus cavernas, pero jamás puertas que comunican con otro mundo u otra dimensión por la que incluso un mago puede transitar.

—No, estoy seguro de que no cometería el error de permitir que cualquiera sepa qué ha ocurrido. Quiere parecer todopoderoso ante todo el mundo, incluso ante sí mismo. Necesita tener esa ilusión. Por lo que yo sé, desde los tiempos en que asistía a su academia, Xavier ha utilizado aprendices para elaborar hechizos, que luego utiliza para elaborar los suyos propios. Ya no puede inventar nuevos hechizos, de eso estoy segura. Cada mago tiene su ritmo, un giro en la manera de forjarlos y en cómo cada cual los usa, una firma, por así decirlo. Los hechizos de Xavier comprenden muchos hechizos de otros magos.

Razvan se pasó una mano temblorosa por la cara y luego por el pelo.

—¿Qué otra cosa has aprendido estudiándolo?

Ella le acarició el brazo para calmarlo.

—Sé que te causa una gran angustia hablar de él.

Razvan se sacudió al sentir su mano. Mientras viviera, jamás acabaría de maravillarse del hecho de que ella hubiera sido escogida para él.

—Tu descripción de su persona es muy precisa. Yo viví mucho tiempo con él y creía que lo conocía mejor que cualquier otra criatura viva y, sin embargo... —dijo, haciendo un gesto hacia el libro y a sus palabras, a todas luces ofensivas—. Sin embargo, tú consigues transmitir su más pura esencia.

—Espero que tengas razón, Razvan. Me juego la vida de los dos en esto. —Ivory le cogió las manos y tiró de él hasta que la siguió fuera de la habitación. Se dejaron caer en las sillas de la sala del memorial—. Tengo que tener la certeza de que estás conmigo en esto. No será fácil y no puedo dejar que dudes cuando nos enfrentemos a él.

Razvan se reclinó en la silla y la miró fijo a los ojos.

—Jamás deberías preocuparte de que vaya a vacilar. Estamos en esto juntos. Es la decisión que he tomado. La tomé cuando me pediste que viviera. Supe entonces que iríamos por él.

Ella se permitió un suspiro de alivio. No debería haber dudado de él. Razvan tenía el valor de ser lo que ella necesitara, y no se avergonzaba de seguir sus pasos, ni vacilaba en aceptar su destino. Era más hombre que cualquiera que hubiera conocido.

—¿Sabes lo que pienso, Razvan? Creo que Xavier tiene que encontrar otro cuerpo. No sólo te poseía a ti, dejando que una parte de tu persona pudiera tener cierto control. Creo que Xavier buscaba un cuerpo anfitrión y una manera de penetrar en él, para reclamarlo completamente y convertirlo en su propio cuerpo. Quería ser carpatiano. Tú naciste con la sangre de los cazadores de dragones en tus venas, uno de los linajes más poderosos, si no el más poderoso de todos. Él ansiaba formar parte de ese linaje, y por eso se cebó con Rhiannon. También es el motivo por el que se apoderaba de la sangre de sus hijos y nietos, pues hubiera dado cualquier cosa por tener un cuerpo que perteneciera al linaje de los cazadores de dragones.

—Ningún cazador de dragones jamás se ha convertido en vampiro. —Razvan lo dijo sin el menor asomo de orgullo. Era sólo una afirmación—. Yo no permitiría que me convirtiera en el primero.

Ella le sonrió, y aquella sonrisa lo liberó de aquel lugar oscuro en que había caído.

—No, no lo has permitido. Y nos salvaste a todos. Nadie sabrá lo que has hecho, Razvan, pero yo sí lo sé. Si Xavier hubiera conseguido poseer un cuerpo de cazador de dragones como pretendía, no tendríamos manera de juzgar el daño que habría hecho.

Él le cogió la mano y jugó con sus dedos, al tiempo que sacudía la cabeza ligeramente.

—Es mi testarudez.

—Es tu inconmensurable valor —corrigió ella—. Nadie podría haber soportado lo que has soportado tú.

Él se llevó sus dedos a la boca y los mordisqueó suavemente.

—Me harás sonrojarme.

Ivory dudaba que eso fuera a suceder. Razvan no tenía ni el más mínimo ego. Sencillamente aceptaba su vida y vivía el momento, concentraba toda su atención en lo que hacía y daba todo lo que podía para llevar a cabo la tarea que tenía entre manos. Ahora fue ella la que se sonrojó pensando en cómo se había concentrado totalmente en ella cuando hacían el amor. No había nada más en su mente excepto las ganas de darle placer. Era una experiencia intoxicante y embriagadora, una experiencia a la que ya era adicto. Ella se perdía en él absolutamente y se daba cuenta de que quería dedicarle la misma atención, la misma entrega.

—Mi entrada en ese diario es la fórmula con que lo derrotaremos.

Razvan se quedó totalmente quieto.

—Armaremos una trampa —dijo.

Ella no dejó de mirarlo a los ojos.

—Eso haremos. Él necesita un cuerpo. Y necesita la sangre de un corazón. La sangre de un cazador de dragones.

—Piensas pedirme que vuelva a ponerme a su alcance.

Lo dijo con un tono absolutamente neutro, con sus pensamientos absortos en los suyos. Ella sintió una punzada en el corazón. No había expresión alguna en sus palabras, no había condena ni juicio alguno. Sólo esperaba su respuesta. A veces, como en ese momento, el coraje de Razvan la aterraba. Y la fé que él tenía en ella la asombraba.

—Te pondrías en sus manos si te lo pidiera, ¿no? —le preguntó con un nudo en el estómago.

—Sí.

Ella sacudió la cabeza.

—Jamás en la vida pensaría en volver a ponerte al alcance de aquel mago demoníaco.

Por primera vez, él se removió y una expresión cruzó por su cara tan fugazmente que ella no alcanzó a entenderlo, pero la puso nerviosa.

—Entonces, ¿qué o quién será el cebo?

—Yo ahora tengo la sangre de los cazadores de dragones que corre por mis venas. Cuando me las abra y deje un rastro, él será incapaz de resistir. Además soy una mujer y creerá que podrá controlarme fácilmente.

Razvan se reclinó en su asiento y cerró los labios en una línea dura e implacable. Un leve fulgor brilló en el fondo de sus ojos pero, una vez más, guardó silencio y esperó.

—He pensado mucho en esto, Razvan —se apresuró a explicar ella—. Todo se presta a ello. Él vendrá por mí, oscuro y embellecido. Asumirá tu forma para atraerme con su mente. Querrá seducirme y abrirá sus brazos para acogerme.

—No.

—Sabes que tengo razón. Es la única manera.

—No. —Razvan se incorporó y llamó a la manada—. Voy a salir a correr con los lobos. ¿Te gustaría venir?

—Tenemos que hablar de esto.

—No hay nada de que hablar. ¿Vienes? —Se apartó de ella, rápido y a grandes zancadas. Hizo chasquear los dedos para llamar a los lobos.

Ivory se quedó donde estaba un buen rato, sin saber si enfurecerse o alegrarse de que Razvan fuera tan protector. Nadie había querido protegerla desde que era una muchacha y sus hermanos y la familia De La Cruz la habían colmado de afecto. Diez hombres rendidos a sus pies la habían hecho sentirse como una princesa, a veces hasta llegar a ahogarla, aunque siguiera sintiéndose como tal. Razvan había sufrido demasiado a manos de Xavier. Sólo tenía que acostumbrarse a la idea.

Se asombró al verlo abrir los brazos, como ella lo hacía, y ver a *Blaez* y *Rikki* saltar sobre él y fundirse en la piel de su espalda como tatuajes. Por un instante, aquel gesto le molestó. La manada nunca había sido dividida. Eran su familia.

—La manada no está dividida —dijo él—. Somos una familia.

Había vuelto a adoptar su talante tranquilo, como si no pasara nada. O quizá siempre había sido así. Incluso al pronunciar ese *no* firme, no había levantado la voz ni se había mostrado contrariado, sólo implacable.

Ella asintió con un gesto de la cabeza.

—Sí, lo somos. Es bueno que los dos podamos llevar a los lobos. Nos protegerán las espaldas.

Él respondió con una sonrisa leve y tímida. El peso de los años desapareció de su rostro hasta que adquirió un aspecto casi juvenil.

—Es asombroso ver que me aceptan de esa manera.

Ella sintió esa punzada extraña cerca del corazón que a menudo Razvan le producía. Su sencillo placer la emocionó.

—¿A dónde vamos?

—Quiero visitar aquel lugar donde encontraste la tierra para nuestro lecho.

—La caverna de las piedras preciosas.

Él asintió con un gesto de la cabeza.

—La tierra es pura, de manera que sabemos que Xavier no ha tenido ocasión de diseminar su veneno por todas partes. Me gustaría descubrir cómo se ha difundido la infección y qué superficie abarca. No puedo creer que éste sea el único lugar. Una vez que sepamos cómo mirar, se lo comunicaremos a otros carpatianos para que analicen la tierra.

—¿Crees que podemos limpiarla?

—Estoy seguro de que tú puedes hacerlo.

Ella intentó no sentir ese brillo ridículo, pero ahí estaba, un rubor absurdo que se extendía por su cuerpo como el calor. Era de verdad inquietante cómo reaccionaba ante él. Avergonzada, abrió los brazos y dejó que el resto de la manada se fundiera en su piel. Acto seguido, hizo un barrido de la superficie por encima de ellos para asegurarse de que nadie los veía salir del refugio.

Salieron a la noche y surcaron velozmente el cielo oscuro y despejado. Las estrellas titilaban por encima de sus cabezas y tendían su manto de fantasía, envolviéndolos en esa belleza que nunca dejaba de emocionar a Razvan. Ivory lo sintió a través de él. Era lo maravilloso, la majestuosidad, lo milagroso.

Ella misma nunca había mirado su entorno de esa manera, pero con Razvan lo veía todo a través de nuevos ojos. Él se sentía como si navegara cerca de la luna, deslizándose por un cometa, jugando al escondite entre las constelaciones. Corrió a través de la bruma que se levantaba desde un río serpenteante y lo experimentó todo a su lado. Había volado como lechuza miles de veces, pero nunca había sido tan divertido ni tan estimulante.

Las dos lechuzas planearon silenciosamente por encima del terreno nevado y cruzaron un prado. La hembra iba primero, a baja altura para tener la protección de los árboles durante el mayor tiempo posible. Volaron a toda velocidad entre los árboles, esquivando las ramas, tan silenciosos que los roedores trajinaban más abajo absolutamente ignorantes del peligro que los sobrevolaba.

Se alejaron del bosque justo cuando el terreno se convirtió en un valle que corría entre las dos cadenas montañosas, lejos de las cavernas de hielo de Xavier y a muchos kilómetros de la aldea de los carpatianos. Los dos modificaron el color de su plumaje para que fuera más difícil detectarlos. Razvan se volvió blanco como la nieve e Ivory tiñó sus plumas con unas manchas pardas, los colores de una hembra.

Deja que las lechuzas guíen tus pensamientos, avisó ella. *Cualquiera que haga un barrido podría encontrar a uno de los dos, aunque sea en el cuerpo de una lechuza, si no tenemos cuidado.*

Ivory había tenido cuidado todos los días de su vida desde el momento en que había emergido de la tierra un siglo después del brutal ataque que había sufrido. Él no respondió, aunque tuvo ganas de hacerlo. Encontraba que la guerrera que había en ella era muy sexy. Al contrario, la rozó con su calidez y luego se dejó ir, fundiéndose en el cuerpo de la lechuza para que si algún enemigo los buscaba, jamás sospechara de un par de lechuzas que volaban a lo largo del valle.

En cuanto dejó que la lechuza pasara a primer plano, le asombró la facilidad del ave para oír y ver. El plumaje blanco y espeso, suave y denso que le llegaba a las patas, lo cubría por entero y lo aislaba del frío. Los flequillos delgados en las alas apagaban el ruido y le permitían surcar el cielo a toda velocidad como un fantasma.

Ivory bajó hasta volar cerca del suelo y Razvan la siguió, disfrutando de cada segundo del vuelo silencioso, observando cómo el viento agitaba las plumas de su compañera mientras volaba a sólo unos metros del suelo para ofrecer un blanco más difícil. De pronto alzó el vuelo aleteando vigorosamente para ascender y luego volver a caer, con las patas replegadas como lanzándose a por una presa.

Justo antes de llegar al suelo, Ivory penetró en su mente para darle una orden. *Muta.*

Razvan aterrizó y se agazapó instintivamente en un pequeño saliente, casi al pie de la montaña. Ivory volvió a hacer un lento y minucioso barrido del área y él la imitó.

—Este lugar es sagrado y conserva en sus entrañas grandes poderes. Llegué aquí orientada por la Madre Tierra. Hay metales mágicos y piedras preciosas para todos los usos imaginables. La tierra es rica y nunca ha sido explotada por nadie más que yo.

Él se inclinó con un gesto de respeto.

—Gracias por traerme.

—Eres mi compañero eterno —le contestó, con tono desenfadado, aunque sintiendo un nudo en el estómago.

Aquel era su lugar favorito, así como el jardín había sido el lugar favorito de Razvan. Quería que él se sintiera de la misma manera, que amara aquella caverna espectacular, su tierra fértil y la belleza de las gemas, que viera la riqueza de los metales. Sobre todo, quería que entendiera el honor que les había otorgado la Madre Tierra. Nadie jamás había entrado en la caverna antes que ella, y nadie la encontraría después.

A Ivory le costaba entender lo nerviosa que se sentía mientras flotaba por encima de las rocas que tapaban la entrada. No quería dejar huellas, y remover la nieve seguramente las dejaría. Se aseguró de conservar en su mente una imagen detallada para dejarlo todo tal como estaba antes de que desplazara las dos rocas idénticas de la entrada al largo túnel que conducía a las cavernas subterráneas.

Razvan entendió lo que hacía y la imitó. Poseía una memoria fotográfica y, si ella quería dejar el lugar intacto, él se aseguraría de que todo quedara tal cual cuando se marcharan.

Ivory hizo flotar en el aire las dos rocas pequeñas y quedó a la vista un pequeño espacio que se adentraba en el suelo. Los dos se convirtieron en volutas de vapor y se adentraron por la estrecha abertura. Entonces ella elaboró unas defensas para ocultar la entrada mientras estuvieran en el interior y luego empezó a avanzar por la cavidad tubular, adentrándose en la profunda calidez de la tierra. El espacio abierto no era más ancho que los hombros de un hombre pequeño, pero gracias a la forma que habían adoptado, avanzaron rápidamente.

El túnel comenzó a ensancharse y el techo se volvió lo bastante alto para tenerse de pie. Sin embargo, consciente de que perturbaban el equilibrio natural del ecosistema, Ivory conservó su estado vaporoso hasta llegar a la caverna. Ésta era un espacio ancho y de grandes dimensiones, distribuido en varias terrazas.

Cuando recuperó su forma natural, se quitó las botas y dejó que los pies se hundieran en la tierra fértil para gozar de aquella sensación.

—Date prisa, Razvan, así. Es maravilloso, es como estar en el cielo.

Lo miró con una sonrisa fugaz, aunque él se percató de que lo hacía con timidez, algo que siempre lo emocionaba. Su guerrera, tan segura de sí misma, siempre se ponía un poco nerviosa cuando se divertía o se convertía en una mujer. Permaneció unos centímetros flotando por encima del suelo, descalzo.

—No te entiendo demasiado bien, Ivory. Yo ya he estado en el cielo, ¿sabes?

Ella lo miró frunciendo apenas el ceño y entendió lo que quería decir por el brillo en sus ojos, y entonces se sonrojó. Razvan adoraba eso, esa manera de ruborizarse desde el cuello hacia arriba y que luego le teñía su piel de porcelana cuando él la provocaba.

—Pon los pies en el suelo —dijo ella, sacudiendo la cabeza al mirarlo.

Razvan flotó hasta quedar frente a ella, manteniéndose unos centímetros por encima del suelo y su fértil y oscura marga.

—No sé bien como tocarlo. Nunca he hecho esto antes —dijo.

—Sé que estás tramando algo cuando me miras con esa expresión infantil. —Era una sonrisa que la hacía derretirse de pies a cabeza y la dejaba temblando, débil y sin aliento, dispuesta a hacer lo que él quisiera sin rechistar. Obedeciendo a un repentino impulso, tiró de él hacia abajo. Él se deslizó frotándose contra ella, un movimiento que la hizo temblar de excitación.

Razvan hundió los pies descalzos en la tierra fértil casi hasta los tobillos. La cogió por los brazos y la acercó a él hasta que quedaron casi tocándose.

—¡Ivory! —exclamó, también sacudido por la emoción—. Esto es todo un descubrimiento.

A ella le halagó su comentario, y lo miró encogiéndose de hombros.

—En realidad, no es mi descubrimiento. Fue la tierra misma que me dio las coordenadas cuando me encontraba en sus profundidades, luchando por mi vida. Llegué hasta aquí arrastrándome centímetro a centímetro.

Ivory recordó las épocas oscuras de aquellos días difíciles y se apoyó en Razvan, buscando inconscientemente el refugio de su corazón. Hasta ese momento no se había dado cuenta de cuánto contaba con él. El hecho de que se hubiera convertido en alguien tan importante para ella, y tan rápidamente, la asustaba y la emocionaba a la vez.

—Solía arrastrarme lo más profundo que podía cuando no había luna que pudiera quemarme la piel —explicó—. En mis primeros intentos para levantarme durante unas horas y empezar a moverme por el exterior, hasta la más mínima luz me hería la piel. La manada me protegía y entonces me hundía en las entrañas de la tierra y me recuperaba hasta que tuviera el valor y la resistencia para seguir adelante.

Él la abrazó y le dejó un reguero de besos en la cabeza. Ivory no pedía compasión, sólo le contaba los hechos. Razvan se rebelaba ante la sola idea de imaginarla arrastrándose a cuatro patas o hiriéndose el vientre al aplastarse contra la tierra, utilizando codos y rodillas para impulsarse hacia delante. Él no había estado para ayudarla y la sola idea de que hubiera tenido que soportar esa agonía sin que él estuviera para hacerlo le daba náuseas.

Siguió con un dedo las delgadas líneas blancas que llevaba impresas en el cuerpo, la que le circundaba el cuello, la que conservaba en la parte superior de los brazos y que le llegaba hasta los pechos. Le cogió el mentón con dos dedos y esperó a que ella lo mirara a través de sus frondosas pestañas.

—Te amo —dijo.

A ella se le apretó algo en lo profundo de las entrañas y su corazón dejó de latir. Lo veía en sus ojos, sentía la emoción que la rodeaba, que la barría y encumbraba a la vez. Abrió la boca pero no pudo decir palabra. Razvan la sacudía con su amor. Su lenta sonrisa la hacía estremecerse y veló sus ojos nuevamente cuando él se inclinó para apoderarse de su boca. La tierra tembló bajo sus pies.

Ivory entrelazó los dedos con los suyos cuando Razvan levantó la cabeza.

—Quiero mostrarte algo —dijo—. Este lugar es un tesoro de piedras preciosas pero, más importante aún, de metales raros.

Razvan alzó la mirada hacia las paredes de las terrazas y vio las vetas de plata y oro. A lo largo de las paredes y esparcidas por la tierra oscura, vio las gemas que lanzaban destellos.

—Es hierro. No del mineral de la Tierra sino de un meteorito. Está en su forma más pura, y viene directamente del cielo, Razvan. Sus propiedades protectoras son enormes. Y también hay plomo. He experimentado con el plomo para aumentar la resistencia de mis revestimientos con hechizos protectores. Puedo fabricar nuestras armas con metales puros que se presten a la magia y podamos transportarlos con facilidad. El revestimiento es esencial cuando luchamos contra los vampiros.

—Es asombroso —convino él—. Este lugar tiene una enorme importancia, Ivory.

—Me ha sido confiado por la Madre Tierra y tengo que velar por él.

—Es verdad. —Razvan se agachó mientras observaba las diferentes propiedades que Ivory le señalaba. Cogió un puñado de tierra, la dejó deslizarse entre los dedos—. Esta tierra no está contaminada —dijo.

—¿Por qué habría de estarlo? —preguntó Ivory—. Xavier no tiene ni idea de que existe. Nadie lo sabe.

—Los microbios están en el suelo, Ivory. No se quedan en un solo lugar sino que se propagan. Para eso los creó Xavier, para que proliferaran en tierras lejanas y las contaminaran. Eso, además de que es prácticamente imposible destruirlos, es el motivo de su creación. Ya puedes dar por seguro que los ha enviado allende los mares para que lleguen a todos los continentes. Xavier es un hombre muy prolijo.

—¿Cómo sabes que no están presentes aquí?

—Viví en las cavernas de hielo y presencié los experimentos; fui testigo de ellos durante más siglos de los que me gustaría recordar. Los percibo.

—Como dice Natalya que le ocurre a Lara. —Se giró y lo miró—. Pero ella es maga, y se cree que los siente por lo que es.

Él negó con un gesto de la cabeza.

—No, ella puede ocultarles su presencia porque es maga. Por eso no pueden convertirla, porque es la única que puede detectarlos a estas alturas.

—Crees que puedes encontrar una manera de ayudar a tu hija.

Él asintió.

—*Nosotros* juntos encontraremos una manera —corrigió él—. No puedo hacerlo sin tu ayuda. Ella no se puede convertir en carpatiana y vive una vida a medias para mantener vivos a los no nacidos.

Si podemos encontrar una manera de eliminar los microbios mutantes de la tierra, se podrá convertir.

—Razvan —dijo ella, con voz suave—, es muy probable que los microbios todavía no hayan podido filtrarse aquí. Y puede que sea sólo una cuestión de tiempo. Según entiendo, los extremófilos pueden vivir prácticamente en cualquier tipo de condiciones, por muy duras que sean. Si hubiera una manera de destruirlos...

—Tú misma has dicho que puedes invertir lo que él ha hecho.

—Sí, pero no puedo destruir los que ya están en la tierra. Puedo detenerlos, pero me llevará tiempo, quizás incluso años.

Ivory lamentaba tener que decepcionarlo. Razvan la miraba como si de ella dependieran las fases de la luna. Entonces le puso una mano en la cabeza.

—Encontraremos una manera de ayudarla.

—Está aquí, Ivory, la respuesta está aquí —insistió Razvan—. En esta caverna. La vida empezó en forma microbiana. Hay algo en esta tierra que la protege contra la invasión de los microbios mutantes. Estoy seguro.

Ella se agachó a su lado, sintiendo que la tierra curativa se movía a su alrededor como si quisiera arroparla con su calidez. Cada vez que acudía a la caverna, sentía que volvía a su hogar. Había pasado mucho tiempo en las entrañas de aquella tierra, cubierta por la fértil marga, absorbiendo sus propiedades curativas a través de la piel.

Cogió un puñado de tierra y la dejó escurrirse entre los dedos como si fuera agua, sintiendo las propiedades individuales a medida que la sustancia entraba en contacto con su piel. ¿Acaso era sólo su imaginación porque deseaba tanto conseguirlo para él o de verdad sentía que había algo diferente, un elemento en la tierra del que no se había percatado?

—Has dicho que siempre hay un equilibrio entre el bien y el mal, Ivory —le recordó Razvan.

—Sí, pero yo trato con aquello que es natural. Xavier tuerce lo natural y lo convierte en maléfico. Los microbios nacieron como algo bueno, no como algo maligno, o al menos eran neutros. No nacieron para hacer daño a los carpatianos. Fue Xavier el que los modificó para que sirvieran a sus horribles propósitos. Si fueran naturalmente venenosos, no me cabe duda de que sería posible encontrar la cura, como siempre sucede con la naturaleza. Estoy segura de que puedo invertir su maleficio, si dispongo del tiempo para estudiarlo. Pero encontrar algo para destruir lo que él ha inventado...

—Esta aquí —insistió Razvan—. Puedo sentirlo.

Ivory miró a su alrededor. Había utilizado los metales preciosos y las gemas para sus armas y sus sistemas de alarma. Había utilizado la tierra para su lecho, transportándola trabajosamente hasta que pudo llenar la cavidad. De vez en cuando, la rellenaba con tierra nueva, a pesar de que las propiedades curativas siempre habían conservado sus cualidades, como dentro de la propia caverna.

Ivory creía en los sentimientos, estaba sintonizada con la Tierra después de haber pasado tantos siglos enterrada en el rico lecho de la tierra curativa. Si los metales y las piedras preciosas eran las venas, la sangre y los huesos de la Tierra, quizá los organismos fueran su corazón y su alma.

Razvan había intuido la misma conexión con la Tierra. La Madre Tierra lo había aceptado, había unido sus venas a las suyas y lo había revestido con sus piedras preciosas y minerales para salvarle la vida. Ahora corría por sus venas como corría por las de Ivory. Quizás en su nueva vida estuviera más cerca de la Tierra y fuera capaz de sentir las pequeñas diferencias de una manera que ella todavía no había explorado pero, aún así, no tenía sentido. Se había pasado siglos en las entrañas de la tierra, sintonizada con el flujo y reflujo de su sangre vital, pero no podía detectar lo que él decía sentir.

—Despeja tu mente de cualquier otra cosa —aconsejó Razvan—. Siéntate así. —Levantó el pie izquierdo y lo dejó reposar sobre su muslo derecho, y luego puso el pie derecho sobre el muslo izquierdo.

Ivory estaba sentada delante de él, y adoptó aquella posición sin hablar.

—La columna recta, relaja los hombros. Así —dijo, asintiendo con la cabeza—. Adopta una forma ovalada con las manos, la izquierda sobre la derecha, juntando los pulgares y las dos falanges medianas del dedo corazón. Déjate ir. Es parecido a lo que haces cuando sanas, pero mente y cuerpo son una unidad, y deja que la información fluya hacia ti. Dentro y fuera. No intentes aferrarte a nada. Sólo quédate quieta. Respira. Acompasa tu respiración con la mía y luego olvida eso también.

Ivory hizo lo que Razvan le pidió y se dejó ir al momento. A la caverna y a la tierra. No era sólo la conexión con la tierra, pensó después, sino la paz, la quietud de Razvan, su manera de convertirse en uno con todo lo que lo rodeaba. Eso era lo que le permitió sentir la presencia del organismo.

Aspiró y levantó lentamente la palma de la mano, utilizando el cuerpo como una varilla de zahorí. Se volvió lentamente y se dio cuenta de que había captado la existencia de formas de vida desde todas las direcciones, como si la tierra estuviera saturada de vida.

—Está por todas partes —dijo, espirando, algo sacudida por la amplia dispersión—. Tengo que entender de qué se trata.

—¿Podemos coger una muestra?

—Tenemos todo un lecho de tierra —le recordó ella—. Dormimos en él todos los días.

Razvan frunció el ceño y volvió a coger un puñado de tierra.

—Creo que deberíamos tomar una nueva muestra para asegurarnos de que ni tú ni yo la hemos contaminado.

—Siempre pido permiso antes de llevarme cualquier cosa de esta caverna —advirtió Ivory—. Si la respuesta es no, nos arreglaremos con lo que tenemos. La tierra ha sido muy buena con nosotros, y no podemos permitir que la codicia entre en nuestros corazones, ni siquiera por una buena causa.

—La tierra es como la madre, Ivory. Nos ha salvado. También querrá salvar a los niños de nuestro pueblo —contestó él.

Ivory sonrió. Le fascinaba la fortaleza de la fe de Razvan. ¿De dónde le venía? Lo había torturado su propio abuelo, su pueblo había creído lo peor de él y, aún así, seguía teniendo fe en la bondad del mundo.

Razvan vio que lo miraba con esa expresión que reservaba sólo para él. Tierna, llena de amor. Orgullosa. Era probable que ni siquiera se diera cuenta de que la ponía, pero a él se le reblandecía el corazón cuando aparecía en su rostro, por fugaz que fuera. Le bastaba con saber que Ivory lo conocía y que entendía por qué hacía lo que hacía. Nadie más tenía que saberlo, sólo Ivory.

Ella alzó las manos y cerró los ojos, y alegó su caso con un cántico entonado con su melódica voz. Le asombró ver que Razvan se unía a ella, armonizando con la suya, masculina y grave.

Madre, oh, Madre, venimos a implorar tu ayuda.
Escucha a nuestros hijos, estréchalos, no dejes que se vayan.
Madre, oh, Madre, nuestros hijos mueren,
Seca nuestras lágrimas, te lo rogamos, pon fin a nuestro llanto.
Escucha nuestro ruego, mira en nuestros corazones.
Mantennos unidos, no nos dejes rendirnos.
Pedimos que la vida en la tierra fortalezca a nuestros pequeños,
Sana sus heridas, protégelos, porque son especiales.

A su alrededor el suelo refulgió y las piedras preciosas se encendieron. Por encima de sus cabezas, las columnas de estalactitas vibraron con los tonos armónicos.

Ivory inclinó la cabeza en señal de gratitud y Razvan hundió las manos en la tierra con gesto de amor antes de que los dos elevaran sus voces para expresar su agradecimiento.

Madre, oh Madre, de verdad eres grande.
Tu regalo es precioso, nos sentimos humildes frente a ti.

Razvan cogió varios puñados del rico material y, tras urdir una bolsa de seda, vació en ella la tierra.

—¿Cuánto necesitarás?

—Suficiente para llevar a cabo varios experimentos, en caso de que no sea fácil obtener la respuesta. —A Ivory le costaba disimular la ilusión al hablar. Normalmente, no había respuestas fáciles, pero quizás esta vez había tenido un golpe de suerte. Si había alguna forma de vida que mantenía a los microbios a raya, ella debería poder encontrarla rápidamente. Tampoco tenía demasiadas combinaciones donde escoger.

Razvan la tomó por la muñeca y la atrajo hacia él.

—Eres un milagro para mí, Ivory, estés o no de acuerdo. Este lugar —dijo, y abarcó la caverna con un movimiento circular del brazo...— esto podría salvar a mi hija. Ella ha vivido cosas muy duras y tú, como de costumbre, podrías ser la clave de mi felicidad. Si puedo aliviar su sufrimiento, y el de su compañero eterno, sentiré que al menos me he redimido en parte.

—Xavier era quien te poseía, Razvan —le recordó ella, con voz queda—. He compartido contigo tus recuerdos y he visto lo que hizo. No fue culpa tuya.

Él se encogió de hombros y le apartó unos mechones de pelo que se habían desprendido de su trenza y se los puso detrás de la oreja.

—Debería haber sido más cuidadoso en mi manera de decir las cosas. Yo crecí con un mago. Sé que las palabras tienen poderes y, aún así, sigo cometiendo errores que hacen daño a quienes he amado.

—Tenías catorce años la primera vez que te poseyó, y renunciaste a tu vida para que tu hermana pudiera estar a salvo. Eras un niño, Razvan —repitió Ivory.

Él le sonrió con dulzura.

—Eres tan apasionada cuando me defiendes, *hän ku kuulua sívamet*, guardiana de mi corazón. Debería llamarte *hän ku meke pirämet*, defensora.

—Soy la guardiana de tu alma —dijo ella—, y te defenderé hasta la muerte, Razvan. Eres un hombre extraordinario, y estoy orgullosa de ser tu compañera eterna. —Ivory inclinó la cabeza, como siempre, avergonzada de mostrar demasiado sus emociones—. Deberíamos volver a casa para estudiar la composición de la tierra y ver si de verdad tenemos respuestas.

Él le cogió el mentón y le robó un beso. Sólo uno. Pero la saboreó, con todos sus matices y su textura, saboreó su aroma y el contacto de sus labios. Levantó la cabeza y sonrió.

—*Päläfertiil*, compañera mía.

Con sólo escucharlo decir esa palabra, algo en ella se derritió. Suave, tierno y sensual. Lo miró y también le sonrió.

—Eso es lo que soy.

Capítulo 17

Esta forma de vida tiene que haber sido parte del meteorito desde el principio —dijo Ivory, y se dejó ir hacia atrás, con las manos en la nuca—. Tendría que haberlo sabido. Es muy rica en hierro.

—¿Cómo sobrevivió al llegar a la Tierra? —preguntó Razvan, frotándole los hombros.

—No tengo ni idea. Y, francamente, a estas alturas ni me interesa. El suelo está lleno de ellos y, hasta ahora, cada vez que me has traído tierra contaminada, se lanzan sobre los microbios mutantes y los destruyen, pero dejan todo lo demás intacto. —Ivory inclinó la cabeza a un lado para alzar la mirada hacia él—. ¿Sabes dónde se producen los microbios?

—El laboratorio más grande de Xavier fue destruido y él se refugió en su fortaleza en las montañas. Puedo encontrarla. Pero allí los microbios no están en la tierra. Los filtra por un glaciar que alimenta los sistemas acuíferos y quedan depositados en el suelo. La última vez que salí a cazar para nosotros cerca de la aldea oí a las matronas comentar la alta tasa de abortos. Temo que la contaminación haya empezado a extenderse entre los humanos. Si los microbios infectaran sus huertos, estarían condenados a sufrir la misma suerte de nuestra especie. —Razvan le masajeó el cuello con dedos suaves—. Tienes que descansar, Ivory.

Llevaba tres semanas trabajando y no había salido en todo ese tiempo, ni siquiera para alimentarse. Razvan había cazado para la manada y para ella. Salía todas las noches a correr con los lobos y había reunido muestras de tierra de decenas de lugares para que las analizara. Ella se negaba a salir con él y prefería quedarse para trabajar en sus experimentos. Estaba pálida y demacrada, y tenía unas ojeras grandes y oscuras.

—Tengo un mal presentimiento, Razvan —dijo. Pero luego sonrió con una mueca de placer cuando los dedos de él obraron maravillas y le fueron quitando los nudos en el cuello—. Ya hace un tiempo que me ronda el pensamiento y siento la necesidad de acabar pronto con esto.

Él guardó silencio y ella alzó la cabeza para ver su expresión. Ivory se enderezó rápidamente y se giró para encararlo.

—Tú también lo has sentido.

Él asintió con un gesto de la cabeza.

—Cada vez lo siento con más fuerza, y he observado que la manada se muestra curiosamente inquieta.

—Algo está ocurriendo.

Él no quería decirle que tenía razón, no en ese momento en que estaba tan agotada, pero su intuición le aseguraba que estaba en lo cierto.

—Tenemos que ir a ver al príncipe y contarles lo que sabemos —dijo.

—Creo que estoy en la buena dirección, Razvan, pero tengo por costumbre ser muy meticulosa. Repetiría los experimentos cientos de veces y documentaría las pruebas. Sigo trabajando en el hechizo para cambiar las mutaciones actuales cuando encontremos el laboratorio donde las fabrica. —Se pasó la mano por el pelo, agitada—. Todavía queda mucho trabajo. No podemos darnos demasiada prisa en este tipo de cosas. Si cometemos un error, sin quererlo podríamos hacer más daño que Xavier.

Se quedaban despiertos hasta que llegaban las horas de la mañana, cuando a Ivory la piel le dolía y se le inflamaba, a pesar de encontrarse a esa enorme profundidad. Razvan sabía que era la secuela de haber pasado más de un siglo en las entrañas de la tierra para curar sus heridas. Al final, dormía el sueño de los suyos. Ivory solía despertarse antes de hora, agitada y nerviosa. Su cuerpo no podía moverse, pero su mente iba a toda velocidad cuando empezaba a inquietarse. Razvan le hacía el amor con frecuencia, lo cual mitigaba la tensión, pero no podía detener el impulso obsesivo que la hacía trabajar sin parar. Ni siquiera la tierra podía rejuvenecerla.

En ese momento, cogió un cepillo de la mesa y empezó a peinarla con movimientos suaves, sabiendo que aquello siempre la relajaba. A él también. El contacto con su pelo sedoso le recordaba la maravilla de haberla encontrado, a pesar de que nunca había tenido ni la más mínima esperanza de que ese milagro ocurriera.

—¿Cuánto te falta para que puedas invertir el hechizo?

—No podré saberlo hasta que lo pruebe, Razvan —dijo, con un dejo de desesperanza—. Empiezo a ver la enormidad de lo que han tenido que sufrir Lara y Nicolas. No se atreven a convertir a Lara por temor a tener que cargar con la muerte de nuestros hijos y, sin embargo, ¿cómo pueden seguir adelante con su propia vida?

Razvan la miró con una sonrisa tranquila.

—Tú has aguantado. Yo he aguantado. Así es la vida, Ivory. Siempre esperamos que nuestros hijos no tengan que luchar como lo hicimos nosotros, pero saber vivir la vida y enfrentarse a las adversidades forja el carácter. Estoy orgulloso de Lara y de sus decisiones, y no la privaría de la posibilidad de servir a los demás. Tiene muchos años para vivir una buena vida antes de que sea necesario convertirla. Si fallamos, ella perseverará, como nosotros lo hemos hecho. Cuando llegue el momento final, sólo podremos decir que lo hicimos lo mejor posible. No podemos controlar a los demás, sólo a nosotros mismos.

Ivory sintió su serena quietud, aquel estado de calma que lo mantenía tan compuesto en las situaciones difíciles. Dejó que esa serenidad la envolviera y calmara su propia mente turbulenta. Con cada pasada del peine, éste parecía quitarle una parte de la tensión que llevaba en el alma. Razvan tenía razón. Sólo podían hacerlo lo mejor posible y eso era lo que habían hecho.

Mientras él le dividía el pelo en tres gruesos mechones para hacerle una trenza, Ivory pensó que había querido demostrarle a los carpatianos que Razvan no era ningún criminal, sino un gran hombre que se había sacrificado por todos ellos. Pero él se negaba a hacerlo, porque no le importaban las opiniones de los demás. Sencillamente era así: vivía su vida, dedicado a hacerlo todo de la mejor manera posible y sin intentar controlar a los demás.

Ivory respiró hondo.

—De acuerdo, vamos, averiguamos qué está ocurriendo y dejamos que el príncipe tome la decisión de probar con un experimento de mayores dimensiones o seguir trabajando. También necesito probar los hechizos invertidos en los microbios que ahora están esparcidos por ahí. No tiene sentido atacar el laboratorio si no podemos poner fin definitivamente a sus maquinaciones.

—Cuanto más lo acosemos, menos tiempo tendrá para hacer daño —dijo Razvan, con voz queda—. Si esto da buenos resultados, podemos ganar tiempo destruyendo su fortaleza y obligándolo a volver a mudarse.

Ella iba a girar la cabeza para mirarlo, pero él le tiró del pelo para impedírselo. Ivory frunció el ceño.

—No podemos arriesgarnos a perderle la pista. Si desaparece...

—Yo puedo encontrarlo. Donde sea. En cualquier momento.

Ella esperó un segundo hasta que el pulso se le serenó.

—Xavier tomó mi sangre durante siglos, Ivory. Dejó trozos de su alma oscura y depravada en mí. Y puedo atraerlo con más facilidad que nadie.

Ella se obligó a tragar la bilis que le subió en cuanto imaginó a Razvan en manos de ese monstruo.

—Pretendes hacer de cebo.

—Desde luego. Para que venga a nosotros. Y te aseguro que vendrá.

Sus manos estaban más firmes que las suyas mientras le aseguraba el nudo de la trenza. Ella lo supo porque estiró la suya y la dejó sobre la de él.

—No. —Una sola palabra. La palabra que él le decía a ella. Ahora sabía cómo se había sentido ante su sugerencia de hacer ella misma de cebo.

Él no discutió, pero ella ya iba acostumbrándose a su silencio. No significaba que estuviera de acuerdo. Razvan sencillamente se inclinó y la besó en el cuello, justo por encima de su pulso, que latía desbocado.

—Lo digo en serio, Razvan. No destruiremos su fortaleza actual, aunque necesitemos ganar tiempo.

Él le sonrió con un gesto de placidez, casi tierno. Le cogió la cara en el cuenco de la mano.

—Ya que no sabemos si lo has logrado, no hay razón para que haya discordia entre nosotros.

Ella le mordió los dedos con fuerza y lo miró, furiosa.

—Sólo para que lo sepas: habrá discordia entre nosotros. Mucha discordia. Más de lo que cualquier hombre soportaría en toda una vida.

Él soltó una sonora carcajada y se llevó los dedos a la boca para aliviar el dolor.

—Lo tendré presente.

Ella lo miró y emitió un bufido de irritación y empezó a recoger las armas. Razvan había dedicado su tiempo a ayudarle y a cuidar de ella y, entre tanto, a perfeccionar también su manejo de las armas de Ivory. Era un alumno rápido y disciplinado y sus reflejos, asombrosos. Todas las noches, dedicaba horas al manejo de la ballesta y de la espada. Practicaba modos de caer y de combate cuerpo a cuerpo, y se ejercitaba en lanzar las puntas de flecha. Era rápido e inteligente e Ivory disfrutaba de su compañía pero, sobre todo, de su tranquilidad. Le había traído paz y alegría.

Razvan estiró el brazo y *Blaez* y *Rikki* saltaron a su espalda y se fundieron en su piel hasta quedar dibujados como tatuajes muy detallados. El resto de la manada hizo lo mismo con Ivory. Cogieron la tierra y la documentación de los experimentos e hicieron un barrido de los alrededores antes de salir velozmente a la superficie y surcar los cielos hacia el asentamiento de carpatianos.

Mientras volaban por encima de bosques y praderas, vieron

huellas que delataban la presencia de vampiros en las cercanías. Arbustos ennegrecidos, ramas marchitas, troncos de árboles abiertos en dos. En un área, era evidente que había tenido lugar una batalla, porque el suelo estaba ennegrecido.

Ivory tragó con dificultad. *Han salido y son muchos.*

Vendrá a buscarme. Razvan volvía a hablar con voz serena.

No.

Ivory batió las alas y se alejó de la tierra baldía, destruida allá abajo. Siguió por un paso estrecho y luego sobrevoló unos montes suaves moteados de pequeñas granjas, y percibió la sonrisa de Razvan.

No seguirás sonriendo demasiado tiempo si no paras.

Sólo decía lo que pensaba.

Me estabas provocando.

Yo no haría eso.

La lechuza hembra lo miró con un dejo altanero y empezó a bajar, llamando al príncipe para anunciar su presencia. La casa parecía tranquila. Desierta. Se detuvo, alarmada, y se posó sobre la rama de un árbol y, con la vista aguda del ave, escrutó los alrededores del lugar donde estaba el edificio.

Se han marchado de prisa y no han mutado.

Raven está embarazada, y su estado es bastante avanzado, le recordó Razvan. *¿Es posible que haya llegado el momento del parto?*

El presentimiento que tenía Ivory se hizo más agudo.

Quizá debiéramos tratar de comunicarnos con el príncipe mediante nuestro vínculo de sangre, sugirió, inquieta.

Razvan no vaciló. Viajó al interior de sí mismo para encontrar la huella de la sangre de curandero que corría por sus venas y lanzó una llamada. *Tenemos que hablar con el príncipe pero hemos encontrado su casa vacía. Los dos estamos inquietos. ¿Ha ocurrido algo malo?*

Siguió un largo silencio, como si quizás el curandero no quisiera contestar, y al cabo de un rato se oyó su voz. Débil, lejos, y estresada. Vacilante.

Mi compañera eterna no puede retener a los bebés. Nos encontramos en la cueva de la curación, preparando una sala para el parto. Lara y Nicolas han resultado heridos.

Razvan se giró y miró a Ivory justo antes de lanzarse al aire, esta vez seguido por la hembra. No había nada que decir. Si Nicolas había sido herido, tenían que haber sido atacados, y atacados deliberadamente. El maestro vampiro, o Xavier, habría averiguado quién se dedicaba a salvar a los niños, y habría decidido eliminar aquel obstáculo a sus planes. *Sin embargo, ¿cómo sabían que tenían que atacar a Lara?*, preguntó Razvan, recordando aquel breve momento de vacilación de Gregori. *Creerán que soy un espía, y que he entregado a Lara a Xavier.*

Ivory se lanzó en picado hacia abajo, modificó su forma en el último momento y aterrizó en la nieve dando grandes y enérgicas zancadas, irradiando una furia incontenible. Ella también había visto esa leve vacilación del curandero.

—Si vamos, Razvan, podríamos caer en una trampa. Quizá nos asalten y, si lo hacen, no nos quedará más remedio que luchar para salvarnos. —Se giró para mirarlo—. Alguien morirá —dijo, con un silbido de voz.

Razvan la miró con sus ojos oscuros y sombríos. Se apoyó en un árbol mientras la veía caminar a toda prisa por la nieve. Adoraba su instinto feroz de protección, la furia destilada que asomaba en ella, brillando como la luna más clara.

—Iré solo —dijo, con tono tranquilo y pausado.

Ella alzó el mentón.

—No te convertirás en su víctima. Están nerviosos, ya no dan para más. Necesitan un chivo expiatorio y en eso te convertirán. Los dos lo sabemos.

—Uno de los dos tiene que hablar con el príncipe. Tú eres mejor guerrera. No me importa que me pongan las manos encima ni que me registren. Tú jamás tolerarías eso, y yo no permitiría que te tocaran faltándote al respeto. Si tú vas, habrá lucha. Si voy yo, hay una posibilidad de que pueda llegar al príncipe con nuestras pruebas y ayudarles.

—No se merecen la ayuda —dijo ella, con tono seco, separando cada palabra.

Él se cruzó de brazos cuando Ivory volvió a pasear de un lado a otro, cerrando los puños con fuerza. Razvan no dijo palabra, sólo la miró con los ojos entrecerrados.

Entonces se detuvo frente a él, respirando aceleradamente y con lágrimas en los ojos. No había nada que lo desarmara más que ver a esa mujer guerrera tan vulnerable y sollozando. Le acarició la cara, asombrado.

—No llores por mí, Ivory. Siempre he sabido vivir con mis decisiones. Tengo que asegurarme de que Lara se encuentra bien. Y no puedo dejar que mueran los bebés si hay alguna manera de salvarlos. Tú tampoco lo harías.

—Si te tocan aunque sea un pelo, uno, de la cabeza, habrá una guerra como no la han visto en sus vidas.

Él le enmarcó la cara con ambas manos. Sabía que Ivory se sentía incómoda cuando él le decía que la amaba, porque le costaba contestarle. Y lo más probable es que fuera aún peor si le decía que ella lo conmovía más que nada ni nadie en su vida lo había conmovido. Así que decidió besarla.

Puso en aquel beso todo lo que sentía por ella. Un amor infinito y una aceptación total. Orgullo, alegría y lujuria. Todo lo que él era, se lo dio. Ella le contestó y se hundió en el calor de su boca, dejándose ir a ese mundo de puras sensaciones mezclado con amor. Podría vivir ahí, en sus brazos, con las bocas fundidas en una para siempre, su cuerpo entregándose a él, al tiempo que lo abrazaba por el cuello. Su hogar, su refugio. Su todo.

Cuando él se separó de mala gana del santuario de su boca, apoyó la frente en su cabeza y reprimió un suspiro profundo y tembloroso.

—Si esto sale mal, *hän ku vigyáz sielamet*, guardiana de mi alma, te esperaré en la otra vida. Xavier debe ser destruido. Antes que cualquier otra cosa, debe ser destruido. Mírame y dime que vendrás a mí con tu alma brillando.

—Pides demasiado.

—No es verdad, Ivory. Te pido que aguantes lo que has aguantado tantos siglos, que te concentres en la tarea encomendada. Hemos tenido este tiempo, un momento de felicidad fugaz. Lo que ellos hagan —o no hagan— nos importa poco. —Puso las manos sobre el corazón de ella, sintió cómo le latía en la palma—. Tenemos un gran objetivo y debemos luchar hasta las últimas consecuencias, pase lo que pase.

El sollozo que Ivory tenía en la garganta estuvo a punto de ahogarla cuando se vio obligada a tragárselo.

—Me aterras con tu aceptación tan serena, Razvan.

—No controlo a los demás, Ivory, sólo a mí mismo. Hago lo que debo hacer, cueste lo que cueste.

—Los odiaré con todo mi corazón si te hacen daño.

—Tú eres mi luz, Ivory, necesito que seas esa luz. Cuento con ella.

—Me pides más a mí de lo que te pedirías a ti mismo. Los matarías a todos si me tocaran.

—Sí. —Con el dedo pulgar, siguió las finas líneas de su cara—. Tú eres el milagro, Ivory, no yo.

Razvan le acarició la nuca, la atrajo hacia sí y la sostuvo en sus brazos hasta que la rigidez y la tensión menguaron y ella se dejó ir contra él, dúctil y suave. Los corazones latían al mismo ritmo, acompasados. Las almas se rozaron e Ivory sintió la cercanía de sus labios en el pelo y enseguida lo apartó.

—Dame tus documentos y las muestras de tierra. Te lo haré saber si no hay peligro. De lo contrario, nos veremos en el otro mundo.

Muy a su pesar, ella se los entregó, sin darse cuenta de que le temblaban las manos. Razvan estiró los brazos, se deshizo de los lobos y se arrodilló para hundirle las manos en el pelaje; les cogió el morro y les frotó las orejas y el cuello antes de volver a incorporarse. Cuando iba a irse, ella le tomó la mano.

—Razvan.

Él respiró hondo y se giró hacia ella.

—¿Amada?

—*Tú* eres mi milagro.

Él le sonrió y se alejó, llevando consigo sus últimas palabras. No era necesario tener valor para entrar en la cueva del león. Cualquiera que fuera el destino que le esperaba, no sería nada comparado con lo que había sufrido a manos de Xavier. Ellos no lo torturarían. Sin Ivory, no tenían nada con que amenazarlo, no podían herirlo emocionalmente. Sólo estaba la muerte, y él ya la había aceptado como parte de la vida hacía mucho tiempo, y no le temía.

Caminó con paso tranquilo, dejando atrás los árboles, sin intentar ocultar su presencia. Había dejado sus armas con Ivory, a pesar de que podía hacerse con ellas cuando quisiera, y los carpatianos lo sabrían.

Sintió las primeras punzadas de inquietud a medida que se acercaba a las cavernas que conducían a la sala de curación. Sabía que lo observaban. Oyó el batir de las alas por encima de su cabeza y varias lechuzas se plantaron en las ramas de los árboles. Siguió caminando.

Curandero, vengo a verte.

Siguió un breve silencio mientras Gregori transmitía esa información a los demás. Dos lechuzas descendieron a tierra y modificaron su forma antes de tocar el suelo. Reconoció a Falcon y a Vikirnoff, que se situaron a sus espaldas para escoltarlo. Las demás lechuzas alzaron el vuelo.

Han apostado centinelas, Ivory, y te buscan.

No me encontrarán.

Él no dejó que la sonrisa asomara en su rostro cuando entró en la caverna de la curación. *No dudo de tus palabras.* Y no dudaba. Los machos carpatianos la subestimaban constantemente. Tendrían que haberse dado cuenta de la verdad, si lo hubieran pensado un poco. De su linaje sanguíneo, de su inteligencia y su determinación para sobrevivir. Con sólo conocer sus habilidades como cazadora, se habrían dado cuenta de que perseguían a una tigresa.

Razvan siguió avanzando por el túnel que conectaba la serie de cavernas. Unos guerreros de expresión adusta custodiaban cada entrada, y ninguna de aquellas caras era de buenos amigos. Razvan percibió el latido de sus sospechas, las oscuras recriminaciones. Ya lo habían juzgado y condenado. Él no los miró al pasar a su lado, ni bajó la cabeza ni apuró el paso. De vez en cuando, sentía que alguien intentaba penetrar en su mente, pero había vivido demasiado tiempo con Xavier como para permitir que nadie lo consiguiera, por muy agudo que fuera el intento.

Sabía que, a sus ojos, eso no haría más que confirmar la condena, pero no le importaba demasiado. Gregori fue a su encuentro en la tercera entrada y caminó a su lado.

—¿Sabes lo que ellos creen?

—¿Cómo está mi hija?

—El ataque se produjo al amanecer, cuando habían salido a cazar, una hora en que no suele verse a la mayoría de los vampiros, sobre todo los maestros vampiros. Tenían que tener información no sólo de que era a Lara a la que buscaban, sino también exactamente de dónde habían ido a cazar.

—¿Cómo está mi hija? —repitió Razvan.

—Está reponiéndose, al igual que su compañero eterno. No nos quedó otra alternativa que completar la conversión y llevarlos a los dos a las entrañas de la tierra. Primero se lanzaron contra ella. Ha sido... mutilada. —Gregori sacudió la cabeza cuando Razvan se detuvo y lo miró. *Sigue caminando. Es una situación muy difícil. Sin Lara, no podemos romper el círculo del ataque de los microbios. Intuimos su presencia, pero se ocultan a nuestros ojos. No tenemos cómo traerlos a la superficie. Ahora que es totalmente carpatiana, Lara ya no podrá engañar a los microbios, pero hemos tenido que convertirla. Las mujeres deben reposar en la tierra, como nosotros, pero entonces los microbios nos invaden*, añadió Gregori, usando la telepatía.

—Dime cómo se encuentra. —Había un dejo de crispación en la voz de Razvan. Sintió que Ivory se movía en su pensamiento, envolviéndolo con su calidez. Estaba tan profundamente conectada con él que podía oír cada palabra, y sabía lo que le costaba mantener la calma.

—Tardará tiempo, Razvan. El vampiro quería dejarnos un mensaje. La atacó para herirla en el útero. Yo hice todo lo que pude, pero no puedo obrar milagros.

Por un momento, Razvan no pudo moverse ni respirar. Su hija, Lara, que tanto había sufrido. Agachado por la impresión y, apoyado en una rodilla, inclinó la cabeza y llenó sus pulmones de aire para aliviar la quemazón. Cuando miró a Gregori, le ardían los ojos con unas flamas de color rubí y, más allá, se adivinaba la muerte.

No pienso seguir avanzando, curandero, hasta que me digas dónde está.

Sabes que no puedo. La vida de mis hijas también está en juego. Savannah intenta retenerlas y lucha por ello. Una de ellas se encuentra muy débil. La perderemos antes de que acabe esta noche si no encuentro una manera de eliminar los microbios.

Te traigo el fruto de nuestro trabajo para ello pero, a menos que me digas dónde se encuentra mi hija, para que Ivory pueda ayudarla, no daré ni un paso más. Y tienes toda la libertad para ejecutarme, pero me llevaré las respuestas a la tumba.

Gregori respiró con una especie de largo y lento silbido.

—Sé que no eres el culpable de este crimen, Razvan. He alzado la voz y te he defendido.

—Quiero a mi hija entera. Ivory puede ocuparse de ello. Digamos que es mi último deseo.

Gregori soltó una imprecación en la lengua antigua, frustrado e irritado por verse en una posición tan difícil. *Mikhail, creo que debería dársele la oportunidad de salvar a Lara para que pueda tener hijos cuando yo no pueda. Sé que no es culpable de estas acusaciones. Tú sabes lo que hay dentro de este hombre. Tiene una voluntad de hierro y hace lo que dice. Se entregará a la muerte, ¿y para qué? Dime, ¿para qué?*

Dale las coordenadas.

Gregori le transmitió enseguida los datos sobre su paradero a Razvan.

Ivory le envió una reacción de calidez. *Le pediré ayuda a la Madre Tierra. Ella se ha portado bien con nosotros, Razvan, y creo que cuentas con su gracia. Ella nos prestará su ayuda.*

Se aferró a la promesa que había en sus palabras. Lara se merecía una vida plena, y él quería que lo tuviera todo, aunque no viviera para ver su felicidad. Reprimió la ira y el miedo y se obligó a respirar calmadamente antes de levantarse y reanudar la marcha, sin mirar a los lados.

Avísame cuándo hayas acabado, Ivory.

Gregori lo condujo por una serie de cavernas y túneles que descendían cada vez más profundamente. Hacía un calor que los obligaba constantemente a regular la temperatura de sus cuerpos. De las paredes salían grandes formaciones de cristal, que también colgaban de lo alto de los techos y brotaban del suelo. Razvan supo por intuición que se trataba de la sala de los guerreros, y que ése era el lugar donde se decidiría su suerte.

En la sala había más carpatianos de lo que él creía vivos. Cuando entró, las gigantescas columnas zumbaron en son de bienvenida. Gregori lo miró y su mirada de color plateado se paseó por la concurrencia, deteniéndose en cada una de las caras. Permaneció junto a Razvan, cuando éste, el carpatiano más despreciado, avanzó con la cabeza en alto entre los guerreros y fue hacia el príncipe. Inclinó la cabeza ante él.

—Mikhail, he sabido que ha habido graves problemas.

—Como si no lo supieras antes —dijo una voz entre la multitud.

Mikhail alzó la cabeza y barrió la sala con una mirada.

—Una palabra más, y esta sala será desalojada —advirtió—. Como habéis visto, Razvan ha venido hasta aquí por voluntad propia, y la sala le ha dado la bienvenida. Lamento ese lamentable exabrupto —añadió, y dio un paso adelante y saludó a Razvan cogiéndole los antebrazos, a la manera tradicional de los guerreros. *Sívad olen wäkeva, hän ku piwtä,* que tu corazón permanezca fuerte, cazador.

Pesäsz jeläbam ainaak, que permanezcas largo tiempo bajo la luz —respondió él.

—Un maestro vampiro atacó a Lara y Nicolas cuando habían salido a cazar en las primeras horas del amanecer. Sabía dónde encontrarlos. Nicolas luchó con valor. Si no hubiera sido el guerrero consumado que es, no habrían escapado con vida. Mató a tres vampiros menores y casi acabó con un cuarto. Nicolas reconoció en el maestro vampiro a Sergey Malinov. Cuando éste cortó a Lara, le dijo que le transmitía los saludos de su hermana.

Razvan no se inmutó. Oyó el suave murmullo que crecía hasta convertirse en furiosa algarabía a sus espaldas, pero no dejó de mirar fijo al príncipe.

—¿Y tú crees que Ivory sería capaz de ordenar una incursión como ésa contra mi hija?

—No, pero era evidente que el ataque había sido planeado, que las víctimas habían sido escogidas una por una y que poseían información sobre ellas.

—Entonces hay un traidor entre vosotros.

El príncipe inclinó la cabeza.

—Eso me temo —dijo.

—Y es más fácil para ellos creer que he sido yo quien ha traicionado a vuestro pueblo —dijo Razvan—. Puesto que ya me han marcado como traidor.

—Me temo que estás en lo cierto —dijo Mikhail, con un suspiro.

—Os he traído esperanzas —dijo Razvan—. Antes de que sigáis con esta farsa, déjame enseñarte lo que hemos descubierto. Ivory ha trabajado durante semanas para encontrar un antídoto contra los microbios. Ha probado esta forma de vida y cree que destruirá cualquier microbio mutante que habita en la tierra. A ella, desde luego, le gustaría tener más tiempo para llevar a cabo más pruebas, pero quiere que veáis su descubrimiento y que tú tomes la decisión.

Cogió las preciosas bolsas de tierra de su cinturón y se las entregó a Gregori, junto con el pequeño libro donde documentaba cada experimento y sus hallazgos.

—Al menos tendréis por dónde empezar.

Gregori se inclinó.

—Gracias —dijo.

Razvan. La voz de Ivory era tensa, y aquello lo alertó. *He encontrado el lugar donde reposaban, pero alguien ha removido la tierra. Alguien con un enorme cuchillo ha intentado desenterrarlos.*

Razvan sintió que la ira le latía en las venas y le rugió en los oídos.

—¿Quién osa matar a mi hija y a su compañero eterno?

Yo te lo traeré.

No vengas aquí. Creo que piensan someterme a una especie de juicio para decidir si yo soy el traidor.

Ivory respondió con un silbido de ira, y una imagen muy femenina y poco característica de su respuesta contra todos ellos le hizo sentir una punzada en la ingle, pero no de excitación sino de simpatía en el dolor.

—Razvan, el consejo quiere que te sometas a una prueba ante un jurado elegido —dijo Mikhail—. Antiguos guerreros que vivieron bajo el reinado de mi padre. No me conocen bien —dijo, y alzó la voz—. A pesar de que han jurado defenderme, no confían en mi juicio y se les dará la oportunidad, una vez que hayamos terminado, para que abandonen este consejo y vayan por su propio camino, sin prisas, pero habiendo roto la alianza con nuestro pueblo.

En realidad, Mikhail daría a los antiguos el beneficio de una última duda, pero después no volvería a tolerarlo.

Razvan se encogió de hombros.

—Que así sea.

Que el sol los queme a todos. O jelä peje terád. Ivory masculló cada palabra, y no sólo para que la oyera Razvan sino también Gregori, Vikirnoff, Natalya y el príncipe, todos los que le habían dado sangre. Su desprecio era palpable y sin ambages, y todos quedaron reducidos a una nadería a sus pies.

Razvan tuvo que reprimir una sonrisa. Le lanzó una mirada a Gregori. *He ahí a mi compañera eterna.*

Una mujer única, convino Gregori.

Dejó escapar un suspiro, a todas luces preparándose para la tarea que lo esperaba. Llamó a los guerreros antiguos. Vikirnoff, Mataias, Tariq y Andre. Todos tenían que declarar que Razvan no era leal a Xavier y que nada les ocultaba. Un solo indicio, y lo ejecutarían. Gregori apretó los dientes, detestando tener que prestarse a los caprichos de los antiguos. Para él, cuestionar la sabiduría del príncipe equivalía a una cachetada en la cara.

Si hubieran cuestionado a su propio príncipe, Razvan le recordó, *quizás Ivory no habría tenido que vivir lo que vivió y Rhiannon no estaría muerta. La guerra entre los magos y los carpatianos puede que nunca hubiera estallado.*

Gregori se quedó asombrado por la calma y la aceptación absoluta en Razvan. Él no deseaba que otros invadieran su intimidad, hasta el punto de tener que dejarlos buscar en su memoria, como Razvan, y asistir a todas las humillaciones que había sufrido. En opinión del curandero, era un acto cruel y un error.

Te amo, Ivory, dijo Razvan, con voz suave. *Más que a la vida misma. Ahora, déjame. No dejes que también invadan tu mente.* Aunque aquellos hombres sabrían cosas acerca de ella que él conocía, de las experiencias horribles que había vivido. *Borra las coordenadas de nuestro refugio de mi memoria.* Sabía que Ivory podía hacerlo. Ella era capaz de muchas más cosas de lo que sospechaban los que estaban allí reunidos.

Ivory le obedeció, y luego se desvaneció de su mente, dejándolo totalmente solo una vez más.

Pero ella no tenía paciencia para andarse con formalidades. Entró en la sala de las curaciones, sin prestar atención a las lechuzas que volaban entre los árboles ni a los machos carpatianos de expresión severa que la siguieron cuando se acercó a las cavernas. Sintió la presencia de una defensa y tiró del traidor a través de la débil barrera sólo para demostrarles a los demás que no tenía que detenerse y desmontar su penosa defensa para que ella o su espía pudieran entrar.

Penetró en el laberinto de cavernas mirando a los guardias por encima del hombro con expresión altiva mientras avanzaba a grandes zancadas por los túneles, siguiendo sin vacilar la huella olfativa de su compañero eterno. Al entrar en la tercera caverna y empezar a bajar, tuvo que proteger a su prisionero del calor que iba en aumento.

Continuó por el túnel sin siquiera dignarse mirar a los guardias, con la cabeza en alto y una expresión de orgullo no del todo deliberada. Tenía cogido firmemente a un niño. Era Travis. Llevaba la ballesta en bandolera, y sus lobos tenían una visión clara del frente y de los lados en cuanto entró en la cámara.

Falcon hizo un movimiento hacia ella y oyó a Sara ahogar una exclamación. Alzó la mano libre para detenerlos.

—Llévame donde tu príncipe, Falcon.

—Tendrás que deponer tus armas, Ivory.

—Yo soy un arma. Podría hacer que se derrumben estas cavernas y matar a todos los que están adentro. No discutas conmigo. Llévame donde tu príncipe, ahora.

Falcon se situó por delante de ella y la escoltó a través de la larga entrada y entre los guerreros de aspecto feroz.

—Travis —dijo, con voz serena—, no te pasará nada.

—No será gracias a ti —dijo Ivory, con un leve desdén—. Espero que seas mejor guerrero que padre, Falcon.

Él se giró y le lanzó una mirada cargada de emoción, prometiendo una respuesta, pero ella siguió caminando. La sala del consejo estaba llena de carpatianos, hombres y mujeres. Muchos dejaron de prestar atención al juicio y los miraron. Ivory vio a Natalya por el rabillo del ojo, que miraba con lágrimas de color rojo sangre bañándole las mejillas, y no sintió ninguna simpatía por ella. Le había gustado darle un motivo para llorar.

Las filas de guerreros se abrieron ante su paso, y algunos hombres se dirigieron hacia Mikhail para contarle lo de aquella irrupción. El rostro del príncipe parecía demacrado y cansado. Razvan se apartó e Ivory intentó no mirarlo ni acusar en su expresión el alivio que la embargaba.

Inclinó la cabeza al llegar ante el príncipe.

—Os he traído a vuestro traidor —dijo, y de un empujón dejó al niño en el centro del círculo.

Falcon cogió al niño para protegerlo y lo rodeó con un brazo.

—¿De qué lo acusas? ¿De estar aliado con nuestro enemigo?

—Exactamente. ¿Teníais la intención de ejecutar a mi compañero eterno para saciar vuestra sed de venganza? Es todo un inconveniente haber encontrado al verdadero culpable. —Miró a los hombres del consejo con una expresión de desprecio no disimulada—.

Cualquiera que sea el castigo que hayáis escogido para él ahora tendréis que aplicárselo a este niño.

Falcon sujetó con fuerza a Travis.

—Miente para salvar a su compañero eterno.

Ella lo miró con ojos encendidos.

—Yo nunca miento. Curandero, examinadlo. Todos vosotros, con vuestra farsa de acusadores. La sombra de Xavier ha encontrado un anfitrión. El niño debe de haberse escondido en el bosque mientras luchábamos contra las abominaciones del mago, y sólo hemos destruido uno de los cuatro fragmentos de la sombra. Él es portador de uno. Él es vuestro traidor, no mi compañero eterno, que ha luchado para salvar a una especie que no se merece vivir.

Razvan no dijo palabra mientras miraba a su guerrera. Feroz y orgullosa, implacable. Ivory tenía un aire de dignidad real superior al príncipe. Una reina entre los hombres, que demostraba su absoluto desprecio de la imbecilidad. Su belleza era tal que él se quedó sin aliento, admirando la fe absoluta que le profesaba y su feroz actitud protectora, y todo a pesar de sus instrucciones. Ella no se daba cuenta, pero merecía la pena verla retar a los antiguos guerreros en la sala.

—He examinado a Razvan como habéis pedido —dijo Gregori—, a pesar de que tenía mis reparos para someterlo a una prueba tan indigna cuando ya sabía que no quedaba nada de Xavier en él. Ahora examinaré al niño. —Gregori se alegraba de haber sido el primero y que ningún otro carpatiano hubiera visitado los recuerdos de Razvan, a pesar de que pensó que los humillaría ver todo lo que el hombre había sufrido, como le había ocurrido a él.

—No tocaréis a mi hijo —dijo Falcon—. Nadie lo tocará —repitió, y se llevó la mano a la funda de su puñal. El corazón le dio un vuelco. Sorprendido, se miró el cinturón. La funda estaba vacía.

Travis gruñó y se lanzó sin vacilar hacia Gregori, con su pequeño brazo alzado y una expresión de odio cuando intentó hundirle el puñal de su padre en el pecho. Gregori se movió para interceptarlo antes de que nadie se diera cuenta de lo que ocurría. Cogió al niño por la muñeca, y se quedó sorprendido ante su fuerza, pues Travis se retorcía y luchaba por conservar el cuchillo.

Al final, el arma cayó al suelo a los pies de Mikhail y Gregori sujetó al niño.

—Ya está, Travis. Ya verás que todo se arreglará —dijo, con voz suave, mientras lo mecía—. Tengo que llevarlo a la superficie y quitarle el fragmento de Xavier.

—Todavía hay otros dos perdidos —dijo Ivory—. Tendrás que examinar a todos los que estuvieron allí ese día. Si Xavier ha conseguido encontrar otros anfitriones, todos corren un gran peligro. —Se giró con semblante sereno hacia Falcon—. Empieza por él. Quizá debiera examinarlo todo el consejo.

Ivory. Era Razvan que había pronunciado suavemente su nombre.

—Informadme sobre los resultados de vuestro examen —dijo Mikhail—. Quiero llevarte ante Raven y Savannah. ¿Vendrás conmigo ahora?

Ivory miró a Razvan en busca de una respuesta. *Depende de ti.*

Hemos venido aquí para salvar a los niños que aún no han nacido.

—Volveré lo más rápido que pueda —dijo Gregori—. Dejad que me ocupe de este niño.

Mikhail asintió con un gesto de la cabeza y luego paseó la mirada por la sala.

—Os necesitaremos a todos para que nos ayudéis a salvar a nuestra descendencia. A aquellos que no queráis respetar vuestro voto de lealtad, os libero de él. Iros ahora y no volváis. —Esperó un momento pero nadie se movió—. Os llamaré cuando necesitemos energía para el cántico curativo. —Hizo un gesto para que Ivory y Razvan lo siguieran.

Ivory lanzó una última mirada de desprecio a Natalya y a su compañero eterno antes de acompañar a Razvan. Llevaba la cabeza en alto cuando el príncipe les abrió camino por la sala abarrotada de gente. Y aunque no le agradaban las demostraciones de afecto en público, entrelazó los dedos deliberadamente con los de Razvan para demostrar su solidaridad. El pueblo carpatiano podía ir y salir al encuentro del sol, a ella le daba igual. No tenía una buena opinión de ellos y, hasta ese momento, aparte de Gregori y, quizás, el príncipe, nadie había hecho nada para cambiarle las ideas.

Ivory. Razvan repitió su nombre. Suavemente, como una reprimenda.

Sólo es mi opinión personal, compañero.

Razvan ocultó su sonrisa ante los demás, pero ella alcanzó a ver el breve destello de humor masculino.

Capítulo *18*

Savannah estaba sentada en un lecho de tierra fértil. Tenía la cara y el cuerpo hinchados. Raven se encontraba junto a su hija y le sostenía la mano. Alzó la mirada y una expresión de alivio asomó en su cara al ver a Ivory.

—¡Gracias a Dios que has venido! Lara no puede venir; Syndil, Skyler y Francesca han hecho todo lo que han podido sin ella, pero el cuerpo de Savannah está lleno de toxinas —dijo, ahogando un sollozo—. ¿Puedes ayudarnos? Le he pedido a Mikhail que te encuentre. Tengo un fuerte presentimiento que me dice que tú lo solucionarás.

Ivory olvidó toda su ira contra los carpatianos y cruzó rápidamente la sala. Varias mujeres se apartaron para dejarla pasar. Una de ellas se le acercó.

—Soy Francesca. Nos conocimos cuando sólo éramos unas niñas. Fue un encuentro breve, es probable que no lo recuerdes —dijo, y le sonrió—. Tú estabas en medio de diez grandes guerreros y era difícil no reparar en ti.

Apartó a Ivory de la cama y de la mujer postrada, y bajó la voz.

—He hecho todo lo que sé hacer. Gregori, el mayor curandero que hay entre nosotros, no podrá salvar a esta criatura. Si sabes algo que yo no sé, por favor, ayúdanos.

—Si puedo contrarrestar el efecto de los microbios en el cuerpo de Savannah, ¿podrás parar las contracciones del parto?

—Está demasiado deteriorada —dijo Francesca, negando con la cabeza—. Pero tendremos una posibilidad de salvar a los bebés. Los microbios están no sólo en Savannah sino también en las gemelas, y se obstinan en matarlas. Una de ellas está muy débil y han reducido mucho su capacidad para sobrevivir.

—Nunca he probado la inversión de los hechizos en carpatianos. Razvan iba a infectarse para que pudiera probar con él, pero nos ha faltado tiempo. No creo que sea una buena idea con una mujer sufriente. Si estuviera segura de que funciona...

Razvan le puso una mano en el hombro para consolarla, sabiendo que a Ivory le inquietaba probar un experimento con una persona.

—Hazlo esta vez —dijo—. Sabemos dónde encontrar a los microbios. Dejaré que me ataquen.

Ivory negó con la cabeza.

—Si Savannah está infectada, no cabe duda de que están bien atrincherados. Necesito a alguien que los haya tenido un periodo largo.

La mujer que Ivory reconoció como Syndil dio un paso adelante. Alta y elegante, tenía esa misma serenidad que ella ya había notado.

—No estoy embarazada. Sé que estoy infectada. Prueba tu experimento conmigo.

—Syndil —dijo Raven, con voz suave—. Tú ya nos has dado mucho. Estás muy cansada y no te quedan fuerzas. Yo soy la compañera del príncipe y Savannah es mi hija. Yo debería prestarme para esto.

Ivory miró el vientre hinchado de Raven y negó sacudiendo la cabeza.

—No, tú no —dijo, y se apartó de la compañera eterna del príncipe—. No pondré en peligro la vida de un bebé.

—Por favor —insistió Savannah, con la voz quebrada—. Sea lo que sea que piensas hacer, hazlo ya. Las contracciones van en aumento. Intento darles tiempo a Gregori y Shea para preparar el cubículo de incubación, pero no sé cuánto más podré retrasar el parto.

Syndil la miró con una sonrisa serena, un gesto muy parecido al de Razvan.

—Es evidente que tendría que ser yo.

Ivory cerró los ojos. Su método científico, que la obligaba a experimentar decenas de veces, con decenas de maneras y bajo decenas de condiciones diferentes, iba contra esa necesidad materna desesperada de salvar a las hijas de Savannah. Arriesgar unas vidas tan preciadas...

No puedo hacerlo, Razvan. No pueden pedirme que experimente con vidas humanas sin antes haberlo probado.

Puede que la tierra fértil nos dé el tiempo que necesitamos. Razvan deslizó la mano que le había puesto en el hombro para cogerle los dedos y entrelazarlos con los suyos.

Gregori entró a grandes zancadas en la sala de curaciones y fue directo hacia su compañera eterna. Le cogió la mano, se la llevó al corazón y se quedó mirándola tranquilamente a los ojos, a todas luces dándole ánimos.

—Gregori —dijo Razvan—, te hemos traído un regalo de tierra pura y virgen. Podemos llevarla al laboratorio y dejar que la analicen tus hombres para asegurarse de que es buena para tu compañera eterna. Puede que la tierra te dé el tiempo que necesitáis para prepararos para recibir a vuestras hijas.

Gregori inclinó la cabeza, concentrado en la necesidad de mantener a sus hijas unidas a su madre mientras luchaban y se aferraban a la vida.

—Debes darte prisa —dijo.

El cansancio en la voz de Gregori alarmó a Razvan. Sabía lo difícil que era eliminar un fragmento del mal, y Gregori ya había dado todo de sí intentando mantener con vida a sus hijas y a su compañera eterna.

—¿Puedes retrasar el parto tres o cuatro horas para darle a Ivory la oportunidad de probar si puede neutralizar los microbios mutantes en Syndil?

—Está avanzando muy rápido. Lo intentaré —contestó éste, aunque pareció dudar.

—¿Qué hay del chico? —preguntó Razvan, que sentía simpatía por él. Era evidente que Travis amaba a Falcon y quería imitarlo y actuar como él. Seguía al carpatiano a todas partes. Se avergonzaría de haber querido atacar a Mikhail, aunque no tuviera la culpa.

Como tú, que tampoco tenías la culpa, señaló Ivory, apretándole los dedos.

—Travis se pondrá bien —dijo Gregori—. He desalojado el fragmento y lo he destruido. Quedan otros dos. Examinaremos a todos los que estuvieron allí. Sé que tú estás limpio de la influencia del mago, pero ¿estás seguro de que no entrara ninguno en Ivory?

—Ivory también está limpia de todo mal.

—Entonces los otros dos fragmentos habrán vuelto donde Xavier. Necesitarán un anfitrión —dijo Gregori, con un suspiro—. Ése ha sido mi error. No fui lo bastante rápido para incinerarlos.

—Dudo de que hubieras podido hacerlo mejor en medio de aquella lucha a muerte —dijo Razvan—. Me alegro de que el niño se encuentre bien.

—Travis ama a Mikhail tanto como a Falcon. —Gregori guardó silencio bruscamente y sacudió la cabeza. Los dos sabían los daños psicológicos que el niño guardaría de aquel incidente.

Razvan respiró hondo y vio a Ivory al otro lado de la habitación, sabiendo que ella pensaba exactamente lo mismo que él, a saber, que tenían que destruir a Xavier. Iba a tocar a Gregori en el hombro como muestra de simpatía, pero dejó caer la mano a un lado. Nunca había tenido amigos, y no estaba seguro de qué hacer en esos casos.

Ivory paseó la mirada por la sala de curación.

—Necesito un lugar diferente. Un lugar tranquilo. Gregori, debes tener un laboratorio.

—Shea tiene uno —dijo Syndil—. Y está muy bien equipado. Yo os puedo llevar.

—Daros prisa —urgió Gregori—. Está muy débil. Temo perderla.

Ivory se había apartado unos pasos para seguir a Syndil, pero se volvió hacia el lecho de parto y vio a Gregori agachado junto a su compañera eterna. El temible carpatiano que siempre parecía invencible y todopoderoso parecía tan cansado y más vulnerable de lo que creía posible. Vaciló y luego volvió donde él.

—¿Hablas con ella?

—Sí, pero no me escucha. —Había una gran pena en la voz de Gregori.

Ivory miró a las mujeres que sollozaban en sordina a su alrededor. Ni siquiera Raven podía contener las lágrimas. Entonces se mordió los labios y cerró los ojos. Enseguida la embargó la angustia de las mujeres.

Gregori, siente la energía que hay en esta habitación. Si ella es muy sensible, sentirá lo que hago, lo que hacéis vosotros. Ellas creen... todos vosotros creéis que está casi perdida. Déjame hablar con ella a través de nuestra conexión. Tengo alguna experiencia cuando se trata de la voluntad de vivir. Entre tanto, cambiad la atmósfera que reina aquí. Cualquiera que no se pueda mostrar positivo debería abandonar esta sala.

Gregori la miró y luego miró a Francesca. Estaba demasiado agobiado por el dolor, y la angustia de Savannah la consumía. Francesca asintió con un gesto de la cabeza.

Gracias, dijo Gregori. *Por favor, habla con ella.*

El canto se convirtió en una canción de cuna carpatiana, una melodía suave que las voces cantaron para calmar a los bebés mientras el trabajo del parto continuaba.

Pequeña mía. Es grande la prueba que te espera. Debes superarla y aferrarte a la vida. Aguanta. Yo he luchado para permanecer con vida en esta Tierra y, aunque es difícil, sé que vale la pena. Estáis destinadas a grandes cosas. Dejadme que os cuente la historia de un gran hombre, un curandero entre los suyos, un guerrero sin parangón y su princesa, una bella mujer de pelo largo y ojos violeta. Los dos se quieren mucho, pero hay un mago horrible, un hechicero malvado, que quiere mantenerlos separados.

Las niñas no nacidas dejaron de deslizarse lejos de la seguridad del útero de Savannah. Al contrario, volvieron a aferrarse para escuchar el ir y venir de su voz, cautivadas por la historia que había comenzado. *Vuestro padre continuará el cuento y os hablará de las dos*

pequeñas, sólo unos bebés, pero increíblemente fuertes, que se alza-
ron para derrotar al mago malvado.

Le costaba ponerle una mano en el hombro a Gregori para consolarlo, así que lo miró con una sonrisa rápida y animosa.

—Solía contarme muchas historias como ésta para no desespe-
rar. Conviértelas en heroínas del cuento, y que sea una historia larga
y emocionante para que escuchen y se concentren en eso. Yo traba-
jaré lo más rápido que pueda.

Ivory esperó a que Gregori siguiera con el cuento donde ella lo
había dejado. Las voces a su alrededor se convirtieron en un suave
telón de fondo con su cántico, lo cual le prestaba emoción al relato
que el curandero inventó para sus hijas. Savannah intervenía con su
propia voz cuando podía darle vida al relato.

Ivory y Razvan siguieron a Syndil al exterior de las cavernas y
se dieron prisa en llegar a un lugar tallado en la roca de la montaña.
En el interior de la sala principal, Shea, una carpatiana pelirroja y
el humano, Gary, que Ivory ya había conocido, trabajaban con
una eficiencia asombrosa, lo cual sugería que habían colaborando
durante mucho tiempo y estaban acostumbrados a un cierto ritmo.

Otra mujer, que Syndil le presentó como Gabrielle, se encontraba en una sala más pequeña mirando algo en un microscopio. Ivory
reconoció en seguida las bolsas de seda que contenían las muestras
que había traído, además del libro con sus anotaciones.

Shea se giró hacia ella.

—No puedo creer que hayas hecho esto —dijo, a manera de saludo—. ¿Cómo lo descubriste? Estas formas de vida me son desco-
nocidas, jamás las he visto. ¿Qué son? ¿De dónde provienen?

Gabrielle alzó la cabeza.

—Parecen tener una concentración anormalmente alta de hierro.
—Se levantó y cruzó la sala con paso elegante—. He estudiado todo
tipo de organismos y esto también es nuevo para mí.

—Por eso me preocupaba sencillamente dejarlos en el suelo
—explicó Ivory—. Se extenderán y creo que acabarán con todos los
microbios que han mutado, pero no he tenido tiempo suficiente

para saber qué otras cosas podrían hacer. No sé el efecto que puede tener en los humanos ni en ninguna otra especie. En las plantas, o en los insectos. No tengo ni la menor idea.

—No tocan a los microbios normales —dijo Shea—. Tienes razón. Tenemos que ser cautos, pero creo que puede que hayas encontrado la respuesta que andábamos buscando. Necesitamos que trabajes con nosotros.

Ivory tuvo que hacer un esfuerzo para no apartarse del grupo. No estaba acostumbrada a ser el centro de atención y, desde luego, nunca había estado tan cerca de gente que la demandaba.

Razvan. Lo buscó para que le diera seguridad. Nada más hacerlo, se irritó consigo misma. Se había vuelto dependiente de él.

Su risa suave mitigó la tensión de los nudos en su estómago. Estuvo ahí enseguida, llenándola con su calidez. *Así debería ser, tú dependiente de mí. Todavía hay una parte de ti que quisiera alejarse de mí.*

Eso no es verdad. Quizá sí fuera verdad, pero ella no pensaba reconocerlo. Era más dura.

La voz de Razvan se hizo más suave, hasta la ternura. *Siempre estoy contigo, Ivory. En tu corazón y en tu mente. Compartimos la misma alma. Siempre, o jelä sielamak, luz de mi alma.*

Ivory se obligó a sonreír al equipo de investigación reunido a su alrededor.

—Os ayudaré en cuanto haya probado cómo invertir estos hechizos. Antes de probarlo con Syndil, quiero hacerlo con los microbios mutantes en la tierra. Si puedo encontrar un hechizo que invierta lo que ha forjado Xavier, entonces os lo puedo enseñar a todas vosotras. Cualquier carpatiano debería poder usarlo. Será una solución pasajera, hasta que los nuevos organismos den resultado y limpien la tierra. Y hasta que podamos encontrar la fuente de los microbios y destruirla para toda la eternidad.

—El hechizo no invertirá la mutación —advirtió Ivory—. Sólo está destinado a invertir la oscura orden de Xavier. No sabemos en verdad si dará resultado hasta que lo probemos con alguien que ha sido atacado por el microbio. Tengo que asegurarme de que con ello no dañaré a los seres vivos, sobre todo a los niños. Tengo mis reparos para probarlo con Syndil, incluso ahora.

Un murmullo repentino flotó por la sala. A Ivory se le puso la carne de gallina y se le erizaron los pelos de la nuca y el vello de los brazos. Quedó sin aliento, como si una angustia insondable la hubiera cogido por el cuello. Alrededor de la sala, vio a las demás quedarse paralizadas y con los ojos desmesuradamente abiertos. Syndil ahogó un grito y empezó a sollozar. Shea palideció. Los tubos de ensayo que Gary sostenía empezaron a temblar y el portaobjetos que Gabrielle tenía en las manos cayó al suelo y se hizo añicos.

Por un momento, el tiempo pareció suspendido. Salvo para Ivory, que sabía que aquello no había ocurrido porque sintiera los latidos de su corazón golpeándole en el pecho como un tambor. Si el tiempo se hubiera detenido, también se le hubiera parado el corazón, pensó. Aturdida, incapaz de comprender y, aún así, luchando contra un impulso inexplicable de sollozar, buscó ciegamente a Razvan y sintió la sólida conexión cuando notó que él le cogía la mano y la apretaba.

Un grito roto y angustiado rompió la quietud. *¡Ayudadme! ¡Todos los curanderos a la caverna! Las estamos perdiendo.*

Gregori, el inmutable Gregori, el todopoderoso. Ivory tembló al oír la desesperación en su voz, al borde del frenesí, y vio que todos los demás estaban igual de sacudidos. Gabrielle y Shea dejaron lo que tenían en las manos y se dirigieron rápidamente a la puerta.

Syndil iba a seguirlas, pero Ivory la cogió por el brazo.

—¿Qué ocurre? ¿Qué está pasando? —Lo sabía, pero prefería no saberlo. Un sentimiento lastimero le agarrotaba el corazón y lo roía, y supo que estaba sintiendo las emociones de Gregori.

Syndil tenía los ojos llenos de lágrimas, que luego le corrieron por las mejillas.

—Estamos perdiendo a los bebés. No pueden detener el parto.

—Que Dios se apiade de ellas —dijo Ivory, y se cubrió la boca con una mano. Las piernas le flaquearon, y tuvo que apoyarse en Razvan y buscar el sostén de su brazo. Habían llegado demasiado tarde. No importaba lo que aprendieran ahora, porque de todos modos habrían sido incapaces de salvar a los bebés.

Una voluta de vapor penetró en la habitación y de pronto Mikhail estaba allí, llenando el pequeño espacio con su presencia poderosa.

—Te necesitamos urgentemente en este momento, Ivory. Los bebés se nos van. Eres la última esperanza de mis nietas.

—Pero ni siquiera lo he probado en la tierra, y mucho menos en una criatura —protestó ella, con un nudo en el estómago. *Razvan.* Susurró su nombre como si fuera un talismán.

Lo harás.

Ella sacudió la cabeza.

—No con una criatura. Un hechizo jamás probado. Tendré que invocar la magia oscura para invertir lo que ha forjado Xavier. Cualquier cosa podría fallar.

Mikhail la miró con una expresión endurecida.

—Ya ha fallado —dijo—. Debes hacerlo.

Ella tuvo que tragarse el nudo en la garganta que amenazaba con ahogarle, agradecida de tener el apoyo de Razvan.

—Mikhail —dijo, tragando con dificultad—. No hay ninguna garantía de que esto vaya a funcionar, o incluso de que no les haga más daño. Xavier es un adversario poderoso, así que muchas cosas podrían fallar.

—Tienes que hacerlo aunque la probabilidad de salvarlas sea muy pequeña —dijo Mikhail, implacable—. Todos creen que eres nuestra última esperanza. Gregori te lo pide.

Gregori. El hombre valiente que se había propuesto eliminar los cuatro fragmentos oscuros con que Xavier había contaminado a Razvan para poseerlo. Gregori no se había inmutado ante tamaña tarea pero..., las criaturas. Ivory sacudió la cabeza, tragó con dificultad y suspiró.

Lo harás, repitió Razvan, seguro de sí mismo.

—Que así sea —contestó ella, esperando que la calma de Razvan se le contagiara.

—Encárgate de los preparativos necesarios, pero date prisa —le urgió Mikhail. Y ya había desaparecido.

—Razvan —dijo Ivory, con la voz ronca de dolor e inquietud—. Tú sabes cómo son de malignos los hechizos de Xavier. No puedo entrar en un espacio sagrado donde las mujeres dan a luz y llamar a las fuerzas de la oscuridad. Podría ocurrir cualquier cosa. —Mientras protestaba de esa manera, Ivory se servía de la magia para limpiarse, en lugar de darse un baño ritual, porque el tiempo apremiaba.

—Nada de lo que has conseguido ha sido fácil, jamás, *fél ku kuuluaak sívam belső*, amada mía, pero lo has logrado. Esto es demasiado importante como para no intentarlo.

Ella se apoyó un segundo breve y luego, cogiéndole la mano, salió corriendo en dirección a la sala de partos. El volumen de las voces subía y llevaba consigo un dolor pesado que le atontó los sentidos. La multitud se apartó para dejarla pasar, e Ivory sintió que el corazón no dejaba de latirle con fuerza. Tuvo la sensación de que no podía respirar con tantos carpatianos reunidos en torno a Gregori y su compañera eterna, todos apretados, como si con su cercanía pudieran impedir que las criaturas pasaran a otra vida.

¡Gregori! Savannah llamó a su compañero eterno cuando su cuerpo expulsó al primer diminuto recién nacido en sus manos. Jadeó pesadamente mientras lo veía respirando por su hija.

—¿Está viva? No la siento, Gregori. Por favor, dime si está viva. —Enterró su puño en la tierra cuando otra ola de dolor la sacudió.

—La tengo —dijo Gregori, pero su voz sonaba distante. Llena de dolor.

Razvan, no puedo soportar verlos perder a sus hijas.

Francesca se acercó cuando Savannah volvió a estremecerse con el rostro contorsionado por el dolor. Francesca ayudó al segundo bebé a venir al mundo. Su expresión se volvió enseguida distante cuando ella también empezó a respirar por la recién nacida.

Tú puedes hacerlo, Ivory. Era Razvan, que volvía a susurrar en su mente con voz suave, viendo a su compañera ante Gregori y Savannah y a las dos pequeñas que luchaban por vivir. *Tú naciste para este momento.*

Nací para destruir a los vampiros y acabar con Xavier. No para esto. Nunca para esto.

Al igual que todos los demás, Ivory estaba como hechizada, observando a Gregori, con la cara bañada en lágrimas del color de la sangre, sosteniendo a su hija diminuta en las manos mientras Shea vaciaba en la incubadora la tierra que ella había traído, sobre las capas de tierra que Syndil ya había limpiado antes del nacimiento de las dos gemelas.

La niña que estaba en manos de Gregori era demasiado pequeña para vivir, demasiado frágil. Desde donde se encontraba, Ivory observó que Gregori seguía respirando por ella. Las manos de aquel hombre fuerte temblaban, sabiendo que él, el más grande curandero de su pueblo, sería incapaz de salvar a su propia hija.

Ivory tragó con dificultad, respiró hondo y despejó su mente para bloquear el dolor, la angustia y toda la energía negativa. Había pedido a Razvan que repitiera cada gesto y movimiento que Xavier había hecho al lanzar aquel horrible hechizo. Sabía que había puesto todo su odio y sus ansias de venganza en ese mandato con el que esparcía a los microbios. Ella no podía hacer nada acerca de las mutaciones, pero podía invertir aquella orden. Todos los detalles tenían que ser reproducidos con exactitud. Si Razvan hubiera recordado mal uno solo, o si ella se olvidara ahora de un solo movimiento o palabra...

Yo no me he equivocado, fél kuuluaak sívam belsó, amada mía. Tú puedes conseguirlo, Ivory. Tengo fe en ti.

Ivory sintió que le rozaba el pelo con los labios, y luego su aliento cálido en la nuca. Respiró hondo, dio un paso adelante y se detuvo.

—Gregori. —Cuando éste la miró, tenía su mirada plateada tan perdida que ella casi rompió a llorar—. Tienes que estar seguro, Gregori.

—Lo estoy —respondió él, abatido—. No tenemos otra alternativa.

—Razvan, tendrás que ocuparte rápidamente de los preparativos, pero todos los detalles deben estar replicados con precisión. —Alzó la cabeza y miró hacia la multitud—. Voy a recrear una escena muy maléfica. Cualquiera que no desee estar aquí debería irse.

Los que os quedéis, formad un amplio círculo de protección por si acaso cometo un error.

Nadie abandonó la sala. Ni siquiera aquellos carpatianos que la habían mirado a ella y a Razvan con desconfianza, y quizás incluso con odio, dejaron de lado sus prejuicios y se sometieron a sus órdenes. Formaron un enorme círculo de varias capas de individuos. Empezaron a entonar un cántico de purificación; incluso Gary, que era humano pero que conocía los rituales carpatianos. Syndil, Shea y Gabrielle quemaron puñados de salvia y se movieron por la habitación, agachándose e incorporándose, prestando especial atención a las entradas.

—Gregori, tú y los bebés tenéis que poneros aquí en el centro —dijo Ivory, señalando el centro perfecto del círculo.

Sin vacilar, Gregori y Francesca movieron las incubadoras hacia el espacio abierto que preparaba Ivory. Savannah le cogió una mano a su madre y murmuró, mirando a Ivory:

—Por favor, te lo ruego.

Ese dolor abrumador la sacudió hasta las entrañas. La voz de Razvan era más cercana y la envolvía con su calidez. *Tú puedes hacerlo. Sólo estás tú y nuestro enemigo mortal. Tú naciste para derrotarlo, Ivory. Tú puedes hacerlo.*

—Necesito a cuatro mujeres, Syndil. Escoge las que están más cerca de la tierra —dijo, y desenvainó su espada—. No pueden inmutarse una vez que hayamos empezado. Esta cosa, este mal sin nombre que Xavier forjó, no se irá ni rápida ni pacíficamente. Luchará. Intentará rompernos. Así que aquellas que escojas tendrán que tener el valor de enfrentarse a cualquier fuerza demoníaca con que las ataque.

Syndil no vaciló en su elección.

—Natalya, Shea. —Cuando las dos mujeres avanzaron hacia ellas, Syndil se giró hacia una joven.

—Skyler. Sé que eres muy joven y que quizá no debería pedírtelo, pero hay pocas mujeres que estén tan estrechamente conectadas a la tierra como tú, y son pocas las que se han enfrentado al mal con tanto valor. ¿Puedes hacerlo? ¿Lo harás?

La chica palideció, pero apretó la mandíbula y asintió con la cabeza antes de unirse a ellas.

Una vez que ocuparon su lugar, Ivory alzó el mentón y empezó a forjar el círculo protector en torno a Gregori y las pequeñas, caminando en la dirección de las agujas del reloj tres veces. Sostuvo su espada en la mano derecha, apuntando con ella hacia abajo, cantando mientras caminaba.

Tres veces alrededor de este círculo
Atad todos los males, hundidlos en la tierra.
Aquello que es fuego pero nació del hielo,
Os ordeno que dejéis este espacio.
Tomad lo que está manchado y purificadlo con el fuego
Para hacer la sanación en un lugar seguro.

Ivory sacó cuatro velas, una para cada esquina del círculo, y que representaban los cuatro puntos cardinales y sus elementos. Colocó una vela blanca en el este para el aire y la pureza. Una vela roja fue plantada en el sur para el fuego y la incineración del mal. En el oeste colocó una azul, que representaba el agua y la limpieza. En el norte colocó una verde, que representaba la tierra y el nacimiento.

En torno a las incubadoras, encendió varillas de incienso que llenaron la sala con la rica esencia del clavo para mantener fuera toda hostilidad. A ello añadió hierba de búfalo y salvia para la pureza, y nardo para alejar al mal. Cuando el incienso y las velas ardieron, respiró hondo, hizo acopio de fuerzas, invocó sus poderes y alzó las manos con gesto de súplica.

Poderes de la noche, amas de la luz,
Soy Ivory, hija de la Madre Tierra que me sanó.

Se sintió embargada por una sucesión de recuerdos. El olor de la tierra que envolvía su cuerpo desgarrado, acogiéndola en sus pliegues más profundos, donde nada podía hacerle daño. Buscó ese poder curativo que la había arropado durante siglos.

Os invoco aquí, ante esta materia impura y manchada.
Os pido esto para todo lo bueno
Y sé que lo haréis por mí.

Dejó caer las manos a los lados, con las palmas apuntando hacia las piernas, e inclinó la cabeza. Mantuvo la mirada fija en el suelo mientras empezó a reproducir los movimientos impuros que Razvan le había enseñado. Dio tres pasos y el mal empezó a agitarse. Susurró su presencia junto a su nuca, y sintió un escozor desagradable, como arañas en la piel. Se estremeció y reprimió las ganas de quitárselas de encima. La influencia maligna de Xavier se mostraría en toda su magnitud para confundirla y hacerle cometer un error. Pero ella no lo permitiría. Alzó las manos hacia el cielo. Cuando miró hacia arriba, juntó las palmas y cantó.

Nacida de la oscuridad
Antigua y vetusta
Aquí te invoco,
Despliégate, muéstrate
Tiñe la pareja...

Oyó un silbido lento y una voz abominable le susurró. Los escorpiones brotaron de entre las rocas y se arrastraron de prisa hacia el círculo. Skyler flaqueó, y quiso levantar un pie para evitar los insectos que se acercaban.

—No te muevas —advirtió Razvan, con voz absolutamente serena—. No rompáis el círculo.

Ivory siguió pronunciando aquellas palabras malignas.

Os ordeno extenderos
Y que busquéis asideros
En la matriz y en la semilla.
Encontrad la nueva vida.
Teñid la leche
Que la semilla se marchite en la vid

Como todas las semillas,
No nacidas y nacidas,
Con la sangre os ato a ello.

La llama de las velas se hizo más tenue hasta casi apagarse. Las sombras se volvieron más intensas y reptaron por las paredes y por el suelo de la caverna con sus largos dedos. Por encima de sus cabezas, aparecieron miles de arañas entre las grietas y se oyó el murmullo de unas voces horribles. Desde el centro de la cámara brotó la sangre en burbujas, de un rojo tan oscuro que parecía negro. Un hedor insoportable llenó el ambiente y contaminó el aire hasta que todos estuvieron a punto de asfixiarse con el olor fétido. Los bebés empezaron a protestar echándose a llorar.

Syndil ahogó un gemido, y Shea y Natalya también gimieron suavemente, pero aguantaron sin moverse, a pesar de que los microbios en lo profundo de ellas las herían y desgarraban. La multitud quedó sin aliento y se miraron unos a otros mientras las mujeres se llevaban las manos al vientre, como si sintieran la presencia de los microbios que contestaban al llamado de la oscuridad.

Ivory alzó las manos para responder a la oscuridad que se adueñaba de la caverna rápidamente. En su mano derecha sostenía una guadaña de las que usaban en la cosecha. Llevaba la marca de la luna creciente, y la había fabricado ella misma con el metal precioso de su caverna sagrada, con el filo serrado, lista para segar.

Con gran cautela, recitó el maléfico hechizo de Xavier, pero invertido, reproduciendo al revés los movimientos que Razvan le había enseñado pacientemente. Colocó los pies en la posición correcta y tejió el hechizo con las manos en sentido inverso.

Ivory, te veo. Te nombro. Era la voz de Xavier, dura y cruel, que susurraba en su cabeza. Hasta que sintió un mareo y presa de una repentina debilidad. *Te veo.*

—No, no te ve —dijo Razvan, con una voz serena que la llenó de paz—. Siente tu poder y tiembla. No te dejes quebrar por él.

Utilizando la guadaña sagrada en lugar del puñal ceremonial ensangrentado de Xavier, Ivory se cortó la palma de la mano y dejó que su sangre cayera sobre los dos bebés, así como Xavier había contaminado con la suya la incubadora de microbios. Tres gotas sobre cada bebé. Las gemelas chillaron como si hubieran dejado caer brasas sobre su delicada piel de recién nacidas. Savannah gritó y quiso incorporarse.

—Detenedla —ordenó Razvan—. No debe romper el círculo.

Savannah se habría lanzado a por sus hijas si sus propios padres, Raven y Mikhail, no la hubieran abrazado y retenido.

—¿Qué ocurre? —gruñó Gregori.

—Es el mal que se resiste. —Razvan miró al legendario curandero carpatiano con rostro sombrío—. Será peor, Gregori, mucho peor. Tú y tu compañera eterna debéis ser fuertes. Habla con tus hijas. Cántales. Sé fuerte para ellas. Diles que así luchas contra el mago malvado en su cuento. Ahora ha llegado su momento.

Mientras Razvan procuraba calmar a Gregori, que seguía agitado, Ivory hacía todo lo posible por aislarse mentalmente del llanto de los bebés. El mal de Xavier les hacía daño. Ella les hacía daño.

No, fél ku kuuluaak sívam belsó, amada mía, las estás salvando. No puedes detenerte, pase lo que pase.

Se obligó a seguir moviéndose, a seguir urdiendo el tejido del hechizo. Cuando acabó de pronunciar la fórmula de Xavier al revés, alzó la guadaña hacia la chimenea de la caverna y la apuntó hacia el pequeño trozo de luna que brillaba en el cielo.

Invoco a la dama de la luna oscura
La que mora en la encrucijada
Y nos aconseja dejar lo antiguo antes de adoptar lo nuevo.
Llamo a la espiral.
Llevadme al centro de la quietud en la oscuridad absoluta
Para disipar este mal con la luz

Una luz brilló sobre la hoja de la guadaña, como si la propia luna hubiese penetrado en la caverna. Por encima de sus cabezas, las estalactitas se mecieron y vibraron. Los cristales lanzaron destellos como si fueran estrellas distantes desparramadas por el techo y en las paredes de la caverna. Unas vetas de oro y plata se entrelazaron e iluminaron, proyectando su luz sobre el rostro pálido de Ivory. Colocó la guadaña sagrada con cuidado entre las gemelas, con la hoja curva exactamente en la misma posición que la luna creciente del exterior.

Las pequeñas se retorcieron. Una de ellas tuvo convulsiones y a las dos les subió la temperatura de la piel. Savannah luchó contra sus padres para liberarse, con el rostro bañado en lágrimas.

—Por favor, Gregori —pidió—, pon fin a esta abominación. Les está haciendo daño.

Gregori vaciló, con el rostro convertido en una máscara de dolor. Los carpatianos empezaron a murmurar sus protestas.

—Dejadlas morir en paz —rogó Savannah, juntando ambas manos con fuerza, como en una plegaria, casi desmayada en los brazos de su padre—. Dádmelas. Dejadme tenerlas cuando pasen a la otra vida.

—No, Gregori —protestó Razvan—. Es el mal que se agita con fuerza. Sé fiel a tu promesa.

—Quieren vivir, Savannah —dijo Gregori, con voz ronca.

Ivory volvió a alzar las manos. Pequeñas gotas de sudor sanguinolento empezaban a bañarle todo el cuerpo, y sus manos temblaban por tener que soportar el peso del mal. La presencia reconfortante de Razvan, su calidez y su fe en ella la sostuvieron mientras cantaba.

Invoco a la plaga que hay en la tierra, veo en vuestro corazón.
Os dejaron en esta tierra, transformados y desgarrados.

—¡Jamás te lo perdonaré, Gregori! —gritó Savannah, arañándose a sí misma, dejando grandes surcos en sus brazos, hasta que la sangre manchó el suelo—. Jamás. ¿Me has oído? Mírala, tortura a nuestras hijas y tú se lo permites.

Gregori negó con un gesto de la cabeza, llorando lágrimas de sangre, pero conservó su talante estoico, con las manos extendidas sobre las dos criaturas que se retorcían de dolor.

Varias mujeres intentaron romper el círculo para socorrer a los bebés.

—Detenedlas —ordenó Razvan—. Mantened la calma. ¿Creíais que se iría fácilmente? Detenedlas. Mikhail, debes detenerlas.

—Tiene razón —dijo Mikhail, con voz queda. Una quietud tensa invadió la sala. Sólo se oían los sollozos de Savannah y los llantos de los bebés.

Ivory siguió férreamente concentrada en el ritual, procurando que no la distrajeran las mujeres.

Invoco la materia no hecha y luego creada para infligir el mal.
Venid a mí cuando os llame, y me las llevaré a una y a todas.
Nudos enroscados que yo desataré, aunque sean nudos apretados.

Ivory cogió los cristales purificados de una bolsa de seda que colgaba de su cinturón. Los cristales habían permanecido bajo la luz del sol una semana, y acumulado la energía y las propiedades purificadoras que ella necesitaba. Examinó cuidadosamente las piedras antes de tomar su decisión. No le sorprendió que su mano se cerrara sobre un gran trozo de piedra pómez.

La piedra pómez venía de las erupciones volcánicas y, aunque para algunos no fuera una piedra bella, a ella ese trozo ligero y de color beis le parecía único. Era una piedra que solía usarse para expulsar el mal, aunque también se les daba a las mujeres para que la tuvieran en la mano durante el parto. A la vez abrasiva y suave, era para Ivory el símbolo de la vida. Así que la colocó en la esquina este.

Miro hacia el este, hacia la luz de la mañana,
Aquella que nació en la oscuridad, ahora muéstrate a la luz.

Se inclinó mirando al este y se santiguó. Con las manos, formó el óvalo del corazón sagrado donde Xavier había derramado la sangre del corazón sobre los microbios, reemplazando aquel acto perverso con su símbolo sagrado.

Encendió el montón de piñones de pino y lo agitó en todas las direcciones de la sala para purificar y limpiar, uniendo sus propiedades a las de la salvia. La fragancia potenciaba su poder para exorcisar el hechizo satánico que Xavier había usado al contaminar los microbios. Le entregó el incienso a la joven Skyler, que permaneció en su lugar en la esquina este.

En cuanto Skyler cerró las manos en torno al incienso, unas sombras se movieron en la oscuridad, más allá del círculo. Se escuchó una risa masculina, horrible y burlona, que se derramó por las paredes de la caverna y quedó reverberando como un eco en torno a ella. Susurros de actos obscenos. Skyler sintió que unas manos la tocaban, se deslizaban debajo de su ropa, le palpaban la piel suave y la exponían a la vista de todos. Empezó a sollozar.

Dimitri soltó una maldición y dio un paso adelante. Era bien conocido como el compañero eterno de Skyler, aunque ella todavía era demasiado joven para que la reclamara como tal.

—Es una ilusión —dijo Razvan—. Está atrapada en una ilusión.

Gregori hizo una señal a Skyler justo cuando ésta echó la mano hacia atrás para lanzar lejos el incienso. Pero se estremeció y aguantó, con el mentón en alto, pero con el rostro bañado en lágrimas. Miró una vez a Dimitri y luego permaneció estoicamente quieta ante el asalto del mal invisible.

Siguió un breve silencio.

Ivory, debes continuar, la animó Razvan.

Ivory cerró los ojos un momento, respiró profundo y luego escogió el granate. Aquella piedra del fuego era utilizada para aumentar los poderes durante los rituales. Para derrotar a Xavier, para contrarrestar su horrible hechizo, tenía que contar con toda la ayuda posible. Además, quería una protección añadida contra la oscuridad en Xavier. El granate también era una piedra usada a menudo durante el parto. Era una piedra con múltiples caras y de un color rojo brillante, para combatir el rojo oscuro de la sangre del corazón. Se decía que la gran arca fue guiada por una piedra de granate, y ella esperaba que la luz la orientaría cuando más lo necesitaba. Colocó la piedra en la esquina sur.

Invoco al sur, que el fénix se eleve,
Lanzando su fuego cuando surque los cielos.

Ivory se inclinó hacia el sur y luego volvió a santiguarse. Xavier había hundido una aguja en el corazón de una paloma y luego quemado el cuerpo. Entonces ella abrió las manos y dejó ir una paloma blanca con una rama de olivo en el pico. La paloma voló por encima del círculo tres veces, volvió a hacerlo en sentido inverso y luego se perdió en el cielo nocturno.

La fragancia de la resina de la sangre de dragón, recogida y procesada a partir de la palmera, llenó la habitación, espantando al mal del ritual de Xavier, aumentando su protección y exorcisando los actos abominables del alto mago. Ivory entregó el incienso a Natalya, que permaneció en la esquina sur.

Natalya mantenía la compostura, pero nada podría haberla preparado para la imagen que vio, la imagen de su hermano convertido en... vampiro. Ahogó un grito cuando abrió los ojos y vio en su interior, más allá de la ilusión, su verdadera naturaleza, un embustero, un caníbal que reía mientras torturaba a los niños. Tenía que detenerlo. Bebía la sangre de sus propios hijos. ¿Qué le había hecho volver a creer en él? Gritó, presa del miedo y la ira que le provocaba ese otro horrible engaño de su hermano gemelo.

Vikirnoff lanzó una especie de silbido al ver su aflicción, y se llevó la mano a la espada. Pero su hermano, Nicolae, lo retuvo poniéndole una mano sobre el arma.

—Aquello que tú ves, yo no lo veo —dijo.

—Natalya —dijo Razvan, con voz suave—. Mírame.

Aquellas palabras, dichas como una orden serena, disiparon la grotesca ilusión. Vikirnoff espiró al tiempo que inclinaba la cabeza para darle las gracias a Nicolae.

Por un momento, las manos temblorosas de Ivory quedaron suspendidas entre dos piedras, la labradorita, una de sus preferidas, y un trozo de coral rojo brillante, traído del mar. El coral mostraba unas ligeras grietas serradas, sin un solo defecto, y simbolizaba la fuerza de la vida y la sangre, protegiendo del mal a quienes lo tenían. En realidad, no era una piedra, pues estaba compuesto de los numerosos esqueletos de criaturas del mar, pero podía utilizarse en aras del bien, ya que había sido encontrado hacía mucho tiempo en una playa, y se había convertido en un elemento protector y curativo. Colocó el coral en la esquina oeste.

Invoco al oeste, danos tu aliento,
Que las lluvias caigan, claras y limpias.

Se inclinó mirando hacia el oeste y volvió a santiguarse antes de dibujar la flor de lis en el cielo, el símbolo de la pureza, que representaba a los tres poderes en uno, eliminando la previa abominación urdida por Xavier, un símbolo de odio y depravación.

El incienso que escogió era una mezcla de lirios y lilas que, juntos, servían para obtener protección y pureza. Le entregó la vara a Shea, que seguía en su posición en la esquina oeste.

Ésta miró la mano que cogía el incienso y vio la de su madre que se secaba y se desvanecía. La piel se encogía, cada vez más delgada, y las voces a su alrededor callaron hasta que reinó un silencio absoluto, el silencio de su infancia. Días largos e interminables, ella escondida en una casa como una tumba, el sol que le quemaba la piel, mientras se acurrucaba en un rincón y buscaba comida para alimentar su estómago encogido por el hambre.

—Amor mío —murmuró Jacques—, estoy contigo.

Continúa, Ivory. Sé que dudas de ti misma, pero la marea empieza a cambiar. No le estás haciendo daño a estas mujeres ni a estas niñas. El mal debe ser eliminado, la animó Razvan.

Ivory lo miró. Su rostro tan amado. Y su propia fuerza. La fe de Razvan en ella le permitió seguir adelante. Enderezó los hombros y miró en su bolsa de seda por última vez.

Para la cuarta y última piedra, escogió una cuya poderosa magia solía usarse durante el parto y para estimular la fertilidad, además de protección. El ámbar dorado, del que se creía podía unir la tierra, el fuego, el aire y el agua. También era un elemento que simbolizaba a la Madre Tierra.

El ámbar era, en realidad, una resina fosilizada, tenía un color de oro antiguo y parecía casi viva con la luz que despedía. En su centro exacto, la piedra contenía una abeja completamente formada. Tenía las alas desplegadas y había quedado atrapada ahí hacía ya unos mil años. Aquel trozo era su preferido. Con un gesto de gran respeto, dejó el ámbar en la esquina norte.

Invoco al norte, a la tierra que puede renacer.
Deseo deshacer esta cosa.

Se inclinó hacia el norte y dibujó la señal de la cruz en el suelo, en la posición exacta en que Xavier había vertido su caldo de sangre del corazón, mal y odio en su círculo negro. Encendió otra barra de incienso, esta vez de incienso y mirra, una poderosa combinación para la purificación y la protección. Syindil cogió el potente incienso y permaneció en la esquina norte.

Ahora ya sabía lo que le esperaba, y cerró los ojos cuando el rostro de su hermano apareció ante ella y llenó su mente. Savon se estiró para cogerla, rasgándole la ropa con dedos codiciosos, hiriéndola y desgarrándola mientras le hundía sus dientes de vampiro en el cuello y tragaba su sangre a raudales.

Barack se hizo presente en su mente, con la esencia y la calidez que le eran características. Su compañero y protector. Su amante, su todo. Se unió a ella y la estrechó en sus brazos, compartiendo con ella aquellos recuerdos de aquel ataque de antaño, aunque nunca olvidado.

—No me quebraré —dijo Syndil—. Adelante.

Ivory se situó en el centro del círculo, alzó los brazos y habló con una mezcla de plegaria y respeto.

Te invoco, Madre, que un día me acunaste,
Y para que continuara la lucha me sanaste.

Dame el poder de todos los que están
Para deshacer el hechizo que nos hizo mal.

Toda la sala se estremeció con un soplo de vida. Las llamas de las velas se despertaron y proyectaron sombras en las paredes. Un viento poderoso barrió la caverna. El suelo se estremeció con el impulso vital y las estalactitas en el techo se sacudieron y vibraron, amenazando con desprenderse. En la piel de Ivory aparecieron más gotas de sudor del color de la sangre.

El mal le quemaba las venas, royéndola hasta hacerla sentirse podrida desde adentro hacia fuera. La podredumbre la tocó y le manchó el alma. Sentía la carne desprendiéndose de los huesos. La cara de Xavier bailó ante sus ojos y su risa maligna reverberó en su mente mientras la señalaba con un dedo huesudo, con la uña afilada y sanguinolenta apuntando directamente hacia ella.

Lentamente, y a pesar de sus reparos, se atrevió a girar la cabeza. Las dos gemelas, recién nacidas, yacían sin vida, cadáveres, y sus cuerpos estaban oscurecidos como su alma. Abrió la boca para soltar un grito mudo de terror.

¡No! Razvan trabó contacto con ella y le transmitió toda su fuerza. *Sigue adelante. Tienes que acabar esto. Él no podrá vencerte.*

Ivory respiró profundamente, estremecida, con las piernas temblando e incapaces de sostenerla. Necesitaba los brazos de Razvan arropándola, su presencia junto a ella. Entonces él se movió en su mente y ella buscó en sus últimas fuerzas, implorando para que aquello fuera suficiente.

Dadme el poder para deshacer este mal,
Limpiando la tierra para que podamos seguir.
Limpiad el cuerpo, lavad el alma,
Sanad la mente, devolvednos a lo que éramos.
Dadnos una vez más el regalo de criar a los nuestros para que
*   podamos vivir.*

Gritó las últimas palabras, como si fuera un desafío. El poder se hizo más intenso, hasta llenar la sala. Saltaron chispazos eléctricos. Los pelos se erizaron y ondularon bajo las olas de energía. Un relámpago restalló sobre las cabezas como un latigazo, y luego saltó para envolver a Ivory, que brilló, llena de aquella energía candente, hasta que sus uñas despidieron chispas. Su tono de voz cambió, y tronó a lo largo de la sala con el poder absoluto en sus manos.

Los bebés volvieron a convulsionarse, estremeciéndose con violencia en las manos de su padre, respirando con dificultad, desgarrados. La piel de los dos brillaba con un color rojo caliente, como si les hubiera subido la temperatura más allá de lo que podían tolerar.

—Date prisa, por el amor de Dios, Ivory, date prisa —urgió Gregori.

Invertid este hechizo, os lo devuelvo,
Clamo para que la justicia caiga sobre Xavier.
Os ordeno llevároslo,
Atadlo y selladlo,
Que nada quede ni permanezca.
Derramad vuestra luz, abarcando este premio,
Cuando vuestro poder convierta en luz la oscuridad.

En la sala surgieron destellos de luces. Las flamas de las velas crecieron. El viento la barrió, girando como un remolino, a través del suelo, tocando las cuatro esquinas del círculo protector y luego desapareció como si nunca hubiera estado, dejando las velas centelleando y la sala llena de una fragancia dulce y pura.

Ivory se derrumbó en el centro del círculo y quedó con una rodilla hincada en el suelo, agotada. Un sudor sangriento le cubría todo el cuerpo y le rizaba el pelo en torno a la cara. Skyler apagó su vela blanca, y Natalya hizo lo mismo con la vela roja. Shea la imitó y apagó la vela azul y, al final, Syndil apagó la vela verde, dejando que su humo ascendiera en el aire y se mezclara con el de las otras tres y el incienso y purificaran la sala.

Todos se quedaron en silencio. Sólo se oía el ruido de la respiración de los allí reunidos. Savannah se liberó de su padre y miró, desesperada, a su compañero eterno y a sus hijas.

Gregori cerró los ojos y luego los abrió para mirar a sus pequeñas, diminutas, tendidas bajo la palma de sus manos. Lentamente, y con mucho cuidado, apartó las manos. Sus hijas gemelas lo miraron a su vez, con unos ojos enormes y solemnes, ojos que ya habían visto demasiado en su corta vida. El color de su piel era de un saludable rosado. Estiraban y daban patadas en el aire con sus frágiles miembros. Las dos respiraban por sus propios medios. Gregori sintió que se le escapaba el aliento y se hundió, aliviado. Su mirada plateada encontró los ojos violeta de Savannah. Ella lanzó un grito de alegría que inundó la sala.

Gregori cayó de rodillas junto a Ivory, sin molestarse en secarse las lágrimas rojas de la cara.

—Su espíritu es más ligero. Ahora podemos ayudarles a vivir. No hay palabras para expresar mis agradecimientos. No hay palabras.

Ella se giró y miró el techo.

—¿Razvan?

Su cuerpo era casi traslúcido, y lo necesitaba desesperadamente. *Razvan*. No podía enfrentarse sola a esa multitud, sollozando y sintiéndose tan vulnerable.

Él estuvo enseguida a su lado y la estrechó en sus brazos. *Toma mi sangre, fél ku kuuluaak sívam belső, amada mía*. Cuando ella aceptó con un gesto cansino y hundió la cara en su cuello cálido, él miró por encima de su cabeza hacia el príncipe.

—La noche casi ha llegado a su fin. Ivory debe bajar a las entrañas de la tierra. El ritual la ha dejado sin fuerzas.

—Seréis bienvenidos aquí —dijo Mikhail.

—Gracias, pero no. La llevaré a casa, donde podrá descansar. Volveremos cuando esté más fuerte. Entre tanto, Gregori debe enseñar el ritual a algunos de los tuyos, los más dotados, para que puedan protegerse a sí mismos hasta que esa forma de vida en la tierra no contaminada tenga una oportunidad de extenderse y nosotros hayamos destruido a Xavier y su maligna factoría.

—Pero... —Mikhail iba a protestar.

Razvan envolvió a Ivory en sus brazos y sencillamente alzó el vuelo con ella y desaparecieron de la sala.

Capítulo 19

Razvan se despertó con la manada a su alrededor y con Ivory acurrucada junto a él como si buscara refugio. Apartó la tierra para mirar las estrellas en el cielo, y disfrutó de aquella paz que lo embargaba. Era el momento que más amaba, despertarse al comienzo de la noche, cuando los prismas engastados en la abertura permitían que la luz de la luna penetrara en la habitación y le bañara el rostro a su compañera.

Le dolía algo cada vez que la miraba. Una sola sonrisa de Ivory bastaba para que su alma alcanzara grandes alturas. Con sólo tocarlo, se le borraban de la memoria las torturas y la depravación de su pasado. Razvan ignoraba cómo lo lograba ni sabía por qué, cuando estaba con ella, el mundo era un lugar tan diferente, lleno de risas y belleza y cosas que jamás habría imaginado.

Raja se desperezó y levantó la cabeza. Frotó el morro contra su brazo para saludarlo. Razvan hundió los dedos en su espeso pelaje, y ese sólo gesto ya era un milagro. Su corazón había aceptado a cada una de esas criaturas con sus diferentes personalidades. ¿Quién habría imaginado jamás frotar la cara en un pelaje como ése y tener a un lobo que hiciera de guardian e intentara sanar las heridas que pudieran tener?

Lleva a los lobos a la otra sala. Quiero estar a solas con mi compañera eterna.

Raja respondió con una especie de sonrisa y le lamió el brazo, un gesto raro en el lobo. Razvan saludó a cada uno de los animales cuando éstos se despertaron y los vio alejarse hacia la sala contigua. Él y Ivory se quedaron a solas. Se giró hacia ella, le ciñó la cintura y volvió a mirarle la cara, las sombras y depresiones, la exquisita estructura ósea. Su gruesa trenza se deshizo y el pelo se le soltó. A Razvan le entraron ganas de deshacer el nudo de la tira y dejar que el pelo sedoso se le desparramara por todas partes. Amaba su boca. Rara vez sonreía, pero tenía una boca hecha para sonreír, y para amar.

Le resultaba imposible hablarle de lo orgulloso que se sentía, del nudo que tenía en la garganta, de cómo cantaba su corazón, y del miedo sin nombre que lo había agarrotado al verla luchar valientemente contra todo el mal que había en Xavier. Él sabía mejor que nadie lo difícil que había sido esa tarea. Había visto luchar a otros magos contra los hechizos de Xavier, y fracasar. Además, los microbios mutantes eran la culminación de su maligna trama contra su enemigo más odiado. Ivory había escogido bien sus armas. Cada uno de los objetos que había utilizado había sido purificado con antelación, todo se había planeado meticulosamente, tal como ella planeaba siempre sus batallas. Al final, sin embargo, como solía suceder, las cosas habían ido a peor y, en lugar de practicar con experimentos previos, había tenido que luchar por la vida de las gemelas recién nacidas. Y había triunfado. Había sido su momento más sublime.

Razvan sabía que ella nunca se vería a sí misma como él la veía, o como cualquier otro la había visto. Ivory había estado magnífica, y le costaba contener el orgullo.

Entonces ella alzó la cara hacia el pequeño trozo de luna que se alcanzaba a ver a través de la chimenea de la caverna. Qué alta era, con ese cuerpo femenino suave y dúctil, con sus curvas y sus brazos finos y fibrosos.

A veces, cuando la miraba como lo hacía ahora, se sentía abrumado, con los sentidos afinados y la sangre rugiéndole en las venas, llenándole el miembro hasta casi explotar, como si la lujuria fuera un vicioso golpe en el vientre. Toda su piel ansiaba estar en contacto con ella. Una punta de hierro le martilleaba el cráneo y, sin ese contacto, había un agujero tan ancho y profundo que le partía el alma en dos. Con un gesto de la mano, deslizó una sábana de seda bajo los dos cuerpos.

Inclinó la cabeza y respiró en su boca. *Despierta, fél ku kuuluaak sívam belsó, amada mía. Ven a mí.* Porque la necesitaba. Necesitaba ver el hambre en su mirada, como sabía que él la miraba a ella.

Le dio ese primer dulce aliento, y luego acercó la boca para coger el de ella y aspirarlo profundamente. Ella parpadeó y abrió los ojos, y él reaccionó con una sacudida de su miembro a ese repentino brinco de su corazón. Cuando Ivory abrió los ojos, todas las emociones que él querría sentir estaban en esos ojos color ámbar, enormes, llenos desde sus grandes profundidades del amor que sentía por él. Un pozo sin fondo. Ahí estaba *todo*.

Razvan le sonrió con ese gesto de predador hambriento mientras ella permanecía tendida como un banquete para él. Quizás esa noche fuera su última noche juntos, y haría de ello una noche muy especial. Se disolvió ante sus ojos y se convirtió en un líquido cálido, en una manta de calor y de prístino líquido, recorriéndola como miles de lenguas, burbujeando en contacto con su piel delicada, separándole las piernas para envolver cada una de ellas, deslizarse por ellas y tocar con gesto de amante la hendidura del medio.

Ella se retorció bajo sus caricias, respirando con una especie de silbido largo y lento que transmitió su sorpresa. Las burbujas jugaron en sus pechos y en sus pezones endurecidos, lo cual tentó a Razvan a volver a adoptar su forma habitual. Pero se resistió, porque quería encumbrarla a ella hasta la misma fiebre que él. Aquel líquido cálido le cubrió todo el cuerpo y la mantuvo suspendida en una piscina de aguas burbujeantes, adentrándose en cada pliegue y hendidura, y llenando los espacios calientes con un líquido todavía más caliente.

Ella soltó un grito ahogado cuando el agua comenzó a lamerla, primero suavemente, luego jugando con su clítoris, dentro de ella, por delante y por detrás, hasta que empezó a jadear, a retorcerse al sentir aquellos dedos de agua que entraban y salían de su cuerpo.

Otros dedos le cogieron los pezones y las burbujas se derramaron por todas las aberturas posibles, hasta llevarla al borde de la fiebre. Razvan volvió a manipular el líquido, ora chupándola, ora hirviendo y buscando hasta que pareció que mil bocas se aplicaban a esa tortura de placer.

Razvan. Ivory pronunció su nombre cuando toda ella se sacudió con una sucesión de orgasmos, cada uno más intenso que el anterior, y entonces lo buscó, deseando tener un asidero mientras el mundo explotaba en una nebulosa roja a su alrededor.

Él rió por lo bajo y adoptó su forma habitual, dejando que ella le clavara las uñas.

Ella le echó los brazos al cuello y sonrió.

—Me fascina despertarme contigo de esta manera.

Él apoyó la frente en la de ella.

—Eso está bien, mi mujer guerrera, porque si te despertaras en brazos de otro, sería el fin del mundo que conocemos.

Ella le respondió con una mueca y se inclinó para dejarle un reguero de besos entre la barbilla y la boca.

—Lo dudo. Eres el hombre más sereno y con más capacidad de aceptar las adversidades que he conocido.

Uno de sus pechos se deslizó contra el torso de él, suave y generoso y tentador. Unas flamas diminutas bailaron sobre los gruesos músculos de Razvan ahí donde se tocaran los dos cuerpos. El sólo contacto con su pelo lo sacudía. Razvan la besó en los dos ojos y bajó hasta encontrar su boca.

—Soy un cazador de dragones, *fél ku kuuluaak sívam belsó, amada mía.* En ciertas circunstancias, los míos respiran fuego. Encontrarte con otro macho sería una de esas circunstancias —dijo, y le mordisqueó el labio inferior, una vez, dos veces. Se adueñó del fino arco de su boca y tiró suavemente de sus labios, como si quisiera devorarla, servírsela para la cena. Se sentía inquieto de tanto deseo, y la sola fricción del cuerpo de Ivory con el suyo aumentaba ese deseo más de lo que él creía posible.

—No creo que tengas que preocuparte. Tú sueles ser tan... *creativo.*

Ivory desplazó la mano hasta el interior de los muslos de él, subió hasta llegar a la entrepierna y le cogió el pesado miembro erecto. Él reaccionó sin proponérselo, y apretó las caderas contra su mano, palpitante y caliente, hinchándose al contacto de su palma, hasta que ella cerró el puño intentando coger todo lo que podía de él. Acarició suavemente con el pulgar la punta ancha y sensible con forma de hongo, y luego untó el extremo suave y caliente con la tentadora gota perlada. Lo observó estremecerse con una mirada caliente, una mirada que hizo aumentar la temperatura del propio Razvan.

Los dedos de Ivory sobre su piel eran el cielo, y las caricias lo limpiaban de los malos recuerdos de su pasado, hasta que sólo quedaba ella y su mundo a su lado. Táctil, erótico y sensorial. Su mundo se convirtió en seguida en un mundo de sentimientos. Razvan buscó su boca y la saboreó. Era el néctar, dulce con una pizca de especia.

—Me gustaría verte lanzar fuego —murmuró ella en su boca.

Ivory hizo jugar la lengua en la boca de él y Razvan sintió que su miembro daba una sacudida y crecía todavía más, todavía empuñado por ella. Hizo el beso más profundo, y el hambre afloró con tal urgente intensidad que se sintió crispado y un poco desesperado por poseerla. Quizá tenía que ver con cómo Ivory movía la mano por encima de su pesada erección y su boca le chupaba la lengua como si fuera su verga.

—No, no te gustaría *fél ku kuuluaak sívam belsó, amada mía*. A ti te gusta tal como soy.

Ella rió por lo bajo, un ruido ronco y maligno, y luego empezó a besarlo cuello abajo, hasta llegar al pecho. Lo hizo tenderse hacia atrás y se irguió por encima de él para mordisquearle el vientre con sus dientes pequeños y agudos. Razvan apenas conseguía respirar. La trenza larga y gruesa se frotaba contra él y aumentaba la sensualidad del contacto, robándole la razón y el aliento. Se incorporó y desató la tira con que se la sujetaba, y el pelo cayó como una cascada sobre él.

Ivory estaba muy sensual, con su cabellera despeinada, toda ella suave y con sus curvas exuberantes, y toda de acero por debajo.

Aquella combinación siempre excitaba a Razvan hasta la locura. Le dolía el cuerpo y su pesada erección se volvió más gruesa y más grande, en algún lugar entre el dolor y el placer sublime cuando ella se movió sobre él, frotándose contra su cuerpo caliente como el terciopelo.

Ella lo lamió como un gato lame la leche del plato, mientras lo frotaba y acariciaba, exprimiendo su esencia. Su aliento sobre la punta de su verga era cálido y Razvan sentía que se le tensaban todos los músculos, pero no se movió. Se resistió al impulso de cogerle la cabeza y tirar de ella hacia abajo para que acogiera su erección ferozmente ardiente. Pensar en su boca, suave y caliente y concebida para el cielo, lo tensaba aún más y aumentaba su deseo como una adicción que llevaba en la sangre.

A Razvan le fascinaba ver sus ojos, con aquella película vidriosa que le decía que ella estaba cayendo en el mismo pozo de deseo y hambre, aunque no dejaba de sorprenderle que pudiera estar tan profundamente enamorada. Las manos le temblaban apenas y sus pechos se balanceaban, suaves y deliciosos y tentadores, mientras lo seguía excitando acariciándole los muslos y pasando por encima de su verga.

Esperó y aguantó la respiración. El pelo de Ivory se derramó sobre sus caderas y muslos. Razvan cerró los ojos al sentir su cálido aliento bañándole la erección palpitante, y luego la sacudida de placer que lo hinchó todavía más. Indulgente y perezosa. Amaba su generosidad, su manera de amarlo no sólo con palabras sino dándole placer, entregándose completamente a él. Esa sola idea era lo que más lo excitaba, un regalo sublime que ella le daba tan generosamente. Ivory deseaba el placer de él tanto o más que el suyo propio.

Entonces lo buscó con la lengua y Razvan gimió, acercando las caderas, siguiendo su boca cálida, pero ella se apartó. Le cogió los huevos en el cuenco de la mano, los acarició y jugó con ellos, despertando en él lenguas de fuego por todo el cuerpo al darle sus mimos, lamiéndolo hasta llegar a su verga.

Razvan dejó de respirar. Su corazón se detuvo un instante y luego comenzó a martillar. El rugido en su cabeza aumentó y habría jurado que una taladradora le perforaba el pecho. Su erección se había convertido en una vara de acero. Él dejó escapar un gruñido, un sonido ronco que parecía ordenarle que pasara a la acción. Ivory le cogió la cadera con una mano y le hundió las uñas, mientras con la otra lo mantenía sujeto como un tornillo. Razvan sintió que el latido de su corazón se acompasaba con el suyo, los dos desbocados. Oyó el rugido de la sangre en sus venas como el anuncio de una ola gigantesca. Soltó un par de imprecaciones en la lengua antigua, como si no fuera su propia voz, ronca y desesperada y deseosa de obtener lo que quería.

Ella lo lamió, le pasó la lengua por la punta gruesa, la hizo bailar por encima del extremo suave y aterciopelado, saboreando las gotas que brotaban de él, anticipándose. Razvan sintió que todo el cuerpo se le endurecía, se estremeció, y luego gruñó con un ruido ronco, lujurioso, al tiempo que la mirada se le nublaba.

Oh, köd belsó, que la oscuridad se lo lleve. Ivory, estás a punto de matarme.

Tenía que entrar en su boca, en aquel refugio apretado y húmedo. Le agarró el pelo y la obligó a bajar la cabeza, hambriento de ella, desesperado, incapaz de seguir esperando.

Ivory no le quitaba los ojos de encima y observaba los cambios, empapándose de ellos, encantada con su capacidad de arrancarlo de su estado de perpetua calma y serenidad. Le fascinaba sentir que Razvan se volvía demoníaco con ella, cogiéndole el pelo de esa manera y tirando de él, acercándola, mientras lanzaba las caderas hacia ella. Quedó maravillada al ver que el color de sus ojos pasaba del azul oscuro a un negro intenso, y su cabellera, de pronto con los colores más marcados. Había algo muy excitante y sumamente sensual en los gruñidos que escapaban de su pecho, en cómo su mandíbula se tensaba, aquel pequeño tic que a ella le hacía saber que su compañero eterno había pasado a una dimensión completamente diferente.

Aquella noche saldrían a darle caza al enemigo más peligroso que hubiera conocido el pueblo carpatiano, el mundo entero, y sabía que era posible que no volviera ninguno de los dos. Su determinación de mostrarle lo que sentía, lo que él significaba para ella, todo lo que le daba, se notaba en cada uno de aquellos movimientos de su lengua y en las caricias de sus dedos. Lo tragó en toda su extensión, hasta la raíz, hundiendo las mejillas para tensar aún más la succión en torno a su verga endurecida.

Razvan gimió cuando ella lo rascó levemente con los dientes y su lengua retrocedió por su vara y la hizo bailar en ese punto sensible, justo en la base de la punta hinchada. Echó la cabeza hacia atrás hasta quedar apenas tocándolo con los labios, observándolo, observando cómo sus ojos se teñían de placer y oyéndolo respirar entrecortadamente y exhalando con ruidos roncos.

Ivory. En su voz latía una orden.

Había desaparecido su amante suave y lento, aquel que se tomaba su tiempo llevándola una y otra vez al borde del abismo, siempre controlándolo todo, siempre el que daba tan generosamente y la llevaba más allá de todo lo que jamás hubiera conocido. Se sintió embargada por una súbita alegría, y volvió a tomarlo entero en la boca, atenta a las reacciones de su cuerpo, sintiendo que volvía a estremecerse cuando lo barrió un placer intenso.

Los músculos de sus piernas se tensaron por la excitación, su estómago se apretó, y los gruesos pectorales se flexionaron cuando dobló los brazos. Sin embargo, su vara, agitándose y latiendo en su boca, volviéndose más gruesa que nunca, la fascinaba. Ella adoraba su manera de abrirle los labios, la vara ardiente que tenía y sobre la que hacía bailar la lengua, incluso la manera de Razvan de lanzar las caderas hacia delante para hundirse más profundamente en su boca, donde ella lo apretaba, lo masajeaba y lo exprimía.

De hecho, había planeado ese momento, esa manera de darse a él y de tomarlo, deseando que Razvan sintiera un placer en estado bruto, un éxtasis absoluto donde él no tuviera que preocuparse por ella ni por cómo se sentía sino sólo tomando lo que le daba. Se sintió bañada por la excitación cuando él cerró los dientes como si fuera un lobo hambriento.

Razvan cambió y los hizo flotar hasta el suelo, todavía sosteniéndole la cabeza mientras él seguía empujando en su boca, ahora con los ojos entrecerrados, viendo cómo lo tragaba, contemplando la belleza de la mujer que tenía a sus pies, suplicando de rodillas y con los ojos trabados con los suyos.

No dejes de mirarme, le ordenó él.

Ella no tenía intención de dejar de mirarlo ni de ausentarse de su mente. Quería que esa sensación exquisita durara para siempre. Tenía su propia entrepierna humedecida, latiendo con la necesidad de que él la llenara, pero no pensaba parar. Quería engullirlo del todo, ser todo para él, ser usada por él y darle ese regalo perfecto para que entendiera la profundidad de su amor.

Hizo bailar la lengua y le acarició el punto más sensible y oyó que él dejaba escapar un grito ahogado. Sus ojos se habían vuelto de un azul tan oscuro que ahora parecían negros y sin pupilas. Entonces sintió la reacción de Razvan, que se consumía vivo, que empezaba a arder de la cabeza a los pies. Unas llamas asomaron sobre su piel y su sangre corría como lava candente, espesa, casi demasiado espesa para correr por las venas.

Más fuerte. El susurro había penetrado hasta su mente. *Oh, ¡Kucák!, estrella. Ivory, más fuerte.* Era una voz ronca, excitante. *¡Andasz éntölem irgalomet! Te lo ruego, no pares.*

Nada podría detenerla. Ivory ardía por él, vacía por dentro sin él. Estaba desesperada por ese hombre y por aquellas salvajes emociones sexuales. Chupó con más fuerza cuando el tomó el control al tiempo que su cuerpo se descontrolaba. Razvan la cogió por el pelo y le mantuvo la cabeza quieta mientras él se apoderaba de su boca, empujándole la cabeza hacia abajo hasta que ella sintió la violenta sacudida. La hinchazón. Oyó su grito desgarrado de alegría y éxtasis cuando explotó y el chorro caliente le llenó la boca con sus borbotones.

No lo soltó, y lo sintió estremecerse mientras seguía chupando, ahora suavemente. Entonces se apoyó en los talones cuando por fin lo dejó salir de su boca. Con la lengua lo barrió una última vez, un barrido lento y sensual con sus labios generosos e hinchados.

Ivory vio que sus ojos cambiaban del azul oscuro al azul de las simas insondables del océano. Hambriento, concentrado, todo para ella. El corazón le dio un vuelco. A veces el deseo de Razvan llegaba a ponerla nerviosa, como ahora que su cuerpo se había vuelto agresivo y ella sentía moverse sus músculos, duros como el acero. Aquello la atraía y repelía a la vez, la excitaba y la atemorizaba. Razvan solía controlarlo todo, tanto que cuando perdía ese control (algo que a ella le fascinaba), su intensidad era aterradora y, a la vez, una recompensa.

Él volvió a cogerla por el pelo para que se levantara. Le tiró la cabeza hacia atrás hasta dejar expuesto el cuello. A Lara el corazón le dio un tumbo y sintió que los huesos se le derretían. Le faltó el aire y los pulmones le quemaron. En ese momento él le hundió profundamente los dientes y un éxtasis puro la sacudió y barrió como un tsunami. Cerró los ojos. ¿Cómo podían quedar intactos sus sentidos cuando ese placer la recorría como una ola de calor? Razvan bebió de ella como si desfalleciera, haciendo fluir la esencia de la vida hacia su propio cuerpo, como si nunca fuera a tener suficiente.

A Ivory le fascinaba verlo a punto de perder el control de sí mismo, mientras él la besaba por todas partes con una pasión frenética, y el éxtasis que ella sentía no era nada comparado con el placer que a él le daba con su cuerpo y sus sabores. Adoraba penetrar en su mente y alimentar aquella caótica calentura masculina, hasta despertar una necesidad y una lujuria tan aguda y terrible que Razvan a duras penas lograba contener sus ganas de devorarla. Sus leves mordiscos con su descarga de dolor no hacían sino añadir otra dimensión a las capas del deseo y a la calentura que se adueñaba de ella y la consumía.

Todas las noches eran así, la necesidad de unirse, de sentirse una unidad absoluta, en el calor y en el fuego de sus acoplamientos. Ivory se estremeció de placer cuando él bebió un último e indulgente trago y luego pasó la lengua por los orificios diminutos para cerrar la herida. Su boca quedó un rato pegada al cuello, chupando hasta marcarla, otra licencia que hasta ese momento no se había permitido. Ivory se sentía... parte de él. Parte de su corazón y de su alma.

Razvan le lamió las gotas de color rubí que iban del cuello hasta los pechos. Hizo bailar la lengua por encima del pezón y ella aguantó la respiración, aunque le cogió la cabeza para retenerlo. Sin embargo, no había manera de retener a Razvan en aquel estado. Gruñó y volvió a chuparle el pecho, le mordió el pezón y tiró de él hasta que Ivory lanzó un grito de placer.

La chupó con fuerza, apoderándose de todo su cuerpo, haciéndola suya. Obtuvo de ella todo el placer que quiso aunque se lo devolvió con creces, como si él también supiera que quizás ésa sería la última vez que estarían juntos. Ninguno de los dos lo dijo, ni lo reconoció, pero cuando Razvan la llevó hasta el suelo de la caverna, Ivory estaba tan frenéticamente deseosa como él.

Le hundió las uñas en la espalda mientras él le besaba los pechos, despertando en ella esas deliciosas descargas de relámpagos que la recorrían de arriba abajo. Hizo bailar la lengua sobre el pezón endurecido con lamidos lentos y calientes que le hicieron perder la noción de sí misma. Su boca cogió un ritmo que se acompasaba con los movimientos de sus caderas contra ella. Sentía su verga dura y larga contra el muslo. Cada vez que se movía al encuentro de su cuerpo, ésta se volvía más caliente y gruesa.

Una chispa de electricidad dibujó un arco sobre sus cuerpos, una chispa de lujuria que la dejó sin aliento. Razvan iba de un lado a otro, como poseído, con dientes y la lengua y la boca caliente, dejándola casi sin sentido. No había nada en su mundo excepto él, su cuerpo duro, su olor masculino de pecado y sexo que impregnaba el aire a su alrededor, quemándole en los pulmones en lugar de revitalizárselos con oxígeno.

Razvan levantó la cabeza, y ella vio unas flamas diminutas asomando en la profundidad de sus ojos.

—Toma mi sangre, Ivory, ahora. Ahora mismo.

La alzó en vilo con sus manos firmes y la acomodó sobre sus muslos a horcajadas, de cara a él, hasta que ella sintió su verga larga y dura, agresiva y caliente, junto a su hendidura tibia y húmeda. Los jadeos de Razvan no hicieron sino aumentar el estado hipnótico de ella. Cuando él llegaba a ese estado, desesperado por saborearla y tocarla, ella se sentía hipnotizada. Razvan no paraba de mover las manos, acariciándola, reclamando hasta el último rincón de su piel. A Ivory le fascinaba aquella emoción de sentirse poseída por él.

Alzó la cabeza para lamerle el pecho y subir hacia el cuello. Razvan sintió un nudo en el estómago ya apretado. Su formidable vara de acero, ese instrumento maravilloso, latía y se sacudía contra los muslos de Ivory, esperando una oportunidad. Ella se humedeció los labios. Saboreó su esencia. Que sintiera lo mismo que él le hacía a ella en lo profundo de su mente y de su cuerpo.

Ivory hizo bailar la lengua por encima del pulso mientras le acariciaba el cuello con la cara. Le fascinaba su presencia masculina, su calentura. Lo mordisqueó y se frotó sin parar contra él, una invitación tentadora, tan profunda y primaria que se sacudió con su propio deseo. Alzó la cabeza para recibir su beso, deseosa, no, necesitada de sus labios. Esa boca gloriosa que la llevaba al borde del enorme abismo, demasiado cerca de ese borde, hacia ese abismo insondable, o que incluso podía empujarla, lanzarla a un torbellino de placer superior a lo que jamás hubiera imaginado.

Las dos bocas se fundieron en una, y quedaron soldadas, calientes. Ivory sintió que un calor abrasador la llenaba por dentro, hasta que su fina piel de porcelana adquirió cierto color. Lo miró a la cara, contempló sus rasgos angulosos y masculinos, con los ojos un poco caídos, denotando su posesividad. Volvió a besarlo, se embebió de él, dejándose llevar por la intensidad de la sensación antes de volver a besarlo en la comisura de los labios. Tiró de su cuerpo, jugó, deseándolo.

—Puede que nos mates a los dos —advirtió él.

Ella siguió moviéndose en una cabalgata sensual sobre la erección ardiente de su verga, frotándose arriba y abajo, intentado introducirlo en ella.

Razvan se sacudió y dejó escapar un gruñido. Apretó los dedos con que todavía le asía el pelo y tiró de la cabeza hacia atrás para mirarla a los ojos.

—Toma mi sangre, ahora, Ivory. —Su voz se había vuelto muy grave. Dura. Más hambrienta y sensual.

El corazón le dio un vuelco y casi le estalló en el pecho. Sintió que la garganta se le cerraba. Su lengua ya lo saboreaba, ese gusto dulce, seductor y erótico. La saliva se le acumuló en la boca y los dientes se le alargaron. Lo besó en su mandíbula obstinada y le dejó un reguero de besos hasta llegar al cuello, al cálido punto donde latía su vena, viva e incitante. Le raspó la piel con los dientes.

Razvan tragó aire.

—*Kucak*, estrellas, Ivory —dijo, con todo el cuerpo bañado en sudor—. No sé si saldré de ésta con vida.

Le giró la cabeza y la guió hasta su hombro, exactamente hasta la vena de donde deseaba que ella tomara su sangre. Entrecerró los ojos al levantarla en vilo. Se acomodó y la dejó caer sobre él permitiendo que ella lo envolviera por completo.

El deseo de Ivory se desbordó hasta que no fue capaz de pensar en otra cosa que no fuera el olor y el sabor de Razvan. Los dos corazones se acompasaron. La adrenalina la barrió como una bola de fuego. Hundió profundamente los dientes y él gruñó y la penetró con fuerza. No se movió, simplemente la llenó, empujando a través de su hendidura apretada y ardiente para acomodarse totalmente dentro de ella.

Ivory tragó las primeras gotas de la sangre caliente y dejó que el sabor explotara en su lengua, absorbiendo su esencia. Él le cogió la cabeza, la apretó contra su hombro e inclinó la suya hacia su cuello suave y cálido. La lamió a lo largo de la vena.

Entonces ella explotó alrededor de su cuerpo, pulsando con fuerza. Despertando a la vida. Su corazón daba brincos. Se le tensaron todos los músculos del cuerpo, y apretó a Razvan entre las piernas como un tornillo de terciopelo. Él ahogó un grito y volvió a chupar, le mordisqueó el cuello. La respuesta de Ivory fue otro orgasmo, más intenso que el primero.

Después de eso se quedó sin aliento, intentó levantar la cabeza, pero él la tenía cogida por la nuca, y la obligó a beber. Sus dientes le perforaron el cuello y se hundieron profundamente. Ella gruñó, un ruido que vibró a través de Razvan, al tiempo que le cogía la verga erecta y la frotaba, exprimiéndolo, bañándolo con su crema rica y caliente.

Razvan bebió de ella mientras la llevaba a otro orgasmo. Y luego otro. Cada vez, su erección se volvía más gruesa, más caliente y grande. Él satisfizo su sed y ella la suya, y los orgasmos de Ivory los mecieron a ambos. Cuando los dos estuvieron saciados, cerraron los agujeros diminutos y se miraron el uno al otro.

Razvan fue el primero en moverse, y se inclinó para adueñarse de su boca. Sentía la sangre retumbándole en las venas y su miembro lleno y tan duro que le dolía, sabiendo que un movimiento más, un solo ligero espasmo de ella en torno a él, lo haría olvidar quién era. En cuanto sus labios la tocaron, aquello sucedió. Ella apretó los músculos de aquella exquisita vaina femenina y él gruñó, dejó de besarla y la cogió por la cintura.

Empezó a moverse, a entrar en Ivory como un pistón, hundiéndose con fuerza en ella, tirando dhacia sus muslos mientras se lanzaba hacia adentro. Los pechos de Ivory se agitaban contra él, y ese roce era como flechas que se le incrustaban en la entrepierna. El largo pelo de ella le rozaba los muslos, y eso lo excitaba todavía más, mientras se servía de la enorme fuerza de sus piernas para embestirla una y otra vez.

Ivory se quedó boquiabierta y abrió los ojos cuan grande eran. Él sintió la primera onda, fuerte como un terremoto, que la desgarraba desde los pechos hasta la vagina, y reaccionó apretándolo, arrancándole su semilla. Brotaron chorros y chorros, hasta que Razvan quedó vacío, escuchando sus deliciosos gritos como ecos a su alrededor.

Ivory los trajo de vuelta a la seguridad relativa de la tierra rejuvenecedora. Permanecieron juntos tendidos, brazos y piernas entrelazados, él profundamente hundido en ella, mirándose mutuamente. La sonrisa de ella fue lenta, una sonrisa de satisfacción y un poco asombrada.

—Nunca dejas de sorprenderme, Razvan.

Él le lamió una gota de sangre color carmesí que se había escapado y le había llegado a los pechos en medio del apasionado abrazo. Ella reaccionó con un estremecimiento, lo cual produjo una nueva descarga de líquida crema, caliente e insoportablemente sensual cuando le volvió a apretar y vació hasta las últimas gotas que el cuerpo de Razvan podía producir.

—Siempre y cuando te plazca, *fél ku kuuluaak sívam belsó, amada mía.*

Muy a su pesar, Razvan la dejó ir poco a poco y permitió que las piernas se deslizaran y dejaran de cogerlo por las caderas. Aquel movimiento fue como una nueva descarga que volvió a estremecerlos. Ella se apartó de él y se tendió con los brazos abiertos, todavía respirando con dificultad.

—Creo que podrías haberme matado. Debo decir que ya no me quedan pulmones. Y sigo teniendo pequeños orgasmos impresionantes. ¿Cómo lo consigues?

Él se giró con una sonrisa de engreído.

—Resulta que mi función es mantenerte satisfecha, y me lo tomo muy en serio.

Ella encontró sus dedos, fijó los ojos en él y simplemente saboreó la experiencia de estar a su lado.

—Quiero que sepas algo, Razvan. Me cuesta mucho decir las cosas que tengo en el corazón. Me hace sentirme ridícula expresarlas en voz alta, pero tienes que saberlo.

Ivory abrió los ojos, clavó los ojos en él y se llevó una mano al corazón.

—Si las cosas van mal, y los dos sabemos que hay muchas probabilidades de que así sea, debes saber que éstos han sido los mejores momentos de mi vida. No me arrepiento de ni un solo instante vivido contigo. Me has hecho sentirme viva nuevamente. Me has recordado por qué conservo los recuerdos de mis hermanos en el alma. Y me has hecho un regalo de tu corazón. Quiero que sepas que ese regalo lo guardaré como un tesoro, y que te amo más allá de todo lo imaginable.

Reconocer aquello tenía tanto más mérito, porque él sabía que a Ivory le costaba de verdad expresar sus emociones más intensas.

—Yo también te amo. —Aquello no era suficiente, en cuanto le concernía a él. Le transmitió sus emociones. Intensas y apasionadas. La llenó con ellas y la ahogó en ellas. Que Ivory viera en su corazón, en su mente y en su alma.

—Me emocionas como nunca nadie me ha emocionado —dijo ella, y tragó con dificultad, reprimiendo unas lágrimas. Después, suspiró—. Tenemos que alimentarnos bien, y la manada también. Es nuestra mejor oportunidad para destruir al mago oscuro. Habrá quedado debilitado después de lo que hicimos anoche.

—¿Estás segura de que quieres llevar a cabo esta misión?

Ella sonrió, y esta vez su sonrisa fue serena.

—No he cambiado de opinión ni tampoco te dejaría ir sin mí, como estás pensando. Si queremos tener éxito, me necesitas a mí tanto como yo a ti. Tenemos más probabilidades juntos que separados.

—Entonces esta noche no podemos fracasar, *fél ku kuuluaak sívam belsó*, amada mía —dijo Razvan—. Escojamos nuestras armas y llamemos a la manada. Si Xavier logra escapar, pasará mucho tiempo antes de que nosotros, o cualquiera, vuelva a tener una oportunidad como ésta.

—No escapará —dijo Ivory, y había un tono acerado en su voz.

Capítulo 20

Caían los copos de nieve cuando los dos surcaron los cielos, alejándose de casa en dirección a la montaña donde Razvan sabía que Xavier se había instalado. Encontraron a un grupo pequeño de cazadores humanos que seguían la huella de los venados a través del bosque, a kilómetros de la aldea más próxima del territorio carpatiano, y se alimentaron debidamente. Cuando la manada estuvo saciada y en plena posesión de sus fuerzas, iniciaron en seguida el viaje hacia el glaciar donde Xavier se había mudado cuando su laberinto de cavernas fue destruido meses antes, suceso que había permitido huír a Razvan.

Volaron por el cielo cuidándose de no dejar huellas, pero a baja altura para inspeccionar minuciosamente el terreno. Al dejar atrás el bosque y sobrevolar un arroyo de aguas gélidas, una nota de color llamó la atención de Ivory. Los lobos se pusieron inquietos. Ella y Razvan bajaron a sólo unos metros del suelo y recuperaron su forma habitual para mirar las huellas.

—Aquí hay manchas de sangre —señaló Ivory, aunque no fuera necesario—. Se puede ver la carcasa de un ciervo que ha sido arrastrado desde el bosque hasta los montes a través de la nieve. No lo han matado los lobos, y tampoco han sido cazadores humanos —dijo, y señaló las marcas en la nieve—. Son murciélagos.

Ivory se quedó un buen rato estudiando las huellas. Razvan no dijo nada, y disfrutó observando cómo la cazadora solucionaba el enigma. Era muy poco habitual que los murciélagos de Xavier se alimentaran tan lejos de la caverna, pero aquello había sido sin duda un ataque perpetrado por murciélagos. Las huellas de las alas de aquellas criaturas al caminar se distinguían con nitidez en la nieve.

—Aquí llevaron a cabo la emboscada —dijo ella, y señaló por encima de sus cabezas—. Algunos cayeron desde arriba, otros surgieron del suelo, y es evidente que lo rodearon. La pobre bestia no tuvo ninguna posibilidad de escapar.

Él no señaló que ella cazaba con diversas manadas de lobos, ayudándoles a pasar el invierno.

Ivory levantó la cabeza y miró entrecerrando los ojos.

—No es lo mismo. Ellos le llevan la sangre a su amo con propósitos malignos.

—Es verdad —asintió él—. ¿Por qué lees mi mente si te molesta?

—Sólo me molesta cuando miras con esa sonrisita burlona. Esa sonrisa de macho. —Porque ella lo hacía derretirse por dentro cuando se comportaba así, y eso sencillamente no era aceptable. Como si pensara que ella era muy mona, o algo parecido. *Mona*. Ivory le lanzó una mirada, mezcla de contrariedad y vergüenza. Y ahora volvía a hacerlo, con esa sonrisita masculina que a ella le provocaba las ganas de saltarle encima allí mismo, en medio de la nieve y el hielo y probablemente rodeados de peligros—. Me distraes.

Sus dientes blancos brillaron al sonreír.

—No hago más que prestar atención a la experta para aprender de ella.

—Me estás distrayendo deliberadamente, y yo... —dijo, y abrió los ojos desmesuradamente.

A Razvan se le borró la sonrisa de la cara cuando siguió su mirada hacia un árbol por encima de su cabeza. Para un ojo inexperto, todo habría parecido normal. La nieve colgaba de las agujas de los pinos y pesaba sobre las ramas. Pero él percibió un toque de alarma en su mente.

—¿Qué ocurre?

—Allá arriba. En lo más alto del follaje —dijo ella, con apenas un hilo de voz—. Hay algo raro en la nieve.

Razvan tardó un momento en entender de qué hablaba. En cuatro puntos pequeños, como si un pájaro hubiera aterrizado ligeramente sobre una rama delgada, la nieve había caído y dejado a la vista un trozo de corteza.

—¿Habrán sido los murciélagos?

—No, los murciélagos dejan líneas en la nieve pero no se ve la corteza. Unos cazadores los han seguido. —Una nota de miedo asomó en su voz—. Ellos no saben quién habita estos lugares ni el peligro que corren. Hemos debilitado a Xavier con nuestro ritual, y conseguido que el odio que creó le dé en toda la cara, pero si logra encontrar un cazador... —dijo, y guardó silencio.

Razvan sintió un nudo en el estómago con la sola idea de que Xavier se hiciera con un cazador carpatiano. No sólo porque el cazador sufriría sino porque Xavier se volvería tremendamente poderoso con la sangre de un guerrero carpatiano.

—¿Estás segura? —preguntó.

Por toda respuesta, Ivory se convirtió en una voluta de vapor que flotó hasta lo alto del árbol. Giró en el aire mientras examinaba la rama y, cuando bajó, se cuidó de no dejar huellas en la nieve.

—Seguro que es un carpatiano. No hay olor. No hay nada más que esas dos pequeñas marcas.

Razvan se frotó el mentón.

—Tenemos que seguirlos hasta el interior, Ivory, si han ido tras las huellas de los murciélagos. Sabes que no tendremos otra alternativa, no seremos capaces de dejárselos a Xavier. Con un poco de suerte, puede que sean cazadores experimentados y fuertes.

—Xavier no estará solo —añadió Ivory.

—No, eso es verdad. Y cuenta con todo tipo de seres abominables para defenderse, de los cuales las criaturas inertes no son las menores.

Ella le tendió la mano.

—Entonces, vamos.

—Hasta el final —dijo él.

Se movieron con sigilo, y se cuidaron de no remover ni un copo de nieve mientras se acercaban a las faldas de la montaña donde Xavier había construido su última fortaleza. El mago oscuro necesitaba las profundas cavernas de hielo, con su laberinto de cuevas bajo la tierra para llevar a cabo sus experimentos perversos y luego causar estragos entre los carpatianos. Había elegido un punto óptimo cerca del borde del glaciar, de modo que pudiera servirse de la naturaleza para que llevara sus extremófilos mutantes a los cauces de agua que regaban todo el territorio de los carpatianos.

Si los cazadores han pasado por aquí, no han dejado otras huellas, dijo Ivory, usando su comunicación telepática para no emitir ruidos que pudieran viajar en el silencio de la noche.

En Razvan aumentaba por minutos una horrible sensación de pavor. A medida que se acercaban a la montaña, se hizo más intensa. Sabía que se acercaban a Xavier, y lo que era peor aún: ahora sabía quiénes eran los cazadores.

Natalya y su compañero eterno se nos han adelantado.

Ivory se quedó boquiabierta.

¿Estás seguro?

Absolutamente.

Razvan miró a Ivory. Sus ojos de color azul oscuro se habían oscurecido tanto que las pupilas casi habían desaparecido. Unas llamas diminutas se agitaban en sus profundidades. Ivory se estremeció ante la visión y un escalofrío la recorrió de arriba abajo.

No puede apoderarse de mi hermana, dijo Razvan, mordiendo cada palabra.

Ella se apoyó en él un momento breve y lo envolvió con su calidez. *No, no puede.* Natalya tenía la firme intención de buscar a Xavier y librar al mundo de su mal para siempre.

El viento empezó a soplar con fuerza cuando siguieron valle adentro y se aproximaron a la base de los montes, justo por debajo de los enormes picos de hielo azul. No había árboles en las orillas del hielo. Eran muy pocos los que intentaban escalar hasta allá arriba, debido a las rocas picudas y cortantes del terreno. El viento aumentó, como protestando, y unas enormes lanzas de hielo caían a menudo desde las cumbres, lo que habría herido a cualquier desaprensivo que se acercase por allí. Era una montaña traicionera, y la mayoría de la gente la evitaba.

Cuando se acercaban al monte más cercano, sintieron el primer impacto de las defensas. Se oyó un zumbido grave que se fue haciendo más fuerte a medida que seguían. Aumentó la presión de sus cráneos, una descarga dolorosa que los sacudió a ambos. Ivory se detuvo y se llevó las manos a las sienes que le latían con fuerza, e intentó no gritar.

Hasta un animal sentiría eso. No es de extrañar que no haya vida en los alrededores.

Lo cual explica las huellas que hemos visto, las marcas y las manchas de sangre en la nieve. Razvan le puso una mano en la sien y la inundó con su calidez sanadora. La presión en la cabeza disminuyó enseguida. Ivory le lanzó una mirada penetrante. A él se le tensó el rostro, sólo un instante, y cuando ella quiso contactar mentalmente con su compañero, él tardó un momento en dejarla entrar.

Los murciélagos tienen que recorrer una distancia mayor que en las otras cavernas para encontrar una presa, dijo Razvan, antes de que ella pudiera protestar.

Ivory se estremeció. Aborrecía combatir contra los murciélagos. Aquellos bichos tenían unos dientes pequeños y agudos y un apetito insaciable de carne. El rastro de sangre los condujo hasta un lugar cerca de la base de un monte pequeño situado frente al glaciar. Ella sabía por experiencia que el terreno en los alrededores por donde habían desaparecido los murciélagos sería una trampa para alguna criatura desprevenida. Si se acercaban demasiado, el suelo cedería.

Xavier no ha tenido tiempo de elaborar un sistema mejor, lo cual significa que no está en plena forma, siguió. *Yo escapé cuando vinieron aquí. De hecho, me mantenía en un estado de perpetua debilidad, pero eso también lo debilitaba a él. Me había vaciado y ya no tenía de quien alimentarse. Se alimentaba de la sangre de los magos y de animales.*

Ivory no quería pensar demasiado en Razvan en manos de Xavier. Elevó una plegaria pidiendo que su hermana no se encontrara en la fortaleza del mago oscuro. Mantenerla a ella a salvo era lo único que lo había mantenido con vida a él. Mientras Xavier viviera, no permitiría que Natalya cayera en sus manos. Y ahora...

Ella captó su pensamiento. *No quiero entrar en esa cueva de murciélagos si podemos evitarlo.*

Ivory sintió náuseas en la boca del estómago mientras sobrevolaba la nieve manchada de sangre. Era evidente que al ciervo lo habían arrastrado al interior, pero algo más había entrado con ellos. Unos copos de nieve cubrían parcialmente la sangre, lo cual significaba que algo había pasado por la nieve después de que los murciélagos hubieran vuelto a su cueva con la presa.

Es una entrada. Razvan era un hombre pragmático. *Ya nos hemos enfrentado a ellos antes.*

El suelo a sus pies se sacudió. La montaña se estremeció y un enorme trozo de hielo se desprendió de la pared por encima de ellos y arrojó la nieve y el hielo sin previo aviso. Sin vacilar, los dos echaron mano de las latas en sus cintos y se disolvieron convertidos en vapor, al tiempo que saltaban hacia la entrada de aspecto siniestro cubierta por una delgada capa de nieve teñida de sangre.

El hedor los golpeó de súbito, incluso antes de que se oyera el batir agitado de las alas de los murciélagos. El olor de la carne putrefacta y fétida les quemó las fosas nasales y les llegó hasta el estómago, de modo que tuvieron que conservar su forma y no reaccionar. Los chillidos agudos y rabiosos se hicieron más sonoros mientras bajaban por el estrecho tubo, arañándoles las paredes del cerebro como garras afiladas, hiriéndoles los nervios hasta que tuvieron ganas de gritar.

Unas marcas de quemaduras oscurecían las paredes manchadas, aunque los murciélagos seguían saliendo de los agujeros oscuros con olor a sulfuro, dejándose caer para unirse a la feroz batalla que en ese momento tenía lugar en el suelo de la caverna. Había trozos de carne podrida y salpicaduras de sangre, y en cada uno de los agujeros donde los murciélagos carnívoros habían morado asomaban trozos de piel.

A Xavier le han advertido que esta fortaleza está comprometida, dijo Ivory, con un dejo de irritación en la voz. *Aunque está débil, es un rival formidable. Yo tenía intención de pillarlo desprevenido, y ahora no quiero que escape.*

No renunciará fácilmente a su fortaleza, avisó Razvan. *Cada vez le quedan menos lugares a donde huir, y aquí ni siquiera ha tenido tiempo de levantar todas las defensas que necesita. Es nuestra mejor oportunidad, se haya enterado o no de nuestra presencia.*

Ivory no quiso decir que Xavier esperaba a dos cazadores desprevenidos que se habían encontrado sin querer con los murciélagos, y era probable que se estuviera preparando para darse un festín de sangre carpatiana.

Date prisa, Ivory. Están atacando a Natalya.

Xavier les habrá dado órdenes a sus guardianes de no matarlos, al menos a ella. Querrá apoderarse de su sangre para él, lo cual les otorga una ligera ventaja, dijo, para darle seguridad.

Estaban cerca del fondo del largo tubo y ya podían ver a los murciélagos. Eran cientos, con sus cuerpos negros y peludos y dientes afilados como navajas, con garras cortantes y alas terminadas en punta. Las espadas cortaron violentamente a través del enjambre de bichos, cercenando cabezas y cuerpos, pero los bichos acudían en cantidades ingentes. Vikirnoff y Natalya luchaban, espalda contra espalda, con expresión grave, completamente ensangrentados. Tanto Ivory como Razvan habían sentido aquellos dientes que les desgarraban la carne de los huesos y, al ver a los carpatianos, los recuerdos les volvieron enseguida.

Aquí vengo, avisó Ivory, utilizando la antigua vía telepática de los carpatianos, que Vikirnoff reconocería. *Lo que haremos es cambiar la composición del aire con nuestras granadas de mano. El fuego será muy intenso, y tiene un producto químico que no se puede respirar. Os entrará el pánico y querréis salir a la superficie, pero entonces el fuego saldrá hacia arriba*, advirtió. Las instrucciones eran muy parecidas a las que le había dado a Razvan la primera vez que había usado sus granadas químicas con él.

Razvan buscó a su hermana, y luego percibió que Natalya se

sorprendía cuando él usó su antigua conexión con ella, una que habían inventado de niños. *Busca una manera de salir del centro pero mantente alejada de las paredes. Cuando nos materialicemos, usaremos los productos químicos, y luego volveremos al estado de vapor. Haz lo mismo ahora, pero, recuerda, sentirás el calor intenso de todas maneras.*

Lo he entendido, respondió ella.

Razvan intentó no ver la masa de murciélagos que la atacaban. Natalya tenía un aspecto feroz, y su rostro grave era todo concentración. Tenía el pelo estriado con los colores de una tigresa.

Él se situó cara a cara con Ivory. En cuanto se materializaron, supo, por sus experiencias anteriores, que los murciélagos atacarían y se lanzarían a morderlos y desgarrarles las carnes. *Prepárate, kont o sívanak, corazón de guerrera.*

Acabemos de una vez, dijo Ivory, serena como siempre lo estaba en la batalla. Podía lidiar con todo tipo de circunstancias sin que le entrara el pánico cuando se trataba de luchar. Sin embargo, cuando se trataba de las emociones, no era demasiado hábil ocultando sus nervios y su vulnerabilidad.

Una cosa más, fél ku kuuluaak sívam belsó, amada mía, te amo más que a la vida misma. Ahora, anunció.

Ella quería estrecharlo, quería decirle la misma frase. Pero él ya había empezado a materializarse, y ella tuvo que sincronizarse con él. Apareció en el suelo de la caverna, y vio que Razvan la protegía por el frente, aunque también se había girado para proteger a su hermana.

En cuanto recuperaron sus cuerpos materiales, los murciélagos se abalanzaron sobre ellos, frenéticos por alimentarse, enloquecidos por el olor de la presa. Arañaron y desgarraron, lanzándose una y otra vez contra los carpatianos. Los lobos rugieron y asomaron los morros y hundieron las patas en el suelo, preparados para saltar.

¡No os mováis! ¡No os mováis!, ordenó Ivory.

Raja y *Blaez* se detuvieron, y llamaron al resto de la manada, mientras lanzaban mordiscos a los murciélagos y conseguían agarrar alguna cabeza y sacudirla hasta romperles el cuello, a pesar de que ellos los arañaban con sus garras cortantes. Razvan e Ivory quitaron la anilla simultáneamente. Sólo tenían cinco segundos para deshacerse de las granadas.

Ivory lanzó la suya en el centro de la cámara, en medio de los murciélagos desquiciados. Algunos se lanzaron contra la lata, intentando morderla con sus afilados dientecillos.

Razvan echó el brazo hacia atrás para lanzar la suya, y al menos una docena de murciélagos, atraídos por el olor de la sangre del cazador de dragones, se abalanzó sobre él, y el peso de los bichos le inmovilizó el brazo cuando quiso lanzarla.

Vikirnoff apareció de pronto blandiendo su espada, barriendo a los murciélagos con cada golpe, y estuvo a punto de darle a Razvan por un milímetro. Éste tragó aire cuando los murciélagos cayeron de su brazo después de haberle desgarrado las carnes. Otros se lanzaron a alimentarse de las heridas abiertas, pero él ya había soltado la granada.

¡Ahora! ¡Ahora! gritó mentalmente para advertir a su hermana.

Los cuatro carpatianos se disolvieron en el aire al unísono. La cámara se sacudió con la explosión y empezaron a caer murciélagos y trozos de hielo, rocas y esqueletos despedazados y podridos, humanos y animales. El destello de la explosión fue tan intenso que les hirió los ojos a pesar de haber mutado de forma. El calor abrasador traspasó sus protecciones naturales cuando el aire se convirtió en gas. El fuego explotó por la chimenea hacia arriba, quemando los agujeros y las hendiduras de las rocas, buscando vorazmente el aire del exterior.

El hielo se fundió y se convirtió en un vapor hirviente que silbaba a medida que el fuego arrasaba con sus llamas naranjas y rojas, entrando en las madrigueras de los murciélagos y rugiendo al entrar y salir de cada intersticio. La presión externa era tan feroz que las moléculas de sus cuerpos estuvieron a punto de explotar hacia adentro, implosionando como los cuerpos de los murciélagos. A su alrededor, las criaturas mutantes ardían hasta que una llamarada candente las hacía explotar como si las hubiera tocado una bomba, o sencillamente caían desmembradas.

El ruido pasó por encima de ellos con la violencia rugiente de un volcán en erupción cuando el fuego creó sus propios torbellinos y aulló por toda la cámara, buscando más víctimas incautas. Aquel infierno era un cúmulo de llamas del que parecía no haber escape posible. Vikirnoff y Natalya se quedaron sólos porque Razvan y Ivory no se movieron, reprimiendo el impulso de subir a la superficie antes que estallara la conflagración. Las paredes rocosas de la chimenea brillaron con un color rojo agorero, pero las llamas se extinguieron, dejando a su paso una inundación oscura y espantosa.

Los esqueletos quemados y los escombros flotaban en el agua que caía de la nieve y el hielo derretidos. Ivory los condujo hacia fuera a través de la chimenea y lejos de aquel hedor, cuidándose de no tocar las paredes incandescentes. Giraron por el túnel, el espacio se hizo más ancho y desembocó en una cámara de grandes dimensiones. Ivory alzó una mano para que se detuvieran. Los demás se apiñaron a su alrededor.

—¿Qué os ha llevado a bajar por el agujero de los murciélagos? —preguntó. No tenía por qué ocuparse de la hermana de Razvan, y menos aún si la mujer y su compañero eterno eran lo bastante tontos como para perseguir a los guardianes de Xavier hasta su propia madriguera.

Razvan le puso una mano en el hombro para calmarla porque percibió el frío desprecio en su voz. Ella lo estaba defendiendo ante las dos personas que, según ella, debían confiar en él. *Algunas de sus heridas no se las han hecho carnívoros.*

Ivory respiró hondo y enseguida lo lamentó porque aspiró el hedor de la carne quemada. Al mirarlos detenidamente a los dos, reconoció las heridas de Vikirnoff.

—Las criaturas inertes —dijo, contestando a su propia pregunta—. Habéis seguido a un vampiro.

Vikirnoff asintió con un gesto de la cabeza.

—Un maestro vampiro. Desapareció por el agujero. Sabíamos a qué nos enfrentábamos, pero creíamos que podríamos pasar más allá de los murciélagos, ya que acababan de matar a una presa. Rara vez se alejan mucho de donde la han encontrado sin devorarla primero.

Ivory agradecía que supiera tanto acerca de los murciélagos.

—Xavier se ha instalado aquí. No es un lugar en el que os convenga estar.

—¿Habéis venido buscándonos a nosotros? —preguntó Natalya, empuñando con fuerza la espada y mirando alrededor de la caverna—. Supe en cuanto entré que a Xavier le atraería este lugar.

—Estabais ocupados en otra cosa —señaló Razvan—. Podéis salir por el tubo. Esa entrada ahora debe estar despejada.

Vikirnoff y Natalya intercambiaron una larga mirada, y Vikirnoff carraspeó. Se negó a desviar la mirada de Razvan.

—Seré el primero en reconocer que me equivocaba contigo, Razvan. Natalya sufrió horriblemente cuando creyó que te habías convertido en vampiro y te habías aliado con Xavier. Los dos nos dábamos cuenta de que éste te poseía y quería que el mundo te viera como un traidor.

—No te reprocho haber protegido a Natalya —dijo Razvan, y le lanzó una mirada a Ivory para apaciguarla cuando ésta se movió.

Era la primera vez que le daba a entender que quizás estaba molesto con ella, e Ivory se dio cuenta, asombrada, de cuánto le dolía. Se apartó de ellos, pero Razvan la cogió por el brazo y le rodeó la muñeca con los dedos a la manera de un grillete.

—Será mejor salir de aquí lo más rápido posible —dijo—. Los murciélagos son sus guardianes, y él sabrá que han llegado intrusos. Si el vampiro ha venido a ayudarle, será mejor no quedarse aquí.

—Sin embargo, estáis aquí —dijo Vikirnoff, con voz suave—. Habéis debilitado a Xavier, ¿no? Anoche, cuando invertisteis el sentido del hechizo. Por eso estáis aquí ahora, para darle caza.

—Y no tenemos tiempo que perder —añadió Razvan.

—Estoy de acuerdo con eso —dijo Vikirnoff—. Ve tú primero.

Ivory no estaba dispuesta a quedarse discutiendo. Sabía que Razvan quería a Natalya lo más lejos posible de Xavier, pero ahora tenían esa gran oportunidad, y su intención era aprovecharla. Vikirnoff y Natalya podían hacer lo que quisieran. Y, si la apuraban, Razvan también. Él también podía quedarse a proteger a su hermana.

Dio un paso para alejarse, pero él no la dejó marchar. De hecho, cerró los dedos con más fuerza. Ivory miró su mano y luego lo miró a la cara. Él la miró con un brillo en los ojos, de color negro obsidiana, con un ligero toque de azul, pero fue su pelo lo que la detuvo. Su pelo parecía vivo, casi electrizado, con sus estrías blanquinegras asomando entre el color. Su rostro estaba tan tranquilo como siempre y, cuando ella trabó contacto mental con él, parecía absolutamente sereno, si bien su pelo, sus ojos y esa manera de cogerla con fuerza por la muñeca le decían lo contrario.

¿De verdad crees que me importa una mujer que sólo he tenido en mis recuerdos más que tú? ¿Porque prefiero que no esté aquí? También preferiría que tú estuvieras lejos de Xavier, pero respeto tus dotes guerreras y el propósito que te has fijado. Es un camino que hemos acordado tú y yo, y cumpliré mi palabra. Sin embargo, como tu compañero eterno, como el hombre que te ama por encima de todas las cosas, éste es el último lugar donde desearía verte. No es fácil para mí, Ivory.

Ella se quedó quieta, con el corazón latiéndole, desbocado, y se dio cuenta de que ese sentimiento de malestar suyo no tenía nada que ver con el hecho de encontrarse en las cavernas de una fortaleza plagada de trampas urdidas por el mago oscuro, su enemigo mortal, y tenía todo que ver con el hecho de que era la primera vez que discutían.

—Vamos con vosotros —dijo Vikirnoff, con voz templada como el acero.

Razvan lo miró y enseguida miró a su hermana.

—Que así sea —contestó. Se llevó la mano de Ivory a su boca cálida y le mantuvo la yema de los dedos apoyados en sus labios. *Tú me importas, Ivory. Tú eres mi corazón y mi alma y todo lo bueno que tengo en esta vida. Destruyamos esta fuente del mal y volvamos a casa, donde podré demostrarte quién es de verdad la que me importa.*

¿Acaso era celos lo que tenía? Ni siquiera había reparado en un rasgo tan trivial en sí misma. ¿Por qué habría de estar celosa del amor de Razvan por su hermana? Ella quería que él amara y fuera amado por su hermana gemela, por sus hijas y sus tías. ¿Qué le ocurría?

Razvan le soltó la mano y puso la suya en la empuñadura de su espada, mientras miraba por la caverna. Su visión fue lo bastante aguda para percibir la ligera bruma que flotaba como veneno y se enroscaba alrededor de Ivory y Natalya.

—Sabe que estamos aquí —advirtió—. Ahora nos ataca para que nuestros temores y emociones sean más intensos.

Ivory apretó los labios, contrariada por haber caído en una de las trampas elementales de Xavier. Siguió avanzando con cautela y adentrándose en el laberinto de cuevas. Una cámara desembocaba en la siguiente a medida que penetraban más profundamente en la tierra. De las gruesas paredes de hielo, combadas por la presión de aquel tremendo peso, brotaba un fragor sordo y agorero. Debían estar atentos ante los enormes trozos de hielo que salían disparados de las paredes, un fenómeno natural que Xavier utilizaba contra los intrusos.

—Xavier prefiere las trampas en el suelo —advirtió Razvan—. Tened cuidado, porque avanzamos sobre terreno minado. Una vez que encontremos la primera, es posible que pueda guiaros para seguir adelante. También tiene ciertos patrones predilectos.

En algún lugar se oía el ruido del agua que caía con estrépito, lo cual venía a sumarse al ruido de los crujidos y movimientos del hielo. Al cabo de un rato, aquel ruido había eclipsado a todos los demás, de manera que Ivory tuvo que mantener el volumen bajo para prestar atención a otras cosas. Hacía tiempo que había aprendido a cazar con todos los sentidos, pero allí, en los territorios de Xavier, las reglas habían cambiado y ella no podía fiarse de sus intuiciones.

Giraron en otro recodo e Ivory casi pisó un suelo de roca y hielo. En el último segundo retiró el pie y lo escudriñó. Razvan se le acercó por detrás y Vikirnoff y Natalya miraron por encima de su hombro.

—Esto es un truco clásico de Xavier —dijo él—. Siempre tiene una puerta trasera para escapar, y suele ser algún tipo de trampa oculta. No nos enfrentamos a un hombre que luchará hasta la muerte. Él huye para después volver a luchar. Los cuadrados conforman su dibujo. En los últimos años, ha tenido problemas de memoria, así que siempre usa el mismo —aseveró, y miró el suelo—. Es muy probable que su ruta de escape se encuentre a siete cuadrados de la entrada y a la izquierda. Esta sala estará seguramente bien protegida, y el suelo es una trampa. Tendrá alguna mascota muy perversa. Y no piséis ni toquéis el agua que brota de las paredes.

El ruido de unos aplausos los sobresaltó. Arriba, en la pared del lado opuesto, apareció Xavier aplaudiendo. Parecía más pequeño de lo que Ivory recordaba de su juventud, y tenía el rostro ajado y envejecido. Sin embargo, se encontraba en un estado sorprendente a pesar de que tendría que haber muerto hacía siglos. Iba vestido con una larga túnica y tenía esa barba blanca que ayudaba a perpetuar su imagen de mago poderoso. A su lado sostenía un báculo de aspecto inofensivo, si bien su bola cristalina en un extremo brillaba con un color blanco lechoso, e Ivory alcanzó a ver la marca de color rojo oscuro en el centro. La sangre de un corazón, con la forma de un ojo, le devolvió la mirada y un escalofrío la recorrió de arriba abajo.

—Muy bien, niño. Has vuelto a casa y has traído unos cuantos invitados —saludó Xavier. Era una voz tronante, y las paredes se sacudieron.

Razvan dio un paso adelante y quedó tapando parcialmente a Ivory, a cierta distancia de sus brazos, pero manteniendo una posición desde la que pudiera parar el impacto del báculo. Lo había visto demasiadas veces como para no reconocer el peligro al que se enfrentaban.

El suelo se inclinó, amenazando con lanzarlos al interior de la sala. Sin embargo, Ivory, Razvan y Vikirnoff siguieron de pie. Natalya se encontraba en una leve inclinación y la sacudida repentina la hizo perder pie. Estiró la mano y rozó la pared con la palma de la mano.

El hielo se resquebrajó enseguida y, con el impulso de la caída, la mano y el brazo se le hundieron en una grieta del hielo. El hielo se cerró con fuerza en torno a ella, aplastando el hueso y apresándola. Entonces intentó convertirse en vapor, pero su brazo quedó atrapado. Se sacudió mientras Vikirnoff se giraba para ayudarla, tratando desesperadamente de cavar a su alrededor, mientras Natalya miraba de calentar el hielo que le rodeaba el brazo para que se derritiera.

Ivory no perdía de vista a Xavier, atenta a su próximo movimiento. Le aliviaba saber que Razvan también lo observaba. El mago había usado deliberadamente a Natalya para distraerlos. De las grietas en el hielo ya empezaban a salir arañas, de colmillos venenosos, y ahora se dirigían a toda prisa hacia Natalya.

Lara era amiga de las arañas del hielo, dijo Razvan. *Haz que se vuelvan contra Xavier.*

Sin quitarle los ojos de encima al mago, Ivory alzó una mano y dibujó una figura en el aire.

Arañas, arañas del cristalino hielo
No somos los enemigos que buscáis.
No pretendemos hacer el mal,
Mirad en nuestros corazones y veréis la pureza,
Recordando a Lara, una amiga que todos amamos.

Las arañas se detuvieron enseguida, se giraron bruscamente y se alejaron de Natalya para volver a sus grietas.

Arañas pequeñas, de hielo cristalino
Ahora os llamo para tejer y unir vuestros hilos.
Enviad vuestras huestes a la lucha
A buscar el mal, a borrarlo para la eternidad.

Las arañas dejaron caer unas redes de seda del techo y envolvieron a Xavier mientras miles más salían de las grietas y se lanzaban hacia él para atraparlo. Pero las redes se quedaron vacías, pues Xavier apareció en el saliente más próximo y oyeron su risotada. Apareció un segundo y un tercer Xavier. Todos reían y todos eran idénticos, con sus báculos. Los tres magos alzaron sus brazos y sopló un viento que barrió la sala. Las arañas volvieron apresuradamente a sus grietas en el hielo para salvarse.

Ivory siguió mirándolo, imperturbable, cuando el viento se desató en la caverna, soplando hacia ellos, arrastrando unos proyectiles de hielo, lanzas pequeñas y grandes con puntas letales. *Cuidado con los vampiros*, advirtió a Razvan, y en ningún momento quitó los ojos de encima al mago. Alzó la mano con un gesto de contraataque.

Aquello que es hielo, ahora os ordeno,
forjad un escudo que proteja y aguante,
Poneros por delante, protegednos a todos
Desviad las lanzas que el mal conjura.

Los misiles de hielo se quebraron y cayeron a los pies de Ivory sin hacer daño a nadie. Ella ni se inmutó, y tampoco miró atrás para ver si Vikirnoff conseguía liberar a Natalya.

—Veo que has prestado atención a mis lecciones —dijeron los tres magos, con una reverencia burlona.

De pronto, a sus espaldas, rugieron los lobos y asomaron sus cabezas. Vikirnoff se dio cuenta de la advertencia y se giró a tiempo para ver venir a Sergey, que se precipitaba hacia ellos desde arriba. Su rostro era una máscara retorcida de odio. Iba ataviado como un guerrero, con un chaleco blindado, delgado y fabricado de un tejido muy apretado que él nunca había visto.

Natalya dejó de sacudirse para liberar el brazo, aguantó el horrible dolor y, con la mano libre, cogió la espada que Vikirnoff le lanzó.

—¡Vikirnoff! —exclamó—. ¡Ten cuidado! Las paredes avanzan. —Cada cierto rato, tenía que dar un paso atrás cuando el hielo se extendía a su alrededor, y la pared empujaba contra su pie, como si quisiera atraparla entera—. Veo dos pequeñas sombras, en realidad son fragmentos. Ten cuidado con ellos. Todo lo que pisan se marchita.

Son los fragmentos de los que me libró Gregori, avisó Razvan. *Intentan volver a Xavier. Tenemos que destruirlos a ellos también.*

Deja que Vikirnoff y Natalya se ocupen de ellos, contestó Ivory a Razvan. *Esperemos que puedan mantener a raya a Sergey. Ahora empuña su cayado. El verdadero Xavier es el que está a la derecha. Ten cuidado cuando apunte con el cayado, ése será su blanco.*

¿Cómo lo sabes?

El viento. Pasó a su lado sin tocarle la barba. Tiene una especie de barrera de protección a su alrededor. Observa cómo sigue su curso.

Razvan no dudó de su observación. Ivory había estudiado minuciosamente los procedimientos de Xavier, y ése era precisamente el tipo de truco que utilizaba.

Xavier cogió su báculo y apuntó con él, no contra ellos sino contra la pared del otro extremo. Los otros dos magos lo hicieron hacia Ivory y Razvan. Ninguno de los dos se movió, ni cedieron terreno cuando la pared más cercana explotó con una descarga atronadora. Llovieron trozos de hielo y rocas y, al caer al suelo, los restos activaron numerosas trampas. La batalla a sus espaldas era ensordecedora. Natalya seguía luchando para liberarse y participar en el combate, mientras Vikirnoff impedía que el vampiro se le acercara. Los lobos rugían, enfurecidos, deseando liberarse, pero Ivory lo evitó con una orden que los obligó a esperar, como a ella.

Un ruido distinto barrió la caverna. Era un rugido rabioso. A sus espaldas, el cazador y el vampiro quedaron quietos, e Ivory sintió un escalofrío en la espalda. Le escoció la piel, como si miles de agujas la pincharan, cuando el pelaje de los lobos se erizó.

No puedo quitarle los ojos de encima a Xavier, Razvan. Creo que tendrás que ocuparte tú de esto.

Ya está hecho.

La calma que percibió en él le dio seguridad. Los atacaban desde todos los flancos. Sergey luchaba ferozmente contra Vikirnoff, mientras las paredes seguían estrechándose centímetro a centímetro. Xavier todavía sostenía el báculo y, en ese momento, algo grande empezó a salir de debajo de los escombros.

Primero asomó la cabeza de un felino, de cráneo grande y dientes gruesos y curvos. Se posó a centímetros por encima de un trozo de hielo, sin que las garras tocaran el suelo, lo cual sugería que Xavier guiaba sus movimientos e impedía que pisara las trampas bajo la superficie. Aquella bestia era unos treinta centímetros más pequeño que un león, pero al menos dos veces más pesada, todo un atado de músculos y colmillos de aspecto letal.

Razvan, sácame de aquí. Sé qué hay que hacer, lo avisó Natalya, de repente. *Date prisa.*

Razvan se giró y vio la sólida pared que mantenía presa a Natalya. Xavier había utilizado las mismas técnicas para mantener a sus tías enjauladas. Él no era demasiado ducho con los hechizos, pero Natalya sí. Le ayudó con su fuerza prodigiosa y, sin vacilar, Natalya alzó su mano libre, con la palma hacia el cielo, y cantó:

Invoco a la madre del aire, la tierra, el fuego y el agua,
Ven a mí ahora, satisface mi deseo.
Libera aquello que el hielo apresa,
Te nombro fuego, dadnos tu aliento.

El agua fluyó de la pared en torno a su brazo y Natalya tiró de él hasta liberarse. Le lanzó la espada a su hermano, dio un salto en el aire, y el pelo se le tiñó de franjas de colores. Del cambio surgió una bella y majestuosa tigresa, cuyo olor impregnó la sala. Cayó con fuerza, con la pata delantera a todas luces herida, que mantuvo en el aire sin tocar el bloque de hielo. El macho rugió y ella contestó.

Sergey se abalanzó contra Vikirnoff cuando éste se giró levemente para mirar a su compañera eterna. Le arrebató la espada y le dio con el puño en el pecho, deseando llegar al corazón, mientras sonreía socarronamente. *Blaez* y *Rikki* le hincaron las patas en la espalda a Razvan y se materializaron para lanzar un ataque contra Sergey, alejándolo de Vikirnoff mientras éste atendía la enorme herida que tenía abierta en el pecho.

El vampiro no dispuso de mucho tiempo para lamerse el puño y saborear la sangre y el poder de los carpatianos. Razvan lo bañó con el agua bendita de un frasco, y aulló cuando ésta le quemó la piel y se la perforó hasta llegar al hueso, dejándole graves heridas en todo el cuerpo. Empezó a despedir un humo fétido, mientras Razvan disparaba una sucesión de flechas que se hundieron profundamente en su pecho.

El chaleco se agitó como si estuviera vivo, el tejido se abrió como si se rasgara y luego se recompuso rápidamente. Razvan se lanzó hacia él. Sergey intentó cambiar de forma, pero el baño de las puntas se lo impidió. Entonces le golpeó y traspasó el chaleco. En cuanto su puño entró en contacto con el tejido, las hebras cobraron vida y se envolvieron en torno a su puño, subieron por el brazo y el hombro hacia su cara. Unos gusanos parásitos diminutos de dientes afilados lo mordieron y se hincaron en sus carnes. Él retrocedió e intentó quitarse de encima aquellas criaturas, y Sergey aprovechó el momento para atacarlo. Pero entonces intervinieron los lobos, que chocaron con todo su peso contra el vampiro y lo derribaron para cogerlo por el cuello.

Ivory no se movió ni miró a sus espaldas. Sólo tenía un objetivo en mente, y lo tenía frente a ella. Permaneció imperturbable, a pesar de los tigres que rugían por detrás y del fragor del combate que se desarrollaba a sólo unos metros. Tenía la mirada fija en Xavier, el hombre con el báculo en alto y una expresión de odio profundo que dirigía a Razvan. Xavier quería que su compañero eterno sufriera por aquello que él consideraba una traición y por la sangre del cazador de dragones que durante siglos se le había resistido. Quería castigarlo por haber escapado y por haber recuperado su fuerza y sus poderes de antaño. Razvan simbolizaba todo lo que él odiaba. Y ella era su compañera eterna.

Como a cámara lenta, Ivory lo vio bajar el báculo. El tiempo se detuvo, y la punta del cayado empezó a brillar cuando lo apuntó hacia Razvan. Entonces se percató de que el ojo rojo en el centro del cristal estaba fijo en ella, no en su compañero eterno, y sintió que el poder crecía, en todo lo que era y había sido. ¿Acaso sería suficiente?

Razvan vació todo lo que él era en ella y dejó que la jauría de lobos se ocupara de Sergey mientras él se unía a su compañera, esperando que Vikirnoff les cubriera las espaldas junto con los lobos. Y esperando que Natalya se deshiciera del tigre.

El cayado brilló con un fulgor de color rojo fuego. Ivory alzó las manos con las palmas hacia el hechicero. Un destello potente le hirió los ojos cuando los cristales despidieron una descarga de energía directamente contra ella. Razvan se situó a su lado y levantó las manos a la misma altura.

Invoco las puertas del infierno, cantó Ivory.

Que él rayo golpee, pidió Razvan.

Invoco al poder de la luz, cantó Ivory.

Cobra forma a partir de la oscuridad, invocó Razvan.

Que los ángeles aparezcan, pidió Ivory.

Con los brazos abiertos, vaciando al mal de su fuerza, cantó Razvan.

Tomad la sangre del corazón. La voz de Ivory se amplificó.

Convertidla en sangre pura, dijo Razvan, totalmente sintonizado con ella.

Y luego, juntos, los dos cantaron: *Déjadla anidar sólo en el corazón de los buenos.*

Xavier ya estaba debilitado, y carecía de la sangre carpatiana que le daba fuerzas, y afectado por el hechizo anterior de Ivory, y no pudo soportar la combinación de los dos juntos. La sangre oscura en el centro del cristal explotó hacia fuera y Xavier se llevó una mano agarrotada al corazón. La sangre empezó a manar de su pecho. Gruñendo, acorralado y aterrorizado al pensar que estaba perdiendo su última oportunidad para gozar de la inmortalidad, el hechicero usó su última y más secreta arma. Soltó el cayado, se cogió el pecho, intentando restañar el flujo de aquel líquido oscuro y burbujeante, y descargó toda su ira contra los carpatianos.

Asomó el sol sobre sus cabezas. Un sol brillante e incandescente, una masa volcánica turbulenta e hirviente. Los vientos se desataron y recorrieron las cavernas de hielo cuando el calor les dio por los cuatro costados y derritió los hielos a una velocidad jamás vista. El agua bullente los bañó. El ambiente se llenó de vapor, pero a medida que la bola de fuego giraba, lanzaba hilos de fuego. Una luz enceguecedora iluminó toda la nave.

La piel echaba humo, consumida y derretida por el fuego. Sergey gritó e intentó volver a mutar, y esta vez las puntas de flecha se desprendieron de su cuerpo cuando su sangre ácida corroyó el baño. Los dos fragmentos se introdujeron en sus poros justo cuando cambiaba de forma.

¡A mi espalda!, ordenó Ivory a la jauría, y estiró los brazos.

Los lobos dieron un salto para ponerse a salvo cuando el nivel del agua subió e inundó la nave, quemando todo a su paso, incluyendo al tigre de dientes de sable. Los carpatianos se convirtieron en vapor, sú única esperanza para escapar, tal como había hecho Sergey, pero, incluso bajo esa forma, el sol quemaba las moléculas que los constituían.

Ivory flotó hasta Xavier, que se arrastraba a lo largo del saliente, dejando a su paso un reguero de sangre. La sangre burbujeaba y quemaba en la roca que se derretía a ojos vista. Abrió una grieta de la que brotaba agua, lo bastante ancha para dejarlo pasar. Pero ella ya lo había cogido en cuanto sus manos se materializaron. Las quemaduras le llegaban hasta los huesos y su piel se disolvía en una masa de ampollas que enseguida se derretían bajo el calor. Aún así, a pesar de no ser más que huesos, Ivory lo cogió para impedir que escapara.

El puño de Razvan salió del vapor, después de haber sufrido la misma suerte de Ivory. La piel ya se le quemaba cuando lo hundió en el pecho de Xavier y extrajo el corazón maltrecho. Lo lanzó al fuego implacable y luego hizo lo mismo con Xavier.

Los cuatro carpatianos volaron para salir de la caverna, que amenazaba con colapsarse sin más, siguiendo la ruta de escape de Xavier. La masa de fuego y luz permaneció a sus espaldas cuando se lanzaron por un tubo hacia la fresca oscuridad de las cavernas. La montaña rugió, agorera, mientras avanzaban por los túneles que conducían a los cerros de los alrededores.

Todos rodaron por la nieve, intentando aliviar el horrible dolor de las quemaduras.

Tenemos que bajar a las entrañas de la tierra ahora mismo —dijo Vikirnoff, castañeteando, todo él sometido al efecto del shock. *Gregori, te necesitamos. ¡Curanderos, a nosotros!*

—Aquí, no. Jamás tan cerca de esta fuente del mal —aconsejó Ivory—. Encuentra un lugar limpio y que la Madre Tierra te acoja.

—Gregori y Francesca vienen hacia aquí. Se encontrarán con nosotros —dijo Vikirnoff.

Temblando de dolor, Ivory y Razvan alzaron el vuelo juntos, y dejaron a Vikirnoff y Natalya para que, al cabo de un rato, hicieran lo mismo.

Capítulo *21*

Razvan le cogió la mano a Ivory al acercarse a la caverna ceremonial. El mensaje de Gregori había llegado justo antes del amanecer, con su invitación a la ceremonia del nombre, y los dos se pusieron nerviosos antes de sucumbir al sueño rejuvenecedor. Habían pasado tanto tiempo en la tierra recuperándose de las heridas, que los dos creían que la ceremonia ya se había celebrado. Sin embargo, Gregori les había hecho el honor de esperar, lo cual significaba que no les quedaba otra alternativa que asistir.

—Esta vez no te registrarán —bromeó Ivory—. Al menos eso creo.

—Si esta vez lo intentan, es posible que el dragón que hay en mí despierte en medio de una gran llamarada —dijo él, y le apretó la mano.

Ivory lo miró. En lugar de su serenidad habitual, Razvan parecía tenso. Sabía que no tenía nada que ver con la desconfianza de los carpatianos ancianos, y todo con encontrarse con su hija y su hermana.

Se detuvo, lo abrazó y le cogió la cara en el cuenco de la mano.

—Eres un *hän ku pesä,* un protector. Eres un *hän ku meke pirämet,* un defensor —dijo, con voz suave y con mirada amante—. Sobre todo, eres un *hän ku kuulua sívamet,* guardián de mi corazón.

Él le cogió la cara entre las manos y se inclinó para besarla. No podía hablar. No podía articular palabra cuando el amor lo sacudía de esa manera y le hacía temblar las manos, o cuando tenía ese nudo en la garganta, tan grande que creía que se ahogaría. La única manera de decírselo todo era con un beso. Cuando levantó la cabeza, los ojos de Ivory eran del color del oro antiguo.

—Gracias. Necesitaba oírte decir que me amabas.

Ella abrió la boca para protestar. No había llegado a decir eso, pero él volvió a besarla y a robarle los sentidos una vez más, dejándola tan atontada que a duras penas recordaba su nombre, además de las cosas que le había dicho.

—¡Razvan! —Era Natalya que venía hacia ellos—. ¡Has venido!

Apenas habían tenido tiempo para separarse cuando Natalya ya se lanzaba a los brazos de su hermano y lo estrechaba con tanta fuerza que habrían estado a punto de caer si Ivory no los hubiera sujetado.

—Desde luego que hemos venido. Gregori dijo que era la ceremonia del nombre. Yo nunca he asistido a una. —Razvan dejó suavemente a su hermana en el suelo y la miró para examinar sus heridas. El tiempo que había pasado rejuveneciendo en las entrañas de la tierra le había hecho bien. Ahora sólo le quedaban unas pocas secuelas del encuentro con Xavier y Sergey.

—Tienes que venir a ver a Lara. Gregori la ha dejado levantarse para la ceremonia. Está frágil y débil, pero, según ha dicho, aunque no sabe del todo qué ha hecho Ivory, todavía podrá tener hijos —anunció Natalya, con una mirada de entusiasmo.

—La Madre Tierra la ha salvado, no yo —protestó ésta.

Natalya ignoró aquella protesta, así como sus problemas personales. Cogió a Ivory por el brazo y tiró de ella hacia la caverna ceremonial—. Date prisa. Todos te esperan allá dentro.

—Dales un momento para que recuperen el aliento, Natalya —sugirió Vikirnoff, con una ligera sonrisa, y la abrazó por el hombro. Todavía le quedaban unas cuantas marcas de quemaduras por haberle servido de escudo a Natalya.

—No quiero molestar a Lara, sobre todo si está tan frágil —dijo Razvan, que se había detenido bruscamente.

Ivory se dio media vuelta para encararlo, y hasta se llevó la mano a la empuñadura de su cuchillo. *No tenemos que pasar por esto.* No permitiría que nadie, ya fuera hermana, hija, los antiguos, *nadie*, lo hiciera sentirse mal acogido o lo trataran por debajo de lo que ella creía que se merecía, a saber, un héroe.

Por sorprendente que pareciera, Razvan rió despreocupadamente. Se acercó y la abrazó.

—Eres un verdadero tesoro, *fél ku kuuluaak sívam belsó*, amada mía. *Mi* tesoro más querido. Creo que serías capaz de situarte entre yo y...

—Cualquier cosa. O cualquiera. —A Ivory se le oscureció el color ámbar de los ojos, y recuperó su tinte oro antiguo que a él le aceleraba el corazón.

La besó ligeramente en la cabeza.

—Vamos a la ceremonia del nombre, por Gregori. Él nos ha ayudado mucho y, si esto le complace, es un pequeño gesto para nosotros.

Natalya frunció el ceño.

—Lara quiere verte, Razvan. Y Nicolas se muere por conocer a su pequeña hermana, Ivory. Apenas puede creer lo que habéis hecho, lo que los dos habéis hecho. Qué alivio saber que Xavier ha dejado este mundo.

—No del todo —advirtió Ivory—. Nadie debe olvidar jamás que aquellos dos fragmentos encontraron un anfitrión en un maestro vampiro. Estaba muy malherido, pero volverá a levantarse y, con la sombra de Xavier habitando dentro de él, será más maligno que nunca.

—Hemos avisado a la gente —dijo Vikirnoff—. Hemos enviado una partida de cazadores, pero no han encontrado ni rastro de Sergey —dijo, y miró a Ivory—. Lamento lo de tu hermano. Es verdad que antaño fue un gran guerrero.

Ivory se obligó a sonreír y agradeció la comprensión de Razvan. Él no la tocó, un gesto que quizá la habría perdido, pero la envolvió con su calidez.

—Mi hermano murió hace mucho tiempo. Lo que queda en su

lugar no es más que maldad y no guarda ningún parecido con el hermano que una vez amé, pero agradezco tus palabras.

El pequeño Travis se acercó a ellos corriendo. Sus ojos habían recuperado su brillo habitual y llevaba el pelo largo atado con una cinta de cuero.

—Gregori ha dicho que hay que empezar.

Todos rieron y lo siguieron hasta el interior de la caverna. Pero no fueron más allá. Una joven adolescente en quien Ivory reconoció a Skyler, esperaba en el interior, junto al umbral. Estaba cuadrada de hombros y con la mirada huidiza. Francesca, la curandera y madre adoptiva de la joven, se encontraba junto a ella, tocándose hombro con hombro y con una mano apoyada en la espalda de Skyler.

A Ivory le dio un vuelco el corazón. Era innegable que aquella chica era hija de Razvan. Era una joven bella, pero en sus ojos, muy parecidos a los de él, se adivinaba que sabía demasiadas cosas. Aquella chica había estado en el infierno y vuelto, y aquello le rompería el corazón a su compañero. Ivory quería estrecharlo en sus brazos y salir de allí, llevarlo lejos donde ya nadie más pudiera hacerle daño.

—Te presento a mi hija, Skyler —dijo Francesca. Lo dijo con una sonrisa, pero su expresión era tensa—. Quizá recuerdes que nos ayudó en la lucha contra el mal de Xavier.

—Sí, desde luego —dijo Ivory—. Eres asombrosa, Skyler, y todo el mundo te admira, y por muy buenos motivos. Yo soy Ivory, y éste es mi compañero eterno, Razvan.

Sintió el impacto cuando Razvan alzó la cabeza. Fue como un golpe en el bajo vientre, duro y en profundidad. Durante la ceremonia de curación, él sólo se había preocupado de proteger a Ivory del mal de Xavier, a la vez que procuraba mantener calmada a la multitud. Ahora no había cómo equivocarse a propósito del origen de aquella chica. Ni con el trauma que había sufrido. Razvan tragó con dificultad, pero su expresión no cambió. Sólo Ivory sintió el terrible golpe.

—Entonces, soy una cazadora de dragones —dijo Skyler, alzando el mentón—. Por eso puedo sentir la tierra, como Syndil, que aunque no pertenezca al linaje de los cazadores de dragones, tiene el don de entenderse con la tierra, como lo hacen ellos. Soy en parte carpatiana aunque, por algún motivo, a diferencia de otros que también son mitad carpatianos, no he necesitado sangre.

Razvan aspiró profundo y soltó el aire. Ivory le cogió la mano y no se la soltó. No sabía cual de los dos necesitaba más apoyo.

—Eres mi hija. —Lo dijo como una afirmación, aunque no recordara nada de su madre. Debió de haber haber estado sepultado en las profundidades, anestesiado por Xavier mientras se apareaba con la mujer. A Skyler no la habían raptado y luego llevado a Xavier porque su sangre no le había apetecido al mago. Su abolengo de cazadora de dragones había quedado oculto en ella, probablemente intuyendo que estaba ante un enemigo mortal. Pero sus ojos la delataron. Si Xavier la hubiera mirado más de cerca, si no hubiera codiciado tanto la sangre «correcta», no habría dejado que Skyler y su madre escaparan tan fácilmente.

¿Qué le ocurrió a la madre?, preguntó a su hermana. Cuando la vio vacilar, le comunicó una orden en tono cortante. *Dímelo.*

Ivory le puso una mano en el hombro. Era la primera vez que lo veía verdaderamente sacudido. Sintió que se tensaba bajo su mano, pero no se apartó.

Natalya se mordió el labio y cedió. *Su madre escapó cuando ella era sólo una niña. Durante años, Skyler creyó que el hombre con que se había casado su madre era su padre. Era un hombre muy malo y la vendió a otros hombres. Francesca la rescató.*

Razvan cerró los ojos un momento. Sólo lo mantuvo en pie el apoyo de Ivory. Sus hijas parecían destinadas a vivir en el dolor y el sufrimiento, aunque Xavier no las hubiera tocado. Abrió los ojos para mirar a Francesca.

—Te lo agradezco.

No tenía ni idea de lo que debía decir a aquella joven. Su hija. Una chica de la que no sabía nada, que había vivido en el infierno y que conocía demasiado bien a los seres monstruosos que habitaban en el mundo.

—No sé qué puedo decirte, Skyler, aparte de que lamento no haber estado en tu vida para protegerte de todos los horrores del mundo. Si hubiera podido, lo habría hecho.

Ella se encogió de hombros con un gesto demasiado maduro para su edad.

—Eso habría sido un poco difícil, ya que ni sabías que existía —dijo ella.

—Ahora sí lo sé —dijo Razvan—, y espero que estés dispuesta a conocerme. Nunca ocuparé el lugar de tus padres, pero sí desearía ser parte de tu vida, si tú me lo permites. Cualquier padre estaría orgulloso de ti. Mantuviste el mal a raya, y he oído que trabajas con Syndil para curar la tierra. Eso por sí solo es un milagro.

Al parecer, Skyler ya no estaba tan tensa.

—Me alegro de que nos hayamos conocido —dijo, pero no le soltó la mano a Francesca aunque, al parecer, no se dio cuenta cuando se acercó a su padre para tocarle las cicatrices que tenía en el brazo—. Has destruido a Xavier; Gregori nos lo ha contado.

—Sin los demás, Skyler, no habría podido hacerlo. Trabajamos todos juntos.

—Te esperan en el interior —dijo Francesca—. Quería volver a examinarte, a ti y a Ivory. Tenía la esperanza de que te quedaras y nos permitieras sanarte después de la sesión inicial.

Razvan e Ivory cruzaron una larga mirada. Se había sembrado tanto dolor. Los carpatianos se habían reunido para ayudar a acelerar su curación, pero ninguno de los dos podía estar muy cerca del otro. Necesitaban su propio terreno sagrado y se habían retirado juntos a la caverna donde la Madre Tierra los envolvió con su tierra más fértil. Los dos todavía tenían cicatrices pero, al igual que Vikirnoff y Natalya, éstas empezaban a desaparecer.

—Gracias, Francesca —dijo Razvan, con una ligera inclinación formal—. Los dos agradecemos tu ayuda. Es probable que nos hayas salvado la vida.

—Lo dudo —dijo ella. Luego los condujo a través de la caverna hasta la cámara ceremonial donde todos esperaban.

Un murmullo recorrió la multitud cuando entraron. Ivory se acercó a Razvan y olió la salvia y la lavanda. Las velas adornaban hasta él último intersticio, el último saliente rocoso, y las luces bailaban y proyectaban sombras en la pared. Por encima de sus cabezas, unos cristales adornaban el techo y las luces hacían brillar las piedras preciosas y luego apagarse, como un manto de estrellas. Ivory entrelazó su brazo con el de Razvan, asombrada al ver a tantas personas que, distribuidas en un círculo por toda la sala, los observaban.

Mikhail se apartó del centro de la sala para acercarse a ellos. Saludó a Razvan a la manera formal de los cazadores fogueados y respetados, cogiéndole los antebrazos.

—*Pesäsz jeläbam ainaak*, que permanezcas mucho tiempo bajo la luz. Te agradezco el enorme servicio que le has prestado a los nuestros.

Razvan no se movió ni habló. Miró por encima del hombro de Mikhail, incluso cuando éste saludó a Ivory con la misma formalidad.

—*Sívad olen wäkeva hän ku piwtä*. Que tu corazón siga siendo fuerte, cazadora —dijo Mikhail, a manera de saludo—. Vuestro pueblo os agradece el gran sacrificio que habéis hecho. —Dio un paso atrás y se inclinó con una reverencia larga y lenta, lo cual era muestra de un gran respeto.

Para sorpresa de Ivory, toda la sala lo imitó. Se sintió embargada por la emoción y se le hizo un duro nudo en la garganta, al tiempo que miraba a Razvan. Él no se había movido ni cambiado de expresión, como si estuviera petrificado, con el rostro tallado en piedra. No había visto el generoso tributo. No había dejado de mirar hacia el otro lado de la sala. Ella giró la cabeza para seguir la dirección de su mirada.

No había posibilidad de equivocarse mirando a la mujer sentada al lado de Nicolas De La Cruz. *Lara*. Ivory no podía centrarse en su querido Nicolas mientras veía romperse el corazón de Razvan en mil pedazos. Se había derrumbado interiormente, aunque por fuera parecía estar por encima de la ceremonia y lejos de todo lo que lo rodeaba. Sin embargo, por dentro, sencillamente se había disuelto. Su paz interior había desaparecido, quedado destruida. No podía respirar. El corazón se le había acelerado tanto que Ivory pensó que podría explotar.

Todos los recuerdos, todos los pavorosos detalles de la vida de aquella chica poblaban su cabeza. El olor de su sangre. La sensación de los dientes que le desgarraban la carne, incapaz de parar, incapaz de hacer otra cosa que prevenirla o intentar que huyera. Sin embargo, no había a dónde escapar, ni había ningún lugar donde pudiera ir, y él se veía impotente ante su necesidad de ayuda. Una terrible desesperación y el peso de una culpa portentosa lo hicieron caer de rodillas. Unas diminutas gotas rojas le bañaron la cara. Las manos le temblaron cuando intentó levantarse.

Razvan quedó arrodillado junto a ella y, por primera vez, Ivory sintió pánico. Sencillamente, no estaba preparado para aquello. Ella no tendría que haberle permitido acudir a aquel lugar. Se arrodilló junto a él y lo abrazó, a pesar de que él no quería su consuelo. Sentía que no se lo merecía. Había sido incapaz de proteger a aquella niña, no sólo de Xavier sino de sí mismo, del monstruo en que el mago lo había obligado a convertirse. Para Razvan, haber sido poseído no era un eximente. Aquella niña, su bienamada Lara, había nacido de él pero, al igual que Skyler, había crecido rodeada de monstruos.

Él la conocía y la amaba. Aún cuando no había sentido la emoción, ésta seguía viva, lejos, en el recuerdo, como lo estaba su sentimiento de pertenencia a una familia, a la sangre de los cazadores de dragones, que latía en él y en ella.

—¿Padre? —Era la voz de una niña.

Razvan alzó la mirada y ahí estaba, frente a él, con la cara bañada en lágrimas. Lara lo abrazó y lo estrechó junto a Ivory.

—Estoy bien. De verdad. Estoy bien. Nicolas me ha cuidado muy bien, y ahora que estás aquí junto a nosotros y que sé que de verdad intentaste sacarme de aquel infierno, todo se ha arreglado.

—No te merezco.

—Tampoco me merece Nicolas —dijo ella—, pero lo amo de todas maneras. —La sonrisa se desvaneció y su semblante se volvió serio—. Me siento orgullosa de ser tu hija.

Nicolas ayudó a levantarse a Razvan.

—Y yo, tu hijo. —Sonrió con un dejo de picardía, y su gesto

asombró a Ivory, cuando Nicolas se inclinó para besarla en la mejilla—. Hola, Madre —dijo.

Ivory lo miró con una mueca de falsa represión, pero la calma que había recuperado Razvan bien valía aquella broma tan poco familiar.

Razvan se dio cuenta de que algo en su corazón sonreía.

—Lleva a mi hija y sentaos donde podáis descansar —ordenó—, para que puedan empezar la ceremonia.

Ivory volvió a trabar contacto mental con él. El terrible dolor había pasado, pero ella sabía que aún lo sentía. Lo abrazó con fuerza y permaneció junto a él mientras el príncipe se dirigía al centro de la sala y acallaba nuevamente los murmullos.

Gregori y Savannah llevaron a sus hijas al centro de la sala. La multitud dio un grito de alegría, y las paredes se expandieron, como si no pudieran dar cabida a tanta felicidad. Razvan cogió a Ivory por la cintura y la estrechó.

—Todos jurarán que amarán y protegerán a esas criaturas —dijo Ivory, recordando la ceremonia de su infancia—. Se supone que todos debemos educar, amar y convertirnos en su familia, de manera que si algo les ocurriera a su padres, no se sentirán solas en el mundo. —Le estampó un beso en la sien—. Son más que hijos para ti.

Él la miró como prometiéndole una respuesta ante sus palabras burlonas.

—Tendremos que tener al menos diez más.

Ivory aguantó la respiración y lo miró con mala cara. Ella no sabía nada de bebés, y prefería las espadas.

Razvan soltó una especie de bufido y hasta los lobos se agitaron, como si rieran.

Gregori le entregó su hija al príncipe. El bebé le pareció imposiblemente pequeño a Ivory, pero tenía todos sus dedos de los pies y las manos y una cabeza cubierta de un espeso pelo negro y oscuro. Y estaba viva. La recién nacida giró la cabeza y sus ojos encontraron a Ivory. Había en ellos una conciencia, lo cual la emocionó todavía más.

—¿Quién pondrá nombre a esta niña? —preguntó Mikhail.

—Su padre —contestó Gregori.

—Su madre —dijo Savannah.

—Su pueblo —respondió la multitud, como en un cántico.

—Te nombro Anastasia Daratrazanoff —dijo Mikhail—. Nacida en la batalla, coronada por el amor. ¿Quién aceptará la ofrenda del pueblo carpatiano de criar y educar a nuestra hija?

—Sus padres, con gratitud —respondieron formalmente, Savannah y Gregori.

Le entregaron el segundo bebé a Mikhail con gran cuidado. Era visiblemente más pequeña y un poco más frágil, pero con la misma cabeza y el pelo oscuro. Ella también miró a Ivory cuando Mikhail la alzó en sus brazos para que la vieran los carpatianos. Un murmullo de emoción recorrió la sala al ver a la pequeña, una emoción casi eléctrica que arrancó unas lágrimas a Ivory, que le sonrió y quedó aún más asombrada cuando ésta le devolvió la sonrisa.

—¿Quién pondrá nombre a esta niña? —preguntó Mikhail.

—Su padre —contestó Gregori. Lo dijo con la voz ahogada, como si la emoción y el nudo en la garganta apenas lo dejaran pronunciar aquellas dos palabras.

—Su madre —dijo Savannah, acunando a la pequeña Anastasia con gesto protector.

—Su pueblo —coreó la multitud, hasta el último hombre y la última mujer.

—Te nombro Anya Daratrazanoff —anunció Mikhail—. Nacida en la batalla, coronada por el amor. ¿Quién aceptará la ofrenda del pueblo carpatiano de criar y educar a nuestra hija?

—Sus padres, con gratitud —respondieron Savannah y Gregori, aceptando juntos aquella gloria y aquel honor.

La multitud empezó a cantar y la alegría inundó la cámara ceremonial. También se escucharon risas. Ivory vio a Travis, que abrazaba a Falcon, que parecía feliz y despreocupado. Ivory se dio cuenta de que sonreía como todos los demás.

—Supongo que ha llegado el momento de jurarle lealtad al príncipe —murmuró.

—Supongo que sí —convino Razvan—, pero no ahora. Ahora quiero llevarte a casa y empezar a trabajar en esos diez niños que vamos a tener.

Ivory rió y le cogió la mano. Dudaba de que eso de los diez hijos fuera a convertirse en realidad pero, desde luego, tampoco pondría objeciones a que lo intentaran.

Apéndice 1

Cánticos carpatianos de sanación

Para comprender correctamente los cánticos carpatianos de sanación, se requiere conocer varias áreas.

- Las ideas carpatianas sobre sanación
- El «Cántico curativo menor» de los carpatianos
- El «Gran cántico de sanación» de los carpatianos
- Y la técnica carpatiana de canto

Ideas carpatianas sobre sanación

Los carpatianos son un pueblo nómada cuyos orígenes geográficos se encuentran al menos en lugares tan distantes como los Urales meridionales (cerca de las estepas de la moderna Kazajstán), en la frontera entre Europa y Asia. (Por este motivo, los lingüistas de hoy en día llaman a su lengua «protourálica», sin saber que ésta es la lengua de los carpatianos.) A diferencia de la mayoría de pueblos nómadas, las andanzas de los carpatianos no respondían a la necesidad de encontrar nuevas tierras de pastoreo para adaptarse a los cambios de las estaciones y del clima o para mejorar el comercio. En vez de ello, tras los movimientos de los carpatianos había un gran objetivo: encontrar un lugar con tierra adecuada, un terreno cuya riqueza sirviera para potenciar los poderes rejuvenecedores de la especie.

A lo largo de siglos, emigraron hacia el oeste (hace unos seis mil años) hasta que por fin encontraron la patria perfecta —su «susu»— en los Cárpatos, cuyo largo arco protegía las exuberantes praderas del reino de Hungría. (El reino de Hungría prosperó durante un milenio —convirtiendo el húngaro en lengua dominante en la cuenca cárpata—, hasta que las tierras del reino se escindieron en varios países tras la Primera Guerra Mundial: Austria, Checoslovaquia, Rumania, Yugoslavia y la moderna Hungría.)

Otros pueblos de los Urales meridionales (que compartían la lengua carpatiana, pero no eran carpatianos) emigraron en distintas direcciones. Algunos acabaron en Finlandia, hecho que explica que las lenguas húngara y finesa modernas sean descendientes contemporáneas del antiguo idioma carpatiano. Pese a que los carpatianos están vinculados a la patria carpatiana elegida, sus desplazamientos continúan, ya que recorren el mundo en busca de respuestas que les permitan alumbrar y criar a sus vástagos sin dificultades.

Dados sus orígenes geográficos, las ideas sobre sanación del pueblo carpatiano tienen mucho que ver con la tradición chamánica eruoasiática más amplia. Probablemente la representación moderna más próxima a esa tradición tenga su base en Tuva: lo que se conoce como «chamanismo tuvano». (Véase mapa al inicio del libro.)

La tradición chamánica euroasiática —de los Cárpatos a los chamanes siberianos— consideraba que el origen de la enfermedad se encuentra en el alma humana, y sólo más tarde comienza a manifestar diversas patologías físicas. Por consiguiente, la sanación chamánica, sin descuidar el cuerpo, se centraba en el alma y en su curación. Se entendía que las enfermedades más profundas estaban ocasionadas por «la marcha del alma», cuando alguna o todas las partes del alma de la persona enferma se ha alejado del cuerpo (a los infiernos) o ha sido capturada o poseída por un espíritu maligno, o ambas cosas.

Los carpatianos pertenecían a esta tradición chamánica euroasiática más amplia y compartían sus puntos de vista. Como los propios carpatianos no sucumbían a la enfermedad, los sanadores carpatianos comprendían que las lesiones más profundas iban acompañadas, además, de una «partida del alma» similar.

Una vez diagnosticada la «partida del alma», el sanador chamánico ha de realizar un viaje espiritual que se adentra en los infiernos, para recuperar el alma. Es posible que el chamán tenga que superar retos tremendos a lo largo del camino, como enfrentarse al demonio o al vampiro que ha poseído el alma de su amigo.

La «partida del alma» no significaba que una persona estuviera necesariamente inconsciente (aunque sin duda también podía darse el caso). Se entendía que, aunque una persona pareciera consciente, incluso hablara e interactuara con los demás, una parte de su alma podía encontrarse ausente. De cualquier modo, el sanador o chamán experimentado veía el problema al instante, con símbolos sutiles que a los demás podrían pasárseles por alto: pérdidas de atención esporádicas de la persona, un descenso de entusiasmo por la vida, depresión crónica, una disminución de luminosidad del «aura», y ese tipo de cosas.

Cántico curativo menor de los carpatianos

El *Kepä Sarna Pus* (El «Cántico curativo menor») se emplea para las heridas de naturaleza meramente física. El sanador carpatiano sale de su cuerpo y entra en el cuerpo del carpatiano herido para curar grandes heridas mortales desde el interior hacia fuera, empleando energía pura. El curandero proclama: «Ofrezco voluntariamente mi vida a cambio de tu vida», mientras dona sangre al carpatiano herido. Dado que los carpatianos provienen de la tierra y están vinculados a ella, la tierra de su patria es la más curativa. También emplean a menudo su saliva por sus virtudes rejuvenecedoras.

Asimismo es común que los cánticos carpatianos (tanto el menor como el gran cántico) vayan acompañados del empleo de hierbas curativas, aromas de velas carpatianas, y cristales. Los cristales (en combinación con la conexión empática y vidente de los carpatianos con el universo) se utilizan para captar energía positiva del entorno, que luego se aprovecha para acelerar la sanación. A veces se hace uso como de escenario para la curación.

El cántico curativo menor fue empleado por Vikirnoff von Shrieder y Colby Jansen para curar a Rafael De la Cruz, a quien un vampiro había arrancado el corazón en el libro titulado *Secreto Oscuro*.

Kepä Sarna Pus (El cántico curativo menor)

El mismo cántico se emplea para todas las heridas físicas. Habría que cambiar «sívadaba» [«dentro de tu corazón»] para referirse a la parte del cuerpo herida, fuera la que fuese.

Kuñasz, nélkül sivdobbanás, nélkül fesztelen löyly.
Yaces como si durmieras, sin latidos de tu corazón, sin aliento etéreo.
[Yacer-como-si-dormido-tú, sin corazón-latido, sin aliento etéreo.]

Ot élidamet andam szabadon élidadért.
Ofrezo voluntariamente mi vida a cambio de tu vida.
[Vida-mía dar-yo libremente vida-tuya-a cambio.]

O jelä sielam jŏrem ot ainamet és soŋe ot élidadet.
Mi espíritu de luz olvida mi cuerpo y entra en tu cuerpo.
[El sol-alma-mía olvidar el cuerpo-mío y entrar el cuerpo-tuyo.]

O jelä sielam pukta kinn minden szelemeket belső.
Mi espíritu de luz hace huir todos los espíritus oscuros de dentro hacia fuera.
[El sol-alma-mía hacer-huir afuera todos los fantasma-s dentro.]

Pajñak o susu hanyet és o nyelv nyálamet sívadaba.
Comprimo la tierra de nuestra patria y la saliva de mi lengua en tu corazón.
[Comprimir-yo la patria tierra y la lengua saliva-mía corazón-tuyo-dentro.]

Vii, o verim soŋe o verid andam.
Finalmente, te dono mi sangre como sangre tuya.
[Finalmente, la sangre-mía reemplazar la sangre-tuya dar-yo.]

Para oír este cántico, visitar el sitio:
http://www.christinefeehan.com/members/.

El gran cántico de sanación de los carpatianos

El más conocido —y más dramático— de los cánticos carpatianos de sanación era el *En Sarna Pus* («El gran cántico de sanación»). Esta salmodia se reservaba para la recuperación del alma del carpatiano herido o inconsciente.

La costumbre era que un grupo de hombres formara un círculo alrededor del carpatiano enfermo (para «rodearle de nuestras atenciones y compasión») e iniciara el cántico. El chamán, curandero o líder es el principal protagonista de esta ceremonia de sanación. Es él quien realiza el viaje espiritual al interior del averno, con la ayuda de su clan. El propósito es bailar, cantar, tocar percusión y salmodiar extasiados, visualizando en todo momento (mediante las palabras del cántico) el viaje en sí —cada paso, una y otra vez— hasta el punto en que el chamán, en trance, deja su cuerpo y realiza el viaje. (De hecho, la palabra «éxtasis» procede del latín *ex statis*, que significa literalmente «fuera del cuerpo».)

Una ventaja del sanador carpatiano sobre otros chamanes es su vínculo telepático con el hermano perdido. La mayoría de chamanes deben vagar en la oscuridad de los infiernos, a la búsqueda del hermano perdido, pero el curandero carpatiano «oye» directamente en su mente la voz de su hermano perdido llamándole, y de este modo puede concentrarse de pleno en su alma como si fuera la señal de un faro. Por este motivo, la sanación carpatiana tiende a dar un porcentaje de resultados más positivo que la mayoría de tradiciones de este tipo.

Resulta útil analizar un poco la geografía del «averno» para poder comprender mejor las palabras del Gran Cántico. Hay una referencia al «Gran Árbol» (en carpatiano: *En Puwe*). Muchas tradiciones antiguas, incluida la tradición carpatiana, entienden que los mundos —los mundos del Cielo, nuestro mundo y los avernos— cuelgan de un gran mástil o eje, un árbol. Aquí en la Tierra, nos situamos a media altura de este árbol, sobre una de sus ramas, de ahí que muchos textos antiguos se refieran a menudo al mundo material como la «tierra media»: a medio camino entre el cielo y el infierno. Trepar por el árbol llevaría a los cielos. Descender por el árbol, a sus raíces, llevaría a los infiernos. Era necesario que el chamán fuera un maestro en el movimiento ascendente y descendente por el Gran Árbol; debía moverse a veces sin ayuda, y en ocasiones asistido por la guía del espíritu de un animal (incluso montado a lomos de él). En varias tradiciones, este Gran Árbol se conocía como el *axis mundi* (el «eje de los mundos»), Ygddrasil (en la mitología escandinava), monte Meru (la montaña sagrada de la tradición tibetana), etc. También merece la pena compararlo con el cosmos cristiano: su cielo, purgatorio/tierra e infierno. Incluso se le da una topografía similar en la *La divina comedia* de Dante: a Dante le llevan de viaje primero al infierno, situado en el centro de la Tierra; luego, más arriba, al monte del Purgatorio, que se halla en la superficie de la Tierra justo al otro lado de Jerusalén; luego continúa subiendo, primero al Edén, el paraíso terrenal, en la cima del monte del Purgatorio, y luego, por fin, al cielo.

La tradición chamanística entendía que lo pequeño refleja siempre lo grande; lo personal siempre refleja lo cósmico. Un movimiento en las dimensiones superiores del cosmos coincide con un movimiento interno. Por ejemplo, el *axis mundi* del cosmos se corresponde con la columna vertebral del individuo. Los viajes arriba y abajo del *axis mundi* coinciden a menudo con el movimiento de energías naturales y espirituales (a menudo denominadas *kundalini* o *shakti*) en la columna vertebral del chamán o místico.

En Sarna Pus (El gran cántico de sanación)

En este cántico, ekä («hermano») se reemplazará por «hermana», «padre», «madre», dependiendo de la persona que se vaya a curar.

Ot ekäm ainajanak hany, jama.
El cuerpo de mi hermano es un pedazo de tierra próximo a la
    muerte.
[El hermano-mío cuerpo-suyo-de pedazo-de-tierra, estar-cerca-
    muerte.]

Me, ot ekäm kuntajanak, pirädak ekäm, gond és irgalom türe.
Nosotros, el clan de mi hermano, le rodeamos de nuestras
   atenciones y compasión.
[Nosotros, el hermano-mío clan-suyo-de, rodear hermano-mío,
   atención y compasión llenos.]

*O pus wäkenkek, ot oma śarnank, és ot pus fünk, álnak ekäm
   ainajanak, pitänak ekäm ainajanak elävä.*
Nuestras energías sanadoras, palabras mágicas ancestrales y hierbas
   curativas bendicen el cuerpo de mi hermano, lo mantienen con
   vida.
[Los curativos poder-nuestro-s, las ancestrales palabras-de-magia-
   nuestra, y las curativas hierbas-nuestras, bendecir hermano-mío
   cuerpo-suyo-de, mantener hermano-mío cuerpo-suyo-de vivo.]

*Ot ekäm sielanak pälä. Ot omboće päläja juta alatt o jüti, kinta, és
   szelemek lamtijaknak.*
Pero el cuerpo de mi hermano es sólo una mitad. Su otra mitad
   vaga por el averno.
[El hermano-mío alma-suya-de (es) media. La otra mitad-suya
   vagar por la noche, bruma, y fantasmas infiernos-suyos-de.]

Ot en mekem ŋamaŋ: kulkedak otti ot ekäm omboće päläjanak.
Éste es mi gran acto. Viajo para encontrar la otra mitad de mi
   hermano.
[El gran acto-mío (es) esto: viajar-yo para-encontrar el hermano-
   mío otra mitad-suya-de.]

*Rekatüre, saradak, tappadak, odam, kaŋa o numa waram, és avaa
   owe o lewl mahoz.*
Danzamos, entonamos cánticos, soñamos extasiados, para llamar a
   mi pájaro del espíritu y para abrir la puerta al otro mundo.
[Éxtasis-lleno, bailar-nosotros, soñar-nosotros, para llamar al dios
   pájaro-mío, y abrir la puerta espíritu tierra-a.]

Ntak o numa waram, és mozdulak, jomadak.
Me subo a mi pájaro del espíritu, empezamos a movernos, estamos
 en camino.
[Subir-yo el dios pájaro-mío, y empezar-a-mover nosotros, estar-
 en camino-nosotros.]

*Piwtädak ot En Puwe tyvinak, ećidak alatt o jüti, kinta, és
 szelemek lamtijaknak.*
Siguiendo el tronco del gran Árbol, caemos en el averno.
[Segui-nosotros el Gran Árbol tronco-de, caer-nosotros a través la
 noche, bruma y fantasmas infiernos-suyos-de.]

Fázak, fázak nó o śaro.
Hace frío, mucho frío.
[Sentir-frío-yo, sentir-frío-yo como la nieva helada.]

Juttadak ot ekäm o akarataban, o sívaban, és o sielaban.
Mi hermana y yo estamos unidos en mente, corazón y alma.
[Ser-unido-a-Yo el hermano-mío la mente-en, el corazón-en, y el
 alma-en.]

Ot ekäm sielanak kaŋa engem.
El alma de mi hermano me llama.
[El hermano-mío alma-suya-de llamar-a mí.]

Kuledak és piwtädak ot ekäm.
Oigo y sigo su estela.
[Oír-yo y seguir-el-rastro-de-yo el hermano-mío.]

Sayedak és tuledak ot ekäm kulyanak.
Encuentro el demonio que está devorando el alma de mi hermano.
[Llegar-yo y encontrar-yo el hermano-mío demonio-quien-
 devora-alma-suya-de.]

Nenäm ćoro; o kuly torodak.
Con ira, lucho con el demonio.
[Ira-mí fluir; el demonio-quien-devorar-almas combatir-yo.]

O kuly pél engem.
Le inspiro temor.
[El demonio-quien-devorar-almas temor-de mí.]

Lejkkadak o kaŋka salamaval.
Golpeo su garganta con un rayo.
[Golpear-yo la garganta-suya rayo-de-luz-con.]

Molodak ot ainaja komakamal.
Destrozo su cuerpo con mis manos desnudas.
[Destrozar-yo el cuerpo-suyo vacías-mano-s-mía-con.]

Toja és molanâ.
Se retuerce y se viene abajo.
[(Él) torcer y (él) desmoronar.]

Hän ćaδa.
Sale corriendo.
[Él huir.]

Manedak ot ekäm sielanak.
Rescato el alma de mi hermano.
[Rescatar-yo el hermano-mío alma-suya-de.]

Alədak ot ekäm sielanak o komamban.
Levanto el alma de mi hermana en el hueco de mis manos.
[Levantar-yo el hermano-mío alma-suya-de el hueco-de-mano-
    mía-en.]

Alədam ot ekäm numa waramra.
Le pongo sobre mi pájaro del espíritu.
[Levantar-yo el Hermano-mío dios pájaro-mío-encima.]

Piwtädak ot En Puwe tyvijanak és sayedak jälleen ot elävä ainak
  majaknak.
Subiendo por el Gran Árbol, regresamos a la tierra de los vivos.
[Seguir-nosotros el Gran Árbol tronco-suyo-de, y llegar-nosotros
  otra vez el vivo cuerpo-s tierra-suya-de.]

Ot ekäm elä jälleen.
Mi hermano vuelve a vivir.
[El hermano-mío vive otra vez.]

Ot ekäm weńća jälleen.
Vuelve a estar completo otra vez.
[El hermano-mío (es) completo otra vez.]

Para escuchar este cántico visitar el sitio
http://www.christinefeehan.com/members/.

Técnica carpatiana de canto

Al igual que sucede con las técnicas de sanación, la «técnica de canto» de los carpatianos comparte muchos aspectos con las otras tradiciones chamánicas de las estepas de Asia Central. El modo prima-
rio de canto era un cántico gutural con empleo de armónicos. Aún
pueden encontrarse ejemplos modernos de esta forma de cantar en
las tradiciones mongola, tuvana y tibetana. Encontraréis un ejemplo
grabado de los monjes budistas tibetanos de Gyuto realizando sus
cánticos guturales en el sitio: http://www.christinefeehan.com/car-
pathian_chanting/.

   En cuanto a Tuva, hay que observar sobre el mapa la proximi-
dad geográfica del Tíbet con Kazajstán y el sur de los Urales.

   La parte inicial del cántico tibetano pone el énfasis en la sincronía de todas las voces alrededor a un tono único, dirigido a un «chakra» concreto del cuerpo. Esto es típico de la tradición de cánticos guturales de Gyuto, pero no es una parte significativa de la tradición carpatiana. No obstante, el contraste es interesante.

La parte del ejemplo de cántico Gyuto más similar al estilo carpatiano es la sección media donde los hombres están cantando juntos pronunciando con gran fuerza las palabras del ritual. El propósito en este caso no es generar un «tono curativo» que afecte a un «chakra» en concreto, sino generar el máximo de poder posible para iniciar el viaje «fuera del cuerpo» y para combatir las fuerzas demoníacas que el sanador/viajero debe superar y combatir.

<h1>Apéndice 2</h1>

La lengua carpatiana

Como todas las lenguas humanas, la de los carpatianos posee la riqueza y los matices que sólo pueden ser dados por una larga historia de uso. En este apéndice podemos abordar a lo sumo algunos de los principales aspectos de este idioma:

- Historia de la lengua carpatiana
- Gramática carpatiana y otras características de esa lengua
- Ejemplos de la lengua carpatiana
- Un diccionario carpatiano muy abreviado

Historia de la lengua carpatiana

La lengua carpatiana actual es en esencia idéntica a la de hace miles de años. Una lengua «muerta» como el latín, con dos mil años de antigüedad, ha evolucionado hacia una lengua moderna significativamente diferente (italiano) a causa de incontables generaciones de hablantes y grandes fluctuaciones históricas. Por el contrario, algunos hablantes del carpatiano de hace miles de años todavía siguen vivos. Su presencia —unida al deliberado aislamiento de los carpatianos con respecto a las otras fuerzas del cambio en el mundo— ha actuado y lo continúa haciendo como una fuerza estabilizadora que ha preservado la integridad de la lengua durante siglos. La cultura carpatiana también ha actuado como fuerza estabilizadora. Por ejemplo, las Palabras Rituales, los variados cánticos curativos (véase apéndice 1) y otros artefactos culturales han sido transmitidos durante siglos con gran fidelidad.

Cabe señalar una pequeña excepción: la división de los carpatianos en zonas geográficas separadas ha conllevado una discreta dialectalización. No obstante, los vínculos telepáticos entre todos ellos (así como el regreso frecuente de cada carpatiano a su tierra natal) ha propiciado que las diferencias dialectales sean relativamente superficiales (una discreta cantidad de palabras nuevas, leves diferencias en la pronunciación, etc.), ya que el lenguaje más profundo e interno, de transmisión mental, se ha mantenido igual a causa del uso continuado a través del espacio y el tiempo.

La lengua carpatiana fue (y todavía lo es) el protolenguaje de la familia de lenguas urálicas (o fino-ugrianas). Hoy en día las lenguas urálicas se hablan en la Europa meridional, central y oriental, así como en Siberia. Más de veintitrés millones de seres en el mundo hablan lenguas cuyos orígenes se remontan al idioma carpatiano. Magiar o húngaro (con unos catorce millones de hablantes), finés (con unos cinco millones) y estonio (un millón aproximado de hablantes) son las tres lenguas contemporáneas descendientes de ese protolenguaje. El único factor que unifica las más de veinte lenguas de la familia urálica es que se sabe que provienen de un protolenguaje común, el carpatiano, el cual se escindió (hace unos seis mil años) en varias lenguas de la familia urálica. Del mismo modo, lenguas europeas como el inglés o el francés pertenecen a la familia indoeuropea, más conocida, y también provienen de un protolenguaje que es su antecesor común (diferente del carpatiano).

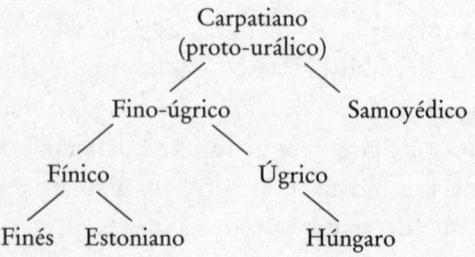

La siguiente tabla ayuda a entender ciertas de las similitudes en la familia de lenguas.

Nota: La «k» fínico-carpatiana aparece a menudo como la «h» húngara. Del mismo modo, la «p» fínico-carpatiana corresponde a la «f» húngara.

Carpatiano (proto-urálico)	Finés (suomi)	Húngaro (magiar)
elä -vivir	*elä* -vivir	*él* -vivir
elid -vida	*elinikä* -vida	*élet* -vida
pesä -nido	*pesä* -nido	*fészek* -nido
kola -morir	*kuole* -morir	*hal* -morir
pälä -mitad, lado	*pieltä* -inclinar, ladear	*fél, fele* -ser humano semejante, amigo (mitad; uno de dos lados) *feleség* -esposa
and -dar	*anta, antaa* -dar	*ad* -dar
koje -marido, hombre	*koira* -perro, macho *(de un animal)*	*here* -zángano, testículo
wäke -poder	*väki* -pueblo, personas, hombres; fuerza *väkevä* - *poderoso, fuerte*	*vall-vel*-con *(sufijo instrumental)* *vele* -con él/ella
wete -agua	*vesi* -agua	*víz* -agua

Gramática carpatiana y otras características de la lengua

Modismos. Siendo a la vez una lengua antigua y el idioma de un pueblo terrestre, el carpatiano se inclina a utilizar modismos construidos con términos concretos y directos, más que abstracciones. Por ejemplo, nuestra abstracción moderna «apreciar, mimar» se expresa de forma más concreta en carpatiano como «conservar en el corazón de uno»; el averno es, en carpatiano, «la tierra de la noche, la bruma y los fantasmas», etcétera.

Orden de las palabras. El orden de las palabras en una frase no viene dado por aspectos sintácticos (como sujeto, verbo y predicado), sino más bien por factores pragmáticos, motivados por el discurso. Ejemplos: *«Tied vagyok.»* («Tuyo soy.»); *«Sívamet andam.»* («Mi corazón te doy.»)

Aglutinación. La lengua carpatiana es aglutinadora, es decir, las palabras largas se construyen con pequeños componentes. Un lenguaje aglutinador usa sufijos o prefijjos, el sentido de los cuales es por lo general único, y se concatenan unos tras otros sin solaparse. En carpatiano las palabras consisten por lo general en una raíz seguida por uno o más sufijos. Por ejemplo, *«sívambam»* procede de la raíz *«sív»* («corazón»), seguida de *«am»* («mi»), seguido de *«bam»* («en»), resultando «en mi corazón». Como es de imaginar, a veces tal aglutinación en el carpatiano puede producir palabras extensas o de pronunciación dificultosa. Las vocales en algunos casos se insertan entre sufijos, para evitar que aparezcan demasiadas consonantes seguidas (que pueden hacer una palabra impronunciable).

Declinaciones. Como todas las lenguas, el carpatiano tiene muchos casos: el mismo sustantivo se formará de modo diverso dependiendo de su papel en la frase. Algunos de los casos incluyen: nominativo (cuando el sustantivo es el sujeto de la frase), acusativo (cuando es complemento directo del verbo), dativo (complemento indirecto), genitivo (o posesivo), instrumental, final, supresivo, inesivo, elativo, terminativo y delativo.

Tomemos el caso posesivo (o genitivo) como ejemplo para ilustrar cómo, en carpatiano, todos los casos implican la adición de sufijos habituales a la raíz del sustantivo. Así, para expresar posesión en carpatiano —«mi pareja eterna», «tu pareja eterna», «su pareja eterna», etc.— se necesita añadir un sufijo particular («=am») a la raíz del sustantivo («*päläfertiil*»), produciendo el posesivo («*päläfer-tiilam*»: mi pareja eterna). El sufijo que emplear depende de la persona («mi», «tú», «su», etc.) y también de si el sustantivo termina en consonante o en vocal. La siguiente tabla enumera los sufijos para el caso singular (no para el plural), mostrando también las similitudes con los sufijos empleados por el húngaro contemporáneo. (El húngaro es en realidad un poco más complejo, ya que requiere también «rima vocálica»: el sufijo que usar depende de la última vocal en el sustantivo, de ahí las múltiples opciones en el cuadro siguiente, mientras el carpatiano dispone de una única opción.)

Persona	Carpatiano (proto-urálico)		Húngaro Contemporáneo	
	Nombre acabado en vocal	Nombre acabado en consonante	Nombre acabado en vocal	Nombre acabado en consonante
1ª singular (mi)	-m	-am	-m	-om, -em, -öm
2ª singular (tú)	-d	-ad	-d	-od, -ed, -öd
3ª singular (suya, de ella/ de él/de ello)	-ja	-a	-ja/-je	-a, -e
1ª plural (nuestro)	-nk	-ank	-nk	-unk, -ünk
2ª plural (vuestro)	-tak	-atak	-tok, -tek, -tök	-otok, -etek, -ötök
3ª plural (su)	-jak	-ak	-juk, -jük	-uk, -ük

Nota: Como hemos mencionado, las vocales a menudo se insertan entre la palabra y su sufijo para así evitar que demasiadas consonantes aparezcan seguidas (lo cual crearía palabras impronunciables). Por ejemplo, en la tabla anterior, todos los sustantivos que acaban en una consonante van seguidos de sufijos empezados por «a».

Conjugación verbal. Tal como sus descendientes modernos (finés y húngaro), el carpatiano tiene muchos tiempos verbales, demasiados para describirlos aquí. Nos fijaremos en la conjugación del tiempo presente. De nuevo habrá que comparar el húngaro contemporáneo con el carpatiano, dadas las marcadas similitudes entre ambos.

Igual que sucede con el caso posesivo, la conjugación de verbos se construye añadiendo un sufijo a la raíz del verbo:

Persona	Carpatiano (proto-urálico)	Húngaro contemporáneo
1ª sing. (Yo doy)	-am (andam), -ak	-ok, -ek, -ök
2ª sing. (Tú das)	-sz (andsz)	-sz
3ª sing. (Él/ella dan)	-(and)	—
1ª plural (Nosotros damos)	-ak (andak)	-unk, -ünk
2ª plural (Vosotros dais)	-tak (andtak)	-tok, -tek, -tök
3ª plural (Ellos dan)	-nak (andnak)	-nak, -nek

Como en todas las lenguas, encontramos en el carpatiano muchos «verbos irregulares» que no se ajustan exactamente a esta pauta. Pero aun así la tabla anterior es una guía útil para muchos verbos.

Ejemplos de la lengua carpatiana

Aquí tenemos algunos ejemplos breves del carpatiano coloquial, empleado en la serie de libros Oscuros. Incluimos la traducción literal entre corchetes. Curiosamente, las diferencias con la traducción correcta son sustanciales.

Susu.
Estoy en casa.
[«hogar/lugar de nacimiento». «Estoy» se sobreentiende, como sucede a menudo en carpatiano.]

Möért?
¿Para qué?

Csitri.
Pequeño/a.
[«cosita»; «chiquita»]

Ainaak enyém.
Por siempre mío/mía

Ainaak sívamet jutta.
por siempre mío/mía (otra forma).
[«por siempre a mi corazón conectado/pegado»]

Sívamet.
Amor mío.
[«de-mi-corazón», «para-mi-corazón»]

Sarna Rituaali (**Las palabras rituales**) es un ejemplo más largo, y un ejemplo de carpatiano coloquial. Hay que destacar el uso recurrente de **«andam»** («yo doy») para otorgar al canto musicalidad y fuerza a través de la repetición.

Sarna Rituaali (Las palabras rituales)

Te avio päläfertiilam
Eres mi pareja eterna.
[Tú desposada-mía. «Eres» se sobreentiende, como sucede
   generalmente en carpatiano cuando una cosa se corresponde a
   otra. «Tú, mi pareja eterna»]

Éntölam kuulua, avio päläfertiilam.
Te declaro pareja eterna.
[A-mí perteneces-tú, desposada mía]

Ted kuuluak, kacad, kojed.
Te pertenezco.
[A-ti pertenezco-yo, amante-tuyo, hombre/marido/esclavo-tuyo]

Élidamet andam.
Te ofrezco mi vida.
[Vida-mía doy-yo. «te» se sobreentiende.]

Pesämet andam.
Te doy mi protección.
[Nido-mío doy-yo.]

Uskolfertiilamet andam.
Te doy mi fidelidad.
[Fidelidad-mía doy-yo.]

Sívamet andam.
Te doy mi corazón.
[Corazón-mía doy-yo.]

Sielamet andam.
Te doy mi alma.
[Alma-mía doy-yo.]

Ainamet andam.
Te doy mi cuerpo.
[Cuerpo-mío doy-yo.]

Sívamet kuuluak kaik että a ted.
Velaré de lo tuyo como de lo mío.
[En-mi-corazón guardo-yo todo lo-tuyo.]

Ainaak olenszal sívambin.
Tu vida apreciaré toda mi vida.
[Por siempre estarás-tú en-mi-corazón.]

Te élidet ainaak pide minan.
Tu vida antepondré a la mía siempre.
[Tu vida por siempre sobre la mía.]

Te avio päläfertiilam.
Eres mi pareja eterna.
[Tú desposada-mía.]

Ainaak sívamet jutta oleny.
Quedas unida a mí para toda la eternidad.
[Por siempre a-mi-corazón conectada estás-tú.]

Ainaak terád vigyázak.
Siempre estarás a mi cuidado.
[Por siempre tú yo-cuidaré.]

Véase Apéndice 1 para los cánticos carpatianos de sanación, incluidos *Kepä Sarna Pus* («El canto curativo menor») y el *En Sarna Pus* («El gran canto de sanación»).

Para oír estas palabras pronunciadas (y para más información sobre la pronunciación carpatiana, visitad, por favor: http://www. christinefeeham.com/members/.

Un diccionario carpatiano muy abreviado

Este diccionario carpatiano en versión abreviada incluye la mayor parte de las palabras carpatianas empleadas en la serie de libros Oscuros. Por descontado, un diccionario carpatiano completo sería tan extenso como cualquier diccionario habitual de toda una lengua.

Nota: los siguientes sustantivos y verbos son palabras raíz. Por lo general no aparecen aislados, en forma de raíz, como a continuación. En lugar de eso, habitualmente van acompañados de sufijos (por ejemplo, *«andam»* - «Yo doy», en vez de sólo la raíz *«and»*).

aina: cuerpo

ainaak: para siempre

akarat: mente, voluntad

ál: bendición, vincular

alatt: a través

alə: elevar; levantar

and: dar

avaa: abrir

avio: desposada

avio päläfertiil: pareja eterna

belső: dentro, en el interior

ćaδa: huir, correr, escapar

ćoro: fluir, correr como la lluvia

csitri: pequeña (femenino)

daći: caer

ekä: hermano

elä: vivir

elävä: vivo

elävä ainak majaknak: tierra de los vivos

elid: vida

én: yo

en: grande, muchos, gran cantidad

en Puwe: El Gran Árbol. Relacionado con las leyendas de

Ygddrasil, el eje del mundo, Monte Meru, el cielo y el infierno, etcétera.

engem: mí

ek: sufijo añadido a un sustantivo acabado en una consonante para convertirlo en plural

és: y

että: que

fáz: sentir frío o fresco

fertiil: fértil

fesztelen: etéreo

fü: hierbas, césped

gond: custodia, preocupación

hän: él, ella, ello

hany: trozó de tierra

irgalom: compasión, piedad, misericordia

jälleen: otra vez

jama: estar enfermo, herido o moribundo, estar próximo a la muerte (verbo)

jelä: luz del sol, día, sol, luz

joma: ponerse en camino, marcharse

jŏrem: olvidar, perderse, cometer un error

juta: irse, vagar

jüti: noche, atardecer

jutta: conectado, sujeto (adjetivo). Conectar, sujetar, atar (verbo)

k: sufijo añadido tras un nombre acabado en vocal para hacer su plural

kaca: amante masculino

kaik: todo (sustantivo)

kaŋa: llamar, invitar, solicitar, suplicar

kaŋk: tráquea, nuez de Adán, garganta

karpatii: carpatiano

käsi: mano

kepä: menor, pequeño, sencillo, poco

kinn: fuera, al aire libre, exterior, sin

kinta: niebla, bruma, humo

koje: hombre, esposo, esclavo

kola: morir

koma: mano vacía, mano desnuda, palma de la mano, hueco de la mano

kont: guerrero

kule: oír

kulke: ir o viajar (por tierra o agua)

kuly: lombriz intestinal, tenia, demonio que posee y devora almas

kuńa: tumbarse como si durmiera, cerrar o cubrirse los ojos en el juego del escondite, morir

kunta: banda, clan, tribu, familia

kuulua: pertenecer, asir

lamti: tierra baja, prado

lamti ból jüti, kinta, ja szelem: el mundo inferior (literalmente: «el prado de la noche, las brumas y los fantasmas»)

lejkka: grieta, fisura, rotura (sustantivo). Cortar, pegar, golpear enérgicamente (verbo)

lewl: espíritu

lewl ma: el otro mundo (literalmente: «tierra del espíritu»). *Lewl ma* incluye *lamti ból jüti, kinta, ja szelem:* el mundo inferior, pero también incluye los mundos superiores En Puwe, el Gran Árbol

löyly: aliento, vapor (relacionado con *lewl*: «espíritu»)

ma: tierra, bosque

mäne: rescatar, salvar

me: nosotros

meke: hecho, trabajo (sustantivo). Hacer, elaborar, trabajar

minan: mío

minden: todos (adjetivo)

möért: ¿para qué? (exclamación)

molanâ: desmoronarse, caerse

molo: machacar, romper en pedazos

mozdul: empezar a moverse, entrar en movimiento

nä: para

ŋamaŋ: esto, esto de aquí

nélkül: sin

nenä: ira

nó: igual que, del mismo modo que, como

numa: dios, cielo, cumbre, parte superior, lo más alto (relacionado con el término «sobrenatural»)

nyál: saliva, esputo (relacionado con nyelv: «lengua»)

nyelv: lengua

o: el (empleado antes de un sustantivo que empiece en consonante)

odam: soñar, dormir (verbo)

oma: antiguo, viejo

omboće: otro, segundo (adjetivo)

ot: el (empleado antes de un sustantivo que empiece por vocal)

otti: mirar, ver, descubrir

owe: puerta

pajna: presionar

pälä: mitad, lado

päläfertiil: pareja o esposa

pél: tener miedo, estar asustado de

pesä: nido (literal), protección (figurado)

pide: encima

pirä: círculo, anillo (sustantivo); rodear, cercar

pitä: mantener, asir

piwtä: seguir, seguir la pista de la caza

pukta: ahuyentar, perseguir, hacer hui

pus: sano, curación

pusm: devolver la salud

puwe: árbol, madera

reka: éxtasis, trance

rituaali: ritual

salama: relámpago, rayo

sarna: palabras, habla, conjuro mágico (sustantivo). Cantar, salmodiar, celebrar

śaro: nieve helada

saγe: llegar, venir, alcanzar

siel: alma

sisar: hermana

sív: corazón

sívdobbanás: latido

soŋe: entrar, penetrar, compensar, reemplazar

susu: hogar, lugar de nacimiento; en casa (adverbio)

szabadon: libremente

szelem: fantasma

tappa: bailar, dar una patada en el suelo (verbo)

te: tú

ted: tuyo

toja: doblar, inclinar, quebrar

toro: luchar, reñir

tule: reunirse, venir

türe: lleno, saciado, consumado

tyvi: tallo, base, tronco

uskol: fiel

uskolfertiil: fidelidad

veri: sangre

vigyáz: cuidar de, ocuparse de

vii: último, al fin, finalmente

wäke: poder

wara: ave, cuervo

weńća: completo, entero

wete: agua

www.titania.org

Visite nuestro sitio web y descubra cómo ganar
premios leyendo fabulosas historias.

Además, sin salir de su casa, podrá conocer
las últimas novedades de
Susan King, Jo Beverley o Mary Jo Putney,
entre otras excelentes escritoras.

Escoja, sin compromiso y con tranquilidad,
la historia que más le seduzca
leyendo el primer capítulo de cualquier libro
de Titania.

Vote por su libro preferido y envíe su opinión
para informar a otros lectores.

Y mucho más...